丁甲 著

四川文艺出版社

图书在版编目（CIP）数据

望北楼 / 丁甲著. — 成都：四川文艺出版社，2024.1
ISBN 978-7-5411-6827-7

Ⅰ.①望… Ⅱ.①丁… Ⅲ.①言情小说－中国－当代 Ⅳ.①I247.5

中国国家版本馆CIP数据核字(2023)第226138号

WANG BEI LOU
望北楼

丁甲 著

出 品 人	谭清洁
出版统筹	刘运东
特约监制	王兰颖　代琳琳
责任编辑	邓艾黎　范菱薇
选题策划	代琳琳
特约编辑	周子琦　杨晓丹　宋艳徽　刘雪华
封面设计	@Recns
责任校对	段　敏

出版发行	四川文艺出版社（成都市锦江区三色路238号）
网　　址	www.scwys.com
电　　话	010-85526620
印　　刷	天津旭丰源印刷有限公司
成品尺寸	145mm×210mm　　开　本　32开
印　　张	18　　　　　　　　字　数　490千字
版　　次	2024年1月第一版　　印　次　2024年1月第一次印刷
书　　号	ISBN 978-7-5411-6827-7
定　　价	69.80元（全2册）

版权所有·侵权必究。如有质量问题，请与本公司图书销售中心联系更换。010-85526620

目 录

Chapter 01　　001
只爱陌生人

Chapter 02　　033
瞄准猎物

Chapter 03　　059
跑马地惊魂

Chapter 04　　101
明日来找你

Chapter 05　　141
一场渺梦

目 录

Chapter 06　　　　　179
真情假意

Chapter 07　　　　　213
虚无缥缈

Chapter 08　　　　　245
红尘

Chapter 09　　　　　269
浮游生物

Chapter 01
只爱陌生人
Wangbei Building

2000年,海城,南边富庶岛城。

立夏已过,气温攀升得异常。

"拿到'信'了没?"

"唔。"程真餐毕,咽下最后的食物,发音含糊。

她在"铭记"外的摊位上打电话。水阜区福华街,铭记烧鹅濑,堪称一绝。老板谢恩铭祖籍北边恩化市,年过五十,只得夫妻及一名小工在店内劳碌,一子一女皆已成家。为供儿子娶老婆,谢恩铭购下何文田一套六百呎①的二手单位②,倾尽这间店积累下来的经营所得。

中国人最舍得为后代花钱。况且摆酒的时候,儿媳隆起的腹部就快藏不住了。

地产广告声称:置业是为第三代投资。

的确有道理。

烧鹅濑,濑粉润糯,米浆细腻,入口的粉须有韧劲,又带米甜,才算上乘。

高汤凌晨三点开炉。大火转中,又转文火慢煨,天亮即熄,凭灶

---

① 呎:英尺的旧称。1英尺≈30.48厘米。此处指平方英尺。
② 单位:意思是房子、住宅。

头余热挤出鲜美,似武林高手过招——隔衫运力。猪筒骨打底,大地鱼吊鲜,纱布袋里扎紧不外传的秘辛,与汤同煮,是祖辈有市无价的遗产。

猪油渣酥,烧鹅皮脆,脂香留存齿间。最要紧的是,千万不要走青①。无葱濑粉,即是英俊男星禁欲——好看不好吃。

斜阳于十分钟前彻底沦陷,天色青蓝转深,钨丝微不可及地短叫一声,路灯便懒洋洋燃起。

未入夜的海城,光线敷衍。

程真半眯着眼,垂颈,拢火,点燃嘴边衔紧的烟。吸一口,指尖星火忽明忽暗。

"今晚组局的人是冯敬棠儿子。"

"谁?"

程真捻熄了烟。对面落座一名孕妇,七八个月肚皮,撑着腰,屈着膝,沉甸甸压上那张狭窄折凳。她的视线瞄见程真夹烟的手,先鄙夷,后委屈。

吃街灯晚餐也要讲公德心。

"冯敬棠,你不认识?"

"不认识,你老爸吗?"

"慧云体联董事局主席,有名的慈善家。"

"慈善家?我没收到过他派的慈善物资。"

程真捏皱烟盒,后悔了。最后一支,来不及多嘬两口,夭折在手。现在从烟灰缸捡回,是否还来得及……

"拜托你平时多看点新闻啦,整日看古龙小说有什么营养?"

---

① 走青:指不放葱花。

"好过你看《郊外十五狼》。"

孕妇又偷偷抬眼望她。

算了,不捡了。

"他们今晚还约了另一个人,冯敬棠的外甥叶世文也在——"

程真听见这三个字,眉头蹙起:"你想我死啊?"

"洪安集团那几个领头的都转做生意了,他也一样,你以为还是1990年?"

"你一开始说好没危险,我才接的。"

孕妇站了起来,移步到铺内寻找零星逼仄的空位。程真打断话柄,目光游离在那个滚圆肚皮上,有点想笑。她竟情愿站着,也不想与自己搭台。

"想发达又怕死,你究竟做不做?"

"不做。"

"多加三千。"

程真当即决定与那支残烟永别。

"说到底,大家也算相识一场。你有难又有诚意,我肯定不会袖手旁观,今晚见。"

"你个衰女①,迟早贪钱误事!"

"承你贵言。"

程真拎起拎包,走到收银台。陈娇急忙从后厨出来,边走边拿围裙拭手。拣菜切葱,颠勺泼油,劳动妇女一双被生存磨蚀的糙手,让人恻隐。

"阿真,今晚这么快走?"街里街坊,陈娇与程真早就熟稔,"赶着去开工?"

---

① 衰女:指坏女孩,在此语境下是开玩笑的口吻。

"是呀。"

程真掏出零钱。陈娇接过,又忍不住念叨:"我那个儿媳有你这么勤快就好了。贪懒贪靓,失业一年了都不去找工作。上个月我去探望孙子,见她又买了双新鞋。我怀疑她是蜈蚣精转世,每个月都要买鞋。"

程真笑了。她身边同事大多如此,今朝有酒今朝醉。少不打扮,等老来俏吗?

陈娇不过是心疼养家糊口的儿子。

"你儿媳就是贪你这间铺,熬到你们百年归老,更不用做啦!"旁桌的琼姐插嘴,"反正你女儿早早未婚先孕,嫁出去的女儿泼出去的水,哪里有脸回来跟自己亲哥抢祖业?换作是我,我也选你这种家婆,埋头苦干,给钱爽快!"

熟客琼姐,是远近驰名的尖酸刻薄。一张利嘴开开合合,刮得人脸颊煞红煞白。陈娇打开门做生意,只能装聋作哑。

有人替她出头:"问题是人家儿子看不上你呢!"

"跛脚斌,你不去打听一下?二十年前,福华街清纯玉女代言人就是琼姐我啊!"

"清纯玉女?若真是如此,你那个做地盘工人的老公会包二奶?"

"你乱讲什么?!"

"整条福华街都知道啦,每个月帮人砌楼,砌着砌着,连床也砌了!"

话未讲完,筷子在彼此头上乱飞。围观群众捧碗弯腰,又伸长颈项,想看看这个回合到底鹿死谁手。

"你再讲我打断你另一条腿!"

"你老公是去传宗接代,谁让你二十年生不出一个崽?北边南番顺①,条条富贵龙,旺丁旺财,你就住笼屋②,北姑住新屋!"

陈娇急忙过去扯开一男一女。

街灯瓦数恒久不变,只因天色变幻,才会转换明暗。

闹剧伴随尖叫,渐渐平息,铭记门前的人影清晰起来。满地长长短短的黑块,拼接,又撕开,拉长,又缩短。食客络绎,却步履匆匆,纸巾抹嘴,绝不留恋。不过一餐寻常晚饭罢了。

车流开始拥堵。

程真没时间听八卦,不作道别,直接离开。

夜七点,昌岸半岛中心三楼,豪客城。海城奢华之最,与"大富豪"齐名。十数载天南地北的来客豪掷出这个销金窟,盘活街头巷尾的食肆、门店、当铺、走鬼③。此刻霓虹灯牌泛黄,在一众夜饰中过分显眼——因为俗气。

程真自扶梯而上,从北门入。雪白廊顶高挑,拱出古罗马风格。西式具象雕塑漠视来往人群,矗立转角,与嵌缀东方螭龙浮雕的等身镜面齐高,倒映出每一位穿廊而过,不中不西、非人非鬼的红男绿女。

来者不善,善者不来。

所有侍应步履匆忙得像一盘放音机卡掉的磁带,五秒曲终,一闪而过。

程真快步进了更衣室。

夜班经理罗力是麦笑琪(Maggie)男友,在廊角窥见来替班的

---

① 南番顺:北边城市地域简称。
② 笼屋:意思是逼仄得像鸟笼一样的房子。
③ 走鬼:指无牌流动的小贩。

程真。他走到更衣室门前,指节叩了叩,开口道:"阿真,怎么是你来? Maggie 还在生我气?"

隔着门,罗力声音闷闷的。程真轻扯嘴角,欢场怨偶玩纯情游戏,她不想奉陪。把长发盘起,套了顶酒红色假发,耳垂夹上廉价的塑胶珍珠耳环。对镜一照,她挑了下眉:仅戴三次就掉色?亏她还斥资二十元买下,损失惨重。

罢了,赶时间。在拇指与食指的指腹缠了一圈透明胶,程真轻摸衫袋内物件,确认没有遗漏。

"你自己去问她吧。"

罗力听见回答,不死心,又追问:"她跟宝姐告假,说不舒服,是哪里不舒服?"

他不信女友这般小气,区区一次犯错而已,她就耍足脾气,诈病不来,还安排这个冷血动物程真替班,也不怕扫客人的兴。

程真拉开更衣室门。她眉细,颔窄,唇珠稍翘,一双眼因不耐烦哑掉光亮,整个人都寡淡起来,毫无风情可言。

"都叫你自己去问她了,我又不是医生。"

"……你来替她的班?"

他在明知故问。程真没心思闲聊,扣起袖口便往外走。

"之前她也替过我的班,很正常,难道有钱不赚吗?"

罗力想起程真不太风光的累累前科。长得不算靓女,又没有大佬撑腰,这款丧母脸色摆给谁看?还是麦笑琪好哄。

"Maggie 今晚负责文哥那间。"罗力声音转冷,侧身为她让路,又再三叮嘱,"都是贵客,我劝你最好醒目[①]点。"

不要惹事。罗力隐去言下之意。

---

① 醒目:指突出、引人注意,在此语境下意为聪明伶俐。

程真掀唇笑了。眼弯，瞳黑，眉尾稍稍挑起，双颊白得似敷了层不真切的妆，整张脸生动起来。

罗力最讨厌她这个模样，装作无害，实则冷漠。

她这一笑，笑穿了罗力唯唯诺诺的自私。真惦挂女友的话，早就致电再三过问了，无非是担心自己奖金不保。

他不信任程真。

声色犬马的娱乐城，这么多年连装修都未变。这里没有慈悲心，只渡己，不渡人。

程真从酒水台找到房号酒单，托着一瓶精装洋酒及几只空杯，往侧廊走去。她敛起表情，推开包厢的门。

"1990年8月，楼下昌兴当铺开张。平均每个月都会遭团伙洗劫，不敢怨。"

叶世文坐在包厢右边。一屋众人，只有他与正中间的冯世雄吞云吐雾。为免其余绅士有意见，头仰高，他往半空呼出多余烟雾，然后继续讲：

"市中心打开门做生意的都知道，洋布疋头①，抵押当铺，中西酒办，装潢印刷，茶餐厅，音像店，烧腊档，康运道以南，北至科怡道，全部要靠大佬给面子才有口饭吃。而如今十年到头了，从未变过。Uncle（叔叔），这与明抢有什么分别？这些鱼虾蟹老板怎么对抗连锁巨鲸？我们工商协进会就是为了维护各方利益，避免一味地追求效率而导致一家独大这种不公平的现象发生。"

"世文，"杨坤铨倚入沙发，"你讲的我都明白。这的确是一件好事，但也是一件难事。公司登记手续变更，牵扯的就不仅仅是我和你

---

① 疋头：指丝织品。

这么简单了。你们提这种动议出发点是好的。但在海城,除了你们要开公司,阿猫阿狗都要开公司。万一登记手续被核准放宽,引入了不法资本,我们很难搞的。"

杨坤铨,曾经的地产界精英,如今坐拥权贵资源,是冯敬棠优先选择的"合作伙伴"。

话刚落音,他半推半就,嘬下侍应递到面前的红酒。那侍应手脚似藤蔓,你推开一次,她又软绵绵缠了上来。

豪客城,盘丝洞,哪有唐僧,全是俗家弟子。

程真只扫视房内三秒,便稳稳把空杯逐个放下。从左至右,她低眉弯腰,把杨坤铨的酒杯放置茶几边缘,立到一旁候命。

冯世雄一听拒绝,俊白的脸浮了抹虚笑:"Uncle,互惠互利的事情,对你好,对我好而已。"

杨坤铨并未真醉,直接打断:"世雄,你是不当家不知柴米贵,不深入社会不知市民难缠啊。"

冯世雄推开旁人递来的酒,脸色变了。

说者无意,听者有心,堂堂冯家大公子也会被嘲讽"涉世未深"。冯世雄毕业于外国著名大学,主修城市规划,兼修建筑学。回海城得父亲冯敬棠资助,以自己的英文名字创办 Parko 建筑设计事务所,为新鸿地产打造过好几个地标项目。满打满算也叫业界精英,怎轮得到这位旁人来挑衅?

叶世文接话:"Uncle 可能有点误会了。我大哥的意思,无非是想做件实事。对你好,对我们好,难道就不是对市民好了?"

"如今大家的立场如何一目了然,不信你们可以回去问敬棠兄。"杨坤铨把话再多说三分,"往北边投资的人只会越来越多。我们在这里开放登记手续,招商引资,就是跟市场趋势对着干。蛋糕不是这样切的。"

他有顾忌,各路资本借机登台,涌入的便是天南地北的触手。

叶世文笑了："Uncle，协进会有外资成员很正常的。他们进海城做生意，肯定要办理公司注册，想速度快点，有些利好的政策倾斜而已。Uncle一向兼济天下，就当出一份力。况且协进会一旦成势，社会排名和市民支持度上来，你们上面也好交代啊。以后协会都是自己人，同声同气，想谁来想谁走，还不是我们话事[①]？"

杨坤铨沉默，显然是在权衡利弊。

冯世雄与叶世文交换目光，摆明嫌叶世文喧宾夺主，眼底涌出不满，挂了一脸。叶世文不再开口。

听完整晚的你来我往，酒过三巡，杨坤铨的架子还离地十尺高。

冯世雄主动替杨坤铨添酒："Uncle，世文讲的就是我爸的意思。腰缠万贯尚有大佬保佑，蝇头小利却遭层层盘剥，海城是所有人的海城，它不应该是这样的。"

一屋人静若死潭。

每双眼都在冯世雄与杨坤铨之间来回打量。

"我明白的。"杨坤铨先开口，"师出有名最好，毕竟我代表的不只是我自己，敬棠兄也一样。"

"我们都明白的。先不讲了，今晚是想uncle来放松的，怎好谈公事呢，我又没给加班费。"

女侍应收到冯世雄暗示，随即哺了酒给杨坤铨，气氛才算活络起来。

冯世雄岔开话题："里士满与海德的骑师教练马术最精良。李谷也不错，就在东伦敦，我回来之前常去，教练团我都很熟。下次Wyman要去直接call（打电话）给我吧，VIP最方便，普通会员排课太久了。"

---

① 话事：指决定。

杨坤铨假意婉拒："我那个衰仔①，怎好意思麻烦你呢？"

"Uncle讲这些就见外了，我一向当Wyman是自己亲弟弟。"

"他总是无心向学，前两日又问我拿钱，说要去西欧玩。其实我最羡慕你爸，有你这个学业有成的儿子，生意又做得好，什么都不用操心。"

"年轻人，多见识有好处。西欧几个古堡不错，刚好有一个在意大利西南部，新鸿老板长租了七十年。Wyman想去，也就是我讲一声的小事。"

杨坤铨笑得合不拢嘴。

哐当——

阔口玻璃杯坠落大理石地面，支离破碎，包间内男的女的眼睛趋向声源。女侍应娇滴滴替杨坤铨擦着濡湿的裤角，指腹巧劲十足，倒为这个插曲添了旖旎。

那只别有用心摆放的玻璃杯，终于为程真制造了机会。趁人人关心杨坤铨，她悄摸俯身，为叶世文身旁随从斟酒。

侧身，弯腰，手腕越过男人面前。浓烈白兰地在透明杯内漾起浅浅涡纹，似这一屋划不破的各怀鬼胎。

撩起男人西装外套口袋，指腹勾入。那包粉末，已换主人。

酒瓶空了，她无心留恋。今夜外快已袋袋平安②，速速离去才是上策。

有人回过神来，喊"添酒添酒"。

程真退出门外。

---

① 衰仔：表示败家子，此处为父亲提到儿子时自谦的说法。
② 外快已袋袋平安：指钱财稳妥进账。

叶世文也豪饮一轮，有点困劲与尿意。气氛缓和，房内有人起哄，要唱卡拉OK，为祖籍汕州的杨总献一曲《爱拼才会赢》。

音不成调，惨过鬼叫。叶世文起身准备上洗手间，却被旁人叫住。

"文哥，去哪里？才刚开始玩呢。"

叶世文似笑非笑："放水，等我回来。"

一出门，便在廊尾捕捉程真转身消失的背影。女侍应多的是，程真的长相更是一道职业护身符。记不住，想不起，掀不了浪，惹不来祸。只是她没想到自己往酒水台的反方向走去，又随手将酒瓶放在廊尾包间外侧的托盘上这一动作，会被身后的叶世文一眼望见。

他不禁警惕起来——这个女人有问题。叶世文直接跟上。

正值晚间十点，帷幕已开。南不夜城，世界港口，它敞开了怀，纳入三教九流，纵容贪嗔痴恨。这座供人购买快感的人造城，只顾销魂。

程真漠视一切，走得很快。叶世文视线紧追。有人与他擦肩而过，朝他颔首，他也笑笑，姿态潇洒。

叶世文混迹这一带多年，十岁就跟在洪安集团当家屠振邦身边，生意从滨沙湾扩至昌岸道，直入东环，最后挺进金安。

双十少年郎，哪有什么通天本事。只盘踞了这一间夜总会，连经济大权都落不到他手上。

他是屠振邦刻意锻造的一件兵器。炙火烤，寒水浸，经千锤百炼，反复烧熔，却无名，无利，无话事权。直到他二十岁离开屠振邦，入了冯家。

廊灯奢华，吊饰水晶似烈风撕碎的云，光影稀薄，随叶世文步伐在壁上滑过，又滑过，销匿于转角。

她如释重负。视线短暂流连在廊间反光玻璃上，稍纵即逝，人与影又启程往前。

程真早就窥见叶世文。他一身黑衫，高得让天花板也有了压迫感。听见包厢内有人开口唤他，程真才恍然——以前只闻其名未见其人，原来他就是麦笑琪口中的叶世文。

"这种人你也当宝？"

"那他真的很靓仔嘛。高高大大，肩膀好宽，看上去安全感爆棚。可惜我比他还要大一岁，听说他不中意比自己大的。"

"无业浪子有什么资格挑食？"

"那都是过去了，听说如今在做正经生意。阿真，二十五岁前是女人选男人，二十五岁后就是男人选女人了。你还年轻，你不懂。"

"Maggie，没男人是不会死的。"

程真转第二个弯，左前方雕菱花卷缘的装饰镜内依然能看到他。浓眉阔额，远远一个照面，叶世文眼内有化不开的凶猛。他在审视程真，由上至下，从左至右，剜穿她所有动机。

东窗事发？程真佯装镇定，不再细想，脚程加快。又过了一个转角，直接推开右侧安全通道。深灰色楼道弥漫弃置烟头的霉味，遭夏季闷热一蒸，熏得鼻痛。自流平水泥台阶连防滑带也未装，程真艺高人胆大，直接侧坐扶手上，平衡身体，一滑而下。

无数次贪玩造就一时侥幸。她已听见上一层安全通道门被打开的声音，闪入二楼廊内。

二楼是商铺仓库通道，天花板极低，灯暗影重，似要把人困到老死在此。程真扬手摘下一只耳夹，往右边抛去。侧身往左，在尽头转弯，然后跑入另一侧楼梯。她有点害怕，伸手摸住口袋的刀。

叶世文推开二楼安全门。空无一人，他仔细辨了声响，目光被地上那只耳夹吸引。弯腰拾起，廉价塑料充当珍珠，他的眼底浮现不屑。

叶世文往右侧走去，那颗假珍珠被遗落在双开玻璃门的下缘，沾满灰，倒显得更白了。

程真来到一楼。她边走边脱外套，露出打底衬衫，扯下假发，散落满肩的浓黑。淡金色镶白流苏的短马甲，无数次穿上脱下，领口已起球。程真谨记麦笑琪交代——"换工服要自己掏荷包的，一件烂衫收我两百元，你千万不要弄丢了。"

这里日渐式微，侍应的小费没以前多。通货紧缩，薪水蒸发，全城的钱似乎遭遇绑架，不知去向。

"波哥！"程真在定制老西装柜台前喊一声。她走得有点急，长发团了股热气，匆忙交代："Maggie 的外套，我先放你这里，她明晚上夜班过来拿。"

"知道啦。"

王盛波在侧间房内，替刚来的客人量身。今晚难得有一台豪客，不敢怠慢。听见程真声音，是熟人，便没出门迎接。

他有一间分店开在乐川坊附近，程真是那边酒吧的工作人员。

当时她付不起工服押金，唯有找王盛波依样定制一套。十几岁少女，砍价砍到脸红，二十元也舍不得多给。是个硬骨头。

程真扫视四周，没见叶世文跟上的痕迹，看来他被哄去了北门。抬腕一看时间，快要错过小巴。

她拿出手机向陌生号码发了条短信——事成。

想了想，又补一条——改期。

夜幕被错落楼宇托高，塔尖向天空伸出嶙峋触手，却遥遥未达，孤月独明。光亮如昼的马路，车站站牌下却只有落客，没有归人。

善男信女，染一头紫发，文身在耳后，香烟夹指间。从旁簇拥而过，撞了她的肩。程真立即摸摸口袋，东西都在，原来不是借机偷窃。绷足一晚的神经，她累了。

身高只有一米六，这头黑瀑长发拢下来，让程真添了些人小鬼大的味道。

车来了。车厢空空如也，她走到倒数第二排，靠窗落座。

站旁的 VALLEY 唱片店早就换了只碟。老板不知贵姓，自水阜区业寨街搬过来，终年一件白衬衫，以不肯让步的贵价兜售所有正版唱片。从炙手可热的金曲到乏人问津的黑胶，满了货架，又添置仓库珍藏。

海城过分拥挤。只得这处"谷地"，从临海大道西到临海大道东，承载口耳相传的旧事，一帧一帧，嵌于音乐里。

此刻，叶世文从转角走出。他没想到被程真逃脱了。走往一楼步梯的时候，已知再也追不上这个女侍应，甚至在内心有点嘲笑自己——是轻敌还是过虑？

也许她只是贪懒。夜总会生意江河日下，连侍应也随意旷班敷衍。倒是自己被假象蛊惑，竟然追了出来。

一抬眼，小巴从身侧开过。灯下二人，一高一低，一坐一立，直接迎面相望。

程真心脏倏地发紧。这处灯火通明，连叶世文额上的碎发也根根清晰可见。那双狩猎的眼，在她脸上流转。先疑惑后确定，稍顿两秒，豁然开朗。

他半眯着眼，带些笑，记住了程真。那对黑色眼珠如墨晕染，漾一池慌乱、无措、强装镇定的波光。长发如云，团住一张煞白小脸，几分游魂野鬼模样。原来戴的是假发。

车却很快开远。这里的小巴司机，都有征服 F1 赛道的野心。车咆哮出闸，转个大弯，甩着沉沉的尾，夺命而去。

程真冒了一身薄薄冷汗，不敢探头回看。

叶世文没去追，他还要赶往包间，下半场才是重头戏。绕过 VALLEY 门前，他停下来。

"文哥,买碟啊?"

"这首歌叫什么?"

"哦,王菲的《开到荼靡》,我赠你一只?"

递来的专辑封面是五个字——只爱陌生人。叶世文扫了眼,又放下,他并无闲情逸致,打算抬脚就走。

突然警笛大鸣,闯来疾驰的警车。所有街档老板探出头与身,望眼欲穿。一见来人是巡警,老板们立即收回八卦雷达。

叶世文脸色顿时起了变化。他留在VALLEY避开巡警视线,薄唇紧抿,远远看着他们鱼贯而入,周围一片喧闹。

为了确保安全,今晚整个场内,只有他与冯世雄等人在包间,怎么会惊动巡警?

是那个女侍应!

手提电话响起,叶世文接听,对面呼天抢地:"文哥!怎么办啊?"

不过是谈些闲事,包厢内没什么见不得人的。但门头挂着豪客城的招牌,来往人群鱼龙混杂,叶世文始终觉得蹊跷,谨慎道:"安排他们从北门走!"

"巡警到门口了!"

叶世文定了定神:"交代我哥和杨生,无论问什么,一律不许回答!"虽没什么见不得人,但祸从口出,还是谨慎为妙。

电话被挂断前,听筒里传来极大的呵斥声音。

叶世文在心里疯狂盘算对策,忍不住骂了一轮那个女侍应。转头用目光去寻,那台小巴早没了影,追也无用。

她也认出自己,肯定半路下车,遁入人海。

最后歌词撞入叶世文脑内,戛然而止。

"每只蚂蚁,和谁擦身而过,都那么整齐,有何关系?"

"每一个人,碰见所爱的人,却心有余悸。"

于他而言，今夜是另一个开始。

程真在科怡道站下了车。她未回家，谨慎起见决定依然换乘。心里乱作一团，担忧被叶世文报复，又怕他去找杜元告"御状"。

自家义弟开口，总比她这个酒水侍应有可信度与说服力。

不会的。程真不停安慰自己，只要无人出卖，叶世文根本不知她姓甚名谁，麦笑琪连宝姐那次偷贵客劳力士都瞒了下来。只是一想到叶世文那双眼——程真心尖一紧。这个男人望人，似要从你眼内钻至颅底神经末梢，把里外看个通透。直接、激烈，夹带威胁，他要洞穿一切，像一头狩猎的虎，有十足信心。

程真转了一趟车，终于回到福华街。"达昌塑胶"的招牌灰底红字，过分陈旧。年代已久，白底变灰，还剥落细碎几处，悬在唐楼①底层，灯下蛛丝泛银，摇摇欲坠。

路过铭记，老板谢恩铭探头打了个招呼："阿真下班啦？"

"是呀。"

"今晚这么早？要不要食消夜？"

"不了，走啦——"

她住福荣大厦三楼。这幢旧楼兴建于20世纪80年代，是当时"房屋政策"下的产物。私人楼宇改造，只有九层，"年事已高"，质量堪忧。房东夫妇在内环区附近上班，听说是给哪个委员会成员聚居的高级公寓做保洁与物业，平日住通铺宿舍。

他们是中低收入者，没资格购买经济适用的公房。递交那份申请排队五年后，才获批低价租下这处，没住多久便悄悄转租给程真。

---

① 唐楼：一种旧式建筑，与洋楼相对。唐楼一般三至八层高，部分有骑楼，部分设有露台，楼底比现代住宅建筑高。

程真其实可以租更廉价的房子。尚未拆除的安置大厦,没有比70年代清沙湾的低端旧改房好到哪里去,只有一个好处——便宜。公共浴室,公共厕所,入住的女人若孕期超过八个月,连转身都不够。

龙蛇混杂,又出过事,程真不敢再去住。

墙漆铺灰掉色,裂出的缝隙像覆在心脏上的微细血管,有种经年的霉腥味。楼道坠了盏哑光灯泡,还粘着春夏交季频出的蚊尸蛾干——交尾时头脑发热,往亮处撞去,灯泡薄而高温。

这里是人间失乐园。

程真进了屋内。开灯,反锁两道锁,脱下脚上的鞋整齐放好,推开客厅唯一的窗户。不知是广告牌立得太高,还是这里层高太矮,她与发蓝光的霓虹灯牌"金利芬兰浴"仅一臂之遥。

往下看,街巷细长瘦窄,有人路过,发顶的旋看不清。他们笑了,声响通透得像在程真屋内刚刚讲完一个笑话。

手提电话响了。程真接起:"喂?"

"你现在在哪里?"麦笑琪那边传来吹风筒的声音,"阿力跟我讲巡警去了豪客城,有个老板被抓走了。"

"我肚痛,所以提早走了,不记得同他们讲一声。"程真说话轻声细气,有股难以名状的糯感,"喂,这么快就被男友哄好了?谁讲要憎他到地老天荒的?"

"哎,他解释过了,一场误会。翟美玲是新来的,不懂规矩自己撞上去。我不想因为这些小事被人讲是非,宝姐本来对我同阿力拍拖就有意见。"

程真没做评论,说:"夜总会不讲是非,讲什么?"

"你不懂的啦,做女人,最要紧体面。你以为我还是十八岁,大把男人可以挑吗?这么多人里,阿力算最有本事的那个了,他还主动打电话来。男人铺台阶,难道还不下来?高处不胜寒啊。"

"下次分手别来找我哭。"程真不想插手他人情事,"感冒好点了吗?"

"还有些鼻塞。"麦笑琪忆起程真方才说肚子痛,"你今晚痛经啊?叫你平时不要那么省钱,吃好点啦!从口里省钱,你真的能省出二房一浴来?"

程真笑了:"或者可以呢。"

"我听那些专家讲,明年肯定就会升回去,现在是入楼市好时机,二十年一遇的大跌!"

程真不信:"我觉得还能跌,去年我看的那几个单位,今年同楼栋同朝向的成交价又低了,不用急。"

"如果你买单间,早就上车啦!就你一个小女人,死都要买两房,另一间拿来放你的骨灰?"

"多谢你的建议。"

"前段时间楼下有人来派过宣传单张①,快要搞那个什么公积金。杜师爷出了名精于算计,你换间酒吧赚钱吧。去找那些外国人开的酒吧,西人思想开化,说不定就帮你缴了。"

"缴了有什么用,能帮我买楼吗?"程真盘腿在沙发坐下,揉揉泛酸的小腿,"如果帮不了就算了。"

"保你退休啊!靓女,青春有限,你又不找男友,不用替自己老了做打算?"

"我是不会老的——"程真大笑,"我这种人,只会直接死。"

"胡说八道!你没事就行,挂了。"

"拜拜。"

程真把手提电话放下。屋内是暖黄的灯,挂得很高,照出白衫黑裤的她一身无形倦怠,连影子也扭曲了。长长一团,跌在沙发背与墙

---

① 单张:公司或企业选择宣传的一种方式,是宣传物料的一种。

壁缝隙,有点破碎。

她拿起茶几上的记事本,翻开大半,记下日期与金额,再写上累计数目。

台历圈住5月30日那一天——是珊珊缴学费的日子。

想到妹妹程珊,程真脸色才变得温和。淌在双颊的光调了蜜,有层难以触及的柔软。她用记事本夹着笔,摆回原处,叠在最上面。

压着一桌翻阅过的楼宇推介。色彩粗陋,标题浮夸,全是什么"钻石豪庭""白领首选""海城封面""见钱现收""最后上车机会""地铁开在厅堂"。

圈了几个地址,又画了几个"×",写满"待估""已售""贵""贵到离谱""朝向NO""怕撞鬼"。

广告最下面,是一张折起的夜校单张。程真素质太差,中三肄业,去便利店做收银员也会被嫌弃,更别妄想能踏入内环区,供得起渤湾的望海公寓。

那日接过这张传单,她小声问了句:"学费多少?"之后回家一算,便算了。

它与程真有一样的宿命——无论生活抑或生存,他们都是末位,总是第一个被牺牲。

副驾驶位突然一沉,徐智强关上车门,向叶世文汇报情况:"文哥,两个钟头前,冯老在西环区总部接走了冯世雄。"

叶世文低头衔了烟,点燃:"巡警是怎么回事?"

"说是循例排查,抓人是必经程序。酒吧侍应知道冯世雄与你的关系,全部一口咬定是杨坤铨安排的,准备移交其他部门。B仔出来支支吾吾说当时身上被人塞了东西,但进警局之后东西不见了,应该是这东西引出的乱子。"

"B仔?"叶世文挑眉,"他敢?"

徐智强语气犹豫："文哥，进场之前我每一个都搜过，没人有问题。"

"把他带回滨沙湾。"叶世文沉思几秒，"有多少个记者在门口？"

"原本没有的。有人给八卦杂志通风报信，来了起码五个。"

"我爸有没有回应？"

"当然有啦，他那么要面子。"徐智强模仿冯敬棠端架子的神态，"冯老讲话不知多有水准，他淡淡定定一句'瓜田李下，授人以柄'，所有记者全部愣住。"

叶世文吐了烟圈。

"幸好这时有人挺身而出：'冯总，你可不可以讲些没那么有深度的内容啊？你这种只有《文报》才能登喔！'"

"哈哈哈——"叶世文与徐智强同时爆出笑声。

"是哪家报纸的？"

"不是苹果就是香蕉的啦。"

叶世文笑够了："傻强，你去逐个封利是①，冯世雄不能见报。"

"那杨坤铨呢？两个人就是两份数，狗仔队算盘精得很。"

"给。"叶世文想了想，"给多一倍，叫他们一定要登清楚杨坤铨的全名头衔，最好户籍乡镇、毕业院校都统统写上。"

冯敬棠怎会对杨坤铨孤注一掷。断一条线，还有一张网，杨坤铨不用费心去保。

叶世文吸完最后一口，烟蒂亮了抹红光，徐徐熄灭。他侧过头，手指在嘴角点点："你打我一拳，打这里。"

徐智强一怔："……打你？文哥，你不要耍我！"

他怕自己拳头下去，魂归西天。

---

① 封利是：指给红包。

"叫你打就打，不要啰唆。"

"你无端端叫我打你做什么？"

"快点啊！"叶世文不耐烦，"我赶时间！"

徐智强嘴角垮出一个绝望弧度，眉毛耷成"八"字："你保证我打了你，你不会还手。"

"不会，快点！"

"我……我打啦。"

他攥着拳，手臂后弯，腕力朝前。拳风贴上叶世文脸颊那瞬间，徐智强双眼紧闭，不敢去看……然后他的左腮便肿了。

"你讲好不还手的！"徐智强像个怨妇般。

叶世文忍着痛，在后视镜内检阅嘴角那道明显血迹，颇为满意："还不快点去忙，现在不用做就有钱收啊？"

徐智强捂着脸，气鼓鼓下车。

车内剩下叶世文一人。他在整理情绪。半个钟头前，冯敬棠来电，说冯世雄已回了家，要求叶世文也回家——那个根本没有叶世文房间的家。

他一出生便在洲界生活。

"冯敬棠私生子"，这六个大字足以让媒体哗然一个月。多年前冯敬棠虽家境窘迫，却学业有成，拿全额奖学金留美归来，并成功俘获体育世家千金曾慧云的芳心。冯曾夫妇纪念结婚三周年那日，叶世文的生母叶绮媚，正忍受分娩阵痛，为出埠庆祝的冯敬棠诞下次子。

冯敬棠是叶绮媚的初恋男友。

男人多数是贪心的，得一想二。对比规规矩矩的曾慧云，叶绮媚就似三月春水。她会娇吟，会啜泣，会让他心软。哪怕结了婚，他也忍不住回头。

不知冯敬棠使了什么手段。曾慧云闹过，骂过，携子出走又回来,最后效仿所有贵妇做法——只在人前鹣鲽情深。

她要求姓叶的母子永远不能公开,叶绮媚永远不能进门。此话一出,正合冯敬棠心意。公开?岂不是前途尽毁?他怎会这样傻。

傻的是两个女人罢了。

"世"是冯家字辈,取博大、宽宏、辽远之意。世雄与世文,一听就知父母是何等偏袒。一个天之骄子,光明正大,誓要雄踞一方;另一个只求斯文,循规蹈矩,不要失礼家风。

似乎两兄弟都人不如其名。

对外叫"舅父",进门叫"阿爸",叶世文早就惯了。他想好应对台词,从后排座椅摸出一顶鸭舌帽戴上,遮了半张脸才下车。

他两手空空,一身T恤牛仔裤,吊儿郎当。

以前登门还会带礼品,那时叶绮媚过世已有三年。只有这个女人死了,孽种才获得登门资格。叶世文于夹缝生存,深谙讨好之道,就算是自己生父也照样礼数做足,从不落人口舌,毕竟血浓于水。

曾慧云总在他出门之后,把礼品拎到楼下,全部扔掉。包括他攒了两个月的钱,给冯敬棠庆生的那只绿底绘珐琅彩镶钻手表,送出之后就未再见过。

冯敬棠默许一切,叶世文便不送了。

再送未免太廉价——不是礼品,是他。

他太廉价。

电梯停在十九楼,梯门打开。世上最精明的建筑设计师肯定都在海城高就,否则怎会发明这种三角形格局的住宅风格——两梯三户,公摊缩减。

不锈钢镀了金又嵌了纹,变成威武贵价的大门。叶世文摁了门铃,半分钟后,来应的是冯敬棠。

白衬衫走线精良,纽扣泛贝母色泽。冯敬棠袖口挽起,一副刚刚

忙完的模样。

"阿爸。"

"现在才到?"

"红源塞车。"

冯敬棠扫一眼叶世文:"外面日头很大?怎么戴帽了?"

叶世文摘下鸭舌帽。额前的发往后梳,露出两道墨黑的眉与一双淡漠的眼,挺拔鼻骨与叶绮媚如出一辙——他更肖生母。

叶绮媚极美,人人笑称洲界界花。花,春承露夏沐阳,秋转凋零冬藏糜尸,红不过百日,注定短命。

"你嘴边怎么回事?"冯敬棠瞄见叶世文嘴角,"二十多岁还与人打架?"

叶世文摸了摸那道痕迹:"昨晚回去救大哥,跟人起了冲突。我跑得快,他们没抓住我。"

屋内的曾慧云听到这句话,脸色暗了。冯世雄有点诧异,探颈去看门口,被曾慧云用眼神制止,又缩坐回去。

冯敬棠无声叹口气:"入屋再讲吧。"

"云姨,大哥。"

"嗯。"曾慧云哼了声,算是打过招呼。

冯敬棠的千呎豪宅,面朝海港。似乎再住得高一点,远远望去,便能如坐海平线上,观日出日落。欧式阔背家具,牛皮折口被工艺师缝得细密平整,怕被剥皮时的惨叫会在半夜从缝隙传出。

客厅悬了一幅字——云山入怀。行不行,草不草,叶世文一直不知这属哪派书法大家的手笔,只知是由那位叫"承德"的友人题字。

承德,是冯敬棠在英国结识的大亨戴先生的字。他喜爱中华文化,还习得一手书法。他的字,当年由冯敬棠赠予,寓意"承旧制,启新德"。二人一见如故,私交甚笃。

"现在人齐了,你们谁先解释一下昨晚到底怎么回事?"冯敬棠坐在单人座，望向自己两个儿子。

冯世雄一向性急，况且在警局饮了整夜冻茶，不自觉抱怨起来："我也想知道，为什么我跟杨坤铨好端端坐在包间里面，就突然有一群找麻烦的人从天而降。"

"而你——"冯世雄目光投向叶世文，"偏偏就在你出去之后，那帮人就来了，你要不要解释一下啊？"

叶世文态度冷淡："解释？你要我解释什么？怪我膀胱太窄？还是你觉得那群人是我叫进去的？"

语句粗鄙，曾慧云皱了皱眉。

冯世雄显然受了委屈，双眼怒睁："他们进来第一时间搜身，你手下身上有不干净的东西啊！你觉得与你无关？"

"他是他，我是我，又不是我给他的，也不是我身上搜出来的，跟我有什么关系？"

"你一向都在那一带活动，究竟是想搞你，还是想搞我们？你到现在还没跟洪安集团撇清关系吗？"

"你觉得怎么才叫撇清？杀鸡拜神跟关二爷讲'我退出啦'，还是要登报说明我与屠振邦一刀两断？"叶世文笑了，笑出一副反骨样。

冯敬棠直接开口："世文，你走歪路，不是我逼你的。养不教父之过，我没教过你，但你妈……她应该教好你的。"

他听得出叶世文有怨气。再看看小儿子脸颊的伤，语气软了点，说道："那东西，是在白少华①身上搜出来的。他是你的人，你确实欠大家一个解释。"

"我身边没有人碰那种东西。"叶世文绷着脸接话。

"你怎么保证？"冯世雄忍不住插嘴，"他们碰了也不会跟你讲，

---

① 白少华：前文中"B仔"的大名。

这帮人哪有廉耻心。"

"哦,我们一般是向关二爷立誓的,然后讲一套做一套。就好像你跟上帝讲愿意承受一切苦难,然后市民挤地铁你就开跑车上班。"

冯世雄音量拔高:"叶世文,你不要侮辱我们家的信仰!"

"我哪敢?你们信教的谈生意还要找女人作陪,我可付不起这个钱。"

冯世雄气极,生怕曾慧云谴责自己:"是杨坤铨咸湿①,不是我!"

"人家用嘴喂你吃车厘子的时候,又不见你拒绝?"

叶世文倚入沙发背,瞄了眼佯装镇定的曾慧云。

"够了!两兄弟来的,吵什么!"

冯敬棠已经恼了。从警局接走冯世雄足以拖垮他今日所有安排,抽出半昼空档来解决问题,却要在这儿听两个儿子赌气争执。两个都不知所谓,简直胡闹。

他深知妻子脾性,盯紧叶世文那张玩世不恭的脸:"你知不知道自己在讲什么?跟你云姨道歉。"

一直不愿开口的曾慧云终于不是木头人。她捏起马克杯,轻嘬了口咖啡,又放下。

老公出面,她自然云淡风轻。

叶世文舔了舔后槽牙:"对不起,云姨,我口没遮拦乱讲的,你不要放在心上。"

重复过无数次的桥段。事不是他挑的,歉却由他来道。叶世文甚至觉得自己变态,有点爱上这种不断试探这个家底线的游戏。似乎能证明他有微不足道的存在感。

曾慧云对歉意不置可否:"世文,昨晚究竟是怎么回事?"

---

① 咸湿:好色之意。

"云姨，我真的不知道，我从洗手间出来就听到领班在叫'警察来了'。我们清白不等于整个场子所有人都清白，万一有人嫁祸怎么办？我担心大哥和杨总，未走到包间门口就发现里面被人围住，进也进不去。想从北门遁走，竟然撞见警察。"叶世文又摸了摸嘴角的伤。

"至于那包东西，B仔不敢的，我从来不准自己的人碰。经我这边的所有生意阿爸每个月都会查流水，现金也是每次按规矩交给Norah。

"退一万步讲，我有可能找人来害自己大哥吗？害大哥不就是害自己老爸？大逆不道的事，我做不出。"叶世文抬眼望向冯敬棠，眼神流露沮丧，"阿爸，你不信的话，我可以去调监控，一五一十摆出来看清楚。"

真的要查？冯敬棠还不至于这般羞辱叶世文。

他只是沉默，不知因愧疚抑或无奈。二十多年的偏爱，让冯敬棠略感懊恼，自己竟受这对母子影响至深，第一反应是质疑小儿子。

回冯家七年，叶世文至今居无定所。对比接走冯世雄时那副惊慌失措的模样，此刻，叶世文嘴边的伤更刺眼。

手心手背都是肉。

"你乱讲什么，你是我儿子，我什么时候说不信你了？"

此话一出，没人敢反驳，包括曾慧云。冯敬棠御妻有道，十年前岳父过世后，他更是彻彻底底的一家之主，倒显得曾慧云像个傍老公的花瓶。

他隐去细枝末节，继续说道："这事虽然不留案底，但我离开的时候有人通知了记者，媒体肯定会发难，世雄——"

叶世文直接打断："我已经叫人去摆平了。"

冯世雄与曾慧云一怔。

"好，好。"冯敬棠点头，眉心舒展不少，"现在媒体最中意丑闻。总之，先把这件事盖下来，对大家都好。世雄，以后无论做什么事，

你都要多留心。不要让人害了你,也不要想着去害人。"

害人,这两个字让心高气傲的冯公子撇了撇嘴。这是在怪他与他妈一开始煽风点火,咬定是叶世文惹的祸。倒是曾慧云听出点弦外之意,拿手肘碰了儿子腰侧。

"知道了。"冯世雄闷声回应。

"洲界那宗地从1991年开始谈,到现在九年了。当时地产市场太动荡不让挂牌招标,担心有人耍花样。结果一拖再拖,我从头布局搭线又花了三年。今年若不跻身地产界,再过两年经济没起色,地价越拍越贱,土地管理局一定会减少公开拍地竞标。财政收入没进项,免不了要搞意向勾地。以后谁跟银行关系好谁就能拿到融资,我们玩不赢那群地产大鳄。"

冯敬棠换了副公事公办的口吻:"杨坤铨无非是背靠几个富贵团体。出了这种丑闻,丢车保帅,肯定没人会救他。"似乎是迫不得已,他的语调低下来,"公司登记变更走不通就算了,本来胜算就不大。但 Rex 的钱要有个壳才能进来。实在不行,钱先到世雄你的公司,你再入股兆阳地产。"

曾慧云面露担忧:"敬棠,不行,这样太冒险了。"

树大招风,资金敏感,还涉及冯敬棠儿子,兆阳地产会直接被人盯上。

冯敬棠摆出不满:"才那么一点点股份,能有多大风险?等你带的团队多拿几个国际奖牌和赞助,再来跟我谈什么叫'冒险'。"

看来她是对外扮女强人扮上瘾,分不清这个家中的主次。

曾慧云噤声。冯世雄见母亲表情难堪,想反驳,又被一只纤长的手摁住膝盖。她不想儿子也受责备。

冯敬棠收回视线,望向两个儿子:"下个礼拜我约了来亚国一个投资人,你们两个先出面,去帮我探探口风,看最大程度能争取多少银行融资。"

"来亚国人？"叶世文装模作样演惊讶，"没听你提起过。"

"他太太是你云姨教会的教友，而且他最近以慧云体联基金名义，捐了两个体育馆和餐厅给和埔中小学。出身不好，但胜在发家够早，华兴银行几个非执行副主席[①]都与他关系匪浅。"

曾慧云和冯世雄终于有些得意神色。论左膀右臂，叶世文这个野种绝对及不上他俩，顶多是个鞍前马后的小卒，不要指望能沾走他们家多少光。

叶世文沉默，当作应下这番安排。

冯敬棠使去一道眼风，遣走曾慧云与长子。曾慧云借口说下午要参加健体栏目的专访，讪讪然唤着自己儿子回房，帮忙挑一副衬托貌美的发饰。

自从冯敬棠得势，她便是贵妇里风头最盛那位，一贯格外注重形象。

客厅仅余冯敬棠与叶世文。

"世文，你大哥性格就是这样，意气用事，我有时候都想打他两巴掌。"冯敬棠心头萦绕许多闷气。

这个家里，曾慧云有怨，冯世雄有怨，如今连叶世文也带了怨。他是替叶绮媚怨，还是自己在怨？冯敬棠不愿去想。

"你接触的人和事比他多，论年纪他在你之上，但论胸襟他不一定比得上你，你要包容他。一世人两兄弟，不要有隔夜仇，知道吗？"

"知道。"叶世文半合着眼，没了方才的滔滔不绝。

冯敬棠知晓这个儿子心思重，勾唇笑了："怎么？是不是觉得我

[①] 非执行副主席：书中银行内部高管职务。

不器重你,做什么事都要你与大哥搭档?"

叶世文理解冯敬棠有私心。屠振邦讲过,冯敬棠最好运的就是叶绮媚为他添丁。

添丁,才好发财。

"怎么会呢?大哥怎么说也浸过咸水①,留学英国,我还有很多事情要跟他学呢。"

"两父子之间你还假谦虚?你也是正经大学毕业的。"冯敬棠摆摆手,"我对你的期望与世雄不同。你有贵人点拨,又捱过苦,人情世故比你大哥懂得多。为人父母,只会想自己的孩子好,手段不一样罢了,你不要误会我的用心。至于慧云——你也知道,女人总是小气,你不要怪你云姨。"

叶世文突然抬眼,勾唇浅笑:"云姨是长辈,我应该尊重的。"

陈腔滥调,既为自己解释,又替曾慧云母子开脱。捅破天大的篓子,一屋四人,也只有自己被怀疑,被要求道歉,被勉强宽恕。

"等到你以后成家立室,你就会明白我讲的了。"冯敬棠见儿子脸色缓和,"留下来吃午饭吧?娟姐已经出街买菜,今日我叫她煮你爱吃的碌鹅。"

叶世文站起身:"不打扰了,我还有事要做,赶着走。"

"什么事这么重要?连陪家人吃饭都不行?"

他怎会是家人?这里连一双待客的拖鞋、一杯温热的茶水都不会为他奉上。叶世文又不傻。

"昨晚那件事不查清楚,我没什么胃口。"

与曾慧云母子吃饭才是真的没胃口。登门已耗光耐心,还要他忍受冯世雄的骄傲和愚蠢?明枪暗箭,早就让叶世文食不知味。

---

① 浸过咸水:指过去在国外留学读书。

冯敬棠深知儿子隐藏的理由。薄唇边那道伤痕突然过分显眼，心头稍稍一紧，冯敬棠也站了起来。

"那你等我一下，我去厨房煮个鸡蛋，你敷了会快点好。"

"这个？"叶世文点了点自己嘴角，不甚在意，"男人老狗，有疤才有型嘛，不用麻烦了。"

他抬腿就往外走，冯敬棠连忙跟上。眼见叶世文就差半步迈出门口，突然又转身。

"阿爸——"

冯敬棠的脸色欣悦起来。他对叶世文有理所当然的权威，父命子从，使唤做事情合情合理，但心底始终存着几分亏欠，毕竟没有在身边养大，少了点舐犊情深。只要他肯示好，做父亲的当然会弥补。

"我找人给了封口费给那些记者，你记得把钱给回我。你知道的，我一向没多少钱傍身。"

冯敬棠一愣。眼底的光从聚拢到涣散，似热汤放凉，凝了层一触即破的薄油脂。

许久之后，才听得冯敬棠说一句："你去找 Norah，她会开支票给你。"

他根本不像他妈——叶绮媚哪有叶世文可怜。

Chapter 02
瞄准猎物
Wangbei Building

天气近来怪异,还未到端午,已烘得路人短衫薄裙。叶世文从公寓下来,迎面一阵热浪,泼在手臂每个毛孔上。快步赶到车旁,趁交通监督员闪现之前入了咪表①。

一身薄汗,叶世文坐进车里,手提电话便响了,他立即接起:"元哥。"

"昨晚你没事吧?"

叶世文脑内闪过那个肤白发长的女人。

"没,地头蛇嘛,飞不上天也晓得遁地,哪有这么容易束手就擒。"

"衰仔。"杜元笑了,"你没事就行,大伯叫你佛诞日回来祖屋,你知道他老人家最重视的。"

叶世文语气犹豫:"可能不行,我答应了我爸要去跟人谈事。"

"什么事?"

"来来去去,不就是那些有钱人的交易。"叶世文的手指在方向盘上摩挲半天,冷笑一声。

他去年下足功夫,花费数月摸清了这个来亚国人的底细。甚至

---

① 咪表:指电子计时表。

发现好些年前自己也照屠振邦吩咐，替这个来亚国人办过事。从那之后，屠振邦半退休，他回冯家，来亚掮客①继续在金钱游戏里驰骋。

海城确实太小了。相遇都是重逢，却已更换模样与身份。

半年前他安排两个像模像样的兄弟在对方女儿学校附近派彩页、赠小旗，才搭得他那位虔诚信教的老婆上钩，巧遇曾慧云。

富豪乐善好捐，慧云体联正好为他们打通积德渠道。钱怎么来的？不重要。放下屠刀就能立地成佛，哪管刀下亡魂多少？

人世间是是非非，大多不追究来路，只顾去处。

杜元沉默几秒，看来这次数目不小。冯敬棠摆阔摆惯了，现在由奢入俭难，肯定贪性成瘾。

"需要我帮忙的就开口。你回冯家一向受气，还要看他们母子脸色。"

"怎么会呢？说到底我也是他的种。"

杜元提醒："你不要对冯敬棠太尽心尽力了，他真的重视你，不会你妈的生辰死祭他都不来。"

混过怀吉地的杜师爷，义字当头，难忍这等重利薄情？叶世文听完只觉得好笑，不想应和："算啦，元哥，不讲这些了。"

"那你下个礼拜来不来？大伯说你认祖归宗就不记得他了。"

"什么叫认祖归宗？我是在元村上契的，拜过菩萨天公，关云长二哥见证。"叶世文言辞恳切，"我是屠振邦的人。"

"算你有良心，记得来。"杜元先挂了电话。

叶世文舒了口气。

烈日当空，前挡风玻璃透热透光，于车内切割大块暗影，阴阳交

---

① 掮客：指替人介绍买卖，从中赚取佣金的人。

织。海城地产商多数迷信，且能"通灵"——因填海而绵延的陆地上，处处无敌海景，楼价逼近炼狱——不是用冥币估计很难买得起。

海城人技多不压身，风水命理头头是道。什么财需有源，煞必用制，青龙高盘，白虎低伏，师奶阿伯信手拈来。

此刻，午时。支藏丁火，阴渐盛而阳始衰，百鬼躁动。待日落，待群星，待月色报幕。

叶世文待不了了，他现在就要去"抓鬼"。

晚上九点，程真这个夜班女侍应打算撤了。

内环区乐川坊，T-top酒吧。男男女女，于舞池内极力扭动水蛇腰、水桶腰、水泥腰——那截腰身，仿佛嵌满钢板，每个动作硬得似初登月球的宇航员。

他们对羞耻无感，对夜色入迷。扭成一片海景，人浪叠叠，音乐鼓噪。

"喂，阿真，孖八那台客，学生仔扮老成，"同事丽仪在更衣室外问程真，"兑一半水他们都饮不出来啦！有钱不赚？"

"怎会不赚？我今晚有事，塞钱进你口袋了，你去吧。"

程真剥下半身裙，两条细白的腿套入阔身牛仔裤，边推门出来，边用手指勾着球鞋后跟："赶时间啊。"

"那我今晚去你那区啦。"丽仪根本不会与她客气。她比程真大三岁，娇嗲性感，倚着门框发问："约了男人？"

程真瞥见丽仪锁骨上扑粉也遮不住的印："你觉得有可能吗？我哪有你受欢迎？"她手指在颈间点点，"再嗍多两分钟，可以造条佛珠了。"

丽仪拢起衣领，脸色多了些不寻常。长睫轻眨，又掩饰过去："杜师爷胃口大，你不懂。"

"懂了岂不是要与你姊妹相称？我不敢。"

这次轮到丽仪笑了。程真摆摆手，又穿过走廊往吧台去。她从后门走，经锦云街过，上了海城区专线小巴。

这一区，昼与夜在窗外闪烁繁华，不受四季干扰。和风流行的年代，外国货 Logo（标志）格外细致、利落，少了俗而泛滥的霓虹艳灯。蓝色温柔，白色纯洁，连个马桶品牌都显得像坐在云端如厕——上帝般的感受。

程真落座倒数第二排。待前面乘客已经稀稀落落，在红棉道纷纷下车，她才开口："今晚这么早？"

后排男人交叠胸前的手松开，架在程真椅背："怎么，碍着你发达了？"

"凌晨四点前收工的女侍应，你见过？"

"又不是第一次见。"

男人笑了，气息略重，轻洒在程真肩上。她缩了缩肩，往后探看，细眉挑起："咦？你不是吧，搭小巴穿老西？公务员冻薪而已，需要下班兼职做保险？"

程真想起今日下午房东给她致电。一分钟内道尽所有艰难困厄：官方出台救市政策，达官贵人首遭冻薪，业委会要求降物业管理费，他们两夫妻每月餐费补贴全减。

一句讲完：加租。

"你这张嘴从来都讲不出好话。"

"想听好话？给钱咯，讲到你厌都行。"

"银行应该摆在你门口，劲过貔貅吸财。"男人从裤袋掏出一个皱巴巴的信封，递到程真面前，"喏，拿着吧。"

程真直接夺过，毫不犹豫打开，露出钞票真容，当着男人的面开始逐张清点。

"需要这样？不信我？"

"人情是人情，钱银要分明。"程真点完数，挂了抹笑在嘴角，这张素来平静的脸灵泛起来，终于像个二十二岁的女人。

"多谢啦，德叔。"

洪正德四十出头，在警务队伍兢兢业业奉献多年，屡屡破案获功。国字面孔，阔嘴狮鼻，些许眼纹不减威风，俨然一副精明正直的模样。车内禁烟，他却无视标识，掏了包新开的骆驼，晃出一支给程真。

"要不要？"

程真没说话。

"不要就算了。"

程真见洪正德打算收回烟盒，眼珠眨出狡黠的光："这么久没见，就给我一支？好小气。"

洪正德怎会不知程真本性，整包抛给她："拿去，拿去！"

"祝你早日升官发达换老婆。"

"老婆就不换了，线人怕是要换。"洪正德眼神一敛，"其他部门有个老同事，见完叶世文就失踪了。"

那双锐眼在程真脑海闪过。她手上动作一滞，又故作轻松回应："那你去抓他啊。"

"无凭无据……不如你帮帮我，这样我就有理由抓他了。"

"你不要找我。"程真轻嗤。

她不愿蹚这种浑水。

"以后清明、重阳，我会亲自为你上香。"

程真剜了洪正德一眼。

"讲笑而已。"洪正德的目光随车身移动，掠过朝阳山道沿街的灯饰铺面，"你上次白忙活了。那包东西就是珍珠粉而已，居然没人找得到。娱乐场所鱼龙混杂，多多少少都有巡警盯着，进去搜场子也合情合理。居然说没就没了，你说会不会有人动手脚啊？"

"行了行了，停！"程真做了个暂停手势，"我只是帮个小忙，知道越少越安全，你有什么话还是留着跟你那群手足讲吧。"

他们只交易，不交心。

"你觉得我什么事都可以跟同僚分享？"

"那你也不要和我分享。"

"自私！"

"多谢！"

洪正德拨了拨头发，有点无奈。想起许久前在监狱见过曹胜炎，低声问一句："你没去看过你爸？"

程真嘴角僵住。一头长发罩在薄肩瘦臂，二十多度气温瞬间寒凉如水。她抿了抿唇，齿关一咬，摆明嚼下心酸，扬眉笑了："我是从石头里面蹦出来的嘛，哪会有老豆[①]？"

"他有问起你同珊珊的近况，其实他很后悔的。"

"现在算什么？夜间心声栏目？"程真笑得越来越虚，像在脸上生出一副苍白面具，镶骨嵌髓，难辨真假，"你这声音确实可以去应征电台主持人，专讲鬼故事。"

她不想听。恨比爱更让人有骨气。

洪正德闭嘴。眼见程真把拎包拉链拉好，准备下车的态势，他转而旁敲侧击："最近杜师爷那边怎样？"

"他做正经生意好多年了，规规矩矩，你又不是不知道。"程真半垂着头，望了眼手表，头也没转，往后摊开五指，比了个数钱的手势，"你想知道多少？你话事。"

洪正德恨不能一掌打在面前这颗小小头颅上，泄一口闷气。他掏出钱包，摆了两张大金牛[②]在程真手中："帮我留意杜师爷，我不信他

---

① 老豆：指爸爸。
② 大金牛：指面额一千的当地货币。

那么老实。"

"这个价,我最多帮你留意一个月,不包证据。"

"两个月!"

"一个月。"

"一个半月!"

"一个月。"程真站起,侧身向洪正德交代,"做完这次我不会再帮你。杜师爷是笑面阎罗,让他知道我串料给你,以后你见我只能去香槟大厦,劏房凤窦①,先付后食。"

板间房楼妓尚算好归宿。最怕就是尸骨无存。

"这次算我优惠给你,从明日开始计时,今晚当是赠你的。"

她快步走到车门边,小巴已经停下。门一开,程真便闪身下车,随即融入人群,像一尾狡猾的鱼。洪正德倚着车窗,大喊一声:"喂——你赠什么啊!"

程真回头:"赠你晚安啦!"

时缓时急的人群化作溪泉,她的黑发在风中摆动柔软弧度。是鱼鳍,是鱼尾,是逆流而上的那抹生命,在这个都市流淌。

半个钟头后,程真从长角弯道转入福华街。这里路灯虽悬得不高,但瓦数太低。钨丝咝咝响了几声,暗黄铺落在地,团着大片大片的模糊,连石砾形状也分辨不明。

她转过弯,挎包内钥匙随脚步晃出声响。哗啦,哗啦,清晰干脆,听得出街巷静谧。

"程真。"

---

① 劏房凤窦:劏房,指的是逼仄的板间房;凤窦,指的是20世纪末残存的板间房楼妓。

两个字，半秒钟，猛地闯入耳膜，先抑后扬，充满试探。

倚在墙边的人，蓝衫黑裤，宽阔肩线勾出无边无际的危险。

那双眼又再次瞄准猎物。

程真脚步只滞了一秒。几乎是瞬间，身体先于意识做出反应，她立即后转，沿来路撒腿狂奔。恐惧自腰脊而上，短促阵麻冲入头皮。洪正德讥笑过她天生适合作奸犯科，皆因每次逃命至上。

似乎合情合理。

还未跑到转角，一只大手自身后抓紧程真手腕。猛地一扯，右肩磕上石灰剥落的水泥围墙。神志未清，程真双手已被粗暴反钳身后，压制所有反抗，整个人抵在墙上。

痛楚与低呼齐齐袭来，她喊了一声："啊！"

"不准叫！"声音从头顶传来，阎罗王恐怕也比此刻的叶世文温柔。

程真两道细眉紧拧，胸口被挤得喘不过气："放开我！"

"跑得挺快，"叶世文俯身凑近，"惯了做贼？"

"你是不是点错相[①]啊？先生，我不认识你的！"

叶世文用力掰着程真手指，她痛得频频抽气。这个姿势投降得太彻底，只能先哄他松懈。

三十六计，认输上计。

"文哥，文哥，给条生路……"

"现在认得我了？"

叶世文空出另一只手，开始搜身。程真扭动躲避，后悔今日没带刀出门。

"认得，当然认得，怎么可能不认得呢，化成灰都认得！文哥，

[①] 点错相：指认错人。

可不可以先松手?"音调柔柔弱弱,程真煞白小脸透着哀求,"求求你,我的手快断了,好痛……"

叶世文轻噬一声。还以为是个江湖女侠,原来不过是只矮脚小猫。

脚背突然被球鞋狠狠碾踩,力道之大,叶世文松了警惕,直接受袭。程真使劲向后仰头,撞得叶世文撤离半步,随即转身,这个孱弱小贼骤变奸狡狐狸。眼尖手快,目露凶光。

她探手到叶世文腰间,左右滑过口袋,被他抬手一挡。扯住她右手手腕往反向掰紧,程真既惊且痛,提膝朝男人胯间狠狠顶去。

"这么阴毒!"

叶世文立即护裆,保住那寸千金不换之地。

长指一握,程真膝盖落在叶世文手上。下一秒,叶世文呼吸收紧。程真已扣着他的喉颈,拇指嵌入半寸在颈动脉处。

短短交锋,以这个拍案叫绝的动作定格。互相钳制,殊死挣扎。

叶世文确认B仔清白之后,审了那群脸色惨淡的侍应两个钟头。欢场中人无真话,撒谎比撒尿更流畅。他不着急,让傻强逐个策反——讲吧,包庇无用。再不讲,大家一齐死,出了门,全城没一个场肯再收你们。

"文哥最憎二五仔[①]。"

"没了这份工,下个月房租你找谁借?"

"难道又要你阿妈周游各区去轮平安米[②],与年过七十的落魄耆英

---

① 二五仔:指告密者或者出卖其他人者。
② 平安米:指的是慈善机构会定期筹资购买,向广大贫民派放的福利物资,大多以米面为主,因此又叫平安米。

争那几口慈善打赏？义气不能当饭食。"

罗力不愿再看麦笑琪脸色，第一个站出来捅破这层义薄云天："昨晚程真来替 Maggie 的班。"

叶世文走后，麦笑琪气得眼泪直流："你连阿真都出卖，你还是不是男人！"

"万一我失业，谁给你钱买楼？"

"讲这么好听！你一直不肯和我登记结婚，以为我不知道是你妈在背后搞事？三十岁的人了，还什么都听你妈的！"

谁扬言过情比金坚？明明黄金至软。伤心女人的眼泪最终都会变成钻石——又冷又硬。

叶世文遣了徐智强去 T-top 查人。

"程真，二十二岁，中三肄业。哈，比我还差，我起码念完中五。"徐智强见叶世文没反应，收起笑，"住水阜区福华街，几年前就在 T-top 工作了，据说她认识杜师爷也是因为一点事情。"

"什么事？"叶世文挑眉，想起那张苍白的脸，"瘦得像晒干咸菜一样，她能做什么？"

"T-top 阿威讲的。反正不知道是被陷害还是自己惹的麻烦，杜师爷出面帮她周旋，保了她，后面没被人欺负。算是欠了杜师爷人情吧，所以才一直留在 T-top。她不过是个侍应，没什么特别的。但人很勤力，估计是因为长得不够靓怕卖不出酒水。"徐智强复述着别人的话，"况且杜师爷的女人不是她。"

"是那个靓女哪——"他在胸前比了个弧度，"我是杜师爷，我都中意这款啦！"

叶世文盯紧眼前的程真。

两个人终于近距离，面对面。月光亮得离谱，根本照不穿这条瘦窄巷子内的剑拔弩张。一个俯身，一个仰头，尝试以视死如归的眼神制服对方。

可惜未果。

"那包粉是谁安排的?"

"什么粉?"程真嘲讽,"糯米粉、胡椒粉,还是沙河粉、陈村粉……啊——!"

她的手腕关节传来钝痛。

"你说呢?哝——"

他的颈侧已被指甲划破。

"你放手。"

"你先放。"

"你放不放?"

"你放我就放!"

"我看你是想死了!"

"那你肯定走在我前头!"

"你以为你打得过我?"叶世文手劲又重了几分。

程真痛得眼眶湿润,流转英勇就义的光:"也没见你赢啊!"

叶世文耐心有限。这个女人顶多算清秀,与靓字无缘,月下盈泪也勾不动他的怜香惜玉之情。

"死八婆,信不信我拧断你的手?"

"不妨试试,看谁更快!"

"啪嗒"一声。性命攸关之际,二人同时望向左边。只见一名补习归来的学生妹,校裙齐膝,衫领洁净。在灯下被程真与叶世文惊着,失手打翻一盒铭记烧鹅濑——是程真楼上黄姨的女儿张欣园。

"真……真真姐……"张欣园紧张得舌头打结,却仍有几分法治社会赋予的胆量,"喂,你,你最好放开她!长角弯道上面有巡逻警察,你不要乱来啊!我大叫一声,他们冲进来,很快的,三分钟都不用!"

这是公然恐吓。

叶世文听罢,脸上多了点犹疑,却无畏惧。他见来人认得程真,压低音量开口:"叫她走。"

程真嘴角弯弯:"叶世文也会怕?"

"你猜我掐死她需不需要三分钟?"

程真的手腕已痛得有点失去知觉。她不过是仗着自己在杜元酒吧打工,赌叶世文不会轻易下手,但张欣园……

"她是无辜的,你不要乱来。"

"从这里拖去后巷那个唐楼,都不用三分钟。"叶世文眼神敛光,"这里是水阜区,不是渤湾。你猜是我的人来得快点,还是警察来得快点?"

程真忍下不忿:"阿园,你先回家吧。"

"真真姐……"

"听话,快点回家温书。"

张欣园音量拔高:"你是不是被威胁了?"

叶世文锐眼半眯,手指掐紧程真腕关节。

她深吸一口气,万分不甘,咬牙切齿:"他是我男友。"

张欣园瞠目结舌,视线在二人身上来回游走:"但是,你掐住他喔!"

"这种叫情趣。"程真愤懑抬眼,迎上叶世文轻佻目光,"男人就是下贱,你越用力他越刺激。"

叶世文嘴角扬起,人与影彻底笼罩程真,盯紧她逐渐慌乱的眼。真要玩刺激,他考虑奉陪。

张欣园呆了。好奇与害羞的种子,经这幅猴急画面浇泼,在这个十八岁女孩的心内疯狂滋长,蔓延所有窥探欲望。她竟移不动脚。

叶世文无视程真眼内警告,侧头去问:"还不走?今晚不用做功课?不如别看了,加入我们——"

张欣园跑得无影无踪。跑之前受惊过度,还踩了饭盒一脚,剩那袋汁液横飞的烧鹅瀬摊在原地。

"你松手。"

"你先。"

"我数到三。"

"幼稚园大班在读吗?还数数!"

程真率先放手。右腕失去钳制,似被用锤开凿骨缝,痛从深处冒出。叶世文也不好过,指腹一抹,颈上带血。

跑也跑不了,打也打不赢。东窗事发来得太早,二人卸下蛮力,薄汗加身。此时此刻,有种荒诞的轻松,徜徉在这条无人途经的断头路。

程真倚在墙边,斜斜抬眼,一副耍赖模样。

叶世文也倚着墙。一番闹剧后,他竟然烟瘾犯了:"有无烟?"

程真想起那包洪正德送的骆驼:"没。"

"你不食的?"

"不食。"

叶世文回视程真。个子不高,头发细软,五官透着一股隐约稚气,没比刚刚那个学生妹年长多少。上翘唇珠毫不可爱,反而像带了抹嘲弄在脸,不知想笑话谁。几缕长发浸汗,覆在她颈侧,随呼吸高高低低,于脉搏之上招展无限倔强。她居然敢单枪匹马与自己狠斗一轮,看来罗力说得对。

"程真硬过猪头骨,又奸险狡猾,文哥你要小心。"

小心?小心她会虎口脱险,还是小心她的情色陷阱?她哪有色相可言。

"谁安排你去的?"

"冯世雄。"

程真毫不犹豫,把冯世雄供出。早在被制服那刻,她已想到这个答案。

叶世文笑了:"你知不知道冯世雄跟我是什么关系?"

"知道,他是你表哥。"程真也笑,"利字当头,亲兄弟都会自相残杀,一个表弟算得上什么。"

"你当我傻的?进去的人是他。"

"你当他傻的?他爸是冯敬棠,慧云体联董事局主席,大慈善家啊。"程真依着洪正德的话说,"他肯定不会出事的,他想害你而已。"

叶世文简直想捶墙大笑,这个女人讲大话的本事超出想象。

"你这种人能认识冯世雄?"

"我这种人?"程真挑眉,"冯世雄可以有你'这种'亲戚,怎么就不能认识我'这种'人?"

"你帮冯世雄做事,你猜杜师爷会不会有意见?"

反正那是一包唬人玩意儿,洪正德也说丢了。

程真笃定:"无凭无据,你猜杜师爷信不信?"

"你怎知道无凭无据?"

"连相关通报都没有,你想害我,没这么容易。"

叶世文不搭话。他直接拿起手提电话,拨出号码,当着程真面前,叫了一声:"元哥。"

程真盯紧叶世文。

"听说你酒吧里面,有个女侍应叫程真?"叶世文抬眼扫视周围的旧楼,又把目光放在程真身上,"我见到她与海城中区那个瘦骨仙警察在城东旧街吃糖水——"

程真双眼圆睁。

"就是每月都要查你场一次的那个,姓许的,要不要我帮你?"

"喂,你乱讲什么!"程真急了,伸手去抢手提电话。无论再假,由叶世文嘴里说出,杜元肯定先信三成。

叶世文痞笑躲开。程真才看清,电话根本没拨出去。

"不是说无凭无据，杜师爷不会信吗？急成这样，原来你也知道杜师爷最憎反骨仔①？"

她才顿悟叶世文并非为报复而来。

"大晚上你不去快活，守在这里，不会想找我吃消夜吧？"

难得她有些审时度势的聪明。

叶世文单刀直入："你帮我做一件事，上次那摊子事，我可以考虑不与你计较。"

程真诧异："如果我不肯呢？"

"你觉得你有得选？"

叶世文懒洋洋挺起腰脊，站得笔直。昨夜剧情本应如他所愿，待杨坤铨与冯世雄酒足饭饱，各搂一名风月佳人出南门，各路狗仔队现身，争拍今日的头版头条。

是程真乱了自己计划。误打误撞，又完成一半。

况且他的仇家要出手，凭一包粉，还放不到他身上，未免太小儿科。程真不是冲着自己来的，是冯世雄还是杨坤铨，都无所谓。她敢私下替人"送信"，可见并不忠于杜元。

收钱办事，推卸责任，还有一张不起眼的脸，这个女人很好用。

"你现在就通知家属，去北水镇帮你收尸。"叶世文抬腕看了看手表，"这个钟数的路况，一个钟吧，去到尸体应该还是热的，甚至不需要惊动杜师爷。海城日日都有人死，多你一个不多。"

程真身上的汗被吹至半凉。

叶世文衣领在打斗中泛起皱褶。歪了，松了，袒半侧胸膛，透无穷体力。他像一头盛年的兽。他若铆足了劲，自己确实会死。

程真犹豫半天，语气往地底里沉去："我只帮一次。"

---

① 反骨仔：指叛徒。

Chapter 02　瞄准猎物

深蓝色西装的新闻报道员话音刚落，镜头便转接到人群中去。画面晃动几秒，似乎摄影师被人撞着，然后凭扎实马步又扛稳了长枪短炮。

"冯总，请问你对杨坤铨私德败坏而引咎辞职这件事有什么看法？"

特写过分离谱，恨不得捅到冯敬棠人中上。

"这次是其个人行为，与整个协进会无任何关系。我相信警察秉公执法，会给公众一个明确的交代。"

内环区1号大道，立地玻璃幕墙，倒映熙攘攒动的人影。他们着各色马甲，持硕大的麦克风与摄影机，挤成半圆，水泄不通。

不问出个所以然来，怎回去向总编交代？好歹也要套得几句擦边球，摘头去尾，添油加醋，在销路上力压众同行一头。

"听闻你与他过从甚密，你之前就知道他是这样的人吗？"

"绝对没这回事。"冯敬棠转向问话的记者，目光笃定，"我与杨坤铨一向不甚来往，私下也不相熟。在我的信仰里，一个有家室的男人嫖娼，是要下地狱的。"

记者一时面面相觑。

"但听说他名下公司被税务部门清查，估计让他压力倍增，才会想去风月场所缓解紧张。不过我也是听说而已，大家千万不要捕风捉影，媒体要实事求是。我也希望那些应该依法缴纳的钱不要用到其他错处，做人，一定要有社会责任感。"

这番话一出，各人哗然。闪光灯又纷纷叫嚣，把冯敬棠这个指示性极强的瞬间摄下。

"那你认为他这种人，有没有官商勾结的可能呢？"

"会不会是有人刻意安排他去豪客城呢？"

"根据被捕服务员爆料，说杨坤铨有心理隐疾，这个是不是真的？"

问题一个比一个滑稽。

冯敬棠保持微笑："由始至终我与大家一样，知之甚少。况且他这样做，我认为最伤心的是他太太，还有他远在英国念书的儿子。"

"这样讲，他儿子会不会也是用偷税漏税的钱送出国的啊？"

"他太太杨何美凤在内环有连锁商铺，传闻是纺织大王郑先生赠予的，这件事属不属实？"

冯敬棠不再回应，点到即止。他是有心落井下石，要把杨坤铨的关系网竭力打尽。弃子一枚，又未最终达成交易，他怎会心软？

保安挤出一条通道，引着衣冠楚楚的冯敬棠离开。轿车横在路边，冯敬棠自行打开后排车门，冲各路记者颔首示意，堪比天王演唱会告别那幕。

"这么热的天气，辛苦大家了，后续消息还是等官方披露吧。"

见他坐入车内，又再冲窗外微笑。洪正德把电视关了。

"电视台为什么要将影视城选址在南郊湾？应该选在协进会，里面每一位都能角逐影帝影后。"

"哈哈！"

同僚间互相逗趣，见洪正德脸色严肃，又各自转向别处，佯装忙碌。

手提电话响起。洪正德接了，那边交代几句他便收线，站起往外走。临出门，洪正德又转过头对一屋年轻男女交代："这里不是街市，注意你们讲出口的每个字。"

"Sorry，Sir（对不起，警官）。"有人小声回了一句。

洪正德驾车离开，往清沙湾方向驶去。途经内环区正在铺设的高架桥路段，洪正德目光紧锁周围林立气派的机构部门大厦。这条路修了许多年。十八年前从大学毕业，结识了当时业界有名的犯罪学顾问郑志添，二人一见如故，私交甚笃。郑志添当时已过四十，驾驶那台白色汽车沿这条窄道颠簸着往北，笑说："阿德，从警是一件苦差事，这条路不好走。"

有些人越走越宽，有些人越走越窄。

洪正德敲开郑志添的家门。郑志添正式退休已逾八年，如今头发花白，大腹便便，逢人戏谑自己这个是将军肚——统领队伍，度量过人。

这八个字成了他曾经的职业写照。

"师父。"

"进来坐。"

二人结识多年，不拘礼节，私下甚至以师徒称呼。郑志添正摆弄着自己的新茶具，示意洪正德坐下饮茶。

"坐下吧，杨坤铨那边如何了？这回有没有把握升职？"

离开岗位多年，郑志添念旧情，讲义气，对徒弟的一举一动关心备至。

"别说升职了，不降职就不错了。目前已经结案，他自己也认，咬死是一时贪玩，没供其他人出来。"

杨坤铨有妻有儿，顾虑太多。

洪正德有点不忿，以手撑额，对郑志添斟在青白瓷杯内的热茶兴趣寥寥。

"你都四十岁了，这种案子其实交给下面的人做更好。"郑志添一眼便知下属不甘心，"整天奔波在一线，不累吗？别临老了才发现周身病痛，得不偿失。"

洪正德舌尖抵着腮帮，没理会恩师说的话，讪讪然开口："那晚冯世雄与叶世文也在，可惜我没证据，咬不进冯家这块肉。而且你这次给的线索，不好用，叶世文太精……"

"喂喂喂！什么我给的？别乱说，等下有人怨我干扰阿 sir 办事。"郑志添立即打断洪正德，又说，"阿德，我不做顾问也很多年了。线索这种东西,我难给意见,你自己去斟酌清楚。"

"我相信你也不行?好,是我乱说话,我不说了。"洪正德语气懊恼。

"你看你,讲两句话就摆脸色。性格那么直,谁受得了你?况且没证据就是污蔑,疑罪从无,这个你比我懂。"郑志添捏起茶杯慢慢啜饮,"杨坤铨小打小闹,也及不上当年曹胜炎案,你亲自跟的你最清楚。"

洪正德眼神移向别处。

"差不多就行啦。"郑志添放下茶杯,"你脾气比铁硬,挖下去只会挖穿地球,没结果的。况且已经移交给其他部门,轮不到你来操心。"

"我不信。"

"不信又如何?我看新闻,现在市民对你们的信赖度越来越低;有钱人交税多,又对各项财政支出诸多意见。你拿人家纳税的钱诛人家九族,想开尽 turbo① 冲,也要考虑油耗和油价啊。"

"问题是现在这副 turbo 就快烂了!"

"那就送去维修嘛。"

"不如直接换!"

"换谁?"郑志添往后一倚,兴致满满望着洪正德,"换你,还是换上面的人?"

洪正德不做回应。他深知郑志添退休以后中庸为道,讲再多也激不起赤子之心。一个年过六十岁的老伯,收帆下锚,只受得起岸边浅浪,绝不会启程入海。

他想安享晚年。

---

① turbo:指涡轮。

"别说师父没提携你,再给你一次线索。我以前认识那只'眼',昨天跟我说今晚跑马地私人会所'有交易'。"郑志添转入正题,"你要不要去?"

洪正德挑眉:"来源可靠?"

"不信就算了。"

"我怎会不相信你?师父,我就知道你人老心不老,别再装作不问世事。我现在就回去准备。"

郑志添习惯了洪正德这种风风火火的做法:"哎哎哎,急什么?这次千万不要食诈胡。你去之后切记低调行事,跑马地不是等闲之人可以去的地方,还要顾及那些马会会员的人身安全,个个都是有钱人……"

洪正德嫌郑志添啰唆迂回,直接站起:"行啦,你教的嘛,出事就说是其他部门乱插手!"

郑志添笑了:"几十岁人,还是这么热血冲动。阿德,我有时候真的好欣赏你。"

"肉麻!我走了。"

"喝多一杯茶再走吧?"

"没心情啊!"

程真把那瓶黄道益活络油装回盒内。指腹来回摩挲手腕关节,直至药油渗透肌理,生热,微微发红,才算完事。她可能是肌腱伤了,也可能是韧带伤了。被叶世文辣手摧花,骨眼浮肿,整整三日才消。

这盒黄道益活络油还是楼上黄姨"借"的。

那晚叶世文拂袖而去,她应下这种亏本交易,心情极差。右手连钥匙都拿不稳,走在楼道内如野鬼游魂,一步一顿,在阶梯掀起细微的尘。

"阿真?"

她的拖沓引起了身后黄姨的注意,目光在程真狼狈的脸上关切一轮,停留于她微微发抖的手腕。

"怎么弄伤的?"

"扭到了。"

程真坐在黄姨家里那张藤制沙发上。稍稍侧身,避开老旧藤椅背面穿插而出的几条藤枝铁线。环视四周,与自己那处格局相似。一室一厅,一厨一浴。阳台仅供一人转身,衣物晾得层层叠叠,阳光晒不入,干不透,霉味靠风吹。张欣园胸脯微微隆起那日,黄姨便把夫妻物件搬出,让女儿单独睡房间,甚至换了把门锁。

几十元球形门锁,钥孔幽深,有凹有凸,迂回精细得像一个母亲的心,廉价地呵护女儿自尊。

"肿得这么厉害,要立即擦油。"

黄姨从那个分辨不出原色的电视柜抽屉,取出一盒黄道益活络油。开盒之后,透明玻璃瓶身内还有大半棕色药液。

她主动替程真上药。惯做担架厂的活计,黄姨显然力大无穷,粗糙指腹碾着红肿处揉圈。程真痛得快要飙泪,龇牙咧嘴求着:"轻点,轻点,太痛了!哇,黄姨你是不是同我有仇?我何时得罪了你……"

"傻女,不用力揉它,会积瘀的。"

一番蹂躏过后,黄姨终于收工。程真手腕经传统疗法"烹饪",变得又红又热。她忍不住拿左手替患处扇风,被黄姨斜乜一眼,尴尬收回。

"不能受凉。"

"唔,知道了。"

程真才发现本应早早到家的张欣园居然不在:"阿园呢?"

"她去了九楼,快要会考了,说跟同学仔一起温书,效率高点。"

提及张欣园,黄姨常年拧紧的眉头似乎有了舒展之象。怕赞女儿显得虚荣,硬是先自贬五成。

"成绩平平，人又不聪明，最多就是考个联合大学。"

程真听罢，替她高兴："大学生喔，鸡笼飞得出金凤凰，你应该开心。"

"唉，考得起也不知供不供得起。"

每一处花费压在她双肩，日积月累，腰椎间盘早已突出。黄姨身上也有股药油味。

"船到桥头自然直，你怕什么？"程真见黄姨笑得苦涩，只好以毒攻毒，自行卖惨，"你们已经算好了，亲戚租给你们，三年没升过租。我那个业主已经打电话来讲加租了。"

"不是吧？就这个烂屋，都要加租？"

程真无奈笑笑。

远处传来滚滚雷声，黄姨担忧地望了眼阳台未干透的衣服，又突然想起程真的热心。

"上次你送她那条裙，她不知多喜欢，想毕业那日穿回去跟同学仔合照。阿真，多谢你了。"

"你客气什么？同事买来不合身送我，我穿了也不合身，做个顺水人情而已。"

程真拍拍黄姨的肩，示意要回家了。黄姨连忙站起："这么快就走？不再多坐一会儿？"

"今日太累，想回家冲凉，早点休息。"程真已走到门口。

"那你要注意不要食生冷发物，不要碰凉水。"

黄姨攥着那盒黄道益活络油。她似乎想递给程真，又想到这是家中最后一瓶，犹犹豫豫，短甲在盒身来回轻刮。

穷人连做好事都无法干脆。

程真意会："这点小伤，明日就能好，放心吧，我先走了。"

黄姨突然就急了，黯淡肤色下泛起层浅红，慌张把药盒塞进程真的挎包里："伤筋动骨哪有这么容易好，你每晚都要自己揉一次，知道吗？"

程真没有推拒，视线落在黄姨袖口那个被旧藤椅勾穿的洞。小小的一个黑点，深似崖底，吞噬女人的青春、爱慕、子宫、乳汁、乌发、明眸、饱满肌理和单薄骨气。

这时拒绝比开口讨要更让黄姨难堪。

程真决定今晚完事回来，去街口"仁济堂"买两盒黄道益活络油。一盒留着自己用——今晚可能又要伤筋动骨，她不信叶世文会安排什么好差事——另一盒送给黄姨。

她准备出门，手提电话响起。以为是叶世文来催，程真有点不耐烦，没好气地接通："又有什么盼咐？"

"家姐！"是程珊。

"珊珊，"程真的心情随着程珊的来电雀跃起来，"怎么这个时间打电话给我？吃饭了吗？"

"早吃完啦！今日教练请了半天假，我们上到四点结束，换完衫就跟同学去吃饭了。"程珊比程真小了七岁，语调脆生生，很稚气，"家姐，八月学界体协搞体操比赛，曾校长选了我去。"

程真笑了："这次上什么项目？"

"艺术带操。"程珊难掩得意，"我最擅长。"

"要比多少轮？"程真想起去年观赛的时候，坐到屁股发麻也只见妹妹上场两次，"不会又要坐足一日吧？"

"都要先预赛，再看下个人成绩能不能入决赛。今年团体赛取消了，都是单项奖，你一定要来看！"

"好。"

"说不定我又能赢一只手表给你。你手上那只戴了三年，该换啦。"

"这是你第一次参赛的奖品喔，我哪舍得换。"程真边讲电话边出门，视线落在左手腕际那只白底黑带的手表，忆起程珊领完奖冲自己嫣然一笑的模样。

粉蓝紧身衣，长发挽脑后。杏眼如鹿，四肢修长，母亲的貌美在程珊身上无一遗漏。

她是最好的。

程珊听见锁门声："你要出门了吗？这么早，不是晚八到早六的班？"

"今晚有点事，要早走。先不讲了，我过几日去慧云体联找你。"

"那你要带钵仔糕给我。"

"行啦，为食猫①。"

程真走到二楼，手提电话似乎不打算放过她，再次响起。看来程珊有话未曾讲完，她笑："傻猪，又想食什么？"

叶世文被嗲得皱了皱眉："……你发什么嗲？"

程真停步，立即涌出一股不忿在胸口，语气冷淡："有屁快放。"

"你坐街口那台77AC9过来。"

"我可以自己搭车。"

"搭小巴？等你过来消夜都结束了。"叶世文降低音量，"今晚是对方的场，你自己进不来。"

程真不回答便挂了电话。

街口铭记刚刚迎来第一拨晚客，有白领，有住家，有熟客，有新人。男男女女，喊一声老板，油烟渍过的菜牌过塑后，悬于风扇左侧。个个抬头，望着那手写改动的标价，犹犹豫豫下单，便又是一餐。

潮闷天际响雷鸣，乌云压在屋脊，将人间烟火罩紧于这处密不透

---

① 为食猫：意思同"馋猫"。

风的巷角。

程真望见那辆77AC9的车身。走近后拉开车门,直接落座后排。关门声极响,驾驶位的徐智强立即往后探头。似乎不敢确定,又来来回回扭头,多看了几次。

程真挑眉:"还不走?等人来抄牌啊?"

"你……"徐智强大脑盈满各类困惑,脱口而出,"小姐,你是不是上错车?我这台是Benvo,不是红鸡的士[①]喔。"

文哥什么时候出家食斋了?眼前这位,貌不惊人,神色冷淡,教养为零,毫无礼貌,连一声"麻烦哥哥仔"都不讲。通身吊丧气场,明明盂兰节未到……

"你不是叶世文的人吗?开车啦,婆婆妈妈的。"

徐智强听见名字,确认接对人。他把车驶出,又忍不住内心煎熬,侧过脸向后八卦:"你是……文哥的新女友?"

程真冷笑一声:"我是他老母。"

---

① 红鸡的士:意思是红色出租车。

Chapter 03
跑马地惊魂
Wangbei Building

"酒盒、摄影机都在这里了。"

"衣服呢?"

"没喔。"

程真挑眉:"有没有搞错?他打算让我就这样进去里面偷拍?"

徐智强瞄了程真。T恤牛仔裤,俏白脸上不着脂粉,长期夜班裸出两个幽幽黑眼圈。若披上袈裟,捧化缘钵,估计也有善长仁翁愿意施舍。怎样看都不像跑马地的会所侍应。

"文哥叫你自己想办法。"徐智强原话转述,"他说如果你想不出办法,或者掉头就走,我立即帮你call杜师爷。"

"……"

叶世文这个仆街[①]一定会遭天谴。

程真忍下怒火,从挎包拿出一包口香糖。拆开塞进嘴里用力咀嚼,像在撕咬叶世文那副让人生厌的血肉。

"还不走?"程真说完便下车。

程真站在电梯前仔细回想跑马地会所的装潢格局。尘封记忆在

---

① 仆街:方言中骂人的话,此处为熟人之间的玩笑。

脑内一帧帧掠过,她踏入电梯开始吩咐:"整条走廊都是摄像头,正对私人包厢门口,只有厕所没有。上去了就分头走,我们不要凑在一起,你去女厕等我。"

徐智强瞪大眼:"女厕?"

程真点头:"谁进去你就打晕谁,不用给面子。"

"万一你进来了呢?"

程真哭笑不得:"怎么称呼你?"

"哦,叫我阿强就行了,徐智强。"

"……这个名字与你十分相衬。"

智慧有待加强。

二人在三楼各自分开,程真抬腕看看时间,这场酒局估计才刚入席。她数着包厢编号往走廊深处走去,不敢随意停留。

散步散到身上的汗都被空调蒸干,才见到有一名身姿袅娜的女侍应从包厢出来。

黑长裤,黑衬衫,酒红马甲,发髻高盘,比波音客机的空姐还要端庄矜持。程真尾随上去,地毯厚实如棉,纳尽所有声响。

"你——"女侍应突然被撞得歪了身形,瞪眼去看来人——衣着寻常,长相普通,一看就知不是贵客,立即发火,"走路不带眼的!"

"不好意思,我赶时间。"程真急急道歉,目光落在侍应身上,"靓女,你的裤子脏了。"

"啊,好恶心!"

女侍应瞥见那块粘紧在裤腿的口香糖,浑身一个激灵,急急往厕所方向去。程真闲庭信步,推开门时只见徐智强满头大汗,架着被打晕的侍应。

"我差点被她毁容!"徐智强喘气,"现在的女人为什么指甲都那么长?"

程真笑笑："你先出去。"

十分钟后，程真换妥衣服，捧着一盒酒走至私人包厢门口。

双开实木大门，雕饰云，镀金箔。圆阔门把雍容华贵，像个守候多时的闺秀夫人，裙摆一转，程真推门而入。

"二十年前，在海城找外国银行贷款，全部要靠我们。外国人不想扶植我们的产业，递信递钱都没用，不会高看你一眼。"

秦仁青嗓门极大。他是来亚国人，祖籍在南方，经营过20世纪80年代最热门的投资公司——银行买办，俗称掮客、牙人、中介、经纪，只为牵桥搭线而活。各大商行、洋行、银行资源于他手中流转，各路大亨也要给他三分薄面。结果却在金融风暴中宣告破产，负债数亿。公司负债，又不是他个人负债，烂船三斤钉，东山再起不过分分钟的事。

他剃了光头，颅顶青白，脸颊鼓胀，有种辨不清年龄的模糊感。一副被巨额回扣滋养的皮囊。

"我在那个年代，雇人总是雇用洋人。这个是顾问的侄女，那个是商行董事的表亲，全部拿高薪不做事，你说我不破产谁破产？现在好多了，政策变了，哪还有外国人话事的余地。"

雪茄烟灰颜色很深，掸在洁白桌布上，过分显眼。

冯世雄附和："如今的形势对大家来说确实是好事。"

传闻秦仁青在当地靠地下赌庄起家，贿赂成性，来亚银行曾一度禁止他在其业务范围内进行所有交易。

传闻而已。时过境迁，如今来亚银行也是秦仁青的靠山之一。所谓破产不过是资本撤场，游戏规则任谁也不会点破，冯世雄只能谨慎对待。

"秦总，关于华兴银行那边……"

秦仁青直接打断冯世雄："我听说冯少是留英归来的，生活节奏应该比海城慢才对，怎么讲话这般着急？"

"秦总讲笑了。"冯世雄维持风度,"我是海城土生土长的,不过出去几年,算不上什么。"

"那怎么会出去念书?"秦仁青笑得晦暗不明,"这里有科技大、财经大、理工大,每一间大学水准都不差,冯少居然看不上?"

冯世雄音量低了:"只是求学而已。"

酒过三巡,大家仍在畅谈古今。冯世雄穿一身挺括西装,领带打半温莎结,饱满细窄,相貌堂堂,继承了冯敬棠的儒雅,此刻眼底却尽是狼狈。他根本掌握不了话语权。

秦仁青用指尖摩挲雪茄:"这个问题我同样问过你爸,他答我,'师夷长技以制夷'。冯公子,你长得像你爸,可惜境界没他高。"

这是一记敲打。冯世雄尴尬笑笑,自尊受挫。

秦仁青眼见把冯敬棠儿子的气焰压了大半,才肯步入正题:"不知冯总跟我讲的条件,你代表他来,还作不作数?"

"作数!怎会不作数呢?"冯世雄立即答话。

叶世文在桌下勾了冯世雄一脚。他恨不得这脚能踢在这位大哥头上。竟然有人蠢钝至此,在对方给足下马威后,还迎难而上,赶着替人缝嫁衣。冯敬棠若真的谈妥,怎会派他俩来探口风?

冯世雄回视叶世文,才意识到自己答得太快。

秦仁青笑意加深,瞄了眼一直沉默的叶世文,又把视线落到冯世雄身上:"行吧,我这人做事一向很爽快,讲讲你能给的条件。"

冯世雄把捂了半天的尽调结果与竞标条约递出:"目前这块闲置宗地是农业用地,要开发成商住综合体,需要转换用地性质。总地盘面积四十公顷,预计初期置地的成本……"

秦仁青翻了两页就抛到一边,没心情听冯世雄背台词:"这些你跟我讲有什么用?别说在海城,你这种诚意,回村里,那些乡绅都不会给你捐款。"

他没兴趣了解冯敬棠到底要造航母还是搭火箭。

叶世文又踢了冯世雄一脚，见他不耐烦地转头与自己目光相接，隔空用视线点了点另一份资料。

冯世雄忍着翻涌的羞愤，递出文件："这份是我们草拟的投资测算书。融资一旦批付，我们愿意比同期其他地产发展商设定更短的还款时间，甚至在现金流允许的情况下，绝对优先偿还银行部分的开发贷款，接受所有资金监管。先息后本，先本后息，由银行做主，我们没有问题。"

这是摆明让利给债权人。

秦仁青终于恢复些笑容："这就对了嘛。"

冯世雄端起酒杯喝掉大半，才缓过气："还是要靠秦总帮帮忙。兆阳毕竟是间新公司，一下子拿这么大的地块，不容易的。"

"冯敬棠和他儿子开口，我肯定帮。"秦仁青耐心看完投资测算内容，又抛到一边，"我给你妈咪的慧云体联捐过不少钱，做慈善我很乐意。但一码归一码，这份投资测算里，我没有看到你打算分我多少。怎么，准备让我在你这儿也做慈善？"

"当然不是。"冯世雄当即否认，又有些不敢决定的犹豫，"主要是看秦总你的要求。"

秦仁青差点大笑出声："什么要求都可以？我要你们兆阳51%的股份你也给？"

"当然不给——"叶世文终于开口。

足足被秦仁青吊打一个钟头，他对冯世雄的嫌弃又有了新的理由。

"我们一间无名无姓的小公司，增值不了什么资产，完全配不上秦总。唯一值钱的是冯总这个招牌。秦总眼界高，投资当然是看回报率的。"

秦仁青却不回应，目光在叶世文脸上探究，突然转了话题："我没想到冯总的亲戚竟然是叶绮媚，你妈和你舅父两兄妹长得也不像啊。"秦仁青眼底带笑，"我很多年前在洲界见过你妈，还和她跳过舞呢。"

叶世文一怔，重复反驳过无数次的话："她不是舞女。"

秦仁青吐了口青白浓烟："我听说她后来去开了个士多店①做小本生意，看来养你这个儿子不容易。你长得与她简直一模一样。我记得她身材也很好，又白又滑。怎么靓女都死那么早？"

他在咂摸当年艳物的美色，毫不避忌当事人的遗孤在场。

冯世雄露了抹不屑的笑。

叶世文眼神暗下来："我以为秦总对钱更感兴趣。"

"哪个男人不想财色兼收？后生仔，我是在赞你母亲。"

秦仁青语气挑衅，一副不受反驳的模样。他这种身份，阿谀奉承的人能填满整个沙浦赛马场。叶世文算什么。

"她走了这么多年，还有人记挂，秦总有心了。"

叶世文扬手，让程真过来。守着一堆红酒低眉顺眼，她安静得毫无存在感。见谁杯中空了，才悄步上前，添酒，又默默退后。百分百称职的女侍应。

她走到叶世文旁边斟酒，叶世文嫌太少，指腹轻点杯沿。

程真稍愣。哪有人喝红酒满杯的？见叶世文脸色僵硬，一意孤行，她只能顺从，抬手一倾，斟了整杯。随后用洁净餐巾轻拭瓶口，退回原地。

"这杯我敬秦总。连好话都听不出，是我不懂事，希望不要扫了你的兴致。"

秦仁青噙笑望着叶世文一饮而尽。

"哎，你们年轻人性格最冲动，同我当年一样，只顾闷头饮酒。我与你妈好歹有过交情，我怎会轻易怪你呢？我是教你而已。"

---

① 士多店：指杂货店。

叶世文伏低做小，点了点头。他怎会不知秦仁青要的只是个态度。

秦仁青慢悠悠开口："你们都知道，现在经济形势不好。兆阳在地产界毫无名气，没人背书，很难有融资额度批出来的。又比不上五大发展商有现金流实力，转换费你们付得起？"

"农用土地转住宅土地的转换费，我们早有准备。"叶世文接话，迂回试探秦仁青的态度，"费用可以在竞标的时候压到最低，这点你可以放心。"

秦仁青心中踏实几分。

他重新让人点了支雪茄："如果我帮你们争取购置地皮的首期，后续兴建预售至少要两年，你们怎么保证足够的钱操盘？万一是个烂尾楼，怎样向业主交代？"

叶世文自知戳中秦仁青胃口："我们的 Limited Partner[①] 确实尚有几席，已经准备引入有资金实力的股东，不知秦总感不感兴趣？"

冯世雄回踢了叶世文一脚。他有点慌。真让秦仁青直接加入？简直胆大包天，会被冯敬棠骂到跳海。

叶世文无视冯世雄的动作。

秦仁青绝对不会轻易投资兆阳。一间白手起家的公司，三年就能负债数亿破产。秦仁青是赚快钱的人，他不买"预期"，只买"现货"。

叶世文在等他的底牌。秦仁青的眼神在叶世文与冯世雄之间来回流转。一身白肉，一个光头，一份纵横世俗的履历，组成这个贪得无厌的人。

他再三判断，让秘书掏出一份协议，递到二人面前："玩长线，

[①] Limited Partner：LP，有限合伙人。

我没兴趣，长持一只绩优股，也不知何年何月才能回本。但你——"秦仁青夹雪茄的手指点了点叶世文，"你有诚意，证明你妈教得好。后生仔，我再同你多上一堂课。

"别看现在没到六月，银行可以批的额度已经很紧。你们要首期与二期的置地总额，银行那边我最多争取到七成，剩下三成，我自己帮你们解决。一年内还本付息我那份，也不过是多了八厘而已。"

冯世雄接过那份协议，俊脸霎时涌怒。指腹碾出折痕，他只差破口大骂。

"按照土地管理局竞地条件、建筑条例和土地契约登记要求，发展商至少要投入30%以上的资金才能开卖楼花①。而且竞地条件里面，那块地有10%要优先建成后无偿移交为社会福利房，我们没办法出售盈利的！"

他生平第一次体验高利贷。预售前就要还钱？这是明抢。

秦仁青突然哈哈大笑："死读书，读死书，简直是死蠢！这样计数，学人做什么地产发展商，千亿身家都要被你败光！"

冯世雄被粗鄙指责，瞬间颈都红透。他创业以来，凭冯敬棠之子的名号，接几百万设计费的项目轻轻松松，哪有遇过这种蛮不讲理的人。简直荒谬。

"我今日肯来见你们，是因为我给冯总面子，想交他这个朋友。按我上面的条件去做，我能保证钱会到位。冯公子，回家之后跟你表弟长长见识，了解一下什么才叫'诚意'。你们决定好，我在跑马地随时恭候。"

秦仁青先下一城，心情大好。

---

① 开卖楼花：指预售。

叶世文没想到局面走势超出预期，冯世雄居然连半秒都不能忍，直接功亏一篑。他黑着脸接过冯世雄递来的协议，还未细看清楚条款，门外急急跑进一个人来。

"秦总！"那人脸色慌张，声音发颤，"刑事部带着商罪科的人来了！"

冯世雄的冷汗从头顶冒出，昂贵衬衫粘在背脊。只见秦仁青冷眼一抬，紧锁在他与叶世文身上："为什么他们会来？"

叶世文忍下慌乱："我们不知道。"

"不知道？！"秦仁青骤然恼火，拿起面前酒瓶，用力砸向桌面，指向冯世雄，"我同你做生意，你摆我上台献祭？"

叶世文同时站起："我们背后的人是谁你很清楚，我们没这么蠢，是你的人有内鬼！"

看这架势，一屋人如蚂蚁入热锅，尖叫的尖叫，逃跑的逃跑。冯世雄更是被吓破胆，连滚带爬觅着缝隙钻了出去，余下叶世文硬气地与秦仁青对峙。程真也惊着了，转身抱起酒盒趁乱窜入包厢隔间。她快速拆开纸盒，掏出里面隐藏的摄像机，把闪存卡拔出。

不知是谁先动了手。玻璃碎了，桌子倒了，乱七八糟的乒乓响声，在那个奢华溢彩的包厢里骤响，开始回荡更多叫喊。

轰隆一声，石破天惊，黑色密云终于兜不住下坠重量，落下磅礴雨水。

程真把闪存卡用酒盒内余下的塑料纸包起，塞入内衣。蹲下拧开隔间的门，与同样蹲在椅后的叶世文直直相视。

他喘着气，用眼神示意程真从前门出去——掩护我！

程真不假思索，立即摇头拒绝，关上门从另一侧逃跑。叶世文双目怒睁：这个冷血的女人！

他让徐智强掩护冯世雄先走，屋内只余秦仁青的两名下属与叶世文纠缠。秦仁青离门口最近,早在混乱后便让人护驾出逃。

他与冯世雄,谁得了其中一人,都是撕开产业链的利刃。秦仁青明明可以全部撤离,却偏要留下两个拦路虎。

他要叶世文担下今夜所有责任。

程真从侧门跑入窄廊。地毯再软也掩不住脚步纷沓,她仔细辨了声源,把显眼马甲剥掉,往人群反向跑去。

是在追逃跑的人。

一道惊雷轰然。两三辆豪车在暴雨中急刹,急转,慌忙掉头铲入山光道。车胎碾磨湿漉漉的地面,抓出黑痕,又旋即被雨水洗刷。

程真来到一楼。大雨滂沱,自无穷尽的天顶倾泻而下,辨不明东南西北,为黑夜添了擒贼难度。她望着大门口涌动的人头,心开始慌。

来人分明有所准备,誓要把这座会所搜个底朝天。这场夜雨像粘在捕蝇贴上的廉价胶水,浸湿所有人脚步,无一幸免。

黑影从侧角闪入,程真没来得及尖叫,便被一把捂住嘴巴。

"别动!"

抬头借余光扫视,才发现是一身湿透的叶世文。

"是我。"程真囫囵着开口。

叶世文望见是她,气愤交加,一边急急回视大门口那群涌动的人,一边把程真推入更暗的角落:"你居然敢自己走?"

"我只答应帮你偷拍,不包掩护撤退的!"

"你就眼睁睁看着我死,是吧?"

"祸害遗千年,哪有这么容易死!"

叶世文视线焦灼得可以烫穿程真。知他盛怒当前,程真往后缩了缩肩,瞥见叶世文衫袖染上暗色。

"你受伤了?"

"废话,他们人那么多。"叶世文被玻璃划伤手臂。

程真的背脊泛起丝丝凉意,此地不宜久留:"快点走。"

"先把卡给我。"叶世文再望了眼大门口的涌动人头,"然后你往那边去,走荷塘道。"

"不行!"程真语气慌乱,"你要掩护我走!"

叶世文似被几分钟前擦破夜色的闪电劈中,听力出现障碍,闻见不可思议的声音。

"你脑子进水了?"

"难道你不要闪存卡?"

"你敢威胁我!"

叶世文眼底愤怒再次涌现。这处角落朦胧晦暗,仅有光亮中二人的模糊轮廓,程真却总能捕获他那双眼——泛着暴躁、愤怒、不受约束的光。

"我藏了起来。"程真贴墙与叶世文交涉,"他们搜不出。"

叶世文冷笑。程真看不见,只知他凑近过来,气息洒在她额际:"信不信我直接就能搜出来?"

程真压下恐惧,抬头在幽暗中开口:"信不信我大叫救命?一分钟内巡警就到,你根本连卡在哪里都不知道。"

叶世文想一巴掌打在她脸上,刮醒这个自以为是又掐紧自己命门的女人。他深呼吸几秒,才镇定下来:"有没有防身的东西?"

"刀。"

叶世文气得快要笑出声:"这样的距离,"他指着大门口,"怎么用?小李飞镖?"

"是小李飞刀。"

"有区别吗?"

"没文化!"

"你看小说就叫有文化了？"

程真被呛得难堪，伸手推开他的胸膛："还不走，等着被抓？"

雨愈加大，似海洋倒挂星空，瓢泼而下。未修整好的市政道路满街污秽，人与车沾泥淌水。交通电台声气沉闷，畅与不畅司机有目共睹，哪用你来播报。红绿灯转换不停，行人撑伞、闪避、疾步，穿插停滞的车流而过。天公从不讨好人间。

黑暗中，叶世文深深呼了口气："跟着我。"他抓起程真的手，直接闯入雨中。

雨太大了。

程真感觉双肺就快爆炸。她哪有叶世文体力好。

"走这边！"她贴在墙根，用力扯住叶世文。

叶世文刹紧脚步："你傻了？那边是去正门的！"

"那边的墙最矮。你以为走侧门能出去？车库肯定被封了！"

"你怎么知道的？"

"我以前来过。"

"来偷东西？"

程真瞪了他一眼。幽深黑夜，又逢暴雨，叶世文根本看不清她在表达愤怒。二人藏在暗处，借灌木丛躲避，抬头迎接瓢泼大雨，丈量墙身高度。

程真开口："我先踩你肩膀翻过去。"

"……不行！"

让女人骑自己头上？他根本不会答应这种傻事。叶世文跳起攀着墙头，长臂运劲，一招引体向上便翻坐在墙头。

一看就是中学期间只顾逃课的坏学生。

叶世文低声催促："快点！"

程真不情不愿伸手。他俯身拉住，眼见她以极其狼狈的姿态，在墙面猛抓一轮，对着空气拳打脚踢，最后才艰难爬上来。

"你刚才好像一只蟑螂。"叶世文忍不住笑,"电视广告里被黑旋风杀虫水喷中那种。"

"……"

二人跳下墙头,浑身湿透,沿荷塘道跑往西北方向去,没有片刻休息。

一高一矮,一前一后,一白一黑。滂沱龙舟水,在五月夜晚疯狂砸在二人身上、肩上、脸上。程真睁不开眼,凭叶世文开路,跑动间磕了某台车的前挡板,又撞了路人的雨伞骨。

顾不上痛。他们冲进窄巷,脚步踏在每一级楼梯,溅开匆忙水花。程真紧张,反握叶世文的五指,不许他中途撇下自己。

霓虹招牌经雨水洗刷,透水般的光映出满脸逃亡的焦虑。

穿过聚文街而出,他们碰见一辆的士,去往天国也无所谓,二人直接上车。

的士司机流年不顺,最憎下雨天,见着上来两个玩湿身浪漫的鬼混男女,衫袖带血,脾气更加暴躁。

"喂!后排座位湿了要加收 20% 服务费啊!"

"走……"叶世文半瘫着喘气。

"去哪里?我从来不经过殡仪馆的,不坐你们就下车!"

"水……水阜区。"

程真开口。她跑得没了半条命,却不肯往后靠,双手扶紧前排副驾驶椅背。

叶世文喘顺气才说话:"你这样坐不难受?"

"靠背是布的,会弄湿。"

"我会给钱的。"

"做人要讲公德心。"

"对我怎么不见你讲公德心?"

程真不答。炮弹居然哑火,叶世文有点好奇,侧头望去。只见程真长发尽湿，跑得双颊绯红，目光迷离，像一头在雨中精疲力竭的小野兽。

连弄湿的士座位都不情愿，她的自私似乎有底线。叶世文顺她脸庞往下，黑色衫袖滴水，贴服布料勾出让人惊艳的曲线。

程真冷冷开口："你看什么！"抱住了胸。

叶世文吹起一记口哨，挑眉浅笑："这样显得更大。"像特意捧着供他观赏一样。

"再看我就报警抓你这个色魔！"

程真侧过身，连同难得的羞恼一并背向叶世文。只听得他低声在笑，似在回味什么。

她脸更红了。

"喂，你还没告诉我东西在哪里。"

"等到我安全下车再给你。"

"给？你不是说藏在跑马地吗？"

"我讲你就信？"

"……你真的以为我不会打女人？"

"我看得出你是这种败类！"

"程真！"

"吵什么吵！"的士司机突然怒吼一声，"吵得我都看不清路了，再不收声你两个就下车！"

"……"

"……"

待二人回到水阜区，那场大雨只剩下沿街的小摊积水。高矮交叠的屋脊湿透，被涂了层更深的暗色，在夜间低迷起来。路上人少了，车渐远，消夜档炊烟飘出，白雾寥寥，所有味道带了湿意，像有了形状，在空气中游走。

还未转入福华街，叶世文懒洋洋开口，叫住程真："喂，我要先吃饭。"他早就饿了。

她也是。

二人首次意见相合，坐在铭记外摆的圆桌边。刚走了四个客人，残羹冷菜还未来得及收拾。陈娇见是程真来了，连忙应下："例牌①是吧？你同你朋友先坐，等我进去拿块抹布。"

叶世文听见"朋友"二字，笑了。

程真知他笑什么，懒得搭理。低头望见那双小牛津皮鞋的鞋带松开，她俯身去绑。

烧鹅濑冒着热气端了上来。

"难得阿真带朋友来吃，先上给你们。"

程真笑着起身，朝陈娇道谢。拎起汤匙，舀了一口准备送入嘴里——这是什么东西？！

一张湿透的纸巾盛于匙内，惊得她把汤匙掷回碗里。竟是那碗未撤走的剩菜。

"哈哈——"叶世文拍桌大笑。

他把桌上的碗调了位置，程真差点埋头急吃。陈娇连忙捧着另一碗新煮出来的濑粉救场："哎呀，今晚太忙了，阿真你不要见怪。"

"没事，忙才代表生意好。"

程真胸口一股闷气，敷衍应和，脸色垮了五成。

叶世文终于笑够。嘴角依然放不下，高高勾起，准备填饱肚子再继续笑，程真直接夺过他手中汤匙，塞进嘴里，两抹嫣红的唇一抿，沾了她的气味，插回叶世文碗里。

她挑眉迎视："趁热吃吧，凉了对胃不好。"

---

① 例牌：指照旧。

叶世文目不转睛盯紧程真。她的发梢被夜风撩干，半湿半透，覆在裸露颈侧，那里有一颗深红色的小痣。皮下脉搏浅浅跃动，蓬勃生命从那个红点透出。明明想彻底甩开她，偏偏被逼得带着她奔走逃亡。

睚眦必报、吝啬小气、极其幼稚……叶世文掏空所有负面词语去形容程真，薄唇大胆抿住那个白色汤匙，笑意渐深。眼见对面那张白脸由粉转红，痣更显眼，小小的，似要诱人咬上一口。

他大快朵颐，像舔着了程真嘴里的温度。

程真低头，长发掩下。这个转折太难为情。换个汤匙他会死吗？快些再来一场暴雨吧，雷神电母下凡，替广大市民收拾这个人间渣滓。

无耻下流、贱格卑鄙、极其幼稚。

二人意见又再次统一起来。

叶世文率先吃完，汤匙掷在碗里哐当作响："现在几点？我没戴表。"

程真抬腕，才发现手上空空如也："我的手表不见了！"

叶世文见她表情慌乱，有点好笑："杜师爷的人连手表也买不起？"

"你知道什么！那是——"程真立即闭嘴，"你根本不明白！"

这个没人性的机器，哪懂世间有真情。

叶世文听罢，一副了然模样："哪任男友送的？初恋啊？"

"我初你老母！"程真语气极冲，她指了指自己空无一物的手腕，"我只答应帮你偷拍，现在连手表都弄丢了，你要怎么赔？"

"你先将闪存卡给我。"

"赔钱！"

"我问你拿卡啊！"

"你不赔钱，不要指望能拿到卡！"

叶世文也火了。方才还觉得她有点可爱,不过十来分钟又原形毕露。

"一只烂手表,大不了我叫人买给你!"

他瞄过那只旧表,最多值五百。

"我不需要你买,赔钱!"

程真根本不想收受任何礼物,他俩之间不过雇与被雇的关系,钱是唯一交流途径。

"程真,我的耐心是有限的!"叶世文抓住程真手腕,捏出让她生痛的痕迹。程真收不回手,拉扯间涌了道泪痕在眼眶内——手表没了,还要受人威胁。

是疼,是委屈,是乱中逃生后的疲惫。

那是珊珊送的。

"我最憎女人哭!"叶世文见她泛泪,立即松手,面露厌恶,"要多少钱?我给你!"

"两……"程真灵机一动,花多几分力气挤着眼里泪花,"万。"

叶世文只恨自己应得太快:"你不如去抢?你那只玩具手表最多值五百!"

"现在雇人做事是免费的?你试下再逼我,我就将闪存卡拿去商罪科!"程真抛了道眼风往远处。

两个戴深蓝帽的巡警正站在转角,你一言我一句:"早叫你入两球①的啦,震仓都不怕!时势造英雄,我相信股市有奇迹。"

"两球?阴司纸②啊?"

叶世文怒火攻心。从未有女人敢这般威胁他。

---

① 两球:股市术语,两球就是两百万。

② 阴司纸:指冥币。

凭一张俊脸，万花丛过，多的是想哄他开心的姐姐妹妹。唯面前这个程真，让叶世文抓狂："卡给我，我拿钱给你。"

"一手交钱，一手交卡。"

"没带这么多现金！"

"那算了。"

"立借据，你先将卡给我！"

"叶世文，我不过见你三次，我已知我们之间毫无信任可言。"程真不想与他纠缠，从口袋里掏出零钱放在桌上，"你连你表哥冯世雄都敢暗算，你不是什么好人。立借据？你当我三岁？"

"那张卡比我的命金贵，所以你也不要打算威胁我，难保大家一拍两散。我死了不要紧，你的宏图大计没了这张闪存卡，肯定痛过98斩仓[①]。"

"总之，卡在人在，人不在卡也不会在。你什么时候给钱，我什么时候交卡。"

叶世文被激得只剩愤懑。这个女人分明已踩上他胸口，还碾着鞋底，生怕他不够难受，原地狂跳三百多下。

程真站起，又补一句："我只付我那份钱，你自便。"

——直至他胸骨破碎，吐血身亡。

"跑马地会所在前日夜间发生事故，两名男子重伤送院。根据会所管理职员提供的消息，怀疑凶案发生是由于前台监管不力，未经核验身份便许可陌生人进出私人包厢范围……"

叶世文熄车，车载电台也熄了。

---

① 98斩仓：1997年金融风暴，到了1998年，许多股民为了避免继续亏损，低价赎回股票，俗称斩仓。

这种案情通报……看来秦仁青与冯敬棠在短短四十八个小时内达成统一口径，大概率还暗示冯敬棠要有所牺牲。闷头食哑亏，冯敬棠胃灼肠伤，对冯曾氏母子又多添几分嫌弃。

叶世文指节在方向盘轻敲："冯世雄怎样了？"他想抽烟，却忍下，"没断手断脚吧？"

"当然没有，除了吓到打冷战，什么事都没有。那晚我见秦仁青去地下室上了小货车，叫自己秘书去开那台豪车，掩人耳目啊！我撞见你哥，也有样学样，换一台车开出去到三条街外的糖水铺避一避。"徐智强为自己难得的聪明而骄傲。

"我爸没找你？"

叶世文手机泡水，从铭记离开后找了个士多店打电话给徐智强。换了身衣服，也换了新号码。

"有的。"徐智强眼神有点闪烁，"有打来找我，问你如何。"

"什么时候打的？"

"……昨日晚上。"

叶世文笑了。时隔一日才想起有个野种儿子流落在外，生死未卜。这位形象高大、绅士恭谨的父亲，爱城爱民，爱钱爱名。唯独不爱他？

徐智强不敢安慰叶世文。他们中学结识，叶世文高大勇猛，徐智强很快便对他产生崇拜心理，这么多年蒙受恩惠。他试过讲些好话，去缓和叶世文因冯家亏待而产生的负面情绪，却招来更可怕的反应。

叶世文会失控。

那次冯世雄正与女友在曾慧云车内偷欢，二人衣衫不整冲出，被叶世文借机诱来的冯敬棠当场撞见。

后来，叶世文居无定所，甚至时常睡于车内、宾馆、夜总会包间，戴了副面具行走世间。

那只困兽似乎随叶绮媚的逝世，也一并死在他体内。

"如果他今日再打来，你就跟他说，我有时间会回复他。"

"他昨日就叫我跟你讲，快点回他。"徐智强小心翼翼，"他打了四次电话。"

叶世文挑眉："这么急？"

徐智强点头："我说是你叫我先救走冯世雄的。"

内疚催人主动。这份诡异父爱，经冯世雄的懦弱无能与自己的慷慨牺牲发酵，在冯敬棠体内奏效。

叶世文决意再拖——每年结婚纪念日，都会让冯敬棠想起对叶氏母子的亏欠。

叶世文拍了拍徐智强肩膀："做得好。卫生部门投诉热线打了吗？"

"你盼咐的，早就打了，打了十几个。一听是投诉慧云体联的，接线员比狗仔队还兴奋。"徐智强嫌不够劲爆，主动请缨，"要不要我再找人？"

"找吧。那个食品采购经理也是冯家远亲，去年就买过一批过期牛奶，新闻被摁下来了。这次我们通知的人更多，他来不及搞公关。赶紧叫那些记者过去追着问，卫生部门发言人最中意出风头。"

曾慧云前头搭线资本大鳄失势，后脚助捐校舍餐厅被彻查，简直火烧冯敬棠眉毛。

枕边人不力，最致命。

"陈康宁果然安排了他侄子陈启明进兆阳做办公室经理。"徐智强带来另一条线报，"真是一刻都不能等，仗着帮冯老持股，什么都由他话事。听说开六万一个月的薪水，大把人有意见。"

"谁跟你讲的？"叶世文挑眉带笑，"连薪水都摸清了？"

徐智强满脸吊儿郎当:"怎么说我都算滨沙湾 band 3[①]级别中学里面的佼佼者,有少女对我暗里着迷,不过闲事一桩。"

"三流野鸡学校也好意思拿出来讲?"

"你也是那里毕业的。"

"我考到大学,你呢?"

"……"

叶世文又问:"陈启明什么来路?"

"年过三十,一直未婚。全因家境窘迫,一房五口人住前门区公屋,三代同堂。"

"看来很缺钱。"叶世文点头,"兆阳准备从滨沙湾搬出内环区。软硬装修、卡位电脑,以陈康宁现在的挥霍程度,加起来也要百来万。我有一个相熟的装修公司,你去搭线。"

徐智强有些费解:"不查账的话,陈启明私下吞多少钱都没人知道的。"

"有人讨厌他就好办了。你将装修市场价目表夹在情信里面,寄给你那位红粉知己。"叶世文笃定,"Norah 尽忠职守,年底内部审计,绝对查得出。"

一人得道鸡犬升天,冯敬棠亲信大多与他识于微时,出身不够优越,胜在知根知底。叶世文尝试过撬断 Norah 这条线,一直未果,倒不如借力打力了。

Norah 全家靠她养,做事只为冯敬棠一人着想。各自婚育又如何?他们绝对有床笫关系,曾慧云驭夫能力实在堪忧。

"最近事情太多了,你叫 B 仔从滨沙湾出来,去盯关绍辉。"叶世

[①] band 3:教育局每年按会考成绩将各个中学排名,然后按排名顺序将学校分为三级,即 band 1、2、3。每一级比例约33%,band 1成绩最好,band 3最差。

文停顿几秒,"宝姐和她儿子还住在那里吧?"

徐智强点头:"也好,B仔生面孔,没几个人认识,我把钥匙给他。"

叶世文准备下车,却发现牌坊处停着杜元那台丰田皇冠。他望了许久,只见杜元从元村外围走出,身后跟着个外国人。

叶世文勾了抹嘲弄的笑。

屠振邦是海城元村原居民,祖祖辈辈扎根于此,满口忠肝义胆、民族自尊,最憎外国人。怎会允许自己侄子私下与异邦人士结交。

他收山前已插手北边与海城的货贸产业,虽然所占份额比不上身家清白的巨贾。

第一桶金,是泰国给的。洪安集团当年由北至南横跨整个海城,交易尽数纳入屠振邦口袋。第二桶金,源自低于国际市场价格25%到30%的衣食物资自北水镇入,供各大连锁商铺,原意是扶持海城经济。

屠振邦得了益处,又惯会见风使舵,声称早就想入户北边。

"傻强,等下跟上去。"眼见车辆疾驰而去,叶世文低声交代。

徐智强点头。

他突然又想起一件事:"去跑马地会所帮我找一只手表。"

"什么手表?"

叶世文下车,头也不回:"总之就是一只表。"

"喂,大佬,什么颜色,什么花纹,什么牌子,男款女款?"徐智强见叶世文越走越远,急得朝车外大喊,"跑马地会所这么大,我去哪里找?你当我是警犬啊——"

十岁那年,是叶绮媚带他登门的。她穿了身嫩黄的裙,方领,束腰,小鸡翼袖镶粉边,裸露肩颈肌肤。白,白得过分,像灯泡骤亮的刹那——要微微眯眼,才敢直视。

在叶世文记忆里,叶绮媚从未老过。无皱纹,无色斑,腰肢细软,长发飘飘。鼻梁英气却唇丰脸小,两道眉弯出无限春情。

只是那双美目浊了。黑睫骤合骤离间,流转她的苦涩、可怜、幽怨、憎恼,汇成两道破碎目光。

在他未出生前的旧照里,叶绮媚的眼不是这样的。

不知她在焦虑什么,离门口还有十米便停步,弯腰替叶世文整理衣领,语气很急:"我在家里跟你讲的,你都听明白没?"

叶世文不答。

那时他倔似蛮牛,记恨着叶绮媚要他认人做契爷①。他只有冯敬棠一个阿爸,为什么无端端要去上契。

契爷契爷,爷字一出,辈分比亲爸还尊贵。他不懂。万一他认了契爷,冯敬棠生气便不再来,怎么办?他已经很少来看他们母子了。

"阿文——"叶绮媚抓紧儿子手臂,"我跟你讲话,你要答我。"

"我不想去。"

"不想去都要去。"

叶绮媚拉不动他。

"阿妈,我不想去。"

叶世文还未到变声期,声音脆生,很单薄。

"你听我讲,你乖乖地去,等下你想要什么我都买给你。你不是中意狗崽吗,阿妈等下带你去买只狗。"叶绮媚温声哄儿,眼内却越来越冷。

老天爷只赐倾城容貌,却不留半分耐性在她血液里。

叶世文开始哭了。她这副模样,就像那日忍无可忍,把他捡来的

---

① 契爷:意思是干爹。

流浪小狗从三楼窗户扔出去的神情。

"冯世雄养的是马,你养狗?想一世人都做冯家的狗吗!"

叶世文害怕:"我不要狗……阿妈,不要,不要买狗……"

"你哭什么?"叶绮媚两道细眉拧紧。冯敬棠出尔反尔,当初应下的全不作数,她实在走投无路。一介女流,样靓命苦,唯剩这个儿子。现在才来罢工①,万一误了上契时辰,屠振邦肯定会发火。她得罪不起,又恼恨身边没一个男人待她好。

"你已经到人家门口了,还哭?你还哭!你到底是不是男仔,哪有像你这样的!"

她打了叶世文一个巴掌。啪的一声,像叶世文声线般脆生,却很沉重。

叶世文不敢哭了。哭,会招致更可怕的报复。他的母亲会因为他有情绪而报复他,哭得越猛,打得越狠,像仇人一样。

叶绮媚生他时才二十岁,或许她也只是个孩子,懂生不懂养。

长大后叶世文偶尔会替叶绮媚的所作所为找些恰当理由。不是为了原谅她,纯粹是想自己好过些。哪怕只是一星半点的爱,也能暖一暖每个节庆里孑然一身的冷清。

叶绮媚见他不哭,自己却哭了。两道泪痕涌出,似春露打花瓣,姣好的脸越发楚楚可怜。她惯于凭这副面孔博所有人同情,包括这个绝无仅有的儿子。

"阿文,是不是好痛?阿妈不想打你的,真的不想……但你可不可以听我的话,当我求你……"

"你不去上契,阿妈就要去陪酒了。"

叶世文心里很酸,伸手替叶绮媚拭泪,明明自己脸颊泪痕仍在。

---

① 罢工:指不肯配合。

然后，叶绮媚领着叶世文迈入屠振邦的大门。

这一步，便是一生。

堂前关二爷，神像栩栩如生。美髯长须，衣摆飒飒，脚踩金靴，腰身扎实。冲天的眉，入鬓的眼，红脸一沉，气提丹田，青龙偃月刀砍尽世间宵小之辈。无人敢在此放肆。

叶世文十分听话。净手，磕头，上香，割指，滴血，烧黄纸。契誓立帖，上书蝇头小楷："屠振邦"在右，"叶世文"在左，生辰八字，父慈子孝，忠义两全。

屠振邦无妻无子，只有五个女儿，分别由不同的女人为他生下。算命佬不敢妄言，只道屠爷八字制杀过度，又逢比劫当旺，得兄弟易得子嗣难。过继一个身强稚子，四柱气势专横，才可安度晚年，有仔送终。

许是天意。魁度天门事莫为，那日戌弄权，亥为客，挟天子以令诸侯。写照的是屠振邦，抑或叶世文，命运难辨。

此刻敬天敬地，神谕做证，红盒谨藏。

陈姐在堂外摆素斋。大红烛火在日间似勾魂的眼，摇摇曳曳。祭天公，秉菩萨，得列祖列宗默许，容这位外姓之子过继进来。

成一方气候，旺屠家门楣。

堂内屠振邦与叶绮媚并肩而立，望着这个肃穆端正的仪式。叶世文肤白，那记巴掌印迟迟不消，屠振邦瞥见，低声问："他不肯？"

"怎会呢？"叶绮媚循屠振邦视线望去，立即解释，"早起被蚊咬了，自己挠的。"

"咬脸上了？"

"小孩子脸嫩。"

"看来是遗传了你。"

一只冷血的手，像蛇行，抚在她腰身后侧。叶绮媚移了半步避开，小声哀求："屠爷，快礼成了。"

屠振邦不想收手，又探半寸，想摸她挺翘的臀。

"契爷！"叶世文拔高音量，喝了一声。

他站在关二爷面前，烟熏火燎，双颊绯红，讲出这两个不甘愿的字眼。那副脆生嗓音，那道羞愤目光，直直打在屠振邦急色的手上。

无人能料到这个单薄少年，也会长成一百八十五公分的猛男。

屠振邦位于元村的祖屋，是妈庙路上一幢漆白底铺红方小砖的楼。高三层，占地七百呎，阳台外伸，围罗马柱式栅栏，底雕波纹。

叶世文自屋外迈入，高呼一声："契爷！"

"文哥仔，先装香。"陈姐递来三支燃起的细香。

叶世文接过，客气道谢："麻烦陈姐了。"

规规矩矩，腰骨板正，向关二爷、祖宗奉香完毕。

坐在太师椅上的屠振邦，穿白色对襟绸面唐装。盘扣精细，祥云纹路，苏绣针法缀金色细丝描云边，贵气逼人。

金融风暴中屠振邦损失了不少钱，倒不影响他继续奢靡。

他发已花白，气息却沉，瞄了眼叶世文后淡淡开口："在外面蒲[①]了那么久，舍得回来看我这个老头子？"

叶世文勾起嘴角："契爷，我以为只有女人才会吃醋。"

"乱讲！"屠振邦撇嘴，"冯敬棠算什么，能跟我比？"

"那肯定及不上你。"

"他是你亲生老爸。"

叶世文绕开焚尽纸钱腾着白烟的化宝盆。双眼轻轻扫过，在所

---

① 蒲：指浪荡，游玩。

有灰烬里窥得白色一角。纸扎金宝，往往不舍得用这种雪白厚实的纸张，难燃且价贵。

看来他迟了一步。

屠振邦锐眼仍锋利，捕获叶世文的有心探究，不着声息。

"亲生老爸又如何？他又不止我一个儿子。"

叶世文落座酸枝沉木沙发，抓了把花生便开始吃。陈姐受教于屠振邦，格外惜物，平日只拿鸡毛掸子轻轻拂拭，少用湿布，怕伤了木，又蚀了精雕细琢的纹。

再昂贵也不过是张沙发。叶世文两条长腿懒懒散散，架在茶几上毫无形象。

屠振邦指着他："脚放下来！"

"这么小气。"叶世文把腿放下，"最近生意怎样？听元哥讲你斩仓喔。跌到北回归线以下，壁虎断尾，痛不痛？"

"你个衰仔！"屠振邦知他没有正形，不做回应，"你是不是想帮我分担，是的话就快点回来，大把事情可以做。"

"我想做二世祖，你给不给我做？"

"你现在不是二世祖？又不上班，又不加班，每日吊儿郎当，与二世祖有什么分别？胸无大志，我白教你了！"

屠振邦拎起紫砂壶，便被叶世文夺去，替他沏茶。

"今日想饮什么？你这么燥，适合菊花。"

"……菊花就菊花。"

叶世文只笑，不再逗他。瓷瓮内的陈年野山菊，有股水汽晒尽的干涩味，花皱叶枯，一副惨败死气模样，难怪能泄火。

万物有道。

"前晚跑马地是怎么回事？"

叶世文表情淡淡："你看新闻就知道啦。"

"你手上有伤，又换了电话号码。上个礼拜你跟阿元讲佛诞那日要帮你爸谈事,"屠振邦怎是容易敷衍的人,不用推敲也能知道,"怎么,没谈成,玩出事了?"

叶世文坦白:"我爸想问银行借点钱。"

"我记得冯世雄的公司只做设计,最贵便是人工,花不了多少钱。"

"自己做设计自己兴建,那就要不少钱了。"

"搞地产?你爸现在嫌体育不好做?"

叶世文把瓷杯放在屠振邦面前,斟下浅黄通透的茶汤。他没抬头,也能察觉屠振邦在审视自己。

屠振邦一向多疑。

叶世文不正面回应:"哪有人嫌钱腥的?给你机会赚十亿,你还会想去赚十万?"

"贪得无厌!"屠振邦冷哼一声,"这种就是洋人心态,搞殖民,搞资本扩张,一旦搞不成被赶走,还愤愤不平要屙泡尿留味。你啊,不要学你爸,披个黄皮,心是白的!"

"要不要挖出来给你看?"叶世文拎起茶几的水果刀,指着左胸,"来,这里,看下你还有没有横行海城的魄力。"

屠振邦气得笑了:"一刀扎死你!"

叶世文也笑。

"如今政府贴钱大兴公营房屋,低收入者个个上车,正经公寓、二手楼、商铺都贬值贱卖了,你爸还敢冒险入地产?你是他儿子,也不知道规劝一下?"

"我也贪心,想分钱啊。"

"他会分给你?"屠振邦往后倚入椅背,双眼仍在叶世文脸上审视,"跑马地那件事,你立功了?我没见冯世雄或者银行的人上新闻,你安排他们走的?还是你找来的人?"

"我傻了,找人来抓自己。"叶世文换了副语气,试探一句,"我去谈事只有冯家和元哥知道,是不是元哥找来的?"

屠振邦没料到叶世文玩"反咬",倒也不慌:"那你去问他咯,看他敢不敢做反骨仔,捅兄弟背脊。"

叶世文不过是想诈他,无所谓地耸肩:"估计是冯世雄公司有内鬼。"

"你最厉害就是抓鬼啦,上次不是解决了一个?"屠振邦嘬一口茶,"这次出事,你有没有留后手?"

叶世文又笑:"没喔,凭冯敬棠良心,看他愿意分多少父爱给我。"

"分爱?不如分钱实际。"

"钱就是爱,爱就是钱。"叶世文望着屠振邦,"契爷,现在不是十年前靠拳头打天下,没人玩了。"

屠振邦套不出话,便知叶世文有心维护冯敬棠。毕竟是亲生的,又回了冯家这些年,哪怕是只狗也晓得摇头摆尾,替主人看家护院。

"我老了,生意太小,你看不上。"

"又吃醋?"

"世文,"屠振邦眼神一沉,又夹带可惜的语气,"关二爷面前立誓,你是我唯一的契仔,这么多年我对你是教养并施,想你出人头地。我尊重绮媚临终遗愿,把你给回冯家。但老实讲,我是有意见的。冯敬棠一个假洋鬼,趋炎附势不讲道义,还嫌弃你跟过我,他不会对你真心真意。

"这么多年,他分过多少钱给你?不要以为我不知道,你到现在连一间屋都没有,是不想买还是不够钱?他住渤湾你住车厢,我是看不过眼了!"

"契爷——"叶世文见他佯装生气,又做解释,"我是不能见光的儿子,那两母子又整天诸多闲话,我爸在意脸面罢了,他相信我的。"

屠振邦又恼："你只会编话哄我。地底泥已经埋到上胸口，我一个半死的人，你不会对我说真话了。我怕到死那日，都见不到你改姓冯！"

叶世文见这招"以退为进"，想尽办法要他吐话，又开始插科打诨："你属龟的嘛，自然长寿。"

"胡说八道！"屠振邦瞪眼，"别以为你大了我就不会打你！"

叶世文突然鼻头一痒，狠狠打了个喷嚏："契爷，有人骂我！"

"肯定是菩萨在骂你！"

陈姐穿着围裙从厨房出来，打断二人对话："屠爷、文哥仔，可以开饭了。"

叶世文立即弹起："哇，有没有碌鹅？"

"当然有啦。"

"陈姐最有我心①。"

屠振邦跟在后面，慢慢往餐厅走去，豹目半眯，忆起十七年前叶世文在祠堂认契的模样。小小年纪，一身骨气，却肯为了叶绮媚磕头。

一眨眼这个瘦弱少年居然就长大了。懂人事，晓栽赃，你来我往没半句真。

放虎归山，终有后患。

"叶世文，简直是瘟神！"程真骂了几百几千声。额似火烧，身若炉烤，骨缝软绵，眼皮沉重。一场大雨，把她这个号称百病不侵的人击倒，在床上小声哀号。

发烧了，周身都痛。肌肉痛，脑袋痛，唇干口涩，只有麦笑琪前

---

① 有我心：指懂我。

来慰问。

"哇,阿真,你有没有照过镜?你好像快死那样啊,可以去演午夜场鬼片了。"

"如果我死了,床头那只 tweety[①] 要一起烧给我。"

"一只黄雀,有什么好的?不如烧个壮丁给你,在下面有个伴。"

"免了。"

"喂,上次豪客城那晚,有没有人找你麻烦?"

程真掀起眼:"Maggie……"

"不是我!"麦笑琪拔高音量,"是罗力那个仆街!我什么都没讲,他爆了你出来。你放心,我已经与他分手,这种男人信不过的!"

程真笑了:"你是不是有了备胎?"

麦笑琪貌美,梨窝浅笑,参选选美小姐也绰绰有余。半个月空窗期都不肯忍受的她,爽快分手一定是有了替补上场。

"做女人不要太聪明,会折寿的。"麦笑琪不否认,"唉,还小我四岁,指望他买房要下辈子了。我帮你带来新手机,你看还需要什么?"

"其他不用,麻烦你了。"

"讲这些,姐妹来的嘛——要不要我帮你打电话去请假?"

"不要,我明日还要兼职。"

"你小心把病菌染给客人。"

"未断气都要赚钱的。"

程真退了烧,依然昏沉。六点,途人尽归,楼下熙攘声四起。地平线追斜阳追赶得泄气,便作罢了,残余未暗的光在路尽头。

楼下吵得异常。有女人尖锐的哭与男人呵斥的骂。脚步在楼梯间

[①] tweety:一只黄鸟玩偶,在当地十分流行。

急急赶来，少女泪流满面，狂捶程真的门。

"真真姐，真真姐！你在不在家？在不在家？"是张欣园。

程真从床上爬起，晕眩感袭来。她在床边歇了几秒，门外敲得越来越响："真真姐，你在不在？你应一应我，我是阿园啊！"

"什么事？"程真打开了门，目睹一张比自己更惨白的脸。

张欣园扯着她的手臂哀求："快点！快点去，帮帮我妈，我爸快打死我妈了！"

"什么？"程真瞠目，"你讲清楚，究竟怎么回事？"

"阿爸……"张欣园欲言又止，眼内痛苦泛滥，"他现在就在楼下打我妈，个个街坊都只是望着，没一个上去阻止，我叫他们报警，他们都不帮手！"她哭得涕泪横飞。

楼下争执声愈加大，已听出有打斗声。女人惨叫，快到一发不可收拾的地步。

"阿爸也打了我……"校服衫下的两条小臂布满红痕，张欣园几欲跪下哀求，"真真姐，快点，求求你去救我妈！"

程真转身，到房内把手提电话拿来，递给张欣园："你先报警。"

她思考几秒，从门后掏出一根褪色棒球棍。四十二吋[①]长，经实木片压制而成，弹性佳而不易折，能敲穿人头。程真用手掂量，握紧棒身，越过张欣园快步下楼。

一楼大门外，八卦街坊伸长了颈，站得稀疏，又隐隐团了个圈。生怕错漏经典镜头，又担心拳脚无眼误伤自己。似在动物园围观猛兽搏斗——指指点点，拒不加入。

张勇城已半骑在黄萍燕身上，手腕使劲力，朝老婆太阳穴拍去。黄萍燕哭叫凄凉，指甲划穿老公的衫，道道血痕昭示她的反抗。

---

① 吋：英寸的旧称。1吋≈2.54厘米。

"我娶你回来,什么事都与我作对,你看我今日打不打死你!"

黄萍燕左颊肿得很高,嘴唇擦破,眼角耷拉,鼻下淌了两条清涕,犹如被丢弃的布偶玩具,肢体横歪,狼狈不堪。程真眼内带火,一手推开围观的某个成年男性,冲张勇城脊骨狠狠敲下一记闷棍。

"啊——!"他吃痛从黄萍燕身上跌下,程真乘势拉起黄萍燕推到一边,又朝着在地上打滚的张勇城打去。

"女人你都打——"

张勇城的惨叫将程真的叫骂淹没,他腿骨生生受力,痛得快要断开两截。

"阿真!阿真!"黄萍燕反应过来,哭着拉住程真的手,"不要打,不要打了!"

程真火滚①,一瞬间回到最不堪忆起的场景,曹胜炎也是这样骑在林媛身上,边打边骂:竟敢阻他发达,碍他前途,收集他的犯罪证据。想起诉离婚?

曹胜炎杀红了眼,口口声声讲升官发财必定先死老婆,才叫名正言顺。

珊珊还那么小,只到大人腰身高度,惊得号啕大哭:"家姐,家姐,抱抱,抱抱我。"

程真立即抱起珊珊,把她关入房内。

十五岁的她选择亲自替林媛出手。那支高尔夫球杆,一眨眼,换成现在手上的棒球棍。

程真眼白发红。哀其不幸,怒其不争,用尽力气吼黄萍燕:"你傻了?他就快打死你了,你还帮他求情!"

---

① 火滚:指恼火、生气。

有围观街坊在此时高呼一声:"打死他啦!"

"是咯!打死他啦!老婆都打,不是男人来的!"

"打得好!"

"社会败类,替天行道啦!"

"你给他走,你给他走!"黄萍燕拉紧程真的手,小声求着,"他不回来就最好,你给他走吧!我不想再见到他了!真的打死他,警察来了你怎么办啊?"

张勇城听见"警察"二字,似乎有了底气,从地上爬起冲程真怒骂:"我要报警!你啊,无端端插手别人的家务事,还持械行凶!我要等警察来,告到你坐牢!"

"有本事你就叫警察来抓我,现在即刻叫!"程真挣开黄萍燕的手,棒球棍指着张勇城那张满脸横肉的脸,"看下是警察来得快,还是我打死你更快?"

男人一听,立即缩了半边胆。

黄萍燕朝他大喊,声嘶力竭:"你走啊!你以后都不要回来!我就当死了老公做寡妇!快点走啊!"

"仆街!"张勇城啐了口痰在地。眼见自家女人有了帮手,他瘸着腿往街口走去,边走还边讲,"你等着!我肯定回来,叫一群兄弟回来揍死你这个死八婆,多管闲事!"

黄萍燕跌坐在地,与从楼上赶下来的张欣园搂抱在一起痛哭。

程真仍在病中,拼了这番力气,胸口喘得厉害。她定了定神,绕视周围,远远捕捉到一双带笑的眼。

她对漠视的人群怒斥:"是不是很好看?一个两个眼睁睁看着一个大男人打女人,连帮手都不肯?看看看!回家看你们老母啊!"

街坊一听,这波逐客令下得真快。

大龙凤散场,窄巷恢复平静只消三五分钟。回到家,洗米的洗米,打仔的打仔,看碟的看碟。待一家人齐齐整整落座饭桌前,又有了绘声绘色的八卦可谈。

"哇,那个张勇城,身穿破洞T,脚踩蓝拖鞋,凌空踢飞黄姨!"

"眼见老豆打老母,阿园会不会有心理阴影?"

"她那个老豆,说不定关起门来母女通吃!"

"哇?以后还怎么嫁人?念书再好都没用了!"

这处屋小街旧,龙蛇混杂,人均仅二十呎的物理空间,叹个气也能街知巷闻。肉体逼仄,连灵魂也被挤得失形扭曲,只好参悟海城地产方针——"向空中发展",拓宽精神境界,提炼生存哲学。

公屋叔本华,盼你比我惨。

程真喘顺气,才开口问:"他为什么打你?"

黄萍燕脸颊太肿,又哭又叫,张嘴半天解释不出。张欣园抬头,红着双眼小声道:"阿爸……回来拿钱,阿妈不肯,就打了起来。"

张勇城嗜赌出了名,程真也知道。他失业三年,一直懒懒散散。去年黄姨忍无可忍,他被赶出家门,几个月才现身一次,两夫妻往往会在屋里大吵,这次竟然打到楼下。

程真追问:"又不是第一次为钱吵,怎么会打成这样?究竟发生什么事?"

张欣园埋下头,瘦弱双肩耸动得可怜。

黄萍燕摇了摇头,咬牙切齿吐着字:"他……闻阿园的底裤。"

程真怔在原地。

张欣园终于忍不住,掩面痛哭。那个场景,能成为她的半世噩梦。

良久,程真才找回自己声音,对张欣园说:"扶你妈回去。我屋里有活络油,你拿一盒去给你妈。"

"阿真……"黄姨抽噎半天,才讲得出一句,"多谢你。"

张欣园搀扶着自己妈妈站起,走了几步,程真突然开口:"阿园。"

她把手里棒球棍递出，仿似从未认识这对母女，一副疏离的语气，却言辞恳切，字字入肺："拿去。我不可能每次都帮你。不想受人欺负，不想阿妈受罪……"程真一字一顿，"你要靠自己。"

黄姨母女身影消失在楼道。穿堂风不大，也拂起程真衫摆。她只穿一件宽身T恤，下身居家裤，未扎的长发扬高几缕，吻上她因病失色的唇。

"你站在那里，看够了没？"程真侧头，对倚在墙边全程看八卦的叶世文发问。

"亚视连续剧《我和泼妇有个约会》，挺精彩，会不会有续集？"叶世文边笑边讲，走到程真身旁，两条长腿迈得懒散。

这个自私精，又矮又瘦，竟敢突围而出，替人打抱不平。

俗套剧情，三流市民。这个弹丸之地，再不堪入目的情形叶世文也见识过。只是程真最后那句话，是难得的骨气。

她还妄想凭这份骨气，教晓那位学生妹做人。既傻却真，难怪名叫程真。

又褒又贬，叶世文掩不住脸上笑意。

"这么中意看八卦，搬过来住啊。"程真瞥了眼巷尾蜷于烂席之上的流浪汉，"就睡他旁边，有人做伴，说说笑笑，日子很快过的。"

"你的声……"叶世文无视这番话，挑眉疑惑，"病了？这么孱，淋一场雨就病了？"

程真想到生病便无名火起："还不是你害的，赔汤药费！"

她耗尽体力，呼吸稍急。声线从喉间过了道浓稠病气，嗡嗡的，似在撒娇。

"病了还帮人打老公？"

"我不像某些人，只会冷眼旁观。"

"又不是我女人被打，为什么要插手？我看你能打能跳，好得很。"

说罢,一只干燥温暖的手贴上程真额头。她往后缩,打掉叶世文的手:"你搞什么!"

随随便便就摸上来。程真眼神移向别处,掩饰瞬间涌现的怯气。

"没发烧,普通伤风而已。"叶世文收回手,想起那根陈旧棒球棍,"唯一家伙都送人了,你之后怎么办?"

"要你管!"

叶世文轻嗤一声:"懒得理你。我的卡呢?"

"钱呢?"

"你先交卡。"

"一手交钱一手交卡。"

叶世文难得有点耐心,见她这副病态,软了软态度:"你上去把卡拿下来。"

程真没力气与他辩论:"你钱带了吗?"

"我像讲话不算数的人?"

程真不答,转身往楼道走去。

待她下楼,不见叶世文踪迹。

夜晚七点钟,无雨,阳落,风也闷了,月也累了。每颗星隐在云层深处,藏光潜热,不发一言。塔尖矗立,泛光外墙黏附商厦,霓虹灯泡换了千颗,毫不环保,闪耀世间。

人造的美,始终少了情感。

叶世文很难解释自己为什么要去买这杯热饮。他稍抬眼,只见程真还穿着单薄衫裤,纸造身板,弱不禁风地站在巷内。她侧过头,也望见叶世文,第一次不带怒火与威胁,朝自己走来。

在跑马地会所包厢,听见秦仁青盛赞他遗传母亲美貌,夹带下流的追忆。那一刻,他恼了,牙关隐隐咬着。原来他也有软肋,并非冷血。

二人目光渐行渐近,直到能探清彼此突如其来的心软。程真的心猛跳两拍，像触了些电，视线往下低去。

叶世文走到她面前开口："卡呢？"

"你先给钱。"

"你是不是穷鬼投胎，每一句话都是钱钱钱。"他从口袋掏出信封，"拿着。"

程真伸手要接，叶世文突然收回："我的卡——"

她撇了撇嘴，交出闪存卡。叶世文把信封抛给她，夺走那张至关重要的卡片。程真打开信封口，认真清点，专注得旁若无人，希冀能多数两张出来。

"够数了没？"

"够。"没多没少，程真愿望破灭，"我走了。"

叶世文把热饮递出："饮了它。"

"什么来的？"

"毒药。"叶世文浅笑，又带了点不耐烦，"拿着，不要让我讲第二次。"

程真犹犹豫豫，伸手去接。她闻到浓郁姜味，混入红茶，甘且辛香。

茶餐厅不供这款热饮，五月时节兴食艾草，嫩绿带涩，哪有人会贪这口鲜姜的辣。

这应该是叶世文要求的。

程真混迹街坊食肆，菜单如数家珍，怎会猜不到？黑直睫毛掩下，涌动暗藏，小声开口："多谢。"

"原来你也会讲礼貌。"叶世文抬头，望了眼这幢老旧大厦，"你住几楼？"

"九楼。"程真不假思索地答道。

"顶层……不热吗？"

"租金便宜。"

叶世文看她 T 恤上的 tweety 图案已经褪色，明黄洗成浅黄，却很洁净。小心翼翼捧着热饮，是怕脏了衣襟。

贪钱，但惜物。她为什么这般矛盾，装腔作势地惹人垂怜。叶世文心头轻轻塌了一处。

程真饿了，直接拆开吸管，微翘的唇含住，嘬一大口热辣红茶。慢慢往下咽，细白颈项便轻轻起伏。

夜风带过，撩起黑发。颈侧那颗红痣像个不可言传的秘密，在她发间时隐时现。

叶世文眼神略暗，又亮起，似饿极的虎衔着肥肉："喂，你有没有男友？"

程真差点呛到。没有抬头，避开迎视，牙齿啃噬吸管，细密落下她的慌张印记。

"……有。"

他为什么要这样问。

叶世文笑了，连眉弓也挑高，在玩味她这句谎言："又凶又泼辣，谁娶了你，家门不幸。"他才不信程真会有男友。

程真不屑："你下流淫贱，谁嫁了你，霉足八世。"

叶世文俯身，声音低得像在程真耳边吹气："你怎知道我下流？你试过？"

他凑得太近。红晕从程真颈下爬上脸颊，像漫山遍野的粉霞，暖得冒泡。难得一见的慌乱，在她眼中荡漾。

母老虎的害羞，比落日更有看头。

程真半天才挤出一句："你脸上写的。"

她觉得自己真的病了。病得不轻，病得昏沉，一再心跳紊乱，即将引爆另一场高烧。

"喊，走了。"

叶世文勾勾嘴角，挺直腰脊，大步流星往巷外走去。

程真视线停留两秒,也转过身,沿步梯拾级而上。

饮食男女,刹那暧昧交集,转瞬消散。

二人背对背,脚尖各朝一边,分明不甚相熟。

Chapter 04
明日来找你
Wangbei Building

"文哥,上次那两个外国人同杜师爷一起上了祥丰大厦。"

"几楼?哪个单位?"

"……不知道。"

"你没跟上去?"

"文哥,杜师爷开车我怎么靠近?在地下停车场记住了他们的月保车位567,连电梯都不敢搭同一趟。你知道啦,杜师爷很精的,我怕他认出我。"

"你每次都差临门一脚,我看你妈下辈子才有孙抱了。"

"……"

叶世文坐在祥丰大厦四楼物业管理处。面前一杯每斤五十的铁观音,茶汤浓浊,摆明浸泡许久,又不舍得倒掉,兑入温水就端上来。嫌他不是贵客。

"叶生是做哪行的?大概需要多大面积?楼层方面有没有特殊要求?目前我们3A、13A层还有空置的区域,分别是八百呎、一千呎。精装交付,天花板吊顶和地毯都有,廊尾是公共洗手间和茶水间。"

租赁部职员张文杰戴黑框厚底眼镜,经培训上岗,依书直说。手持一张客户需求问卷表,叶世文答一句,他就打一个勾。

又不是甲级物业,服务自然差强人意。

叶世文挑眉:"13A?你们这里不租给外国人的?"

海城人在乎意头与口彩。4与14，一听就摇头兼摆手，改作3A与13A，附赠物业管理费折扣，大把人愿意进驻。只是洋人也有忌讳。

职员立即回答："那一层不租就行啦，外国人都集中在顶楼三层。"

叶世文特意选了上班时间，电梯使用高峰期，发现到顶楼三层的人根本不多，反而六楼那间律所客似云来——都是来咨询办理破产的债务人。

"我要五千呎，左右打通，或者上下连层也可以，最重要视野够好。"叶世文往后倚入沙发，"我做电子出口的，来的都是外籍客。在长沙湾有两间厂房，这张是我的卡片。"

职员睁大眼，双手客气接过这张黑底镀金粉的名片："你……你稍等一下。"

他跑回隔间办公室，唤来租赁部主管李小姐。李小姐一听见需求面积，踩着两吋高跟鞋哒哒而来。再看看来人，外形俊朗不凡，又没戴婚戒，这种家底殷实的靓仔简直见一个少一个。她亲妹还待字闺中，年方二十六，十分匹配。

"叶生，"李小姐态度极为热络，"我姓李，听说你想租视野够好的楼层？你放心，我们顶楼绝对可以满足你的要求。"

叶世文轻笑："刚刚那位张生讲只有3A与13A有闲置。"

"顶楼三层已售，是业主委托我们转租出去的。他刚来两个礼拜，对情况不熟，以我的口径为准。"李小姐也不惊慌，转头向张文杰交代，"冲两杯热茶过来，记得拿我办公室的茶叶。"

"不用了，我想看看场地。"

"没问题。"

二十三楼电梯打开。李小姐走在前头，替叶世文介绍："目前就是B区那边有一千五百呎的两个闲置区域，如果加上二十二楼同向的两千呎，就有五千呎。平时不想搭电梯，走防火梯上来一样方便。我们这里禁明火禁烟的，别看是乙级，物业服务水准直逼国金中心。"

叶世文走在廊内，三米天花板吊顶白灯，本地写字楼大同小异。

他视线落在右边那间没有挂牌的办公室。前台靓女正与派信人交谈，那人似乎有些眼熟。

"往年租这两个位置都要竞标的，二十三楼肯定比二十二楼贵，推窗就望会展中心街景。但业主开口了，只要是海城人产业一律扶持，不需要竞标，同心同德嘛。签五年赠六个月物业管理费，每年还送镀金生肖摆件，优先出让外墙广告牌位置。同商圈的秀华与东惠绝对给不出这种条件，我做这么多年招商，不骗你。"

经济不景气，连这种位置的写字楼也不敢搞竞标租赁。若再推拉几个回合，招商的销控价格表立即拿出来，声声啜泣说："你看看我们的定价，全城最低了，简直是割肉喂商人。"

好景坏景，套路不变。

李小姐保持职业笑容，回头一看，叶世文目光落在对面公司前台靓女身上。超短裙，紧身衫，勒得那截细腰快断了。一头棕红鬈发披左侧，露出右边闪眼的浮夸耳环。

贪色忘事，这种人，做不了她妹夫。

李小姐清清嗓，换一副口吻："叶生，你还有没有其他要求？"

叶世文回神："挺好，不错。对面公司是做什么的？我见他们没有挂牌，如果是同行的话就算了。"

"做冷冻食品海运的，与你不一样。"李小姐松了口气，原来不是贪图美色，"别看他们低调，生意一直不错。我们这里是旺地，进来的没哪个生意不好的。"

"冷冻食品？哪里出货为主？"

"昌岸码头那边。"李小姐疑惑，"你们做出口的，在码头也要争泊位？冰鲜与电子产品应该无关吧，储存方式也不一样。"

叶世文摇头："泊位是船坞公司的事，我们租仓卸货，确实没关系。"

李小姐才有些安心，难得有台大客，不能松懈："我们不是商场，不搞业态竞争的。"

"他们老板贵姓？"

"不太清楚，A03是业主那边私下放租给他们的。"

"那业主贵姓？做哪行的？"

"叶生你真是面面俱到，问都问得比其他人详细。"李小姐笑出一口白牙，"业主姓秦，做投资生意的。"

姓秦。叶世文目光一敛："你们有没有赠他们车位？"

"有，负一层563至567都是他们的。"李小姐怕叶世文觉得不公平，又立即抛饵，"你想要多少个车位？我尽量帮你申请。靠电梯附近还有几个靓位，方便你接送客人。"

567。叶世文心中有数，点了点头："我看看这边的洗手间。"

"直走尽头右边就是了，茶水间也在旁边，我带你过去。"

"不用，你回物业处，我等下去跟你谈租金。"

"不如我在门口等你吧。"李小姐怕丢了客，"有什么需要，你叫我一声，我也方便接应你。"

叶世文挑眉："男女有别，你想怎样接应我？"

李小姐霎时脸红："那……你拿着我的卡片，有什么需要，立即call我。"

她决定下去叫张文杰上来守住这尾大鱼。

叶世文接了名片。

从A03公司门前经过，只见那个派信的人还站着，低头不知在写什么。叶世文确认没看走眼，径直推开厕所的门，在隔间内点燃一支香烟，拨出电话号码。

"元哥，你今日在不在酒吧？"叶世文听见对面的答话，"又去澳门?怎么不叫上我?"

杜元语气带笑:"我被朋友临时叫过来的,过几日再回,你到时候来酒吧找我。"

"好。"

看来虎不用调,自行离山。

五分钟后,烟抽完,叶世文将烟蒂抛入马桶冲走。他洗干净手,听见走廊上传来呵斥,打开男厕大门,一团娇小人影由远至近,即将在他身侧掠过。想从防火梯跑?她腿太短,肯定会被追上。

叶世文抓住对方手臂扯入怀里,另一手捂紧对方下半张脸,掩盖所有惊叫,拖进厕所隔间。

四目相对。叶世文笑了,程真愣了。

"你今日派哪里?"

程真没说话,递出信封封面,收信人地址明晃晃五个大字:内环区广场。

近两年来,大量律师事务所裁员,闲杂人等统统失业。财务掐指一算,外聘兼职派信员比雇用打杂师爷更优惠。

同为律所兼职的陈家乐对程真说:"我这里有几封祥丰大厦的,你去内环区广场顺路,帮忙派了吧。"

往日这种无耻要求程真只会立即拒绝,但她瞥见信封上那个收件人"David To",伸手接过:"可以。"

陈家乐诧异,听到声音才知道程真带病上班。与她共事半年,话不投机,却第一次觉得程真柔弱可怜。是他过分了。

"我派上环附近,你有没有那边的?我帮你派吧。"

"真的?"

陈家乐点头:"嗯。"

程真把一半信件掏出,无视陈家乐瞪大的眼,爽快塞入他那个即将撑爆的信袋："这些都是。"说罢直接离开。

打工而已。讲同情心？好幼稚。

杜元的信，封面全是英文，程真学历有限，只读取了几个关键字眼。Kawasaki，日本川崎，盛产三得利威士忌，她看得懂。Engineering，她看了半日，连拼都拼不出读音。

这一封来自日本公司的信件，显然十分谨慎，特聘海城律所发出，大概率与合作磋商的邀约有关。

程真从电梯出来，找到了祥丰大厦二十三楼A03单元。

没有挂牌，掩人耳目。前台靓女身姿娇娆，与丽仪同款，看来这处确实是杜元私下租赁的经营场所。至于经营什么，就在信里。

前台靓女站起，在程真的签收单上确认。程真却突然开口："不好意思，这封信可能内含卡片，麻烦你拆开看看，确认没有遗漏。"

前台靓女看了眼收信人："这封信我不能私拆。"

"你不拆开确认，万一丢失重要物件，我好难交代呢。"

"这是我们老板的信。"

"不如你致电给他问一问？"

前台靓女拎起听筒又放下，美丽面孔浮出"麻烦"二字。杜元日常收无数信件，连账单也发来此处，因这种小事叨扰他本人，会被骂死。她决定自行拆开，美工刀只割了一半，又犹豫起来。

"我还是去问下健哥吧，你等我一下。"

前台靓女离开，程真确认四下无人，轻轻把封口撕开，掏出信纸一看——全英文，摆明要她！

程真只浏览两秒，从前台便签纸撕下一张，快速拓印信纸上那个Kawasaki公司的Logo。

她把信纸折好塞回原处，立即离开。刚走到电梯厅，男人的吼叫在廊内回荡："快点！她肯定还没走掉，穿绿色格子衬衫！"

梁荣健一向观察入微，程真大意了。

她疯狂摁着电梯下行键,电梯却停在十七楼,就是不上来。回字形办公楼层,她立即绕过另一侧往B区跑去。尽头是防火楼梯,追赶声音从两边回廊穿透过来。程真加快脚步。

有人从厕所推门出来,她来不及闪避,就被男人用力扯住手臂,捂紧嘴,连拖带抱拉入男厕隔间。

刀未出鞘,程真惊得怔住——是叶世文。

叶世文不肯撒手:"不要出声。"

他锁上隔间的门。

有人在外面呵斥:"男厕也搜!"

男厕大门随即被踢开,开始逐格搜人。程真急得脸红,抬眼盯紧叶世文轻佻的神情。只见他终于松手,用嘴型传话:"求我。"捂紧程真身侧装有小刀的口袋。

有人用力拍门:"有没有人?不出声我就撞进去了!"

叶世文继续笑,菱形薄唇在双颊勾出两个俊俏括号,占尽上风,十分得意。程真眉心拧紧,皱得像一只刚出屉的小笼包。

这时要她求饶,简直是趁火打劫,落井下石,漏煤气锁门窗,大白鲨教游泳。

他偏偏就是这种人。

"求、你。"程真惜命,不情不愿,讲得咬牙切齿。

叶世文用力把她推到门后,程真忍下痛叫,恼得想从身后揍他两拳。他直接打开快被拍烂的薄门,迈出厕格,又假意提一提裤头:"你们搞什么?"

杜元这处的保镖都是新人,显然不认识叶世文:"里面就你一个人?"

"你上厕所要两个人才能上?"叶世文语气不耐烦。

"你……"保镖忍下粗口,"有没有见到一个穿绿色衫的女人?"

"找女人来男厕?"叶世文欺身往前,两个保镖下意识退后。他掏出手提电话："我看你两个不像正经人，我现在就叫保安上来。"

另一人丈量几眼叶世文的身形，扯了扯同伙手臂，示意闭嘴。再看看厕格，确实不像有人："可能走步梯下去了，走不远的，去追！"

二人又匆匆忙忙跑开。

"喂，走了。"叶世文回头，见程真从门后出来。身形矮小，被门板夹住也不占空间，她果然适合作奸犯科。

程真抬脚就要走，被叶世文叫住："你哑了？连多谢也不会讲？"

"若不是你拦我，我早就跑了。"

"我不出手，单凭你那十五吋短腿，不用一分钟束手就擒。"

"……讲话就讲话，不要人身攻击。"

"还没病好又去做贼？"

程真讲话带鼻音。她伸手把信袋拉开，露出白色信件："做兼职啊！你见过有人做贼，带着信去做的吗？"

叶世文瞥了眼，确实都是律所的信。

"他们为什么要追你？"

"有一封信被人撕了，以为是我做的，就追出来。"

叶世文还想开口，却被程真动作打断。她把扎起的长发松开，头发眨眼间倾泻而下，幽深如绸，皮筋压出的折痕似春风拂过高低的浪，有摄人心魄的光。

细白手指从上往下，她逐粒解开衬衫纽扣。

叶世文眼神暧昧起来："如果你想这样报恩的话，我不介意。"他还记得那晚雨夜里的曲线。

"我不报复你就算好了。"

程真冷语击穿叶世文的旖旎幻想。衬衫大开，露出里面的打底T恤。

"你以为这样就可以易容?不如直接淋镪水①。"

"这样肯定不行,但我有帮手。"

叶世文轻笑:"不会是我这个幸运儿吧?"

程真不答,眨了眨眼,翻出包内口红。壳身掉漆,拧了三四下才露出膏体,她认真对镜涂抹。

艳色正红,分明是浓烈美人专属。叶世文想笑她审美畸形,幼稚小妹扮半熟少妇,却在镜里与她的目光不期而遇。

心硬如钢,讲个"求"字像要了她的命。轻轻挑起的眼角,睫毛短密,偏生出扇形的弧。眼风吹过,波光粼粼,瞬间勾住叶世文呼吸。

黑发黑眸,配这抹红唇,太合适。

程真与叶世文视线纠缠,心跳快了几拍,移开眼:"你来这里做什么?"

"逛街。"

"写字楼厕所比较好闻?"

叶世文不答:"你撕烂的是什么信?"

竟然重要得派人来追。

"不是我撕的。"程真耐心解释,"律师楼的信,损毁一封要扣五倍日薪,你当我傻的?况且上面全英文,我哪看得懂。"

"这一层只有杜师爷公司租下来,信是谁寄来的?"叶世文走近,"你看得懂收件人,肯定看得懂寄件人。"

"你是杜师爷义弟,你不去问杜师爷……"程真试探地问,"莫非你们两个有仇?"

---

① 镪水:具有强烈腐蚀性的浓硝酸、浓盐酸等的俗称。如浓硝酸称为硝镪水,浓盐酸称为盐镪水。

程真前脚出事，他后脚去套话，只会被野蛮驱逐。命运太过离奇，逼得他又要从这个女飞贼身上下手。

叶世文笑不出来："告诉我，谁寄来的。"

"我可以讲。"程真侧过身与叶世文面对面交易，"但你要保证我安全离开这栋楼。"

"凭什么？"

"凭你想知道。"

只一刹那，二人四目相接，在各自颅内达成某种交易。

叶世文语气挑衅："不如我现在就去告诉他们，你在这里。"

"你去吧，我就说是你指使我来的，还包庇我藏在男厕。"程真不甘示弱，"反正那两个人见过你，你也跑不掉。"

叶世文单方面宣布自己撞邪，否则怎会每次见她都恨得牙痒。

双眼在程真脸上来回巡视，他突然抬手搂住，不顾程真扭动反抗，连推带揉把人夹在身侧拖出男厕。

"好痛啊，放手！"

"再叫？还可以更痛。不是要我带你走吗？"

租赁部职员张文杰就站在门口，见二人搂抱而出，惊得张嘴："啊——叶生？"

"张生，我女人嫌你们写字楼的洗手间不够刺激。"叶世文特意大声解释，又低头假装哄怀里的人，"我现在就回家凿烂所有墙，以后你冲凉，全程直播给我看。"

程真双颊透出羞愤的红："你个仆街！"

"得不到满足的女人往往容易暴躁，你是在怨我。"

张文杰的嘴从此合不拢了。

程真被叶世文拖入电梯，还刻意绕路去海运公司门口，大摇大摆。前台靓女犯了错，被梁荣健怒斥一番，根本没心情看这对怨偶。程真却惊得把头低下，状似鹌鹑。

叶世文又气又好笑：她怕杜元的人，却屡屡挑衅自己，这是觉得他比不上杜元？

二人簇拥到楼下，穿过大厦侧门，程真被叶世文带去了一间刚开门迎午市的茶餐厅。

"你要吃什么？"叶世文攥紧她肩头，站在门口强迫程真去看墙上餐牌。

程真犹豫三秒："……肥叉饭。"

"我要手撕鸡拼油鸡，鸡腿肉，不要给我鸡胸，鸡胸太柴。再加个西多士，雀巢鹰唛，不要淋日本炼奶。一杯冻鸳鸯，奶茶同咖啡要三比七，冰至少五块，不冻不收货。"

"靓仔，这样点餐，你自己去厨房煮啦！"

叶世文对餐厅伙计示意："会给小费的，找她买单。"

程真拔高音量："我什么时候讲过买单？"

"小气鬼，碟头饭而已。"

碟头饭，以快著称。熟食为主，米饭为辅，下单五分钟内不上桌，便是老板失职。

熟食又唤作"斩料"，凭一把沾油不锈钢片刀，背黑刃锐，肉料斩出十八般花样。垫在台上的松树实木砧板，经年受力，圆心凹陷而木脂不溢，上乘得可作传家之宝。耐磨，耐砍，剁骨如削铁，一刀一板，养活一家三代。

这是升斗市民命运里的韧劲。

叉烧要"片"，靠指劲，刀要斜，手要稳，厚薄凭眼力，每块都不偏心。油鸡要"斩"，使腕劲，刀背直，皮骨断，白肉切面平整，骨髓带血才算至鲜。

程真咬一口叉烧，脂厚而嫩，给这间门面简陋的内环区茶餐厅打了个满分。

叶世文诧异："你吃这么肥腻的？"

白肉多，红肉少，油汪汪，她竟嚼得有滋有味。

"下午还要去送信，不吃多点哪有力气？"程真瞥了眼叶世文，他慢条斯理地用筷子逐条夹出手撕鸡里的芫荽，"你不吃就不要点这个啦，浪费。"

"错——"叶世文反驳，"我吃，但吃的是味，而不是菜。"

程真为他的矫作翻了个白眼。

人来人往的店铺，吱喳不停，白领踩着碎步来与走，生怕油污蘸染身上布料光滑的西裙。一顿午饭赔一条裙，确实不值。全场只有程真与叶世文沉默就餐。

"那封信是谁寄来的？"

程真吃罢，眼珠优哉游哉转两圈："我学历好差，看不懂。"

"你不讲就不要指望出这个门口。"叶世文双手抱胸，在桌下踢了程真一脚，"今天等于白做，兼职费也拿不到了。"

程真想踩回去，却被他缩开，扑了个空："一封信而已，说不定是水电催缴，又或者是信用卡公司寄来追数。"

"你派的是律所出的信，不重要他们不会追你，识趣的话就快点讲。"

"不会被我猜中了吧？"程真挑眉，"你真的跟杜师爷有仇，不敢去问他？你们是十几年的兄弟呢。"

"不该你知道的别问。"叶世文失去耐性，"不要以为我每次都会放过你。豪客城，跑马地，还有今日的祥丰大厦，你猜杜师爷想不想知道？"

"那你又猜一下，那张闪存卡冯总想不想知道？"

曾经也是一条船上的人，说翻就翻，二人脸色沉得比泰坦尼克号更快。

叶世文早料到她绝非善类。他直接站起来，背光而立，黑影笼在程真身上，添了无数危险气息，然后挤坐进来。程真呼吸一敛，冰冷物件抵在她腰侧。在旁人眼里，不过是两个热恋中的连体婴。

"你不要乱来，这里是市区，不是北水镇。"

他趁下楼时摸走了程真防身的用具。

叶世文把她半拥在怀里，姿态亲密，语气冰冷："那封信是谁寄来的？"

"……胡万友律所。"

"寄件人是谁？"

"不知道。"程真挣扎不开这个拥抱，"我中三肄业，单词太长，我不会读。"

"写出来。"叶世文用膝盖顶了一下她的信袋。程真不情不愿从袋里拿出纸笔，犹豫半天，写了个"entrance"。想了想，又觉得好像不太对劲，再多写个"enjoyable"，但写成了"enjoeyble"。

"差不多是这样，e 和 n 开头的。"

"Entrance 这么难也拼对了，enjoyable 这么简单你竟然拼错。"叶世文感慨字迹虽美，但文化水平实在太差。他夺过笔，自己写了一个"engine"。

"这个呢？"

"……这个比较像。"

"你果然是文盲。"

昌岸码头出货量极大，光靠这个单词，根本猜不透是什么。但与机械相关，似乎只有两个国家。

"是日本还是德国的公司？"

程真揉了揉呼吸不畅的鼻头，被店内风扇吹得声音嗡嗡然："好像是 G 开头的，德国？"

说谎而已，她十年前就做这种事，放心，她也很熟练，骗一次就过去了。没花钱就想买料，程真不做赔本生意。

叶世文挑眉："看来你也不算低能儿，还懂德国是 G 开头的。中国呢，是什么开头的？"

"Z——"程真咽了咽口水，把话吞回去，"是中文发音，C开头才对。"

叶世文被她逗笑，连胸膛都在颤动。目光落到那个红红鼻头，又掠过腿边一大沓未派的信，沉默几秒，他收起自己的手："不要走开。"

"我还要去送信。"

"你敢走我就拧断你的头。"

"……暴力狂！"

叶世文不理，径直出门。

程真把那张画了 Logo 的纸叠好，塞在信袋最底层。数一数剩余信件，看来今日要奔波到下午六点。

两分钟后叶世文回来。他衔了支燃了一半的烟在唇上，又在门口处逗留半分钟，走进来的时候抛出一小袋东西到桌上。

坐下，他捏着烟蒂碾熄，骨节分明的手指拆开塑料袋的活结。

"一个礼拜开七日工，你是永动机？我看你要病到明年。"叶世文看了两眼用药说明，掰出锡箔板的药片，递到程真面前，"吃了它。"

程真一怔。她没想到叶世文会去买药。

"是不是要我喂？"叶世文被她这副傻样逗笑，"嘴对嘴那种？"

程真立即捏起药片，用温水服下。水不热，人却热了，绯粉从鼻头晕向两边面颊，她控制不住自己。比起在楼上男厕那副煞白面孔，现在披头散发竟有些娇俏迷人。

眼见她把自己鼻头揉红，还捧一大堆信，靠劳力赚钱又不怕人笑，叶世文禁不住心软，鬼使神差去买药。

该是见色起意的年岁，却对这具灵魂动念。

可惜他没时间沟女^①。

"走了。"

"不送。"

程真抬头，目睹他站起，又出门。风鼓动叶世文衬衫，拢出肩宽腰窄的线条，脊骨挺拔，仪态堂堂，他有足够本钱让女人脸红心跳。可惜他太危险。

程真背起信袋，站在收银台前："多少钱？"

"你男友买单了。"收银伙计递出打包好的饮品，"姜煮红茶，他说你走的时候给你。"

程真接过。隔着纸杯也有些烫，朗朗夏日，这个白痴竟赠她热饮。千年冰山遭遇温室效应，裂出无数隐约缝隙，是程真的心。

她暗里有点后悔——那是日本公司呢。

"程珊，注意手部动作！彩带抛得不够高，要手腕用力！再跳！右脚绷直，保持挺胸！"穿了身红色运动装的教练在深蓝地毯上拍着手指挥，"三，二，一！"

程珊如幼鹿奔跃，迎着鼓点往对角线迈腿，三步后猛地用力一踩——干净利落的前空翻，接上挺拔的结束动作。彩带却绕在左边脚踝。

音乐停了。教练激动上前，凑在她旁边逐项指点，急得像只松绑的蟹，来来回回，在高温蒸屉中横行。

"我讲了多少次……"

程珊只顾点头，抬手抹去脸侧的汗。长发扎髻，盘于脑后，袒露那张青春少艾的稚嫩面孔。从侧面望去，肩颈秀美，胸脯微隆，脊骨

---

① 沟女：指追求女孩子。

自颈下伸去，细长优雅，稳稳架住这朵待放花苞。

程真来慧云体联多次，面孔熟悉，也惯了与体联的人套近乎，像个小心翼翼的家长，生怕程珊受委屈。

她得到允许可入场观看训练。

许多年前，站在一千六百呎橡胶赛地的人是她。

程真并不活泼，人又贪懒，每个礼拜日上午必定朝林嫒无病呻吟。肚痛、脚痛、头痛、心口痛、十二指肠痛，如果可以拥有的话——她可能连前列腺都会痛。总之身体无一处好，妈咪，放我一马，不练了。

林嫒在被窝里摸到程真小巧的鼻，捏紧了："还装睡？我看你怎么喘气。"

五秒之后，程真掀开被，扑入林嫒怀内："妈咪，我不去了，不如让你肚里的妹妹或者弟弟代我去吧。"

程真的小手覆在林嫒隆起的肚皮。鼓鼓的，圆圆的，藏了个幼小玩意，听讲几个月后便要出来与自己争宠。能争得赢她？程真不信。

"你不是一直讲不想要弟弟或者妹妹吗？"林嫒丰腴的脸上挂满笑，"现在又肯要了？"

"如果肯代我去上体操课，我愿意要。"程真戳戳肚皮，"要七个！礼拜一到礼拜日，一日一个，那我以后连中学都不用上啦！"

林嫒笑得眼弯。与程珊转过来的脸重叠起来。秀眉如黛，鼻骨丰隆，平滑的颧侧线条，紧致收拢在下颌。不点而朱的唇，未语先笑的眼，程珊与林嫒一样，温柔而貌美。

程真挥了挥手。程珊快步跑来，短短裙摆像漂亮的鱼尾，在腿上生姿。她倚在围栏边："家姐，你再等下我，我要多练两次才可以走。"

程真点头："你鼓点踩准些，收脚要稳。不要贪靓穿这种训练服，裙摆会打到彩带，刚刚你还差点出界了。"

程珊吐了吐舌,又冲程真皱眉,嫌她啰唆。转过身,这条小小美人鱼游回浅蓝色的场地。

音乐又起。程珊要应对八月的比赛,提气聚神,依着场边教练的咆哮,又踏起舞步。她长相拔尖,性情活泼,天赋极高,曾慧云总是偏爱这种类型的学生,送去参赛容易博镜头关注。

连教练也对程珊有偏袒,毕竟程真送了不少礼品。

怕影响程珊专注,程真站起身,从观席位置往西边去,经小门出。天空蓝色的外墙在日照下泛着海洋的光,烟波浩渺,整幢场馆是一艘漂浮的舟。前窄后阔,入门先见接待区域,奖牌镶框,置于高处,暗绿棕榈科植物配深棕浅白的外摆家具。大理石地砖常年雇人打蜡,又聘了专业人士维修细微裂缝。场馆主人十分好面子。

听说这里是冯世雄设计的,寓启航之意,海城体坛在此扬帆。

程真只是想去个洗手间,目光收回,沿连廊小径往女厕方向走去。推开木门,一只夹带火气的珍珠发夹从主人手里掷出,打在程真鞋边。

"Norah,你转给敬棠,我有话跟他讲。"曾慧云站在洗手池镜前,任由助理唐玉薇替她盘着细密的发。眼眶泛着些许血丝,看来烦事忧心,不得好眠。

电话那头女声直接婉拒曾慧云:"冯太,老板交代今日要你自己出席。新闻稿我也问过,昨晚已经提前给了你助理唐玉薇。"

曾慧云深呼一口气:"他究竟发够脾气没有?是不是要怀疑自己亲生子?我不需要你传话,你叫他来听电话!"

"冯太,老板怎会这样想呢?他今日真的太忙,我也只见了他十分钟。"

曾慧云挂断电话。

"冯生不在滨沙湾吗?"唐玉薇以手指抚好碎发,又凑近问,"可能是太忙而已。"

"他肯定在滨沙湾,不想理我罢了。"曾慧云抿住唇。

冯敬棠私下数目,摆不上台。从前在滨沙湾金安道租了一层旧写字楼,有几个亲信帮忙打点。刻薄脸 Norah 骨头最硬,成了首席财务官。寒酸鬼陈康宁傍身最久,还能替冯敬棠把持股份。口风密实的裙带关系,谁发薪谁是老板,曾慧云气得胸闷,无从入手。加上跑马地会所那一夜,关系是她搭的,差点连冯世雄也出事,冯敬棠更恼。

卫生局声势浩大,嫌她"慧云"这个招牌碍眼。又因经济不景气,人心浮躁,早就想杀鸡儆猴。

维护全城安危,刻不容缓。曾慧云不走运,撞枪口了。

滨沙湾——曾慧云暗讽——不就是那只白面狐狸精的温柔乡吗?人都死了许久,还要三番四次出来勾魂,遣个孽种来扮委屈。

冯敬棠是儿子命,情愿要子不要母,对叶世文越来越上心。这次还因保护了冯世雄,怕是"遗诏"要易名了。

年过五十,曾慧云自以为参透半生,恩怨消弭。说到底维系夫妻感情的,是利益与孩子。所以叶绮媚死了,留个野种,于冯敬棠而言就有情分在。

情分?不如说是纠缠三生三世的孽障!与她十足相似的脸,越看越让人生厌。

唐玉薇见曾慧云不言,又道:"明日还约了秦太去金安宣道堂,不要难过,你眼角红丝都出来了。"

"她答应与我见面,秦总那边应该还有机会的吧?"曾慧云盯着跟了自己十几年的助理,有种慌乱涌上,问得紧张。

唐玉薇立即笑了:"当然啦,卫生局摆花架子。一个记者会罢了,没事的。过两个月就是旧历七月,还要筹资派平安米呢,正事要紧。"

"年年都一样,需要这么早就搞?"

"冯生上个月建议再加些物资,毛巾、牙刷、牙膏,棉被床褥也可，今年会是个寒冬。"

"他倒是对闲人有心了，我呢？我这个冯太太，他准备把我陈列在哪里？冷宫吗！"

唐玉薇噤声。

曾慧云苦笑。她一个世家千金，深信主爱世人、众生平等，每个礼拜在圣约翰大教堂唱赞歌，布施爱与包容，却要在家忍受前清做派，以夫为纲。

他说过最爱是她。

今年结婚纪念日曾慧云喝掉整瓶红酒，等足一夜。冯敬棠不归，初夏被衾便凉得像坠入冰窟。

怨她的也是他。

"校长，不要戴这只，太红了，这么显眼会被八卦周刊乱写的。"

唐玉薇小声提议。曾慧云对着镜子发呆，眼内流转悲欢离合的愁绪，不自觉拿起那只缀红宝石的饰夹。切面平整利落，鸽子红色泽均匀通透。冯敬棠送的。

她肤质一向偏沉，这只饰夹却能衬出几分好看脸色。曾慧云重重叹了口气，把红宝石饰夹放回化妆包内。见唐玉薇拈起一只密排珍珠发夹："这只吧，不俗气又端庄。"

又白又圆，精细优雅。曾慧云接过，往头上一比，镜面内珍珠华彩夺目，她这张脸顿时竟像熄掉了灯，暗哑无光。

曾慧云眼眶泛红，似叶绮媚骑在自己头上嘲笑一样，狠狠往地面掷去。

洗手间门被打开。曾慧云转头，见程真弯腰拾起那只珍珠发夹。

"曾校长，是你的？"

她认得程真，是程珊的亲姐。两姐妹眼型近似，但相貌区别颇大。程真眉宇间少了许多秀丽，目光又冷，不及程珊讨人中意。估计是一个像爸，一个像妈。

外人出场，曾慧云条件反射，收起所有情绪。

"是我的。"曾慧云露出合宜的笑，连眼球的红也瞬间逼退，"刚刚没拿稳，掉地上了。"

"这么贵重，不要摔坏了。"程真把发夹递回。

唐玉薇用眼神询问曾慧云，只见她点了点头，才敢把珍珠发夹夹上。曾慧云贪靓，今日要开记者会，穿这身暗灰套装已经火上胸膛，还不能戴心仪饰物，简直气愤。

她的相貌焦虑有时超出了唐玉薇的想象。明明她长得不俗。

"玉薇，时间差不多了，不要让记者等。"曾慧云交代一句，又转身与程真道别，"最近珊珊表现很好。八月我们在红源有比赛，你记得来看，家属我们都会赠票的。"

程真点头。她已经听说了，卫生局介入调查慧云体联所有赞助的学校餐厅。曾慧云也不傻，记者会特意设在这里，无非是盼着大家念在她为海城体坛做出的贡献，给几分薄面，甚至打扮素雅，一派歉疚模样。

唐玉薇收拾好东西，先推开卫生间的门。高大背影撞入眼内，唐玉薇语带惊讶："冯生？"

敬棠来了？！曾慧云急急推开唐玉薇，越过程真，却只见冯世雄站在门外。

"妈咪。"冯世雄一身藏青色暗纹西装，眉宇轩昂，比冯敬棠多了几分倜傥风流，又比叶世文少了几分雄性野气。

他带笑开口："我来陪你去记者会。"

曾慧云一股气凝在心头，不上不下，冷暖交杂，像冰天雪地里吞了口发烫的水。

长睫轻眨，她突然湿了半圈眼眶，忍着泪意问："怎么这个时候过来，今日公司不忙吗？"

冯世雄牵起母亲的手，挎在自己臂弯上："我怕你应付不来，有我陪你,你会安心点。"

曾慧云倚紧儿子,像茫茫大海中溺水之人终于抓住一根救命的浮木。

"玉薇怎么帮你戴这只发夹?"

"不好看?"

"好看,但是太单调,要多配双耳环。等记者会结束,我们去宝格丽看看,最近新款都不错。"

冯世雄知道今年曾慧云没有收到结婚纪念日的礼物。

"好,你的眼光妈咪信得过。"

曾慧云这时才肯真心地笑。她始终是赢家——她有世雄,世雄有她,那两母子只有天人永隔。

二人往记者会的会场步去。一母一子,眼角眉梢全是彼此依赖的爱与呵护,密不可分,半丝供人置喙的余地都不留。

血缘是隐形的脐带。

程真望够了,收回视线,脸色淡淡。

有钱人真矫情。

"吃这么快?有人要来与你抢?"程真望着程珊大快朵颐的动作。

"好久没吃了,还是朱古力味的最好吃。"程珊塞了满嘴钵仔糕,"家姐,你感冒还没好吗?"

这种以钵装盛的糕体,竹签长长,戳在细密边缘,沿钵身一撩,撬起,插入,剥离——滑腻,浸了层油光,冒甜气,三两口便能嚼完下肚。

程真点头:"病气太重,我原本都不敢来,怕传染你。"

"那你有没有吃药?"程珊流露担忧,"我陪你去看医生吧?还是我过去陪你住?你现在需要有人照顾。你放心,我知道怎么煲白粥的。"

程真揉了揉程珊发顶，只觉得妹妹格外可爱："小病而已，看什么医生？分分钟开完药，我病得更重。"

花钱买药，会致穷病积重难返。

程真忍不住又啰唆："你不要吃这么多，木薯粉不容易消化。"

"我太瘦了。"程珊杏眼一转，目光落到程真鼓胀的胸前，"我不多吃点，何年何月才能有家姐的胸围。"

程真翻了白眼："要那么大做什么，好麻烦的。"

林媛曾开玩笑讲过，程真在肚皮里太不挑剔，只择了眼睛与胸部似妈咪。程珊就不一样了，挑三拣四，什么好看的都安自己身上。

程真怨过很久，为什么偏她长得像爹地更多。

那时候，她还会唤曹胜炎"爹地"。

"之前德叔来过。"程珊想起前段时间来看过她的洪正德，"他说他会来看我八月的比赛。"

洪正德与曹胜炎是旧识。都是富家子弟，同一所中学毕业，经老讲师介绍结识。二人年岁虽有些差距，洪正德却坚持以兄弟相称。再后来，法律面前，兄弟也没情面可言。

曹胜炎是洪正德亲手送入监狱的。

"他无端端来看你？"程真又惊又气，心里咒骂洪正德卑鄙小人，罔顾程珊安危，"以后除了我，任何人来看你，都不要见！"

"他因为工作来的。当时我在和埔那边校区，好像是哪个富商有赞助过，又出了不知什么事，所以他就来了。"程珊知道程真生气，声音也低下去，"放心啦，家姐，我听话的。"

"珊珊，我不在你身边，你要保护好自己，不是什么人来你都可以见的。还有，不要学人随随便便网聊，你都不知对面是人是鬼……"

长姐为母。程真开了口，便收不住。程珊听得耳膜起茧，想打断，又怕程真生气。家姐中学肄业，为供自己学体操，还打着一份日夜颠倒的工。要牺牲自己去成全亲妹的天赋,程真不容易。

"知道了没?"

"知道。"

"不要太早拍拖,你还未成年的。就算中意,也不要跟人 kiss (接吻)。他摸你,你就大声叫救命!"

程珊瞪大眼:"家姐,你拍拖不 kiss 的吗?"

她是十五岁,不是五岁。半知半解的年纪,与同学翻透 YES!! 杂志,内含各种天花乱坠的劲爆描述。

程真反驳:"我没。"

"你之前不是跟一个大学生谈过吗?斯斯文文的。"程珊还记得照片里那位戴眼镜的高瘦青年,"你下班他还去接你,早晨六点等在酒吧门口,我才不信你们没 kiss 过。"

果然孩子大了不好骗。

"八婆珊,以后不要再提他。"

程珊撇了撇嘴:"那你现在有男友吗?"

程真移开眼,盯着人来人往的休息区门口:"没。"

不久前,有人也这样问过她……

"家姐,你在想什么?"

"没事。你还吃不吃?不吃我吃了。"

"啊,吃的!最多分一个给你。"

"这么小气?"程真抢了三个。

"你什么都跟我争,哪有这样做家姐的!"

"你小我七岁,就输了我七年。做小的要认命,孔融让梨没学过?"

"你每次都欺负我!"

"我是鞭笞你,教育你,让你提早适应社会的冷酷无情。"

重感冒,味觉失常,舌尖发痒,对一切酸辣辛苦无感。偏这口甜，<u>丝丝缕缕</u>，在软韧爽滑的糕内溢出。

一定是糖精下太多。程真边嚼边想，下次不买这档了。

今夜T-top搞"美女与野兽"主题揽客。一众女侍应换上兽皮短裙，臀缀毛绒长尾，头戴猫耳发箍，低头一看，上衣开襟快要低至肚脐。雪波荡漾，好不惹眼。

程真用针线把领口缝起。

"有料给人看怕什么。"丽仪见程真从换衣间出来，发表职场高见，"开得越低，赚得越多。"

"卖酒又不是卖肉。"程真缺乏足够休息，大病一场，拖到现在声音还有些嘶哑。

"就你这副病猫样，真要有人咸湿你，跑都跑不快。"

"肯定跑得没你快！"程真笑了，"你最近是不是换了支香水，能让人闻到自动弹开，摸也不会摸你？"

丽仪笑得爽朗："我身上长了刺，一摸就扎手。"

"杜师爷摸就行，其他人摸就不行？"

"衰女，什么时候学会咸湿的？"

"跟丽仪姐姐学的。"

程真往吧台步去。迷离光束在特意挑高的天花板上乱窜，又游弋到各人脸上、身上，照出一派放浪骸俗。裸露的大腿，无处安放的手，酒水卖得侍应快要忙不过来。巨大音浪掩盖每一句正常的话，只好伏在旁人耳边低喃。由陌路至熟稔，不过半分钟的事。我无须知你姓甚名谁，这里只图躯壳，哪有灵魂。

叶世文刚落座吧台角落，与邀他前来的杜元搭话。

杜元生得高大，是屠振邦早逝亲弟的唯一儿子，与他有几分神似。同款的高眉峰散眉尾，眼型偏长，鼻骨挺拔，颇有些风流气韵。

他刚过四十岁，妻儿都在国外。岳父曾在纺织大王郑先生公司任执行董事，商界名望甚高，当年要求杜元改姓入赘。屠振邦表态不同意，气得在祠堂撒火，说这摆明要你食软饭。

杜元却心甘情愿，挨了帮规责罚，左手再也拎不动重物。

是为爱抑或为钱，众说纷纭。

"你们今晚搞什么？"叶世文眼神巡视场内，带点色气地笑，"个个穿兽皮，扮齐天大圣？"

杜元也笑："这就叫生财有道。"

入目一双细腿，站在三人圆桌旁。白皙，纤直，骨肉紧致，雪白的脚踩着一字带高跟，连小小脚趾也翘着俏皮的粉。灯暗影浮，时而交叠，时而舒展，这双腿格外勾人。

可惜不够长。

他的笑停在望见美腿主人那刻。

程真刚接过客人递来的纸钞，眼尾透光，看来小费颇丰。长发披在肩后，往自己胸前熟稔地塞入钱币："第一次来啊？玩得开心点，有什么需要记得叫我。"

抬起头，遥遥与叶世文视线相碰。程真像遭点穴，嘴角凝于面部半空。

叶世文笑意更深。

杜元循叶世文视线望去，发现程真僵着脸走远。他开口探问："你们两个认识？"

"谁？"叶世文立即回神，装作不知。

"程真。"杜元朝程真消失的方向挑眉，"你不是只中意靓女吗，怎么突然换口味了？"

叶世文还在回味程真呆滞的可爱模样，心不在焉地答："我一向来者不拒。"

"有兴趣？"杜元笑了，表情意味深长，嘴角悬着稍稍不满。

叶世文没想到杜元会有这种反应，语气一顿："她是你女人？"

轮到他有点不爽了。

"我哪敢？为了你大嫂我连烟也戒了。"杜元否认，"你上次不是问过我关于她的事吗？"

叶世文确实在事后致电问过杜元。

"豪客城那晚她在场，替了一个女侍应的班。"叶世文半真半假地坦白，"我以为是她做的，所以才问你。"

"不是她做的？"

叶世文摇头。

"几年前她遇到点事情，那回有人诬告她动手伤人，她不认，闹到要去见法官。我帮她找了律师，算是还她清白吧，人不靓但挺醒目，我就当做好事让她留下了。"杜元犹疑几秒，"她很缺钱，如果你想找她帮忙做点事，也无不可。"

叶世文想起她棒殴张勇城的模样。她肯替人出头打渣男，又怎会平白无故动手伤人？

他隐下笑意，还未色令智昏："缺钱？那你帮她加薪水咯，找我做什么？"

杜元不接话，转了态度："跑马地那一单，你差点出事。到现在还对冯敬棠死心塌地，他立遗嘱写你名了？"

"他哪有这么快立遗嘱。"

"那你不如回来。你入冯家，满打满算七年了吧，他给了你什么？"

叶世文仰头饮酒，喉结滚动，似乎想把真心话埋葬腹中。

"我与他是父子。"

"你同大伯也是父子。"杜元也饮尽杯内的酒，"你五岁开始大伯就接济你们母子，养了你多少年？说回去就回去。世文，养恩大过生恩，你有的本事都是大伯教的。现在他老了，身边可靠的人越来越少，还开始担心你。"

接济？世间猛禽只饲稚兽，怎会哺喂猎物。

叶世文在心里发笑："我有什么好担心的？"

"又不成家，又不立业。大伯以前的得力助手里面，哪个现在不是住半山开跑车，老婆都换三四个了，你看下你自己。"

"又不见你换老婆？"

"乱讲。"

"成家就算了。"叶世文又要来一杯酒，"我手头有笔闲钱，不多。这两年传统工业没出路，新兴的话，做零售还是精加工机件出口好？"

杜元抬眼，与这个义弟视线相碰，他没避开："精加工吧，在东南亚本城做不过日本，但做欧标或者美标的产品应该可以。厂址设在南沙或者盐田，那边地价优惠，有赚头。"

"做零售不好吗？半成品加工，或者急冻食品也可以。世道不好，人照样要吃一日三餐。"叶世文假意疑惑，"可惜海城地贵，码头仓位也不便宜。你说我要不要回去找契爷帮忙？他比我有门路。"

杜元沉默几秒，才隐晦笑笑："看来你自己已经有打算，回去问下大伯吧。"

有人喊了杜元，说二楼包间贵客在等。叶世文顺着抬头，又见玻璃隔间内两个金发模样的人。杜元应下，转头对叶世文交代："多玩一会儿再走。"起身后又补两句，"世文，其实我们两兄弟重新搭档，好过你跟冯世雄争家产。你想好做什么，到时候我跟你一起玩。"

"好啊。"叶世文爽快答应。

政策改变后，海城惨遭金融风暴，传统产业北上。为求重振城风，传闻要搞信息科技港，扶持轻工业与进出口贸易。免关税的地界，屠振邦倚着北边贸易那点过路费，只会越收越少。

几年后经济腾飞，各行各业规范化专业化，没有屠振邦可以钻空子的余地。

未雨绸缪,屠振邦的决断力他从不质疑。洋人,海运,杜元的口吻,是想做出口生意。德国精加工机件?不是屠振邦风格,看来要舍身去昌岸码头一探究竟。

叶世文不是蠢人,他已心动。十年前就心动了。

威士忌入肚,室内气温再低也挡不住体内缓缓燃起的热。叶世文要赶赴下一个局,先酒过三巡壮壮胆——他私下约了秦仁青。

秦仁青也投资物业,租给杜元不算奇闻。若不是他出面牵线,冯家这艘豪艇连下水机会都没有,叶世文不会因小失大。

冯敬棠从愧疚到恼火,直至泄气,两个礼拜磨蚀所有暴躁。

卫生局已介入调查慧云体联赞助过的学校餐厅。曾慧云召开记者会,一改往日装扮,人与声都很低调:"请校方及家长无须过分担心,我们会积极配合卫生局调查……"

电台主持人说她装腔作势,鬓边那只珍珠发夹已有八卦周刊起底:裸眼鉴定是天然珍珠,价值不菲,绝对是餐厅供应商私下行贿之物。

没人想听公关新闻稿,坊间野史总比文献记载诱人。最懂市民的是媒体。

冯敬棠担忧声誉遭连坐,焦头烂额,约叶世文后日见面。

叶世文欲站起,只见程真从眼前穿过,面无表情。他伸脚,却被细鞋跟踩中,急急缩回:"喂,会痛的!"

"谁让你拦住我。"

叶世文听得出她病未痊愈。

"未病好还学人穿短裙,怕没机会入院?"

"不开工有钱吗?我不像你游手好闲,我有工作的。"

"工作"二字,程真讲得用力。看来是嫌自己碍着她做生意了,叶世文挑眉:"你这副丧样,谁会做你生意?"

"你第一日来酒吧?饮多了酒,师奶①赛貂蝉。"

"哪有貂蝉把衣领缝起来的?"叶世文瞄了眼程真胸口,"你事业线文了前男友的名字,怕被人看见?"

程真拿托盘挡在胸前,视线落在他的闲散坐姿上:"你把腿叉那么开,是裤裆藏了针,怕扎伤自己?"

叶世文忍不住笑出声。他没太多时间逗留,站起来挨近程真,低头便见那对假猫耳立在她颅顶。伸手去摸,三角形,毛茸茸,与她十分相称。一只张牙舞爪的小野兽。

叶世文想到等下又是鸿门宴,心里乱。开口哑了几分,带点醉气:"程真,你为什么总是对我这么凶?"

程真薄唇一开一合,舌尖抵着齿缝,音平而糯。

"叶世文,你对我的态度也不见得好。"

叶世文指腹微热,从头顶落下于她颈侧那颗红痣上抹过,带了电,会刺痒。程真突然一滞,忘了避开。

"我要走了,明日再来找你。"

二十二岁——指尖触及之处,好嫩。

"我负责那区,低消五千。"程真心脏鼓动,从喉间传出,在头顶共振。讲出口的声音也不大,生怕叶世文能从她嘴里听见心跳。

这种时候谈钱,也只有她做得出。

"明日不要穿裙。"

这么关心,怕她着凉?不,是怕其他男人觊觎,他要把这口肥肉啖下,谁都不能来沾。

程真反驳:"轮不到你来话事。"

"听话点的女人比较可爱。"

---

① 师奶:对已婚女性的称呼,太太的俗称。

"懂收声的男人比较靓仔。"

"嫌我？"

"是呀。"

"我这样都不叫靓仔，谁是靓仔？"

叶世文屈指在她脸颊一刮，转身就走。程真见他离开，也快步往吧台去，脸颊热度犹存。

叶世文真的带了瘟病，害得她心浮气躁。

站在楼梯间目睹二人交头接耳的杜元，看了许久，久到似读唇语一样，把二人暧昧涌动的台词全部念出。

最后把目光落到程真身上。

冯敬棠只有半个钟头时间。工作餐是餐蛋三明治，配了薯仔沙拉。清脆蔬菜切丝或切块。千岛酱或蛋黄酱？随便吧。冯敬棠无心品尝，味如嚼蜡。

他乘电梯至 M 层。那台豪车，十分惹眼，泊在角落临停车位，才能挡一挡贵气。此刻，驾驶座有人合目养神。

冯敬棠上了车："这段日子去哪里了？累到在车里睡，怎么不回家里休息？"

先开口的是父亲。怕单刀直入伤儿子自尊，又急于知道他到底愿不愿低头。

叶世文睁开眼。年过五十的父亲，保养得宜，半吋赘肉都没有。发乌黑，肤透白，一双阔耳齐眉，唇薄但带笑，是聪明相。

叶绮媚很早便迷上冯敬棠的才华睿智。他在一众穷鬼中鹤立鸡群，解她胸罩的时候，她心甘情愿。她初次很痛——这份掠夺误了终身。

叶世文收回视线："逃出生天，我不躲起来，可以去哪里？"

不仅不低头，一上来还占领道德高地。

冯敬棠不满,眉心拧紧:"阿强同我讲你没事,我才放心。但你这么多天不复我电话,你觉得你这样像话吗?"

父亲威严犹存。

"你与云姨要过结婚周年纪念日,我不好打搅。"叶世文半垂眼帘,欲言又止,"之前她就试过发脾气,所以没找你。"

儿子委屈得很。

冯敬棠泄了道气。他隐约觉得这是一种报应,上帝或佛祖看不过眼他对叶绮媚始乱终弃,才让叶世文在那日出生。

"你二十七岁了,阿爸记得的。"冯敬棠倚入靠背,"我每年都记得,所以每年都不是真心真意过这一日的。哄女人而已,你要理解我。"

叶世文不答。

冯敬棠没哄过叶绮媚,叶绮媚这一生,只有叶世文哄过她。

"世雄与阿强不敢跟我讲大话,秦总那边我也问清楚了。那日跑马地,是你大哥不够成熟,差点误事。"冯敬棠解释起来,怕叶世文对冯世雄有龃龉,"新闻公关是秦总去搞的,毕竟那是他的场。"

叶世文前日夜里已知。

"大哥没事吧?"他假意关怀,"我怕他吓到,当时他太慌了。"

冯敬棠想起冯世雄那副怯懦模样,在家里大声说当时差点没命回来见父母。曾慧云吓得搂紧儿子,泪流满面。此情此景,冯敬棠竟觉得送出国不如早早送入社会,起码能训练出胆识。

"能有什么事,有手有脚又没受重伤。"冯敬棠不想提了,"我们身边可能有商罪科眼线,我在排查世雄公司与慧云体联的人。"

叶世文问:"秦总那边呢?一听到商罪科的人来了,当时他反应最大,我觉得他绝对不'干净'。"

冯敬棠揉了揉自己眉心,有点头痛:"他肯定自己会查的。我与他电话沟通过,他相信这次没人搞鬼。毕竟我的身份敏感,插手兆阳生意,会被说慈善资金来路不明。况且当时你被撤下又成功逃脱,他对你很赏识。"

叶世文不语。

"慧云那边出了点事,你知道了吧?"

"知道。"叶世文抬眼望着周围。有台车从前面开过,走远了,他才开口:"云姨一向很谨慎,我相信没事的。"

"哼——"冯敬棠冷笑,"就是好日子过太久,失了分寸。采购经理说自己是被栽赃的,谁会相信?迟点若真查出来什么,连我都要登报致歉。教育界事关民生,很敏感的!她根本意识不到,还会影响到Rex那边!"

"可能是采购经理一时大意而已。"叶世文说得敷衍。

"已经不是第一次了。你云姨根本不懂管理,放手给她,没有一件事做得好。秦总这条线我担心日后合作有问题。"冯敬棠沉默几秒,压低声,"以后这个家里,她只负责慧云,兆阳的事不准她插手。"

"云姨肯吗?"

"我做事不需要女人同意。"

论大男子主义,冯敬棠与屠振邦不相伯仲。只是屠振邦在表,冯敬棠在里。

"阿爸,我前日见过秦总。"叶世文见冯敬棠语带愤懑,开口道了个让冯敬棠振奋的消息,"屠振邦与他很多年前有过交情。知道我是屠振邦旧人,肯给几分薄面,愿意与我再谈一次。"叶世文盯紧冯敬棠的脸色,"那日大哥心直口快,他觉得我们不够有诚意。"

冯敬棠眉心紧锁:"他昨日打电话给我了,话里话外就是嫌慧云出事影响他赞助的校舍,又对世雄意见颇大。要不我亲自约他,地点他定,你与我一起去?"

"你这样身份的人与他见面,商业罪案调查科闻到味,来得比大白鲨还快。"叶世文摇头,"他有与你说洲界地皮的事吗?"

交易怎么可能一通电话就谈妥，冯敬棠语气诧异："他跟你谈了？"

"谈了。"

"他是什么意思？"

"照旧。"叶世文想起前日夜晚种种，把备好台词念出，"之前谈的条款照旧，但他借资那部分，多加三厘息。"

冯敬棠气急，却遭叶世文拦住发话机会："阿爸，银行贷款下来的融资肯定会被监管，都是委托给律师事务所去做。但这次监管律所我有办法，我可以争取到关绍辉律所，就是两年前帮你解决陈康宁被人栽赃假付款证明那单案的律师。他很老练，人也醒目。监管资金方面只要我们不出事，及时处理，不留手尾①，他能给点面子，不会深究到底的。"

关绍辉，豪客城常客，宝姐多年相好，只有叶世文知道他们私生子在何处。

他从十七岁起就知道要为二十七岁做准备了。

"银行融资那批钱，要先缴纳完买地费用。还有剩余的，就以设计费支付到大哥公司。商业楼宇设计费没有所谓的标准，想定多少都是我们说了算。他是 Parko 股东，先以分红的名义计提出来，反正在海城股息分红的税费特别低，我们不亏本。

"拿着这笔钱短期内放入资本市场，赚回来的利息足够分期付秦仁青的利息了。Rex 的钱不多，而且本就计划迟些再给。我们有银行与秦仁青两笔首期，应付今明两年绝对可以。"

叶世文笃定。

"Rex 他们想有个自己的'营地'，现在搞外国品牌建设不简单

---

① 手尾：指工作剩余的小部分，有时比喻后顾之忧。

的，后期商业与学校运营开始的时候介入更好。说是这样说，早些给Rex也不是不愿意。"冯敬棠站队站得明显，"我都明白，就是打时间差，但有风险。而且这样玩下去，什么时候才能分成收益？我们的钱肯定要先到手。"

叶世文在心里嗤笑冯敬棠鼠目寸光，却顺着他话去回应："七成。开卖到七成，是现金净流量转正值的时候。减去税费也有赚头，兆阳的股东可以开始做收益计提，还能偿还银行开发贷款。秦总那边呢，也愿意帮我们谈更宽限的延期支付，所以本金归还不着急。兆阳股东的钱照样拿去利滚利，下一宗地怎么说后年也该拿了。只要合法，我们可以做的事情很多。

"阿爸，说到底，秦总这份利息我们不想给也要给。没有他牵线搭桥，你觉得银行会看得起兆阳这个小公司，批付贷款给我们吗？现在市场低迷，可是地价一点也不便宜，没有还钱实力，银行怎么会把投资者的钱投给我们？况且这些资金，摆在银行就是棺材本，摆在市场就是老婆本，一个死一个生，你选哪个？"

冯敬棠听罢，陷入沉默。两个儿子，一个在明一个在暗，这种交易确实只能由叶世文去操作。

他想了想才开口："但拿世雄公司股息分红去利滚利，不太安全。"

叶世文知他心思，"冯"字头的钱在资本市场出现，实在太招摇，这个慈善家父亲顾忌甚多。

"如果你担心的话，你让我入股大哥公司。以我的名义做股东分红，我去帮你赚息。"叶世文小心试探，立即补了句，"但也要先问下大哥意见。"

"他不敢有意见。"冯敬棠应得很快，"他两母子所有钱和资源都是我给的，我想怎样就怎样。"

三十年前的寒门贵子，熬到岳父驾鹤西游，翻身做主，早就忘了

"感恩"二字怎么写。

"那——"

叶世文未讲完,冯敬棠似乎被点醒,突然仓促决定:"世文,稳妥起见,以你的名义入股兆阳吧。"

再让冯世雄母子作乱,只会心力交瘁。曾慧云始终是世家出身,又把这份虚名遗传给冯世雄。路数正统,胆小怕事,玩台底数①玩不赢人。冯敬棠急需一个得力的人替自己周转。

叶世文不动声色。这才是他想要的结果。楼宇规划、资金周转,甚至兴建成本他都心中有数,做得不比冯世雄差。至于多了那三厘息?他已谈好,与秦仁青对半分。

进入兆阳,不过是他在冯家的第一步棋而已。

秦仁青眼见有人主动送钱,笑得拍手称赞。他就中意叶世文这种见利忘义、罔顾亲戚人伦的无耻行径,有他当年风范。

万事俱备,叶世文却沉声反问:"我以自然人身份持股?"

"当然不行。"冯敬棠立即反驳,"你手头有两个空壳。投资公司没持牌,没做过交易,拿来做兆阳的董事股东,以后再通过调整投资公司的股份比例来变更控制权,这样更好。"

知父莫若子,拿持股比例调度自己的势力范围,是冯敬棠惯用伎俩。

这时叶世文才应下。

冯敬棠抬腕,发现已过大半个钟头:"迟点我再与你谈细节,到时候 Norah 配合你。至于秦总那边,你跟紧一些。"

叶世文点头。

冯敬棠急着离开,走远几步,突然又折回来。

---

① 台底数:意思是私下交易,不放在明面上。

叶世文摇下车窗:"阿爸,还有什么事?"

冯敬棠沉默。抬眼时,仿似又见到叶绮媚,目光暖了不少。那个温润如水的美人,分手时肝肠寸断,说:"你走了我就只能死了,棠哥,求求你不要撇下我。"哪有男人舍得霜打娇花。但他是要做大事的人,志在望北,金字塔尖,情爱始终排最末。

亏欠叶绮媚的,要还到叶世文身上。

"世文,生日快乐。最迟明年吧,阿爸陪你过一次生日。"

直至冯敬棠消失在电梯门口,叶世文仍未离去。

他为这句话苦笑良久,却一滴泪都没有。

叶世文确实在第二日来了 T-top。叉着腿坐,衬衫松垮,一副败类模样,借酒吧昏暗的光掩盖发涩的眼。他绷着一口气,与秦仁青试探至半夜,哄得这位前辈笑逐颜开,又应邀去玩富豪游戏——清晨七点的高尔夫球。

屠振邦也爱打高尔夫球,叶世文耳濡目染,尚算擅长。

"世文,打得不错。下次我同其他大佬打的时候,你也一起来。"

"不召美女打球,召我这个粗人?"

"我们一杆入洞一百万,分分钟刺激过炒股,你不来?"

"那肯定要去了。"

午后陪秦仁青去沙浦看赛马。还未到马季,难得有场草地赛,嗜赌的秦仁青不肯错过,大声吼着"金枪不倒"。

那马匹仿佛受了感召,果然金枪不倒,一气呵成,最终头位冲线。

"哈哈哈……世文,你的八字肯定好,这是我今年第一场赢马,你旺我!"

翠色欲流的赛道由金钱堆砌,比凡尔赛宫的地砖还要美丽。站在私人包间俯瞰下去,马匹追逐,观众呐喊,都以为会是这场比赛的赢家。没人想输。

叶世文一日一夜未合眼。惦记赴她这场单方面许下的约,便又驱车来了。

"喝什么?"程真站到叶世文面前。她今日穿了长裤,皆因主题派对落幕,转换西式古堡风格,蛋糕裙太大不好走动,改作长裤。衬衫后摆全开,是露背装。程真一头长发,刚好遮住,还能保暖。

叶世文开口,声音沙哑,很慵懒:"威士忌。"

"你怎么了?"程真第一次见他累成这样,脚尖轻踢他的腿。

"多谢你关心。"叶世文挑眉。

"一杯威士忌达不到这里的低消,你去其他地方坐。"

"今时今日这样的服务态度?我要去杜师爷那里投诉你。"

"你尽管去,"程真语气嘲讽,"我立即致电民政事务处,拖走你这个碍人生意的无业游民。"

"我想睡哪里就睡哪里。"

叶世文长得高,斜斜靠着抱枕。衬衫松了纽扣,露出顺颈而下的肩窝锁骨。光照上去,便截出阴影,有了色相的起伏。

"好不好看?"他知道程真在望自己,噙着笑低声问。

"好丑。"程真耳郭热了,转身就走。

她端来威士忌的时候,叶世文已睡着。偌大卡座只有他一人,声乐鼎沸,吵得快要戳穿天花板,也唤不醒他。

程真找来一张薄毯,为他盖上。直到她收工下班,叶世文仍在梦里。人如潮退,酒吧也入眠,街道熄了灯。朝阳徐徐,自高墙缝隙而起,淡黄又转金,等来了第一趟小巴驶出。杜师爷的场,大多认得这位不羁义弟,有的是争着做他闹钟的人。

程真回家了。她想不明白自己为什么要关心叶世文,就像想不明白叶世文为什么要赠她热饮。

感情这回事,好难讲得清。

再过一日，叶世文便没来了。原来他说的"明日来找你"，真的只有"明日"一日。程真难掩心中稍稍失落，冰凉酒杯摸到发热，印上浅白指纹，又立即抹掉。

她很快说服了自己——本来就不是一路人。

丽仪从她身旁经过，挤眉弄眼，往侧门方向使一道眼风："有个男人在那边，说要找你。"难得见程真开张，她语气揶揄，"不要回来啦，我今晚帮你看着，春宵一刻值千金。"说罢还拍了她的臀，催促程真过去。

程真嗅着她身上有烟味，多嘴讲句："你最近烟瘾大了不少。"

丽仪眼尾低下："心情不好。"

鼓点激燃，灯光散乱，夜场酒吧空气所及之处尽是滑腻，挤着掏空快感与汗水的人。

寂寞易生暗涌。

程真突然带了丝期望，三两步就穿过通道，走到侧门。

徐智强捧着一个长形盒子，转身便见到程真。他还记得这位凶神恶煞的小妹妹坐在车里施威，心中难免叹息，原来文哥真的喜欢"受虐"，要母老虎才能管得住。

程真见是徐智强，脸上有些强掩的失意："什么事？"

"文哥叫我给你的。"

程真接过："他——"想问他去哪里了，却不知以什么身份去问，"又去瞎混啊？"

"文哥这几日都没空，叫我问你拿你的新号码，他到时候打电话给你。"

"想要电话？叫他自己来问我拿。"程真头也不回地走了。

徐智强原话转述，听电话那头的叶世文哈哈大笑："好刁蛮，没见过这么难伺候的！"

徐智强只觉得他乐在其中。

程真捧着那个盒子回到休息室。趁四下无人，解开丝带后，发现盒内是一根全新的棒球棍，深红棍身，黑色握柄。

他附了张纸：给真真，下次遇到坏人，记得保护好自己。

落款：阿文。

"神经搭错线，哪有人送这种礼物的。"程真忍不住嘴角的笑。

Chapter 05
一场渺梦
Wangbei Building

短信息：今晚。

程真复：哪里，几点？

短信息：照旧。

程真看了眼手机显示的日期，答应帮洪正德的期限仍有半个月。拿命换钱，又不肖猫，纵有九条命，也不够她浪费。最后一次了。

今夜酒吧"学生妹"主题。白袜堆膝下，乐福小皮鞋，灰色百褶裙仅盖住臀线，行进间漾出诱惑，侍应小费与淫邪目光成正比。

五月过了中旬，已经热得离谱。程真把袜脱了，来不及换掉上衣，拎起挎包就离开。乐川坊街灯一贯亮堂，斜坡上人人体味干净，衣着大胆。间杂些渤湾收工职员，V领白衬衫，后开衩西裙，比学生妹侍应更招惹目光流连。

夜晚九点，古龙水未掺酒气。再过三个钟头，又是另一种景象。

程真上了专线小巴。车未开出，她在过道就见到坐在最后排的洪正德。欲盖弥彰，特意戴了顶蓝色鸭舌帽扮有型，遮住一双金刚怒目。是的，跑马地一无所获，他火上天灵盖，才会急约程真。

程真落座倒数第二排。

"怎么穿得跟中学生似的？"洪正德两道浓眉带了鄙夷，"不三不四，差点认不出你。"

程真语气不好："大佬，赚钱艰难，我也不想的。"

"又玩临时失踪，杜师爷不会怀疑你？"

"明知他会怀疑我，你就不要约这么急。我命薄，怕死啊。"

"怕死又帮我？"

"今晚最后一次。"

"你这么不讲义气？"

"跟你无义气可言。"程真侧过头，"我是什么情况，你还敢单独去找珊珊？"

"我只是顺路帮胜炎去探望她！"

"讲得这么好听？他与你都没资格见我妹！"程真动怒了。

"你想怎样就怎样！"洪正德也气急攻心，却不忘正事，"跑马地那次，冯世雄与叶世文也在场，你知不知道？"

"我又不在场，怎会知道！"

车即将开出。今夜司机耐心十足。门已关上，又被人截住，慢慢悠悠打开，跑上一名乘客。程真脸色大变——是叶世文。

浅灰色衬衫沾汗，额发湿了大半，他目光如炬，只望程真一人。洪正德牙关紧闭，往后倚去，装作与程真毫无关系。

从昌岸码头逃命而来，叶世文想窜入窄巷，却没料到"金钱奴隶"程真竟然提前收工，就在他前面上了这趟小巴。犹豫两秒，叶世文当即截住车。

车启动，有点晃，由慢至快，渐驶渐离。路灯簌簌而过，像万花筒转换光怪世界，明暗经车窗剪裁，在她脸上流淌声息。

鼻管细直，却不高挺，秀气地架在双颧之间，经稍圆的眼点缀，显得幼态。那抹唇透红，肤呈乳色，目光怦然紊乱，很动人。她长得耐看。

叶世文走到程真旁边空位坐下，视线从沉默的洪正德身上带过，不作停留。狭窄座位无法施展长腿，只好故意叉开，隔着裤子触碰程真膝盖。

"今晚走得这么快,不想赚钱了?"

程真呼吸一滞,已经无法装作不识。

"多管闲事。"程真维持镇定,"你刚偷渡上岸?还是去澳门输剩了两条蛋卷[①],游水回来?"

叶世文扫了眼车外,神经紧绷:"我这个人,逢赌必赢。"

"赌神,今晚打算去哪里?"程真瞥见他衬衫上一片擦痕,口袋里手机叮了一声。

叶世文不答,趴到前排椅背喘气,侧头往后望她。浪荡哥儿,天生一副含情眼眸,先窄后阔的眼褶,长而密的睫毛,伏羲鼻挺拔,眉心稍隆,三五笔画勾勒棱角。叶绮媚不吝啬,惹眼之处均赠予叶世文。

程真被盯得心跳漏拍,耳垂红了。她低下眼,一束光掠过,翘起唇珠像雨水浸润的樱果。

叶世文心痒,想直接伸手去摸,但肯定会惨遭报复,忍了冲动:"礼物中不中意?"

"不中意。"程真说得小声,这个场景并不适宜谈情说爱。

"程真,你好难哄。"

"没人求你哄我。"

叶世文无声笑了。

洪正德自然觉得诧异。但已至不惑之年,又与程真非亲非故,她爱跟谁陷入情网,轮不到他来管束。沉默太久,洪正德失去耐心,伸脚往前座轻勾,触了触程真小腿。程真知道那声信息来自后排。

"你今晚来找杜师爷?"

"不是。"叶世文降低警惕,倚回座位,"杜师爷最近见过什

[①] 两条蛋卷:蛋卷,澳门特产,通常以"斤"称,"条"代表数量很少。

么人？"

"我怎会知道，我又不是情报局雇员。"

"他见的是不是外国人？"

"酒吧日日都有外国人。"

叶世文摆出耐心："二楼隔间，我见丽仪一晚送了四次 whisky neat（纯威士忌酒）上去，美国佬的至爱。他们不是德国人，也不是做机械的，究竟杜元见的是什么人？"

程真查了信纸上的 Logo，是日本川崎的造船商社。

这个消息她打算今夜透露给洪正德，半卖半送，便宜叶世文了。

"酒吧又不是只卖美国佬。"程真说得隐晦，"三得利那款威士忌也很多人饮。"

叶世文立即意会。他没想到今晚自己点错相。那些外国人，不过是掩人耳目的烟雾弹。什么冷冻食品公司，是杜元借屠振邦周转的货物继续做生意。

巨大货轮沉沉依偎海岸。

一个钟头前，叶世文借集装箱的阴影笼罩自己，用相机拍下关键信息。

"文哥，我查过货运信息，屠爷一个礼拜只入一次货。都是例牌，正经货品，成衣与塑料数量少了很多，现在那些厂都搬去越南了。逢礼拜五靠岸，租两日泊位，礼拜日走。"

"有没有电子产品？"

"没有。"

叶世文在心里嘲笑屠振邦生意越做越小："傻强，你去北面，引开他们。"

徐智强有些担忧："撇下你一个，你行不行啊？"

叶世文伸手拍了他的头："男人可以讲不行的吗？万一出事——"

"报警求助嘛，知道啦！"

哐当作响的金属碰撞，海风送去信号，几个黑衣人迅速纠集到北面。叶世文潜行至仓位木柜旁，用废弃铁棍撬开木板。泡沫箱厚实，又被封了几层塑封胶布。他用力凿穿，才在冰块里发现这些急冻硬火鸡。

真的只是食品？叶世文不信，折叠刀一扎，嵌紧鸡肚三寸，手腕往下压，刀口生生剖开结冰的肌肉纤维。内藏塑料袋也被划穿，叶世文细查一番，发现与屠振邦惯做的几样食物半成品差异很大。标签歪斜，印字粗糙，甚至有股隐现的异味。

这是杜元借屠振邦的货路搭自己的生意。

叶世文心中既惊且喜，拍完照片准备让徐智强一并撤离。结果听见狂奔的脚步由远及近，踩在沥青路上，夺命般急促，叶世文毫不犹豫拔腿就跑。

徐智强远远大叫："他们有家伙啊！"

他怎会不知道对方有家伙？叶世文没时间用粗口问候讲废话的徐智强："我先走啊！"

"没义气！我回去洲界找投诉科投诉你！"

二人默契非常，叶世文一听便知徐智强要往东遁入观岸，他决定立即从昌岸码头过海。

话刚落音，叫骂声即起。

叶世文已跑到车旁，开门，点火，安全带也来不及扣。方向盘往右打死，门嘭地关上，猛踩油门，车头一抬，咆哮铲出大路。

叶世文夺命狂奔。

一方以为是便衣警察，另一方以为是海运大佬，双双从昌岸码头杀出，追过西区海底隧道。叶世文怕车身惹目，趁拐弯时把车弃在街边，最后上了小巴。

屠振邦向来只唛肥肉，不吮骨髓。三得利，日本人，是造船业。

叶世文后悔今晚打草惊蛇。但能从程真嘴里免费套话，比拿到新春贺礼还要高兴。叶世文忍不住凑近，撩起她脸侧长发掖到耳后。

"今晚这么乖，问什么都答？如果跑马地那日，你……"

"我什么？"程真立即打断，"我只是个侍应，什么都不知道。"她半掩下薄薄眼皮。

叶世文神色凝起，嗅出不妥。在上车闯入程真视线时，那种慌张，不是因为少女怀春。他突然把目光投向一路寡言的洪正德。

洪正德屏息，如临大敌。

车里乘客只有他们三人。

"仆街啦！"小巴司机突然大喝一声，方向盘往右打尽，也避不开从转角逆行而来的黑色轿车。高速相撞，一大一小两台车咬得前盖凹陷，震荡极大。

程真没扶稳，跌入叶世文怀里。

刹车碰撞声四起！

"趴下！"叶世文低呼一句，趴下护紧程真的头。程真被震得耳鸣，呼吸急促地问："叶世文！你到底有多少仇家？！"

她还不想这么快死。

"我没数过！"

叶世文紧盯车外动静，半分钟后没了声。

他竟被追上。

小巴司机打开车门，自己先逃一步。车外有人见状尖叫，逃跑，脚踩了脚，肩撞了肩。四下散窜，怕遭误伤，极似深夜开门时一哄而散的蟑螂——若地上有缝，恨不得钻入。

叶世文拉起程真的手："快点走！"

"现在？"

"还问？想留在这里等人烧车啊！"

程真被他拖下车。二人在德辅道上逆车流奔跑,车祸立即造成交通瘫痪。所有人像避光的蝇,沿车身间隙扑棱,觅着更安全的空间而去。

保命要紧。

几个黑衣人,夜半三更墨镜挂脸,敏锐度堪比詹士邦[①]。他们下了轿车,即刻发现叶世文。

他太显眼,紧随的程真也成为追逐目标。

二人跑进内环地铁站。从德政道中大堂而入,在光滑砖面超速跋涉,倒影命悬一线的紧张。站内标识黑底白字,形似灵堂挽联。广播女声死气沉沉,中文说完了便是英文播报——免费接驳[②]机场快线。听上去像接驳地狱快线。

无人同情亡命鸳鸯。

有市民被他俩撞开,急急开骂:"赶着去死啊,你两个冚家铲[③]!"

黑衣人从扶手梯上快步逆行而来,虎视眈眈,凶神恶煞。其中有人大喝一声,似是有备而来。地铁内众人怔然,不敢肆意乱动,生怕误伤无辜。

叶世文松开程真的手,右臂撑在闸机顶上,纵身一跃。他立即转身,想扶程真过来。只见她踩上闸机侧面,连裙底也不遮掩,袒露那条紧身打底短裤。轻巧以双臂撑高,腿绷直,腹背用力,她做了个自由体操的侧空翻。

叶世文惊艳一怔。

---

① 詹士邦:电影《007》里的主角。
② 接驳:指搭车换乘的意思。
③ 冚家铲:方言中一句骂人的话。

"还不走？"程真冲得极快，眼见列车到站，大门启动，只抛下这句话给叶世文。

又一声警告在地铁回荡。已出车的人听见，惊得立即跑回车内。一时间，高峰期的地铁人群如鱼夺食，身叠身，博头位，挤在门口水泄不通。

黑衣人越过闸机，离列车门口渐近，来不及了。

叶世文掏出护身工具与相机，塞进程真手里："你拿来以防万一！帮我保管好相机！"

"那你呢？"程真瞪大眼。

"我引开他们，你先走！"

"叶世文！"

"听话！"

叶世文趁尚未关门，把程真硬推入列车内。她身形娇小，三两下滑过人堆，回头一看，叶世文往洪士街大堂方向跑去。黑衣人紧追其后。

还未跑到出口，叶世文就被其中二人截住去路。他收紧脚步，胸口起伏激烈，识趣地举高双手往后退。

"搜他身！"黑衣人喝道。

"啊——"

气氛烘托至此，居然没有预期剧情上演。刹那间，一名黑衣人突然倒下，墨镜剥落，脸上露出痛苦表情。

叶世文反应过来，是程真。

他立即趁机扑倒另一名黑衣人。

程真上了车，却为引开另外两个黑衣人，又下了车。二人发现她的踪迹，立即掉头去追。

程真往后跑，未到车尾，又再钻入列车，灵活挤着人群移动。走过三个车门,她知道身后危险越来越近,心跳激烈,不敢回头。

叮叮叮——在即将关门前三秒,她顺手抓了靠近门口那位师奶的屁股,用力一捏。师奶吃痛,震惊望向身旁年轻男人,抬手就打,扯高嗓音尖叫。

"连我都摸!我这个年纪可以做你老母了,死衰仔!"

"我会摸你?八婆,你是不是在做春梦!"

男女二人疯狂扭打,群众纷纷围观,挡住出口,呼吸稀薄空气。程真趁乱弯腰闪离列车,车门锁上,把只差几个身位就能擒获她的黑衣人一并带走。

她要去救叶世文。

叶世文松开了手,快步走到浅啡色通道,不发一言,拉住程真的手往月台去。下一趟反向列车很快到站,门打开,只见地铁站内一片狼藉。下车市民以为外星物种来袭,人人蹲下抱头,吓得当即拿起手提电话——不是报警,是讲八卦。

叶世文握紧程真手腕,用力推开熙攘的人群,站到车厢连接处的短廊。

车辆再次启动。

"你个仆街!次次遇见你都没好事,我迟早被你害到冚家富贵!"

发髻松了些,几缕黑发濡湿在程真脸侧,面红气喘,惊魂未定。她骂不过瘾,又伸手去打那副厚实胸膛。

"你是不是傻的?人家三个,你单枪匹马赤手空拳,你身上这件是金钟罩还是铁布衫?"

"我叫你先走,为什么不听我的?"叶世文伸手捧起程真恼火的脸。

"我……"程真仰头,被他炙热眼神融化,答不上这个世纪难题。

吻狠狠下来。他的舌很张狂,舔着那抹唇珠而入,掠夺一切甜美。她先是不愿,舌尖抵在齿关,指腹推不开山一样的肩背。那只揽在腰上的手,撩起衣摆,猛地捏住细瘦脊骨,酥麻窜出,她骤然软下几分力——半推半就,便从了。

舔舐间,叶世文占尽上风。吮噏、咬噬,感受她呼吸颤抖。仿佛渴了千年,只有她这津液交融的吻,能挽回一丝生机。拥紧她,抵死缠绵。

程真记得叶世文那句"我这个人,逢赌必赢"。而她,第一次"认输"。

唇舌分开的时候,二人仍喘。叶世文手臂收紧,想贴得更深,深到能摸着她的魂魄。

"我没时间送你回去了。"

"你要去哪里?"

程真不自觉收紧抓住衬衫的手,心跳仍慢不下来。

叶世文从她挎包里摸到手机与相机,拨出自己的号码,又把手机放回包内:"我会解决今晚的事,过几日我再找你。现在太危险,你跟着我走会拖累你。"

"你现在知道拖累我了?"她踢中叶世文小腿。

叶世文忍住痛,低声笑:"真真,你恶得像只母老虎。"

他又捧起程真的脸,认真地看。明明还是那双眼、那张嘴,偏偏一吻之后,恼怒也倍感可爱。只叹时间太紧,他看不够。

"到底发生了什么?"

叶世文不答:"担心我?"

"巴不得你快点死!"程真瞪着他,"以免继续害我!"

"这么讨厌我?"叶世文压低声音,"我要回乐川坊,去做丽仪奸夫。"

程真睁大眼:"勾二嫂[①]?你……"

叶世文吻了吻她的鼻尖,笑而不答。

程真蹙眉。杜元没来酒吧那些日子,丽仪颈上也有过吻痕。大家只当作老板的艳情俗事,一贯心照不宣,高高挂起,哪会在意合不合理。

杜元早就戒烟,丽仪身上烟味与他无关。

丽仪不止一个男人。叶世文也发现了。

"你在酒吧假睡?"程真脱口而出。

叶世文笑意更浓。想赞她聪明,又想怨她迟钝,满腔满肺的喜爱打闹不停,他俯身凑在程真耳边:"真真,那张薄毯好香,与你一样。"

"早知我就冻死——"最后一字消音,程真心跳又快了起来。

这次是吻别。

楚河汉界,九纵十横。上手执红,下手执黑。叶世文辈分最低,每每与屠振邦对弈,拾黑棋先走。前炮进一,架马攻红帅,隔河"将军"。

屠振邦帅六退一,倚仕围救。他拎起斗彩瓷杯嘬饮,一寸大小的杯身,釉面绘青翠莲蓬,花托逼真,茎身招摇。热茶斟满,杯口氤氲白气,那朵莲蓬便在水下活了起来。这是屠振邦新得的一套昂贵礼物。

叶世文瞥了眼,看来是个有心人。

"喂喂喂!哪有人这样走棋的,教了你多少次?你飞象我就红车进三,那只黑马脚被绊,无人傍身救驾来迟啊。"屠振邦下手指点。

[①] 勾二嫂:指勾引兄弟的老婆或女友。

"知道啦，用车嘛。"

叶世文车七进三，前方兵阵列前。已方九宫内黑卒仍守边线，初局甫开，屠振邦折了只红炮，叶世文损了只黑马。

今晚第五盘棋，暖过身，对弈兴致渐浓。

叶世文在晚饭陪屠振邦这个"人间酒埕"饮了一斤女儿红。御寒的酒在五月时节宴饮，糯谷酿就攻心热气，与夏夜焖焗一冲，格外躁动。他连棋风也急了。

"阿元最中意用卒，中局子力最强。"屠振邦嗜棋，点评起来头头是道，"你呢，就最中意用车，同我一样，开局冲到残局，死都死得其所，生猛！"

叶世文颧下浮了暗红，开口也带酒气："你老了，我还后生，肯定我更猛。"

屠振邦哈哈大笑，不甚在意："姜越老越辣，酒越陈越香，你懂什么！"

"契爷，我一晚七次喔，你呢？"叶世文挑眉回望屠振邦，"七次夜尿？"

"死衰仔！"

叶世文后脑挨了一记打。

"讲这些，近来有女人了？什么时候轮到我饮你的新抱茶[①]？"

"最烦结婚。一辈子被一个女人绑住，有什么好？你看元哥，现在连陪你吃饭都没时间了。"

"他结不结婚有区别吗？玩无所谓，但被女人玩就是死罪！"

杜元从门外进来，只听见最后那句话："背着我讲八卦？"

叶世文抬眼："哪有人敢讲杜师爷八卦，不怕遭算计？"

---

① 新抱茶：指儿媳妇新婚时给公公婆婆奉茶。

师爷，谋生靠盘算。杜元最精，做事如蛸捕食，慢缠至死。

"我看你什么都敢做。"杜元走近，冷眼瞥往棋局，"这么快就出车了？好猴急，没看见那只红马在后面？"杜元替屠振邦走了一步。

屠振邦少见杜元这般主动。他往后倚入太师椅，嘴角一抹玩味，来回扫视面前这两兄弟。

叶世文倒也不慌，抬手挪了棋子，黑炮进一，隔卒打马。

"我有帮手的嘛。"

"这炮出得不似你，娘娘腔。"杜元长指一点，落在别处，"摆这里，攻兵打相。"

"我这只是娘子军，柔情似水。但你这只红马，贪食我的卒，又觊觎我这只车，瞻前顾后，卧底马变蹩脚马——多余了。"叶世文眼泛酒色，不肯移棋。

杜元与他对视片刻，便收了手。落座旁边，双腿折起。平整衬衫下坚实胸口鼓起，又缓慢凹回去，他长舒一口气。

气氛转换颜色，月光透不入窗。红黑棋黏在宫格，散乱数只，却带一股往下坠去的力，把这屋内空气压得紧实。

"元哥，不玩了？"叶世文先开口，又瞥了眼面带疑惑的屠振邦，"契爷，你呢？"

"看不出你哥今晚心情不好？不要惹他。"

屠振邦笑笑，抬手给自己斟了杯茶。他一贯不参与这两兄弟的争斗，事不关己，这座山头藏不住二虎。当初让叶世文回冯家，也有这个因由。哪有人观斗蟀还加入的？

杜元听得出话外有话："看来你们都知道了。"

叶世文不应。

屠振邦手指敲着光滑扶手："阿元，你身边鬼比人多，你要反省了。"

杜元沉默。

Chapter 05　一场渺梦

丽仪留在他裤腿的泪迹已干。当初是他先起的色心，丽仪身形婀娜，有股超出年纪的妩媚，越洋婚姻又很寂寞。如鱼得水的三年，他也讲真心，除了老婆就只有丽仪。而她却在三个钟头前，跪求自己放过她。

本来只是调查叶世文行踪，他却在监控里看见丽仪整理衣襟，与叶世文前后脚迈入酒吧。

杜元怒从心间起。丽仪妆也花了，大声哭诉："杜元你算什么男人！我被迫跟着你三年，没名没分，你要我做什么我就做什么！我连找个好人家嫁了的机会都没有，现在你却要这样对我！"

"你是不是犯贱？那个是我弟，你敢给我戴这种绿帽！"

丽仪怔了，杜元才反应过来，奸夫不是叶世文。叶世文却知道她出了轨，利用这段秽情，来制造不在场证据。一石二鸟。他是反将了自己一军。

杜元怒不可遏，狠狠打了丽仪一个巴掌，似要把她颈也甩断。扯起细密的发，强迫她仰高肿了半边腮颊的脸。细皮嫩肉，丽仪受不住这种力。

"你讲出他是谁，我就放过你。"

丽仪的泪坠到地上，晕了朵花："我死都不会让你知道是谁。"

"玩真爱？"

"是啊……"丽仪扯了个凄惨的笑，"你与我玩不起，我就去找其他人玩。"

杜元回想近来酒吧发生的事，音调寒似冰封三尺。

"这几个月常来的那个人，生嫩面孔，手脚粗鲁，一看就知刚当差。但每次来都专门上二楼隔间去搜，偏偏不搜一楼舞池的人。是不是他？"

丽仪眼神熄了光。答与不答，撼动不了她即将面对的命运。

杜元口吻流露惋惜："丽仪，我是真心中意过你。"

那些旖旎，她也曾投入。

"是吗？我从来没中意过你。"

原来都是演的。杜元松开手。沉默许久，他才开声："拖走，别让我再见到她。"

保镖带走丽仪。那朵泪花只留下浅浅的印，杜元鞋底碾过，没了踪影。不过一个女人而已。

"不过一个女人而已。"叶世文说得坦荡，浮了困惑在脸上，"在元哥酒吧卖了几年酒水，反正又不傍身，应该不会传出去多少风声吧？"

杜元厌恶卧底，屠振邦更甚，他最恨男人因色误事。若他知道丽仪是杜元豢养的情人，又借他的货走私，杜元将彻底失去另一只手。

屠振邦掀眼去看杜元脸色。似乎他在外面已泄下一轮火气，此刻恼在胸膛，没有上头，但额角也凸起几抹青筋，事不小。

"当然没有。如果有，她不会今日才被发现。"杜元又舒了口气，让胸闷减退些，"世文，你是怎么知道的？"

"你动静这么大，半个酒吧的人都听到了，还能收不到风？"

叶世文只笑。他不过是赌，赌丽仪的恨足够多，多得要找一个足以威胁杜元的情人。

丽仪也在赌，可惜未追注就输了。

"听酒吧里面谁讲的？"杜元追问，"丽仪家庭负担不轻，经常截单争客。她在酒吧没朋友的，除了程真——"

叶世文酒醒大半。这种试探，是诚意十足的挑衅。叶世文舔了舔牙根："傻强今日去你那边饮酒，回来跟我八卦的。"

"若要人不知除非己莫为。世文告诉我，不是想添油加醋，而是怕我责备你。"屠振邦终于开声，皱着眉，"做正经生意反而这么容易被人盯上。阿元，你在搞什么？"

"我也想知道，是不是今年没拜祖宗，牛鬼蛇神都出来了。"杜元望了叶世文一眼。

"前几日昌岸码头那件事，你查清楚了没？"屠振邦追问。

叶世文与杜元对视。杜元眼底透出两个旋涡，黑而幽深，语气却十分轻松："查了，小事而已。有两个傻佬偷货，夜半三更，不走运掉进了海里。"

把柄在手，你瞒我瞒，叶世文挑眉笑了。早就料到有此一日，这幕假戏由他俩这对伪兄弟扮演，也算实至名归。

屠振邦摇头："你这样我怎么放心把事情交给你？之后还要搞代理公司，你想我被人盯上？"

杜元转头向屠振邦解释："大伯，哪有这么严重？况且开公司又不是一日就搞得完的，还需要从长计议。"

屠振邦听不进去："手脚不快又怎么把握机会？你太保守了，这样不行的。期货代理这件事，你有没有跟世文讲过？"

杜元半掩眼帘："还未讲。"

叶世文望向屠振邦。

"你——算了，你不讲我讲。"屠振邦瞄了眼杜元，又换上大家长的口吻，"世文，这件事迟早你都要知道。我现在同你讲，免得你到时候去街外听其他人乱说，以为我屠振邦吝啬，一把年纪还玩专制，不敢给下面的人机会。

"我准备今年在海城开一间期货代理公司。我收到风声，国内很快要加入世贸组织，最迟不会超过两年时间。海城得天独厚，关税低廉，外汇额度又很大，境外大宗商品金融平台放在这里最合适。"

叶世文浮了疑惑。这与造船商社似乎关系不大。

"只有我一个玩，肯定是不够的。"屠振邦捏起瓷杯，嚯了口茶润喉，"秦仁青你还记得吧？多年前我俩也有过几分交情，这次他有意向私下同我一起玩。"

屠振邦说罢，轻叹口气："世文，你这么大个人了，有私心很正常。玩台底数这种事情是我教你的，徒弟会了就想摆脱师父？跑马地那单事我问过你，你没跟我讲老实话。"

叶世文顺从道歉："对不起，契爷，我只是不想那对母子看不起我。"

他装傻扮蠢，不过是想试探屠振邦与秦仁青深交到何种程度。一试便知，没断过线。

"你十岁就跟了我，屁股一抬我就知道你屙屎还是屙尿。"屠振邦喊了一声，"你是怕秦仁青吹水①，让你老爸知道你还跟我有瓜葛？我以前小打小闹，成不了气候。但现在我也走了正道，甚至还帮北边各大城市与海城贸易出力！他冯敬棠会什么？一句话十个字，里面有七个是英文单词，早就不记得自己是滨沙湾的乡下仔了！他看不上我，我也看不上他！"

叶世文不答。

屠振邦惯会摆长者姿态，好话丑话由得他讲完。若敢驳斥半句，他就能恼上银河系，架着月亮撞地球。

"秦仁青一听说你是我契仔，不知多高兴。人家是真心赏识你，在我面前赞了你许久。这次我有心预你一份，反正与你爸那边不冲突，你自己说，要不要？"

"契爷开声，我肯定要的。"

再婉拒就要被屠振邦家法伺候了。叶世文抬眼去看杜元脸色，只见义兄表情毫无波澜，一副早就接受安排的模样。

"查过通胜②又问了李师父，九月份立秋之后的日子最好，新公司一定搞个乔迁礼，才算有好彩头。"屠振邦现在才面露喜色，"我与

---

① 吹水：指吹牛、说大话。
② 通胜：指黄历。

阿元以前被商业罪案调查科查过，虽然没事，但名声终归不好听。所以要现买一个空壳公司去办证监会的授牌，底子清白点，否则做不了交易。"

杜元听罢，插了一句："世文年纪最轻，洪安集团钱财上的事都没经他手，底细干净，不如找他。"

屠振邦倒想起："没错，我记得你有一间没做过交易的投资公司，注册了好几年的。"

"契爷，可能不行。"叶世文不得不拒绝，"我手头的壳准备入股兆阳，大额融资进来，会被税务部门盯上的。"

屠振邦笑了："衰仔，你真的哄到冯敬棠分钱给你？"

他以为才刚开局，没想到黑车大杀四方，先下一城。他确实没看错叶世文。

叶世文含糊其词："最近慧云体联那条线出事，信得过的人太少，只好找我罢了。"

"好事，绮媚在天有灵，肯定替你开心。"屠振邦喝了口茶，"反正还有时间，到时候再来商量吧。洲界那块地，是六月还是七月竞标？"

"七月。"

"那我同你哥，就等你的好消息了。"

"好。"

"世文，我虽然不中意你那个老爸，但你是我屠振邦半个儿子，有什么要契爷帮忙的，你不要跟我见外。如果以后你的消息我要靠其他人同我讲，就是你这个儿子不孝，听明白没？"

恩与威并施，是警告与震慑。叶世文自然识趣："我明白的。"

直到叶世文道别背影消失，陈姐才进屋，替屠振邦收拾茶具。她望了眼棋盘，低声询问："屠爷，还下棋吗？"

屠振邦抬眼，冷冷扫了杜元："不用收，你先出去。"

陈姐托着茶具离开。

"四十岁人,还跟人玩真心,你以为我猜不到那个丽仪是什么人?杜元,我看你的右手也不想要了。"

"她不是——"杜元想反驳,又立即收声,"是我的错,大伯,是我大意。"

"我早知自己是没儿子的命,五个女儿都成家了,我唯有倚重你。"屠振邦老目矍铄,"你怕岳父不满,连'屠'这个姓都敢改,我照样当你亲生地对待,什么时候没给过你好处?要在这种时候跟后生仔争一口气?"

"跑马地是你找来的人,是不是?想玩陷害,踢叶世文出局,是不是!"

杜元敢怒不敢言。

"杜师爷,你这个'师爷'的招牌还要不要了?这是做大事的人该有的样子?那个女人都比你有谋略,至少知道搭个当差的来搞你!"

屠振邦站起身,又瞥一眼初开的棋局:"你老婆好歹给你生了两个儿子,长得是没那么上镜,但至少听教听话!男人,管不住裤裆那三钱肉,就是废物!"

他伸手走棋,红车倚兵,追在黑马脚后。

"我不管你有多少私心,我一日未死,就不要妄想在我底下搞花样。这盘棋你敢给我打翻了,亲叔侄,我也不会给面子!"

杜元咬紧牙:"我知道了。"

叶世文踏着月光离去。他酒气未消,又不愿留在元村过夜——这里的夜晚凄寂得很。

屠振邦曾经跟他讲,打得赢就可以见你妈,打不赢,一世都见不着了。往往这时杜元立在一旁帮腔,又屡屡对叶世文下暗手,从未软过心肠。

叶绮媚有很长一段时间没来看过他。

鼻青脸肿的夜晚，呼吸也会牵动伤口疼痛，叶世文捂紧嘴，不敢哭出声。

一个人要往下坠，只需要被抛弃一次就够了。

从十岁到十七岁，叶世文始终不肯低头。屠振邦深知他自尊心强，却偏偏纵容杜元使手段为难他。铁不锻不成器。在杜元决意驯服叶世文那次，他狠狠还击，最后竟是杜元在医院躺了一个礼拜。

屠振邦对他说："你妈死了，我也留不住你，你回冯家吧。"

"契爷，他不认我。"

"你自己想办法。"

他把染得不伦不类的头发剃成寸头，在凌晨三点的豪客城温书。基础太差，又非三大不去，中七念了整整三年，二十岁才迈进大学。

那天叶世文主动约冯敬棠来见："阿爸，我考上了海大。"

两个月后，冯敬棠其中一名亲信死于非命。一场车祸，血肉模糊，为叶世文换来进入冯家的机会。

十年了。叶世文喉间发涩。

"文哥，不如去开间房给你睡吧？"徐智强转头去看后排的叶世文，"饮了这么多酒，还睡车上？被人打劫都醒不来。"

"不去。"

"……有一件事。"徐智强声音越来越小，"我在慧云体联盯记者会那日，见到程真。但当时离得太远，我没办法确认所以没跟你讲。昨日才偷偷查到监控，她连访客登记都不用填写就进去了。"

车厢比夜色沉默，只听见叶世文的缓慢呼吸。后视镜里，他眼泛厉色。

"去海新街。"

徐智强闭嘴。

那是叶世文从小长大的旧宅。

凌晨四点。程真换下短裙,坐在更衣室内。有同事推门进来,多嘴搭话:"还不走?反正杜师爷一早走了,客人都没几个,怕什么。"

"快了。"程真还在愁绪当中。

手提电话响起。她心尖一惊,犹豫接起:"喂?"

"出来。"

"你在哪里?"

"出来就见到我了。"

程真从酒吧正门走出。天未亮,月犹存。那颗叫勾陈一的星,从肉眼不可见的银河里抛头露面,脱颖而出,亮晶晶,很夺目。

它又称作"辰",旧历三月为辰,阳气动,万物生。

程真原名,就叫曹思辰,八字旺父。曹胜炎有了她之后升得比电梯还快,三五年便露了头角,结交上流,荷包渐隆。

没想到后来败得比电梯更快,好景难长久。

几个钟头前,杜元就站在她身旁问:"阿真,是不是快忘记自己姓曹了?"

程真抬眼。叶世文立在车边。他一夜无眠,饮饱酒与夏风,眼眶薄红。见程真出来,勾勾嘴角,把她尽收眼底。

杜元又说:"程珊的监护权,我可以给回你。"

程真心里压力过载,脚步慢了。还未走到叶世文面前,他已失去耐心,自顾自打开车门落座。

"你怎么来了?"程真坐在副驾驶位,转头去问。

"睡不着,出来游车河①。"叶世文酒醒了些,不顾道路交通安全

---

① 游车河:指乘车兜风游逛。

Chapter 05 ◆ 一场渺梦

协会的严正声明,打算直接上路,"陪我一起?"

"你饮酒了?"程真闻见酒气,立即蹙眉,"想一车两命?"

叶世文大笑:"怕啊?同命鸳鸯才浪漫。"

"我上世没做过好事才会跟你一起死。"程真打开车门,"我来开。"

"你会?"

"开飞机都会。"

叶世文没拒绝,与她换了座。程真系上安全带:"你想去哪里?"

"去看日出。"

寰宇安眠,夜幕太重,初阳尚未有足够气力掀起。纵横交错的街道,默契保持安静,生怕惊扰合眼后的那个世界。连做梦也奢侈的世道,多数人愁得无法入睡。

程真绕行至科怡道山旁。山顶连晨运的师奶、阿伯都少见,夏日无雾,露华薄而空气燥,闷热未至,气温宜人。

他说要看日出,那便来看日出。来全城至高的山顶,捕捉冷眼看待人间的光——世事无常,它如常。

"你不下车?"程真把车停稳,"坐在车里面怎么看?"

叶世文懒洋洋下了车。感激海城地产发展商、城市设计条例,以及未来即将面世的风采发电站,诚意巨献这幅星火璀璨、繁华奢靡的人间景象。

灯光似过气影星误入歧途,玩堕落,博出位,慵懒躺入海港,食够了福寿膏,又饕足财政预算,洋洋洒洒,娇娆多姿地绽放。

昌岸半岛、跨海大桥、野地公园,讲得出,你就能看得见。

程真沉浸其中。

下一秒,她落入叶世文怀内。后背贴着他的胸膛,酒精催促血液加快循环,他心跳有力,臂弯箍在她腰间。

程真怔忡片刻,见他没上下其手,或者……也会同意他上下其手吧。程真心乱如麻，便随他了。

"靓不靓？"

"靓。"

他问的是夜景，她也答夜景。

"天亮之后，就没这么靓了。"叶世文微微俯身，把下巴放在她肩头，"我七岁的时候第一次来山顶，是我妈带我来的。"

"来看日出？"

"是。"

"两母子挺有情趣。"

叶世文把脸埋入程真颈窝。在旧宅坐了太久，久到傻强惴惴不安。

"文哥，这里没水没电，你连媚姨的牌位都没供奉，回来看两眼也够了，不如走吧。"

叶世文又多留了一个钟头才肯走。

"那日她煮了一煲花生眉豆鸡脚汤，很香，你吃过吗？我这世人最中意的就是这煲汤，因为我妈只有心情好的时候才会煲给我。"

程真有些心酸。林媛把她当作掌上明珠，尽管后来死于非命，也曾供给程真无尽的爱与呵护。想到因病逝世的叶绮媚，她莫名地与叶世文共情低落。

"不如我们等下去吃？"

叶世文没回应这个提议。

"她打完电话，又哄我饮下汤。凌晨三点带我出门，走了很久才来到这里。"话刚落音，叶世文突然把她抵紧在高至腰上的栏杆，鬼魅般在程真耳边轻说，"她想让我陪她一起跳下去自杀。"

程真的呼吸一滞。

叶世文的肩往前压，强迫程真与自己低头去看。

黑，黑得无边无际。山底像巨物张开嘴，啃噬被舍弃的生命，蚀骨熔髓，失重下坠。命贱，触不了底，地府也去不成。自杀的人永远飘零，枉死城谢绝到访。

纵然不是万丈深渊，回荡的山风却狠狠拍着二人的发。

程真感到害怕。此刻的叶世文，比山底让人惊悚。

"我妈是第六个女儿，家里穷，她又生得靓，很快就被送人了。"叶世文的声音很平静，"寄人篱下，担忧两个养兄奸污自己。早早遇到个青年才俊，毫不犹豫抛身给他，二十岁就有了我。"

"真真，你二十岁的时候，有没有中意的人？想不想同那个人一生一世？"

程真声线稍颤："没。"

"当然，你这般聪明，怎会置自己于死地？"叶世文的吻很凉，像蛛丝缠紧程真的颈，"是我妈自己傻，想拿自杀威胁男人。但她又确实赌赢了。那个男人对她有感情，怎舍得她去死？"

"你呢？"有东西抵在了程真腰后。

她睁大眼，听叶世文一字一句地问："你对我有没有几分薄情？舍不舍得我死在其他人手上？"

"世文……"程真稳住呼吸，"你做什么？"

"叫得好亲热，世文。不如直接叫阿文吧，我不中意那个'世'字。"

"阿文。"程真的指尖绞得发白。

"乖，就中意你这么乖。"叶世文的脸颊贴着她的发顶，"你去慧云体联做什么？"

程真惊惧："你找人跟踪我？"

叶世文假模假样地叹了口气："我关心自己女人也不行？"

"怀疑我？"

叶世文轻笑，胸膛隐隐在颤："那你自己说一下，你有什么值得我怀疑？"

"我没。"程真半低着头,强迫自己冷静。

"讲,去慧云体联做什么?"

"我去找人。"

"找谁?"

叶世文的手指在程真腰侧摩挲。若不是今夜,他大概真的会史无前例,对这个女人念念着迷。是现在才想起要质问她吗?不,不是,也许早就想问,早就该问。不过是等一个最恰当的时机。

程真不答:"你拿开。"

"怕死?"

"怕——"程真小心翼翼,手心贴上叶世文的手臂,声软了,"我不想你这样对我,拿开它。"

"你不会以为我真的中意你吧,程真?"叶世文的语气比夜色寒凉,"我还未与你上过床呢,你在我这里能值几个钱?"他根本不吃这套示弱。

程真语塞。

大难临头,她听见这句羞辱,竟有种酸涩不忿的恼怒:"我不过是个侍应,确实不值钱。你不信我,干脆直接动手。"

"现在又不怕死了?"叶世文手臂收紧。

"趁没人上山,你还有大把时间清理犯罪现场。放心,我这种无依无靠的社会底层,不是烧炭就是吊颈。死在这里起码房东会赞我有人性,"程真不肯让步,"没拖累他那间屋。凶宅,不易放租的。"

"你要同我斗硬气?"

"我认命而已。"

叶世文耐心耗尽:"你到底去慧云体联做什么?"

这一下,程真怕了。她浑身僵直,薄薄冷汗自头顶到脚,堵塞所有毛孔,隔绝夏季的暖。她真的怕,怕得指尖颤抖,怕叶世文丧心病狂。他本就不是良人,哪会有善心。

"我去找我妹,她在慧云体联学体操的。"

"你有个妹?"叶世文反问,"亲生的?"

"亲生的,十五岁。"

"我没查到你有这个妹。"

"她叫程珊,监护人不是我。"程真的心脏似被猛力捏紧,"我有案底,儿童院不同意我做监护人,我找了个远亲帮忙。"

"为什么不敢让人知道你有个亲妹?"

"我在那种地方上班,龙蛇混杂,哪日得罪大佬便殃及全家,我当然不敢让人知道!"

叶世文凝视她提及亲妹的神情,这双月下泛光的眼,他没见过。

"这是你看过的小说里面,哪一章节的剧情?"

"我没骗你!"程真惊惧加深,"我连我妹都同你讲了,你还不信我?!"

"你?我信不过。那晚在小巴后排的男人是谁?"

程真疑惑:"哪晚?我哪有认识什么男人!"

"扮傻?我在昌岸码头那晚!"

"你什么时候去了昌岸码头?"

她确实不知情。

叶世文语气带火,逼问回去:"你不是杜师爷的人吗?你会不知道?"

"我不是杜师爷的人!"

"我出事,你就旷工,他没怀疑过你?看来你一直都是他的人。"叶世文想起今晚杜元的语气,"难怪他三番四次拿你来试探我!还跟我讲什么德国公司,其实你早就知道是日本公司,是不是!"

慌张泪水涌在眼角,程真连大气都不敢喘。

"那晚的事,他只处理了丽仪,根本没理会过我!而且我不是已经讲了是日本公司吗!还不够吗?"

"我出事你才讲，你不如等我死了再讲！"叶世文决意追问到底，"豪客城究竟是谁安排你去的？"

杜元阴暗的笑在程真脑里挥之不去——"他真的没跟你讲过？他是冯敬棠的私生子。"

程真浑身战栗，牙关磨紧："都说了是冯世雄！冯敬棠太信任你，事事都让你参与，你以为他们母子容得下你？"

她又忆起洗手间门前那幕。母凭子贵？错了，是子贵母凭，儿子不好，曾慧云晚年不安。毁人清梦者，得而诛之，冯世雄母子作恶动机充分。

"从你嘴里，我没听过一句真话。"叶世文叹了口气，轻轻摇头，有种可悲可惜的冷血感慨。

程真四肢发软："我真的没骗你，如果我是杜师爷的人，我为什么要在地铁里面救你？那晚我明明可以自己走的！"

"你自作多情而已。大把女人想救我，你以为差你一个？"叶世文冷语以待。

原来于他而言，根本不值一提，只是程真刹那的情难自禁。她好后悔。

"我妹什么都不知道的。"程真越讲越小声，"你放过她……当我求你，可不可以放过她？她只是个女仔，年纪还很小。"

生死关头，她仍不敢泄露杜元与洪正德，怕程珊出事。

"有什么话，留着上坟的时候再讲吧。"

叶世文低下头。他要挨得至近，听得至真，亲眼目送灵魂从肉体剥离。

"我……"

"砰！"叶世文在她耳边大叫一声。

程真脑里嗡地炸响，茫茫空白，热泪涌出。她被腰间手臂箍着，挨在叶世文怀里，心跳狂乱，似一具被抽走骨骼支架的残旧娃娃，柔弱无力。

"哈哈哈，是不是怕了？"叶世文忍不住大笑，把程真拥得更紧，"真的怕死？我以为你人瘦胆肥，原来这么不经吓。"

程真讲不出话。这是一场使诈、欺诈，甚至敲诈的"严刑逼供"。步步为营的主谋，逐寸崩溃的疑犯，离地千尺的海拔，四下死寂，只有程真脑内回荡不停的尖叫、愤恨、诅咒、问候叶世文祖上三代的粗口。

他竟然在笑。

"叶世文……你这种人一定会下地狱的……"她的声哑了，竭力忍住号啕大哭的冲动，只挤得出几个字来反驳。

"真真，黄泉路上有你做伴，我恨不得死快点。"

她有一双倔强的眼，不服从又假意冷漠，心软心硬于脸庞来回切换，叶世文忘不了程真。

情爱在尚未回神时，滋长过快。他低头去吻程真的脸颊，尝到她淡淡泪水的滋味，竟有几分沉醉，就爱看她这副失魂落魄的模样。

楚楚可怜，低声哀求，半点泼辣凶狠都找不到了。好满意，好满足，中意到不得了。

"死仆街，你真的有病！"

程真恼得失去理智，拼尽全力抢过叶世文手中的东西——不过是个金属打火机。只有山风吹过，嘲讽她一输再输，似个撒赖孩童，天真幼稚。

"哈哈哈，傻女。"叶世文笑得更大声，"我不舍得你死呢。"

程真怒火攻心，立即把打火机抛入山谷泄愤。

"喂！最新款来的！"

叶世文拔高音量，程真却不回应，站在原地用手背抹泪。惊魂未定，软弱无辜，月下柔柔擦泪，程真十分委屈。叶世文暗叹，这副面孔明明初遇时就见过，此刻印在眼内，竟心软得一塌糊涂，像重新认识了她。

"算了算了，我打个折给你，你赔我一只就行了。"

"你去死啊！"

"每次谈钱都这么小气。"叶世文强行把程真抱入怀里，扭动挣扎当作她在示爱，"不过高空掷物是违法的，你小心教坏你妹。"

他想起徐智强说——"那个程珊才十五岁，确实与程真有几分相似。品学兼优，跳艺术体操还拿过不少奖。但这关你什么事？"

"我是姐夫，你说关不关我事？"

程真张嘴咬上叶世文手臂。她恼了，羞了，怕了，泄愤般用力，又禁不住落泪。像野蛮的兽第一次尝试撒娇，少了许多有技巧的温情。

她庆幸自己尚未泄密，侥幸自己虎口脱险。与叶世文斗硬气，真斗不赢？今夜之后，程真不信了。不信他没陷入这片情网，不信他能全身而退。以身饲虎，也要剥下他一层皮，大家都不要好过。

叶世文不怕痛，反而伸手摸入程真衫摆。跌倒在地也要抓一把沙，才不算尽输。是的，自己非要选择信她，玩遍心机又如何？

上天总是公平的，不给她祸水红颜，就赐她撩人身段；不赠她温柔性情，就送她坚韧伶俐。

输了，输了，偏偏是他中意得更多，就中意她这只母老虎。

"真真，为什么那晚要救我？"叶世文佯装叹息，"你的舌头是不是浸过迷魂药？舔完就中了你的蛊。"

"放手啊！"程真未平复的心跳又再急促起来，"我是鬼上身才会救你！"

叶世文笑了："舍身救我，又不想我知道你妹。程珊肯定长得比你靓，你怕我移情别恋。"

程真语气不屑："你以为她会看得上你这种猥琐佬？"

"不反驳是不是会死？"

好不过三秒，针尖对麦芒。

车辆后排座椅宽敞。

二人斗气斗累了，一坐一卧，把整个车厢占满。

叶世文枕在程真腿上："你坐好，我要睡觉。"

"你自己睡。"

"就睡这里。"叶世文不肯挪开，"真真，我好累。"

地平线被无心纵火，燃了束光，又蔓延遍野，明黄转金红，破窗而入。整个车厢被晨光扮上妆容，似诗人醉宿的烟花柳巷，短短一歇，胜却无数。叶世文一夜未合眼，讲好来看日出，自己却先入了梦乡，还把程真的手捂在胸前，十指交握，他不肯松开。

程真失去睡意。她记住了叶世文这副毫不设防的模样。呼吸沉稳，惬意至极，长睫掩作半帘，如峦起伏的五官放松，睡相安分。

程真心尖一紧，像遭绣针轻刺，又像埋头闷在水底，发不出任何剧烈声响。

"丽仪想活命，跟我讲叶世文手下那个傻强前段时间送了份礼物给你。"

程真对丽仪那点仅有的悲悯荡然无存。

"他只是一时贪新鲜而已。"

"那你想办法帮他保鲜。"

"他不会同我讲他的事，你找我没用。"

"他会不会同你讲，不是你说了算吗？"

"杜师爷……"

"比起叶世文，你猜谁更想知道你是曹胜炎女儿？听说程珊体操成绩很优秀，还计划参加国际大赛，你不考虑自己，也要为她着想吧？才十五岁，以后大把世界等着她，你说是不是？"

"我不能保证他会对我真心。"

171

杜元用力捏住程真左肩,痛得她咬紧牙关。

"不记得这里了?同我做生意,我愿意开价,劝你最好接受。"

程真企图忘掉与杜元的对话,却一句比一句深刻,像焊死在脑底,连潜意识也不放过她。指尖传来的体温,太清晰。

程真又去看叶世文的睡颜。这次他不再假寐,像累极的鸟,找到个栖身枝丫,小气地占住不放。

几分真,几分假,不过一场渺梦。成人情爱就是白砂糖掺刀片,又甜又腥,真心当游戏,程真没有后悔药可吃。

阿文,祝你好梦。醒来之后,盼你也别后悔。

梦里那煲花生眉豆鸡脚汤,在砂锅猛窜热气。

叶绮媚无心看火,捧着黑色电话机啜泣:"棠哥,你上次在电话里面答应给钱的。"

电话那端的男人语气流露不耐烦。

叶绮媚泪湿了襟,声略哑,却添无限可怜:"我不会给你惹麻烦的,我答应过你,永远不会出现在他们母子面前。我只是想你分点关心给阿文,他已经七岁了,不可以没爸爸。"

男人许了个承诺。

叶绮媚却摇头:"等不到那个时候了,棠哥。我一个女人带着儿子,在这边真的好难,那些男人——"

对面似乎态度大变,叶绮媚脸色慌张:"没!没有,我没对不起你,我情愿死都不会做那种事!你要信我!"

鸡脚软烂,煮出胶质,黏了底,焦与香并逸。叶世文跑入厨房熄火。煲汤不是煲咖啡,过了火候,又糊了汤底,再香也会带苦,不好喝。

叶世文不介意,全因这是叶绮媚绝无仅有的母爱。凉了就加热,烫了就放温,薄盐也好,浓油也罢,世上妈妈不能尽如人意,这煲汤却会由他独自饮尽。哪怕苦也不愿分半匙出去。

"冯敬棠，你以后都不会见到你儿子了！"叶绮媚抹掉脸上的泪，温柔声线阴沉起来，"我今晚就带阿文从山顶跳下去。你同曾慧云睡在半山公寓望着吧！"

电话被挂断。

"阿文！"她叫了一声，叶世文从厨房跑出来。嘴角还沾着油荤，来不及拭净，他已贪喝下一碗热汤。

叶绮媚笑得像只缥缈的鬼，艳丽而幽暗："饱了吗？"

"饱了。"叶世文怕叶绮媚责备，"阿妈，我有留一半给你的。"

"阿妈不饮了，你再去饮一碗。"

叶世文又添一碗。叶绮媚却不停说："再多饮两碗，饱点才有力气。"

"阿妈，我饱了。"

叶绮媚把汤水舀入碗里："你不够饱的，再饮。"

"我真的饱了。"

"你讲大话，根本不够饱，快点饮！"

"阿妈，我真的饱了，我没骗你，真的……"

"我讲了你不饱，你就是不饱！"叶绮媚尖叫出声，蹲在地上，拼命把瓷碗边缘抵在叶世文唇边，"你不饮多点，怎么长高？如果矮过冯世雄，你爸就不要你了！"

叶世文挣扎得厉害。

"你一定要比冯世雄好，什么都比他好！"

汤汁洒了母子一身。叶绮媚怔在原地，美目透红，凝视裙摆上濡湿黏腻的痕迹。叶世文慌得发颤，生怕她又动手。半夜三更，阿妈打仔，肯定无人来救。叶世文怕痛。

静了许久，预期中的巴掌并未出现。叶绮媚低声开口："我去换条裙，等下我们出门。"

"阿妈，我们去哪里？"

"去看日出。"这次她异常冷静。

叶世文跟着叶绮媚出门。她锁上士多店的门，换了浅蓝连衣裙，腰身系起，束出玲珑线条，又把左胸侧用剪刀割了个裂口，不怕夜风袭人，惹来沿途的目光流连。她早就习惯。一个女人怎会大摇大摆、花枝招展地赴死？她不过赌气罢了。带着叶世文坐在山顶等了不到半个钟头，果然，冯敬棠就驱车赶来。

"阿文，你在这里等我。"

"阿妈，你要去哪里？"叶世文认不出那是冯敬棠的车。毕竟这个阿爸见得太少，连他的模样也无从忆起。

"你听话，困了就在这里坐着睡，我等下就带你走。"

叶世文似乎看见是个男人，有点惊喜："是不是阿爸来了？"

"我叫你坐在这里等，你就只能坐着等，不要再问！"

叶世文噤声。

冯敬棠在车内发火："怎有人像你这样做老母的，大半夜带儿子出来跳崖？"

"如果我不去死，你怎肯出来见我？"

"你在发什么神经！"

"是啊，爱你爱到我发神经啊！"

叶绮媚第一次与他争得面红耳赤。

一哭二闹三上吊，她玩尽了，泪洒当场，又装模作样不愿扑入冯敬棠怀里。

"我不想哭脏你的衬衫，等下还要回去，你家里那个不好对付。"

冯敬棠心软了些，瞥见她裙子上显眼的裂口："都裂开了，你还穿出来？"

"哪里？"叶绮媚假意在裙摆上探索破损之处，"这条裙是你送我的，我不舍得扔。"

"我再买一条给你。"

冯敬棠抬手，她乘势往前，倒在男人怀里。

"棠哥，为什么你舍得对我狠心？"

叶绮媚早已解开腰后拉链。

"阿媚，你与世文在我身边，我会分心的。以后还有很多事情要忙，你不能任性。"

"我知道我没本事，帮不了你什么。"

她又喘又哀，又去吻他的脸，像一株飘摇藤萝，紧紧系在冯敬棠身上。天大的火气也没了。

"我无名无分怨不了人，但阿文是无辜的。都是你的儿子，你怎可以这么偏心，不让他回冯家？难道要他念屋邨学校①，出来做个飞仔②，二十岁就被人砍死吗？"

"我什么时候偏心过？"冯敬棠有些心虚，近几年曾慧云似泄愤般花钱，家里家外开销太大，确实给这对母子的钱不多，"他要念书我可以给钱，但回冯家不行。至少现在不行。无端端多个儿子，我怎么对外解释？"

"棠哥，阿文想去德保罗私立。"

"不行！"冯敬棠想也不想便拒绝，"世雄就在里面念书，他们两兄弟不能在同一间学校。"

"那——培英私立学院，在昌岸半岛，不会影响到世雄的，好不好？"叶绮媚柔情满目，只想为叶世文争个出头机会，"下个月就可以报名了，还要交学费。"

---

① 屋邨学校：指质量不高的学校。
② 飞仔：指在社会上无所事事的人。

冯敬棠抽回手,把证件取出后,整个钱包塞进叶绮媚裙侧口袋。

"培英就算了,私立名校要推荐信的。这些钱够他去报一间不错的公立。哪里念书都一样,只要他有心上进。明年我会在洲界搞一间公司,到时候安排人给你们母子钱,以后不要再拿你和世文的命来威胁我。"

天下间,哪有父亲想儿子做烂仔。

叶绮媚主动迎上,像月下海妖,提出最后一个要求:"棠哥,让阿文十岁就回冯家吧。"

"这个迟点再商量。"

"你现在就答应我,棠哥,求求你了。"

叶绮媚早知冯敬棠惯了在电话里敷衍。不骗得他出门,上了她这艘鼓足帆的船畅游一番,他永远不会点头。

真爱?不过是脐下三寸的交易。叶绮媚心里很痛,却笑得让男人心醉。

冯敬棠一向抵挡不了她的风情,否则叶世文从何而来。他心甘情愿应下:"好好好,十岁就十岁,我答应你,答应你。"尚存一丝理智,冯敬棠追问,"世文呢?"

"我不舍得带他出来受凉。放心,他在家里睡觉,不会有人来扫兴的。"

叶绮媚目光闪烁,怎会不知男人骨子里自私享乐的本性。

冯敬棠略喜,又开始扮正义:"你怎么能扔他一人在家?"

"他很懂事,又早熟,已经会照顾自己了,就是有时候太挂念你。"

"世文是个乖仔。"冯敬棠有些愧疚,"过段时间,我去看他。"

"那我呢?"叶绮媚娇嗔,"不想来看我吗?几个月都不来一次,我很想你呢。让我再帮你多生个儿子好不好?"

"我看你是想要我的命。"冯敬棠被嗲得骨头松软,竟有些后悔带出来的钱太少。

叶绮媚值得更多的打赏。

天际泛了鱼肚白,二人早就忘记还有个七岁男孩在山顶饱尝冷风。幸好,他有几碗花生眉豆鸡脚汤垫肚,也能抵御些无可奈何的寒凉。

那时的叶世文怎会通晓人事。他只知不能随便露宿郊外,要守候在此,等着叶绮媚带他回家。一夜无眠,叶世文站在栏杆前仰高了头,去看冉冉升起的骄阳。

哇——好红,好亮!他连眼都睁不开,却仍不死心,再望去,望得真点。云野烧红,船舶呜呜太远,只瞥得三五只黑影,在雾里若隐若现。

树叶不绿了,楼顶不白了,路灯不闪了,空气不静了。海港沿岸,镀满红的、艳的、狂的、怯的,金色浆液在这个世界流淌,像上帝一心奢靡,买下几百吨啤酒倾泻庆祝。深色染了嫩黄,浅色缀了浓橙,马路弯弯曲曲,车流断断续续,有人出门,有人归屋。凡尘被注入温度,烫得叶世文身子也暖了。

原来日出,是这样的。

好可惜,阿妈竟然没看到。

一座山顶,一辆汽车,一颗红日,一个可有可无的父亲。七岁的叶世文只盼欢乐,二十七岁的叶绮媚只顾期望,心事未曾交换,两母子说到底也是陌路人。

叶世文许下愿望——总有一天,他要自己再来看一次。

Chapter 06
真情假意
Wangbei Building

苏丹公主号,二百一十五呎,云白外壳,古欧内饰。奢华客轮的前身曾参与黑海行动,堪称海上霸主,命运离奇,风头一时无两。

所以租不起,金钱并非万能。

阿兹慕游艇,一百零五呎,自动化娱乐系统,内置头层牛皮弧形沙发,航海如行陆,价格高昂,年产估计没有百艘。

尚不算罕有,富豪玩具罢了。

此刻,海洋沉寂,舱内哄闹,冰镇香槟冒淡金气泡,衣香鬓影的来客一口接过一口。听闻有一款"沉艇香槟",自海底二战残船中觅得,与英勇士兵遗骨同出,有价无市。

倘若当下天降惊雷,击沉这艘吨位四百的私人豪艇,到世纪末出土,或许也会有一款"沉艇香槟",伴着一堆无人认领的残骸。

秦仁青肥白脸颊泛红光,头顶比皮鞋锃亮,继续道喜:"敬棠,还是你家教有方。你这一子一甥,劲过嘉豪集团那两位小超人。"

冯敬棠不嗜酒,只碰杯几次就收手:"秦总过奖了。"

"哎?这么生分?都说了叫名字就好。"

"惯了,改不来。况且今晚你坐头位,不是秦总是什么?"

"来来来,你坐,你坐,我特意替冯总捂暖了座!"

"哈哈……"

一船数人,来头不小,皆为庆祝竞地成功而聚。兆阳投地公告一出，街知巷闻。洲界地皮，价格洼地，历史新低，坊间戏称兆阳这次是冷手捡了个热煎堆，有运气。

各路学者纷纷马后炮：公屋计划不复存在，官方极力兜住跌至谷底的楼市，又抛几块贱地叫卖，这分明是担忧大发展商跑路，去追逐北边庞大人口的需求。

北上发展，幢幢花园别墅，层层两厅双套。海城人至懂海城人，楼宇风格保证与本土并无二致，绝对能冲淡有钱人的"思乡情切"。

穷人哭，富人笑，今夜有人在地球亲吻，也有人于苦海深陷。

西洲码头的船童，泊船洗船、铲蚝打蜡、机件检修样样精通，还兼负船只安保工作。为有钱人打工，逐月出粮[①]，积蓄买屋，缴付按揭，又把钱给回有钱人。星期一做到星期日，多劳多得。

你的多劳，是他所得。

秦仁青设宴于他新买的"移动豪庭"，从西洲码头出，迎星露月华去。离了岸，海水不再湍急，静若摇篮。

冯敬棠只收到个人邀请，却仍携眷而来。

"世雄，规划图还没好吗？"秦仁青的目光落在冯世雄身上，"世文说你还在搞，怎么搞这么久？当时投资测算初稿都有了，改一改图有多难？"

又是叶世文在搞他。冯世雄忍下不满："已经七七八八了。而且四十公顷，不是四十公分，概念方案出来还要深化方案，再给我们团队的人一些时间吧。"

"今年先奠基，造一造势。明年双春兼闰月，择个好日拜神开工。"

"我们不太讲究这些。"

---

① 出粮：发工资，领薪水。

半屋人面面相觑。投身地产界，竟有人敢在地主爷头上动土，口口声声讲不用给面子。

秦仁青笑了："你帮新鸿地产设计过那么多楼宇，难道他们老板不信风水？你在开什么玩笑。"

冯世雄一时语塞。

"服务业主和自己做业主，一向都是两回事。我看冯少爷是艺高人向禄，画出来肯定风水好。到时候秦总要不要自持几套？买屋就如得地气，旺财啊。"

兆阳地产的总经理陈康宁替冯世雄解围。凭借与冯敬棠二十年交情，得到替冯敬棠持股兆阳的大好机遇。大股东，话事人，自然帮腔这位名正言顺的冯少爷。冯家这棵大树，他势必依靠到老。

"好啊，敬棠，你们准备打几折给我？"

"赠两套又何妨，大家这么熟。"

冯敬棠终于开口，冷眼扫过冯世雄。俗语有云，慈母多败儿，不无道理。

"这样不就是摆明占你便宜，我怎好意思？买是肯定要买的啦——"秦仁青来回扫视，"世文呢？你这个外甥旺我，我要买在他楼上，同个单位，镇一镇他的福气！"

大家哄笑起来。

"文哥在外面，估计是靓女多，不舍得进来陪我们这群无聊人。"有人抛了句话。

"世雄怎么不去？"秦仁青又望向冯世雄，"年纪轻轻不玩，老了就玩不动了。你看你表弟，一点都不会跟我客气。在我的场，你也不要见外。"

冯敬棠直接替儿子回答："两个人性格差得远。世雄一向稳重，世文没大没小惯了，还需要跟他哥学习。"

"世文是有本钱。敬棠，不是人人都可以做叶绮媚儿子的。你这个远房表妹艳名在外，世文长得像她，光是外表已经赢你儿子半个马位。"

句句不离"世文"，已不属于"暗示"。曾慧云银牙轻咬，不再给任何好看脸色。

今夜秦仁青大大方方站队叶世文。多么小气！此前的调查风波早就平息，秦仁青却摆明记恨，每月助捐直接腰斩一半。说是投资了洲界这宗地，现金流吃紧，公司财务官建议削减慈善支出。曾慧云今晚肯来，是为了邀他参加下个月学联体操比赛的。如今，连口都不想开了。

"我反而觉得世雄斯斯文文，有冯总风范，气质更出众些。"陈康宁眼见曾慧云低落下来，大胆替冯世雄说话，"世文性格太直，多少带点戾气。血缘又远，始终没遗传到冯家惯有的儒雅。"

世人早已忘记曾家家主是谁，如今一提"慧云"，都称之冯曾慧云体联。就连那份世家儒雅也冠夫姓，成了冯家渊学。

"男人又不参加选美，长得好看有什么用？"冯敬棠反驳，叶世文也是他亲儿子，得到夸赞有何不可，倒有些嫌弃陈康宁的多嘴，"世文性格像他妈，是幼稚了些，也算赤诚。以后秦总不用给我面子，该敲打的时候还是要敲打他。"

陈康宁尚算醒目，立即饮酒掩饰。

秦仁青倒不介意这种安排："帮人教孩子，这是越界。不过看在你的分上，我绝对不会手软！"

冯敬棠嘴角带笑："迟些要封个拜师利是给你了。"

秦仁青瞄了眼冯曾夫妻间隔半米距离的坐姿："阿嫂，是不是这款香槟不合口味？坐得这么远，是在怪我没尽好地主之谊？"

"秦总是在笑我怕羞。"曾慧云接话，"我今日伤风，怕挨大家太近而已。"

冯敬棠抓住曾慧云微凉的手。她先是一怔，想抽走，冯敬棠不肯："是有点凉。"

秦仁青的侍应十分醒目,立即捧来一条薄织开司米披肩。

冯敬棠想为曾慧云披上,还未触及她的肩,就被侧身躲过。一旁冯世雄见状,马上接手。羊绒软滑,覆在裸臂,这次曾慧云没拒绝。

两个月,从焦虑到失望,死半条心,她现在也敢不给冯敬棠面子了。

"我那个女儿如果有世雄这份孝心,我要偷笑了。"秦仁青假意赞叹,"还是生儿子好,儿子多像母,老婆贤惠,三代无忧。"

话里有话,绵里藏针。有人偷笑,有人低头,不过是夫妻间耍花枪,几杯酒后谁还会记得。

冯敬棠家教失威,脸色沉了下来。

叶世文从舱外进来,玩得尽兴,又被敬了四五杯酒,飘飘然,没嗅到一屋尴尬的冷。

"怎么都不出去玩?来游艇打坐啊?"他瞥见曾慧云在仲夏夜裹披肩,"舅母,你不舒服?"

冯敬棠道："她今晚伤风。"而且寒气入脑,冻得她失去分寸。

叶世文才发现这屋怪异气氛。倒是主座上的秦仁青,一派看戏表情跷着腿,呷着酒。恩怨由他挑,家事不插手。比电视台台庆连续剧有趣。

"要不要先回去休息?"叶世文虽不担心,倒也客套,"海风这么大,吹多了会头痛的。"

曾慧云直接打断："不用。"

她厌恶叶世文这副嘴脸,与他妈一模一样,装谦恭,扮体贴。世间无人及他们母子懂事,会伏低做小,又会忍气吞声。谁见了不心生可怜,把她衬得像个赶尽杀绝的怨妇。

"我今晚来,是想邀请秦总的。"曾慧云挤出笑容,"下个月学界体协与我们慧云共同组织体操比赛，不知秦总有没有空，到时候赏脸去做我们的特约嘉宾？"

"阿嫂开口，我肯定要到，时间地址通知我秘书就可以了。"

曾慧云点头："这次是世雄第一次主导筹备，我相信会比往年有新意。"

秦仁青挑眉："世雄？"

冯世雄怔忡，定定望着身旁的曾慧云，明明平地一声雷，母亲却云淡风轻。

"我正式准备将慧云的一切交给世雄。"曾慧云笑意转深，"今晚算是我占秦总好处，就在这里向大家公布这个好消息。辛苦几十年，铁人也会累，我偷懒想退休了，也当是给个机会让世雄早点接手，希望大家多多支持他。"

冯敬棠没料到有这出好戏，心中骇浪而脸色平静。看来冷落曾慧云月余，她根本没反省过自己，甚至傻得要与自己的丈夫"宣战"。

"这件好事，我当然要带头支持！"秦仁青举起酒杯，朝冯世雄示意，"世雄，不是人人都有这种机会的，你妈用心良苦啊！"

用心良苦。冯世雄嚼下这四个字，回敬秦仁青一杯酒。

一屋人见风使舵，纷纷道贺，又开始赞冯世雄是年轻有为，曾慧云是女人典范，冯总这一家三口，真是各有千秋。模范家庭，打着灯笼也找不出第二个了。

叶世文不言不语，眼帘半垂。他想笑，笑曾慧云气度太小，走错至关重要的一步。却又觉得酸，酸冯世雄何德何能，有个慈母将自己的一切拱手相让，只为了做掉他这个二奶仔？

真伟大，伟大得让他决意痛下狠手。

曾慧云笑出两抹红晕在脸，见气氛差不多了，才舍得道别："今晚确实不舒服，我还是先回去吧。"

秦仁青遣了另一艘船来接人。

冯世雄见母亲起身,也跟着起身,却被一直不开口的冯敬棠拉住:"我陪你妈咪回去就行了。"

"我——"冯世雄未开口,就被冯敬棠凌厉眼风截断了话。

一家三口,在一层甲板上无言等候那艘将到的船。冯敬棠被风吹得胸口愈加热,散不尽火气,侧头去看这一对母子。

"慧云,这件事你没有与我商量过。"

"你让叶世文入股兆阳,也没与我商量过。"

冯敬棠轻哼一声:"是你自己不想世雄入股的。"

"是——"曾慧云语调上扬,十足嘲讽,"但也轮不到那个孽种。"

"他是世雄亲弟。"

"他跟我没任何关系,我已经在准备商事登记手续了。"

"世雄现在未到可以接手的时候,Parko业务繁忙,他分不出身。"

"我可以协助他。"

"现在慧云是你独家持有了?"

"你不愿意的话,我就只把我那一半给世雄。"

冯世雄想插话,见二人脸色甚异,张嘴吃了几口海风,又把话咽了回去。

"没有我冯敬棠,你以为你会有慧云?"

"我正正经经大学毕业,凭家境凭自身,为什么不可以有我的慧云?我不是洲界三流村妹,一件露胸衫穿街过巷,靠出卖色相维生!"

"讲到底,还是因为她。"

冯敬棠笑了。他也年轻过,英俊过,迷人过。眼尾细纹是岁月沉淀,挺拔仪态是自我约束。八卦周刊写他是最富魅力的老男人,皆因专一顾家,好想嫁他。

"人都已经死了这么多年,你还要与她比,要跟她儿子争?你是唯一的冯太太,还不够?"

曾慧云也笑了："不如我跟她换吧？让她来坐冯太太这个位，看下会不会比泉岭的坟场舒服？"

冯敬棠皱眉："她从来没想过要入冯家，她由始至终只是想我对世文负责！"

"只有你这样想而已，冯敬棠！"

曾慧云音量拔高。往事历历在目，他脐上的吻痕、大腿的齿印，多么无耻下流，多么淫秽不堪。这世上，竟有人会替这个下贱女人解释，解释她的放荡自私，解释她的蛇蝎心肠。而这个人偏偏是她的丈夫。

"只有你觉得她无辜，觉得那个孽种无辜！她和她儿子只需要在你面前哭哭啼啼，假意委曲求全，你就什么都肯了！你对不起她，对不起孽种，但你从来没觉得对不起我和世雄！"

曾慧云再也哭不出眼泪，只觉得这对母子神憎鬼厌，恨不能饮血啖肉。

"这个家，我占一半。所有的钱，我都有一半！我现在就要给世雄，我就是摆明支持他同叶世文争！争不赢，我就去泉岭铲了那个女人的坟！

"她早死，是天有眼！每年她的忌日，我巴不得多烧几串炮仗庆祝！"

女人的积年哀怨，理由充分，尖酸刻薄。被海风刮出十万里水域，震得太平洋石斑掩面而逃。

冯敬棠咬牙，摇着头，深深叹了口气。他没答话，越过曾慧云，越过冯世雄，走向舱门——叶世文手里拿着那条开司米披肩，不知站了多久。

曾慧云回头，怔在原地，悲愤交杂。所有理直气壮变成面红耳赤，她又一次被叶世文衬得像个只会吼叫的泼妇。

"阿爸，"叶世文面色寻常，朝冯敬棠递出绵软布料，"云姨落了这条披肩,晚上风大,还是披着走吧。"

冯敬棠接过,抬眼去看儿子。他真的老了,老得开始缅怀年轻时光。比起家底殷实衣食无忧的曾慧云,叶绮媚只是贫瘠山涧里一朵无依无靠的野百合。

听说她生叶世文,痛足一日一夜,不敢打电话给自己。

曾慧云也痛过,但只会抱怨他不懂抱婴儿,把小小冯世雄揽得哇哇大哭。她不知道,冯敬棠从未抱过襁褓里的叶世文。

冯敬棠开口,声哑了:"你替我再陪一陪秦总。今晚是他的局,一家人说走就走,很失礼的。"

叶世文点头。

冯敬棠若有所思,拍拍儿子肩膀,当作道别。船及时来了,瓦解这场难言尴尬,仅剩冯世雄与叶世文两兄弟站在甲板。

直至看不见船只身影。

船灯在海面失踪。

今夜浪沉,溅不出花样,轻拍船舷,气力全无。一下又一下,似蝴兰街撩客的站街女在兜售自己。

"来不来?来不来?不来拉倒。"懒得做你生意。

冯世雄先开口:"如果不是因为你,大家都会很开心。"

"是吗?"叶世文轻佻地笑,"你指今晚,还是指以前?"

"今晚,以前,一直以来。"冯世雄替母亲不忿,"都是因为你!"

"我看今晚人人都开心,除了你。"叶世文脸皮厚,自尊低,哪管这两母子心情如何,"你有没有照过镜子?谁欠了你几十亿?这副脸色,人家以为你来瞻仰遗容。"

冯世雄被呛得不是滋味:"个个都捧你,你是不是很得意?"

"当然得意。"叶世文本就不是谦虚的人,"我凭实力赢你的。"

"我是君子,你是小人。是不是实力,大家心中有数!"

"伪君子,你不会输不起吧?"

"我姓冯,你姓叶!"冯世雄眼泛怒火,"你本来就输给我了!"

叶世文直接大笑起来:"那冯家的神主牌[①]你记得衔紧了,千万不要松口啊,冯少爷!"

"你——"冯世雄想去攥紧叶世文衣领,却被他侧身躲开,趔趄半步,差点摔倒。

"才饮几杯酒,醉成这样?你跟你那个妈一样,善妒小气,永远做不成大事。"

"叶世文!"

这声呵斥太大,二层甲板上人人俯身,去望这两兄弟。叶世文用手指整理衣领,潇洒离开。酒喝多了,需要去放放水,顺便放松放松。

秦仁青实在大方,借下巨款,又听叶世文暗示,摆了这场豪艇派对,誓要把钱花在刃上,庆祝他与冯氏一门狼狈为奸,分食地产界蛋糕。

公告上了报纸,上了新闻。从此,四十公顷的地盘面积,全区至肥地块,任他们鱼肉。

逆市而为,兜售预期,待产业复兴,就不是现在的地价了。

他们要的何止是四十公顷。

至于冯世雄母子——叶世文扯扯嘴角,一抹嘲笑浮现在脸上。心有多怒,声有多大。

关他什么事。又不是他拿枪指着冯敬棠,逼他与叶绮媚偷情的。

他打开门,一个女人站在门口,姿态矜持,眉目带笑。

鹅蛋脸,俏凤眼,吊带抹胸裙束紧身姿,却遮在膝上两寸,不露刻意勾引。画中走出的复古人,弱柳扶风,颇有韵味。她半倚着白色

[①] 神主牌:指祖先牌位。

门框，柔声开口："文哥。"

"没人见到你？"

"舱内的人都去了甲板，我趁没人才过来。"

叶世文脱下手表，放在石面，认真洗手。

温怡微微俯身，从他臂侧挨近。距离若有若无，却不触碰，只是替叶世文取来拭手的干净纸巾。

他接过纸巾擦手，戴回腕表。眼角瞄到腰间皮带上多了道白光，叶世文笑着开口："温怡，摸我要付钱的。"

温怡也笑："你开个价，看下我给不给得起。"

"刚好有个富婆抄底入手，现在不肯抛售。"叶世文挡开她往下探的手，"等她玩厌，我再找你。"

"又未结婚，不用守贞操吧？"温怡换了副嘴脸，"你真的不中意我这款？"

她虽非绝色，也属姿容出尘，摸爬滚打多年，她偏不信这个邪。听说过叶世文生母极美，所以他挑女人一向眼高于顶。风月场合擦身而过，他却始终对自己兴趣淡淡。

叶世文越过温怡往门外走："我之前和你怎么说的？今晚去找冯公子吧。"

温怡面露难色："文哥，秦总派我今晚来陪你的。"

她早就投奔秦仁青门下，在秦仁青投资的俱乐部再次相遇，叶世文那晚点了她作陪，说有一个靓仔要介绍给她认识。

"有我在，他不会有意见的。"叶世文又笑，"不是吧，温怡，对自己没信心？"

温怡挑眉："你什么时候见过我失手？"

"冯少爷最中意你这款。"

"真的？"

"真的。"叶世文点头，"假正经，扮良家，与他妈一模一样。"

Chapter 06 真情假意

温怡差点翻白眼。真庆幸没跟他好过，否则会被这张嘴气死。

叶世文走入船舱，只剩秦仁青与两个佳丽做伴，一众人都去甲板寻欢。他见叶世文孤家寡人而来，有些惊讶："温怡服侍得不好？"

"世雄看上了。我怎会跟自己大哥争女人？"

叶世文落座沙发，仰头又饮了杯酒。他与秦仁青已熟稔至此，推杯换盏的客套尽免。秦仁青想了想，心思活络起来，直接遣走两个美女，又叫来自己助理，从口袋里掏出一包烟塞到助理手上。叶世文看着，没作声。助理快步离开，舱内顿时只剩秦仁青与叶世文。

"有女朋友了？"

"暂时未有。"

程真算什么女友。叶世文忙了月余，竞标结束才发现程真根本不会想他。这么长时间，连一个主动问候的电话都没有。每次来来去去就那几句"不用开工啊？""不用睡觉啊？""我那边有客来"。最后她不耐烦："煲什么电话粥，你今年贵庚？ 中学未毕业吗？"

叶世文气得不再致电。

一个礼拜后，她终于主动打来，问的却是："我拿你电话号码登记换超市满额现金券，你把傻强的也报给我，可以多申请一张。一百减十，满二百还可以换……"

可以换什么，换个女友吗？叶世文立即挂断。第一次自我怀疑，是不是还未征服她，才会这般嚣张。

"还想玩？玩两年就要收心了。男人，早点成家立业没坏处。"秦仁青的声音把叶世文唤回，"世雄也未结婚，刚刚你舅父还叫我介绍几个世家千金呢，要不要顺便介绍给你？"

"千金？我不好这味。"叶世文直接拒绝，"难伺候。"

"哈哈，你不要告诉我，看见曾慧云这款，你怕啊？"

秦仁青酒量深不可测，喝得脸红仍神志清明，拎起酒瓶想继续豪饮，被叶世文接了过去。

他替秦仁青斟酒:"我怕她做什么?"

"男人一辈子不征服几个难搞的女人,等于没事业心。"秦仁青坐姿懒散,一派惬意,"你舅父有本事,收服曾慧云,又扮足绅士。论装腔作势,没人及得上他。"

冯敬棠携妻子来,无非是做个挡箭牌。他在乎清誉,若被有心人捕风捉影,很难向公众交代为何三更半夜出现在秦仁青的私人游艇上。听说还有美人随侍,足够记者写三万字艳情新闻稿。

这是他与妻子冷战后,愿意低头示好的唯一原因。

"屠爷准备跟我一起玩,他说你也有兴趣。"

叶世文不答,目光左右来回扫视,担心有人窃听。秦仁青瞄见,哈哈大笑:"衰仔,你怕什么?怕冯世雄偷听?"

叶世文递出酒杯:"我舅父不中意我跟着契爷做事。"

"我说老实话,讲魄力与眼界,肯定是你契爷比你舅父有本事。但你舅父精,早二十年前就占了好处,他在北边投资圈有人撑腰。论出身,你契爷比不上。"秦仁青心直口快,"冯家三个眼高于顶,你不要学。"

"我舅父不是那种人。"叶世文替冯敬棠解释,"他只是要考虑的东西比较多而已。"

"你比冯世雄醒目,兆阳迟早都是你的。"秦仁青笑得隐晦,"我听我老婆讲,冯世雄还去替曾慧云出头,说是你舅父误信谗言,委屈了曾慧云。同样'世'字辈,怎么你这个外甥反而替别人老爸说话呢?"

叶世文也笑:"冯世雄就是那样,改不了。"

"我那笔钱,你们可能要等一等。"秦仁青懒得再去评价冯世雄,"银行批的额度应该够你们先缴付置地价,奠基动工就往后延一延,反正不急。"

叶世文疑惑:"其实你不需要担心冯世雄那边……"

Chapter 06　真情假意

"当然不是。"秦仁青摇头。慧云这个盘，小得像猫碗，分来分去就那三五粒粮，塞牙缝都嫌不够。"我准备北上开期货投资公司，牌照屠爷找人帮忙，大部分钱放了进去，暂时拿不出来。"

"不是在这里搞？"叶世文疑惑。

"这里一间，北边一间。做生意跨地域很正常的，天地线要搭通的嘛，这里那间你契爷做主。"秦仁青流露赏识的表情，"屠爷眼光独到。你跟他这么多年，你也知道他就是条大白鲨，两万颗尖牙，闻到腥就咬。我自愧不如，要跟他学呢。"

"外资不好搞吧？"叶世文没想到秦仁青这么大胆，"监管单位要审资金来源的。"

"钱早就有办法了。现在上面期价中轴线振幅超过七百元，股市势头已经不妥，下半年期货市场肯定有热钱涌入，期货交易绝对会上来。"

秦仁青胸有成竹。他惯了速战速决，热钱再烫，也要火中取栗。他甚至公开嘲讽过东南亚人热衷积蓄的"陋习"——这是替人作嫁衣。储蓄率越高，银行可投资额度越大，大亨借贷投资如在自家后花园游玩般随意，搞房地产、风电站、港口船舶，修桥铺路，掌控社会巨额财富。

所以他不做长线，只争朝夕。

"做完这一次，信不信我可以再多买几艘游艇？"秦仁青挑眉，"你要不要一起玩？"

叶世文迟疑几秒："我手头的钱不多，吃不来大茶饭[①]。"

他信不过屠振邦与秦仁青。屠振邦是为生意冒险，秦仁青是见现钱眼开，两个各怀鬼胎，如巨物浮游掠过，鲸吞一切，尸骨无存。

---

① 大茶饭：表示大生意。

捡钱的机会，从来轮不到他。

"傻仔，你没，你舅父有啊。再不行，他背后的人也有。"

"他同我契爷是南北两极，背道而驰，他不会想玩的。"

叶世文直接拒绝。

秦仁青触手伸过了界，摸不着好处，又收回："我答应给洲界地皮的钱，最迟年底会给。世文，人生苦短，就算死也要做只饱死鬼。"

叶世文笑着点头。

比预期早了些，但也不算意外。有人先借故离座，就会有人乘势补位。动工奠基必须赶在今年，建筑公司也该筹备起来了。

终于有一个名正言顺的借口，提前接近冯敬棠背后的 Rex。

酒气攻心，叶世文蠢蠢欲动。

夜半三更，程真在梦中挣扎醒来——竟有人在她屋外，捶着门，唤着她。

"真真。"叶世文没想到她居然又骗了自己。若不是遇见那日在楼下惨遭毒手的师奶，多嘴搭问一句，他已经在九楼敲遍整层的门。

"程真，快点开门！"

程真下床，把这鬼叫听得真切。她从房间穿过客厅，心跳失频，又极恼火，不愿打开家门。

用脚思考都知道他想做什么。

程真脸红至颈："你不要再叫了！"

"你醒了？开门给我进去。"他知道她今日排休，没去上班。

"你进来做什么？"

叶世文额头抵着门板，暧昧地笑："你说呢？"

"你再不走，我就报警了。"

"真的？"叶世文根本不怕，"那你顺便也帮我报，有人性骚扰我。"

"是你骚扰别人吧?"

"你不知道,街外女人好凶残,一个两个都想轻薄我。"叶世文装腔作势,"她们想……幸好我死死把持住了,你要修个牌坊给我。"

"你饮了多少酒?"程真心跳加速,"我叫傻强来接走你这酒鬼。"

"等不到他来了。我尿急,你让我进去。"

"你先忍住!"

"忍不住。"

"忍不住也要忍!"

"我不忍,你不让我进去,我就在你门口屙泡尿。"

"叶世文!"程真就差尖叫出声,怎会有人这般无耻。

"你再不开门,我只能就地解决了。"他特意翻拨皮带扣,弄出声响,"真真,我真的好急……"

程真怎会不知小白兔不能给大灰狼开门。她很犹豫,很紧张,手指却轻轻搭在锁上,拧开,清脆声音似在脑里挣断两根细弦——砰!砰!连同理智抛到九霄云外。

然后她拎起门边棒球棍。

原来理智是只纸鸢,经一缕合成纤维遥遥系紧在手。

她打开门,藏了半个身在门后,借楼道昏黄的光去看来人。叶世文的衬衫熨烫平整,几枚纽扣浸染墨绿,如幽幽猫眼,大胆窥看衣衫单薄的程真。

今夜他是大赢家,威风加持英俊,眼神挑逗得很,坦然地笑着。

无法忽视的酒味窜入鼻腔,程真开口:"上完厕所,你快点走。"

叶世文不答,迈入屋里。

门刚关上,他却转身拥紧程真,钳住她手持凶器的右手,捏紧拇指掰开虎口。程真倒抽一口气,撒了手,棒球棍掉落地上。

"你以为我会信你好心开门给我?"

叶世文把她抵紧在门后。左臂箍紧程真细窄的腰,右手急色地往上探。

"你放开我!"程真推不开醉鬼,又去掰他的手。室内没有开灯,叶世文借夜色去看,只觉程真有种若隐若现的艳丽,吐出的气也带热度。

"不放。"叶世文笑,"乖点,听哥哥话,今晚不要牙尖嘴利,等天亮了再做母老虎。"

"我哥你的头!你怎么不叫我作姐姐?"

"叫姐姐?不好,要叫大嫂才够味。对不对,文嫂?"

程真气得脸红,被拥着进了房内。

无灯夜,生旖旎,这处屋窄楼低,装不住都市的磅礴欲望。汗水化作光,在彼此身上起伏,呼与吸交换频率,似一场你追我赶的淋漓大梦。

程真迷失了,她辨不清时间流逝的节奏,仿佛天地间只剩下她与叶世文。

啪的一声。

灯亮了。

程真整个人懒在床上,眯了眯眼,避开照得瞳孔收缩的强光,她连手指都不想动弹。

叶世文伸手撩开她肩后的发,动作突然缓了缓。他盯紧那道骇人痕迹,下一秒,薄唇吻上她左肩后侧。

一瞬间,程真彻底清醒。她的泪涌了出来,却被压制得无法伸手去挡:"阿文,不要看。"

那是她不为人知的疤。

"真真。"叶世文心尖一紧,吻住了她。

程真后悔了,她不应该开门的,她的秘密都在身上。

隔壁却突然有人关了门。砰的一声,带着火气,又怕真的甩烂这扇廉价公房的廉价木门,最后关上刹那收了手劲。

一惊一乍间,什么都恢复如常。

程真隐隐担忧起来。

叶世文的吻又落在她布满泪痕的脸上。程真侧头去避,不慎又露出左肩后侧的疤。叶世文的手指摸上去,她的身子徒然一紧,推开他的手。

"不要摸。"程真说得很小声。

"怎么弄的?"叶世文的手又覆上,轻轻抚摸这片陈年伤疤。深浅不一,嶙峋可怖,像腐肉重生,凸起处粉,凹陷处黑。边缘似被烧得卷起的纸烬,在雪白肌肤映衬下,让人担忧一触即碎。

他只希望这是意外。

"不小心。"

"什么情况下的不小心?"

程真陷入回忆。

当时一屋四人,门窗紧闭,空气越来越稀薄,血氧浓度降至随时可以杀人。曹胜炎见程真揽着昏迷的程珊爬去门口,却拧不开门锁,又立即爬回主卧打算去叫醒林媛。

曹胜炎恼了。吸够一氧化碳的他失去力气,只好伸腿一绊,踢翻那炉烧红的炭,纵下无可挽救的火。

程真低声说:"小时候贪玩,在乡下被蜂窝煤烧到的。"

"几岁?"

"十五。"

"十五还叫小时候?我看你天生反骨,肯定调皮到你妈受不了。是不是好痛?"叶世文仔细地摸,上面几处圆点,似是……

他目光暗下去:"这里,不是烧伤,是雪茄印。"

程真又一次推开他的手。

"是不是杜元?"叶世文的语气变了,似这道疤烧在他身上般滚烫。

"不是。"程真否认，却没有底气，"阿文，你不要想……"

"我想什么？你觉得我想什么？"叶世文捏住她下巴，不接受任何谎言，"杜元是什么人，我比你清楚。他戒烟前只抽雪茄。你答我，是不是他？"

程真沉默。

沉默比承认更具杀伤力。她不答，是因为杜元确实做过这种事。她不答，是因为她想知道叶世文愤怒什么：是新玩具遭人破坏的不满？还是单纯八卦一个市井奇闻？

她摸不准。

他叹口气："真真，我想对你好。"

程真心尖一麻。

叶世文双手在她身上游走，不带亵玩暗示，只是小心翼翼地抚摸安慰，奉若珍宝。

"你连怎样受伤的都不愿意同我讲？"

他献出所有耐心，在等，等这个女人抛下铠甲，坦诚一回。

程真犹豫了。

杜元确实用雪茄烫过她——因为她替杜元顶下失手伤人的罪名，却不甘心，面对质询时连连否认。杜元以抹去曹胜炎女儿身份为饵，诱她认罪。那时，她还差两个月就十六岁，一切刚起步，这种人生痕迹会被拿捏终身。

她不情愿。

后来律师传话，带给她几张程珊的照片。小女孩一脸无辜，望着镜头，下一秒会遭受什么，程真不敢想。离开教导所那晚，雪茄烧在肩上。她该庆幸，杜元当时刚生了次子，心情好，否则雪茄落在哪里，谁知道。

"我不想你知道。"

"为什么？"

"怕你不信。"

叶世文侧头,轻吻她的额角。柔情蜜意,十分难得。是的,怎会轻易信她这个谎话连篇的女人。

但他非知不可。

"你讲,我就信。"

小巧鼻尖碰着叶世文下颌,程真轻轻开口:"有人想买我第一次,当时才十六岁,我不愿,他就拿雪茄……"

"真真,不讲了。"叶世文被击中软肋,用力拥紧她,发誓要杜元付出所有代价,"你再等一年。"

"什么一年?"

"你别管,睡吧。"

他抬手把灯熄掉。

屋内只听见两道呼吸,一个隐忍,而另一个沉缓。

程真选择不问。这种讲半截的承诺,等于没讲。她有秘密,叶世文肯定也有;她会撒谎,叶世文自然也会撒谎。他们是同一类人,所以同类相斥。

连爱与欲的纠缠都是夹生米饭,谁吃谁难受。

程真把头枕在叶世文肩上。他真暖,肩是暖的,胸膛是暖的,哪怕身处陋室也有四面八方的热度,煨着她那颗被过往痛苦冰封三尺的心。

可惜,她是个煨不暖的人。

"阿文,我怕……"

"怕什么?"

"怕你……有一日会憎我。"

叶世文在黑暗中笑:"如果有那一日,信不信你会死在我手里?"

程真是饿醒的。

傍晚降临，日光威胁分文不减。直直穿透针脚稀疏的窗帘，打在一屋简单陈列的家具上。

"你偷吃我的即食面？"

程真只穿了件T恤，打开房门，质问沙发上半裸的男人。显然他已沐浴一番，围了条白色围巾在腰，舒展雄性体魄。

"麻油味不好吃，你下次记得买黑蒜猪骨那款。"叶世文饿极了。

他冲完凉，去厨房探索一轮。此刻筷子在碗里搅拌两圈，叶世文撩起冒着热气的面条送入嘴里："你是不是女人来的？冰箱只有可乐，你不如别买冰箱，浪费电。"

程真翻了个白眼："我不会煮饭。"她实话实说。

"看得出，"叶世文咽下食物，"你厨房空得像被人打劫过一样。"

程真走上前，抢过他手中筷子。坐入沙发，挤开叶世文，又踢他小腿，非要占个舒适空间才罢休："坐过去！你煮了我多少包面？"

"三包。"

"……不好吃还煮那么多？"

"饿。"

程真懒得理会，埋头吃了起来。

长发掖在耳后，她的脸颊透着一夜欢愉的绯粉与疲倦。瘦窄的腮一鼓一胀，细细咀嚼，控制音量，独坐破屋照样进食得体。叶世文像得了个宝似的，越看越中意。

叶世文拿起茶几上那本他翻阅过的记事本："H是谁？"

程真打算抢回，他这一问，让她收起手。

"什么H？"

"又扮傻？你里面写的。"

叶世文翻遍这间窄屋的所有秘密，包括床头边那只灰扑扑的旧tweety。嫩黄绒毛褪了色，却很干净，标签绣着歪歪斜斜的一个"辰"字。

Chapter 06　真情假意

"不记得了。"程真不慌,却有点诧异,只帮过洪正德三五次,也能被叶世文在这本记事本上发现,"可能是兼职吧。"

"什么兼职可以一次有八千?"

"你见过的,帮律所送信,三个月结一次数。"

"不是说不抽烟吗?"叶世文掀起报纸一角,露出空烟盒,"你妈应该帮你改名叫程假。"

"戒了。"程真脸不红心不跳,"吸烟有害健康。"

"去年的楼宇推介你都没扔,哦,还有夜校广告。"叶世文想抽出那张垫底的单张,却被程真将手推开。

"乱翻别人东西,没家教。"

"看了这么久,不见你入手?"

程真嘟囔一句:"等楼市再降。"

"你还没睡醒啊?"叶世文笑了,"有没有看过新闻?地皮价格只会越竞越高,如今是不限制土地开发时间的,发展商玩囤地抛售。再过两年,你的钱只够买一格厕所。"

"我又不是只看新盘。"程真摊开一份地产经纪推介书,"我也有看二手的。"

"'镇龙阁最后笋盘,业主跪地割肉,总价狠挫三成''昌岸公馆大热恩贵园,中介0抽水,赠送面积超五十呎',中心城区,你供得起吗?还有沙浦,'丰顺雅苑二房一浴,南北通透,实用率逼近九成,劲过厂房',骗你的。凿烂非承重墙,打通厨卫就叫提升套内面积了,分分钟贵过老工业区观岸、滨沙湾,你不用想了。"叶世文的手指点在程真做过笔记的位置,"哇,渤湾你也敢去看?"

程真挑眉:"你一个常年睡在车里面的人,好意思讲我?"

"想做业主,又想念书,你是不是前两年学人炒股,欠了一身债?"

"没有,"程真不甚在意叶世文的询问,"纯粹贪慕虚荣,想买楼做嫁妆,不行吗?"

她比叶世文想象中更缺钱。除去在酒吧正职收入,每周会有各种零星进账,记录日期都在她排班休息那日。

她甚至变卖过客人的遗留物资:4月30日,RAW墨镜,五百元。阿弥陀佛,麻烦菩萨保佑她下次捡副更贵价的。

又好笑又心酸。

她很少休息。支出大头是房租水电,以及程珊的各项学杂费用,林林总总,密密麻麻。对比她半年才添一件新衣的频率,程真对这个妹妹慷慨得让人咋舌。

难怪死到临头也求他放过程珊。

字迹格外遒劲,一如她的品性,看来摹过欧体楷书。记事本最后几页的涂画,是手绘的五线谱与蝌蚪符:"The Butterfly Lovers"——一段《梁祝》的小提琴协奏曲谱。

草桥结拜?十八相送?抑或哭灵控诉?坟前化蝶?叶世文不懂,但他可以肯定,程真在中三肄业之前,家境不错。

"文哥,阿嫂姐妹的父母七年前车祸双亡,家产祖业全部挂在亲戚名下,估计是被人乘人之危骗走了。两姐妹被送去保良局儿童院,后来阿嫂满十六岁就自己出来打工,接走了程珊。"

"谁让你叫阿嫂的?"

"……那叫程真咯。"

"程真是你叫的?"

"……"

叶世文想起她肩后那块烧伤的疤。

"就算想嫁给天王也不需要全年无休赚钱吧?万一年纪轻轻熬一身病,怎么办?"他的手在程真腰侧徘徊,将脸埋入浓密发间。很香,香得想深深嗅尽她所有气味。

"我养你,包括你妹。"

程真一怔。感动瞬间涌起,又被立即驱散。程真放下筷子,缩着肩去避开叶世文的亲近:"你是不是没剃须?好扎人。"

她没答肯或不肯。

叶世文性情狂妄,又饮得半醉。游戏人间的猛兽,情话至多保鲜一夜。他无非是看了记事本,贪新鲜又大男子主义,想演英雄救美的戏码。就算没杜元作祟,他俩也不会有好结果。

况且杜元已逼她出手。

叶世文习惯了程真不会讲好话哄人,历经昨夜,只当二人默认这段关系。他低头:"你帮我剃。"

程真脸红:"我只有剃刀。"

"剃刀就剃刀。"

"我平时拿来剃腿毛的。"

"又想骗我?你浴室有一只未拆封的。"

程真只好拆开剃刀的塑封。

傍晚六点,艳阳终于被煮至九成熟,凝在天角,从炙热的白转黏稠的橙。上帝收紧火气,在最后上碟前拌入紫蓝靛灰的晚霞。

程真坐在沙发扶手,微俯身,托起叶世文下颌。刀锋锐利,她极小心,轻轻剃净薄唇边泛青的胡楂。仲夏的闷热被这副认真神情消弭。

夕阳映得满屋亮堂。

"你看什么?"程真抬眼与叶世文对视,被他带热度的目光烫着了心脏。

"看你。"叶世文嘴角勾起。

程真的视线在他的五官上流转:"你是不是长得像你妈?"

"嗯。"

"她很靓?"

叶世文笑意更深："想赞我靓仔，不需要拐弯抹角。"

"是不是想破相？"程真脸颊微热，剃刀刮在叶世文颌线，"只得一张脸可看，有什么好骄傲的。"

"我妈是我见过最靓的女人，你说要不要骄傲？"

性感的不及她清纯，清纯的不及她娇娆。绮媚，绮丽妩媚。世间艳物大多致命，却赶不走趋之若鹜的贪婪者，叶世文厌恶所有觊觎叶绮媚的男人。

那种目光，对一个女人而言，是酷刑。

程真收起剃刀，手指在他脸上温柔抚摸，确认无一处遗漏："我信她有这么靓。"

只有足够貌美的女人，才会是战利品。每个提及她的人，都在扼腕她的早逝——包括杜元。

"他妈死得早，否则凭那张脸，叶世文早就改姓冯了。"

"不吃醋？"叶世文摸上程真膝盖，凑近她脸庞，"我赞其他女人靓，你没反应的？"

程真笑了："那人是你妈。"

她从来都不是有外貌焦虑的人。

"我妈也比不上你，因为你可爱。"叶世文仰视程真，难得深情，"那首歌怎么唱的？'说过请你别要别离，赞过你可爱动人无比……'"

万物有灵，阴阳有道，能量守恒，国际惯例。

靓仔注定不会有靓的歌喉。

程真皱眉："好难听，走音走得隔壁七楼那个植物人都要被吓醒了。"

叶世文痞笑，吻在她脸颊。

"你不用送我，又不顺路，我自己搭车就行了。"

"就走个西隧过海，需要多久？"

Chapter 06　真情假意

"你去元村,我去乐川坊,南辕北辙好不好?"

"我真没见过你这种女人。"叶世文把皮带扣好,又忍不住凑上前去,"想对你好都不行。"

程真穿上长裤:"你怎么会有未见过的女人?"

"以前都是你情我愿玩玩而已,你不要那么小气去计较。"叶世文把手往后撑,仰坐在床,见程真穿戴完毕,他顺手拿起床头那只tweety,指腹在"辰"字摩挲,"谁送你的?"

程真瞥了眼:"我妈咪。"

这是林媛的遗物。

"她的名字里有'辰'字?"

"不是。"程真摇头,"我是旧历辰月出世的。"

林媛手把手教程真绣自己的名字。细细针头,缀一根丝线,穿插间刺破程真手指,她委屈得直扁嘴:"妈咪,好痛!"

"我帮你吹下,还痛不痛?"

"还是很痛,不绣了。"

"差两笔就绣完,你确定要半途而废?"

"差两笔,不算半途。"程真圆眼轻眨,"算三分之二途,你收不收货?"

这是她"精心准备"给林媛的生日礼物。

"我是无所谓啊,以后人家叫你'思尸',叠音,更好听。"

"……我绣。"

十二岁的程真,每缝一针,便龇牙咧嘴,频频抽气。针眼小的伤口,被她无限放大,像在堂前遭狗头铡伺候。

林媛笑着叹气:"拿来。"完成了最后两笔。

"妈咪,送给你,祝你生日快乐!以后这只tweety就代表我,思辰思辰,你见到它就会思念我了。"

"傻女,就算见不到,妈咪也会挂念你的。"

205

妈咪，我们永远都见不到了。

我很挂念你，你呢？听说泉下严寒酷热，枉死的人会被剥夺追忆前世的资格，生身父母想得头崩额裂，也记不起自己的骨血是谁。

那个世界似乎更残忍。

忘了我，可能你就不用受苦。

"这个字你绣的？好难看。"叶世文打断程真的追忆，"绣得似狗咬过一样。"

他才应该遭狗头铡伺候。

程真伸手去抢："给回我！"

"不给！"叶世文决定要把它带走，"认真看看，它跟你还有几分相似，我摆在车里坐镇，牛鬼蛇神不敢挨近。"

"叶世文！"

"走了，我送你去开工。"

"给回我！"

"你看你多矮，我举高手你就拿不到了，死心吧。"

"你这是明抢！不准亲我！"

"乖，这只我要定了，下次我重新买只给你。"

"不要！"

"那我租它一段时间，玩够了再给回你。"

直到叶世文把车泊在内环区摆花街，程真依然闷闷不乐。叶世文侧头去看她，忍不住又笑："你真的好小气，一只公仔而已。"

"你收声。"

"你还不知道我脾气？你越不想给我，我就越想要。"叶世文挑眉，"特别是在某些时候。"

程真剜了他一眼。

"就当送给我了。"

"不行。"

"为什么？"

程真抿紧唇，半天才挤出几个字："它是我妈咪的遗物。"

她望向叶世文。眼内一池无边无际的静水，是临海湖泊，历经潜藏深处的融汇，能尝出淡淡咸苦。

叶世文想抱她，却忍住，讲了句真心话："因为上面有你的生日，所以我想要。"又嫌自己极其矫情，立即敷衍过去，"随便你了，要就拿回去，在车里等我。"

"你去哪里？"

"去买蛋挞。"他解开安全带，"我契爷同杜元中意食泰昌的，内环区这间的老板打包得最细心。"

竞地成功，屠振邦早就致电，要叶世文去元村痛饮一场。他不缺钱不缺物，偏好这味软滑蛋挞，夜晚七点半是最后一炉。锡纸托保留，盒口勿封，袋口勿扎。炉火蒸腾的热力若形成水汽，潮了，湿了，酥皮松软度立即大打折扣。

讨好，是叶世文习得的生存技能。

"你今晚是去见杜——"程真改口，"去见屠爷？"

叶世文听到那半个字，换了副认真语气："是。"

程真沉默。

他伸手去摸程真手背。肤白，又年轻，她的肌理本应嫩滑而饱满，却因酒水工作添了不少细碎伤痕。凹凹凸凸，让人心疼。

"一年。"叶世文摸得出程真坚忍的一切，"你再做一年。"

"为什么？"程真语气变了，"想我帮你监视杜元？亲兄弟我也不打折的。"

叶世文手心使劲，不肯让她抽走自己的手："杜元试探过我对你的态度，不止一次。"

程真错愕，看着叶世文。

他却没有回望。视线落在车前,眼见一位踽踽独行的老人,弓起背,拄着杖,拎一袋生果硬闯马路。

车来车往,老人似乎嫌命长,在找死。

"你现在走就是摆明递刀给他,坐实我们的关系。我不去酒吧,久而久之,他就不会怀疑你。况且你现在能走去哪里?他要挖一个人出来易如反掌,你留在酒吧做场戏而已。"叶世文终于回视程真,笑得痞气,"当然,你这么聪明,肯定会帮我的。我欠你一条命呢,以后双倍奉还给你。"

他不能因为程真这个"意外",放弃自己要做的事。况且事成之后,程真要上九天揽月,他也愿意倾囊购买宇宙飞船。

难道还不够吗?

程真听罢,只觉得心灰:"一辈子也就一条命,你怎么双倍还?"

"有来世的嘛。"

"来世我是人,你是猪,大家桥归桥路归路,免了。"

叶世文只觉得她在闹情绪:"你到现在还看不出我对你有多认真?"

他想与她有未来。

程真却没心情听好话:"杜元是你义兄,屠振邦是你契爷,你跟了他们十几年,你究竟想做什么?"

"我想做人上人。"叶世文敛起玩笑表情,目露凶光。

商场即战场,都是要付出代价的。

程真摇头:"你打算欺师灭祖?你已经入了冯家,房地产也好体育界也好,都是人人想要的康庄大道。你不要,要去走回头路?"

屠振邦,威名赫赫,手段狠辣,叶世文是在拿命赌。

"讲道义,论尊卑,我活不到今日。"叶世文语气严肃,"我要做的事你别问了,知道得越少越安全。"

"那就拜托你,千万不要拖我下水。"她并非开玩笑。

"又发脾气？"叶世文有些无奈。明明一夕欢愉，都深入那般境地了，她还要逞嘴边威风。这个小小女子，软硬不吃，好难征服。

"你们女人是不是天生中意钻牛角尖？你是我的人，你觉得我会看着你去送死？"语气好狂妄。

程真不答话。

每一句搪塞充满大男子主义。他所有的心计筹谋、陈年积怨、家仇血恨、贪嗔痴念，始终不是为了她。无论是冯曾母子，还是屠杜叔侄，没一个能容得下他。原来世上真有人这般背运，要遭两边同时赶尽杀绝。

叶世文，不值得赌上她与程珊的命运。

程真心口却隐隐作痛。

"不开心了？"叶世文叹气，又凑过去，吻她半凉的唇，"只是一年而已。"

"你不是要买蛋挞吗，还不去？七点半，人家要收铺了。"

叶世文下了车。

程真从车内窥见他渐行渐远，视线落到遗留在中控台的 tweety。心跳剧烈，犹豫间，她又抬起头，再去寻叶世文踪影，发现只有车水马龙的路与人。

直到叶世文回来，又送她停车在酒吧后门，程真始终不发一言。

他语气无奈："又要恼，又不舍得走，打算这样冷战到下个世纪？"

程真睨他一眼，拎起那只 tweety："不准弄丢它。"

黄澄澄，毛茸茸，tweety 眼睫长长，小嘴翘翘，叶世文越看越中意——果然物似主人。

"这么大方？"

"不要？不要我收回了。"

叶世文夺过。

程真下车，走了三步，又被叶世文叫住："喂！"

程真转身。

叶世文的手指落在tweety背后的拉链位置，刺啦一声，扯开大半。程真骇然，心脏仿佛搭上失控电梯，从九十九楼猛地往负十八层坠落。脑内回荡尖叫——走，快点走，他徒手就能打死两个大男人，他不会放过你的！

双腿却似灌满了铅，寸步难移，眼睁睁望着叶世文抽出一张黄纸。

"什么来的？"他前后翻看，读取上面用朱砂草写的"平安"，露了抹笑，"符箓？你想下我降头？"

是她当年去黄大阁为林嫒求来的。

程真拢回三魂七魄，咽了咽口水，忍着狂烈心跳："没错，泰国最毒那只邪降，看一眼就折寿二十年，快点塞回去。"

"放心，我会在你身上采阴补阳。"

叶世文喜出望外。以为她恼了自己，没料到她口是心非。这个妖女，肯定是参考了武侠小说里那些女魔头的路数，专门迷魂他这种年轻猛男。一颗心如坐入海盗船中，忽高忽低，总为她一张一缩。十分蛊惑。

叶世文吻了吻这道符，塞回tweety里面，拉起拉链。

"走了。"

程真目送他驾车离去。

"你将这个窃听器放在叶世文身边，电池要记得换。"

"他会发现的。"

"那是你的事。"

"杜师爷，我只做这一次。"

"想摆完就分手？阿真，我还没拿到我想要的，你也别指望拿到你想要的。"

那个拎生果的老人走远，没有车敢挨近他。毕竟孤寡、独居、糖尿肾衰、横街惨死，新闻元素多得足够上三日头条。肇事车主职业身份将被挖爆，连家人也牵连蒙羞。

老人赌赢了。

"你再做一年。"

程真眼里涌出酸气。

"以后双倍奉还给你。"

我的三分真情，权作哄你五秒开心。

由始至终，这条马路，程真要独自硬闯过去。

Chapter 07
虚无缥缈
Wangbei Building

一只玉蝴蝶。纤细的身,优雅的翅。展开,滑翔,又敛翼,穿花,饱尝无数粉蜜,她的甜是天然自得。凤、绢、蚬、喙、眼各型科属,也无法归类她的美。

以足尖步迈出,她轻巧如鹿,一步一转,朝观众与评委示意,在训练有素的微笑中克制亢奋与紧张。

长笛吹出了雀鸟的欢腾——是《梁祝》。

情爱萌动,往往被命运赋予诗意。

她听见了,眉眼笑弯。湛蓝彩带如棒状触角,于额顶抛高。高得要她仰着颈项,挺直腰脊,夏蒂絮步踏踩四拍,走三,并拢,跃起,后腿踢高,指尖抓紧带尾。收回,棒柄执于左手,接华尔兹步,轻快迈三,两周垂直轴转。彩带如蛇,又似藤蔓,缠身而过,不沾蝶翼分毫。

她奔跃起来,腰肢轻扭,以阿拉贝斯克[①]的芭蕾舞姿,定格抛棒刹那。

小提琴在双簧管淡出后加入,低回婉转。

一瞬间回到每个林媛还在世的午后。她持琴伫立,揉弦运弓,纤

---

① 阿拉贝斯克:一种芭蕾舞姿,独脚站立,手前伸,另一脚一手向后伸。

瘦指节因孕晚期而浮肿,却乐于为程真献奏。

"妈咪,不如换一首吧。"

"不好听吗?"

"这个爱情故事太惨,弟弟或者妹妹听了会不开心的。"

林媛笑了。与面前的玉蝴蝶重叠。

小提琴音调高起,是英台。小小女子,身娇志远,决意负笈游学。阳春三月,草长莺飞,在那个记不起名的凉亭里,她邂逅命中注定的山伯。

彩带弧度极大,于左右交替画圈。甩高那刻,她单手俯身撑地,挺紧腰背完成前翻,乘势与坠下的彩带并坐,蓝色波浪在周遭涌起。

小提琴音调又低下去,是山伯。勤勉好学,木讷蠢钝,三番四次与同窗谈理想论古今,偏偏发现不了眼前这位女儿身。原来世间感情也讲求一个时来运到,他注定错失英台。

双簧管插入分节音调。她从坐而起,脚尖后打的同时甩出棒柄,前滚翻后握持,顺曲调伏地躺下,又昂高头。彩带是引路的灯,是指针的旗,是远航的塔,在身前舞动。她以腹部运劲,双腿在身后交叠直起,单手往后扶紧。

翻滚,抬臀,下腰顶立,足尖竖直,一气呵成。

她继续扭动,渐入佳境。年少身姿软而柔韧,无半处赘余,尽是得天独厚与勤学苦练的犒劳。

最后二十秒。她举腿纵轴旋动,波尔卡[①]转身,蝴蝶翅膀迎风而上,腾空了。棒柄再次离开双手,却没有走远,带尾拽而归来,在她滑跪后稳稳回到掌心。

最后一组舞步。她又站起,旋转跨跳并进,接鹿跳,蝶与彩带,

---

① 波尔卡:艺术带操的一种舞步。

竟分不出孰轻孰重。她笑意渐浓,交腿跪下,原地侧躺后跷高脚尖,手心握紧脚踝。

音乐翩然而止。

故事定格在二人初遇,恰似春江水暖,未有任何雨雪冰霜的跌宕,与十五岁少女的纯情曼妙契合。

程珊微微喘息,姣好面庞不敢懈怠笑容。

这只玉蝴蝶太美。

掌声热烈而慷慨,吵得观众席上的程真收回所有感触的泪。

"思辰,梁山伯与祝英台是心甘情愿的,这叫浪漫。"

"心甘情愿一起去死?听上去更惨了。"

"你不懂,爱一个人,为他做什么都值得。"

"所以你一定要为爹地再生一个?你的脚肿到穿不下鞋了,医生说你什么血什么高,我听不明白,反正不是好事。"

"妈咪没事的,放心吧。"

妈咪,是你不懂。

人会变,月会圆,敦厚老实的曹胜炎也能生异心。梁祝之所以浪漫,是因为他们没有好下场,而不是爱情伟大。

程珊在等待打分结果。

场内广播播出分数,她又赢来一阵猛烈的喝彩。粉蓝眼影过分俗气,却强调了她杏眼如水的模样。和队友簇拥,又与嘉宾席上的曾慧云挥手示意。

曾慧云微笑点头,当作回应。这场程珊的表现,她很满意。

"曾校长的得意门生?"秦仁青凑近曾慧云询问。

"是的。"曾慧云难掩骄傲,"今日海城队代表团的几位负责人也有来,我还打算推荐程珊给他们。这两年她的成绩进步很大,很有潜力。"

"代表地区参与世界赛事?"秦仁青挑眉,"曾校长迟早桃李满天下。"

冯敬棠开口:"仁青又在讲笑。"

说者无心听者有意,记者席就在临近区域。

秦仁青哈哈大笑:"谦虚!敬棠就整日只会谦虚!我又不是赞你,我是赞世雄。这次比赛搞得好,明年你们来找我,我要独家资助一次!"

冯世雄立即奉上笑容,却难掩日夜忙碌的疲倦,眼下泛青。还未开口,用手掩嘴,轻轻打了个不礼貌的哈欠:"这里人人做证,秦总到时候不要耍赖。"

叶世文觉得不对劲,冯世雄很少有这种疲态。难道温怡的魅力如此大,能让冯世雄日夜神魂颠倒?

看来蜜罐里喂大的冯公子,抵御诱惑与风险的能力并驾齐驱——低得没眼看。

叶世文给徐智强发短信:去查温怡和冯世雄。

"大丈夫言出必行。"秦仁青侧头回应,"但你要保证到时候个个选手都有程珊这种水平。我看好她,等下我要亲自颁奖给她。"

"秦总,这次你是颁奖给冠军的。"曾慧云解释,"还有几个选手未比赛呢。"

"我眼光一向独到,她摆明冠军相,是哪里人?"

曾慧云答:"祖籍梅县的,家里条件一般,就是有天赋。"

"一般?"秦仁青又笑,"看上去像个富家千金,不似乡下妹。你看,她跟谭志华这个大老板的女儿站在一起,根本没输。"

"只是外形条件稍微优越些而已。"

"过几年,说不定可以去参选选美小姐。"

"仁青再帮我们指点几次,慧云可以转做模特培训班了。"冯敬棠再开金口。

秦仁青听罢，识趣闭嘴。

冯氏一门三人，一个比一个做作，连玩笑也要慎讲。看来冯敬棠的风度维持不了太久，他在介意自己答应要付的钱迟迟未到账。

曾慧云也沉默，心中涌起鄙夷。体操讲求力与美结合，不是富豪选妃环节，秦仁青这番打量，唐突又无耻。满身铜臭的人，闻不出艺术信念的芬芳。

又一名选手上场。叶世文的目光却落在程珊身上。

两姐妹只有细眉圆目相似，程珊灵动，而程真倔强。并蒂齐开，共享一根花茎，果然世事难双全。

一朵大，一朵小。一个极有可能名成利就，一个屈居陋室卖十年酒。

叶世文叹了口气。明知她情愿，却为她心酸。

"阿真。"身后传来熟悉的声音，程真没有回头，戴了顶宽沿渔夫帽，挡住眉眼。她混在观众席内，如沙入海，难寻踪迹。

"来多久了？"

"珊珊出场之前来的。"洪正德挨近程真椅背，"《梁祝》，媛姐的拿手曲，珊珊今日表现得很好。"

林媛文艺感性，曹胜炎是花光十世好运，才娶得这个才色兼备的女人。

而他不珍惜。

"她怀珊珊的时候，就经常拉这首歌。"程真表情淡淡，"这种就是胎教做得好。"

洪正德笑不出来，转移了话题："这段时间，你在做什么？"

自从那晚小巴上不辞而别，洪正德联系不上程真。他知道程真有心回避自己，却没想到前几日她竟主动致电约见。

"做大嫂啊——"程真往后仰，双手交叠在胸。这个角度，叶世文绝对发现不了她也在场，"全海城最靓仔的那位浪子，是我男人，厉不厉害？"

"你在讲笑？"

"那晚你也看到了，不是吗？"

"你想玩什么？"

"玩火，玩自焚，再多烧一次看下能不能死。"

洪正德搬出长辈态度："你这样讲，对得起媛姐？"

"是曹胜炎对不起她，不是我。"

"他是你爸！"

"他杀了我妈！"

"他当时想不开，怕他死了你们都没法脱身！"

"所以就擅自决定一起死了？！"程真音量拔高，"我真是多谢他——"

"喀喀！"

旁席大声咳嗽，又对程真与洪正德抛去鄙夷目光。程真压低帽沿，忍住怒火："我不是来同你吵架的。"

"你知道就好。"洪正德瞄了眼嘉宾台上的数人，"你不要跟我讲，你与叶世文是真的。"

"我连名字都是假的，我能对他有多真？"

程真不愿再望向嘉宾台。叶世文过分突出，明明人浪浮沉，她偏偏能一眼捕捉。

"你找我有什么事？"

"我想入户北边，杜元的手不敢伸到那边去。"程真开口，"入户之后换掉名字。我知道那边在做人才引进，但我有案底，'程真'这个身份很难获批。"

"你无缘无故要去北边？不如直接移民算了。"洪正德费解。

程真翻一记白眼："我全副身家五十万，只够在良城置一间屋，移民还不如偷渡。但珊珊需要进正经学校练体操，我不能冒这种险。

我要你帮我去找良城公安局，你老婆祖籍良城，肯定认识人。"

洪正德意识到事态超出预期："你没有珊珊的监护权，你能走，她走不了。"

"我会拿回她的监护权。"程真语气笃定。

"杜元肯？"

"我有办法。"

"你——"洪正德突然顿悟来龙去脉，语气略急，"你是不是想死？帮杜元做线人，还抛身给叶世文？他们随便一个都可以将你扔到公海喂鲨鱼。"

"我没得选。"程真不愿废话，"一句话，帮不帮？"

场内观众突然哗了一声。正在比赛的选手摔得惨烈，急急爬起，面红耳赤继续跟音乐舞动，却心浮气躁，没有一拍能踩在点上。

程真瞥了眼，视线又忍不住掠过嘉宾台。

"杜元在帮屠振邦准备期货投资公司的事，他们做得很隐蔽，又是自有资金，与日本造船商社关系不大，我找不到机会切入。"

洪正德越讲越小声，眼神在四周游弋。

程真忍不住讥笑："你们商罪科不是应该很空闲吗？这么多时间，还找不到机会切入？"

"你以为那么容易？"洪正德被呛得胸闷，"造船商社供全球的货，二十四个港口，那么多泊位，各国都有关联，没凭没据哪敢大张旗鼓去查？"

"杜师爷酒吧有个女侍应失踪了。她跟了杜师爷三年，估计有漏过风声出去。"

"你把她的资料给我。"洪正德犹豫两秒，还是开口要求，"叶世文与屠振邦没断过关系，他那边……"

"如果你有办法帮我迁我妈咪的坟，别说叶世文，冯敬棠我都可以。"程真语气轻蔑，"你信不信？"

他信。但他做不到。

"媛姐的坟,你也知道是不可能的。"洪正德知道林媛与程真母女情深,"不是我不想帮你,你很清楚当时为什么同意帮杜元认罪,甚至到现在逢年过节还不敢去祭奠媛姐。"

他倒是暗暗期待,若程真出现在林媛坟前,再散播她手头留存证据的假风声,估计能引老蛇出洞——曹胜炎当年咬死是他一人所为。

但程真怕死,更怕程珊出事。

"斩草除根。你已经不姓曹,算了吧,媛姐会理解你的。"

林媛从来都是大方得体的人。哪怕要做世间最孤苦的那座坟,草木萋萋,霜降雨打,未能再见爱女一面,她也不怨命运残忍。

程真眼神黯淡下来:"你不帮我,我自己想办法。"

"你有什么办法?让叶世文帮你迁坟?他如果知道你的身份是杜元换的,你觉得他还会不会信你?"

"你少管闲事,好好想想怎么帮我入户吧。"

又是这种颐指气使的口吻,洪正德忍不住替叶世文可怜:"他竟然中意你,真是瞎了眼。"

"中意?你们男人不过是欲望作祟罢了。"

要洪正德"伸出援手",一向是"明码实价",他可是亲自送曹胜炎入狱的人。

明知当年杜元诱程真替罪,他也只是嘴上谴责,未有过任何实际行动。他对这双姐妹的怜悯,无非是出于旧识道义的歉疚,短暂而无谓。

程真过分清醒。

"你什么时候要走?"洪正德知道二人达成默契,"如果不尽快,我怕杜元会发现你有异心,太危险。"

是她有危险,还是他有危险?程真想讽刺回去,又觉得算了。本就无人真心在乎她的死活。

"最快春节后，最迟明年年中。"程真提醒，"叶世文怀疑过你，又找人跟踪过我。你最好小心点，不要再被他发现我们见面。"

"怀疑我？那晚我没出过声。"

"他会记住你的。"

就像当初记住她一样。

程真笑了，笑意隐没于稀稀落落的掌声里。老天从不厚待弱者，她在这个黑色旋涡苦求一线生机，连叹息都要格外谨慎。

洪正德对程珊颁奖礼不感兴趣，交代完就离场了。

程珊换下比赛服，头发依然扎紧，妆容未卸，靓丽稚气。

秦仁青为她戴上冠军奖牌。

有观众在奏乐之后开始离开，懒得去看嘉宾大合影这种无聊环节，又酸溜溜地边走边讲："都不知道是不是内定的，我看那个冠军有两次差点踩出界！"

"你妒忌人家长得比你女儿靓而已。"

"我亲眼见的，她的尾趾踩到白边了！"

"哇，离这么远都能看清？奥运会还没邀请你去做裁判吗？"

程真款款走下，站到离台前最近的围栏位置。

台前一众嘉宾在听候摄影师的安排。曾慧云已封过利是给媒体，今日务必替冯世雄第一次举办比赛拿下各路头版，上镜绝对要靓。

"我们先合影一张，来，珊珊你站在曾校长旁边。"

程珊却瞥见观众席上的程真，毫不犹豫，立即从颁奖台跑了过去。

"家姐！"她似离群的燕，身姿轻盈，一步一跳，笑容甜过今夏海滩边第一口沙瓤西瓜。程真忍不住张开手，让她扑入自己怀里。

"思辰，如果有一日我不在，你一定要照看好思娴。"

"妈咪，不会的，我们三个永远会在一起。"

"我怕我来不及，他在想办法转移证据和财产。"

"那你等我，我去偷他的钱，到时候我带你同妹妹走。"

程真摸上程珊粉白的脸颊，认真夸奖："今日表现得很好，恭喜你拿了第一。"

"家姐，你看！"程珊把奖牌递给程真，"这次没奖励手表，我把奖牌送给你！"

摄影师忍不住喊了一声。程珊回头，见人人都在等她，又觉得不好意思："家姐，你等我一下！"

"程真，你也一起过来吧。"曾慧云开口，又转头向各位解释，"她是程珊的家姐。"

众人不置可否，唯独叶世文一脸似笑非笑的表情。

程真没有推拒，怕曾慧云尴尬。她半低着头，自觉站到合影群众的最角落处，摘下渔夫帽。一只大手从身后覆上腰侧，她已嗅到男人身上熟悉的味道。

叶世文从她家里顺走两个檀香调的固体蜡烛，摆在车内，染一身薄薄气味。

"我没偷，我问过你的。"

"我没同意！"

"那也不算偷，叫'抢'。你语文水平好差，我送你去念夜校。"

程真勉力保持表情，脸颊微热，探掌去掰这个登徒浪子的手。

"大家站得靠前一些，再前一些。"摄影师急急指挥众人。

叶世文不接受程真的反抗，带茧指节摸入她的指缝，交错，握上，身体往前贴。细白手背触及绸面衬衫下微微起伏的腹肌，热度、硬度、美观度，皆属上乘。

"放手。"程真咬牙警告。

"程珊果然比你靓女。"

叶世文对镜头微笑。

"仔细看，冯世雄也比你靓仔——唔！"程真忍下痛叫。

"你什么时候盲的？呲！"叶世文忍下痛叫。

摄影师终于舍得收工，挽救一场断手惨案。众人作鸟兽散，记者争相访问曾慧云，围了半个圈在台前。她搂着程珊的肩，状似母女，形同姐妹，亲密得难舍难分。

爱徒出众，为师的自然骄傲。

"我们在去年重金聘入外籍的教练团，无论是艺术编排还是动作难度的提升，都有了质的进步，程珊是这次师资引进中最具代表性与突破性的学生。"

记者向程珊发问。

教练早已交代过应对话术，她也不算怯场，乖乖回应："这次比赛能有这种成绩，最辛苦与最感激的人其实是曾校长。"

秦仁青一向厌恶记者群体，抬眼望曾慧云三秒，立即收回视线。

"我这双手今日颁过奖给冠军，手气绝对好，你们两兄弟今晚想去永利皇宫还是威尼斯人？"

冯世雄流露尴尬。当着曾慧云的面，想去也不敢开口。况且他明显感觉自己在出虚汗，恐怕熬不到晚上就要回办公室吃一剂续命。

温怡，那个美丽恶毒的贱女人。

"你在不开心什么？整条船最靓仔是你，脸最臭也是你。"温怡的声音娇滴滴，"要吗？"

烟盒从她手上递出。

冯世雄眼内流露惊艳，无形间被她逗得嘴角上扬："没心情。"

"那吃糖吧，吃不吃？"

"什么糖？"

一记香吻落在他唇角。烟味夹带甜气，她像一颗即将爆出蜜汁的熟透粉桃，悬在高处，蠢蠢欲动，只待他来摘取。

"甜吗？"

Chapter 07　虚无缥缈

他主动吻了回去。

那夜实在太失意。冯世雄被烟蒂上那抹唇印蛊惑,就着温怡吸过的滤嘴嘬了一口,一口,又一口。

她衣着得体,又说自己是兆阳职员,负责商务谈判,冯世雄也就放下了戒心。

事后冯世雄想去兆阳挖人,却忙得没有时间。终于逮到机会旁敲侧击陈康宁,他却声称没有印象。

陈启明,挂着办公室经理头衔,一向尸位素餐,职业道德就是保持失职。

冯世雄再也找不到温怡。

翌日临别时,温怡把联系方式给了他。是他没忍住,起初以为只是一包新款烟,在国外念书也越界玩过。直到发现瘾劲入骨,他浑身冷汗。

浪子回头只需戒色,而他回头,要戒命。

冯敬棠早在颁奖前就已离场。慧云商事变更办妥,他没有与曾慧云继续争这口气。来观赛只是为了赞助商及媒体信服,冯敬棠三个字,就是生招牌。

他是为儿子第一次举办赛事,留几分情面罢了。

临走前还当众与叶世文耳语一番,根本不介意曾慧云脸色如何。

叶世文见冯世雄不出声,主动应下:"当然是威尼斯人啦,荷官[①]身材正啊。"

"是不是真的?"秦仁青笑了,"世雄,你这场比赛办得好,今晚我做东,你也一起去。"

---

① 荷官:又称庄荷,是在赌场内负责发牌、杀(收回客人输掉筹码)赔(赔彩)的一种职业。

曾慧云的助理唐玉薇出现，适时替冯世雄开脱："冯生，校长叫你过去接受访问。"

"不好意思，秦总，我要先过去。"

秦仁青点了点头。

程真站在旁边没走远，重新戴上渔夫帽，对这番对话摆了副嘲讽表情。眼见秦仁青与叶世文一同离去，十分钟后，她手机收到信息：放心，吹水而已，我今晚只玩不吃。

叶世文发完信息，打开自己副驾驶的门对秦仁青说："秦叔，上我车，请你去蛇窦食野味。"

秦仁青对身旁秘书挥了挥手，直接坐上叶世文的车。

"不用去罗湖就有得吃？是真的？"

"保证是真的，珍珠都没有这么真。"

叶世文收到程真回复：你就算去吃屎也不关我事。

秦仁青自说自话，没留意到叶世文表情异样："世文，现在政策宽限，我的期货经纪公司增资扩股，光是做绿豆这个品种，我赚了——"他用手指比了个数字，"上证指数破了两千，但涨幅还是比不上去年。夏城已经筹备停发新股，估计创业板很快要上，再玩四个月就是大限，我的资金很快回笼。听说你们在筹备奠基仪式，这么急开工，钱到位了？"

叶世文低头回复信息，顺口敷衍秦仁青："自有资金还有些可以周转。"

秦仁青的贪念为叶世文赢得时间机会，冯敬棠终于肯让他与那位金发碧眼的 Rex 对接。

又为了满足冯敬棠套现心态，私下定标，五期规划全部由叶世文名下的另一间建筑公司承建。

甲乙双方都是自己人，才能称之为懂行。

"阿爸，钱就是从左口袋进右口袋，你不点头我不会轻易处理的。

兆阳大部分股权借陈康宁名义把持在你那里,你不用担心。万一银行真的要查,也只会查我这个投资公司的小股东而已。"

地块闲置十年,面对经济下行,冯敬棠怕战线太长回本艰难,等不来秦仁青。从傀儡到实控,叶世文有把握过年前让冯敬棠双手奉上所有。

他要一人鲸吞兆阳。

"我看你舅父的意思,是全权放手给你去做了。你手头有这么多钱?"秦仁青诧异,"把持几个亿你跟我讲不玩期货,衰仔,你不当秦叔是自己人。"

"几个亿?做地产都是以小博大,谁会花几个亿去造势?"

叶世文放下手机。

"我舅父找了几个不入流的八卦媒体和二手中介吹一吹风,就说水阜区要搞旧城改造。那些扎居在老街旧巷的三流白领全部要找地方搬,原居民也会在周边找新屋,怕到动迁的时候再找就找不到了。一来一往,供应出现稀缺,价格自然暗抬,这些就叫行规。行规就是人气,人气才能变现,全部引流去我们那块地。

"他说再请个歌手做场 show(演出),搞好访客动线。包十来辆巴士从金安接些阿伯、师奶去洲界看荒地,沿途有山有水有树荫,靓不靓?售楼现场直接帮你凭空做城市规划,2005 年洲界极有可能与夏城通车,这块地接驳北边人口需求,你猜他们会不会心动?中午每人赠一份咸蛋肉饼碟头饭,再大方点,我们加多碗西洋菜煲陈肾汤,才需要多少钱?"

叶世文挑眉:"秦总,买楼这件事,人人都以为买的是地段,想博升值。我们做发展商卖楼,卖的不是楼花,而是预期,希望越大,钱银越多。"

秦仁青笑得停不下来。这哪是地产行业的低等经营学?这可是全世界有钱人的发家致富经——赚钱全靠信息不对称。

"世文,你们冯家不发达谁发达?以后富贵了记得学那些大亨,买几个博士学位装身。身份即是地位,有头衔才有特权,人人见到都要喊你 Dr. Ip[①]。"

叶世文没理会这个笑话:"你这么八卦,是不是我契爷斥巨资请你做线人打听兆阳的事?看来今日这餐饭应该你请。"

他惦记冯敬棠离开时那句话——再催一催秦仁青的钱。

"我跟你舅父是一单,跟你契爷是另一单,牛头不对马嘴,你想这么多?"秦仁青听得出话里有话,"我还想跟冯总多做几年朋友。他不中意屠爷,我心里有数的。让你舅父放心,答应你们的钱,讲好年底前,绝对不赖账。"

叶世文只笑不答。有钱就是朋友,没钱就是不熟,秦仁青的分寸源于打得精明的算盘。

此时,程真手机又响。

叶世文发来一句:赢了钱分你一半,要不要?

她回复得很快。

叶世文点开信息:。

句号?她只复了个句号!

叶世文当即决定,必须送程真去念书。

第一课,先学会讲甜言蜜语傻猪猪。

内环区金融街,国际金融中心一期。

叶世文在电梯内照镜整理衫领,又拨了拨头发:"傻强,你觉得我剪这个发型,有没有比港星靓仔?"

他的胜负欲已接近离谱那种程度。

---

① Ip:当地方言里叶姓的音译为Ip。

全因程真随口一句"他比你有型"。叶世文听了不满,她便添油加醋——港式摇滚,电到她晕,弹吉他的手势好 chok①。

叶世文快三十岁的人了,现在报班学吉他?好丢脸。

"有。"徐智强手捧沉重贺礼,语气无奈,"文哥,你从来没怀疑过自己的美色。你是不是被程……"他顿了顿,"阿……"又顿了顿,"真——唉!她比我还小四岁,叫姐我真的叫不出口!我到底要怎么称呼她?"

电梯门打开,叶世文大步迈出:"当然叫阿嫂,你还想叫什么?"

"上次你又说——"徐智强立即闭嘴。

十七楼走廊内,两排花篮缀红底金字贺语,溢美之词远胜娇艳的花,一句比一句气势磅礴,仿佛在贺玉皇大帝宫殿乔迁。礼花刚刚爆完,铺一地金银蓝红长长短短的彩屑,无明火无烟雾,比炮仗环保。

回到十年前,屠振邦必定要在祠堂门口拿竹竿吊高九十九响"大富大贵",不烧到半村人耳鸣,绝不罢休。

商界大佬,也会与时俱进。

"契爷、秦叔、元哥。"叶世文逐个打招呼,又见熟人,"陈姐也来了。"

双开玻璃门内,陈姐一身粉衫,也凑个喜庆彩头。使唤完两个年轻同事搬走切开的乳猪烧肉,她收拾着不能在高级写字楼焚化的纸宝,抬眼一看是叶世文,立即露出笑容。

"文哥仔,一大早就迟到,下午要回祠堂上香,记得准时。"

屠振邦对传统文化可谓不离不弃,只有陈姐能应付他的所有要求。

"靓女开口约我,当然不会迟。"

---

① chok:意思是耍帅、摆酷、放电,抢占他人视线。

"油腔滑调!"

杜元先看见叶世文,却没答话,只是点头。屠振邦与秦仁青正在谈笑,转身就见叶世文到了,佯装恼怒:"衰仔,这种日子你也迟到?"

"契爷,我要去选份大礼贺你,当然要花时间。"叶世文奉上那盆冠幅茂盛的罗汉松,"这盆在良城陈村养足两年,从最贵那棵长青杉上扦插过来的。景德紫砂盆属水,深色绿针叶属木,承上启帆,如水载舟。契爷,你这间公司是巨轮,注定一日千里,左擎天右接地,包你旺到下世纪!"

"养你十几年,就只会吹水哄我!"屠振邦爱听好话,早已笑得皱纹飞扬。

秦仁青也笑:"我看世文是深得屠爷真传。这盆罗汉松,不得了了,快点搬去办公室。"

杜元对叶世文早有嫌隙,经那夜发酵,只勉强维持表面客套。他与另外的人在交谈,始终不插嘴叶世文的话。

"文哥,先签名吧。"一旁有人递上签到帖。烫金红底,比婚宴喜帖惹眼,简直不伦不类。叶世文隐下嗤笑,对屠振邦这副做派又添了不少讥讽心态。

他还未接过笔,抬眼就问:"这位是?"

这人叶世文不认识,他却认识叶世文。

"我从摩亚挖回来的操盘手,杨定坚。"屠振邦主动介绍,一副十足信任的模样,"他父亲以前是明星股票经纪,定坚是青出于蓝了。这个就是我跟你提过的世文,以后多帮我指点他些,我还想他快点储好老婆本,生两个孙给我抱下!"

"屠爷太看得起我了。"杨定坚主动伸手,"初次见面,文哥,幸会。"

徐智强轻笑一声,又在叶世文身后假装咳嗽,掩饰过去。他不用回头,也知道兄弟在笑什么。

这人若改姓刘,那这个名真是一绝。

"杨生一看就比我成熟稳重,受不起'哥'字,叫我世文就行了。"

叶世文伸手反握,摸到杨定坚无名指上的婚戒,看来还是个颇讲体面的人。叶世文再拿起笔,却迟迟不动:"记号笔太难写,万一签了个丑名怎么办?"

"就你多事,你那手字,用康熙的笔也写不好看。"屠振邦只当叶世文又在嬉闹。

杨定坚十分识趣,从西装上袋抽出钢笔:"世文,不介意用我这支吧?"

叶世文毫不客气接过,写毕,又礼貌归还回去。

秦仁青拍拍叶世文肩膀:"我带你看看办公室,秦叔今日教你什么叫国际化风水。"

这处简直金碧辉煌。接轨国际,彰显品味,有白墙的地方就有油画,有展台的地方就有雕塑。三分之二的职员有着异域肤色,浅发碧瞳,五官刀凿似的深邃。经秦仁青介绍,才知道有不少人是杨定坚从摩亚带过来的。

叶世文从不质疑屠振邦对摆脱旧身份的决心,只是想一探究竟,是何等庞大的利益,能驱使屠振邦执着到底。

他也决意一尝暴利的滋味。

黑白灰三调,摩登落地窗,连前台也雇了个金发女郎,通晓三语。

秦仁青领着叶世文从会议室出来。

"做期货交易,人手不用多,最重要的是精英气派。"秦仁青二十年前就做无本投资,简直深谙其道,"如果工业革命起源地在这里,现在全世界都讲'冚家富贵'。谁有钱谁话事,大国小家,不外如是。"

叶世文大笑："秦叔，最近做铜做金，还是做原油做豆油？对冲选什么好？"

"这种问题当然要去问定坚。你问我？我只会讲做铁矿石！"秦仁青笑得开怀，"现在这个时势，欧洲房价跑赢通胀，美国还是牛市，国际建材这个大盘绝对稳得住。日本战败那波房屋潮纯属回光返照，东南亚只有新加坡有实力在金融风暴中重振，外汇优势明显嘛，房地产到时候绝对有人买单。"

若真有人要，那个名盘灏景湾，就不会被全体负资产业主称作"浩劫湾"了。

铁矿石这种标的货品，耐存耐放，但国际运费成本偏高，货期又长，不像秦仁青快买快卖的做派。叶世文笑笑，听完就算。

秦仁青打开右侧办公室大门："世文，我特意叫人留了一间给你，欢迎随时加入。你先坐一会儿，我还有两个朋友要过来，等下介绍你们认识。"

"好。"

窗明几净，还能观景。一屋纯白家具，按曼哈顿标准打造。大班椅讲究舒适宽敞，电脑大得惊人。你只要落座，签名，饮美式，接电话内线——"Kelly，叫那个Alex鲍明日不要上班了，fire（解雇）他。"你就是成功人士。

牛皮沙发，手工缝制，针脚细密，入座闻一闻，哇，是金钱的香气。

几分钟后徐智强灰头土脸过来，见叶世文坐在沙发，杯内红酒已空，正在悠闲阅报。他抬眼，示意徐智强关上房门。又用手一指，徐智强拉起窗上的百叶帘。

"文哥——"

叶世文却摇头，双手开始在沙发缝隙摸索。

徐智强意会，立即地毯式排查房内各个角落。摆设，挂件，桌角椅背，只差把那盆发财树的湿泥挖尽，看看里面有没有窃听窃录器材。

"文哥，clean（安全）。"

叶世文松了口气："无端端讲英文？怎么，前台那位对你青眼有加？"

"别说了，粗口比我还地道。"徐智强顿感尴尬，"我还是中意柔柔弱弱那款。搞母老虎，分分钟没命。"

叶世文剜了他一眼。徐智强不再多嘴。

叶世文走到窗边，拨开两片窗叶，隔着开放式办公区，望见杨定坚。屠振邦的手拍在他肩上，一副委以重任的模样，不知在交代什么商业机密。

"傻强，去养和医院查一下这位杨生老婆的排班时间。"

"杨生老婆？"

叶世文坐回沙发，拿起那份《经济日报》，却无心浏览："他那支钢笔上面有养和医院的缩写，是内部用笔。他随身携带，婚戒不离手，肯定是老婆要求的。"

一个是金融资本操手，一个是私立豪院医生，牵线搭桥的最佳拍档，自然要无时无刻帮对方打广告揽生意。

婚姻讲利益。

"你要做什么？"徐智强疑惑，"他老婆最多就是一个医生，认识些去保养身体的富商名流而已。"

"拿他老婆的排班表，她哪日上班，你就哪日安排个靓女去找她老公。"叶世文又补一句，"要刚做事的新人，选一个醒目的。"

秦仁青摆明与屠振邦共乘一条船，只讲钱，不讲真话，叶世文要从这个杨定坚入手。

徐智强也落座，却忍不住揶揄："之前跑马地叫你选个靓女，你又不要。找了阿嫂，又被她威胁……"

叶世文卷起报纸，打在徐智强头上："你找个靓女去做侍应，是怕秦仁青留意不到她？做什么事用什么人，跟我这么久，一点长进都没有！"

"你意思是阿嫂不靓咯。"

"她那种叫可爱，你懂什么。"

细看那张脸，眼圆唇翘，虽不是艳冠全城，也称得上可爱动人。要是嘴甜些，叫他"老公仔"而不是"死仆街"，那就太完美了。

"好肉麻，求你收声吧。"徐智强摸摸手臂鸡皮疙瘩，顺口讲下去，"都不知你俩结婚的话，会生个什么怪物出来，好在你们不想要孩子。"

叶世文显然一怔，语气流露质疑："你什么意思？"

徐智强慌了："我讲笑而已，你这么靓仔，阿嫂这么聪明，生出来绝对是人中龙凤！"

"不是。"叶世文脸色阴沉下来，"谁跟你讲我们不想要孩子的？"

程真不可能与徐智强分享此事。

"阿嫂去打避孕针嘛，我以为你们两个商量好了。"徐智强眼见叶世文表情不对劲，越讲越小声，"她只是六月的时候打过。"

"她去打避孕针？"叶世文音调低下，情绪却燃起，"六月就去打了？"

原来程真早已做充分准备——准备好与他毫无瓜葛。

"她之后就没去了。"徐智强小心讨好，"可能阿嫂改了心意，想要呢。"

"改心意？"叶世文勾勾嘴角，笑得足够嘲讽，又拿报纸去打徐智强的头，"她会改心意？她那种人会改心意？是她发现你跟踪她，把你甩掉了，傻强！"

徐智强抱头躲避，不敢再乱开口。

Chapter 07　虚无缥缈

叶世文胸口一团闷气萦绕，不知该如何发泄。是他搞不懂程真，还是程真从不肯让他搞懂，越想越觉得怒火难平。

她不想与自己有未来。

这个念头一起，叶世文的声音跌入寒武纪："你后日下午帮我去接她。"

"文哥，后日是中秋。"徐智强冒了半身冷汗，"是媚姨的……"

死忌。

徐智强不敢讲出这两个字。

"我知道。"叶世文从窗帘缝隙瞄见秦仁青遣了随从过来。他立即调整自己面部情绪，打开大门之前抛下一句："你接她去泉岭，让我妈见一见她。"

程真从车上下来。

她只睡了五个钟头。昏昏沉沉，疲倦不堪，却仍按礼数，穿了身黑裙，捧一束白菊。

徐智强在电话里被她震慑了十几分钟，直到他说："阿嫂，今日是文哥老母的死忌。"

"……你不早讲？"

"是你不给我机会讲。"

时至中秋，却逢天色阴暗，鸦未栖枝，月未上树。

秋风已起，石门咀、天后宫、春草街、鲤鱼道，甚至水衣路上的市井街头，横巷私窦[①]，也有了黄柚与紫苏叶的香气。一个经麦芽糖浸渍，一个拌田螺爆炒，两种迥然的烹调方式，在这个月圆之日碰撞。

你惯爱哪种味？都不爱？不要紧，食物穿肠而过，甜酸苦辣咸，

---

① 私窦：指舒服、安全的地方，也可称为私人空间。

蒸炒焖炖煮,只存下记忆与可降解残渣,多么环保。

如同墓地。

程真远远看见叶世文站在墙前。他也穿了一身黑,知道程真走近,却没望她,直至她站到身旁。

程真弯腰摆下花束,终于相信叶世文那句话——我妈是我见过最靓的女人。

旧照而已,四四方方,却框不住一个女人的绝色。多一分嫌俗,少一分嫌寡,三十七岁寿终,是老天爷太小气。程真必须承认,叶绮媚比林媛还美。

叶世文这副皮囊,真是上世积了大德。

"不叫人?"叶世文低头去望程真,"这么没礼貌。"

程真睡眠不足,语气慵懒:"我叫了,你听不到,她听得到。"

"叫什么?叫阿姨还是叫阿妈?"

"阿姨。"

叶世文伸手揽着程真肩头:"叫阿妈。"

"不要。"

"叫。"

"不要。"

"怕羞?"叶世文轻笑,"你迟早都要叫她做阿妈的。"

程真想打哈欠,又觉得不礼貌,深深呼出一口气宣泄困劲:"是不是每个带来这里的女人,你都要逼她叫阿妈?你有没有问过你妈愿不愿意听?"

"没。"叶世文松开手,直接坐下,脑袋旁便是叶绮媚照片,"我没带过其他女人来,你是唯一一个。"

他不是讲第一个,而是讲唯一一个。

程真立即困意全无。她半低着头去看叶世文,一瞬间竟觉得这对母子同时在紧盯自己,难免有些毛骨悚然。

"哦。"她只找到这个字眼回应。

叶世文仰高脸:"你跟我妈解释一下,为什么不让她抱孙?"

"你发什么——"程真咽下后半句粗口,以免惊扰周遭安息的魂魄,"这也关我事?"

"你瞒着我去打避孕针?难怪这么长时间,居然一点动静都没有。"

程真听得脸颊微红:"这种问题,你觉得适合在这里谈?"

这是坟地,不是产房。

"我觉得很合适。"叶世文态度轻佻,"你欠我和我妈一个交代。"

程真无话可说。这个男人摆明玩幼稚,扮委屈。哪有人及得上他的思路离奇,厚颜无耻?

她只是出于对女人的怜悯,答应来送一束花。她不是来受审的。

"我不中意孩子。"程真显然休息不足,又懒得应付,"没兴趣做人妈。"

"你是不中意孩子,还是不中意我的孩子?"

叶世文的眼神阴沉下来,像天角压顶的乌云,逐寸挤走空气。

程真不答。她只把视线落在远处,远到无穷无尽,去躲避这个问题。良久,像下定决心般,她把头转了回来。

"不打避孕针,生个私生子出来?"程真强忍住对叶绮媚的莫名愧疚,"一出世就没老爸,还要受人指指点点。擦屎擦尿,供书教学,鞍前马后十几年,我花多少钱他都不会还。随便病一场,两母子连去医院都没钱付诊金,抱一起哭,求佛祖开恩,很好玩吗?"

"你当我死了?"叶世文压制怒火,"你觉得我不会对你负责?"

程真挑衅到底:"对我负责的人,不会叫我在杜元酒吧继续上班。"

"你有没有搞错,就因为这样?"叶世文终于忍无可忍,站了起来,"你是不是脑容量有限,永远只记得这件事?"

他来回踱了几步,突然扯紧程真手臂:"不对,你六月就去打针了,你是从一开始就不信我!"

"是又如何?"程真甩开他的手,"你自己呢?你信我的话你会找人跟踪我?"

"我是在保护你!而且我不找人跟你,我怎么知道你又去做兼职?讲好我养你的,日熬夜熬,黑眼圈又大,瘦得跟女鬼一样,你从来都不领我的情!"

做男人做到这个地步,叶世文觉得好没面子。

"一开始利用我的是你,威胁我的是你,现在讲保护我的又是你!"

叶世文恨极她这副脾气,他早就转变态度,是程真不信。

"之前是之前,现在是现在!"叶世文把程真扯到怀里,用尽力气钳制,"你不要以为我每次都能容忍你!"

"我不是蝴兰街花钱就能包夜的女人!"程真不忿的眼光在他脸上审视,"我想做什么,轮不到你来决定!"

"你信不信我现在就让你怀孕?绑你十个月,你不想生都要生!"

"来啊——"程真誓不低头,"看下我生出来的,是不是要像你这样!伏低做小,左右逢源,为了利益拿命周旋,谁都靠不住,谁都信不过!我以后连收尸都不知道要去哪里收!"

叶世文只差半秒就要彻底发火。他忍受不了自己对程真的感情,像投石入海,毫无回应。

"你是不是担心我?"叶世文声音低下来,箍在身上的手臂泄了力。

程真的怒火也软下来:"我懒得理你,最好死在太空,以免污染地球。"

"我死了,你很开心?"

"开心,还会开香槟。"

"你可不可以讲一次真心话?"叶世文似被她挥拳砸凹胸腔,闷劲难消,"就一次,你好好讲话,不要总是激我!"

程真没有抬头。

来坟场谈心?这种绝妙桥段应该纳入深夜交通电台栏目,让的士司机在滂沱雨夜壮胆。后排乘客长发飘飘,一身红衫,递出印着天地通的巨额冥币。不必惊慌,直接收下。

反正你也没法找零。

共坐一程,也算缘分,每只"鬼"都有心事罢了。

程真的额头抵在他左胸,开口:"我怕死。"

"怕你死,还是怕我死?"

"都怕,行不行?就是怕突然有一日找不到你,行不行?那个是屠振邦,不是路人甲,你想死我不会陪你的!"

这是胆怯?分明是示爱。

叶世文突然觉得左胸好暖,被野兽舌苔上的倒刺温柔碾过,摩擦生热:"我不会出事的,也不会让你出事,我保证。"

"电影里面每个反派都讲这句,下一秒就死无全尸了。"

"叫你讲真话,不是叫你咒我。"

程真见他态度软了,双手摸在他腰侧。来来回回,是少女诱情郎口供的姿态。

"那你也没跟我讲真话。"

"你想听什么?宝贝真真?乖乖老婆?宝贝,爱你到永远——"

程真听不下去:"我想吐。"

"⋯⋯实不相瞒,我也是。"

程真的指甲来回刮弄他脐上那颗钮扣,有些得逞的窃喜。

"那你告诉我,你与屠振邦之间究竟发生过什么?"

叶世文手臂收紧。缠在臂弯,长长一头黑发,缠、软、柔、韧,织出绵密情网。罢了,哄她这次又有何妨。

"就这些？你只是想知道这些？"叶世文想笑话她小事化大，"我五岁认识他，十岁上契，十七岁他赶我离开他家，讲完了。"

"不止这些。"程真手指收紧，"现在呢，你跟他在做什么？"

"冯敬棠好面子，不允许自己的人与屠振邦有牵连。屠振邦贪钱，又不舍得我这条冯家的水鱼，我不过是戏演两头罢了。"叶世文斟酌再三，"屠振邦的期货代理公司私下拉拢了秦仁青，我不敢贸然加入去玩。派人去套他们那个操盘手杨定坚的口风，很有可能与那家造船商社有关。他想做干净生意，一定会走捷径，秦仁青很关键。

"这些都是后话，我现在没太多精力去顾及屠振邦，只能暂时这样。洲界宗地很快要面世，我忙不过来，还要应付你这个麻烦精。"

叶世文真想咬她一口，看看她那颗捂不热的心，是不是流黑色的血。

原来又是这个秦仁青。

程真知道关键所在："洲界那块地，你们不是要借秦仁青的钱吗？你不怕他跟屠振邦合伙？"

"怕。"叶世文坦白，"我只是兆阳的小股东，况且那笔钱到时候会入冯世雄公司，明面上与我无关。"

程真诧异："明知自己股权少你还给冯世雄？他会好心吐出来？"

"他不会得逞的。"叶世文见程真想问，立即打断，"其他的你先不要过问，我以后再跟你讲。"

再等一等，等他有把握照顾好她，他什么都愿意讲。

这十年的心酸忍耐，只想与她一人倾诉。

程真只好罢休，小心试探："那杜师爷呢？"

"他是屠振邦的开山刀，专门拿来斩我的，你信不信？"

"我信。"

"他与我面和心不和很多年了。讲到底，昌岸码头那晚还要多谢你呢。"叶世文在程真脸上用力吻下去，印出淡淡红痕。

程真剜了叶世文一眼，低声开口："其实你已经回了冯家，冯敬棠也很器重你这个外甥，有这一份还不够吗？"

叶世文反驳："不够。"

"阿文，做人不要太贪心，会出事的。"程真实话实说。

"真真，你不明白。"叶世文摇头，"人人都讲我妈出卖色相，只有我知道她不是自愿的。我被迫认契爷，也不是我自愿的。这个世界弱肉强食，你今日认输，明日就尸骨无存。他们欠我的，我一定要拿回来，就算是你也不能阻拦我。"

叶绮媚在坟里沉默。被冯敬棠遗弃的女人，下场堪比大佬惨遭暗杀后的遗孀，三教九流都要凑上来，掐她，撕她，听她哭，又强迫她笑。

在那间小小士多店内，叶世文发誓要拼命长大。吃许多饭，饮许多汤，撑到胃痛，不只是为了赢冯世雄，更是为了做不受欺辱的人上人。

一双母子，靠血脉延续不甘与仇恨。程真难以追问下去，唯有伸手轻轻抚摸他起伏的后背。

做惯大姐的人，既霸道又心细。程珊因各种原因哭得上气不接下气时，她也会这般抚慰，哄小孩似的，给足耐心。

珊珊是真小孩，眼前这位是超龄儿童。

"阿文，不讲了。"

她好温柔，简直难能可贵。叶世文沉默许久，才说一句："我没事。"

"我知道。"程真为那道疤说的谎，也揭了他的疤。

"以后想知道什么就直接问我，好不好？"叶世文发完脾气，竟有些挫败，"不想跟你吵，每次都输。"

当然好，好到不得了。这声线像催眠，程真也坦白："我不想二十出头就做母亲，过几年再说吧。"

再过几年，也不知大家到底是何光景，理智始终战胜情感，她谨记自己的选择。

这个诺言，虚无缥缈，直飞外太空。

叶世文却起了担忧："那些针会不会有副作用？万一打完你身材缩水怎么办？我避孕算了。"

程真拍了他胸膛一下，像在撒娇："……我不指望你。"

叶世文抓紧她的双手："你再给我些时间，最快明年，我请十个八个人来帮你调理身体。保证一索得女，最好是孖女。"

"发神经。"

"没反对就当你认了。"他伸手去摸程真的脸，又捧起，在额头赠吻，"真真，我在我妈面前发誓，我一定会娶你。"

带来的米酒是为了祭奠，倒像叶世文喝个精光，醉语连绵。

爱河里的男人，就是猪八戒与蜘蛛精共浴濯垢泉，一个字——痴。

程真霎时脸红："乱发誓，你小心走出去就遭雷劈。"

"放心，你这么矮，不会劈到你身上。"叶世文笑了，搂着她的肩就往出口走，"见完我家长，要去见你家长了。你爸妈葬在哪里？择日不如撞日，现在就去祭。"

程真慌了："他们……他们葬在乡下！去不了，太远了，又要爬山又要涉水！"

她自己都不知道档案里的假父母到底身葬何处。

叶世文停步："真的？"

程真点头："真的。"

"想见不难，我有办法。"

"你有什么办法？"

"到时候再说，今晚八月十五，我带你去赏月。中意哪间酒店，望海还是望山？由你选。"

"不要，我要回家。"

"大家这么熟，我实话实说了。不是嫌弃你那间屋，但真的隔音好差。你楼上那个学生妹每次见到我，眼里都写着'淫贼'两个字。"

"你确实是。"

午后日头破云，犹如刺客亮剑，一道道光打在眼睑，十分吸睛。九月，金气盛，肃杀季节，墓地被时令注入养分。照片上，孩童老人，牙齿脱落，咧开嘴笑看这一男一女耍花枪。

你看，还是做人好玩。

Chapter 08

红尘

Wangbei Building

"阿嫂，你信我吧。全观街最准就是这位神婆，人称四姐，一听名字就知道肯定有实力！"

"……"

"我花了不少人情才问到她的地址。"徐智强从口袋掏出一张自烟盒撕下的废纸，边看边念，"观街榕树头西南方向，走一百八十步，斜对面洪鸡士多左侧步梯，二楼C单位，门口挂十字架那间。"

"……神婆门口挂十字架？"

"它上面就是这样写的嘛。你看，到了！"

门刚打开，程真的表情像宿醉醒来发现自己身处警局——我到底喝了多少才会来这里？

百呎客厅，左墙挂鹿头，右墙悬双斧，垒得四处皆是的古旧书籍，在袅袅香烟前浩渺失真，恍若误入聊斋秘境。

"来来来，坐坐坐，不用客气，吃水果！"四姐敷白脸上两道悠悠扬扬的眉，一身波西米亚风长裙，夹趾黑拖，人在怀吉地，心在兰卡威，"我这里三四年都没有客人了，一下子来三个人，你看，显得我屋也窄了！"

程真睁大眼望向徐智强，一脸震惊。说好的全庙街最准，竟然无人问津？！

同时入屋的叶世文却对餐边柜上的雕塑十分感兴趣："哇，四姐，这个在哪里买的？不错喔。"

"我老公朋友送的结婚礼物。"四姐眉开眼笑，"听说是在埃及出土的。"

徐智强也凑上去看："咦？上面贴着made in Vietnam（越南制造）1998？"

"呵呵呵，可能是我记错了。"

程真好想走。

"你们是哪位想问事？"四姐的目光落在一言不发的程真身上，"我真是多此一问了，这位靓女，一看就知道是你有心事，快点过来。"

程真反驳："我没有。"

叶世文直接把她从沙发上拉起，半推半拥到黑桌前："不用怕的，我在这里。"

"我不要，走吧。"程真不肯。

"你就当玩玩咯，来都来了。"

程真靠在他怀内推搡："哪有人玩这些的？"

"见自己父母亡魂，你怕什么？"叶世文挑眉，"难道你父母未死？你是不是又在骗我？"

"乱讲。"程真不情不愿配合落座。

"男朋友长成这样，还说自己没心事？"四姐坐在程真对面，笑着挪揄。

程真没有理会。

四姐识趣，直入正题："靓女，你想见哪位？父母兄弟、子侄叔伯、三姑六婶我都可以。问猫问狗问蜥蜴，问人问神问邪魂，种死的花淹死的鱼，失事飞机核爆潜艇也没问题。只要断气了就行，没断气那种我要额外收钱的。"四姐顿了顿，"因为更准。"

"我妈咪吧。"程真只想快点结束这趟荒唐之旅。

"不打算问下姻缘?"四姐忍不住自我推介,"这方面我是专家喔。我看你眼圆发密,脾气又倔,肯定是阴木命。水库在地,乳腺必然发达,天干透甲,总有人替你挡煞。些许燥土虽不浊你的肤白,但身上容易留疤。比劫多见,乙木如风,须知穿凿之功,你这条命用官煞最好,就是你老公啊。弱柳扶风的形,韧如蒲苇的心,看来你的庚金男友注定百炼钢成绕指柔,被你利用还被你缠死。又白又靓仔,一看就是金水成势。你们两位印堂微红,打情骂俏,摆明是红鸾星动又有咸池作配,我怕今年不结婚好难收场。"

程真听得云里雾里:"没这个打算。"

"不结婚,好寂寞的。"四姐噘起红唇,撒娇般追忆蜜恋,"我也是结婚了才知道结婚的好,我那个老公不知多浪漫。靓女,不如我们开始吧?我怕误了时辰。"

程真以为这份职业是有客就接:"这些也讲时辰?"

"是啊,"四姐十分认真,"四点钟我约了陈师奶打麻将。"

"……"

四姐看了眼程真写在纸上的姓名与死亡年份,又摸一摸程真的手。她不燃香,不念咒,纯粹咳了两声,然后合目不语。

气氛顿时让人捉摸不透。

程真细看,才发现四姐很年轻。颈部肌肤紧致,手心手背也嫩,哪像个纵横江湖的神婆,一脸选错色号的粉底倒给她硬添了些年岁。会不会是老千?

视线继续在四周游弋,程真企图看破玄机。徐智强说因为四姐太准,大多随缘乐助,请香钱任你付,多多益善,少少不拘。

这趟神秘之旅,通前世来生,见想见之人。补憾事,偿缘债,为红尘中人解心结。五十六亿七千万年才有下一位普度凡人的佛祖降世,你这次开悟,你认为值多少钱?

由你决定。

良久，四姐睁开眼："靓女，她不想见你。"

程真没料到是这样，条件反射问了句："为什么？"

"怕你不开心。"

"我怎可能不开心呢？"

程真在心里嗤笑。她原名又不叫程真，给出来的母亲姓名也与林媛毫无关系。难怪三四年不开张，看来这个四姐在骗人。

"慢着！慢着！"四姐突然合上双眼，"她好像又想来了，我再去问一问。"

"……"

程真转头去看叶世文，只看他轻轻耸肩，一副任由四姐发挥的态度。

她回头，被睁开眼的四姐吓到。

"真真——我好挂念你啊！衰女，你看你，是不是不吃饭的，瘦成这样哪里好看？皮包骨，洗衫板，一点都没有妈咪当年的风范！"

程真当即顿悟，看来上身的是另一种"妈咪"。

况且她怎会是洗衫板？瞎的也看得出她胸怀广阔。程真敷衍回去："有时候工作太忙，来不及吃饭。"

"在夜场做事好辛苦的，妈咪心疼你呢！"四姐眉飞色舞，倒真有了娱乐城妈咪的派头，"现在客人的小费有没有比以前多？"

"经济不景气，客人也小气。"

"那你要学会放低身段嘛！你比男人还硬，怎么做生意？"

叶世文听得诧异，又见程真对答，似乎这位真的是她母亲。原来岳母是这样的，这次的请香钱花得值了。

回去就立即调教她，要像她妈一样嗲气才好。

程真无心搭理："行了，我知道了，你在下面……挺好的吧？"

"好什么好，一样要做。"四姐在叹气，"下面不分昼夜的，你又不烧纸给我，我哪有钱花？去打工咯，香火蜡烛尚算够吃，饱腹罢了。你有空烧两台新款手机下来给我啦,翻盖那种啊!纸扎的又不是正品,花不了你多少钱。"

"最新款……只有直板机。"

"傻女,我未卜先知,两年后会出大热款!"

"你要一台就够啦。"程真开始讨价还价,"你要两台做什么?"

"一台拿来打给你,一台拿来打给珊珊咯!"

程真像触电一样怔住。

她盯紧四姐那张白脸,连呼吸也在颤抖,不敢相信方才听见的名字。四姐却笑了,十分娇俏:"算啦算啦,知道你小气的,一台就一台。你赚那点钱不容易,尽早找个好归宿,有男人养你才不会辛苦。"

程真不知如何作答:"你……有没有挂念珊珊?"

这明明不是林媛。

"没喔——"四姐摇头,"我是为了博儿子才生她的,生出来又是女儿。你那个死鬼老爸祖籍客家梅县的,没有儿子送终,都不知道多恨我,我后悔死了!"

"不可能!"程真反驳,"你不会这样想的!"

林媛不会的,她爱珊珊,她比任何人都爱珊珊。长得最像她,性格最像她,思娴,是她取的名字。

娴,文雅美丽,离俗流光。哪是面前这个妖冶泼妇能够相提并论的。

是她傻了,一句珊珊就乱了心智。程真直接站起来:"我没什么想跟你讲的,你走吧,我不问了。"

"哎——"四姐伸手越过桌面,拉住程真,"走什么走?叫我来就来,叫我走就走?我明明就是你妈咪。你真是没规矩,我以前是这样教你的吗?"

"你没教过我!"程真挣开手腕。

"喂!你不要得寸进尺!"

四姐用力拍了桌面，声响颇大，震得沙发上的叶世文也皱起眉头。他以为这对母女感情深厚，光看程真对那只 tweety 的态度就能知道。没想到是这样的？

"我肯来看你，是念在骨肉亲情。没想到你这个不孝女，逢年过节不祭祖，大时大庆不打斋，饿得我在地府头昏眼花，还敢叫我走？我偏不走！"

"随便你。"程真离座，转身要出门口。

"你是不是还在内疚？"

程真怔在原地。

"我死了是我的事，命不好罢了，你还要自我责备多久？"四姐浮了抹若有若无的微笑，很轻佻，很无奈。又拿起桌上那张程真写的纸条，折叠，撕成两半，"坐过来吧，别走，再多讲两句。"

叶世文站了起来，见程真脸色不妥，轻声地问："是不是想走？如果……"

程真没有看他，直接回头。

她又走到桌边坐下，望着那几张撕开的碎纸："为什么要撕了它？我写得不对吗？"

哪有真的能穿透生死的重逢。不过是如梦如幻，镜花水月，又或是误打误撞，心理博弈。

魂牵梦萦太久，程真懊恼，竟上了这骗子的当。

"不撕掉难道要烧掉？你知道我怕火，好烫。"四姐双手交叠胸前，微微扬颌，笑意加深，"况且你这手字真的不怎么样，练那么多年都写不好，妈咪看到觉得眼痛。"

"你不是我妈咪。"

她的手在轻颤。

"你说不是就不是咯。"四姐从桌面烟盒敲了支烟，衔紧，点燃，"反正你这一世也不可能认回我，谁让你姓了程？而且我当时那副死样，自己都嫌难看。"

程真心跳乱了："我妈咪不吸烟的。"

"人会变的。"四姐凑近桌面，用夹烟的手在半空指指点点，"你是没钱买靓衫还是没钱弄发型？T恤洗到皱巴巴，那只挎包背了四年都不换，好寒酸！"

"她不是在意外表的人，你不要再装神弄鬼。"

程真只想拆穿这场让她胆战心惊的把戏。

"我帮你改名叫程真，你真是一点都不醒目！程真，情真，戏假情真嘛。'情是真的，戏是假的'，这八个字是妈咪毕生绝学。你要是学会三成的话，现在已经生两个男丁了。"四姐收起笑容，"你真的跟我完全不一样，不懂做戏，又不会逢迎，难怪没人追你！"

"我不需要男人追。"

"也没见你追到男人——"四姐瞄了眼沙发上的叶世文，"这个，不算，我不会认他的。一看就是风流债。傻女，你到时候会伤心的，出了这个门口就分手！"

"喂——"叶世文语气不耐烦，"阿姨，不要仗着你是鬼就乱讲话。"

四姐又认真看了看叶世文，收回视线对程真说："如果只是玩玩那也无妨。他够傻，又注定会富贵，什么都信你，拿够分手费再走。"

叶世文总不能跟一只半人半鬼计较。吵起架来，也不知该女士优先，还是女鬼优先，吵赢了也没成就感。

连鬼都骂？丧心病狂。

他睨了徐智强一眼，又低声怨："你在哪里找来的邪神？没一句真！"

"文哥，她赞你富贵啊！"

"……"

"你不要再讲了，我要走了。"程真不想再听下去。每一句话都触目惊心，反复暗示。到底面前是不是林媛，她自己都分辨不明。"你也走吧，我不会再来看你。"

"行啦，反正我也要赶着去开工。我向阴司递了申请，下世轮回我们不会遇上。你也别怨我，毕竟我死在你前面，我有优先选择权。"

四姐捻灭香烟，拿起笔，在纸上写字，边写边念：

"心上有田，容万家灯火；辰藏蛰虫，如厚物初生。程小姐，我盼你有屋有田有真心人，三餐四季，衣食无忧；添丁添财添福寿，祸不及己，夜夜安寝。

"母女一场，今生缘今生尽。人鬼殊途，日后梦醒梦回，不必再见。"

四姐把纸递出，程真看了一眼，心跳漏拍，涌出无限泪水。

"思辰，带娴走，别顾及我，余生勿念。"

见她没接纸，怕是担心身后的人要看。四姐随即收起，在烛火上点燃，一切了无痕迹。

"靓女，她走了。"

叶世文起身走近，程真脸颊两道泪痕，看得他心头一酸，俯身去问："真真……"

"阿文，"程真直接打断，站起来，"我饿了，我们去吃饭吧。"

她自顾自走到门口，打开门就闪身出去。叶世文追在她身后，剩下急急掏请香钱的徐智强："四姐，要给多少？"

四姐大手一挥："盛惠2999。"

"不是随缘乐助吗？"

"问米是赠的。问米前我讲了这么多，你当我讲废话啊？"

"……"

门关上了。

四姐数着纸钞，头也没抬："还是死老公好。死一个男人，快乐半生；死一个女人，三代伤心。"

她抬腕一看："哎呀，今日真是见鬼，我打麻将要迟到了！"

"老大，还不走？"

洪正德没有抬头，扬手一挥，当作与下属道别。

老婆打了第三个电话来催："还不舍得回家？日日加班也没见你升职加薪，还不如回来教导儿子做功课！他今日又考了个 D 啊，你这个 daddy（父亲）不回来督促他？"

"你又不用上班，你看着他不行吗？"洪正德语气不耐烦，"我明日下午要回北边良城，你帮我收拾两套衣服。"

"你是不是在良城养了人？这么有本事，你自己收拾！"女人挂断电话。

洪正德明知她始终会乖乖去做，仍恼她讲话刺耳，用力把座机扣回原处。

"啪"的一声，惊扰了门外路过的郑志添。他侧过肥胖身躯，探入半个脑袋与肚腩张望，整个商罪科像刑场般死寂。

"这么大火气？"

洪正德抬起头，有些诧异："师父，你怎么来了？"

"今日来附近银行办事，刚好碰见你们领导，就顺便上来坐坐。怎么，不允许我这个前顾问回来探望吗？"

"怎么会呢。"

"你老婆打来的？"

郑志添从廊外迈入办公室。廊灯惨白，窗台透亮，这幢警局大楼在夜间也分外光鲜，映出一坐一立两抹截然不同的人形肉体——愁绪万千的洪正德，心宽体胖的郑志添。

"嗯。"

"你家那位是贤内助，这么晚不回家，担心你而已。"

洪正德老婆是家庭主妇，一副纤巧面孔。当初就是爱她弱不禁风，能温顺顾家。这些年下来，家顾得好，温顺不再。生活磨蚀掉少女的期待，将人幻变成毒妇，一个东西没摆放好，她都能在家发整日的脾气。

洪正德理解不了这种歇斯底里的强迫症。自然也理解不了一个家庭主妇的绝望，竟要通过规整物件来获得些许不为外人道的自我肯定。

菟丝花被男人剥夺抵御任何变化的能力，极其不安。

"对她万般好照样疑神疑鬼的。"洪正德不想多说。

"上次你给我的资料，我看完了，报告写得很好，但似乎没什么用。"

郑志添随意拉开一张办公椅，狠狠一坐，椅背咿呀惨叫。嫌坐得不稳，肥臀往深处挤去，嘎的一下，椅背被压得喊不出救命。

"何丽仪找不到，也没人报失踪，你想怎么查？"郑志添回想文件内容，"警方线人与她接触几个月，什么信息也没套出来。"

"那是当然的啦，你以为他们是傻的？没确凿证据谁敢到处乱讲？"

"可能吧。"洪正德笑了笑。

郑志添也笑。

"洲界那块地，"洪正德转了话题，"冯敬棠处理得很干净，根本没有他任何痕迹。冯世雄签的设计合同也走竞标手续，程序全部规，好棘手。"

"你啊，就是心急，再给些时间。地产是资金密集型行业，大额周转手续不容易的，你要等他们自己露马脚。况且他背后有势力，除非自杀，否则一出事有大把人想尽办法救他。"

郑志添心明如镜。

"再迟些，他就赚到盆满钵满，说不定提早退休，白跟他这几年了。"

洪正德突然觉得自己老婆骂得对,一介妇孺也知道没得升职加薪还奔波什么。年过四十,还讲信念,讲正义?

难免幼稚了些。

郑志添诧异,什么时候开始洪正德也会泄气:"不是吧?讲这种话,不像你。"

洪正德扯了个苦笑:"造船商社不好查,秦仁青又太敏感,现在冯敬棠连头绪都没有,我能怎么办?"

"阿德,我们好歹相识一场,算我多嘴,再提点你几句。"郑志添摇了摇头,语气在嫌洪正德没有大局观念,"你查商业犯罪没问题,查秦仁青也可以,但是你不能踩过界了。每次都一意孤行,又把持所有资料,哪怕你脾性再正直,也很容易遭人误会。谁破案是靠单打独斗的?怎么四十岁了还像二十出头一样冲动?刚刚你们领导也暗示我劝一劝你这个徒弟,其他部门打你的报告听说也不少,要注意分寸。"

"谁可以轻易就做成那么大的生意?背后靠山是谁?船只交易不简单的,大部分船坞公司都有银行持股,还需要申办特许经营证。没人批准,没秦仁青从中斡旋,杜元他们能拿到?"

"一切都凭你的猜测。你猜得对,也要有证据。证据呢?"郑志添摊手,"才跟这条线索多久,你就拍胸口要去搜港口?学校里哪位阿sir教你破案靠直觉的?"

"当年曹胜炎也说自己清白,还不是怕得要自杀?他真的没有贿赂过?我不信!"洪正德胸腔一团闷气。

曹胜炎案,他并不甘心。但曹胜炎选择全部担责,一个人名都不肯透露。十亿银行资金去向不明,公款养情妇,还过失纵火烧死自己老婆,入狱简直便宜了他。

"他都被判刑了,你还惦记?打算去监狱把他嘴撬开啊?"郑志添语气不屑,"他烧到半边脸都烂了,你能分清楚哪张是嘴?"

洪正德不答话。

郑志添怎会不知这个徒弟的脾气："你以前就说要跟冯敬棠这条线，这么多年雷声大雨点小。现在又突然要跟造船商社的事，你究竟想怎样？"

"这两条线，一定有关系的。"

洪正德的目光停留在自己桌面手写的人名上，纵横交错的线条，串联点停在那两个名字上——秦仁青与叶世文。

"行行行，我言尽于此。再多说我就踩过界了，你自己慢慢想清楚。"

郑志添扶膝站起，才看见黑色办公桌上那份报纸。少女貌美窈窕，印刷劣质也难掩明眸皓齿，举着奖牌的笑容甜得沁人心脾。

郑志添指腹摩挲上去，禁不住问："这个女仔，长得很眼熟。"

洪正德从座位站起，郑志添余光瞄见，收回了手。洪正德走近，发现郑志添看的是体育专栏内的程珊。

艺高人靓，媒体毫不吝啬替她大贴金糠。溢美之词闪亮亮，光刺刺，不知情的还以为夺下了世界锦标赛冠军。

"是靓女你都说眼熟。"洪正德怕郑志添认出这是曹胜炎女儿，把报纸翻了个面，"以前二楼咖啡厅哪个侍应你没赞过？"

"那她们确实清丽脱俗。"郑志添不恼同僚嘲笑，食色性也，他这个将军肚潜藏男人本性，"你不也经常去看？"

"别乱讲，我虽然烦我老婆，但我没二心的。"

"走啦！"郑志添走到门边替洪正德熄掉灯，"再不走你老婆肯定在家摆脸色。听说你明日请假，打算带老婆去哪里玩？"

洪正德也走到门口："回乡下探亲，她外婆的死忌。"

"你看，她多有孝心！你平时对人家好点啦，女人都是要哄的。"

"哪有心情哄她。"

洪正德回到家后，屋内静得出奇。只有餐桌上的灯遥遥点亮，笼罩那碗暖汤。女人连时间都计算清楚，入口温度不烫不凉，是她日复一日的情感——僵硬，又精准。

夫妻这条路，没人觉得好走，却风雨兼程，也讲一个"认"字。

洪正德要回良城替程真打点，心事重重。饮完这碗汤，才想起那个考了D的儿子，打开次卧的门，男孩睡得十分踏实。

翻一翻桌上作业本，功课尚算完成。薄薄纸张上两三滴泪痕，看来还是遭了母亲责备。

女人背对门口入睡，即将四十岁的她依然苗条。这些年洪正德的收入与家境让她没愁过钱，美容纤体也常常去做。

他只觉得那碗汤很甜，儿子睡相可爱。她换了款新的身体乳。茶花还是姜花？玫瑰花还是水仙花？总之很香。

他轻轻唤醒了女人，站在床边问："我明日出门的衣服你收拾了吗？"

"在你书房。"黎茵语调生冷，"你回去做什么？"

"帮人办事。你爸是不是在良城还有一套房？"

"那是我姑妈的。"

"她家不是准备出国吗？房子不卖？"

"明年八月才走，不急着卖。"

洪正德有了想法，坐回床边。黎茵盯紧他没换掉的外裤，嘴角撇下，不满涌在齿间，即将开口。

有事求人，不能过分嚣张。他立即站起，免得玷污老婆圣洁的床单："我有个朋友想在良城置业落户，我记得你姑父在派出所做过所长。"

黎茵觉得好笑："朋友？男的还是女的？你需要这么上心，还亲自跑一趟？"

洪正德读懂黎茵眼里的不屑与质疑。若不讲实话，今夜她能掀翻天花板，吵到楼塌。认真想想，那碗汤其实也没那么甜，儿子睡相也很邋遢，这款身体乳气味过分浓郁。

"你还记得媛姐吗?"

黎茵脑里闪过一道倩影:"记得。"

任谁也难忘记,芳华绝代,却死得惨烈。

"她两个女儿还在这边。"

黎茵双眼睁大,大得连眼角细纹也浮现起来:"她们不是在医院失踪了吗?你找到她们了?"

"是。"洪正德隐去这几年与程真的交往,"你知道当年那件事有多严重,她们姐妹不敢出现。但曹思辰找到我,要我帮她入户良城。"

"为什么不出国?"黎茵疑惑,"回良城还不如留在这里。"

"出国?你给钱啊?"洪正德望着自己老婆。

"神经病,又不是我女儿,况且我当年跟媛姐关系也就一般般吧。"黎茵毫不犹豫地反驳,"你无缘无故帮她们?给你什么好处了?"

洪正德预判准确,嘴边勾了个笑。明明当年她与林媛同进同出,只差义结金兰,就像他与曹胜炎称兄道弟过一样,黎茵这些心思洪正德全部都懂。

不是一类人,睡不到一张床上去。

"你明日早上打电话给你姑父说我会过去探望他。"洪正德剥下外裤,又上了床,欺身压住黎茵,"我可不可以升职就看你和你姑父了。"

黎茵挣扎不开,仰头问:"你说真的?"

"真的。"

黎茵立即顿悟洪正德在暗示什么。

"你确定她们可以帮到你?你是不是想帮曹胜炎翻案?"

洪正德嗤笑一声,觉得自己老婆电视剧看得太多:"我亲手送他进去,我还翻案?哪有人自己打自己脸的。"

"你究竟想做什么?"

"曹思辰有本事,勾了个掮客。那个人很关键,我需要的东西,都在他身上。"

洪正德躺回床上,吻在自己老婆脸颊。二人是彼此初恋,一心一意到现在,数来已经十几年。黎茵与他,就是菟丝花与宿主,共生共死。他越强壮,她越攀附,黎茵离不开洪正德。

黎茵明显也兴奋起来,脑里却摁不下最直白的念头——等他开心完要立刻换一张床单。

"阿威,赠客的糖果摆在哪里?我的派完了。"

"洗手间斜对面那个储物室。你今晚派了这么多?"

"我那区来了几个失恋学生妹,五粒费列罗换十杯金汤力,女人至懂女人心。"

阿威看着程真递来的酒水单,笑得像捡到钱。

程真推开储物室门,在纸箱内拆开一盒费列罗,放了几粒在自己裙侧口袋。有些嘴馋,她剥开吃下,腻得眉头皱起。不是吧,失恋要吃这个?

未苦死,先甜死。

她离开储物室,赶着去送酒给洪正德。

自从那次去找四姐之后,叶世文几乎日日都来造访她那间破屋。

程真十分懊恼。懊恼自己离开四姐家后哭得停不下来,把叶世文的衬衫哭出地球七大洲五大洋的图案。

"那个不是我妈咪。"

"我知道。"他伸手抹去程真脸颊的泪,指尖落在她左腮下方,"你这里连个薄茧都没有。那首《梁祝》是你妈中意的吧?一个拉小提琴的女人,不会是那样的。"

"我以后再也不去怀吉地。"

"好,不去就不去。"

"贴钱买难受。"

"傻强付的钱,他更难受。"

Chapter 08　红尘

你只是太想念她。

叶世文没说出口，抱着程真整夜，直到她累极入睡，又不停轻吻那头长发。

程真似乎驯服了这头猛虎。

于是失去"自由"，连单独约见洪正德也变得格外困难。今夜他冒险前来 T-top，是入户良城有了些眉目，带一堆资料表格偷偷塞给程真。

他在电话里声称连定居的房都替她留意好了，但价钱需要再谈。

程真从吧台端来一杯全酒吧最贵的鸡尾酒。马天尼混入，拌出细腻泡沫的红茶，颗颗昂贵鱼子酱缀于其上，她走到一身黑衫黑裤的洪正德面前。

"靓仔，你点的特调，鱼子酱马天尼，慢慢饮。"

洪正德睁眼一看，气得差点爆出粗口："我刚刚点的是蓝妹啤酒！"

"酒水概出，一律不退。你消费得起，就当帮衬我生意。"

"……快点填完给回我！"

"放心，很快。"

程真眉开眼笑，托盘往下，兜住黑色文件袋往洗手间方向走去。推开厕格的门，她放下马桶盖，取出资料，借昏黄灯光坐在马桶上认真填写。

刚写完，洗手间的门就被人撞开。程真停笔，仔细分辨，这纷沓的脚步，看来不止一双腿，缠绵得欲罢不能。只是这女声颇为熟悉，程真总觉得在哪里听过。

男人喘着气："美玲，你是不是妖精转世，专门来勾我的？"

这名字，难怪有印象，原来是豪客城的翟美玲与传说中的操盘神手杨定坚。

"你要走了？"翟美玲语带抱怨，"酒也没喝一杯。"

261

"乖,下次再约你。我老婆最近盯得我好紧,如果不是今晚送合同过来,我还找不到机会出来。"

"你不是在屠爷面前很有话语权的吗?不如安排一个职位给我,我去你公司上班,你就可以日日都见到我了。"

"你懂怎么做交易吗?"

"哎呀,你教我嘛。"翟美玲压低音量,十分诱惑。

杨定坚喘了口气,似乎二人开始接吻,对话中断。好几分钟后才依依不舍分开,杨定坚婉拒翟美玲要求:"教你赚钱你也懒,还想去上班?"

"我听姐妹讲,现在地产行情不好,买铁矿石那些会亏的。"

"傻女,她们懂什么。"杨定坚语气十分自信,"几个月后会有一单大交易,我给你个号码,1633,你现在有多少就买入多少。"

"真的?为什么啊?"

"先不要问,我要走了,等下你再出去。"

程真听见二人前后脚推门离开,立即在白纸上写了几句话,把资料匆匆塞回文件袋里,从厕所出来。

翟美玲竟然未走,在对镜整理被杨定坚粗鲁扯开的衣领。她侧过脸,发现是程真,眼神先是慌乱,却很快镇定下来:"是你啊?"

原来是小气女人麦笑琪的朋友,来豪客城替过几次班,翟美玲认得。

程真戏谑:"美玲姐姐换男人的速度快过换衣服。"

麦笑琪向她哭诉过,分手后罗力火速搭上翟美玲,还赠送钻石项链——"他同我一起,连个玉镯都没送过给我!不就是图她那张销魂脸吗!"

程真细看,确实销魂。沙漏身材搭一双猫眼,眉峰挑得颇高,吊一脸媚气。听说她混了些外国血统,双眼皮折痕深邃,一舒一眨,平添无限诱惑。是个满分的尤物。

"你讲哪位啊?"翟美玲讥笑,"不会是那个穷鬼罗力吧?连镇龙阁八百呎的旧楼都买不起,我玩两日就把他送回给 Maggie 了。"

程真诧异。

她诧异的不是翟美玲看不上罗力,而是麦笑琪竟然吃回头草,还是一棵被嚼烂嚼碎、毫无滋味的草。

好友摆明自降身价,程真有些可惜。

翟美玲瞥了程真一眼:"你有空也可以劝劝 Maggie,多见识一下世面,不要什么男人都当宝。"

程真忍下心里所有刻薄话语。

翟美玲把手边的半片面具戴上,挡住所有美丽,腰肢摇摆款款而去,融入酒吧夜色。初生牛犊不怕虎,她工作不足一年,根本不怕被杜元的人察觉身份,挑这种节日,既聪明又大胆。

程真重新回到洪正德桌前,借托盘遮挡递出文件袋。马天尼特调已被洪正德喝光,杯内干净通透,像洗过一样。

"饮这么快?度数不低的。"

"四百一杯,我不饮尽,难道还打包回家做消夜?"

"那些鱼子酱确实是空运过来的。"

"吹水吧你,别以为我不知道你们兑水兑雪碧。"洪正德站起来,欲立即离开。程真掏出口袋里的糖果递上:"万圣节快乐,欢迎下次再来。"

洪正德皱着眉接过,目光流露了然。连同那张小纸条一并拢在手心,匆匆离开了酒吧。

八个钟头后,第一趟小巴驶出。程真在收工回家路上,打了个电话给麦笑琪。听得出好友声线疲惫,也是刚刚结束夜班,在怨客人小费吝啬。

"笑了十分钟才给我二十。他好意思拿出那两张纸钞,我都不好意思收了！"

"收了吧，迟些出新版纸币，这两张就是古董，升值啊。"

"你下班了？一起吃早餐吧，吃完我还要去阿力家里搞卫生，我们复合了。"

"嗯。"

程真没有指点他人生活的兴致。

但麦笑琪几乎是她唯一好友。多年前她在王盛波店内定制那套酒吧制服，麦笑琪也在场。比她大五六岁的模样，一头时髦细鬈，偏偏抹粉色唇膏，格外俏皮。仗着貌美也有些高傲，拿眼尾去睨一脸稚气的程真。

结果在程真讲价不成的时候，她立即帮腔："波哥，让她二十你也有赚，不要这么小气。"

"Maggie，我也是赚鸡零狗碎而已。"

"那我帮她给。"

程真红着脸拒绝。麦笑琪哈哈大笑，递了两张十元给王盛波："我刚下班，你请我吃早餐吧。"

铭记是麦笑琪带程真去的。当年十五一碗，鹅肉只斩三件，脂肥皮脆。麦笑琪嫌油腻，拿没用过的筷子夹起，放到程真碗里。

"多吃些吧！第一日出来打工？卖酒水也要靠体力的。"

程真困惑："你为什么要帮我？"

麦笑琪又笑："看见你好像看见以前的自己。"

后来麦笑琪从乐川坊去了豪客城，说那边客人格调高些，小费大方。

古道热肠的江湖儿女，过了义气年代，也有为五斗米折腰的时候。明年就二十九了，欢场中人与麦笑琪年纪近似的，大多已经择木而栖。又听人说这样日夜颠倒的工作，雌激素分泌容易紊乱，卵巢早衰，很难怀孕。

麦笑琪忧心得很，青春临近过期，直接把自己从专柜拿下，放到促销货架。

程真到铭记的时候，麦笑琪正在与陈娇的女儿谢莹莹搭话。

"你生完两个身材还是这么好，好羡慕。你看我眼角下面，已经有细纹了。"

"早生早修复，现在走出去没人觉得我是做阿妈的人。"

谢莹莹瘦得像纸板一样，确实不像做妈的人，像用人。铺内陈娇喊了一声，谢莹莹拍拍麦笑琪的肩膀，又进去帮忙。

程真落座："谢老板女儿怎么回来了？"

"回来分钱咯。"麦笑琪难掩心里酸气，"现在吹风这一片计划旧区重建，估计迟些就会出收地公告了。货币补偿或者产权房屋调换，哪条路都不亏。谢老板这个铺面还会有商业损失补偿津贴。临老发达，女儿肯定要回来尽孝。怎么我就没这种福气？"

"要拆？"程真睁大眼，"这一带住那么多人，说拆就拆？"

"就是人多才要拆啊，住得快要变危房了。你最近在忙什么，以前你比我还在意地产新闻，你居然不知道？"麦笑琪语气无奈，"洲界卖了一大块地皮，说要搞什么'泛市中心化'，反正我听不懂。总之就是要那些老板去洲界做生意，公司搬过去，职员都跟着去的啦，这边住的人肯定减少。到时候洲界房价一升，又多了个买不起的地方。"

程真没接话。她找了另一条出路，海城千变万化，也与她未来无关。但麦笑琪不一样，生于斯长于斯，还盼着老死在此。她是绝大多数人中的一员。

任何风吹草动，于市井百姓而言，就是切肤之痛。

"你又收错钱了！"陈娇大声呵斥女儿，把二人目光吸引过去，"以前叫你多念书，你就是不肯，跟个飞仔同学鬼混，还生了两个，绑死你一世！现在连几十元也能计错数，你回来就是帮倒忙！"

"两次而已嘛……"谢莹莹心虚回应,"都是熟客,就当优惠咯,反正他们下次还来的。"

陈娇仍在撒气:"还不快点去厨房帮忙择菜?怎么我就生了个你这么蠢的!"

程真收回视线,见麦笑琪一脸复杂神情。那对梨窝失去活力,挂在嘴边似两抹嘲讽。若是挨这几声骂也能分得一套房产,麦笑琪乐意至极。

"还不吃?"程真咽下食物,"不饿吗?你说等下要去搞卫生的。"

麦笑琪摇头:"就是想到等下要去做免费劳动力,没胃口。"

"你自己选的。"

"我是没得选。"

程真沉默。麦笑琪味如嚼蜡,又开始讲:"你是不是想劝我分手?"

"没。"

"是不是想讲:'下次你不要来我面前哭?'明知那个是垃圾堆填区,还妄想能捡两张红杉鱼①出来?"

"没。"程真叹气,"我从来不会这样想你。"

这回程真竟然叹气,麦笑琪当然明白,此生甘苦只有自知了。她不介意,甚至把右手递出,无名指上的钻戒火彩耀眼:"第一个通知你,我要登记结婚了。"

程真捏起她的指尖,认真看了看罗力的诚意。五十分,不大也不小,无论是八心八箭还是excellent(特优)切工,这滴女人的眼泪收买了女人的心。

程真由衷说一句:"恭喜你。"

---

① 红杉鱼:指一百元当地货币。

多说无益，白费口舌。成人世界只讲情愿二字，程真懂，麦笑琪懂，罗力更懂。

"阿真，我们准备买房了。滨沙湾愉景新城，三年新盘，不到五百呎，也有二房一浴，他是有心跟我过下去的。"

"写你名吗？"

麦笑琪苦笑："他妈不肯。无所谓啦，反正都是留给孩子的。"

程真诧异："你有了？"

"在备孕而已。登记之后我就不去豪客城了，找份文职做。"

"只要你觉得开心就行。"

"其实他有时候就是幼稚了些，男人嘛，年轻时都贪玩的……"

"那不是挺好？你可以提前感受做老妈子。"

麦笑琪笑骂了一句，知道任她说破嘴，程真也不会相信罗力浪子回头。再多讲几句，程真就无法真心祝福下去了。

"摆酒你来不来？"

"人和礼都会到。"

麦笑琪现在才露出真正喜悦的笑意："到时候花球抛给你，其他人我都不给。"

程真挑眉："不要了吧，像在咒我。"

"不要算了！"麦笑琪的目光落在程真身上流转一圈，才看见她背了个新手袋，"哇！你是不是瞒着我搭了条大船，对你这么舍得？这个手袋新款来的，快点给我看下！"

程真毫不犹豫递上："莞货，超 A 级，真假难辨。"

"这个仿得太好了吧。"麦笑琪爱不释手。

叶世文明知四姐说的是假的，倒是把那些荒唐话听了进去，也嫌程真挎包寒酸，装阔绰送出一堆绫罗绸缎。

她最中意的是脚上那双方跟鞋。没人能抗拒方跟鞋的复古俏丽。在叶世文单膝跪下替她穿上的时候，程真笑得十分开心。

她虽不是落难公主,但也贪这一时三刻的柔情眷顾。

叶世文连连感慨:"我应该一早送你鞋,还找什么四姐。"

"假的!"程真把手袋从麦笑琪手上拿回来,"别看了。"

"你下次去买,记得叫上我。"

"行啦。"

麦笑琪赶着去替罗力收拾狗窝,只吃一半就匆匆走了。程真走到收银台买单,发现是谢莹莹在收钱。

"两碗?盛惠六十。"

程真递出一百。

"找你四十。"

这回钱没数错。程真转身就走,却听见谢莹莹叫住她。

"你这个手袋是真的吧?"她的笑容有了些不一样的意味,似要看穿程真背后到底是哪个大腹便便略有财力的老年采花贼,"脚上这双方跟鞋也是真的,我看就能看出来,根本不用摸。手袋肯定是双层真皮,够重,才会往下坠。菱格饱满,五金件也很精细,看刻字就知道。"

程真与谢莹莹狡黠目光对上,却没答话,直接离开。

她连夜赶来大献殷勤,抢在哥嫂前头。地契面积一赔多少?暂不用理。置换房在南郊湾?亚龙岛她都没问题。有祖业才不会失业,有身家才不会搬家,逼仄的棚屋谢莹莹住够了。生两个孩子又如何?只要她有钱,离婚就是一纸证书的事。

有人扮猪食老虎,看来陈娇家要变天了。

Chapter 09

浮游生物

Wangbei Building

"只需五万,置业海城。"

这一句离谱的话穿街过巷,从中力大厦塔尖吹到渤湾深水渔港。

按照中文的传播路径,往往超过七个字,就很难达到最理想的宣传效应。但这次人人都在问,是不是真的,是不是真的?哪家地产发展商遭雷劈了?天降纸钞一样啧啧称奇。

闲置十年的洲界商住用地,地段第6868号,听上去就吉利到爆棚。产权五十年,于2000年12月20日盛大奠基。

卖地章程中言辞直接,"泛市中心化"的旗帜、标杆、头啖汤[①]。

四十公顷,嚣张得像四百万平方公里。

地块呈梯形,又恰似一把利斧。将计划兴建占地二十公顷的大型商业综合体,甲级写字楼,中央空调,三层泊车设施,大堂架空透阳。引入新兴产业,大刀阔斧,助力真真正正的经济结构转型。

"失业?来洲界开工!"

标语一出,连内环区白领也扶不稳咖啡杯,急急跑去茶水间与同事八卦:"快点叫你老公去洲界递简历啦。"

打造二中二小四间公私立学校,联合国际名校办学,一站式国际

---

① 头啖汤:指做什么事都争当第一人,敢为人先。比喻为"第一口汤"。

教育体系，全方位培育未来精英。

这里无海滨长廊，却有面山豪庭。从高端公寓到普通屋苑，硬性刚需到改善型住房应有尽有，可住、可租、可卖、可投资。比不上圣臣山道的达官洋房，但也有新贵至爱的轻奢会所。电影感的杏色滤光玻璃外墙，泰式古铜框门，原生石阶，从门口到出口，动线神秘而低调。

"全城至低价。"

衣食住行全包，生老死葬尽揽。

一期住宅率先面世，首付五万立即上车。择日认筹，人人翘首以盼。这趟车要开去哪里？别管了，上吧，上吧，连邻居何伯都上了，这台摆明是诺亚方舟啊。

就算不买车票，也买份报纸看看究竟是何方神圣来济世为怀——哦，原来是兆阳地产。

程真也被售楼书震撼，差点打电话去问叶世文："五万？是不是真的？"

哪会是真的。下面一行比蚁小的字写得清清楚楚：剩余首期一年内缴清，可作低息融贷。

这已是地产发展商最大诚意。

没有致电是因为程真在另一份娱乐周刊中，发现"业界新贵暗勾女星""人比楼价靓仔"两个醒目标题，配上兆阳奠基活动那日媒体拍得的叶世文。

一身黑西装，剪裁利落贴服，格外高大醒目。被记者爆出是大牌春款，打底衬衫也要两万一件。

他笑着与邀来唱歌助兴的新晋女歌手 Kiki 低语，眉眼含情，十分下流。

"下流"是程真的评价。

又在另一内页中看见衣衫单薄的女歌手身披黑西装外套，一行比蚁小的字写得含含糊糊：天寒地冻，初次见面，兆阳背后股东竟然燥得当场脱衣。

"靓女，这本杂志你翻到皱了，到底买不买？"报摊老板忍不住问。

程真把杂志合上："不买。"没走两步路，她又回头，"还是买吧。"

二十元一份的"抓奸"证据，比请私家侦探划算。她反复告诉自己，八卦杂志一向捕风捉影，看一眼就是暗渡陈仓，摸一下就是私订终身。

讲到底大家最终陌路，也轮不到她来责备。

推开T-top的后门，有同事把今夜制服递给程真，又笑着说："今晚平安夜，可以早走。"

程真接过："杜师爷这么大方？"

"他飞去国外陪老婆孩子。今晚男人女人都去过节，三点之后这里肯定冷场。"

程真不置可否。来到更衣室，她换上那条红色丝绒面的紧身短裙，裙摆滚了一圈白色毛边，搭配拉链款无袖马甲，活似一颗圣诞树。

程真看见丝袜的时候咒骂一声，被旁边隔间的同事嗤笑："算啦！人人都穿，你这么白，不穿的话更容易惹色狼。"

"这种怎么穿？"程真边拆包装边骂，"谁买的？"

"当然是老板要求买的啦！"

同事先她一步换完离开。

程真不情不愿换妥衣服，手提电话响起："喂？"

"在哪里？"

"酒吧。"

叶世文话带酒气，磁性十足："圣诞节还开工？我现在来接你。"

她想起杂志那几句标题，再看看自己衣裳单薄，连件保暖外套都没有，没好气地讲一句："我好中意上班的，永不收工。"

电话就被挂断了。

"文哥，皇天不负有心人，"徐智强把手表递到副驾驶位，"足足找了半年。"

叶世文接过手表。黑色表带残破，表壳也被踩出裂痕，唯独表盘完整。用电镀镌刻着人名——Shan Cheng, The Gymnastics League 1997（程珊，1997年体操联赛）。

这是程珊参赛的奖品，叶世文终于知道程真为什么会因一只廉价手表恼羞成怒。

"你要这只表来做什么？"

"它是程真的。"

徐智强疑惑："你干脆买一只新的给她算啦，难道拿这只做圣诞礼物？"

"少管闲事，帮我去找个修表的。"

"那我走了？"徐智强早就有约，无心陪侍这对可怕夫妻。但从秦仁青与银行高级职员相约的酒局出来，叶世文已然三分醉，他难免有些担心："你确定阿嫂可以开车？"

"她连飞机都会开。"叶世文未真醉，"上次跑马地偷拍那张闪存卡我录成磁盘，放在老地方。屠振邦尾巴还未露出来，过年前先让冯世雄出局。"

徐智强点头："他被秦仁青暗算，现在戒不掉了。秦仁青下手真狠，不过你这个大哥也确实没定力，温怡哄两句他就什么都肯了。"

"那晚上他自尊受挫，你给他吃奶粉他都愿意，反正曾慧云也就只能养出这种儿子。"

叶世文确实没想到秦仁青为了拉拢他，竟然这样构陷冯世雄。他心头一沉，难保有一天秦仁青主意会打到自己身上，他必须打醒十二分精神对付。

他可不是冯世雄那种公子哥。

"但洲界还在开工,冯世雄公司账户也有秦仁青的钱。文哥,陈康宁才是兆阳最大股东,他摆明帮冯世雄多过帮你。你股份太少,胜算未到最大的时候。"

"我会有办法的。"

叶世文查了那只1633的股票,背后最大控股方是国外一家船只租赁公司,确实由川崎造船商社供过船,专门运跨国建材,风险甚高。今年年初股价直接下挫60%,却在三个月前又突然升回去。

看来屠振邦赚居间费还不够,妄图通过这间期货公司敛尽财源,打算一路跟风炒火建材市场,难怪秦仁青高歌猛进支持他。

这两只黏附众多投资散户身上的水蛭,吸盘使尽了力,嚼得满身腥臭。

叶世文目光笃定,又带隐忧:"别让屠振邦知道。这种程度的动荡,他闻着味就来了,不知会出什么招数。"

"行啦,能出什么事?"徐智强笑着摇头,"你教的嘛,真的走投无路,就立即报警求助!"

叶世文也笑:"说你傻,你是真的傻。"

徐智强下了车,叶世文摸出手机。酒气上头,又逢程真无理取闹,他十分不耐烦:"你现在出来。"

电话对面的人显然不肯。

"我给你一分钟时间,如果你不出来,我就进酒吧挟持你。"

电话对面的人沉默。

叶世文脸上浮了笑:"我今日新车落地,快点出来看。"

程真在讽刺挖苦。叶世文恼了:"怎会有女人像你这般不识趣?你讨好我简直应有尽有,去服侍那群酒鬼做什么?一分钟啊,我没耐心!"

这次轮到他挂断电话。

程真来不及换衣服，把长外套披上就出来了。

午夜十一点街头，他那台车确实出众，与叶世文口吻一样，又浪又霸道。什么人开什么车。

他若开车经过蝴兰街，楼上浇花的女人怕是要浇到他车上。

驾驶座虚位以待，程真知道叶世文肯定又是半只酒鬼，直接落座前排。

"你搞什么？"

二人同时发问。叶世文先答："找自己女朋友过圣诞节也不行？去西洲码头。"

"跳海？我不奉陪。"

"准备了惊喜给你，走吧。"

程真见车头摆着那只 tweety，脸色保持寻常，把车驶离。

叶世文视线落在她腿上，竟是黑色丝袜，顿时醋意翻飞："现在买裤子很贵吗？天文台说降温，你就穿这点布料，想给谁看？"

程真敷衍："打工而已，又不露。"

他打算伸手去掀衣摆，又被程真袭击。收回手的时候手提电话响起，叶世文想了想，先挂断电话，转头望向程真："我要跟你讲一件事。"

程真停在斑马线前等红灯："你讲。"

"我是冯敬棠的亲生子。"

程真愣了几秒，还未回神，就被后面车辆用喇叭催促。她松开脚刹，往前驶去，这句坦白实在让她始料不及。

"你不要出声。"叶世文回电过去，"阿爸。"

程真闭嘴。

叶世文瞄一眼程真，不再顾忌："秦总的钱给进来了，我让他先支付到 Parko，搞了份往来合同平账，税费 Norah 有办法摊到最低。

之后投资公司会有Rex的钱，混在一起怕有麻烦。况且大哥也需要资金支持，我不能什么都揽上身，亲兄弟怎么说也要拍档一起上的。"

叶世文要在账面上与秦仁青先撇清关系。

冯敬棠似乎很满意。

程真听叶世文口吻变得轻松："秦总刚出手了几百份长期期货合同，北边公司撤资，肯定是对我们有信心。"

"Rex那边？"叶世文笑了，"没什么问题，我已经沟通过很多次。Rex那边推荐的学校已经谈妥，就差看场地了。学校不像其他建筑，有日照和户外空间要求，洗手间都有标准的，过段时间他们想亲自来看看，我去接机。"

程真从东隧过海，经鲤鱼门道北上。

"好，到时候我们一起去。"

叶世文听着冯敬棠开始家教，劝他早些收心，上次那个歌手太过轻佻，不能领回家。

"我只跟她讲过两句话而已，记者乱写，阿爸你别当真，她身上那件外套不是我的。"

叶世文盯紧程真，却发现她波澜不惊，像聋了一样。

他有些不爽："不过她也有暗示我，说有空出来单独饮茶。看来她既传统又乖巧，不饮咖啡、香槟，要饮茶。"

单独，饮茶，好暧昧。是一盅两件[①]还是私下品茗？是去翠华贵园还是五星级酒店？

叶世文来不及编撰更多引人遐想的对白，就被冯敬棠呵斥："别被女星的外表骗了，男人要以事业为重。你想玩我不会拦你，但不要

[①] 一盅两件：饮早茶俗称"叹茶"，代称"一盅两件"。民间饮食风俗。每天清早，人们蜂拥而至，边饮茶边吃早点边聊天，茶楼（或茶馆）往往座无虚设。

被狗仔队拍到。"

程真没反应，这个游戏就不好玩了，叶世文意兴阑珊："我知道轻重的。"

冯敬棠又啰唆一轮，叶世文耐心十足，句句孝顺到底。提起登报的事，叶世文解释："我没给过媒体钱，我也不知道为什么要拍我。"

倒是冯敬棠看得开："虽然八卦周刊乱写，但官方报道的口径，你的形象都很正面，好事来的。兆阳以后发展起来，需要一个正经掮客出面周旋。Rex 对你很满意，外资讲究企业形象，这样他给钱也会给得爽快些。我不方便露面，世雄又是公开的儿子，你更妥当。反正你底细清白，跟着屠振邦时没插手过金钱往来，没人会查的。"

无心插柳柳成荫，还博得金主高兴，叶世文不抗拒上镜。

"Norah 和我说，复核年末资产盘点表，陈康宁手下那个陈启明在兆阳搬迁装修的时候，每样东西都高过市场价 30% 以上买入。"冯敬棠语气明显阴沉下来，"你知道兆阳内部对陈启明的评价吗？"

"没听说过。"叶世文十分冷静，"我没去那边上班，不太清楚。"

"我当初没让 Norah 持股，就是想她做财务官，与陈康宁互相牵制。才半年就出这种事。Norah 已经重新逐项审核，但凡陈康宁有签字，他都摆脱不了关系。"

"阿爸，都是自己人，家丑不可外传。"叶世文安抚道，"私下调查就好，免得人家说你不近人情。"

"怕就怕不止一次。"冯敬棠恼了，"你大哥还帮陈康宁讲好话。别以为我不知道，陈康宁就是想尽快站队，当冯家是摇钱树。"

叶世文敷衍回应。

一个出身卑微靠老婆上位的男人，胸襟与眼界有限，匹敌不了人家三代富商沉淀下来的超前经营理念。兆阳地产落到冯敬棠手里，与家庭作坊没什么区别——自己就能拆自己的台。

叶世文只不过是借力打力罢了。

车停下的时候，叶世文也与冯敬棠道别。那艘豪华游艇静静守在水上，看来叶世文今夜是要出海畅游。

"上船。"

程真没拒绝。

天文台录得的西洲气温，十摄氏度，相对湿度70%，只吹北方，刮到你痛。程真一下车就裹紧外套，两条腿在寒风中打战。连给叶世文扮绅士的机会都没有，越过他直接踩上甲板钻入船舱。

果然有钱能使鬼推磨，船童早就调好室温。冷暖交替，她立即打了个喷嚏。

叶世文在吧台斟酒："喝酒吧，喝完就暖了。"

"不要。"

"怕喝多了跳舞？"

程真不理他。

船已开出。她脱下鞋，跪在靠窗的宽阔沙发上，凝视极远处的海。上一次坐游艇出海，是珊珊五岁生日的时候。

十年前的游艇，只有一层日光甲板，舱室内饰简单，船身造型笨重，却也处处彰显昂贵。

程真好奇跑到驾驶舱，曹胜炎把她拥在怀里，手把手教：哪个是电子海图；哪个是卫星电话；没有标线路牌的海面，如何靠雷达探深。

生命往往在无常之前，一切如常。

如常的殷实家庭，如常的贤父慈母。可惜那晚的生日蜡烛太脆弱，富贵浮云，一吹就散。

"在想什么？"叶世文从她身后拥住，打断程真的神游。

"你为什么要告诉我？"

叶世文稍顿："你不是什么都想知道吗？"

"我的意思是——"程真侧身，望进他坦然赤裸的眼底，"为什么要现在告诉我？"

"因为是时候了。"叶世文倚着她腿旁落座，"十年，真真，我等了十年才有这个机会。"

"什么机会？"

叶世文笑了。眼稍弯，唇上翘，一个不折不扣的靓仔放电，没有雌性生物能够幸免。二十七岁年纪，尚未因时光刻薄增添皱纹，却以遭受风摧霜打为由，一双眼眸道尽故事。

甚是迷人。

"娶你回家做富太的机会。"

他站起来，走到吧台处打开其中一个文件袋："你过来。"

"做什么？"

"过来就知道了。"

舱内铺设地毯，程真只穿丝袜踩上，格外柔软。她站在叶世文面前，见他献宝一样递出："送给你的圣诞礼物。"

是一份购房合同。

程真愣得不知该如何回应。

"丽泊道宝翠苑，实用面积一千三百呎。三房两厅，闹中取静。上一手业主是做电路板生意的，入住五年身家翻了三十倍，证明这个灶位旺财。你之后想搞装修没问题，但灶台不能动，起码不要断我财路。"

叶世文翻开签署页，直接递上签字笔："签名吧。"

程真不用翻看也知这套豪宅价值几何。

她没有接笔，眉头蹙起："你什么意思？"

"送礼物啊！第一次收这么贵重的？"叶世文屈指在她鼻头轻刮，"你看你，吓到像签卖身契一样。"

他扯住程真手腕，这副娇躯靠入怀中，把签字笔塞在她手上："先签这里，签完还要签骑缝。过段时间我陪你去办手续，最快过年后就能拿钥匙。"

程真不敢落笔。这份看似梦寐以求的礼物,薄薄一沓纸,顶得上压在胸口的千万斤,她甚至无法用以往过分刻薄的态度去拒绝。

叶世文见她不肯动笔,有些急了:"你不中意?清沙湾那个位置全城最靓了,这样都看不上?"

他现在的钱也就只够买这一处。

"不是。"程真也急了,"不是不中意,太贵了,你收回去吧。"

"你不要?"叶世文松开手。

"我不能要。"程真相信这是他掏尽家底买的。

叶世文用脸颊去贴程真额头,温度如常:"吹风吹傻了?你还是不是程真?我现在买给你属于赠予。你妈不是叫你多拿些分手费吗?"

程真反驳:"讲过很多次,那是四姐胡言乱语,不是我妈咪!"

"行了行了。"叶世文重新握紧程真执笔的手,"当然不是分手费,这是聘礼。你签了名,这间屋和我这个人以后都属于你了。"

怎忍心让她继续穿梭于酒鬼之中。才二十二岁,书没念多少,长又长不高。身上的疤丑得心惊,又生了张不饶人的嘴。立志不依赖任何一人,好硬气,任何人也不及她飒爽。全城中低价楼盘被她踩尽,买不起,也死不开口叫他赠寥寥几分的溺爱。强悍到底,却会因想念啜泣,会中意靓鞋,替无辜邻居出头,冒险折返救他。

任海城三百万女人在他面前来回泳装展示,叶世文也只惦记程真。

什么情啊爱啊,太过俗套。

千言万语都敌不过那一句——我想对你好。

"算了。"程真不肯下笔,"我这种人住惯水阜区,豪宅风水怕是与我合不来。"

他不怕,她怕。怕签了之后大家都会后悔,后悔这段感情走得太远，远到超出控制范围。情愿你与我负气到底，日夜争吵，也不想你对我太好，决意倾尽全力去爱。

"阿文，我不值得。"

"真真，你值得。"

程真的心脏被狠狠挟持，丧失伶牙俐齿："我……"

"不准拒绝我。"叶世文在她耳边温声地哄，"钱可以再赚的，你不用替我省。这些是我的，也是你的，我只要你在我身边。"

也许那瓶波尔多红酒确实有后劲，足够清醒的时候，叶世文讲不出这种肉麻的话。

但一世只讲这一次，她听进去，也就够了。

程真终于被击穿铠甲，子弹嵌入心脏，与脉搏同振。血液喷薄涌出，好痛，却又好暖。

游艇海浪，新款靓车，昂贵酒水，坦白后奉上一颗真心加一套豪宅，他要你永无愁苦，不容拒绝。

这是真真正正的糖衣炮弹。

程真抛开了笔。她转身抱紧叶世文的腰，撒娇语气十分难得："我想喝酒，不如我们先喝酒。"

"好吧，反正不急。"

叶世文也想助兴，拧开酒塞，斟了小杯红酒，打算递给程真。还未伸手，程真夺过他手中的酒瓶，仰头狂饮。

叶世文错愕："这款红酒五千一支，你当它是生力啤？"

程真把所有情绪随酒吞下。

是他自愿，是他傻，非要中意她这个身怀一千几百亿秘密的人。是她自愿，是她傻，杜元这个人渣偏要在她动心之后才来找她出手。

程真，你好虚荣，好贪心。

清沙湾豪宅你也住过，为何他赠你那一刻，竟会隐隐开心？想要爱，还想他永远不会憎恨你？

你这个自私的坏女人。

她喝掉大半，才肯罢休。五千一支，果然入口顺滑不呛，果香馥郁，些许冰镇还能生津止渴，程真情不自禁打了个嗝。

"普普通通，我喝过更好的。"她没说谎。

叶世文第一次见她语气狂妄："你父母以前是做什么的？"

"做生意。"

"什么生意？"

"不记得了。"程真摇头，"他一开始做律师的，后来得遇贵人，私下又有交易，总之做过好多事。就是做太多了，才会有报应。"

她望向叶世文，愁绪与爱意挥之不去。几十公分距离像隔着整片海洋，任她再使劲，也看不真切。

"所以你要小心，不要做太多坏事。"

这句话她说给自己听。

叶世文眼见程真开始脸红，似乎不胜酒力："他们车祸是被暗算的？"

"车祸？"程真才想起那个档案里的父母，"谁知道，天意吧。"

她瞄见吧台上还有一个资料袋："这是什么？你另一套藏娇的金屋？"

"见一个送一个？你以为我开银行的？"叶世文把资料袋移开，"这份你不要理。"

程真收回视线。

她解开外套纽扣，又不停扫视舱室，像模像样地点评起来："这艘不错，飞桥还是运动型？这么大的 afterdeck（后甲板）会客区，又是半户外连主甲板，肯定是飞桥。"

剥下外套，她倚坐在沙发上去望深沉的海。

"航速应该最高可以去到二十七节[①]，还是二十五节？我猜二十七，也就是五十公里，比不上你那台车。"

叶世文手掌带热度，摸到她腰侧。

程真早在脱下外套的时候，就被他盯得腰脊发热。这一摸，人软了，往后靠，被叶世文圈在怀里。

"我看你不只会开飞机。"叶世文扯起那条贴着大腿的袜带，狠狠一弹，打在嫩肉上很响，"你明日就不要再去酒吧了！"

想到那些酒鬼盯她的目光，叶世文决定连夜采购最小号的兵马俑铠甲。

程真闷哼一声，酒气染红眼角："会痛的。"又低头去看，手指点在自己白得晃眼的大腿上，一道艳痕昭然若揭，"你看，好红。"

这副媚态来得太突然，叶世文瞬间就有些失控。

"这么快醉了？"

"嗯。"

她没醉，只是喝得太急，现在心跳咚咚，像在喉咙跳舞。

"不能喝还要学人喝。"

"五千一支。"程真侧身，向后比了个手掌，"喝多点，不亏。"

似醉非醉，格外可爱。

程真一夜无眠。

黎明消失，海与天渐分渐离，时间穿梭带来了光。云层织得太密，赤色艳霞被过滤干净，只剩下日昼的白，轻轻落在眼睑，抚触般温柔。

黑夜总是匆忙，似一个背井离乡的人，丢三落四，走的时候只来

[①] 节：专用于航海的速率单位，1节≈0.514米/秒。

得及卷走两件薄衫。

一睁开眼,这个世界便患了乡愁。

没人愿意与梦乡告别。

她轻轻掰开拥着她腰的手掌。叶世文也累了,睡得比平时沉稳,手指无力,任由程真摆弄。她起身离床,找到房内浴袍,披上后悄悄下来一层船舱。

她拆开吧台上的文件袋。

昨晚就想看了,可惜一直没机会。牛皮纸袋鼓鼓,打开发现有两卷菲林[①],写着 copy A(拷贝 A)与 copy B(拷贝 B)。程真第一反应是偷,又在心里笑自己蠢。抽出资料翻看,是叶世文与屠振邦期货公司的交易合同,落款签署人杨定坚。

铁矿石。程真想起翟美玲与杨定坚的对话。再翻两页,看见交易金额时松了口气,幸好他买入金额不大,万一出事也不至于倾家荡产。

想完立即低落起来。关心则乱,程真摇摇头,把杂念抛出脑袋。

再看下去,从资料夹缝掉出几张照片,程真反复确认后才明白是杜元的"货"。码头仓位编号,急冻食品编号,车牌号码及交货的人。

违禁品拍得很清晰,冲印出来的照片右下角上有详细拍摄时间。不只是昌岸码头,叶世文私下追踪了杜元的交易。

他打算把这些东西交给警察吗?还是交给一心要做正经生意的屠振邦?

手提电话响起。清晨六点半,铃声阵阵,割破船舱沉静,犹如灵异电影的开场乐在不停演奏。

程真一惊,急急把文件塞回,目光落到沙发角落的手袋,快步上

[①] 菲林:指胶卷。

前翻找。

"喂?"

那头的人在冷笑:"叶世文真没本事,竟然让你这么早就醒了?"

"杜师爷。"程真忍着酩酊狂饮后的头痛,不去反驳,"有什么吩咐?"

"阿真,没想到你年纪轻轻,玩弄男人也有一手。"杜元假意赞赏,"又是跑车,又是游艇,还打算给你置一间清沙湾豪宅。听说他定金都付了,就差签约改写你的名字。你果然有本事,我没看错你。"

程真的心跌入海底:"我没签。"

"不签?定金五十万,不签也没得退的。"

"他可以写自己名字。"

杜元轻嗤:"你心知肚明,不需要在我面前扮不熟。"

"杜师爷,你这么早打电话,不会只为了关心楼市交易吧?"

"阿真,不要忘了自己姓什么。"

程真咬牙:"我说了我没签。"

"行,你记得就行。劝你别陷太深,如果他没死在我手上,一定不会放过你。"

程真怔忡,浑身血液像遭遇急冻,寒得声音发颤:"你要杀他?什么时候动手?"

"关心他?"杜元大笑,"你玩真心,人家玩游戏罢了。他对女人是大方,但你算什么?冯敬棠娶儿媳,你连参赛资格都没有。"

程真指尖捏得发白:"我要我妹的监护权。"

"过几个月吧,会给你的。"

"我现在就要。"

"急什么?"杜元反问,"想好后路了?准备带程珊去哪里?"

"不用你操心。"

"行,我过完年才回去,到时候再说。"

"不行！"程真语气急起来，"你不是她的监护人，根本不需要你到场，你叫人出面去办手续就可以了！"

"大家主雇一场，你要走，我肯定摆两围酒席亲自送一送你。"

杜元直接收线。

程真卸下力气，颓然跌坐入沙发。抬起眼，码头风光开始清晰，透明玻璃外满是寒冬晨景。车声人声尚远，只有烈烈北风，在终年浴翠的树木中穿插而过。

因堆填海域造成海港独有的狭长海岸线，临陆水急，深海水静，游艇在颠簸中靠岸。

一夜风流，无限多情，只消两分钟致命通话，就能抛诸脑后。

"醒这么早？"程真吓得浑身一颤，手上电话跌落地毯，声响沉闷。侧头去看，楼梯转角处叶世文静静伫立。

西裤穿着妥当，深紫色衬衫未扣，敞半身肌肉。叶世文眼内全是倦意，却在与程真对视那刻泛起笑容。

他泰然自若，一步一近："见到鬼啊？脸色好差。"

"我饿了。"程真松一口气，目光快速瞄到那份收好的资料袋上，万幸。

叶世文脚步恍惚间滞了半秒，又继续走到她面前："我昨晚亏待你了？"

程真忆起那些画面，眼下浮红，如日出朝霞。她想弯腰捡起手机，却被叶世文俯身先行一步。

她急了："给回我！"

"你跟谁打电话？"叶世文不肯给，"一大早魂不守舍。"

他已摁开通话记录，程真扑前去抢，却被叶世文猛地反手一推，后腰狠狠撞中吧台钝角，痛得涌泪。

"哦，这么早就跟杜师爷打电话？"

满室寒气，从叶世文身上透出，每讲一个字就冷掉一度，直逼零下。

程真咬牙忍痛："与你无关的，他在国外，有时差而已。"

"是吗？"叶世文的声音比窗外北风更锋利，"有什么重要事情需要下楼瞒着我致电？不如你帮我问下他？"

他直接回拨，在程真面前把免提打开。铃声十分枯燥，嘟，嘟，嘟，短促停顿犹如凌迟的刀，一声一割，划破程真动脉。

这是黄泉路上的号角。

"喂？"杜元接了电话。

叶世文抬起手，电话被递到程真脸颊旁边。叶世文淡淡地笑，听见杜元声音，笑得更加投入，甚至打算就这样笑着送程真赴死。眼稍弯，唇上翘，美色确实致命，尤其是一个比自己高出许多的成年男人。

她只要讲错一个字，明年今日就是她的死忌。

程真牙关轻颤，喘够气才缓缓开口："杜元……"

那头的人沉默。几秒仿若几个世纪，只听见杜元嗤笑一声："找到阿威了吗？我叫你给他打电话，你打回来给我做什么？你通知他换掉那两款酒没？"

"还没。"

杜元又说："还不快点打给他？阿真，别耍花样。我知道你要辞职，雇佣条例怎么规定就怎么做咯，不需要一而再地求我。"

她从来只称呼他"杜师爷"。

程真双膝发软，差点跪下，指腹在吧台边缘用力扳紧，靠手臂支撑自己。抬眼一看，与叶世文冷酷目光相撞，她有了底气，顺着杜元的话接下去："我想过完年就走。"

"不行。"杜元拒绝，"年前年后最多节日，酒吧很忙，至少要过完清明。"

"我真的不想再做。"程真又去看叶世文，声音更加笃定，"我有其他打算了。"

"等我回去再说,不要再为这种小事烦我,你以为我很有空?"杜元当机立断挂掉电话。

这个谎言足以救她一命。

叶世文把手提电话抛到沙发:"为什么不跟我讲你想辞职?"

"讲了你就会信?"程真心跳慢不下来,半合着眼,语调颇低。

不过是饮食男女误打误撞,玩一回真心。昨夜缠绵悱恻的爱意,也只是他一时兴起的慷慨。想给就给,想杀就杀,叶世文要的是绝对服从。

而她做不到。

只一瞬间,程真被叶世文捏住肩膀摁下,上身趴在冰凉吧台。

"你——"

她的下巴贴在石面,双手被反钳腰后。叶世文不发一言,从她身后扯下浴袍,另一只手抚上那块被撞得瘀青浮起的伤,十分心疼。

他习惯早起,因为习惯失眠。拥着程真入睡才能输给自己千思百虑的思绪,有几个钟头空白时光可供歇息。

床榻凉了,他便辗转醒了。下楼时她把电话摁灭,坐在沙发,三魂七魄尽失地呆望窗外。看见通话记录那刻,所有情感变作威胁,叶世文很愤怒。

他甚至变态地希冀程真由始至终都在欺骗,对自己无半分真爱。

真怕她求饶,更怕自己心软。

细密的吻落在程真背上,疼痛放大敏感,她整个人都在颤抖。劫后余生,庆幸与恐惧并存,程真禁不住流泪。

听见叶世文解开皮带的声音,她哑着嗓开口:"不要。"

怒火催生太多欲望。

"不要,我不要!"程真啜泣,"不要这样!"

"你听话就不会痛。"

无论何时何地，只要你听话而已，我什么都能给你。

你偏不肯。

"叶世文，我是你养的狗吗？"

程真只觉得痛苦。

她不愿意成全一个男人卑鄙的征服感，情愿从未中意过他。

不知过了多久。许是半分钟，许是半刻钟，久得程真睁开眼，听见他重新扣起皮带。骨节修长的指梳入发鬓，几缕泪湿长丝也被妥善安抚。

"真真，你不要再挑战我。"

程真忍不住又掉一颗眼泪："那不如分手吧。"

"好。"叶世文叹了口气，从地底找回自己声音，"下辈子吧，我绝对跟你分手，见到你就绕路走。"

他拉起程真手臂让她站直，指腹轻拭，勾走她颊边的泪。

欲望高涨时的泪不会苦涩，反而徒添凌虐的美。此刻她却哭得犟气，泪珠如棱，带无数的角，扎在叶世文心头。

明明该生气的是他。

"帮我扣。"

颗颗被镌刻品牌字母的黑蝶贝扣，精隽、贵气、微凉。程真双手垂着，像磁铁的同极，拒绝亲近，一股隐形的力推挡她企图举起的手臂。

她开口："不要。"

叶世文贴上前，半低着头凑近："一粒，就帮我扣一粒。"

程真不肯与他对视。

犹豫几秒，她终于抬起手，随意地拧上一粒。叶世文无声舒了口气，自己把余下纽扣全部扣好。

一人退一步，台阶由我造。只要她肯扣，这段恋情便能留出逼仄空隙，供二人各怀心事。

示好与示弱，也就一字之差。

除了死与继续残害彼此，他们似乎不想做出其余安全选择。

叶世文把衣摆扎入西裤内，又拎起沙发上的西装外套，边穿边往外走。

"我买了新裙给你，不要再穿昨晚那套烂衫，好丑。我去车上拿，你换完我们去看医生。"

好丑？明明他看到的时候神魂颠倒。

"看医生？杀人犯要挂精神科的。"程真语气冷淡，"神经搭错线，开颅也没得救。"

叶世文无视她的挑衅，站在舱门处，眼神浮现内疚。他懊恼自己竟然半分力气都不留："肿得很厉害，我怕伤到骨。"

程真别过头，不再去看他。

"记得戒口。"叶世文把车泊下，"没伤到骨，但辛辣煎炸都不要吃。"

程真捧着一堆药，没答话。

"我今晚回来再帮你涂药。"

"不用，我自己来。"

叶世文喉结上下滑动，把一肚怨气憋回："我当时火遮眼，不小心而已，你以为见到你受伤我会很开心？刚刚那个医生以为我家暴你，差点要报警啊！"

她未免太小气。

医生问一句"是意外吗"，她摇头。再问"是人为吗"，她便眼红。如是者三番四次，骨科医生真有风骨，瞪大眼呵斥叶世文："连女友都打，你这个人形禽兽！"

程真冷笑一声："啧，叶老板道歉诚意十足。"

"行，行，行！"叶世文一掌拍在方向盘上，"对不起，程小姐！是我错,是我衰!明日我就去双喜楼摆两围和头酒①,与你冰释前嫌好不好?"

"不去。"程真解开安全带,"我怕没命吃。"

"你究竟想怎样?"

二人陷入沉默。

叶世文决意先妥协,将手臂抬高,音调半软:"还生气?给你咬一口泄愤,咬断都可以。"

程真推开他的手。

"哪天你这只手真的断了,知道什么叫痛,再来问我生不生气吧。"

叶世文很无奈:"真真,你受伤,我也会心痛的。"

程真半低着头,手指在裙摆上一捏一放,互相摩挲。听见叶世文叹气,大掌落到自己颈后。她抬起头,那张俊脸靠得极近,自下而上贴来,企图吻住红唇,被程真避开。

鲤鱼嘴,杏圆眼,这种面相的女人,叶世文发誓轮回十八次只遇见一个足矣。

他已没了十八条命。

叶世文只好在她脸颊轻啄一下:"过完年不要去酒吧上班了。"

"我自己决定。"程真的视线落回窗外。

"行,程小姐想怎样就怎样。"叶世文不想再争执,把那份购房合同递出,"拿回去签字,我迟些带你去办手续。到时候别再住这边,不安全。"

她没有问什么叫"不安全"。

大限将至的压迫感。于她,于叶世文,于所有深陷这场祸端的人而言,水阜区旧屋肯定比这台装防弹玻璃的跑车更"安全"。

---

① 和头酒:同我们常说的"和解酒",即矛盾双方或因其他事引起误解的双方,为了和好如初,借酒化解矛盾。

望北楼 ◆◆◆

程真上了楼。

叶世文留在车里,打开另一份资料袋。

在游艇内她神色最慌那刻,视线先从这个资料袋经过,才抛到他身上。她似乎想确认有没有物归原处——这才是叶世文怒火的起源。

与程真不能硬碰硬。她是一块烧不熔的陨石,在大气层擦到要致电消防处来救火,她照样毫发无损,固执到底。

恃爱行凶,是他让渡的权利。

叶世文有些恼自己,从头逐页翻看,长睫垂作短帘。再掀起时,飓风在瞳孔深处形成,他脸色阴沉,足以悬挂十号风球①。

程真太急了,连照片也插错页码。

"醒了没?"叶世文拨出电话,"帮我查一件事。"

徐智强被这副冰浸过的语气冻得打冷战:"文哥,什么事?"

叶世文的视线落在福华街那条巷内。他不相信一个十年前拖家带口来此投奔亲戚的生意人,能玩得起游艇出埠。

身份可能是假的,但那道疤肯定是真的。

"近十年来,海城所有纵火案,一单都不能漏。"

程真把外套穿上。她个子不高,长至臀下的西装外套,勒出腰线。深棕色,双排扣,复古利落。内搭珍珠白短裙,套一双卡其色麂皮及膝低跟靴。

对镜一照,她有种错觉,恍若回到衣食无忧的年代。

推门而出,程真惊艳了迎面上楼的张欣园。

"真真姐,你去上班?"

"是呀。"程真扬唇带笑,"放假回来吗?大学功课辛不辛苦?"

---

① 十号风球:为最高级别的热带气旋警告信号。

张欣园摇头："念书哪有打工辛苦。"一双稚目褪去光华，与悬在头顶的灯泡不相伯仲，张欣园又小声念叨，"你男友这么有钱，你居然还要去上班？"

人人都在传，三楼那个女侍应，卖酒兼卖身。

豪车频现，穿金戴银，每日假模假样挤地铁搭小巴。原来有钱人也扮贫困，演落魄，与她共睡水阜区旧屋，手段下作，不知廉耻。

张欣园曾替程真解释："那个是她男友，我见过的。"

街坊们都不信："哪个男人会希望自己女友在那种地方打工？她没学历又不靓女，人家玩玩而已。阿园，劝你与她少些接触，近墨者黑，做女仔要有尊严啊！"

张欣园再看看程真靴上裸露的半截大腿。

真白。她以前从未这样穿过。

"拍不拍拖与上班有什么关系？"程真收起笑容，"我赚自己的钱而已。"

张欣园抿了抿唇，点头当作道别，快步上楼。

打开家门，一屋陈旧摆设，灰蒙蒙，阴沉沉，日照永远透不进这幢破旧大厦。藤椅如垂暮穷人，骨架老迈，衣衫褴褛，四处穿插而出的铁丝，勾破她对未来的希冀。

担架厂出品滞销。劳动力密集型的传统产线，厂房占地太大，租金超负荷。老板利润空间缩无可缩，碳纤维制品，遭遇今年石油价格走高导致原材料成本暴涨。投研资金不足产品升级困难，申请CE认证[①]转销出口也要时间。

政策变化后风口期渐趋渐近，北边劳动成本更低，每副担架能比

---

① CE认证：产品进入欧盟国家及欧盟自由贸易协会国家市场的"通行证"。

海城厂商低10%～30%的价钱。

原来单靠海城这个市场,赚不到一世安稳钱。

明明股票指数已在2000年创下最高一万八千点。大家都以为经济复苏有望,科网股热潮竟骤眼间化作泡沫,大市如山倒,这个社会无人幸免。

传统业不行,软件业不行,自愿失业计划又多了无数个不自愿参与的人。

计件工资逐月累减,黄萍燕快支付不起女儿学费。结构性失业,要一个年过四十五的女人转型,能转什么型?

"阿妈,我们是不是要搬?"

黄萍燕挂断电话,眼珠黄浊,像一条垂死的鱼。张欣园听见电话那端的表亲欢天喜地,说收到风声这里要拆了,只能多宽限两个月给她们母女找别处安家。

他们要住回来,与负责拆迁的土地发展公司拉锯谈数。

20世纪80年代初,福华大厦只是私人楼宇,黄萍燕亲戚属于产权业主。1988年,经多方商榷后,才把四楼以下改造为福利住房,轮候出租。

市区腹地,又逢庙破楼旧。无论是拆是卖,也叫作发展经济,造福社区。

"这个你别管了,我再想想办法。"

别处租金要剥掉黄萍燕一层皮才够支付。

张欣园知晓母亲难处:"阿妈,不如问真真姐借?她一向肯帮我们。"

"她的钱是怎样来的,你知道吗?"

"她不是那种人。"

"知人知面不知心,若被街坊知道我们问她借钱,闲言碎语要戳穿我们母女的背脊。"黄萍燕又叹气,"平时楼上楼下帮几个小忙就算了，涉及钱银，亲戚也没情面可讲，不要指望外人。"

张欣园望见黄萍燕贴满膏药的肩窝，眼眶一红："那我不读了。"

"有书不念，你想去做什么？"

"我去打工。"

"中学毕业，你能做什么？连个大学证都没有，谁会要你？"

"我也可以去卖酒，赚到钱就行。"

黄萍燕听见这种话，气得破口大骂："你是不是见人家穿新衫拎新手袋，你也羡慕，也想趁嫩去交有钱男友？做女人能这么不知廉耻吗？我是这样教你的？白养你了！"

"我没这样想过！"

夜里，屋内只有一双母女，在房间客厅各自低泣。叹息无人可闻。

程真踱步下楼，穿堂风打在腿上，有些料峭寒意。

2001年，迎春花未开。

千禧年盛传的计算机"千年虫"，雷声大雨点小。因跨世纪而不适用的"十进制"，在幻想中毁灭地球，又在幻想中消匿于世。

新的一年，海城人照样鼓励自己，样样都要做到第一。好大口气，于是楼价也跻身全国前茅。

全因按揭尾款凑不齐，丧失卖掉那套房的资格，背负一世。业主？孽主？读音近似，人们至今分不清楚。

双手收拢衣领，不善厨艺的程真要先找个地方解决晚饭。

拐一个弯，穿堂风停了。她扯一扯衣摆下沿，把布料捋得平整，走到铭记档口。扬眼轻轻一扫，铺内挤满七嘴八舌的街坊四邻。

"咦？阿真来啦。"谢莹莹早就瞄见来人，直接迎上，口吻似深闺好友般亲热，"还是例牌吧？"

程真点头，在外摆位置坐下。

这次没有孕妇打扰,她悠然自得叹①完一整支烟。

工作场所的光堪比阎王殿,化不化妆无人能辨。她习惯不着脂粉,凭些许年龄优势,晕黄路灯在脸颊细细绒毛上探照,被烟雾一遮,有了迷离美感。

她确实比以前漂亮不少。果然人靠衣装。

陈娇儿媳倪婉君,冷冷站在收银台,拿一双大眼,斜斜乜着谢莹莹满脸讨好地捧上一碗烧鹅濑。她靠子宫争气,一索得男,把谢家唯一命脉紧握在手,没人敢对她这个失业游民摆脸色。老公三催四请,才拖足大半个月说来铭记帮忙。

争家产要趁早。

来的第二日,便把那个一直雇用的长工开除。

陈娇发火:"伟叔一向勤力过人,你炒了他,你来做吗?"

倪婉君长指一点,冲谢莹莹背影示意:"有她就行啦,现在打糊都是机器打的。老爷②负责压粉漏粉还有斩料,她就负责将粉浸一道冻水,过冷河而已,多简单。"

"那你做什么啊?"

"奶奶③,这个月的账簿数目我看过了,有些地方对不上,怕是有人敲穿柜筒底,拿了不少钱。我以前做会计的,收银盘点我来帮你。"

言下之意,洗碗择菜、收拾残羹落回陈娇头上。

她正想反驳,倪婉君把自己老公抬出来。亲生儿子在电话里语气不耐:"阿妈,婉君手腕没力,不能做粗重活的。万一受伤,看病也要花钱。我赚这点钱容易吗?况且店里面事务不分大小,如今做生意

---

① 叹:享受的意思。
② 老爷:指公公。
③ 奶奶:指婆婆。

要有经营思维,又不是小农经济,脑力劳动不比体力劳动付出少。"

又搬出谢家唯一那尊佛:"我礼拜日休息,带迪仔过去帮你揽客。他说好久没见爷爷嫲嫲①,很想念你们。"

电话那头,迪仔死活不肯唤一声"嫲嫲"。听见亲家在叫开饭了,迪仔大喊"辛苦婆婆",陈娇嘟囔几句,儿子索性挂断电话。

谢恩铭习惯回避冲突,这次又装聋作哑。陈娇失去帮手,唯有强忍下来。

她做儿媳的时候,婆婆气势凌人,哪敢像倪婉君这般嚣张。想不到三十年河东三十年河西,都是姓谢的,一个封建余孽,一个潮流民主。

倪婉君眼见程真优哉游哉吃完那碗濑粉,起身时格外仔细衣裳,旧得掉漆的折叠凳轻拿轻放,实在做作。她以为自己在内环区大班楼宴饮那道亚洲第一的鸡油花雕蟹?

程真走至收银台,收银员目光汹汹,夹带鄙夷。见她从上至下扫视,仿佛在替程真全身做磁核共振检查,又想起陈娇的抱怨——能做收银的,必然是自己人。

这位是陈娇儿媳。

倪婉君看够了,才开口:"三十五。"

如今连定价都由倪婉君话事。涨价五元,骤然一听,也不算多。若改为涨幅15%,估计食客纷纷绕道。程真低头数着零钱,眼角掠过倪婉君描红的指甲。

十指不沾阳春水,看来婆媳大战,陈娇率先弃甲。

"大嫂,打个折啦。"谢莹莹突然从身后冒出,手里捧两个油汪汪的净碗,侧头去看倪婉君,"阿真是熟客来的。"

"一碗粉,算上食材、人工、灯油火蜡、铺面租金……"

---

① 嫲嫲:指奶奶。

倪婉君话未说完,谢莹莹反驳:"自己的铺面,何来租金?"

"逢年过节不封利是,信不信贩管拿市政条例警告,分分钟说我们影响市容?你以为外摆的那四张桌子是天生种在那里的?念书少就别乱发表,做生意要讲公关的。"倪婉君翻了个白眼。

谢莹莹早就熟悉大嫂嘴脸,听完也只扯扯唇角,露一个假笑。她在家里受惯打压,这种程度的讽刺简直是和风煦雨。

倪婉君不愿弯的腰,谢莹莹都肯代劳。陈娇并非冷血,眼见亲生女儿累得在后厨打盹,已经开口叫谢莹莹回娘家住。

母女闭门夜话,谢莹莹长睫带泪,试探陈娇态度。

"阿莹,你真的要离婚?你想清楚了?已经不年轻,又生了两个小的,说离就离?"

"阿妈,我不想带着两个小的。"

"难道要他们跟那个烂赌老爸?你是在害他们两兄弟,做老母的能这么狠心吗!"

"你以为我舍得?我是怕拖累你和阿爸而已。"

"唉,谁让你以前那么蠢!"

"真的离婚,两个小的可以改姓谢啊。大嫂为了身材不肯再生,总不能让你和阿爸一辈子只抱一个孙吧?"

陈娇嗤笑:"改姓谢了,打算分家产?街口那间丰兴置业的地产经纪佬日日来吃粉,跟你吹水说这里要拆是吧?久病床前无孝子,分钱才来献殷勤!"

"阿妈,我是你生的,怎么你骂我就舍得狠心?对大嫂就千依百顺?你猜她要迪仔改姓倪,你那个只听老婆话的儿子肯不肯?迪仔可是你亲家一手带大的。"

蛇打七寸,陈娇一时语塞。

谢莹莹又悄悄朝程真挑眉——别管这个癫婆。

程真依照定价付钱。

谢莹莹笑着说："多坐一会儿再走嘛，反正你八点才开工。"

"搭车也要时间的，到了就差不多了。"

"拜托你啦，都身光颈靓①了，还做什么？嫁妆收拾一下，嗲多几句，先上车后补票，他肯定会给你个名分的。"谢莹莹压低声音。

程真不答。她知道街坊在说什么。公屋没有不透风的墙，张欣园那记落在她大腿的目光足以说明一切。

社会底层不懂日马夜马的赛制到底缘由何在，也不明白莎士比亚那种乱伦作品怎会值得讨论几个世纪。憎人富贵嫌人穷，捱得过今日，再讲两个八卦，尺度越大，春梦越长。

人间没有真相。

因为真相太残忍——她这种人，怎会有机会撞大运遇见真爱？绝对是牺牲色相换来的三分钟热度。

程真越过谢莹莹，脸色平静地走出门口。

上了小巴，她倚在粗陋布艺靠背上，头轻仰，眼朝外。与洪正德亲戚议价是一件苦差，既不想为了落户花太多钱买一间二手单位，又不愿得罪这条仅有的人脉。良城的体操水平并不高，还要替珊珊物色体校。

不知那边的娱乐场所多不多，卖酒水佣金高不高？再不行，去开的士总可以吧？

程真心事繁多。

背井离乡，故土难迁，连林媛骨灰都带不走，她根本没心情去管别人如何非议自己。

大厦泛光外墙上，可乐的广告红白相间。屏幕不断切换颜色，喜

---

① 身光颈靓：指人衣着光鲜。

庆得让人以为饮下去就能坐拥欢乐。

　　视线流连间,她看见灯牌左上方暗掉一角,太小了,不显眼。

　　像水阜区福华街,又像十五岁的曹思辰,更像千千万万个仰人鼻息生存的浮游生物。这片由钢铁水泥组成的海,拥抱潮汐变幻,终年热闹欢腾,有人御风,有人驾浪——从不会为一颗熄灭的灯泡停下。

KUWEI
酷威文化
图书 影视

望北楼(下)

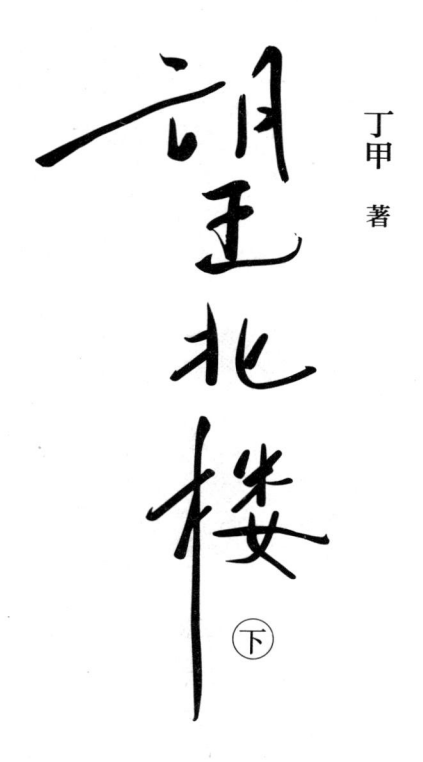

丁甲 著

四川文艺出版社

目 录

Chapter 10　　　　　301
失魂落魄

Chapter 11　　　　　327
缘分已尽

Chapter 12　　　　　351
生死一线

Chapter 13　　　　　375
陈年旧事

Chapter 14　　　　　399
暗流涌动

Chapter 15　　　　　439
罪恶的交易

目 录

Chapter 16　　　　　　459
情债难偿

Chapter 17　　　　　　493
昌岸码头

Chapter 18　　　　　　527
拨云见日

Special Episode 01　　549
似是故人来

Special Episode 02　　557
旧日是遗梦

Special Episode 03　　563
此刻即未来

Chapter 10
失魂落魄
Wangbei Building

望北楼 ◆◆◆

"初步规划分五期进行，时间跨度六年。一期预计总建筑面积最高，商业及住宅合计十二公顷，包括原定优先建成交付的社会公共福利房。可售住宅主要以两梯八户十字星的格局为主，二房一浴的户型。这张是鸟瞰效果图，下面是户型图。"

内环区德汇大厦，二十三楼，面朝海港。

冯敬棠数年前豪掷老本，替冯世雄公司租下二十三楼半层，座与座间至少距离一米，公共廊道宽敞得可用来打高尔夫球。

建筑设计界的精英们，值得在寸土寸金的海城自由呼吸，以便激发灵感。

冯世雄侧过身，稍稍扯松领结，在投影仪惨白的光照下，掩饰自己略带虚浮的音调。

"总技术经济指标如图，容积率均数为六。其中住宅部分是九，预计可售的建筑面积……"

"九倍容积率？"端坐会议室尽头的金发男人开口，"建筑密度高成这样？世雄，你打算建一座鸽子笼吗？十字星格局，楼梯和公共走廊缩减，这种户型你拿去做公房可以，但私人屋苑，未免太逼仄了吧？"

地道本地话，无半丝外国乡音，一听就是个本地通。

冯世雄抿唇。

Chapter 10　失魂落魄

金发男人皱着眉，指节敲在会议室桌面，有些不耐烦："你这个项目叫'君汇东岸'。首先这块地皮就在内陆，起码要建六十层才能望到海，叫'岸'太牵强；其次就是你们放弃引入软件产业，改为引入文化旅游业，想借迪士尼公园造势，那你的特殊功能商业部分为什么只有1%？"

冯世雄瘦白脸上出现尴尬："Sorry, Rex。这里写错了，是10%才对。"

Rex看向冯敬棠。

他与冯敬棠年岁相当，额窄鼻高，唇薄眉淡。湛蓝眼珠像寒刃，一合一开间，流露不喜敷衍的锐利态度。

在海城工作二十年，从少壮到临老，Rex对这处的一蔬一食，不比在场各位血统纯正的人陌生。带着家族生意离开的时候，他曾隐晦地对冯敬棠说："你们有句古话，叫'福人居福地'。希望我也是有福之人，能有机会再来。"

他确实回来了，却难掩对这份规划案的失望。

冯敬棠瞄了眼脸色不妥的冯世雄，向友人解释："开发进度确实比预期要快，世雄单挑大梁，精力跟不上，有些粗心。我们出街的宣传里面没透露这些具体指标，后期再调整也是可以的。"

Rex显然不接受这种回复："调整一次，你的全面预算案就要修改一次。这是几十亿的生意，不是你们街坊讲的'几十蚊'。如果实在做不来，世雄你可以委托四大顾问行出估价调研报告，数据更客观，我们也放心。"

冯敬棠一听，没再接话。这是在质疑冯世雄想私吞融资，也就是质疑他。区区几年没见，这位老友——老奸巨猾的朋友——倒有几分生疏了。

"估价报告涉及大量变数的假设，而且四大顾问行是做大宗资产投资研判为主，君汇毕竟是自主开发，始终有区别的。"叶世文替不愿引战的冯敬棠把话说透,"海城如今发展日新月异,变数超乎想象,Rex你太久没回来,水土不服了。"

冯敬棠与Rex同时望向叶世文。

一个暖,一个冷。

名利场上无父子,人家是来谈数,不是来谈心的。况且明知对方这趟准备验货付款,冯世雄交出的功课却差强人意。

在叶世文看来,Rex这几句暗示算客气了。

Rex收回视线,又问:"那容积率和业态变更,世雄你解释一下,为什么与当初发给我的预算案不一样?"

冯世雄站在投影幕旁。额角汗往下坠,注意力神游上空,面前的人与声隔了层不可触及的光,缥缈迷糊。

他在尝试摆脱这种畸形的瘾,但效果甚微。

冯世雄深知身体状态不佳,躯壳内焦虑与慌张在四处乱窜,望向叶世文时,竟抛出一个求救眼神——我讲不下去了。

叶世文捕获后,没有犹豫,直接解答:"九倍容积率放在银山区算普普通通,放在洲界确实偏高了。但我们既然要做产业链,自然要打造地标,将主体大楼做得宽敞气派,设计最花心思。在商业部分亏掉的可售面积就加在住宅。结合文化旅游业,绝对有投资客买。愿意来旅游的难道会是本地人吗?要做就做投资客的生意,做东南亚的生意。可售面积不够,靠接驳巴士、贩卖团体门票和玩偶公仔补偿吗?这样回不了本的。"

Rex意会,眼内闪过精光,慢悠悠地说:"你们可以参考其他小型发展商的做法,有些地方不用花钱就省一些。"

叶世文笑着反驳:"合法开发是底线,我们绝对不做偷工减料的事。"

此话落音,人人你看我,我看你,目光交汇却不吐露心事。

Rex也笑:"看来政策变化之后,你们的立场都变坚定了。"

Chapter 10 ❖ 失魂落魄

冯敬棠听得出 Rex 话里有话:"我外甥脾气比较直,Rex 你见谅。但他胜在够大胆,银行那笔融资是他谈下来的。"

Rex 挑眉:"这么大笔钱,你一个人谈下来的?"

"当然不是我一个人的功劳。没有大哥做的规划案、预算案,再加上舅父这个生招牌,秦总和银行也不会看中这个项目。"

叶世文在冯敬棠面前从不擅自邀功。

Rex 不动声色地打量这对舅甥。看来冯敬棠这几年根基更稳,身边干将如云,收服他的成本怕是要比以前更高。

一直沉默的冯世雄这时却忍不住出声:"各位,不好意思,我去一下洗手间。"

人有三急,实属常情。况且下飞机一见冯世雄,脸颊暗青,眼下浮黑,看来是身体抱恙,Rex 直接指向叶世文:"下面那部分世文你来介绍吧。"

叶世文点点头,用眼神示意靠门边的徐智强跟上。

徐智强远远跟着冯世雄,往洗手间的方向走。

冯世雄尚未到万蚁噬心的程度,但这种程度的折磨,也足够他出一身冷热交杂的汗。他踉跄推开男厕隔间的门,坐在马桶上急忙打电话。

徐智强在门口摆了个"正在维修"的告示牌,也随身进去。不久后,他听见冯世雄在慌乱骂人,顿时感到不妥,立即离开厕所往走廊通道去打电话。

直至整份规划案讲完,也不见冯世雄回来。冯敬棠起疑,想到大儿子最近心不在焉的模样,有些隐忧,打算叫叶世文去洗手间看看情况,他却与 Rex 聊得火热。

连第五期规划的盈利目标也以季度为单位做出口头承诺,Rex 只觉得这次稳赚不赔,眼尾皱纹随笑意加深。

冯敬棠起身:"我失陪一下。"

叶世文为了尊重Rex，一直没有理会手机振动。这时，他才侧过头，看向冯敬棠："舅父，大哥好像去洗手间很久了，不如我去看看他？"

"我去就行了。"

冯敬棠见到厕所门口放置"正在维修"的告示牌，又回过头去问办公室职员，确认冯世雄在洗手间内没离开过。

他走进厕所，尚未开口，只听见冯世雄在隔间内嘶哑地骂，像身中剧毒般凄厉。

"你不是说这款是特效药，注射半个月就可以戒断的吗？为什么我打了一点效果都没有！温怡……温怡……是不是温怡那个死八婆找你合伙来害我的！"

冯世雄涕泪横飞，一手攥电话，一手攥针筒。青白手臂被慌乱戳穿，血液淌湿他凌乱挽起的衣袖。

心跳在颅底撞击头部，每一下都有回音，浑身血液泛痒，理智逐寸瓦解。他有一种错觉，怀疑温怡在他动脉里植入玻璃碎片，在体内奔走，剧烈刮动。好痛。

电话那端早就挂断。

冯敬棠脸色发白，拍着门叫儿子："世雄！你怎么了？"

冯世雄听见遥远的声音，是熟悉的人，是他爸。整个身体颤颤巍巍地顶住木门，生怕冯敬棠破门而入，又怕冯敬棠不肯施以援手。

他已经不会思考了。

"阿爸，我是世雄啊，阿爸……"

"你开门！"冯敬棠音量拔高，"你开门出来！"

"不行，我不行啊！"冯世雄呜咽地哭，他觉得自己被架在烈焰上烧，又被立即掷入三百米深的冰川，"真的不行了……我快死了，妈咪，我真的快死……妈咪，我怎么办啊……"

"阿爸。"

Chapter 10　失魂落魄

冯敬棠吓得腿软之际，被人唤回神魂。侧头去看，叶世文推门而入："我在外面听到有人在叫。"

冯敬棠踉跄半步，拉紧叶世文手腕："快点！你撞开这个门！你大哥在里面！他不肯开门出来！"

"他在里面做什么？"叶世文疑惑，"在哭？"

"你快点撞开这个门！"冯敬棠咬牙，"我也想知道他在做什么！"

冯世雄的哭声时高时低，句句"妈咪"，无助慌张，悲惨凄凉，像一个遭遇全世界抛弃的婴儿。

叶世文心里发笑，让冯敬棠靠边，倚着门警告："大哥，我要踢门了，你避开点。"

叶世文后退一步，单腿抬高，一脚踢踩在门锁下方，声响与力度共鸣，简易栓锁直接报废。

冯世雄却被这一下惊着，双膝发软，整个人往前跪趴在马桶上。

冯敬棠心急，直接冲上去推开门。

一对黑色瞳孔，在望见冯世雄手中注射器那刻，似遭烈日炙烤，缩成针筒末端的骇人银尖，狠狠扎穿父亲心脏。

"魂飞魄散"不足以形容，"悲从中来"道不出痛苦。一个被寄予厚望的大好青年，此刻血泪交杂，汗湿半身，如沟渠中的烂蛆，扭动肢体寻觅维生的食物。

狼狈，恶心，没有半分像他冯敬棠的儿子。

"世雄……"冯敬棠声音极颤，"你……"

冯世雄又痛又冷，眼底出现光怪陆离的幻象，耳内全是女人扭曲的声线。细细听，是他妈，是温怡，左耳右耳嗡嗡作乱。

"你不要认那个男孩做你弟，他不配姓冯。"

"这是现在最流行的玩法，哪有这么容易上瘾。况且你在国外也玩过几次，怕什么！"

"他与他妈一样讨人厌。他要来跟你抢家产，想害到我们家破人亡。"

"是不是很嗨？你想要的话我可以给你个联系方式，以后你找他买。"

"世雄，妈咪只有你了，你争气点。"

爱与欲竟成为身体枷锁，跌落神坛只需一口升仙的"糖"。高大英俊的冯公子，也是尊严扫地的瘾君子。

"是你……是你害我这样的！全部都是因为你！"

冯世雄突然爬起来，满面愤怒，扑向门口那个看不清的人。是温怡？是曾慧云？是冯敬棠？不，是叶世文，是那个让他憎恶的二奶仔！

一切都是因为他！

针尖锋利，闪骇人的光，冯敬棠眼见儿子朝自己冲来，一时间竟忘了避开。

在针扎到冯敬棠身上的前一秒，叶世文握住冯世雄的手腕。只听见一声巨响，冯世雄从冯敬棠身侧擦过，后脑撞在木门板上，眼冒金星，痛得不停哭泣。

"你连自己阿爸都想杀？你是不是疯了？"

叶世文一掌刮在冯世雄腮帮，瘦白脸颊泛起通红的印，力度大得让冯世雄打一个寒战。手指扯紧他的头发，冯敬棠强迫冯世雄与自己对视："你手里是什么东西？你讲！"

"不要，不要打我！"冯世雄的口水淌了半个下巴，习惯条件反射地撇清责任，"不是的，我不是自愿的！我是被……被逼的……"

冯敬棠终于明白了冯世雄手里是什么东西。他双眼发红，心脏绞痛，竭力稳定自己的声音："世雄，是谁逼你的？"

冯世雄的视线失去焦距，汗水濡湿眉毛鬓角，犹如缺氧的鱼苦苦张嘴："我……我不知道。我只是想玩一玩，想开心一下，是不是你……"

Chapter 10　失魂落魄

他抬手想抓叶世文，却绵软无力，颤颤举高，似是指向冯敬棠，始终摸不到叶世文衣摆。

叶世文扯紧冯世雄头发，直接猛力一拖，把他整个头摁入大理石洗手盆内。

"世文！"冯敬棠震惊，"你做什么！"

"他现在瘾上头，不会清醒的，我在帮他！"叶世文侧头去看冯敬棠，眼内全是愤怒，"阿爸，他刚刚差点要杀了你，现在还怪你害了他啊！"

冯敬棠才惊悟，冯世雄是在怨他。

"是你害我这样的。"

衣食无忧三十载，供书教学，出资创业，换来这句薄幸指责。冯敬棠胸膛抽痛，不知该恼还是该哭。

叶世文直接扣上排水口，打开冷水龙头。冰冷的自来水不停冲刷冯世雄脸颊，涌入鼻腔、眼球、嘴巴、耳郭，呛得他不停乱叫"救命"。

叶世文把冯世雄湿漉漉的头拎高，凑近镜面，又问："大哥，到底是谁逼你的？"

冯世雄被冷水一浸，恢复几分理智。眼神用力聚焦到镜面，只见叶世文满脸暴戾，隐隐咬牙，发出无声威胁。面孔扭曲，像即将撕咬他的巨兽。

冯世雄缩了缩肩，害怕下一秒真的死去，万蚁噬心，号啕大哭起来："是她，是那个女人……她是……是陈康宁的人，是兆阳的职员……"

一瞬间，冯敬棠脑里眩了几秒。

陈康宁，二十年并肩作战，居然养虎为患。他怕两个儿子因家产决裂，又担忧临终失势，拿钱换忠心，从一开始就让陈康宁帮自己代持兆阳最大股份。如今他竟打算断了冯家根基，踩下所有人，独吞这

309

块肥肉。

日防夜防，家贼难防。

"你乱讲！"叶世文用力一拽，把冯世雄的脸贴在镜子上，"他是阿爸的亲信，他不会做这种事！肯定是你自己偷偷在外面鬼混惹回来的！"

"我没，我真的没乱讲！阿爸，是她！"冯世雄难受得开始抽搐，浑身战栗，"那晚，那支烟有问题。她诱惑我，我食了，好痛，我好痛，妈咪……要死了，妈咪，救我……我要死了……"

"世雄，你这个样子……"冯敬棠终于忍不住流泪，腰背微塌，似被抽走元魂，再无半点风光姿态，"你对得起我和你妈咪这么多年的付出吗？"

到了这刻，冯敬棠话里话外，竟在权衡得失。养儿像投资，家事即公事，叶世文看透冯敬棠的嘴脸。

他想可怜冯世雄，可惜没这种心情。

冯世雄从未可怜过他这个"亲生兄弟"。

"好痛，我要死了……给我，快点给我！"冯世雄反抓住叶世文的手，淌了满脸狼狈的泪涕口液，直接跪倒在地，"世文……求你，大哥求求你，你有办法的……你帮我买一包回来，无论多少钱我都给你！"

叶世文冷眼回视："我怎会知道哪里可以买？你只能戒断它。"

这副惨状，让人嫌弃。叶世文想一脚踢开，又忍住冲动，侧头去问冯敬棠："阿爸，大哥这样不能出去见人的。我绑起他，叫人来带走吧？"

"作孽！"冯敬棠抹掉泪痕，一拳捶在洗手池的大理石面，"真的作孽！曾慧云还信爱，信世人，连自己儿子都管不好！"

他喘一口气，强迫自己冷静下来："绑，绑吧！"

"大哥，你忍一忍。不绑了你，我怕你伤害阿爸。"

Chapter 10 失魂落魄

叶世文扯下自己领带，将冯世雄双手扎紧，又用他的领带把不停淌着口涎的嘴巴绑上。

伸手一推，器宇轩昂的冯公子就像一袋废弃水泥，"啪"的一声摔在地上，四肢抽搐，口吐白沫，毫无自尊。

冯敬棠很想去扶他，双腿双手却一点力气都没有。

叶世文才看见手机有徐智强的未接来电。他回电过去，叫来徐智强。

"文哥。"

徐智强刚推开门，面前场景比好莱坞大片还要刺激。刚刚叶世文没接电话，他打算去敲会议室的门，但百叶窗外窥见叶世文与 Rex 相谈甚欢，他又不愿打断。现在过来一看，原来是冯公子的惨状被父亲兄弟发现。

叶世文没理会徐智强的诧异，开口交代："把我大哥送去康安医院。"

"不行。"冯敬棠低声拒绝，再看看冯世雄狼狈溃烂的模样，"医院不行，得去专门休养的地方。"

"阿爸，他是冯世雄，是你冯敬棠的亲儿子。"叶世文语气冰冷，"他这事如果传出去，明日慧云体联和 Parko 可以直接关门了。"

冯敬棠一怔。

叶世文继续说："况且戒断要剥一层皮，造成的脑损伤不可逆了。"

瘾似基因，刻骨铭心。

本地政府禁毒永远排首位。就连曾经恶名昭著的大佬们也放弃这种财源广进的生意走正道——确实赚钱，也确实造孽。

怕自己不积德，生不出儿子。

叶世文抽出拭手纸巾，仔细替失魂落魄的冯敬棠擦掉双手少许血迹。冯敬棠听完，只摇了摇头，苦涩堆砌心间。

他怕自己彻底失去冯世雄这个儿子。

"冯老，Rex还在会议室等你。"徐智强不得不开口提醒，"我送冯公子去康安。私立医院口风很密，去了先打镇定剂缓一缓，不会伤害身体的。"

冯敬棠抬头，才想起今天这件万分要紧的事。若失去Rex，兆阳地产也将摇摇欲坠。

"这件事绝对不可以给Rex知道，他们还等着去看工地现场。"叶世文边说边替冯敬棠扣好袖扣，"云姨那边也要先瞒几日，她受不住的。"

冯敬棠深深吐了口气。想到曾慧云爱子如命，估计会比他崩溃千百倍，怕是会闹自杀跳海。

没一个能省心。

他侧头望向镜子。妥帖梳起的发鬓，隐隐透出几根银丝，有些全白，有些半白，参差不齐，嘲讽他的万丈失落。

真可怜。短短一生，连为儿子伤感的时间都要掐着秒表控制。冯敬棠三个字，被他活成一个符号，替所有利益标注诠释，没有自我。

"Rex还在会议室等你。"

这句话，他要写成墓志铭，给子子孙孙瞻仰他的丰功伟绩。你看，每个把持资本的人，都在等冯敬棠，而不是"我"。

数十载风浪中走过，冯敬棠强行收住泛滥的情绪："对外就说……世雄出埠学习了，Parko这边暂时由你看着，进度不能停。"

叶世文点头。

"我先陪Rex去食午饭，你留下处理他刚刚提出的那些规划问题。若他不满意，我们很难拿到钱，后期所有布局都会被打乱。"冯敬棠想起冯世雄提及的人，愤怒涌上心头，又竭力压下去，"兆阳内部也不要泄露今日的事。下个礼拜你以股东身份发起兆阳股东会，我要陈康宁将他手头所有股份先转给你。"

Chapter 10　失魂落魄

叶世文设想过会有此一日。

只是没想到，来得比想象中更快。是该多谢曾慧云的小肚鸡肠，还是感激冯世雄的自制失控？是个人就会有弱点。这一局的胜负，谁也怪不得谁。他与叶绮媚这对苦命母子，受尽屈辱，终于摸到扬眉吐气的机会。

但站在眼前的父亲，生性多疑狡猾，他不能流露出野心。

叶世文犹豫："我怕他不会同意，而且云姨也有意见，我担心影响你与他们的关系。"

"他是代持而已，我与他有私下协议，他不想转也要转。难道你要我自己持有股份，摆上台面给大家看吗？"冯敬棠抿了抿唇，"世雄被他害成这样，你云姨敢是非不分？我不会放过陈康宁的！"

他现在才彻悟，永远靠得住的只有血脉。所谓战友，所谓夫妻，只能制衡，难以交心。

脑里竟忆起叶绮媚当初的话——早该让她帮自己再生一个儿子的，她绝对心甘情愿。

叶世文没开口。冯敬棠抬头，见叶世文犹豫再三，似乎真的在担忧。他被曾慧云母子欺压多年，对外强势，回家强忍，冯敬棠偏就满意他这副容易摆布的模样。

些许委屈，再加几分期望，这个儿子便能赴汤蹈火，与他妈一模一样。

"世文，你大哥这样……我现在只有你这个儿子了。"冯敬棠难掩喉间酸涩，"我只能信你了，你明白吗？"

一字一顿，恳切可悲。

"阿爸——"叶世文上前，拥住比自己矮半个头的父亲。二人面对面，心贴心，目光却无法相接。一方万分无奈，一方汹涌诡谲；一个真看不见，一个扮有良心。

"我一定不会辜负你的。"

"送新年礼物的时间到了。"程真递上亲自包装的礼盒,"给,你自己说要这款的,不退不换。"

程珊双手伸过茶几,即将摸到礼盒,笑得眉眼弯弯:"多谢家姐!"

程真突然收回:"只有一句多谢?"

程珊噘嘴表示不满,又立即奉上讨好的话:"祝家姐新的一年,财源广进,身体健康,万事胜意,龙精虎猛,早日出嫁……"

"停!收回最后那句。"

"好话不收。"

"那句算好话?"

"当然算,能做我姐夫的,劲过李小龙。"

"好的不学,学这些油嘴滑舌。"

这回程珊终于拿到礼盒。红底黄边的彩带是歪的,光滑轻薄的包装纸是皱的,收口位置看得出剪刀功毫不熟练,似一个醉汉在勉强自己走直线。

物轻情意重,三流包装,一流心意,程珊拆得格外仔细。她要连包装纸也保存下来。

"哇——真的是拍立得相机!"

程珊兴奋得捧着相机在沙发弹跳,老旧弹簧一上一下为她动作伴奏,咿呀叫唤少女如愿以偿的快乐。

"不要跳啦,楼下会投诉的。"

"家姐,快点!快点坐过来,我们合影第一张!"

程真坐到程珊身旁,倚着妹妹,特意伸手拢了拢头发:"我要看哪里?我还没洗脸呢。"

"看这里,不用洗脸啦,这样才有朦胧的美。"程珊手指轻点镜头位置,脑袋挨在程真脸旁,"拍了喔,1——2——3,笑!"

相机吐出照片。

"给我看下。"程真凑上前,对着浮现出来的画面有些不满,"衰女,你是不是故意躲我后面,显得我脸大?"

"哪有大?"程珊放下相机,伸手在茶几底四处翻找记号笔,"以前茵姨还叫你肥妹猪呢,现在瘦得只剩一对胸。"

"谁教你这样讲话的,叛逆期到了?好粗鲁。"

"事实嘛,两姐妹不要计较啦。"

程珊找到记号笔,在相纸背面写上日期时间,还画了个心。

听见程珊提起林媛旧识,程真重新举箸,心不在焉地夹着冷了大半的饭菜,挑半天也没送进嘴里。

除夕夜,炮仗声未至,烟火气甚重。

好过难过也要过,肥年瘦年又一年,纵能委屈三百六十四日,却不能亏待今夜。福华街连管教孩子的声响都低了,偷神龛大橘的衰仔也只挨了一记鸡毛掸子的打。

家家户户,一张四方木桌,支起,放平。辨不清颜色的抹布在桌上涂一层湿气,拭净花生壳瓜子碎,捧出一个个薄底白瓷碟,盛满年关才有的滋味。

菜档销路最好的是生菜。生菜生财,滚水焯熟,蒜末炸至焦香,镀了镬气,蚝油浇淋,便是一味"和气生财"。

肉档猪脚早早被预订一空。别以为一只猪有四条腿,个个都能分到。识货师奶只选前蹄,粗壮骨细,皮厚脂爽。过冷河,煨八角,沙姜焗,炭火烤,要焖要炖任君烹调,肉韧而不散,味凝在筋络。缀上几克贵价发菜,也称之"发财就手"。

富贵,富贵,先有富才有贵,俗世中人的心愿也分轻重缓急。

年轻靓女撇了撇嘴:"阿妈,猪脚好肥腻。"

"傻女,你懂什么,猪皮比燕窝值钱啊!"

学生仔眉头紧皱:"阿爸,芹菜好难吃。"

"吃完它,勤勤力力,新年给我考个 A 回来啊!"

生冷热烫,你都要吃。年年岁岁,从餐桌到衣着,讲究一个好头好尾。过程尽管艰难险阻,十二个月都在唉声叹气,这一夜却如雪如山,尽数掩藏在心。

只喜庆,不忧愁。

连街角野猫也能分得一尾吃不完的罗非。

程真从慧云体联接走程珊,静悄悄回福华街过年。打包熟食的时候多要了一份蒜蓉辣椒酱,老板抬眼,八卦地问:"同男朋友一起过年?买这么少,哪里吃得饱。"

"不是。"程真只否认,不解释。

面熟的邻里在店内开口:"阿真,明年住大屋,记得有空回来探望我们这群老街坊啊。"

"你见过哪个住大屋的会回来水阜区?贪这里沟渠水好闻?"

"说不定旧城改造之后,这里靓过清沙湾呢!"

"公告没出,一切都是未知数。"

"板上钉钉啦,最近搬回来住的业主多得很,要讨价还价啦。"

程真给完钱就离开了。

饭菜冷掉大半,她没胃口再吃。程珊得了新礼物,连眼角都在发光,一台机器能购下少女一整年的欢欣雀跃。

"珊珊。"程真放下筷子,转头望向程珊,"我有事要跟你讲。"

程珊头也没抬:"什么事?"

"我们要搬了。"

她已把房款定金付给洪正德的亲戚,只差五月过去签合同确认。

程珊不以为然,笑着问:"这次又搬去哪里?"

"去良城。"

程珊睁大眼:"搬去北边?好端端为什么要去良城?"

程真犹豫再三,决定选一个程珊最无法拒绝的理由:"我们的身份就快被人知道了。"

程珊怔然。她张了张嘴，却半天说不出一个字。吞吞吐吐间，她似是想起什么，恐慌地探问："是不是我参加比赛被他们发现了？我长得太像妈咪，是不是因为这样，他们认出来了？家姐，是不是啊？他们是不是找到你，威胁你了？"

"不是，"程真拥住扑上前来的程珊，"不是因为你。"

"那我们为什么要搬去良城？这里不好吗？我觉得已经比棚屋好很多了。家姐，不要走好不好？我不想走……"

"珊珊，我没办法，因为我做了一些事，一些不好的事。"程真心中涌现许多内疚，"除了离开这里，我们没路走。是我对不起你。不过你放心，到了良城你照样可以继续学体操，家姐会找最好的体校给你。"

程珊抬起头。

程真眼底的无奈，她读得懂。两姐妹，同根同源，相依为命，打一个喷嚏就知道替对方添衣温水，解释的话不用多说。未到万不得已的地步，程真不会下此决心。

"但我的监护权……"程珊眼眶发红，想起当年那群把她从棚屋床底拖出来的人，语调微颤，"在那个人手上，我怕我走不了。"

程真眼色一沉："我会拿回来的。"

"家姐。"程珊抬头，眼泪先于声音而出，"你是不是有危险？那个人我见过，我记得他的，是不是他逼你做了什么？"

"不要乱想，没事的。"程真替程珊拭泪，"你什么时候见过有家姐解决不了的事情？傻女，过年过节不准哭，意头不好。"

"真的？"

"真的。"

"家姐，你不要骗我。我过完年就十六岁了，不是小孩了，我可以帮你分担的。"

"骗你做什么？你只要听话，就是帮我减负了。"

程真语气笃定，让程珊消除许多疑虑。

若世间真有什么能称得上"绝无仅有"，那便是程真。自记事以来，程真脸颊如红富士苹果般丰盈，骨架纤细，肌理饱满。身姿算不上圆润，却偏丰腴，连洪正德老婆也赞她天生富态，一只福气十足的肥妹猪。

如今竟瘦得弱不禁风。

"怎么了？"程真见程珊不发一言，"是不是不舍得同学？你五月那个比赛参加完我们再走，你还有时间跟同学在一起，到时候我帮你搞个欢送 party（派对）？"

她私心里希望程珊能拿到更多奖牌，作为回良城入校的敲门砖，却不愿开口要求，怕自己妹妹压力太大。

"不是，我愿意跟家姐走，你去哪里我就去哪里。"程珊摇头，自己抹掉眼泪，"我会认真准备比赛的，你不用担心我。你四月尾生日嘛，到时候我拿个冠军给你做生日礼物。"

"好。"程真这才松了口气，露出笑容，"快点去冲凉，这里我收拾就行了。"

程珊起身，迈开两步，又突然回头，冲过去抱住满手残羹剩菜的程真。

程真手一横，差点打翻菜渣。后背贴着程珊柔软脸颊，心想这个黏人精何时才能长大，她忍不住嘴角带笑。

"怎么了？傻女，今晚一张床睡，给你抱个够。"

程珊永远记得，许多年前，她就是这样毫不犹豫抱起惊惧哭泣的自己。

泪眼模糊间，程珊拧动门锁。在缝隙中窥见程真拿高尔夫球杆，用力敲击曹胜炎的后背，把他从林媛身上推开，却挨了曹胜炎的打。他手持剪刀，扯起程真一头长发乱剪，只差半寸就要划破她的脸。

Chapter 10　失魂落魄

"我看你以后还怎么见同学！你就是我们家的扫把星！"

程真护着林媛，无惧曹胜炎的威胁："我已经报警了，你有本事现在就打死我！"

一晃眼，她的头发又长了回来，却再也做不回曹思辰。

"家姐，你没有对不起任何人。"程珊忍住眼泪，不想自己过分懦弱，"包括我，你从来都没对不起我。"

是命运对不起你。

"冯世雄怎样了？"

"基本上等于废人一个。瘾起来就胡言乱语，要护工五花大绑才压得住他。曾校长一直哭，几十岁女人哭到我也觉得心酸，双眼肿得像蜜蜂叮过一样。"

"我爸去看过了吗？"

"有，静悄悄去的，看见冯少爷这样，他也眼眶发红。"徐智强叹了口气，"他们两公婆一见面就吵架，冯少爷这样，都认为是对方的问题。"

叶世文轻嗤："意料之中。"

这对纸扎夫妻，只有表壳光鲜，涂金描红给外人看，一粒火种就能彻底摧毁。叶世文碾熄烟："他还说什么了？"

徐智强忍不住笑："他现在神志不清，见谁都是仇人，说的话谁会信？他提得最多的就是温怡，看来恨之入骨了。"

话音刚落，徐智强又犹豫起来，想半天后决定坦白："文哥，曾校长……叫过我去中药房收点偏方药水给冯世雄。我见她太可怜，帮了几次。"

"康安医生不会开给他的，正常。"叶世文并不觉得意外，"偏方度数多少？"

"他要喝一百的才受得住。"

"一百都敢给冯世雄喝？"叶世文语气嘲讽，"那个是可以减缓痛苦，但也容易产生药物依赖。一种还没断又开始另一种，冯世雄有命戒两次？"

"曾校长不听劝。"

叶世文不置可否："上次叫你查的，你查出来没有？"

"查了。自1990年至今，海城共计发生一百零五单失火案，剧房、仓库、码头、食肆，大大小小，有登报的我都查了，没登报的就没办法了。"徐智强拎起两张手写的纸，"最多的就是北区、元村、大峰山、滨沙湾、水阜区，昌岸旧城未拆的时候也有一些，越穷越容易着火。大多都是低收入者、单亲双失家庭，还有几单是孤寡老人家里电线短路自燃的，火化都省了。"

叶世文接过，看了两眼，却摇头："她和她妹以前不会是穷人。没私人屋苑起火的吗？"

"有，"徐智强的手指点在纸张最下方，"里皇道、清沙湾、薄容林道有零星几单，而且都是命案。文哥，这几处住的非富则贵，你确定阿嫂家底这么厚吗？"

"她十年前坐游艇出海了，你说呢？"叶世文视线仍在纸上，"这几单案没有姓程的？"

"没。"徐智强说得很小声，"会不会她真的是梅县人？"

"我自己去查了她档案里面的父母，坟就在海城，看来她不姓程。"

她甚至没去拜祭过。

徐智强不敢接话。掀眼去看，叶世文冷着一张俊脸，说恼非恼，说恨非恨，分不清他到底打算生剥程真的皮还是刀砍程真的肉。

大时大节，阴兵过境，徐智强衷心祝祷程真。

叶世文沉思半晌，似是有了主意："明日初一，中午跟我去元村拜年。"

"那你今晚呢？"徐智强小心翼翼地问,"曾校长肯定不回家的了,你回去陪冯老过年？"

"他应该会留下陪冯世雄。"

"文哥,不如去我家啊,我妈上次还说好久没见你。"

"不打扰了。"叶世文把资料递回给徐智强,从口袋掏出三沓钱,"当是我给你弟聪仔的一点心意,叫他好好念书。"

"两兄弟,不讲这些虚的。"

"拿着啦。"

徐智强只好接过:"你打算去哪里？"

"去找我那个假老婆过年。"

"文——"

"砰!"

徐智强还未开口,叶世文便自行下车。车门关得极响,恨不能把车窗震出裂痕,玻璃内五脏六腑尽碎。

老虎尾巴摸不得。

叶世文迈入康安医院。穿过草坪,在廊道左转。他也算大方,替冯世雄安排最好的单人VIP床位,护士护工随叫随到,确保冯敬棠夫妇能瞒人耳目进行探视。

还未到病房门前,又听见"卧龙凤雏"在互相撕咬尖鸣:"不要再打针了,让他自己硬撑下去!你靠这么近,他等下又咬你了!"

"他是我儿子,就算咬我打我又如何!一定要打止痛,不打他会痛死的!世雄,世雄,妈咪在这里,你听话!没事的,打完就没事了!"

"哐当"一声,看来是护士的托盘被推翻。

又浪费一剂针药。

冯世雄口沫横飞,似在念咒,根本听不清他在骂什么。

曾慧云嘶哑地呵斥:"还不快点叫医生过来!快点叫许医生过来啊!"

冯敬棠怒吼:"叫过来有什么用!"

护士脚步踌躇,分明两边都不敢得罪。

"每次都叫医生,他是自己有病,医生不能替他康复!你这样心软,他何年何月才能恢复?"

"那你不如别来了!你来了他也好不起来,你来做什么?去包你的二奶,去搞你的房地产——"

"啪"的一声。

叶世文站在门外,也吃了一惊。

冯敬棠打了曾慧云。这记巴掌太狠,分明酝酿已久,只等一个刹那,以名正言顺的理由去制止冯太太不堪入耳的话语。

该讲不该讲,她已失去分寸。反正连儿子都半死了,她死与不死,有何分别。

冯敬棠手心发麻,深深舒一口气,才出声:"去叫许医生过来。"

护士推门而出。站在廊外的叶世文,从一开一合的门缝中看见倒坐在地的曾慧云。发髻乱了,裙摆皱了,那双细高跟,负荷不起她日渐瘦削的肉体,被沉重灵魂压得弯曲。

眼泪滴在无名指的白金婚戒上。

戴了太多年,嵌骨镶肉,把她的年少骄傲紧紧封印,再也难觅踪迹。

许医生携两名护工,连走带跑从廊尾赶到。斜阳未落,一屋人却静似午夜,显得冯世雄的叫喊更加凄厉。护工熟练地把他绑在床上,针药冰凉,催眠他体内叫嚣的魔鬼。

渐渐地,连他也静了下来。

"冯生,冯太。"许医生瞄了眼一直坐在地上不起的曾慧云,难免心酸,"为人父母的心情我很理解,但戒断需要时间,过程会反复的。

为了避免影响你们，病人还是交给护工和护士吧。病人不好受，你们也不好受。"

冯敬棠点了点头。

他往前两步，扶起软似棉花的曾慧云。她瘦了许多，往日一丝不苟的发尾略显枯黄，满脸泪痕，却再也不敢开口说话。

她才是真正害怕失去儿子的那个人。

"阿爸，云姨。"

冯敬棠搂着曾慧云，打开门便见到叶世文。曾慧云泪眼模糊，看着来人，声若游魂，扯出一个苦笑。

"叶绮媚，你赢了，冯太太是你，连冯家都是你的了。"

叶世文尚未反应过来，冯敬棠听得震怒，抓紧曾慧云的肩低声威胁："你再在这里乱讲话，你以后都不要指望见到世雄！"

曾慧云却继续笑，泪如珠坠。

"我讲得不对吗？我什么都没了！冯敬棠，我可以不做冯太太，但为什么你连儿子都不留给我？"她又禁不住崩溃，"你为什么不肯救他？他要打针，他在叫痛啊！你为什么不给他打？你怎么这般残忍，你怎么舍得他痛啊！"

"他还没死呢！日日都打止痛，你是不是打算供他吸一辈子？"冯敬棠用力把曾慧云推坐在走廊座椅上，"世文，打电话给唐玉薇，叫她来接走你云姨。她在这里，你大哥永远好不起来！"

他不想再看见妻子这副颓丧模样。

意气风发的世家千金，活成一个泼妇。骄矜变作埋怨，要翻旧账，要与死人斗，不分场合口出狂言，失去冯太太应有的端庄。

对比冯世雄的意志脆弱，曾慧云的歇斯底里让冯敬棠更失望。

叶世文致电唐玉薇。

他掏出一张干净手帕，却没有递给曾慧云。转头给了冯敬棠，低声交代："阿爸，我去看看大哥。"

叶世文在病房沙发坐了十几分钟。

冯世雄被镇静剂催睡，又守了两个高大威猛的护工在旁，根本不需要叶世文关心。他不过是让冯敬棠有个台阶可下，夫妻一场，耳鬓厮磨三十年，再难堪也要忍完人生最后这程。

离婚是不可能的。

直至唐玉薇携曾慧云离开，叶世文才从房内出来。冯敬棠拧开衬衫最上面那颗纽扣，喘了口气，倚坐在墨绿沙发上，满脸愁云。

"你大哥怎样了？"

"睡着了。"

冯敬棠无奈摇头："他那日差点咬断你云姨的手指，简直是恶魔。"

"交给护工吧，他们有经验处理。"叶世文内心毫无波澜，"始终要戒断的。"

"我今晚要回家看着你云姨，除夕，我陪不了你过了。"

"阿爸，两父子不用讲这种话。云姨这副模样，也让人很担心。"

冯敬棠把沾了泪水的手帕丢弃在一旁垃圾桶内："她以前就过分溺爱世雄。我讲过很多次，男孩要摔打才能成器，她偏不听。搞成这样，现在又要死要活，就快进精神病院了。"

冯敬棠心里全是闷气。

"换作是我妈，一样的。"叶世文口不对心，讲完自己也想笑。叶绮媚会这样？不，叶绮媚只会把别人折磨得进精神病院。"只要大哥好起来，云姨也会没事的。"

"怕是难好。"

冯敬棠胸腔隐隐作痛。他有血有肉，绝非钢铁心肠，只是眼下诸事百般头绪，他实在没时间难过。

"阿爸，给大哥点时间吧。"叶世文瞄了眼父亲脸色，沉思再三开口，"我找到那个温怡了，但陈康宁不认，Norah 做的内审报告，他也

Chapter 10　失魂落魄

不认。股东会开完,他与陈启明一并请辞了。"

"我知道。"冯敬棠清了清嗓,"他们两叔侄贪多少钱,我心中有数。自己走,算是我留面子,不可能要世雄在这个时候站出来指证他。这么多年他的把柄我有,但我的把柄他也有,做得太绝我担心适得其反。"

看来当初信誓旦旦说不会放过,只是一句意气用事的口号。真撕破脸皮,再互泼三斤粪水?绝对不是冯敬棠迂回曲折的风格。

他始终要脸。

叶世文点头:"股份变更的商事手续已经办妥,到时候我再私下跟你签一份协议。"

冯敬棠侧头,审视眼前这个事事替他着想的小儿子。签吗?想签。不签的话,涉及外资的投资公司及兆阳大股东全由叶世文操控。签吧,签了便是给叶世文一个摆上台面的警示,那日声声暗示的信任荡然无存。

冯敬棠脑子转了一圈,又想起刚刚曾慧云疯疯癫癫说过的话——"连冯家都是你的了"。

他有些不为人知的忌惮,便改了口:"算了,两父子不要花心思搞这些无谓的事。许医生说短则三个月,长则半年,你大哥迟早会好起来的。世雄不是纨绔子弟,只要你云姨不添乱,我对他的毅力有信心。

"这样吧,投资公司你就别把持了,给你大哥。Rex 的钱过完年首期就会进来,刚好可以支付 Parko 的第二笔设计费用,这样就不用从银行融资拨款,避开监管也好操作。"

始终要给冯世雄留些筹码,再给叶世文留些敲打。

Parko 也只是叶世文代管,半分股份都没有。一长一短的腿称为跛脚,迈不开,走不远。只有权衡,方能长久,就看哪个儿子在兆阳上市重组股份前先成气候了。

叶世文偏偏就不想要Parko股份。

但凡跟秦仁青沾边的,他一定要慎之又慎。冯敬棠这样安排,正合叶世文心意。眼见冯敬棠客套大过天,面子里子他都要,叶世文省下反驳,直接答应:"好,过完年我去搞。"

冯敬棠点头,站了起来:"先送我回家吧。你今晚打算去哪里过?"

叶世文随他起身:"和朋友过。"

"什么朋友?男的女的?"

"我都快三十岁了,阿爸,不会连交友自由都没有吧?"

"玩可以,但如果是认真的,你要带回来给我见一见。"

若被程真听到这句话,估计吓得脸都白了。叶世文在脑内玩味她那款面色,居然有些笑意浮上了脸:"有机会的话,可以的。"

等他揭开这个假人的面具再说。

Chapter 11
缘分已尽
Wangbei Building

程珊在睡梦中翻了个身。

一条长腿横了过来,搭上程真大腿那刻,浅眠的她骤然惊醒。侧头望向窗外,昏沉路灯照不穿针脚稀疏的帘幕,黑夜尚未离开。

有人在走廊掏钥匙,金属与金属在回音中相击。

细细一听,已在拧锁。

程真立即坐起——这种喜庆节日,她竟忘记还有个登徒子会不定期登门采花。

自圣诞节后,他们冷淡月余。几天才致电一次,说句"吃了吗""降温了""记得吃饭",没半分钟当即挂断,似是为了确认对方尚未死亡。程真甚至有些盼望叶世文能因此移情别恋,玩厌这种拍拖游戏,最后直接老死不相往来。

却又觉得不甘心——要移情别恋,也应该是她先。

偏偏遇不上比他高大靓仔的男人。

程真轻轻推开程珊的腿,赤脚下床。刚打开房门出来,叶世文已踏入客厅,满室亮堂。

"这么早就睡了?"

叶世文把钥匙与礼盒放在茶几。屋小梁低,他一进来,连空气都被挤走大半。他边说边脱下夹裹寒气的外套,手臂起伏,高大线条推搡贴服周身的暖黄,像一个被每束光追逐的人。过分显眼。

程真开口："你怎么来了？"

叶世文没答。一个人在年宵街头逗留许久，他知道自己肯定会来。街边灯亮人稀，窗花衬不出热闹，倒显孤单照影。餐包果腹，可乐加冰，味道经年不变，比钻石恒久。台词草稿在脑内整整齐齐，甚至连吵得大打出手的情景也构思了分镜头。

却在见到程真这一秒，叶世文决定先不问了。

除夕，应是一个和和美美的夜晚。

他第一次不想一个人过。

程真瞄见礼盒："那是什么？"

叶世文拿起后拆开："你那台二手机，'#'键都摁不动了，还用？买台新的给你。"

程真过分节俭。跑马地后手机泡水，委托麦笑琪买了部二手机，按键自然不甚灵敏。但她少用电话，也没觉得不方便。

叶世文那日回拨杜元号码的时候就发现了。

"我不需要。"

"才多少钱，这样都拒绝我？没必要。"叶世文早就料到她这种态度，低声笑了，把新手机递出，"换卡。"

程真不肯动。

"我不敢动你手机，免得你又骂我。"叶世文走上前，拿起茶几上那台旧手机，"你自己换。"

程真迟疑几秒，还是换上了卡。

叶世文伸手拥住程真。他胸膛是热的，手心却凉，从衣服下摆摸入程真后背。她冷得打了个寒战，抱怨起来："你好冻啊。"

"等下帮你暖。"叶世文低头亲她的脸，轻啄至嘴角，指腹摩挲在程真腰后，语气亲昵，"这里还痛不痛？给我看下。"

"不用你关心。"

"我最近真的好忙，所以没时间来陪你。"

"哦。"

叶世文叹气:"大佬,一个多月,你还气不饱吗?"他松开手,把双臂举高,退后半步,"来,给你打我一次,大家当没事发生。"

程真挑眉:"真的?"

"事先声明,不准打脸,不准拿武器。"

"这不行那不行,你全身皮糙肉厚,我还能打哪里?"程真翻了个白眼。

叶世文被她逗笑,又伸手把她抱在怀里,低声道:"我知道你口硬心软,不舍得动手。"

程真推不开他:"你不用回冯家过除夕吗?"

"除夕是要同家人过的,他们姓冯,我姓叶,怎么过?"

程真怔忡。海城豪庭大户,讲究脸面,人前人后至要紧姿态好看。她没想到冯敬棠一家,谈不上名门望族,也算有头有脸,竟在这种节日把叶世文拒之门外。好歹也是亲生的。

"那,你吃饭了吗?"

"吃了。"叶世文不以为然,"年年都吃快餐汉堡。酒楼食肆包团年饭的太多,等不到位。你呢?你今晚吃了什么,不会是即食面吧?"

程真不知作何回应。

叶世文抬眼,见她毫不掩饰难过。这么多年,他认定命该如此,无论姓冯姓屠,年夜饭没人会给他留一双木筷,存一碗热汤。

今夜,整个世界都在拒绝他。

而这一刻,他竟觉得有些委屈了。你看,有人爱的时候,连心都是软的。她只需要一道眼风,话不用出口,叶世文已弃械投降,想长久住在她怀里,做个可怜虫。

一点男子气概都没有。

叶世文浅笑:"心疼我了?"

Chapter 11 缘分已尽

程真被说中心事,故意不认:"有什么好心疼的?吃快餐也能饱肚,一顿饭罢了,日日都要吃的。"

"你这款臭脾气,只有我受得了你。"

程真的粗口已快速集结在嘴边,未来得及出闸就被叶世文搪塞回去。

那双圆眼摆明潜藏怨气,接吻也不肯闭上,非要将他这张脸看穿两个枪孔。叶世文也不闭眼,长睫带笑。

阵阵酸软从脐下起,她禁不住闷喘。

长指温柔抚上程真眼皮,一触一收,施下某种只有彼此读懂的咒语。短翘睫毛沉沉垂落,程真闭起眼。

叶世文便闭眼。

侵占换了场景,合眼后的异域,食人花苏醒。娇娆的香弥漫,吞咽声分不清到底是谁。

叶世文想要温暖,想她接纳自己的一切,哪怕她哭个不停,他也不停。一只手在程真腰侧臀后四处抚摸游走,另一手解开皮带扣,拉链声被二人喘息淹没。

"哇!"

程珊躲在门缝后,探一双杏眼。没想到有生之年会撞见这样的场景,并且免费。主角竟是她亲姐。

程真与叶世文被这声低叫激得浑身一僵。程真用力推开叶世文,侧头只见程珊好奇大于羞怯的表情。

叶世文也望见程珊,咒骂一声立即背过身整理衣服。被一个未成年暗窥,到底谁算犯罪嫌疑人?

"珊珊!"程真红着脸快步走到门前,把程珊往床边推去,"你半夜三更不睡觉,在做什么?"

"那你半夜三更不睡觉,在做什么啊?"程珊一脸戏谑的笑,不顾程真推搡,伸长颈项去看门外的人,"是谁说拍拖不 kiss 的?你两个在做人工呼吸，唔！唔！"

程真捂住程珊的嘴："小孩子不要乱说话！"

她想挖个地洞把红透的头颅埋进去。

程珊扯下程真的手，掰着房门探头去问："姐夫？"

叶世文拎起外套挂上臂弯，垂在身前挡住尚未熄灭的欲火，识趣接话："姨仔①？"

程珊立即点头："是啊！我是珊珊啊！"

"幸会，幸会，我叫阿文。"

二人只差伸出友谊之手，在这个荒唐夜晚作首次会晤。程真急了，砰的一声，把房门关上，气鼓鼓盯着程珊。

程珊却兴奋起来："家姐，真的靓仔过明星，还很有家教，会跟我打招呼呢。"

叶世文隔着门在笑："姨仔果然有眼光，出来我封个利是给你。"

"真的？多谢姐夫！"

"你们两个收声啊！"程真怒吼。母老虎发威，人人抿紧嘴，不敢轻易挑衅。程珊眼睛滴溜溜转了两圈，一脸俏皮，乖乖躺回床上。盖好被，转过身，笑得肩膀都在颤。

"我什么都没见到，梦游而已。今晚我想自己睡觉，你不要上来和我争被子。"

"你——"

程珊捂紧耳朵："睡着啦！不要吵我！"

妹妹摆明装聋作哑，一副要成全她的模样。程真脸颊余热未消，站了半分钟，打开房门出来。

叶世文坐在沙发上笑："没想到你妹还挺懂事，证明你教得好。"

---

① 姨仔：同"小姨子"。

Chapter 11 缘分已尽

程真不想搭理："你今晚睡哪里？"

"你睡哪里我睡哪里。"

"要睡沙发的话，我就拿被子给你。"

"你不陪我？"

程真知道这个"陪"字是何含意，压低音量说："我妹在这里。"

"怕她听到？"叶世文笑意更深，从沙发上站起，搂着程真的肩往浴室走，"去里面，隔两道门，听不到的。"

门一关，程真被抵在墙上。光滑瓷砖面带凉，叶世文体温过热，亦寒亦暖，程真忍不住起了鸡皮疙瘩。

知道今夜避无可避，若此时赶叶世文出门，也有些于心不忍。

这可是除夕呢。

程真套了叶世文的衬衫，悄摸回房去拿被子。程珊睡得正酣，浅浅呼吸，她凑近去看，乖得像只饕足的小猫。

出来时折叠沙发已经打开。

"拜托你穿上裤子好不好？"程真睨了眼叶世文，铺好被子，"我妹明日起床要叫非礼啊。"

叶世文毫不在意："我肯定比她早醒，你怕什么？"

"不穿你自己睡。"

"……穿就穿。"叶世文套入裤子，又提要求，"但你不准穿，就这样睡，我中意看你穿我的衫。"

程真沉默，当作答应。这件衬衫确实很舒服。

沙发有些狭窄，二人显得格外亲密。关了灯，一屋暗灰，黑透不尽，迎入窗外的月光路光。许是节庆，总觉得比平时更亮，二人五官轮廓在夜间一目了然。

砰的一声，窗外骤亮三秒，她被吓得一个激灵。叶世文视线落到程真身后，笑了起来："放烟花而已，这样都怕。"

程真不想承认胆怯，顺手拢起衣服，侧躺着看叶世文英俊深邃的脸庞线条。

叶世文目光停在程真脸上："不看看吗？难得有人放烟花，应该是十二点了。"

程真轻轻摇头："不中意看。"

"为什么？"

"意头不好。"

"烟花能有什么意头？"

程真眼睫垂下，投了两片淡淡阴影在脸颊，于夜间幽现许多不为人道的苦涩。

"烧完什么都没有了。"

又一声燃响从远处传入。窗框锈迹借火光露出斑驳，凹凸与陈旧交织，像极程真左肩后那道不愿示人的疤。

叶世文突然庆幸自己今晚什么都没问。

哪怕谎言滔天，烧在她身上那刻，绝对痛彻心扉。世间竟有这种女人，叫他猜不透，也叫他最心疼。

他枕着自己屈起的手臂，另一只手轻轻抚摸程真瘦白的脸："有的。"

程真仰头去看叶世文："有什么？"

"有舍利子。"

她扑哧一声笑了出来："发神经。"

笑着笑着，与叶世文燃星般的眼眸相遇。他嘴角也在笑，弯出一个极好看的弧度，似一张温暖的网，稳稳把她从浮游半空中接住。连那颗风浪中的狠心，也泊停在他无边胸怀。

"真真，新年快乐。"

"新年快乐，阿文。"

叶世文挑眉，轻噘嘴唇示意。程真没有犹豫，身体往前凑，抬头

Chapter 11　缘分已尽

在他唇上送了一记温柔的吻。

这是他们之间第一次深情但不深入的吻。

一年三百六十五日，只有今夜，你我默契同床，都想好头好尾，让汹涌情感有一个理直气壮的出口。他朝你死我活，各怀目的，爱恨交织，尽数丢弃黎明之外。

让热恋再多一分钟。

程真倚入叶世文怀里，枕着他张开的臂，被他圈紧。

她忍不住喟叹："你好暖。"

"你男人血气方刚。"叶世文抬腿夹住她有些发凉的脚心，又掖起她背后被角，"抱紧点。你是不是古墓派出来的？这么寒凉。"

程真笑了："你看金庸的？"

"没看过，听过。什么小龙女、李莫愁之类的。"

"那你中意小龙女还是李莫愁？"

"当然是李莫愁啦，这种深闺怨妇，最有味——喂！别捏，别捏，小龙女！小龙女！我选小龙女！"

二人沉默许久，叶世文又忍不住问："小龙女就叫小龙女吗？"

"好像是。"

"她姓什么？姓小？"

"哪有可能姓小？"程真反驳，"姓小那不就叫龙女了？龙女，聋女，好难听。"

"那就是姓小龙，名女？"

"应该是吧，古时候不是很多复姓的吗，什么公孙啊，上官啊。"

"那为什么不叫小笼包？"

"……"

"又或者叫小龙舟？"

"……不如睡了。"

"好吧。"

两个文盲。

小龙女姓龙啊。

程珊醒来的时候,叶世文已穿戴妥当,坐在沙发床边看两姐妹拍的照片。

满腔心事,睡意全无,他嗅着程真身体隐现的香,沉默到天明。

抬眼一看,是程珊,叶世文做了个噤声的手势:"她还在睡。"

程珊乖巧点头:"姐夫,你要走了吗?"

叶世文听到这个称谓,笑了:"等她睡醒再走。"

他要等程真把购房合同签好。

"要吃早餐吗?"程珊客气地问,"家姐说初一早上要吃斋。我们昨天买了马蹄糕和萝卜糕,我煎些给你吃啊。"

叶世文疑惑:"你会?"

"学校餐厅饭菜不合胃口,就要自己解决啦。"

程珊多数时间在体校。十几岁少女,自立能力是第一要素。身边同学分两个圈子。非富即贵的,来一两个礼拜或来一两个学年,连住校都不愿意,镀个金就走。父母皆相熟,与冯曾氏牵连越深,出位机会越大。

她属于另一个圈子,埋头苦学,少说话,多流汗。凭本事拿奖,一张貌美的脸算积德,有了不少目光关注,却不因此骄傲。林媛教程真那些做人的底线,也在程珊身上奏效。

叶世文把照片放到衫袋,倚着厨房门框,看程珊颇为熟练地在砧板上操作。沉思几秒,他突然开口问:"你中意吃甜的?"

"你怎么知道?"程珊诧异。

"你家姐跟我讲的。"叶世文敷衍过去。她明显切马蹄糕更多。程真与他都不嗜甜,肯定是程珊自己的口味。"她说你中意吃……那个……"

Chapter 11 　缘分已尽

程珊听不出套话,立即接上:"钵仔糕!"

叶世文点头:"她还说下次找机会带我去吃你们小时候经常去那档。"

程珊笑了:"不知道还在不在呢。"

"肯定还在的。"叶世文继续接话,"你没回去看过吗?"

"从体联过去太远了,没时间回去。"

"能有多远?"

"从和埔去清沙湾呢——"她突然意识到不妥,立即打断自己的话,"哎,你中意食咸的还是甜的?"

叶世文的目光停在程珊手中的食物上,又扫视回她强掩慌张的脸:"都可以。"

程珊转移话题:"你们怎么认识的?"

"在她工作的地方认识的。"

帮人嫁祸也算是她的工作。

"你们刚在一起?"

叶世文先是一滞,又换了副和善口吻,笑笑地道:"她没跟你讲过吗?我们连婚房都准备好了。"

程真连亲妹都瞒。

程珊有些紧张,家姐要回良城的计划里,只字未提这个男人。她低下头,长发掩住半张脸,也掩掉声音里的慌乱:"对了,我还不知道你做哪行的。"

"房地产。"

"你们在说什么?"

叶世文回头,见程真已坐起。眼神稍带迷糊,头发塌在脸侧,嗓音如一团初升云朵,在日光里软软糯糯。她掀开被子,叶世文已走进房内,出来的时候帮程真带了件外套。

"没讲什么,你妹在煮早餐。"

程真接过外套穿上，拨起长发："今日初一，你不用去拜年吗？"

"要，我要先去银山区，再去元村。"叶世文从茶几下抽出文件袋，递给程真，"我赶时间，你签完字我就走。"

程真瞬间清醒。

她瞄了眼厨房里的程珊，低声说："迟些再讲吧。"

"我一个月前给你的。"叶世文语气寻常，"考虑了一个月，都不肯签？打算在这里住一世？不要学人扮女强人玩独立，签字。"

程真恼了，语气很急："我不要了，你拿回去。"

"你不签我为什么要拿走？讲好赠你的。"

"那你放着吧。"

"你今日就签了它。"

"为什么要逼我？"程真察觉自己声音拔高，又强行压低，"你明知我不中意还勉强我。"

"你不中意我做的事数之不尽，难道样样都要迁就你？"叶世文知道她不想要，但他非给不可。

他把文件袋扔在茶几玻璃上。

声音不响，威胁意味却浓。

他又变回那个野心勃勃的叶世文，霸道不讲理，要她唯命是从。程真犹豫再三，想到办登记手续要本人出席，她尚有转圜余地，从文件袋里抽出合同，翻到签署页。

签上"程真"二字。

她字迹一向遒劲，这回更是鼓足了气，力透纸背。

大年初一，程真得了新屋，丝毫开心都没有，像个背负巨债的可怜人。情债，再加钱债，要偿几生几世？

程真不去想。

三个月后，一拍两散，这幢屋也只是过眼云烟。

叶世文收起文件袋，侧头去吻她的脸，被程真躲开。他扯了个笑，手掌托起程真后脑，凑上前狠狠咬了她嘴唇一口。

程真吃痛，目光在叶世文脸庞剜过。

叶世文望着红唇上那个明显齿印："恭喜发财，做业主了，叶太。"

"我有今日，全靠有你，叶生。"程真语气挑衅，"清沙湾豪宅，打算娶几房太太去填满它？"

"有你一个还不够？"叶世文站起身，俯视这个让自己又爱又恨的女人，"我就算下地狱也会带上你。"

"大时大节，讲死？小心出门就开口中。"

"那不是更好？有你送殡。"

"我会叫上我下一任男友帮你扶灵的。"

程珊站在厨房内，犹豫许久。听着两人快要火烧水阜区，只好小声道："可以吃早餐了……"

"不吃了，我急着走。"叶世文换了口吻，显得格外客气，又从口袋掏出一万纸币，张张都是大金牛，"新年快乐，姨仔，给你的利是。听说你五月还有一场比赛，到时候我同你家姐一起去看。"

程珊立即摇头："太多了，我不能要。"

"拿！"程真瞪一眼叶世文，"叶生多的是钱，最中意随街派钱，你拿就是了！"

叶世文挑眉，直接把钱放在程珊旁边的柜面，低声说："我今日很忙，过两天再回来哄她。"

程珊唯有点头。

"我走了。"

"慢慢行。"

叶世文拿起那个装着旧手机的盒子，走到门口，又忍不住回头。只见程真面朝白墙，岿然不动，周身犟脾气，看都不看他。不过是勉强她要了一套房，简直像要了她的命。

从前不信，如今这般抗拒，看来是怕与他有太深牵连。

她到底是谁？

叶世文眼内的光寻不到踪影："真真，我讲过的每一句话都是真的，你呢？"

程真先是一怔，又转过身来，平静地望向叶世文。还是那双眼、那张嘴，昨夜温柔竟已荡然无存。他们太落魄，只有一晚时间，可供彼此抚慰孤独。天一亮，晨晖便如照妖镜，讲情话的鬼灰飞烟灭，讲鬼话的人行走世间。

纵是万般真情，也难交付至深秘密。

她说："我也是。"

叶世文关门离开。

"家姐，"程珊犹犹豫豫开口，"他到底是谁？"

"清沙湾？1993年和1995年分别有两单私人屋苑纵火案，具体事主全名、起火缘由我要等开市才能查到了。文哥，所有政府机构也放春节大假，资料很难拿到。"

徐智强见叶世文只在冯家坐了不到半个钟头就下楼，一上车便问清沙湾纵火案，看来这个年他不好过。

"你确定是清沙湾？"

叶世文点头："程珊自己讲的，不会有错，初七开市你就去查。"他稍顿，"最好连负责这单案的警察都挖出来，要换身份不简单的。"

徐智强看叶世文脸色严肃，不敢嬉笑："冯老没留你吃饭？"

"曾慧云一大早又去了康安，他也准备去。"叶世文讥笑，"论金贵，还是冯公子金贵。"

他什么都算不上。

徐智强听不出叶世文暗藏的自嘲："新春正日去医院？回来要烧

百解^①喔。"

"上帝不收阴司纸的。"叶世文想了想,"去元村。"

元村在春节比往常热闹。

21世纪,这里照样依足传统,做一个地地道道的南隅海岛。蒸屉里的萝卜糕沉甸甸,面粉碳水无限饱腹,萝卜削丝水分充足,却被烧腊虾米花生碎喧宾夺主,有了肉食荤气,咸鲜熏香。高温,猛火,足料,不锈钢钵托一屋老老小小的胃囊馋虫。

日日都可吃,偏今天觉得饱满醇郁。

原来仪式感是一种滋味。

炮仗碎屑垫落砖角巷尾,新鞋底踏红,成了不埋怨的好意头。火药呛鼻,在瓦砾门楣腾起,蓝白渺渺。年轻人蹙眉走过,被长辈抬手警示表情难看。

衰仔,你懂什么?这才叫地道年味。

挥春^②写尽良辰美景,愿望从来不嫌俗套。陈姐站在化宝盆前,一抬头,就见到叶世文。

"陈姐,恭喜发财,万事胜意!我觉得你今日特别靓女,比平时年轻十岁有余。"

陈姐识趣地从口袋掏出备好的红包:"文哥仔,这份是屠爷的,这份是我的,明年不准问我拿利是了。二十八岁,我要喝你那杯新抱茶。"

叶世文伸手接过红包,笑得爽朗:"没问题,年头娶老婆,年尾摆满月。"

陈姐也笑:"你就只有这张嘴。"她又把红包递给徐智强,"阿强也早点成家,不要学文哥仔玩风流。迟早有人把他收服,到时候我看

---

① 百解:百解消灾符,民间一种化解晦气的符箓。
② 挥春:指春联。

他还笑不笑得出来。"

徐智强在心里大叫：陈姐，已经有了，他真的快笑不出来了！

叶世文说："不信我？等今年选美冠军出来，我就带给你看。"

"选美冠军？要求太高了。"陈姐轻拍叶世文手臂，"我有个姐妹的外甥女，刚刚从国外回来。比你小三岁，样靓学识好，进了华兴银行做理财顾问，我给你介绍？"

叶世文挑眉："真的？有没有大长腿？没的话就算了。"

"你——"

一句呵斥传来："日日没个正形！"

徐智强见到来人，立即恭敬起来："屠爷。"

屠振邦捧一盒鱼食，从厅堂走近，拔高音量，佯怒责备一句。陈姐见屠振邦开口，又掩下笑容，往厨房走去。

"契爷，恭喜发财！新春正日，发财可以，发脾气没运行的。"叶世文迈入屋内，嬉皮笑脸，望向客厅右侧立地鱼缸，"哎，又养了两条白金龙？不错喔，通身肥润，眼红鳞银，两条鱼须撇得好嚣张。越看越像你，简直是亲生的。"

"你个仆街仔！"屠振邦抬手拍了叶世文后脑，"等下什么都不给你吃，吃鱼粮吧！"

"最近你那些建材期货升得那么高，只给我鱼粮？太小气啦。"

"我赚你也赚，怎么不见你孝敬我？"

"定坚和我签手续费四个点，全区最高，还不算孝敬你？华兴银行这期最热的理财'万国通'也只收二个点而已。"

"现在来嫌了？"屠振邦瞪眼，"早叫你入股。做股东交什么手续费？你偏不肯，拿几十个出来玩，小打小闹，不成气候！"

叶世文懒洋洋落座沙发："没钱嘛。"

屠振邦轻哼一声："刚刚你四姐夫同我讲，在村口见到你开新车来的。有钱买车沟女，没钱孝顺契爷。"

Chapter 11　缘分已尽

叶世文立即岔开话题:"四姐夫来了?"

"在厨房帮忙。"

屠振邦捏起鱼食掷入缸内。鱼尾左摇右晃,一池深水见不着波纹,似在真空中游弋。甫一抬头,水呛了个浪,鱼须随鱼首嚣张浮动,又往深处去。

衔食后的鱼连眼珠都格外晶亮,颇有猎人心性。

屠振邦养什么都像他,包括叶世文。

可惜只有五个女儿,无半点香火。

大女二女从不认他。那时他烂赌,又常常夜不归宿,破碎家庭的标准配置。成年后二人独自离开,婚嫁也不邀他出席,就当死了老豆。

三女儿最靓,刚生下来,屠振邦生意做到了市中心金安。旺父旺财,是个宝贝。精挑细选一名乘龙快婿入赘,结果女儿得了宫颈癌早早离世,无儿无女,女婿另娶,也与他撇清关系。

还有四女儿。嫁了个英籍华人,住在国外,两夫妻都是普通白领,逢年过节才回来。

至于五女儿?两岁诊断为自闭症,一直养在北美洲,雇三名保姆伺候,有杜元老婆守着。

掐指一算,洪安屠爷,竟然只有半个仔关心养老。

"世文到啦?"四姐夫刘锦荣,衣袖卷高,手心夹抹布,提起一个盛满花胶、海参、干鲍、瑶柱、鹅掌的瓦盆走了出来,放到餐桌正中间。

浸润后的海味,在炉火吸尽汁液。鸡汤作底,老抽增色,一个个涨卜卜①,看得人血脂都不自觉高了起来。

大年初一吃盆菜②,过分夸张,却是屠振邦款待叶世文的习惯。

---

① 涨卜卜:表示胀鼓鼓的意思。
② 盆菜:一种混合了十几种食材的客家大菜。

343

这两位道义上的父子，从未一起吃过年夜饭。叶世文往往会在大年初一赶来逢迎，无论昨夜他宿醉街头抑或烟花柳巷，吃糟糠贱食还是饮清汤寡水，屠振邦不闻不问。

只要你来，那就开饭。

尔虞我诈的世间，也念三分往昔情义。

这是他契仔。上过香，立过帖。一份盆菜，养不大一个孩子，却牵引二人十数载的命运纠缠。

人心是肉做的。我要你记住，我始终是你契爷。

刘锦荣个子不高，语调阴柔，鼻梁常年架一副无框眼镜。两只眯眼带笑。

叶世文点头："姐夫，新年快乐！四姐和孩子没来？"

"家伟上个礼拜与同学去露营，惹了肺炎，他妈在医院照顾呢，来不了。"

叶世文疑惑，语气却很关切："这么不小心？严重吗？"

"没事没事，好转了，真有事我也回不来陪阿爸。"

刘锦荣拿抹布擦擦手，又怕叶世文介意，抽两张纸巾拭净指缝湿气。从裤袋掏出红包："来，利利是是，祝你新的一年大展宏图，花开富贵。这封给阿强，也祝你新年行大运，龙精虎猛。"

屠振邦踱步过来，瞄一眼叶世文："都这么大个人了，还拿利是，不知羞的？"

叶世文接过红包："讲你啊，傻强。"

"……"

屠振邦抬手一指："我讲你啊，衰仔！"

"像你嘛，脸皮厚。"

"屠爷，新年呢，两父子还斗嘴？开饭啦。"陈姐笑得温柔。

"世文，你姐夫今年会回来帮忙。"屠振邦在席间开口，"期货公司有定坚看着，我很放心。阿元自己有生意要做，也轮不到我管。我

Chapter 11 缘分已尽

老了,贸易出货的事始终要有人接手。这盘数说大不大,说小也不算小,但对比在外面帮人打工赚那点外汇美金,肯定是回来好。"

刘锦荣配合点头,又用手扶了眼镜,望向一脸诧异又转平静的叶世文。

叶世文不做评价。屠振邦肯定是做足安排才开口昭示,看来这位四姐夫登堂入室许久。他离开屠家多年,只守不攻,全因消息滞后。但听这次口风,屠振邦是不打算与他一起玩了?

"你哪里老?"叶世文抬手给屠振邦夹菜,"吹半瓶花雕,就能上山打虎。"

"再吹就肝硬化了。"屠振邦嚼下叶世文夹来的海参,"你们那块地开工了吧,如何?我见报纸讲得很厉害,又是头啖汤,又是全区标杆。听仁青八卦,洲界被你们吹到周边楼价都暗抬一成。挽救楼市,官方有没有给你老爸写感谢信?你们一间新公司,拿四十公顷,可以建多少栋楼?"

叶世文未回应,刘锦荣先开口:"这么大一块,还是新公司?这里的地不是有钱就能拿的,看来冯总官运亨通,玩风险这么大的买卖。世文命好,两个老爸都有本事。"

盆菜一向不放醋,扫视全桌,也没半个蘸碟。闻一闻,原来是刘锦荣在酸,难怪连村口那台新车也看在眼内。

"公司是新的,但筹备挺久,没十足把握也不敢拿,银行怕烂尾楼断供。"叶世文解释,"契爷,找天我带你去看看地盘?若那个位置合你心水①,我买一套给你。投资也好,养老也好,当增值嘛。"

"免了,我住祖屋舒服。"屠振邦直接拒绝,"我现在最想的就是抱孙,你刚刚在门口答应陈姐年尾摆满月酒的,你别忘记。"

---

① 心水:指喜欢,偏爱,合心意。

"行，我娶个选美小姐做你新抱。"

"选美小姐？那么多年也就个别的还靓些，其他的都没眼看。"

刘锦荣电话响起。他拿起手机朝屠振邦示意，离座到厨房阳台处接听。叶世文又举箸给屠振邦添菜，在台下轻轻踢了徐智强一脚。

徐智强也看见刘锦荣举起的手机，快速咽下剩余米饭："陈姐，还有饭吗？"

"有的，我帮你盛？"

"不用，我自己来啦。"

屠振邦还在与叶世文讨论哪位选美冠军更上镜，没察觉这一切。

徐智强掀起珠帘，越过电饭煲位置，放下碗后移动到靠近厨房阳台侧角。刘锦荣声音颇低，说话间中英文夹杂，听得不真切。

三分钟后他挂了电话，徐智强立即打开面前水龙头，假装洗手。

"这么快吃饱？"刘锦荣客气询问。

"哪有，我饭桶来的。"徐智强笑了，"刚刚吃鹅掌弄脏手，洗一洗而已。"

刘锦荣点点头，打算回座。

徐智强关上水龙头，唤停他的脚步："姐夫，你用哪款电话的？"

"这款。"刘锦荣举起手机，"怎么了？"

"我与你用同款，有没有备用电池？我手机没电了。"徐智强把自己电话拿出来，直接剥开后盖取走电池。

"你先用我这块，满格的，我上楼去换。"

刘锦荣低头剥开后盖，徐智强抬手扬水，尽数洒在他脸上。水珠缀满眼镜片，刘锦荣先是一惊，手上没轻没重，机身跌落厨房砖地。

啪的一声。

"姐夫，不好意思，我这种人没家教，太粗鲁了。"徐智强先他一步捡起手机，趁起身前剥下电池，与自己那台交换后递出，"来，给你。"

Chapter 11　缘分已尽

"没事没事。"刘锦荣依旧客气，摘下眼镜拭净，接过徐智强手中电话，"我上楼去拿。"

徐智强把刘锦荣近期通话记录快速录入自己另一台手机，翻阅寥寥几条短信，什么关键内容都没有，随即关机。

盛好白饭后，刘锦荣刚好从楼上下来，进了厨房。

"阿强，我与你手机调换了。"

"是吗？"徐智强惊讶，"真是不好意思，我还没开机，不知道这台是你的。"

二人又把手机交换回来。

迈出厨房，屠振邦抬眼，没好气地说一句："吃个饭也不安心，起起落落搞什么？"

徐智强不敢说话。刘锦荣自觉解释："手机没电了，上楼换块电池。"

屠振邦没有看向刘锦荣，反而与自己对座的陈姐相视。陈姐意会，立即放下筷子，对叶世文说："文哥仔，你四姐没来，托你姐夫带了些顶级鹅肝到海城。屠爷特意交代我留到今日，我拿来给你尝尝。"

叶世文点头，又转过脸去笑话屠振邦："契爷，没想到你一把年纪还口硬心软，明明最惦记我。"

屠振邦也笑："内脏胆固醇最高，我是想毒害你。"

陈姐跟了屠振邦二十多年，厨艺精湛。海城富贵家庭如云，雇主却有不成文的共性：用人不得同桌吃饭。陈姐是例外，不是亲眷胜似亲眷，叶世文从来不敢得罪她。

初到屠家，只有陈姐半夜为饥肠辘辘的他煮一碗斋竹升面。不放葱，放韭黄，深夜的薄薄呛香，叶世文饮尽澄澈汤底，咽下筋道面条。她说："文哥仔，多吃点吧，你太瘦了，出门办事别人看不起你，回来只能挨屠爷的打。"

他明知陈姐是屠振邦遣来的，却始终感激这一碗面。

屠振邦太厉害。收买人心，没人及他。

347

"文哥仔,屠爷爱吃卤水,你偏不爱。所以我还做了一味红酒烩鹅肝,你试试。"

陈姐把装在精致碟面的鹅肝端出。

叶世文夹起一块软糯鹅肝。

经酒烩,泛糜烂色泽。入口即溶,细腻得尝不出任何粉末,咀嚼吞咽,只存齿颊酒香、肝香,弥漫的荤气十分醉舌。

佳肴不过如此。

"这么大一块肝,鹅身应该不小。"刘锦荣也尝了一块,"我记得阿爸也爱吃卤鹅,下次让娉婷那个在妇女会的同学带些来。"

屠振邦没动筷,从口袋掏了一包烟出来。

刘锦荣想帮他点火,却被屠振邦抬手挡住。他要自己点,深深吸了一口,星火红透,再吐了一口,呼出烟雾以外的所有气息。

"一只鹅,只有一百日命。养得鹅毛丰绒,鹅冠厚实,就可以割颈放血。趁尸首未凉,先别拔毛,起刀剖肚。从胸口一刀过,挖出来的鹅肝还是热的,带血,才算新鲜。

"酒烩烟熏这种外国人玩意简直糟蹋,一定要卤水,要白斩。一个够香,一个够腥。中国人才是真正的美食家。好东西落到外姓人手上,烹不出滋味,只会浪费。世文,你说是不是?"

叶世文笑了。借病不来的屠娉婷,远在他乡的杜师爷。屠振邦把这一屋五人凑齐,讲似是而非的话,演给叶世文看。

他老了,不玩夺权,玩诛心。

在叶世文即将得势的当口,试探再三。到底姓冯,还是姓屠,到底酒烩,还是卤水,他不管,他只要叶世文表态,给他一如既往的忠诚。

肉体衰弛,容颜脱水,屠振邦心性依然高昂,踮着脚在期盼赌赢每一次利益博弈。这哪是品鹅肝,这可是鸿门宴。

看来今日是最后一次在屠家吃盆菜。

"我觉得是不是不重要,重要的是契爷吃得开心。"

Chapter 11　缘分已尽

叶世文放下筷子，伸手从屠振邦的烟盒里晃出一支烟。衔在唇边，自己点火。吞云吐雾间，两父子身旁贴座，心如隔河。

到底不是一家人。

屠振邦眼色滤了道烟气，反而不显老态，熠熠似夜火，抖擞得很。他有些不敢妄断，话在唇边兜转一圈，又轻声问："那日的残局，我还留着，饭后跟我走完它？"

叶世文没有犹豫："不了，我还要去银山区。"

"你爸叫你回去？"

"嗯。"

"打算什么时候改姓冯？"

"不改了，不姓冯也是他儿子，这是事实。"

屠振邦夹烟的手一滞，停了几秒。然后又抬起，把烟叼在嘴角，粗糙掌心在叶世文肩头拍了两下，二人再也无话。

不说了，便是缘尽了。

Chapter 12
生死一线
Wangbei Building

"你今晚请假。"

一室日光，混入两道音轨不同的喘息，在半空中沉淀厚厚腥糜。听得着，摸不到，眼可见，嘴难尝，任凭爱意交织，落地上天，没人能将时间叫停。

快感跌坠，再也拼凑不全。胸腔回荡空虚。

"请假做什么？"程真趴在床上，兴奋后的眼皮与身体一样乏力，"新春开市了，白领也上班，酒吧客人多了不少。"

赚钱比享乐重要。

"今晚情人节，你要陪我。"

他亲吻那道骇人的疤，唇角移上程真脸颊耳郭。

程真睁眼："日日如此，你不厌吗？"

大年初一不欢而散。过些时日后他又像没事发生一样，堂而皇之登门，发泄般咬得她身上皮肉没几处好。

叶世文是个绝对记仇的人。

"那你去缩胸咯，说不定我就厌了。"

叶世文自行下床，替她擦拭一番后开始穿戴衣服，抬腕一看，2月14日，早上8点30分。

程真翻了身，露一张半红小脸："你去哪里？"

"回公司。"叶世文扣着衬衫纽扣，"你睡吧，我白天没时间了。

晚上9点，我来接你。"

他把衣摆掖好，俯身去吻程真额头。

程真掀眼与叶世文对视，眼底夹带对他粗暴的抱怨，嗔恼皆风情。云雨后的她，从表情到脾气都格外绵软，难得娇俏。

叶世文把腕表扣起，似是想到什么，侧过头去看程真："你这个礼拜做完就别去酒吧了，下个月我叫傻强带你去办过户手续。"

开年后那只1633的股票势头太猛，阳线一路高走。+号后的数字，每多添一个百分比，叶世文就多一层心惊。总觉得不妥。

期货公司那几十万，无非是摆个假意态度给屠振邦看，输赢不计，他当作抛出去填海。

翟美玲前几日信誓旦旦，说杨定坚叫她千万不要套现离场。

"文哥，我问过了。当时五元入的，已经升到四十，他还说只是小打小闹，绝对能上八十，现在谁走谁是傻佬。"

叶世文在刘锦荣通讯录里找不到任何线索，手脚干净得比杜元利落。

只有个菲律宾医院电话，屠娉婷儿子确实患上肺炎，并且改姓屠了。洪安屠爷，终于有名正言顺的继位者了，屠家伟恐怕即将转学回海城，伏在屠振邦膝下尽孝。

估计远在国外的杜元尚不知情。

无论如何，他要先保住程真，关起门来再一五一十与她计较至死。自己女人，怎能让她身陷龙潭虎穴？

他的软肋，不能拿捏在杜元手上。

"杜师爷还没回来，等他回来再说吧。"程真懒洋洋闭起眼。

对着叶世文，反驳无用。

手提电话响起。叶世文一看，是徐智强，摁掉之后交代一句："走了。"

"好。"

"别睡过头，记得吃饭。"

"好。"

"我讲真的，你不要敷衍我。"

"好。"

"明日去登记结婚吧。"

"好。"

程真突然睁开眼。

叶世文哈哈大笑："你自己答应的，这次没逼你。"

程真羞恼，拿被子盖得自己严严实实："快点滚。"

"叫声老公？"

"死仆街。"

叶世文挑眉："我真的死了，你肯定第一个哭。"

"是呀——"程真侧身，背对着房间门口，眼皮沉得不想再掀开，"我喜极而泣。"

叶世文深知她这三寸不烂之舌，灿不出啥气的花，全是奇毒。偏偏他爱饮鸩止渴，每次针锋相对之后，只觉得她更可爱，总忍不住主动示好。

他拎起放在一旁的外套，从口袋中掏出一个黑色盒子。犹豫再三，轻轻放在程真床头柜灯下。怕她醒来发现不了，还附上亲笔签字的卡片。

叶世文关门出来。徐智强似乎很急，不停打来。

"什么事？"

"文哥你在哪里？"

"水阜区。"叶世文边走边接，"叫你去查纵火案，查出来没？"

"大佬，你交代我这几日跟B仔去挖屠爷开年之后的出货计划，又要跟踪杜师爷的货，我哪有时间？况且你自己说你有办法查，我还需要去吗？"

Chapter 12　生死一线

"去一下你会死吗？"

"去去去，我等下就去！"徐智强语气十分焦虑，"你今日有没有看行情？那只1633，升到妈都不认得啊！"

叶世文显然一怔："现在多少钱？"

"九十三块五，还在升。前日一开市就坐火箭，我以为只是暂时的，但升到今日，太夸张了。"

"你去找翟美玲，叫她去套话。"叶世文坐入车内，"我要赶回兆阳开会，陈康宁留下一大摊烂事。Rex的钱上个礼拜刚到Parko，下午还要去Parko过方案。"

他想了想："傻强，纵火案今日打听清楚，无论程真是谁，我都要先带走她。过两日我再去国金中心找杨定坚，看下他们究竟想搞什么。"

徐智强应下，又担忧起来："文哥，我总觉得没么简单。"

"我知道。"叶世文额角隐隐跳动，"敌不动我不动，各自行事吧。"

电话挂断。

"叶生——"

叶世文与前台站起的职员点头，穿过廊道，往冯世雄办公室走去。

开年气温仍未回升，他步伐急得走出一身薄汗，直接把外套剥下随意抛开。内线电话接通，叶世文第一句交代的是买点吃的送来。

手表指着下午三点二十分，从早上饿到现在，竟有些胃痛。

不知是不安，还是疲劳。

有人来敲门："叶先生，十分钟后开会吗？"

叶世文坐在椅上，抬腕看看手表："十五吧，要改的部分你叫Allen也一起准备，上次那份送批连红线都标错，与土地管理局测绘数据不符的地方全部要改。"

来人点头又离开。

座机响起，叶世文摁下免提。

"叶生，有两位阿 sir……"

"叶世文！"

电话内的女声战战兢兢，话未讲完，叶世文眼前大门随即被用力推开。哐的一声，震得整层楼人人自危，肩头腰脊缩起，眼神又关切地飘向那个奢靡高雅的办公隔间。

精英们从未见过这种阵仗。

洪正德穿一身黑西装，发梢干净利落，胸牌警徽熠熠生光。他站在最前面，与这位无数次错身而过的狡猾男人对峙。

这次线报，足以让他沸腾整年。

"说要找老板……"电话那头的女声终于胆战心惊地把话说完。

"知道了。"叶世文摁掉电话。

他略带迟疑地从椅上站起，目光紧锁洪正德。迈腿踱了两步，叶世文终于忆起，从似是而非到勃然大怒，一双眼迸发暴戾，强忍愤慨与不能示人的心痛——程真，骗了他。

"那晚，原来是你？"叶世文倚着办公桌，站姿故作轻松，语气咬牙切齿，"阿 sir，这里没人卖酒水的。"

洪正德知道叶世文认出自己。他根本没打算告诉程真，这场虚伪苦恋本就是她冒险的筹码，上赌桌，是要付代价的。况且肉帛相见过，难保她一时心软，不能给她机会通知叶世文。

"我们是商业罪案调查科，现在有证据怀疑 Parko 现任负责人冯世雄，涉嫌参与秦仁青违法投资及洗黑钱一案，我们要带走这里所有财务部门的资料。另外，冯世雄人在康安医院，目前 Parko 实际控制人是你，请你一并回去协助调查。"

叶世文心中掀起巨浪。竟然会是秦仁青？

"谁说的？"他用力扯了个冷笑，"我坐在这里，就说我是控制人?外面坐了那么多个人,怎么不说他们是控制人?抓贼要拿赃,我与秦仁青从未有过金钱往来,今日来 Parko 吹空调而已。"

有人从外面急急跑来,在洪正德耳边嘀咕。

"老大,钱在去年年底到账,当时是冯世雄签的字。"

洪正德眉头紧皱。

那人瞄了眼叶世文,又低声补一句:"确实明面上与他无关。"

"近期的他也没签字?"

对方摇头:"批款用的都是冯世雄私章。"

"其他人呢?"洪正德压低音量,"他们不讲?"

"他们不敢讲,"下属往洪正德身后缩去,担忧被责备审讯无能,"这里的人怕死,说什么都不知道,也与他不相熟。"

洪正德掀眼去看叶世文。

当上司说出那句"阿德,开年就有运行了",他二话不说,集结所有兄弟开会部署。另一位路兄弟领队去了国金中心,带走秦仁青与涉事的期货公司负责人兼操盘手杨定坚。最后一队人马赶赴康安医院,从曾慧云手中抢走了冯世雄。

而他,要亲自来擒获叶世文。

构陷亲人,独占利益,兆阳地产在这单案件中摘得一干二净,与秦仁青半分瓜葛都没有。来的路上下属感慨一句:"屠振邦生不出儿子,倒养了个跟他十足相似的契仔。"

要把所有人当成垫脚石。

二人目光交汇,双双恨得牙痒。空气成了硝烟,这处楼高地阔的观景办公室,闲人连呼吸都谨小慎微,怕引火上身。

"没证据就不要大声讲话。"叶世文皮笑肉不笑,"阿 sir,我这种良好市民,会怕的。"

洪正德怒目一睁:"搜!半张纸都不能漏,全部带走!你——"他抬手指向叶世文,"别让我抓到,我不会手软的!"

"好啊,我等你请我饮茶。"

洪正德立即转身,对整层楼大声呵斥:"在我们未走之前,全部人交出手提电话,一律不准离开,不准交谈!"

叶世文泄了半身力气,任由来人翻箱倒柜。

他的手提电话一直在响,显示来电人徐智强。打了十几分钟,发现他没接,办公室座机也响了起来。

铃声萦绕横梁,心事沉到海底。

有人与同僚通报情况。听见"国金中心""杨定坚""光头佬"等字眼,根本没有提及屠振邦与杜元,叶世文脑内的弦绷作一张快要扯断的弓。

屠振邦把期货公司转到杨定坚名下,是为了摘除自己。

这是屠振邦设的局。

连秦仁青都敢陷害,看来他借秦仁青之手坐拥了足额财富,决意过河拆桥。违法投资,洗黑钱?那只1633股票怕是障眼法,要洗黑钱也应该是做空期货,套走秦仁青的钱立即离场。

叶世文胸闷得快要喘不过气。

程真,是杜元的人,也是洪正德的人。原来她这么厉害,一副伶牙俐齿,游走两方,难怪敢一而再地挑衅他。

她当然不怕自己出事。

一阵昏眩袭来,叶世文跌坐沙发上,耗尽力气保持冷静。

但他怕,怕自己即将成为屠振邦餐碟上那块鹅肝。

下午五点五十分,来人终于离开。

前台敲门的手一直震颤,提着早已放凉的柠啡配蛋治,声音呐呐,如幼蚊求饶。

"叶生,你的……"

"出去。"

Chapter 12 生死一线

叶世文头也没抬。

办公室与惨遭洗劫毫无二致。保险柜被翻透,印鉴随意丢开,像一盘挫败散棋,弃子满地。

洪正德最后狠狠剜了叶世文一眼,命人捧两大箱东西浩浩荡荡离开。

他终于接通徐智强电话。

那端的人呼天抢地:"文哥!我的大佬啊!你搞什么?我打了两个钟头电话你都不接!"

"秦仁青出事了。"叶世文声线低沉,"他的钱来路有问题,Parko刚刚被搜完。"

徐智强震惊得半天说不出一个字。

不知过了多久,他咬紧牙关,替叶世文难受:"文哥,阿……呸!她才不是我大嫂,程真她……她……"

纵火案真相温度过高,烫得徐智强口齿难清,不敢妄言。

叶世文心脏发紧:"你讲。"

"她是曹胜炎女儿,那个曹思辰啊!"徐智强简直想拔刀斩人,"你记不记得曹胜炎?八年前的来亚银行执行主席助理,当时屠爷收了秦仁青的钱,叫我们上门堵人。堵的就是那个曹胜炎啊!杜师爷还私自搞了几个有钱佬,追回大部分投资款,帮秦仁青洗脱嫌疑!1993年,曹胜炎老婆林媛在公寓烧死,两个女儿在医院人间蒸发,一大一小,刚好就是程真同程珊的年纪!"

这回轮到叶世文说不出话。

他从沙发上站起。一整日滴水未进,胃痛袭来,薄汗把衬衫粘紧,成为他剥不掉的第二层皮肤。

"还有……翟美玲失踪了。宝姐三日前见过她一次,说要跟杨定坚去看楼。一去,就没再回来。"

"是屠振邦。"

叶世文缓慢掀眼，望向深不见底的海。天色晦涩，本应湛蓝如粼的水域，沉沉霭霭，像人死后火化的尸灰。

他甚至听见海鸥嘶哑地叫，由近及远，翼下的风随振翅回旋，卷走所有生机。

"阿强，这招叫将计就计。从一开始，什么都是假的。"

徐智强连呼吸都在压抑："文哥……我们……"

曹胜炎曾是秦仁青的座上宾。那桩私自挪用投资款的陈年旧案，叶世文记得，从那之后他就回了冯家，再没过问屠振邦的事。

八年前后，两场浩劫，屠振邦竟然毫发无损？看来他势力通天，有人在他背后给线索。冯世雄也被带走，之后肯定是冯敬棠，然后……

一个巨大隐忧在叶世文脑海形成。

"去金安道！"

他连外套也不要了，一边往外疾步跑出，一边急切交代："你立即去我妈那个档口帮我拿走那份录影，快！"跑到电梯间，他用力猛摁下行键，"拿完之后去B仔住那里会合。如果我没出现，你们明日早上就飞走！"

"好！"

电梯门打开，叶世文挂断电话，又拨出另一个号码："你现在去万博大厦三楼等我。"

叶世文赶到地下停车场。

他把手提电话抛至中控台，掌心透出薄薄一层冷汗。太阳穴下筋脉冲撞，疼痛企图敲穿颅底窜逃。抬起头，只见那只黄得夺目的tweety，日夜对望，大大的眼，翘翘的嘴。

叶世文伸手去拿。

他捏得很用力，恨不能把这个陈旧公仔当成她，捏得魂飞魄散。指腹下的手感产生变化，他用力按了几处，似触电般惊着，猛地把拉

Chapter 12　生死一线

链撕开，那道黄符掉在腿上。

头部棉花被挖了出来。

黑色窃听器也被挖了出来。

叶世文目光停滞两秒，立即把线扯断，积木大小的塑料壳被狠掷在前挡风玻璃上。玻璃毫发无损，倒是叶世文双手布满泄力后的红痕。

他猛捶自己胸口两下，才吐出一口气来。又瞬间被铺天盖地的心痛震怒塞满气管，恨意冲出四肢，眼眶热红，喉关发酸。

她在笑，又在恼，一双圆眼，流转所有他爱看的七情六欲。不妖不艳，偏生得一张口不对心的嘴，道尽所有他爱听的低吟腻叫。

贪欢惹的祸。

她毫无人性，不留给自己半分爱情。

"阿文，我怕……怕你有一日会憎我。"

他是不是已经输了？

"如果有那一日，信不信你会死在我手里？"

叶世文启动车子。

他不能输。

讲好的，就算下地狱我也要带上你，程真。

白少华穿一件黑色T恤，身板瘦削，在斜阳刚落之际疾步赶来万博大厦。被叶世文训练多年，颧上那双黝黑的眼像初生狼崽，隐现绿光，望人时总掩饰不了混街头的戾气。

他的右手是六指。十一岁时想拿刀自行切断。叶世文路过，衔一支烟，白T恤衫、黑西裤，跟不上身高的裤长露出一截脚踝。蹲下后，裤腿往上缩，连汗毛也在招摇。

那时的他已处于发育期，体格抽筋剥芽般往上蹿，少年荷尔蒙溢满整张俊脸。

"不怕痛啊？"

白少华抬头，脸颊有块瘀青："情愿痛也不想被人笑。"

"切断了照样有人笑你。"

那天，叶世文帮他讨回了公道。

白少华笑得脸颊的伤口隐隐扯痛，他那只六指留在了右手——是一个少年挺起胸膛的义气勋章。

"文哥——"

叶世文把资料装好，递给白少华："你带回去。若我明天早上没联系你们，你将资料交给关律师。"他稍顿两秒，"守着宝姐和他儿子，他会知道该怎样做。"

白少华点头，脸上出现另一种表情，语气十分忧虑："文哥，我担心你……"

叶世文抬头，望向这个比自己小五岁的兄弟。他没时间交代更多的话，拍了拍白少华瘦削肩头："做兄弟有今生无来世，其他不多讲，留着命，明晚同你饮烧酒。"

白少华快步离开。

叶世文把所有印鉴执照翻了出来，包括那份强迫程真签下的购房合同。

这处是他私下的一个办公地点，供建筑公司与投资公司注册使用，尚来不及搬进兆阳租下的那层闲置办公楼。

百呎面积，屋窄人少，翻箱倒柜后，他砸烂所有铜制印鉴。

资料堆成一座小山，叶世文把打火机敲碎，淅淅沥沥在纸张上浇一圈液体，然后用燃掉大半的香烟点燃。

烟雾报警器响得及时。

叶世文人已出现在防火楼梯，衬衫与额发被汗水濡湿。

大厦内尖叫四起，鞋跟敲在每一格瓷砖，啪啪啪，哒哒哒，受裙摆裤腿阻碍，求生节奏听上去有快有慢。身形臃肿的保安守在电梯口，大声阻止所有企图搭乘电梯的人。

"走防火梯人太多，通融一下啦！"

"通融？出事我要背锅的，自己走楼梯下去啦！"

叶世文赶到车旁，摁了感应键，车身毫无反应。一低头，驾驶位车窗徐徐下降，梁荣健把手肘架在车门上。他四肢粗壮，腮须浓密，厚唇吐露烟气。

"文哥，好久没见。"

叶世文往后退了两步，有人挡住他的去路。

"杜师爷亲自来接你。"

梁荣健话刚落音，旁边那台商务车的门被拉开。

指间果香味的烟叶烧个透彻，红光暗沉，白雾厚实。许久没啖这口雪茄，杜元身体深处的瘾劲被唤醒。

他缓缓吐气，待浓白散去，才舍得开口："你一向醒目，知道我们肯定会来挖你，制造火警有什么用？值钱的是你这个人，你心知肚明。"杜元笑了，"打算逃去哪里？"

叶世文沉默。

后座车门被打开。

"上车吧，你两个老爸都在等你。"

元村靠北边，土地开发进度偏慢，在区中心有一幢废旧工业大厦。它与全区其余遭遇遗弃的建筑物一样，沉闷无声，在道路边角颓靡伫立。五层高，被钢筋水泥构架的生命，凭深扎地底的桩柱，吊着残存的一息。

它们是体癣，是疱疹，是在皮肤科诊室掀起衣摆露出的难堪。

烂尾楼，是城市不愿示人的病。

也是避开道路监控的好去处。

车轮刹得十分用力。一个甩尾，横在三楼晦暗不明的空置区域，扬起的尘黏附车身。进了这幢楼，连人带车，都涂上陈旧颜色。

叶世文下车。姿态假意从容，身上的汗未曾干过。远远便见一张擦拭干净的长方木桌，围坐的都是熟人。

冯敬棠与屠振邦。

冯敬棠被一通陌生电话骗出办公大楼，上了黑车。以为是绑架，直到看见多年未见的屠振邦。

看来这回要的不是钱。

冯敬棠侧过头，对上叶世文视线。他也担忧性命不保，却掩不住无尽痛心失望。叶世文别过眼，去看屠振邦。

多少年了？

十岁那次，他登门，在叶绮媚腿旁摆下一沓银码阔绰的纸钞。那只半显老态的手，摸在叶绮媚细白膝盖，来来回回，似是想安抚她微微发抖的身体。

"冯敬棠不认他？"

"屠爷，他认的，但是……"

"唉，不用讲了，你一个女人养儿子不容易。我也是可怜世文，没老豆在身边的男仔，容易行差踏错。"

那只手摸入裙底，叶绮媚夹紧双腿抵御，浑身僵硬。

"让他上契吧，以后我名正言顺照应你们母子。"

"屠爷……"叶绮媚抽噎，"阿文入会，冯家不会要他的，我帮不了你。"

"你想以后全洲界的男人都进你屋？若他不是冯敬棠的种，还没资格做我契仔呢。"

叶绮媚含泪沉默。

叶世文从小就失眠。没看过鬼片，但总觉得听见鬼叫，断断续续，如泣如诉，是叶绮媚压低声线的哀怨。

她怨了一世。

叶世文没有停留，直接走到桌边。拉开木椅，堂而皇之坐下，一点也不像一个赴死的人。

怕死，他活不到今日。

桌上竟然是丰富菜肴。屠振邦至爱中餐，今晚却礼数周全，命人摆上牛扒牛肋牛骨汤，洋荤洋色，与他一身唐装分毫不搭。红酒杯斟满，似盛了人血般可怖。刀叉器皿照西式规矩摆放。银色折射暗光，如深夜的海，叶世文能从中窥见所有人眼底涌动的不安。

谁都没胃口。

屠振邦终于抬眼去看叶世文。这个契仔，十足气派，肩平腿长，模样惹眼，念书时就收情信收到书包装不下，天生多情。

所以易遭"情"字戏弄。

"来了？"屠振邦先开口，"我刚刚还在跟你爸打赌。他说你来不了，会在 Parko 被带走。我说你做人老爸，一点也不懂这个儿子，他绝对能全身而退。冯总，你输了。"

叶世文没说话。

冯敬棠终于知道，今日下午秦仁青被擒，冯世雄被捕，这场死局，全部源于叶世文这只白眼狼，放在膝上的手攥成拳头。

"世文，是不是你？"

"是我什么？"叶世文终于开口，"你想问什么？"

冯敬棠语气愤懑，扯高嗓子喊："慧云体联卫生问题，陈康宁叔侄手脚不干净，世雄被陷害，包括秦仁青把钱给到 Parko，都是你安排的，是不是？"

叶世文望向仪态尽失的冯敬棠。人是会老的，先发顶变白，然后眼皮耷落，躯壳水分遭岁月蒸干，皱纹与色素同时沉积。

一个噩耗就能把风度翩翩的冯总从神坛打落。

冯家男人，只顾脸面，没一个有本事。

"我安排的？我是有天大的本事，还是有天大的权力？"叶世文收回视线,"难道他们本身就一点问题都没有吗?他们跟了你那么多年,谁敢保证自己是无辜的,是清白的,是一心一意为你着想的?贪甚近于贫,一切都是他们咎由自取,与我无关。"

"那个是你大哥!"冯敬棠眼眶透红,说得咬牙切齿,"世雄是你大哥,血脉相连的两兄弟!你贪得无厌,半分家产都不给他留,简直狼心狗肺,你妈是怎么教你的!"

"那你问下冯世雄,有没有把我当亲弟?"叶世文笑了,"再问下你自己,有没有把叶绮媚当成老婆?"

冯敬棠顿时失声。

叶世文却继续说:"这么多年,你来看过我们母子多少次?你自己数过没有?"他直视冯敬棠苍白脸色,"我有数。在她死之前,你来过十五次,平均一年不到一次。我搬去元村祖屋之后,你更不愿意来了。

"冯敬棠,她早早就跟了你。你认为你是我爸?你配做我爸?你就是个强奸犯。"

强奸一个女人的无邪岁月、纯真未来,把她扼杀在三十七岁那年,连半生都迈不过去。高高在上的冯总,也有淫贱无耻的下等人格。

此时此刻,再无表演下去的必要。这些话说与不说,删改不了叶绮媚含恨而终的嗟叹。

不过是陈年旧事罢了。

叶世文目光如湖,静得出奇。

冯敬棠眉心抽搐。这张与叶绮媚极似的脸,平静皮囊下灵魂扭曲,冷漠谴责他的贪色虚伪。她是自愿的,可惜他没胆讲,这句话一出口,更显得他龌龊下流。

"我早就说过,我会弥补你!"冯敬棠胸口起伏,"你妈可以怨我憎我,但你不能!因为你是儿子,我是老爸,你这条命是我给你的!

你想要兆阳，我也可以给你！"

"我等不及了。"叶世文又笑，转头去望一脸看戏的屠振邦，"因为屠爷等不及了。"

连"契爷"都不叫了。

今夜，怕是魂断元村，父子情终于此。

屠振邦舒一口气，朝站在原处的杜元抛了道眼风。不知从哪里接过来的天线，脏黑粗实，连在一台笨重的电视机上。

"国有国法，家有家规。协进会讲程序，我们也讲规矩。"屠振邦兴致满满，冲失魂落魄的冯敬棠开口，"冯总，你一向嫌我出身不好。但你别说，这次全靠有我。"

屠振邦笑意渐深："他不是为了他妈，是为了他自己而已。你不懂管教儿子，今日我就替你管教。"

叶世文心尖一紧。

电视被杜元打开。

叶世文抬眼，浑身血液冻在这个初春的夜。

是徐智强……

"放过他。"叶世文未等屠振邦开口，声线震颤地求，"放过阿强，有什么事我一人承担。"

杜元出手，徐智强会比死更难受。

"世文，现在才来讲义气？你与阿强在我祠堂拜过关二爷，烧过黄纸，立誓的时候不记得了？忠心义气公侯位，奸臣反骨刀下终。无论明朝，还是当今，求财还是求生，三百年来规矩就是规矩，矢志不变。"

冯敬棠从未见过这种阵仗，已经满身冷汗。

屠振邦老目一敛，带了鄙夷和不屑，与恐慌的冯敬棠对视："冯总，你们讲契约精神，讲程序正义。我们洪安，也讲一个'义'字，铲除奸细，责无旁贷。今日是叶世文反骨，想一人食两家。你的，他要；我的，他也要。"

画面被转接到一个片段里。

冯世雄开口说话，秦仁青也开口说话——是跑马地包厢。

冯敬棠脸色比夜晚冰凉。向来聪明，他怎会不知这是叶世文打算拿来威胁父兄的证据。原来从一开始，他要的是整个冯家，而不是做冯敬棠的儿子。

叶世文稍稍往后，腰脊触及铁椅靠背，金属配件的冷，用体温捂不热。环顾四周各人站位，他在忖度：要如何才能逃出生天？

画面消失了。又传来叶世文与徐智强商议的声音。一句接一句，如何摧毁冯世雄，如何嘲讽曾慧云，如何利用秦仁青，如何敷衍屠振邦，过分清晰。车上那只 tweety，毛茸茸，黄澄澄，无辜神情是世间最恶毒的行凶工具。

与程真不相伯仲。

叶世文在看见那个窃听器的时候就料到了。但真的亲耳所闻，心里竟会痛得魂飞魄散，像溺毙在水里，狠狠死过一回。他真的可以奉送一切，幻想余生争吵到老，吻她半辈子，未尝不是一桩佳话。

可惜她的不愿意，是真的不愿意。

哪有什么欲拒还迎？相处每一秒，都是勾魂夺命。

八年前，他就不应该心软那一回。

杜元把电视关上。目光流连在冯敬棠与叶世文的脸上，果然是父子，颜色苍白得一致。他踱步走到冯敬棠身后。

冯敬棠尚未从伤感中回神，就被吓得浑身战栗，话也说不清楚："屠爷，我……我没得罪过你……"

屠振邦瞟了眼冯敬棠，又扬手制止杜元："世文，你说怎么处置你爸比较好？"

叶世文忍下所有翻涌憎恨，与杜元对视，目光转向冯敬棠，再落到屠振邦苍老矍铄的脸庞。

他出神两秒。在想：若我也老去，会不会与屠振邦有些相似？

怎么可能呢？由始至终，他唯一像的，是叶绮媚。

"Parko 和慧云体联的资金来源会被调查，但冯世雄个人账户是干净的。冯敬棠背后有势力，已经通过国际学校和冯世雄个人名义注资到兆阳那块地了。屠爷，你的期货公司不过是个套钱的壳，1633 那只股票与你根本无关，是你拿来骗我的，你一早就知道我在防你和秦仁青。

"你将期货公司转到杨定坚名下，让他操作做空建材期货。期货公司要投资者缴纳差额，我猜秦仁青的钱全部扔进去了，不够钱缴差额，于是你就怂恿杨定坚帮他违法操作免缴。转个身，收集好证据将他们两个捅给商罪科。搞那么多事，无非是想要所有人的钱，包括兆阳那块地。

"你借秦仁青搭线，有了钱，但你没资源。冯敬棠有资源，但是不够钱。是你一人想食两家，不是我。"

叶世文稳住呼吸："现在你终于等到了，兆阳最大的股东是我，外资接触过的人也是我。我才是这块地的实际持有人。冯总年纪大，是时候该退休颐养天年了。"

他终于把目光落回冯敬棠血色尽失的脸。

"叶世文！"冯敬棠双眼几欲爆出眼眶，手掌撑在桌上才不至于整个人滑倒落地，"你还……是不是人？！他只是你上契的老爸，我才是你亲生老爸！"

叶世文竟有想笑的冲动，嘴角十足嘲讽："是你先不要我的，阿爸。"

那日他剃了一个寸短的头，规规矩矩，坐在渤湾利场山道西餐厅外摆伞下。冯敬棠至今记得，对面就是食肆，肉脯荤气与杏仁奶香沿街飘荡，显得叶世文略带窘迫的笑容十分卑微。

明明长相出众，却无半点自傲。

他说考上了大学，要冯敬棠不用担忧，学费他自己去赚。说他从未做过坏事，与屠振邦毫无瓜葛，是一个堂堂正正的人。

野养在外的儿子，乖巧得让人心疼。

从一开始，他便惯会讨好，偶尔痞气也只当性情耿直罢了。曾慧云咒骂过叶氏母子虚伪、下流，那款可怜模样只有冯敬棠会心软。

他们可是混江湖的人。吞声忍气，不过是逢场作戏。

冯敬棠醒悟太迟。

屠振邦听罢，忍不住在心底感慨：若这是他亲生儿子该多好，能替他打下整个江山。老天厚赏冯敬棠，偏偏不懂珍惜，叶绮媚没了，如今连叶世文也没了。

一大一小的声响，冯敬棠像个酗酒过度的人，前一秒仍在感慨世事无常，下一秒立即在梦乡沉睡。

叶世文驾车疾驰在路上。

柏油马路，淋沥青，用压机推平，再晾晒，过程粗制滥造，成品不能细看。像每日斜阳里无所事事的瘦弱少年，隔远望去，皮光肉滑，走近一瞧，满脸痘坑。车灯照上去反射不了任何光亮，入夜比入殓更瘆人——总是死气沉沉。

叶世文眼眶红得要滴血，越线超过几台碍在前头的车。右手手掌被碎布缠了数圈，渗出的血几乎染透整只手臂。痛，痛得魂断，又痛得清醒。

他冒险闯去金安道。心存一丝希望，盼着徐智强没事。

被洗劫的闲置士多店乱七八糟，所有保存的证据把柄被一扫而空。混乱痕迹擦过门，散发警告意味。人作鸟兽散，那个放木箱的位置仅留下一个模糊不清的灰印。

叶世文心脏突突作痛。他无措地转了几圈，低头在沙发角看见一只手提电话。黑色，翻盖。

Chapter 12　生死一线

徐智强买来的时候，被他讥笑，与豪客城最丑那个女侍应的手机是情侣款。叶世文翻开通话记录，最后一则通话，很短，短得只够报一个地址。

徐智强打给了警察。

叶世文把手机狠狠砸在砖面上，"啪嗒"一声，零件比他五脏六腑碎得更离谱。世上没人能比徐智强更傻了，整天只顾笑。笑笑笑，有什么好笑的！

他知道叶世文会被带去元村。

可他选择让叶世文走。

"大佬，你教的嘛，万一出事，报警求助！"

叶世文用力甩了甩头。眼皮比超速摩擦路面的轮胎更炙热，来不及擦拭的泪，总往下坠，与淋漓大汗相融，显得更狼狈。

他驶进长角弯道。

一个钟头前。

屠振邦今晚不讲废话，找人送走冯敬棠，他目光稳稳停在叶世文强装镇定的脸庞上，又轻轻移开。

今晚他要叶世文认命。

十八年前那句"契爷"，他叫得不情不愿。但再不情愿，也叫了十八年，这份经时光与罪恶稀释过的恩情，叶世文必须还。

"世文，行走江湖利字当头，其实大家都没得选。"杜元连嘴角都在狰狞，"该签的协议都备好了，给你五分钟看看？"

"杜师爷，"叶世文被两个保镖盯着，声音因恐惧而有些战栗，却不肯轻易认输，"你死了个女人，就找个女人来搞我？程真跟了我这么久，你以为她真的可以置身事外？"

杜元目光骤然敛起："你还是担心你自己吧。"

"你猜她知道我出事，会不会心软，会不会心痛？"叶世文扯了个嘲讽的笑,"她不是丽仪,她什么都敢做。"

杜元也笑:"看来你还不够了解她。"他顿了顿,语气讽刺,"她是什么人,我比你清楚。世文,只差一点点,你就什么都知道了。好可惜,我们出来赚钱,拿命同天斗,斗的就是这一点点运气。输了,就要认。"

杜元知道程真是谁。

他手里有程真的把柄——曹胜炎两个女儿的身份,极有可能是杜元与那个洪警官一起换的。

屠振邦掀了掀眼皮,看这个契仔落尽下风依然嘴硬的表情。

叶世文那些追名逐利的手段,是他言传身教的。猛兽若能受驯化,必然少了血性,也就是一只无用的家猫——光吃不做。

人可以养猫,但不能饲虎,喂不熟的。尤其是血性十足的叶世文。

"世文,今日这一遭,你注定要让步的。"屠振邦慢悠悠开口,"你是醒目仔,知道要明哲保身。来之前听说你还搞了个假火警,想趁乱逃跑?没必要,我们又不是靠拳头生存的,大家生意人,坐下来不妥谈到妥嘛。"

叶世文牙关咬得发酸。

成全?待兆阳股权变更完成,把 Rex 引荐过来,他所有努力都要拱手相让。这几天好日子是问老天借的,九出十三归,借来三日拿下半生还,叶世文不想回屠振邦身边做一只"走狗"。

他不服输。

杜元却不满了:"大伯,我看他从来都不想跟我们好好谈。一身反骨,也不知道是遗传谁的。"

叶世文微微侧头,仰视站在自己身旁的杜元。杜师爷,终于等到这一良辰吉日,光明正大,替关二爷铲除这个道义上背誓作恶的契仔。

Chapter 12　生死一线

这么多年,他也受累了。要忍要演,还要听屠振邦暗示娶个不中意的女人,除掉自己偏爱的情妇。就为那点商界人脉。

屠家男人,没一个有骨气。

两个保镖又上前半步,气势夺人,影子压得叶世文喘不过气。

他讽刺地笑说:"现在是法治社会,杜师爷。找这么多人围着我,我会怕的,怎么签字啊?股份不要了?"

杜元嗤笑:"劝你别耍花样。"

叶世文直起腰脊,没有回视杜元,只望着屠振邦,"屠爷,年纪越大野心越大,我怕你吞这么多生意,会消化不良。"

刘锦荣回来,是为了制衡杜元。

英籍华人,出身清白,Rex 这边容易搭得上线。难怪那次奠基仪式有人大肆宣传自己,现在想起来,怕是屠振邦有意为之。

他年纪大了,心急,逼着叶世文早点笼络外资,到今日便能为他所用。

屠振邦听得出叶世文的嘲讽。无所谓,走到这一步,他已成炮灰,讲三四句晦气话,也情有可原。权作他这个契爷再格外开恩一次。

"算了。"屠振邦有些不想再与他对话,许是不忍心,许是不耐烦,眉心隐隐拧出皱纹,"这里不是谈事的好地方。世文,你也跟我们走,家里有床有被,今晚先睡个好觉。"

杜元不忿,却不敢说什么。这个关口,不能惹屠振邦恼火,遗嘱比叶世文这条狗命重要。跟了屠振邦这些年,他不能对刘锦荣这个天外来客拱手相让一切。

一个钟头后。

叶世文在长角弯道下车。

离开金安道时他开了一台自己藏起多年的黑色汽车,驾驶位靠背被磨得起球，刮在叶世文衬衫上，有种粗糙微刺的异物感。

他察觉不了。

他左手受了伤。手痛、头痛、心痛，叠加起来，与身处炼狱无异。

那只 tweety 被握在掌内，由黄染红，可爱变作可怖，像个灵异童话故事的开篇线索。叶世文望了眼沾血的手表，已经十点。

说好要来接她的。

当然要来，做鬼也要来。

脚步踏上三楼。门下有条缝，透窄细的光，似镀了一截奢华金边，有种灰姑娘在陋舍妆点一身奔赴舞会的错觉。

叶世文左手搭着门锁，拧开。屋内有股迷人甜味，讲不清是何种奇花异草，与光亮同时细细抚上他再没眼泪的脸。

山穷水尽的程小姐，也有生活追求，戒不掉香薰。

这是她做曹思辰时留下的习惯。

程真见过了九点，致电也没人接，怕是他仍在忙。刚回房间换妥衣服，就听见开门声，她有些兴奋，抬手看表——这只珊珊获奖的手表又回到她手上。

叶世文保留表盘，换了表带与机芯，赠予她作情人节礼物。投其所好这种事情永不过时，能让人原谅他不知廉耻地在卡片里称呼"老婆大人"。

程真嘴角盈满雀跃，把裙身稍稍往上提。想了想，脸颊一红，又往下扯。

不至于献媚到这般程度。

程真转身，推开房门。

Chapter 13
陈年旧事
Wangbei Building

望北楼 ◆◆◆

　　海城的春天很短。白昼在春天里更短。七点半时分，太阳在这一边暗下，便在那一边漾起。兢兢业业，终年无休，银河系若组建工会，肯定竭力替它出头。

　　其实，要怪就怪地球太圆，光滑得抓不紧任何一束屋脊上的光。

　　但凡未留住，总是会过去。

　　程真在上一秒合眼入睡，睁开时，连那只溏心蛋黄般的夕阳也不见了。迷糊间拧开灯，坐起身，皮肤与屋内稍凉的温度碰撞，禁不住打一个寒战。

　　有人致电救护车。叫得很响，索命又凄厉，整幢旧楼人人皱起眉头。这回是哪位双失英雄企图与世长辞？失业兼失偶，这两桩罪往往相辅相成，难离难舍。

　　做人果然惨过做猪——吃得下饭，却活不下去。

　　程真对街坊八卦没兴趣，直接穿起衣服。还有几分昏沉睡意，拖沓着去浴室洗漱，扎一个低马尾后回房。担心街外风大，又多套一件外套。

　　然后，台灯下的黑盒跃然眼内。

　　她第一反应是惊。这是什么？不会和她想的一样吧，不会吧？叶世文距离二十八岁生日还有数月，不到三十的年纪，难道已经有了中年焦虑，急着结婚生子？——那也别找她！

Chapter 13　陈年旧事

程真捏起那张卡片，心里七上八下。掀开一看，里面的话让她眉心紧拧，又忍不住翻白眼。既然叫她老婆大人，大人大人，索性直接下跪磕头吧，小叶子。

程真叹一口气，才打开那个四方形的黑盒。

酒色财气，他都讲究。这只手表，仅保留有程珊名字的白底表盘。表带更换的时候偏不选羊皮，叶世文嫌过分纤细柔软，衬不出程真驰骋乐川坊的气度。

竹节纹，鳄鱼皮，粗中有细。大自然赠了这种动物一副狰狞长吻，又给它们供人残忍盘剥的昂贵皮囊，致命敌不过暴利。连机芯也一并换掉。

人要承认自己的喜恶，程真骗不了自己，开心得直接戴上。

幸好不是戒指。

程真下楼的时候，救护车车尾灯在街角亮起，随即融入车流，似风吹烛火，左右扭摆，便没了光。残存缥缈笛鸣。

一向走在八卦前沿的琼姐，正绘声绘色与身旁那位阿伯陈述事件经过。她文的那双泛紫细眉，伴急切语气在额角飞升，时而拧起，时而弹开，眉头隔着凹陷印堂，几欲大打出手。

"那碗汤是陈娇自己端给她孙子的！我就坐在转角那张折凳上，看得一清二楚！饮了不够十分钟，立刻连舌头都肿了，又哭又叫，在地上打滚！怎会有人这么狠心，明知道自己孙子过敏严重，还拿花生煲汤！"

"老板娘不像这种人呢。"阿伯提了提裤头，嘴角往下撇，"不过也难讲，我听说她对她新抱很不满意，在店里面也吵过几次架了。"

"那只蜈蚣精啊？"琼姐笑出了声，"换作是我，我也不满意啦。听说她还想自己儿子改姓，跟她姓呢。况且她回来帮忙也是贪铭记那张地契。孙子跟她姓，岂不是祖业赠人？陈娇第一个不肯！"

"改姓？你在哪里听回来的？"

"刚刚蜈蚣精骂到她哭的时候讲的……"

阿伯脸色有些异样,用手肘碰了碰眉飞色舞的琼姐。

陈娇刚擦净涕泪,从铺内出来,捧一个红色胶盆,利落收拾着外摆摊位上的餐碗。一场闹剧过后,有些客人连钱都不给,趁乱跑了。

她心疼孙子,也心疼钱,忍不住又落了几滴眼泪。

"还哭什么!"谢恩铭系着围裙,隔两米距离呵斥陈娇,"你自己搞成这样的!快点收拾,还要开档做生意!"

陈娇的手滞了两秒。那个红色胶盆歪歪斜斜摆入四五个脏碗,突然坠地,哐里哐当,碰撞出尖锐声响。陈娇胸口起伏剧烈,满肚怨气,从丹田冲到额顶。泪水与愤怒齐飞。

"你怨我?"陈娇音调破碎,一双糙手抹在自己唇上,拭走鼻涕眼泪,"每日最早到铺面的是我,凌晨两点锁门的又是我!我在你那个窄过鸡笼的厨房蹲下洗碗,洗了二三十年,洗到腰骨痛啊!我这么辛苦为什么,还不是为了这个家!

"现在你好意思讲是我搞的!"陈娇用力拍了桌子一掌,顾不上手痛,抬腕指着自己丈夫,"那煲汤是你煲的!是你自己不记得迪仔对花生过敏,是你害得他要入院!我刚刚没讲是因为我不想儿子责备你,你竟然真的什么都赖到我身上!"

"你乱讲什么!"谢恩铭失声怒吼。

他抬眼绕四周一圈。眼熟的、脸生的,年轻的、老迈的,明明每一个都是人,却像浑身只剩一双眼珠的妖怪,悬在半空,无声注视。

谢恩铭觉得比没穿裤子出街更难堪,扯着嗓子大喊:"我没放花生!"

讲给谁听的?

不知道,反正道德审判从来不听解释。

这时,谢莹莹从后厨冲了出来。

"你们两个不要吵了!吵到没人看火,灶头差点烧烂那只镬!"

她埋怨地瞄一眼谢恩铭，跑到陈娇身旁，"阿妈，迪仔没事的。医院有医生的嘛，会救他的。"

"我怎么这么命苦，嫁给他！"陈娇终于痛哭蹲下，自怜自艾，"阿莹，我真的想死。我死了算了，我做人有什么意思，一了百了算了……"

谢莹莹蹲下去轻拍陈娇后背："阿妈，别哭了，街坊都在这里呢。"

"刚刚蜈蚣精臭骂我祖宗十八代，当着所有人面说迪仔出院就改姓！大家看见听见，我怕什么丢脸！新抱骑到我头上啊！我还有什么脸，我没脸可以丢了！"

"阿妈……"

谢恩铭朝地面怒啐一口："打开门做生意，你在门口哭？触霉头，犯众憎，明日还要不要开铺了？没这一间铺，你打算指望你那个忤逆仔养老？七十岁去吃西北风啊！"

"他也是你儿子！"陈娇抬头，声线嘶哑，"当初是你说那个蜈蚣精八字不好，进门拖累全家！结果亲家给你几分脸色看，你就差跪下同意了！你只知道在家里发威，对外人像只狗！"

谢恩铭气得讲不出话。吵下去，几十年积的口德都会败光，他不像陈娇，他要面子的。

谢恩铭转身往后厨去，情愿洗镬也不想替妻子拭泪。最多冷淡她几日，碗，她照样要洗；菜，她照样要切。铺面那道卷闸随日头月光起起落落，人惯了麻木的生活节奏，便什么都不记得了。

夫妻，有时比敌人疏远。好歹敌人还会关心一下你打算出什么招。

陈娇眼泪鼻涕滴在水泥地面，黏黏腻腻，谢莹莹从口袋里拿出纸巾帮她擦拭脸颊。

女人，多数比男人有同情心，况且这是她妈。

"阿妈,你先回家,这里我来收拾。"

陈娇啜泣着问:"阿莹,迪仔会不会生我气?"

"你想这个做什么?你认他,他会认你吗?"谢莹莹语气有些恼,"那个蜈蚣精骂得这么难听,迪仔跟着她长大,什么坏都学去了!你看大哥,不是我帮你扯住他,他都要跟着蜈蚣精一起骂你了!"

陈娇一听,哭得再也讲不出话。比登报与孙子断绝关系更残忍。

街坊打了哈欠,觉得续集也差不多完场,稀稀落落散去。新春正月还未结束,铭记婆媳吵这一次,全年都要走衰运。所以没人愿意出声,怕沾了霉气。

陈娇哭够,扶着腰,拿起钥匙自己回家,余下谢莹莹收拾一切。程真只是路过,谢恩铭大吼之后,她便走了。

她在巷角的茶餐厅吃完晚饭,离开时在柜台要了一包烟。

1993年3月,昌岸旧城正式启动拆除。这个前清遗物消失前,她在那里住了半个月,带着程珊。日日夜夜布帘拉起,两姐妹听人咳,听人喘。尿桶旁边摆拖鞋,一穿上,连脚底都会沾满臊气。

难民,丧民,没身份证的谎称良民。人人身怀几百万吨灾难往事,却永远闭口不谈自己从何而来。

那是一个既入世又避世的地方。

福华街却不一样。屋宽些,路也宽些,连人的思考能力都得到拓宽,听八卦从来不会累。原来居住环境真的会改善心境,难怪人人都想住大屋,开敞篷。

陈娇或许无辜吧,谢恩铭或许无意吧,程真懒得去想。烟已烧尽,她走过铭记门口,被谢莹莹叫住。

"今晚怎么不去过节?"谢莹莹脸上丝毫找不到方才难过的痕迹,语气与往常一样,"情人节喔,你男友呢?"

程真沉默两秒,开口道:"他等下才来。"

"Maggie下个月结婚,你带你男友去参加她婚礼吗?"

Chapter 13　陈年旧事

"我自己去。"

谢莹莹笑得眼弯弯。认真细看,她挺漂亮,只是身材太瘦。眼角没有倪婉君那么锋利,带了世故的逢迎,总有人愿意吃这套示好。

"什么时候饮你的喜酒?"

程真耸耸肩,不答了。

谢莹莹识趣,又说:"吃饭了吗?约会前要不要吃点东西垫肚?我们还没收铺。"

"不了,刚刚在大旺冰室吃了面。"

谢莹莹不再勉强。手上扫把扫不走那张粘在地上的纸巾,她不怕肮脏,弯腰去拾。外套口袋随动作敞了个浅边,滚落一粒不明物体,她立即用脚踩住。

程真看见了,是一粒花生。

她收回视线,什么表情都没有,往家的方向走去。

不过是一餐寻常晚饭罢了。

程真站在家门口摸钥匙,还没插入锁孔,就听见楼上的人边讲边下来。抬眼去看,张欣园双目红似兔子,抱着一袋软塌塌的衣物,身后是两个程真没有见过的人。

"放心啦,明日就能出院,厂房老板也说会赔钱给你妈。"那个年纪稍大的男人说,"我们多宽限几天,等你妈回来你们再搬吧,大家说到底亲戚一场。"

"阿园。"

张欣园抬头,见到程真一脸疑问。她竭力收住眼泪:"真真姐。"

"你去哪里?"

张欣园脚步与声音同时犹豫,想半天,还是决定说实话:"去医院。"

程真见她毫发无损,心里有些担忧:"是黄姨出什么事了吗?"

张欣园点头,照着亲戚的话复述:"没什么,明日就能出院了。"

那两个亲戚对着程真上下打量,眼内不怀好意。穷屋穷民,这里住不出心怀天下的圣人,有戒心也很正常。

程真不便继续追问,只好说一句:"没事就好。"

她拧开门锁,先于那三个人下楼前进了屋。

今晚碰见的外应实在太糟糕。

白车,医院,阴谋,隐瞒。年老与年少,各执一双泪眼,分不清到底谁施暴,谁受害。

程真禁不住想——莫非还要见血光才算过瘾?

"阿文……"程真睁大眼。

Tweety从叶世文手心跌落。鲜红半干,黄毛染作瘆人的血橙色,硕大头颅一滚一沾,廉价砖面拓上凌乱花纹,像午夜女鬼那双触地即离的绣花鞋。

程真说不出话。她条件反射想冲上前去,问他发生什么事,怎么受伤了。包扎成这样会感染,要立刻去医院。

但她被那只tweety钉在原地。

被叶世文的目光钉在原地。

他在轻轻眨眼,重重呼气,满脸死里逃生后的汗迹。一双含情眼眸也能含恨,流转的痛比凌迟的刀更锋利。

他,什么都知道了。

叶世文没说话。此时此刻,程真身上还穿着那条他偏爱的珍珠白短裙,贴服、柔软,双腿莹润,腰肢细窄。

曲线再矜贵,也不及她那副要人命的脾性。

她沉默是因为害怕。

叶世文的目光从程真身上剥离,由左至右,扫视这间狭窄公屋。曹胜炎在清沙湾那套公寓,千呎面积,三室两厅,推窗望海,昂贵得尘埃不敢沾染分毫。她住惯了豪宅,来这处屈就,穿梭风月之地,赚三五碎银，真让人敬佩她对自己的狠劲。

毕竟她不想死。

"衣服也换好了？是真不知道，还是在装傻？"叶世文终于开口，见她没反应，又说，"今晚这场戏，你这个最佳女主角没出席，真白费了杜元一番心意。

"程真，我现在什么都没有了，你可以去找下一个供你吃喝玩乐的男人了。"

话音刚落，她面色更惨白，脸庞随呼吸轻抖，咬紧唇，在竭力忍耐。

"在我之前，你帮杜元卖过多少情报？"

程真抬起头。

手指攥得发红，血液凝在一处，渐渐麻痹起来。他输了，当然不甘心。他总是这样，装忍辱，扮大度，但凡有些许失势，都要牢牢记住，逮着机会后拼力报复。

眼泪不听话，冒出的时候很烫，从眼睑跌落，程真竟觉得委屈。他这番话，太恶毒。

"我没有。"程真不想反驳，却忍不住情绪，声线企图掩饰落泪的难过，有些颤，"我不是你想的那种人。"

叶世文看了眼自己受伤的手。

无穷无尽的愤怒，沿筋脉，沿仇恨，濡湿整块布条。叶世文心脏也有一个伤口，却捂不住，遮不紧，汩汩往外涌血，是她捅的。

她真的什么都敢做。

"阿强出事了，因为想救我。"叶世文缓慢眨眼，怨恨使他眼角酸涩，十分难受，"冯敬棠也出事了，因为今晚屠振邦就是要我们两父子交出所有东西。"

程真听罢，差点站不稳，紧紧靠着房间门框。她连指尖都在战栗。

"我说过，我可以给你一切。"叶世文往左走了两步，拎起那根他送的棒球棍，"但你什么都不要，你只想我死。"

程真呼吸一滞。

一记用力的敲击，程真下意识捂紧耳朵，被叶世文的暴戾吓得不敢说话。

他要摧毁这间屋——包括她。

纸张轻薄，随棍风飞扬，陋室内的击打，比街巷外的群殴更惹人窃听。

门外响起不知道哪位八卦街坊的叫声："喂！无端端在家里噼里啪啦打什么？这个钟数别人不用休息啊！"

"滚！"

叶世文转身，抬手猛地敲上大门。木板凹下去，裂出缝隙，震荡得几乎整幢楼的人都要打一个冷战。那位好事街坊立即跑楼梯走了，不知上楼还是下楼，总之保命要紧。

快快去通知五湖四海的师奶阿叔，三楼酒水妹家里有个发癫的男人。

程真眼见叶世文动作加大，右手开始滴血，心惊得忍不住大叫："你停手啊！"

叶世文不肯，击穿最后一件玻璃制品。大块碎片剧烈溅飞，打中窗户，狠狠嵌入之际，破口裂出雪花一样繁复的纹路。

下一秒，雪崩。

整面窗户如水泻下，残骸淌满沙发。

"叶世文！"程真泪流满面，"当我求你，你停下来行不行！"

他终于停了下来。

初春时节，衬衫湿透，晚风从毫无遮掩的窗棂送入，比夜间厚重露华添更多寒凉的气。叶世文不觉得冷，胸口起伏，目光如兽，压抑不住嗜血冲动。

Chapter 13　陈年旧事

握棍的虎口一直抖颤,他比想象中使了更多力气。

也失去了更多力气。

程真赤着脚,不敢往前。屋内下完一场玻璃雨,满地碎片,折射无数星点,是月光在哭泣。邀来世上最好的能工巧匠,也拼不回所有原样。

一如他们那份情感。

程真抹掉脸颊泪痕,低声哄他:"我们先去医院,好不好?你的伤口在流血……"

不包扎的话,他这只手就废了。

叶世文抛开棒球棍,踩着碎片往前走。程真退了两步,又停在原地,直到能感受到他周身杀气扑满自己肩颈脸颊,像一头嗅着猎物声息的兽。

她根本避不开。

"担心我了?"叶世文用左手扯紧她一边肩膀,指腹使劲,痛得程真仰高头去看他暴戾的脸色,"还是打算玩苦肉计?我怕死,想尽办法逃跑却被杜元伤到这只手,当时你又在哪里?"

"好痛……"程真咬紧牙关,忍着痛楚,"你放手……"

叶世文不肯:"痛?你这种人也会知道什么叫痛?"

"豪客城,是商罪科那个男人让你去的,是不是?窃听器,是杜元安排你放的,是不是?两家的钱你都敢收,什么人你都敢帮,是贪心还是怕死?要钱,我可以给你;要爱,我都可以给你!你有什么把柄在其他人手上,只要你讲,我立即帮你!"叶世文眼眶红透。

"程真,为什么你可以这么狠心?为什么你可以一边抱着我,一边利用我?为什么你情愿看着我死,就是不肯爱我?你究竟有什么是真的?"

程真太痛了。心脏,肩头,眼内这个怒火遮目的叶世文,脑内那个命悬一线的曹思辰。

或许是她错了。许多话从未开过口,总在唇间齿颊来回打转。瞻前顾后,错判时机,再发声,只会徒添无数惨烈。

程真不断落泪,饮泣着说出这句毫无意义的话:"阿文,我真的中意你。"

她太迟了。

这一刻,叶世文竟觉得有种被屠振邦算计到死的沮丧。连这份苦恋都能借力打力,把他推向孤立无援之境。

"你以为我还会信你?"

他最不想听见的,便是让他心软的话。

从这个女人嘴里说出,更显得他一败涂地。

叶世文笑了,笑得程真如坠万丈深渊,游离失重空间。他是迷人的,不仅仅相貌。眉目淌光,语气狂妄,天生赢家只愿为她情根深种,多么骄傲。原来她也俗气,会爱上一个坏男人。甚至这种对峙时刻,浑身狼狈的血与汗,都在荒诞地为他装点气概。

那又如何?他愤怒的时候什么情面都不会顾。连她奉送真心都当儿戏。

这就叫自食恶果。

"不信就不信。"程真苦笑,惨淡回视,"你第一日拍拖吗?还是第一日出来混社会?就算没有我,照样会有其他人。你会中意我,难保不会明天就去中意别的女人。这个世界本来就只讲利益,谈什么感情?

"是你太贪心,想要冯敬棠的,又想要屠振邦的。胃口这么大,谁不想铲除你?谁能容得下你?由始至终,我和你不过是别人手上的一只棋——"程真双眼圆睁,呼吸一顿,急急去掰扣在自己喉颈的那只手掌。

叶世文把她推向衣柜。后背狠狠撞上,声响与痛楚在屋内回荡不休,程真眼珠睁大,透出无穷恐慌,脸颊红得几乎喘不过气。她连求饶都发不出声。

她知道叶世文真的会下狠手。

"输的人是你。"

叶世文红着眼,一拳砸在程真耳侧,衣柜发出更大的声响。

程真狼狈跌坐在地。除了害怕,感觉不出任何多余情绪。

她崩溃了。抬手捂紧脸颊,哭出嘶哑的声,似一只遍体鳞伤的雌兽在哀鸣。涌在掌纹的泪,盈满后从指缝溢洒,断断续续,淌湿程真腕节那只情深义重的手表。

叶世文转身离开。

原来不只是元村的夜晚,水阜区的夜晚,福华街的夜晚,每一个夜晚,于他而言都过分凄寂。

六百万人,已没一个愿意真心待他好。

程真哭了太久。叶世文受伤的手、受伤的眼,似是还在这间屋内,没有离开。她哭得双膝发凉,寒气入骨,连灵魂都僵在原地。

有好事街坊路过,往内探头。狼藉遍地的窄屋,只见一个捂脸痛哭的女人,长发散乱,状似半死。

情人节?看来是情人劫。

她终于放下捂脸的手。手腕表盘从眼梢反射过一道浅光,让抽噎的魂魄乍醒。程真爬回床边,从外套中翻出手机。

等了许久,电话才被接起。

她哽咽着说:"德叔,我有急事想找你。"

"月光光,照地堂,虾仔你乖乖训落床⋯⋯"

叶世文从暗巷转角穿过。孤形吊影,路灯拉出他这两年蹿得颇高的身姿,拔尖似的往上长,发顶堪堪磨过美足按摩店外旋转不停的剥漆饰灯。两条长腿行进带风,校服 T 恤衫扬起少年人的瘦削。

八姑在士多店外的藤椅上抱孙。她眯着眼,喉音高高低低,靠鼻腔哼出经年不衰的歌。一老一小，衣衫单薄，陈旧葵扇轻轻招摇，在这偏隅陋街内，凭一首童谣交换呵护。

时间便静止了。

叶世文侧头，视线在睡相安分的婴孩脸颊稍顿，又收回，抬腿转入楼道。

这是1990年的中秋。

叶世文进屋，已听见人声。客厅摆了红的黄的一堆光鲜纸盒，写满疗效快治愈力强，全是连医生都不敢保证的妙手回春。

饮药如同饮盅。

他把空无一物的书包随意抛开。走了三四步，见叶绮媚房门大敞，里面坐立着几个男人，还有特意煲了汤来的陈姐。

"契爷，元哥，陈姐。"叶世文目光回到毫无血色的叶绮媚脸上，多了无限悲伤，"阿妈。"

"又去哪里鬼混？今日中秋，你这个钟数才回家，心里还有没有你妈！"屠振邦怒目一睁，只差要叶世文跪下。

杜元却开口，语气很温和："大伯，世文还小，需要教的。"

"我没出去鬼混。"叶世文低声答道，"被罚留堂而已。"

他听徐智强说，观岸有个神医专治肺癌，五脏六腑咳出来，也能照样给你安回去。叶世文信以为真，跑去观岸，可惜神医对着叶绮媚的病历只有叹息："扩散成这样，靓仔，华佗再世都没用了。"

赶回学校偏偏不走运，被老师抓住。

"十七岁了，还罚留堂，你羞不羞？若今日不是中秋，我肯定替你妈动手教你！"屠振邦把视线转叶绮媚身上，"绮媚，你放心，不用心疼钱。现在医学昌明，晚期癌症也能治好，有什么需要尽管开口。"

"屠爷有心了。"叶绮媚幽幽地说，"我自己知道自己的事，这条命，也就这样了吧。"

"怎么说这些晦气话呢？"杜元打断叶绮媚，"再不行我打电话回北美，我岳父在那边也有认识的医生，请过来帮你治。"

"我们两母子这么多年，给你们添太多麻烦了，真的不用。"

杜元又问："那个男人没来看过你？"

叶绮媚垂下浓密眼睫，看不清她在思虑什么，声音依旧很低："他太忙了。"停顿两秒，"他打过很多次电话，又让财务送钱来，他心里有我的。"

"看都不看，也叫心里有你？"杜元语气不屑，手掌带着安抚，轻轻拍她手背，"媚姐，我替你不值而已。"

叶绮媚立即把手收回："阿文是他儿子，他怎么可能心里没我们母子呢？"

她抬起头，只看见叶世文瞳孔里充满不加掩饰的愤怒。他一向厌恶男人碰她。

叶绮媚语气温柔："阿文，你过来。"

叶世文沉默几秒，才肯迈腿。一步一近，把一心求死的叶绮媚望得更加真切。他的母亲宛如病中维纳斯，垂死之际，美艳不减当年。要是让曾慧云看见，能气得咬断牙根。

她不肯做任何治疗，也不肯吃药。

痛了，便忍，忍不住，便哭，咳出血来，洗一洗脸，又当作无事。她要所有人都记住她这副模样，这副不堪一生的暴烈写照。

叶世文落座床边椅子。

"屠爷，"叶绮媚把脸转向屠振邦，"我时日无多了，可不可以求你一件事？"

屠振邦沉吟几秒，却不推拒："你讲，只要我能做到，都答应你。"

"你让阿文回冯家吧。"叶绮媚落下清泪，瞬间显得无限可怜，"他这世人，都没有阿爸。跟了你七年，也替你办过不少事。书念得差，人又倔强，怕是以后也帮不上你什么。你就当可怜我这个快死的人，让他回冯家。我们两母子欠你的恩情，我来世再做牛做马报答你。"

她说得肝肠寸断。长睫只是飘飘一掀，脸庞便爬满哀伤的泪。

叶世文手心握拳，一句话都说不出口。

整屋人突然全部哑了，都在等屠振邦的回应。

只听他长长叹一口气，不知是无奈还是妥协，有些怨怼："说回就回？绮媚，上契是拜过关二爷的。"

叶绮媚似是早就知道屠振邦会推搪，又低声道："屠爷，只是我的一个心愿而已。无论回不回冯家，阿文照样是你契仔，你开口，他绝对服从。"她伸手扯住叶世文手臂，"阿文，你说是不是？"

叶世文感觉到叶绮媚指甲的锐利。她几乎是竭尽全力地掐入他的臂侧。

"是。"叶世文面无表情地回答。

屠振邦目光在这两母子交缠的手与臂间停留，又抬眼，和坐在对面一言不发的杜元交换眼风。

他们早已知道冯敬棠要乘势而上。

看来叶绮媚是打算放手一搏，赌冯敬棠对她残存三分薄情，能给叶世文留一碗冯家的饭。

屠振邦点了点头，没答肯或不肯："迟些再讲，你先好好休息。今晚是中秋，陈姐也要赶回去拜月，我过段日子再来看你。"

叶绮媚的泪停了："阿文，帮我送送屠爷。"

一屋几人走到门口，屠振邦回头，沉默注视与叶绮媚长得十足相似的叶世文。这七年，也打过，骂过，教训过，叶世文仍是这副毫无大志的堕落做派。金钱与地位，他是真的连争取的心思都没有。

十几岁少年，很稚气。假装奉承也带三分生硬，叶世文有恨，绝非真心入屠家。但想回冯家？也要看冯敬棠肯不肯。

"世文，"屠振邦开口，语气很冷，"好好陪你妈，她养大你，不容易的。"

　　门关上了。叶世文静静立在客厅。他知道，从三楼下到一楼，需要几分几秒；也知道，从阳台把花盆抛下，能砸出几道血痕。这些堆砌在桌上的补品，崭新靓丽，像一张张额度慷慨的嫖资，假惺惺地补偿他们母子贱卖过的人生。

　　叶世文回到房内，叶绮媚低眉垂目，似是累极了。

　　"阿妈，你先休息一下吧。"

　　"过来。"叶绮媚抬起头，拍一拍自己床边位置，"儿子，过来。"

　　叶世文走过去，坐下。他凑得很近，近得叶绮媚的手指能在他脸颊游走。此刻的母亲，太过温柔，像八姑抱着那个襁褓里的孙儿一样，掌心带暖，一呵一拍，便能让叶世文长久沉溺在这瞬间。

　　"阿文，你听我讲，"叶绮媚开口，"你一定要回冯家。"

　　"我跟过屠振邦，还喊他契爷，冯敬棠不会认我的。"

　　"他会认的，我知道他是什么样的人。只要你顺从他心意，他一定会认你。"

　　叶世文想起那个久未谋面的生父，顿时恼了："阿妈，你为什么要帮他说话？你病那么久，他只打了四次电话，给点闲钱，打发乞丐吗？况且契爷是什么人，你也清楚，他刚刚没答应你的。我要脱离屠家，至少剥一层皮，为了那个老豆？根本不值得！他不要我，我也不要他！"

　　"回去。"叶绮媚语气笃定，"是争是抢，要钱要人，你自己决定。我只要你替我报仇。"

　　叶世文怔在原地。

　　叶绮媚嘴角一挑，如媚行的鬼。

　　"你不是冯敬棠的亲生子。"

　　叶世文闭起眼，嗅着一屋熏鼻的酒精气味，在脑海浮游的往事中，让自己竭力保持清醒。

"真的不用麻药？"豹哥穿针引线，又谨慎追问，"伤骨了，手心手背加起来起码缝七针。"

叶世文从唇间挤出一个字："缝。"

扎在皮肉里的痛，不及心痛。

"缝好了，上不上夹板？"

叶世文摇头。

豹哥从抽屉中拿出白纱布，边扎边笑："你记不记得你十一岁那年？翻墙回家的时候跌到脱臼来找我，我当时也问你上不上夹板。你说不上，这样回家你妈才不会担心。"

叶世文睁开眼。

1984年2月5日，是叶绮媚三十一岁生日。

叶世文趁屠振邦去金安办事，翻墙离开他当时在元村的那幢旧屋。陈姐守着门口，从来不许叶世文私自回家。未发育起来的身板单薄，他十分艰难地骑上墙头，预判失败，跳下来时手腕摔得脱臼。

十一岁小孩，连痛都不会忍。满脸泪水掏出仅有的钱，乘车去滨沙湾。在路上被陌生人三番四次搭话："小朋友，你从何而来？去往何处？家里人呢？"

叶世文一律不答，自顾自哭。

他从小在海新街长大，知道家楼下转过三条暗巷，左边倒数第四间铺面有个叫豹哥的江湖郎中，无数次路过，总是逗叶世文。

他肤白眼大，豹哥以为是个女孩。

豹哥摸一摸叶世文手腕："脱臼了，你身上有多少钱？"

"你要多少？"

"二百。"

"我只有一百。"

豹哥受过伤，只剩一只眼，另一边是假眼球。但无论怎样掩饰与扮演,一张庸俗的脸总有两款表情,左边笑,右边哭,极端得很。

不是走极端,怎会来找他。

"一百就一百,上不上夹板?"

"不上。"

"就当我赠你了,不收钱。"

叶世文摇头:"我妈见到会担心我的。"

豹哥不置可否。

下一秒叶世文惨叫出声,关节被托回原处。他又哭了,一双倔强的眼红出天际,颤着另一只手从口袋掏出皱巴巴的一百。

豹哥瞄了过去:"喂,你袋里还有一百,你骗我!"

叶世文不要命似的跑了。

他跑到街角那间裕美饼屋,用余下的钱买了一个忌廉蛋糕。零星缀上糖水渍过的莓果,红得廉价俗气,在盒内散发异香。

叶世文坐在熟悉的客厅里许久。久到他趴在桌上睡着,被叶绮媚的开门声惊醒。

"阿文?"叶绮媚一脸倦容,美目睁圆,"你怎么会回来的?谁让你回来的?"

"阿妈……"

叶世文还未反应过来,叶绮媚便走近扯他。一想到屠振邦的嘴脸,叶绮媚脊骨腾起无数慌张,音调尖锐:"屠爷说过,你十五岁前都不准回来,要跟着他做事!你为什么不听话?我不是跟你讲得很清楚吗?你无端端跑回来做什么!做什么!"

叶绮媚的巴掌比语气更急,啪啪打在叶世文背后。

"今日是你生日!"叶世文大喊出声,久久不能平息心中委屈。他望向叶绮媚,两道浓眉紧拧,咬着唇,在忍泪。

他不是为了挨打才回来的。

叶绮媚一怔,目光游弋到桌上那个纸盒。

她三十一岁了。只有自己儿子记得。

良久,叶绮媚松开手,迈出半步,颓然地坐在餐椅上。长长头发披散,炽热的灯照不进她寒凉的心。一抬眼,叶世文发短肩薄,立在身旁。

他长高了些,却很瘦。

天生注定孤单的孩子,缺乏丰盛童年,从不抱怨。叶世文早熟,夹缝中生出这份伶仃的爱,尽数献给母亲。

人在少时,往往更愿意付出,也不爱计较,只要你笑一笑,他便觉满足。

"你买的?"叶绮媚问道,"在哪里买的?"

"楼下裕美。"叶世文小声回答,"只剩下这只了。"

叶绮媚伸手,拆开彩带的活结。掀起盒面时,那股甜腻香气也冒了出来,驱走不少初春冷意。

她侧过头:"打火机呢?生日要点蜡烛的。"

叶世文得令,眉梢眼角都快活起来。顾不上方才被责备的委屈,急急跑去厨房,又急急跑了回来。

一支粉色蜡烛燃起。

"阿妈,你许了什么愿?"

"不能讲,讲了就实现不了了。"

叶世文认真凝视叶绮媚。他十一岁了,懂些是非,能辨美丑,室灯再亮堂,烛火再耀眼,也夺不走叶绮媚的艳光。

"阿妈,你好靓啊。"

叶绮媚切蛋糕的手一滞。

叶世文以为她恼了,立即解释:"我讲真的,不是骗你的!"

叶绮媚没回应。千万遍听男人用高高低低的语气说这句话,隐晦也好,淫秽也罢,以为自己早就麻木了。靓?有什么用,沦为玩物的必要条件而已。

Chapter 13　陈年旧事

这刻,却是第一次听人真心赞她。

叶绮媚切一块蛋糕,放在碟里。用叉子捻下一抹纯白忌廉,递到叶世文面前:"你买的,第一口给你。"

叶世文张嘴咽下。

看见叶绮媚眼眶逐渐透红,叶世文很困惑:"阿妈,为什么要哭?生日不能哭。"

"因为阿妈开心。"叶绮媚禁不住连连落泪,细白的手不停颤抖,"阿文,有你这个儿子,我真的好开心。"

那一晚,叶世文没讲自己受伤。

叶绮媚也没问。

记忆里那颗浸过糖水的莓果,腻得让人皱眉。许是这一生吃糖次数太少,那种甜随年岁渐长,在味蕾愈发清晰。

母子一场,我与你共享过这颗果实,也叫缘分。

叶世文从叶绮媚床边站起。他不敢相信自己听见的话,头皮麻得像后脑挨了一记闷棍:"阿妈,你在讲什么?"

"你不是冯敬棠亲生子。"叶绮媚又说了一遍,"他不是你爸。"

"那我是谁的儿子?"

叶绮媚笑了。

她总是这样,不该笑的时候笑,不该哭的时候哭。永远与别人相反,貌美而可怕,像活在另一个世界,那里人人都受她诅咒。

她低声道:"我不知道,阿文,以前我真的身不由己。"

当发现怀孕那刻,叶绮媚只觉得天塌了。猛力捶着自己平坦肚皮,恨不得把这个孽种生生从体内剥离。想死,却不忿,因恼成恨只需短短数日,这一生不能就此罢休。

一切都是因为冯敬棠。

她诱来了他。已婚?那又如何,世上没有不爱腥的猫儿。快活一夜，做个便宜老爹，你想登庙堂，我就拖你下地狱。

"你为什么要跟我讲？"叶世文只觉得愤怒，像困兽挣扎，拔高音量冲她大喊，"为什么要现在才跟我讲！"

叶绮媚自顾自说："他与曾慧云结婚登了报，婚礼搞得好隆重，个个都在猜他要发大财了。半个洲界的人都知道我跟过他，屠振邦早就盯上我。阿文，现在我快死了，你还有机会。如果你不是冯敬棠儿子，我们活不到今日。这条命，哪里由得我自己话事？

"你别怨我，我真的没办法，我这一世人只有你了，只能靠你了。你先去哄好冯敬棠，屠振邦求财，会让你入冯家帮他的。我死了，你就不用再顾及我，他们威胁不了你。

"你不去报仇，这么多年的委屈，就白受了。"

叶世文哑言。他幼时便格外体贴母亲，饮饱了奶，一觉安眠，从不在半夜惊扰叶绮媚。长大了，也懂哄人，只要是叶绮媚想听的话，他能讲三日三夜。

他的底线是做一个私生子，不能示人，处处低头。

如今，连卑微到贴在地上的自尊都碎了。

校服T恤衫的一角，有块洗不掉的血迹，很淡很淡。叶绮媚却盯紧那一块污秽，不肯与叶世文对视。

"阿妈，你到底有没有把我当成你的儿子？"

叶绮媚收起所有离奇笑容，突然哭了出来。这次眼泪丧失演技，道不尽哀愁。那颗往昔的糖水莓果，她也记得，是三十七载苦涩人生里唯一的甜。

可惜，只尝过一次。终究是命薄没缘分。

"对不起，阿文，你是我报复他们的一只棋。"

金属剪刀掷入不锈钢钵内，哐当一声，很响。

豹哥贴好纱布："你看，包得多靓。"

Chapter 13　陈年旧事

叶世文稍稍活动手腕,从椅上起身:"我今晚来,别讲出去。"

"行啦——"豹哥摆摆手,"这次是谁追你?"

"想知道?"

"别讲!"豹哥识趣打断,"我还想做多两年生意,快点走!"

"有没有干净衫裤?我换一套。"

叶世文从豹哥诊所出来,穿了件洗得发旧的牛仔外套。有些短,遮不住腰,露出打底透薄的白T恤。血腥被涤荡得一干二净。

他穿过夜半三更的暗巷转角。美足按摩店早已换作靓芳发廊屋,换汤不换药,灯饰铺尘,照样有龌龊交易可做。

八姑的士多店大门紧闭。听说她孙儿前两年随父母走了,再也唱不出那句"月光光,照地堂,虾仔你乖乖训落床……"

那首童谣叶绮媚也哼过。

当夜幕凝重,心事沉默,时间又算得上什么?

它从来不管生死,分秒不停。

那一晚的秘密,叶绮媚用余下性命交换。凌晨在房内郁郁而终,旧宅变凶宅,从此她艳名在外,人人嗟叹。

叶世文在黑暗中掏出手机。

"你在哪里?我现在去找你。"

Chapter 14
暗流涌动
Wangbei Building

"找我这么急,有事?"

"叶世文……"程真竭力稳定声音,却始终很沙哑,"他出事了,应该是杜元做的。我现在随时会有危险,我要带走珊珊……"

"你知道今日发生什么事了吗?"洪正德打断程真,"秦仁青与屠振邦期货公司那个操盘手杨定坚涉嫌违法做空期货,已经被拘捕了。秦仁青的黑钱有一部分流入了冯世雄账户,慧云体联在他名下,我们已经派人去查封,所有拿过奖金和奖牌的学生都要留校接受调查。"

程真吃惊:"秦仁青出事,屠振邦与杜元他们没被抓吗?"

"没,他们两个证据不足。"

"那……冯敬棠呢?"

"怎么突然问他?"

程真噤声。她猛地意识到事情没那么简单,脊骨一寒,又道:"我要立即带珊珊走,德叔,当我求你最后一次。"

"现在很难办到。"

"你要多少钱?你开价,我可以去凑。"

"阿真,不是钱的问题。你放心,里面都是警察,没人敢碰珊珊的。"

"我真的要带她走。"程真语气很急,"我帮杜元放过窃听器,叶世文发现了。"

Chapter 14 暗流涌动

洪正德怔忡几秒,又改口:"那你等一等吧,我想想办法。"

程真一夜无眠。

她倚坐衣柜前,冰凉砖面与心底同温,又冻、又痛,分不清哪种感受占上风。

程真苦笑。笑自己太天真,以为情爱可以靠扮演,搭上身家性命,换来一片狼藉。她就是这间窄屋,被叶世文彻底捣碎,破开的窗灌进所有寒风。

他该怎么办?打算逃去哪里?会不会死于非命?

她已丧失关心资格。

直到街外人声车声渐渐密集。下楼上班的八卦街坊,又一个接一个往她屋内瞄。程真站起来,套一双厚袜,踩过碎片较少的空隙,关了客厅大门。

痛定思痛,这里不能再住。

程真换上长裤长衫,又添一件厚外套,穿上运动鞋。不是第一次逃命,也算有经验。快速收拾方便带走的衣物,清点证件、珠宝首饰用布袋装起。她需要更多的现金。

门外突然响起过分猛烈的敲门声,程真吓得一怔。

"开门!我是房东李生!"

程真稍稍回神,踏过一屋废物,打开了门。

房东夫妻一大早黑着两张寡薄的脸,眉梢不满吊上头顶百会穴,瞪着眼,生怕程真看不清楚他们在愤怒。

看来有人通风报信。

"程小姐,你搞什么?!"李先生率先从程真身侧迈入屋内。一眼尽览,除了四面墙,无一处完好,"我租给你,不是让你拿来玩的!"

"不好意思。"程真开口,被掐过的喉颈发不出好听声音,像滤了厚厚一层黄沙,很哑。

"这张沙发我才买了六年。这里,这个窗,你不打烂至少还能用十年！有没有搞错，连门都敲穿了？！"

李先生瞥见门板的凹位，气得像那一棍敲凹他的瘦薄胸膛。

李太太却没说话，一双常年操劳的泛白鱼目，直直盯紧程真颈侧指印。淤青夹深紫，手重得让人咋舌。没想到这位貌不惊人的女租客，也敢玩到半条福华街都通了天。

有钱人果然不是正常人。

程真扯了扯衣领，眼角带风，与李太太对视，逼得她把目光收回去："要赔多少？我今日就走。"

她懒得解释，只想快点离开。

李先生拔高音量："我一早就猜到你要退租了。今日就走？那我要扣你一个月押金！"

"扣吧。"程真面无表情，"你敢扣我押金，我立即去举报你公屋转租。"

"你……"

李太立即摁下老公的手，又凑到他耳边嘀咕："哎呀，不要跟她计较了！你没看到她颈上的印？那个男人凶神恶煞，等下带人上来搞事就麻烦了！"

李先生不再吭声，开始在屋内盘点。半个钟头后报了个数，程真一听，与押金相抵，不算太夸张，便认了下来。

她背起唯一行囊，用围巾遮住颈上痕迹，直接从屋内踏出。

尚未迈下三级步梯，就听见李先生打电话："是呀是呀！你下午可以过来看房了！一房一浴，格局开阔，离小巴站还很近呢！"

扫帚开始清扫碎片，哗啦哗啦，极其不满的音调。

程真还想再回头看看。曾经也是与珊珊煮过饭，抱着睡的屋子。那张床，也承载过几许美梦、几许忧愁与她停不下来的疲倦。

为什么人会需要有个家？

因为来处不可寻，终点太无常。总有人要歇脚，歇着歇着，便

Chapter 14　暗流涌动

不走了。不走的人多了,志同道合,欢喜怨怼,顺水推舟,凑作双双两两。

家,宝盖头作穴,内养一只长吻大腹[①]的猪。能遮雨,能御寒,有食禄,有烟火。

一间屋,一个伴,便一世了。

要到这般田地,才会恍然大悟——原来寻常人生,最是难得。

程真不敢回头。

下来一楼,迎面的风吹走她难为人道的伤感,冻出三分清醒。甫一转弯,就见到出院回来的黄姨与搀扶着她的张欣园。

黄姨鲜少穿得这样艳。大红灯芯绒外套,说不清引人注目的是色泽还是俗气。若不是手上缠紧纱布,程真根本看不出她刚出院。喜庆得该去参加宴饮。

"阿真?"黄姨抬头,见到一身行囊的程真,"你要去旅行啊?"

"我要搬了。"程真视线在黄姨受伤的手上停留几秒,"听阿园说你入院,还好吧?伤到手了?"

"放心,没事才能出院。"黄姨扫视这幢陈旧大厦,眼珠转动,几抹游弋的光切换不停,嘴角竟轻轻上扬,"是要搬的了。这边快要拆除改建,我们也在找房子搬。"

程真问:"打算住去哪里?"

"阿园学校附近。"黄姨侧头去看一言不发的张欣园,另一只没受伤的手搭在女儿臂弯,"贵是贵了点,但是环境好,闹中带静。阿园念书辛苦,我住过去还能时不时给她煲些汤水补一补。"

张欣园半低着头,目光只停在程真穿球鞋的脚上。

她今日似乎变回那个初见时的真真姐。

[①] 长吻大腹:长吻是长嘴的意思,大腹是肚子滚圆的意思。

程真没再问，只点头当作道别。可能是最后一次碰面，这两母女从她身旁走过时，程真竟有些不舍。

她回了头。却发现与那日救下黄姨时的背影，无法再重叠在一起。

明明这次伤势更重，黄姨腰脊偏挺得格外笔直，离越远，越清晰。体内那个衰老灵魂与神明做了交易，回光返照般重获新生。

程真离开福华街。

她不知道，黄姨左手断了三指。她也不知道，担架布料扎实，要用机器切割，再缝接。她更不会知道，黄姨在送院途中，第一时间不是打给张欣园，而是保险经纪。

市道好，买楼。

市道不好，买保险。

伤残津贴，退出岗位还能保留劳动关系，额外附加保险赔偿金，简直是三重厚礼。那间联合大学旁边的公寓，是黄姨这世住过最舒服的屋。

她知道，这是她应得的。

洪正德正在打电话。

白昼的会议室，敞亮不用灯，光线逼人。电话那端的郑志添，肥头大耳，挺着个假孕肚在反复唠叨。电话这边的洪正德，威武精明，却半眯着眼在神游太虚。

"阿德，"郑志添不耐烦地说，"你有没有听清我说什么？"

"听到。"

"算了算了，你别问我了，反正你们也没给我出粮。"

"退休金那么丰厚，挥霍一光了？师父，你不如回来兼职做顾问吧，之前上头也提过这个建议。"

"免了，我还想安度余生，平平静静进棺材。这单案，你和枪神周自己看着办。"

洪正德把手中转动的笔停下:"师父,秦仁青老婆和女儿肯定被威胁了,什么都讲不知道。他的情妇和私生子都在国外,那些资产我可能查不出来。"

"去做了才知道行不行,你都没去做。"郑志添显然不满,"枪神周和你,这么多年客客气气叫我一声师父,都算作我半个儿子。但你看看人家多积极,立马去慧云体联帮忙。你呢?你摆脸色给人看,他打来问候我的时候还抱怨过你。怎么,现在全警局就你是高级警察?"

洪正德听罢,想起那日在慧云体联与同僚互相讥讽的场面,气得拔高音量:"我什么时候摆脸色了?你自己去看下他是怎么办事的!那群女学生才十几岁,态度也不用那么强硬吧?我觉得他们做得不妥,难道不能说?你让他有话当面讲,不要背后做小人!"

他与枪神周并无过节,纯粹是做事风格天差地别。郑志添对他们二人相当熟悉。手心手背都是肉,他当儿子看待的晚辈,自然上心些。

同时,也让他闹心。

"哦,那又是我不对了?我是八婆,在搬弄是非,挑拨离间?"

"师父,我不是这个意思。"

郑志添皱起眉头:"你到底在想什么?最近魂不守舍的,你老婆又跟你吵架了?"

"哪有。"洪正德瞥了眼窗外,"上次之后我没再过去了,慧云体联那边,现在到底怎样?"

"自己不会去问吗?我是你们的传声筒?"郑志添叹了口气,"反正我听他说曾慧云不配合。"

郑志添想起枪神周提到的曾慧云。好好一个贵妇变成泼妇,蛮横得很,几乎以死威胁,要求释放她唯一的宝贝儿子,声称自己对慧云体联事务负全责。

郑志添说:"听说她早就让冯世雄以Parko的名义认缴了慧云体联的股份,现在最多就是个顾问角色。她想负责,想拿自己去换儿子,问题是你们抓她也没用啊。"

"老公不知所踪,儿子又进了拘留病房,曾慧云这种人肯定会崩溃。"洪正德无声叹了口气,"但冯敬棠与秦仁青不可能毫无瓜葛。"

冯敬棠失联,报警的竟是协进会。曾慧云一心扑在冯世雄身上,连老公去哪里了都一问三不知。至亲至疏果然是夫妻。

洪正德从办公椅上站起,走到那块画满人物线条的推理白板上。郑志添在电话那头沉默几秒,又开口:"对了,你的线人有没有办法找到叶世文?"

洪正德一愣。

郑志添语气流露无奈:"冯敬棠肯定是通过叶世文与秦仁青交易的,你去Parko没搜到,但叶世文名下的公司必然有蛛丝马迹。偏偏那日万博大厦叶世文的私窦着火,你说事情怎么都凑巧了?"

他又说:"这次行动只有你们内部知悉。如果不是有内鬼,肯定就是线人嗅到味,提前通知叶世文逃走。你的线人与叶世文关系不一般吧?"

洪正德没料到郑志添会把目标放到线人身上。这是在怀疑他与叶世文有台底交易?

洪正德感到诧异,以及莫名的恼怒,语气带锋地质问回去:"我没给过线人料,这次她什么都不知道。而且冯敬棠失踪那日,在元村有人报警。在场手足隐约认得出叶世文与屠振邦,只是那一段没监控记录,逃逸车辆都被销毁了。难道就不能是屠振邦多年前安插眼线,提前通知他逃走?"

郑志添沉默。安插眼线?这种质疑,是问责谁?该不会是他这个师父吧?

这么多年,他给过洪正德的帮助和线索数也数不清。

洪正德出身经商家庭,性情聪敏,懂得投机。又与妻子中学恋爱,青梅竹马,鹣鲽情深。从警是为了光耀门楣,有个大官登族谱,才能彰显荣誉。制服上身的他,格外器宇轩昂,贼人见着也要自动避让。

他方方面面都很优秀。当然希望立功勋,博升职。

"你说得对,但我记得你的线人和杜元也有牵扯,造船商社不是她给的料吗?"郑志添点头,"当然,不能排除有内鬼。屠振邦以前是做什么的,大家都清楚,其他部门那边你们只能提示,不能插手。"

"他从事正规贸易这么多年,那只鬼渗透到商罪科,也不是没可能的。"

郑志添听罢,却不答话。

洪正德站起,想到程真打来的那通电话。他心里有些犹豫,帮与不帮,帮到何种程度,都是抉择问题。

他也不做赔本生意。

"师父,不讲了,我今日想去慧云体联那边看看情况。"洪正德再三忖度后说,"秦仁青与杨定坚的供词七七八八了,确实是杨定坚违规做空期货,协助秦仁青免缴差额。他们显然有把柄在外,罪状都揽自己身上,短期内要挖也挖不出什么。"

郑志添语气沉了下来:"阿德,别说做师父的没劝你,你这只手,别伸太长。你也知道我退休之后再也不干预案情的事。但你们说好了分头行动,你不要仗着跟我关系好,要我给你线索,枪神周也是我徒弟。"

洪正德直接迈步走到门口:"行啦行啦!不插手嘛!我什么都不插!"

门哐的一声关上。

郑志添听着关门声,挑了挑眉,把话尾收回。

偌大的书房里，只有他一人。他慢慢挪步到窗边，驻足良久，一双鹰目不知在盯什么。活到这个年纪，躯壳撑不起剧烈活动，倒显得脑筋愈发灵活清醒。

保姆来敲门："郑老，午饭煮好了。"

郑志添转过身，未语先带几分笑："好，你叫我老婆先吃，我等下就去。"

保姆很快离开。

郑志添拨出电话，对面接起时，他便笑了。他习惯见谁都弯起嘴角，乐呵呵，不甚烦恼的模样，让人降低三分警惕。

"杜师爷，怎么不劝一劝你大伯，玩这么猛。"郑志添舒了口气，"冯敬棠你们也敢动啊？"

电话那边的杜元语气轻蔑："也给他这个寒酸仔富贵了三十年，足够了。"

"问题是我这边手尾不好搞呢。"郑志添又说，"你知道我计划回去警队做兼职顾问的，声誉很重要，不要给我惹麻烦。"

"当年曹胜炎是怎么搞的，现在秦仁青也一样，对付有钱人不需要手软。"杜元笑出了声，"如果他们不听话，你开口，我派几个保镖去帮你。"

"想玩什么？他的妻女在哪里你都知道，还需要怎么搞？曹胜炎的情妇都被你发现了，那两个女儿还在你手里吧？"

杜元冷笑："郑老，我胆小呀，万一有人跟警方合作，教唆他反口，死的是我和大伯。"

郑志添知道杜元暗示什么："他当年也只是贪心而已，罪不至死。"

"他在监狱，自然任由警方处置。他不死，对你来说是筹码，对我们来说，就没那么轻松了。"

"我和屠爷相识这么多年，还不信我？早就讲好等秦仁青这次玩完，送他与曹胜炎一起蹲监狱的。况且你捆着人家两个女儿，他的嘴已经被你封了。"

"怎么会不信郑老呢？你当年能力出众，心明如镜。现在还考虑回去做顾问，有你这种人，我们市民很放心。"

"不要讲笑了。"郑志添目露凶光，有些不满，"我这边有个徒弟已经开始怀疑你们，硬骨头，很难搞的。"

杜元沉默几秒，也换一副口吻："当年曹胜炎一案，我们背地里替你出了多少力？最后能在几个有钱人身上剥了五亿出来，当作追回来的投资款。我记得，那次出事之前，你退休三个月了吧？都没让你做顾问的时候受累，我和我大伯是真拿你当朋友。

"秦仁青和曹胜炎是共犯，他给过你的，绝对比给我们替人办事的酬金要高。明面上是你暗示秦仁青找我大伯去搞曹胜炎一家人，实际上是怎样，大家心中有数。"

杜元依稀记得当年秦仁青那副慌张模样。

1991年，秦仁青伙同曹胜炎在来亚银行内部操作，违规通过各项审批，十亿投资进了秦仁青与几个富人注资的金凤珠宝公司，质押黄金在检验时被发现全是劣品。

商业罪案调查科即将介入此案，一时间，狂风骤雨袭来。

秦仁青担忧下半生要在监狱退休。他联合曹胜炎贿赂刚刚退休的郑志添，企图利用郑志添的影响力换回自由。结果曹胜炎临阵退缩，萌生自首心理。他又急急忙忙来找屠振邦，抛下酬金，声称除掉那几个一起玩的有钱人都没问题，只要他不入狱，保证重重有赏。

秦仁青从来都不懂放长线钓大鱼。

屠振邦却懂。

转行贸易那日，他邀来私宴的座上宾是郑志添。

那时郑志添只是一名犯罪学学者，身形不及现在痴肥，笑意含糊，面憨心精，一人啖下半只脆皮乳猪，不嫌油腻。

贪心写在脸上，你能投其所好。

贪心放在肚里，你永远喂不饱。

郑志添听罢，不怒反笑："杜师爷，这些陈年旧事，拿出来讲就没意思了。"

"我只是想让郑老放心，我们都讲道义。秦仁青也好，曹胜炎也罢，所谓的商业犯罪说难听点，就是我们的发财工具，相互配合才有利可图嘛。秦仁青知道这次是你徒弟接手，死定了，他不过是求那些妻子儿女不出事而已。"

"我肯定不会让他有办法离开海城，但你们两叔侄——"郑志添握着手机的指腹突然用力，"说好只求财，不见血的。冯敬棠身后是慧云体联几个投资人，你们自己醒目点。"

"放心，我们有分寸。"杜元十分识趣。

"天星船坞公司股份，听说华兴银行已经内部出函确认转让20%给你们。这种级别的转让，连竞标手续都免除，直接指定，秦仁青这次是舍命帮你们搭线。你们骗他去搞期货公司赚了一笔，掉个头就在本地期货公司玩收割。人家拿你当兄弟，你当人家是契弟。"郑志添笑得格外讽刺，"集装箱终端运输，二十四个停泊港里面天星占六个泊位。海城码头操作费全球最贵，每日的现金流高到离谱吧？只是20%，屠爷也要富到流油了。"

卸磨杀驴，屠振邦果然心狠手辣。

这样大笔的现金流，才能支撑他投身房地产界。经济不景气，拿钱囤地；经济腾飞，卖地换钱。

固定资产才能保值。

"郑老，北美那套别墅，四千呎，暖气热得肯定不够快。还是澳洲好，与北半球季节相反，又有海景。同样都是四千呎，我已经买好赠给你那个小情人了。辛苦大半世，无非就是想晚年享受齐人之福嘛。"杜元直接利诱。

Chapter 14　暗流涌动

郑志添臃肿的五官才稍稍舒缓："杜师爷——"他转过身，推开拦在自己面前的皮椅，往门口去，"还记得跑马地那次吗？你瞒着屠爷私下找我，结果我落了空，你在屠爷面前肯定也挨了骂。慧云体联那边，我没什么耐心继续帮你。一旦我的徒弟查出账目与叶世文有牵连，警方先批捕他，你就不走运了，时间就是金钱。"

杜元听得出这次郑志添胃口不小："郑老，你有办法的，再帮我拖一段时间，我会挖出叶世文。"

"看你诚意咯。"郑志添无声笑了，"造船商社那次的料，不是你给我的，是我徒弟给我的。你身边有鬼，二五仔不会把反骨写在脸上。"

郑志添挂断电话。

他终于感觉到自己饿了。

程真搬去观岸道附近的一幢老旧居民楼。

两室一厅，隔成四间小房，全体租客共享一格厕所。本就逼仄的客厅，挤得像所有家具自带血缘关系，首尾相连，亲亲密密。若贼人进屋，都不知从何劫起。

程真租下靠近厨房那侧的次卧。

她在老明大押典当了所有珠宝首饰。递出的时候面无表情，又突然想起什么，扣下一条从未戴过的钻石项链。是别人拿来讨好叶老板的玩意，他转赠给了程真。叶世文得势后，大把人投其所好，珠宝首饰，香槟美酒，恐怕还有靓女随侍。

分手了，把他想得坏些，这样自己才会好过。

店员抬眼一瞄："识货喔，这条钻石项链，换作是我也不舍得卖掉。"

程真回视店员："其他的，你看下值多少钱。"

离开老明大押，程真赶去银行，把所有现金存入。

她搭上渡轮，过了海。2月底，寒冬转寒春，亚热带气候的海岛，葱翠不变。白色围巾兜住程真苍白的脸，青天白日，她幽幽如魂。

暖阳打在浪上，无形的光生出了骨，随风四处乱捅，程真觉得刺痛，眯起眼。

她来到渤湾球场附近。

麦笑琪跑着过来了。她穿一件长风衣，浅灰色，束在腰上分外窈窕。许是工作忙碌，人瘦了些，跑动的时候如鹿跃轻盈，脸颊红扑扑，盛满笑意。

她在渤湾庄士道一间私人诊所做前台接待。

"衰女，这段时间去哪里了？"麦笑琪在程真面前停下，喘顺气才开口，"现在才舍得来找我，我试婚纱都没人陪。"

程真抬手替麦笑琪披了披脸颊旁的碎发，麦笑琪一怔，然后笑了："你跟我去诊所坐下，我午休同你食饭。"

程真摇头："赶时间走啊，没空。"

"忙什么？白天又不用开工。"

"我辞职了。"

她不敢出现在T-top。

麦笑琪略微眯眼："换酒吧了？"

程真只笑："嗯。下个月我没空去参加你婚礼，乡下有事，我要回去一趟。"她从口袋里掏出绒面长盒装着的那条钻石项链，"人不到，礼要到。Maggie，新婚快乐，祝你早生贵子。"

麦笑琪难掩眼角流露的失望，接过首饰盒。

打开一看，她睁圆了眼。又抬头诧异地望着程真，视线在人与礼之间来来回回，慢慢有些酸意涌现眼内。

这个衰女，竟然记得自己当初那句抱怨。

"你哪里来的钱？买这么贵的！"麦笑琪嗓子堵了，扯着哭腔说，

Chapter 14　暗流涌动

"傻女来的！送那么贵做什么，你不用买楼啦？不用为自己退休做打算啊！"

"一条项链就能换一套楼？如果有这种好事，那你快点给回我。"

"当然不行！送给我就是我的了！"

程真犹豫地问："阿力……最近对你好不好？"

"他敢对我不好？打扁他！"麦笑琪敛起泪光，笑得开朗，"那间屋收楼了，简单装修过，婚礼那日就安床入住。你过段时间来坐啊，我煮饭给你吃。阿力现在很听我话，装修都是按我想要的去做。你放心啦，男人嘛，有时候调教下也算是情趣……"

程真忆起麦笑琪每次分手那副要杀人的面孔，哭到花容失色，双眼浮肿，恨不得找个厉害神婆对世间渣男猛下邪降。

现在的她，比以前可爱。

不是爱情滋润，而是自我释怀。

麦笑琪手提电话响起，对面的人似乎十分不耐烦。她脸上浮现尴尬，只好不停地温声应和："是，是，我现在就回了，来月经啊，我出来买卫生巾而已。"

程真见她挂断电话，才开口："赶时间就回去吧，我也要走了。"

麦笑琪微噘起嘴，显然不舍："那你从乡下回来，记得找我。"

"嗯。"

"走啦。"

"拜拜。"

麦笑琪沿原路小步跑回去。

程真目送她消失的背影。少时在国际中学念书，band 1 级别，周遭同学非富则贵。十来岁少年，真心也隔浅肚皮，听闻曹胜炎失势，见到程真避之唯恐不及。后来被迫闯荡社会，也只有麦笑琪这位真心人。落魄时伸出的援手，足够惦记一生。

Maggie，恐怕我们再也没法见面了。

我盼你永远幸福。

"有没有再短一点的那种？"

市中心，香槟大厦斜对角窄巷士多店。柜台边坐着一个剃光头的男人，唇角衔一支迷雾缭绕的烟，又抬眼去扫视程真："靓女，玩具枪而已，你要多真？想要真的自己去考警校。有的都在这里了，没有就是没有。"

"这把多少钱？"

"三百。"

程真轻笑："我看上去像水鱼①？一百。"

男人犹疑几秒，才开口："靓女，你以为你在菜市场买菜呢？没人像你这样砍价的。你想要的话，一百二。"

"一百二的话，送塑料弹珠。"

"……你真以为我是卖菜的？"

"不送？那我找其他人了，反正整个东环区又不只有你档口在卖。"

"拿去，拿去！记得介绍老友过来买。"

程真把仿真玩具枪放在阔身牛仔裤口袋，又用外套下摆遮住。她付了钱，从东环区道转入花园街。

洪正德没办法从慧云体联带走程珊。

"珊珊现在安全吗？"

"安全，她们那群学生一直有人守着。"

"德叔，想办法帮我带走她。"

"阿真，不是我不想帮你，我部门是另一组人去盯慧云体联。

---

① 水鱼：指容易糊弄欺骗的人。

万一被他们发现我带走程珊,我很麻烦的。"

"一间学校而已,为什么要封这么久?到现在还没盘问完吗?"

"曾慧云不肯配合,我也插不了手。现在无论是冯敬棠失踪,秦仁青被捕,所有案情的关键,就差一个知情人站出来推波助澜。"

"你想讲叶世文,是不是?"

"你是最后一个见过他的人,而且,他那晚不忍心杀你……"

"洪警官,"程真嘴角扯出个冷笑,音调也低下来,"想做交易要有诚意,你这样是不行的。"

"珊珊那边我没办法。"

"那叶世文我也没办法。"

"你!"洪正德气急,"是不是一定要这样?"

"你说呢?"

"……再给我些时间。"

"你要保证她毫发无损。"

"行啦,我自己没去,我也派个小的在那里盯着。"

程真听见他应下,才松了口气。想到一些事,她问道:"这次……还有一个失踪的人,叫徐智强,你知道吗?"

"叶世文那个兄弟?失踪了,找不到人,也不知道现在怎么样了。"

程真举着电话,立在原地。记忆里有人不停唤她"阿嫂"。那次带她去观街,徐智强满脸得意神色,吹得那个四姐法力无边,差点以为是他亲戚。

她知道冯敬棠待叶世文不好,但徐智强不是。

始终相识一场,胸口涌动的是后悔抑或内疚,程真分不清。太阳穴阵阵刺痛,她扶紧身旁的栏杆,人影斜躺在石砖路沿,显得有些乏力。

对面铺内有一双眼正盯着她。她却没发现。

"你认识他?"洪正德听见程真沉默,"他家里还有两个弟弟,父母不至于无依无靠。这种人跟着叶世文哪会有好路走?今日不出事明日也要出事,下场一样的,你还是先想办法找出叶世文吧。"

程真不答,把电话挂断。

她不知道叶世文身处何方。以前嫌他黏人的时候,他偏要在自己面前招摇,脸皮比墙厚。如今夜半浅眠,翻一个身,被衾竟然会有温度落差。

失恋又不是天塌。

花园街的档口,密密麻麻,像罗非鱼身的鳞,紧得水挤不入,又内藏章法。街头卖球鞋,街尾卖花圈,繁华闹市,有种催人去死的荒诞错觉。

这一个月来,杜元的电话没停过。

"阿真,玩失踪?你避了我多久?"

"杜师爷,你还打得通我的电话,又怎么算是失踪呢?"

"出来见一面,有事问你。"

"有什么事不能电话里讲?"

"你心知肚明。"

"我现在没心情见人。"

"怎么,叶世文割花了你的脸,不敢上街?"杜元轻笑,"你已经不是十五岁了,现在要找你确实很难,但我也不是没办法。"

程真语气低下来:"几时,哪里?"

"后日下午三点,永盈冰室。"

报纸刊登一则盛大公告,刘锦荣成为天星船坞公司股东之一,兼任行政执行官。

秦仁青与杨定坚变作阶下囚,涉案金额大得街知巷闻,仿佛每位都在他们身上亏过钱一样唾弃他们。

程真看到的时候,才明白所谓的造船公司,不是1633,而是天

Chapter 14　暗流涌动

星船坞。

刘锦荣接受采访时，风光无限。他声称本次认股是为了振兴经济，企业要有企业的社会责任感。天星船坞公司将提供逾两百个新增岗位，鼓励失业市民重新就业；每年要将所得的 5% 用作慈善投入，与政府部门协作完善市政交通系统；有意收购闲置、废旧用地股份，打造全新总部大楼，为盘活地产奉献绵薄之力。

他只差把"兆阳地产"四个大字说出口。

叶世文逃了，兆阳这口肥肉屠振邦没叼住，看来很生气。

于是正经媒体直接爆料：水阜区旧改纯粹子虚乌有，是个别地产公司为了炒高周边楼价，四处作恶宣传。

一经传出，比兆阳竞地那次更加沸腾——沸腾的是民怨。

连话语权都掌握在财富阶层，我等闲人如蝼蚁，地产发展商捻一捻指，三代积蓄直接填海。买楼就是为了升值，现在跟我讲没得拆，还没得升？

简直是灭门之灾。

我要求开发商回水！我不买了！

银行担忧地皮价格贬值，唯有遭融资监管律所的代言人关绍辉律师出来解释：兆阳地产资金一直接受合法监管，并无任何程序及实际层面的损失。暂时停工只是因为决策层身体抱恙，与坊间传闻的秦仁青洗钱案、水阜区旧改策划毫无瓜葛。

短短一个月，又多了一块闲置烂地。舆论翻天，人人各执一词。

你信兆阳没事？是因为你计划买楼。

你想兆阳出事？是因为你没钱买楼。

其实什么都没变。

程真深思不了太多，只觉倦怠。杜元不知第多少次约她出来，幸好她也少用电话，断电关机当作避世。只是推三阻四至今，不得不赴约。

再不出现,他绝对会搜刮全城,到时候就不是这种待客态度了。

程真迈入花园街的永盈冰室。

下午茶时间,日照西斜,泼墨似的红橙,洒满地面方格细砖。程真一步步走近,落座正抬头观看收银台上方电视动画的杜元对面。

动画里的公仔在笑,呵呵呵,嘎嘎嘎,像农夫手里的鹅,扯起细颈惨叫。

杜元也笑。不知是笑这种垂死的音调,还是看懂了动画讲的烂gag[①]。

杜元收回视线:"终于肯出来了?一个月没开工,不像你的作风。"

程真语气平静:"怕死才是我的作风。"

"还能讲笑,看来也没那么怕死。"杜元从烟盒晃出一支香烟,衔住后,把烟盒弹给程真,"最近住哪里?"

他瞥见程真口袋里的轮廓,眉头轻皱,又缓慢舒开。她现在是胆肥得流油了。看来今天是话不投机半句多,谈不拢。

程真没想到杜元竟然不抽雪茄,再细细闻,嗅得出烟叶燃烧后的油味,把烟盒推了回去。

杜元已经气得要这样来排解胸闷。天星船坞不是由他把持,当然恼到火滚。

"我人都在这里了,还关心我住哪里?"

"好歹我与你也相识这些年,又是雇主,问候一句而已。"杜元吐出烟圈,拎起茶壶给自己斟一杯深棕色的茶水,"叶世文为什么不杀你?"

"我死了,你还怎么把他找出来?"

---

① gag:表示冷笑话。

Chapter 14　暗流涌动

程真笑了。她试过火海逃生，又在医院忍着丧母悲痛携程珊逃跑。换掉身份隐姓埋名，却在叶世文掌下凭那份凉薄的心软，偷来苟存的半条残命。

她还有什么好怕的？这群男人，每一个都要来求她活着。

杜元放下茶壶："他在哪里？"

"你猜？"

"程珊监护权还在我手里。"

"你现在能有办法把她从慧云体联带走，我还要跟你讲多谢。"

杜元沉默。听程真这个语气，怕是要破罐破摔。走到这一步，逼她，是没办法诱叶世文出来的。

他怀疑程真是郑志添暗示的线人。

大家身后都有警察，带走程珊，等于白费力气。

叶世文逃了，屠振邦气定神闲。他抬一抬眼，在饭间说了句"天星暂时让锦荣负责，他背景干净"，杜元便一清二楚——兆阳的股份，他势必要拿到手。

杜元往后靠入椅背，语气平静许多："没想到叶世文给了你不少东西，现在都敢跟我讲价了。"

"没办法。"程真敛起笑意，"你答应我的没给我，我只能问他要了。"

"说好事成之后给你，但问题是我没拿到我想要的，叶世文逃了。"

"肉都送到你嘴边，居然叼不住，你说怪谁呢？"

杜元盯紧程真的脸："我有没有跟你说过？你跟你爸，长得很像。"

程真脸色一僵。静了几秒，她又浮起笑容："杜师爷，今时不同往日，现在全世界都盯着商罪科这桩大案，你就算拿曹胜炎也威胁不了我。公开程珊身份，那就是给警方机会彻查旧案。到时候你怎么办？你可是参与过威胁曹胜炎妻女的,程珊和我就是人证。"

"她有命做人证再说吧。"

"你怎么知道她没有？她现在在你手里了吗？"

杜元听了竟不恼火,笑着捻熄烟蒂。

"我看是你今非昔比了,阿真。你向来聪明,火灾入院之后,醒来第一时间带着你妹躲在清洁车后面逃走,连你老母最后一面都没见到。昌岸旧城确实是个好地方,可惜你同程珊太显眼,要挖你们出来易如反掌。"

他见程真面无表情,继续说:"当年那件事,你很不甘心吧？"

程真嘴角浮了抹不屑:"档案里不是写得很清楚吗？现在你才来提,太晚了吧。"

来酒吧的人,消遣过了头,就容易变成放纵。黑灯瞎火,酒气冲天,有人非要摆脸色给杜元看。终于喝得醉醺醺闹起事来,杜元也半醉,趁乱泄愤,打穿那人的头。

程真不走运,那时刚好被杜元的人发现。情急之下,她把程珊藏在昌岸旧城一个可怜她们的肥姨床下,留了钱,等着她否认罪状离开警局。

"替我认了它,我可以放你一马,甚至帮你换一个身份。"

"杜生,我与你无论是身形还是样貌,相差太远了,我怎么认呢？"

"那个人只是想让我心烦而已。你去认,其他我有办法解决。你知道你爸那单案涉及的人有多少,我留你命,但其他人不会手软。"

程真最终还是认了。

杜元找到程珊,那个好心的肥姨被打落三颗牙齿,从此不再做好心人。

她也后悔自己居然认了。没办法,她想活下去,哪怕只是苟活。人能有一条命,有一口气,就能熬到下一个日出。

她才十五岁,程珊才八岁,活下去,她们总能等到天亮的时候。

程真抬眼去看杜元。

他把烟捻熄,又点了一支。

"你们这种富家千金肯定骄傲,好不容易换了身份,却留下案底,是不是觉得很耻辱?顶完罪,连程珊监护权都要给我。"

杜元想起这双姐妹当年的模样。

程珊纯朴,程真狡黠。她确实尽了全力,可惜十几岁女仔的全力,只是别人指缝里的余力。

孙悟空也逃不出如来佛的五指山。

程真深吸一口气,掩下翻涌的怒火:"杜师爷,我不值钱我自己知道。不过我现在好像想明白了,你一直留着我,确实不是为了对付叶世文。

"我猜,秦仁青与曹胜炎那单案有关吧?因为这八年来,要你们兴师动众的,也就这两次大案了。曹胜炎出事的时候我年纪小,只知道很多人参与了那批假金投资,所以我清楚不止一双眼盯着我们两姐妹。

"我确实害怕,才不得不受你威胁。但现在秦仁青被你们设局害了,你还要继续利用我,真的是因为叶世文?你是在害怕监狱里那个随时会反口的曹胜炎吧?"

杜元突然半眯着眼,问道:"曹胜炎跟你说过什么?"

程真见杜元态度有变,又笑了:"你不如问问叶世文跟我说过什么,他可是跟了你们很多年的。"

杜元沉默。短短月余,她胆量见长,已经敢诈他的话了。她从未去探过曹胜炎的监,叶世文当年早被屠振邦冷落,知道的始终有限。

看来,程真九成是商业罪案调查科那个硬骨头的线人。

"阿真,你沦落到这一步,要怪就怪曹胜炎,无端端给你多生一个妹。其实没有程珊,你早就万事大吉了。"

"是啊——"程真继续说,"如果屠振邦没有认叶世文做契仔,恐怕你也早就做洪安集团话事人了。有时候要怪就怪八字不好,叶世文命太硬,死不了。"

这是在骂叶世文?这是在讥讽杜元没官运。

他听得有些不爽:"帮我挖叶世文出来。"

"可以。"程真应下,直接开口,"我要我妹的监护权,外加一百万。"

"你在开什么玩笑?"

"不给?不给就算了。"程真也往后靠进椅背,"我看了报纸,秦仁青出事,你们那间期货公司也出事,但你与屠振邦竟然安然无恙。杜师爷,这一单你们赚了多少?一百万也不舍得给?叶世文可是买了套清沙湾豪宅送我呢。"

杜元不屑地笑:"是,他是舍得。但问题那套房还没过户,连购房合同也没给回中介。"

程真不以为然:"你当我傻的?合同当然在我手上,包括尾款。"

"他给了你多少钱?"

"他给过我的东西太多了,你绝对想象不到。"

程真失眠大半个月,忧心与筹谋剥夺了她的睡意。蝇营狗苟活到今日,凭的已经不是运气,而是心里那股不肯认输的韧劲。

她不能让枉死的林嫒在九泉之下痛心。

活下去,是十五岁之后的她唯一要做的事。

这次赴约,也是为争取带走程珊拖延时间。程真不想继续废话:"杜师爷,一百万买兆阳地产的股份,不值得吗?"

杜元再度陷入沉默。

二人你看我,我看你,没有半秒把目光从彼此身上移走。重新再认识一次面前这位故人,细看之下,已是新人。甚至更接近敌人。

"好。"杜元终于开口,"你把他交出来,一百万是你的,交不出,我就烧给你。"

"给我两个月时间。"

"一个月。"杜元冷眼扫视过去,"我耐心有限。"

程真起身,往门边走去。

"阿真!"杜元叫住了她,"不要耍花样,鱼死网破的事劝你别做。"

程真顿了顿脚步,转过身,笑得十分灿烂:"杜师爷,你还是好好想想,抓到叶世文怎样处置吧。"

杜元目送她离开。

梁荣健一直在旁,不敢插嘴。待程真走远,他才开口问:"大佬,就这样放她走?至少绑起她,可以逼叶世文来救。"

"只要她妹还在,她能去哪里?叶世文放她一条生路,现在憎死她了,不会来救的,她自己很清楚。"杜元想到叶世文那副痛彻心扉的神情,觉得好笑,"傻仔才以为她真的贪那一百万,她是想拖时间,我给她这个机会。"

"万一她同别人串通起来……"

"我就是要她去找别人帮忙,到时候一网打尽,不可以让其他人有机会先找到叶世文。"杜元稍顿,"最近他有没有消息?"

梁荣健道:"叶世文没出现过。但他那个兄弟 B 仔,平时不知躲在哪里,很少见到,最近反而有露面。脸记不住,但有一只手是六指,很好认,我已经叫人盯紧以前叶世文接触过的生意档口。"

杜元点了点头。

直到永盈冰室内只剩下窗外呼啸而过的风声车声。杜元环视一周,想起当初叶世文就是在这里,对自己后脑击下那记重创,竟冒出些心有余悸的感觉。

他把叶世文打压得太厉害,被报复回来,心里难免不舒服。

叶绮媚死后,叶世文真的什么都敢做。

杜元想了想，拨出那个熟悉号码，对面耽误很久，才肯接通。

"郑老，在忙？"杜元十分客气，"真是不好意思，又打扰你了。"

郑志添答得很含糊。

"秦仁青老婆跟我说，曾慧云联系过她，问她有没有门路捞冯世雄出来。"杜元无声吐了口气，"你知道的，她只有一个儿子，万一冯世雄判罪入狱，她就玩完了，我怕她丧心病狂乱咬人。"

郑志添笑了："一个癫婆，你都怕？"

"她怎么说都是世家千金出身，人脉资源都有，你就不怕她越过你徒弟找其他人插手这一单案？"

"杜师爷，两个徒弟都受过我恩泽。一日为师，终身为师，我开口还是有分量的。"

杜元压低嗓音："郑老，今晚我找人去接你到老地方吧，我们见面慢慢谈。"

白少华站在永盈冰室对面的五金铺内，心不在焉地挑选剪刀。他另一只手拿着手机电话，目光断断续续，越过车水马龙的路，接驳在笑着推门而出的程真身上。她一转弯，面色顿时垮了，煞白上脸，愁云密布。

白少华却没看见。视线随她渐行渐远的背影抛远，又收回，白少华放下手里的剪刀，离开铺面。

"文哥，你都听到了吗？"

"嗯。"

"要不要我继续跟着她？"

"不用，短期内她不会再出门的，除非去见那个洪正德，你回去盯着宝姐吧。"

白少华叹了口气，唯有往程真消失的反方向走去："宝姐早就知道我是盯她的，她还跟我说让你不要多心，欠你的她都记得，会还的。"

叶世文轻嗤："女人讲的话你也信？果然还是后生仔。"

"文哥，"白少华盯着程真消失的背影，有些不忿，"我不知道你中意她什么，她刚刚走的时候还在笑，我真想打她！这种女人，还比不上小姐，小姐起码跟定一个男人了知道讲义气！"

"义气能当饭吃？"叶世文无奈地扯扯嘴角，"出来混，都是讲钱不讲心的。"

白少华赌气："我不是。"

叶世文听得出白少华稍带莽撞的倔强，顿时有些笑意："行了。躲起来吧，别让杜元的人挖到你。"

白少华又道："Norah自杀了，所有数据资料被她提前销毁。"

"确定一张都没剩？"

"没剩。她与冯敬棠有私人号码的，联系不上，就立刻知道出事了，她逃不掉。"

叶世文把手提电话抛到一边。

他租下渤湾球场旁的一间写字楼四楼办公室。民宅不能去，整个昌岸半岛都是雷区。渤湾写字楼进出人群密集，他需要用电脑，住一两个月便走，不会引人注意。

唯一麻烦的就是天寒地冻要冲冷水澡。

手上的伤，他自己拆线。这只手是废了，唯一庆幸的是另一只手没事。

电视报纸所有新闻，叶世文都看了。天星船坞公司赫然挂着刘锦荣名字。屠振邦这一招实在狠，杜元怕是火烧发顶，才会想到约见程真这枚弃子。

原本事成，她便是弃子。可惜他不能让她如愿。

女人，这般寡情，这般冷酷。分手月余，她去赴他仇人的约，竟然笑意盈盈，让他恨得牙痒。

叶世文摁掉监听器的开关。

他自己剃了一个寸短的头,不再执着到底程真中意的那个港星与他孰帅。程真在他心脏挖了个洞,灵魂夜夜朝无底深渊下坠。

江山美人,轮不到他来坐拥。

起初买醉的时候,也会胡言乱语。什么都没了,兄弟、名利,这十年像白活一样。程真,你以为你有多聪明?你玩得过我?你想我死,我偏不死,就算做鬼都不会放过你。

酒醒发现孤身入睡,软玉温香寻不着,竟很想她。

分手的男人,连意淫都像在犯贱。

那台手机里的微型窃听装置,当时他花了不少钱才雇人装上去。他自认对程真有些溺爱,不,应算是过分溺爱。扪心自问,他从未想过要伤害程真,无非是想查清楚她到底是谁,背后是谁。

叶世文又忍不住暗嘲:以为自己手段了得,却发现别人捷足先登,早就放下车内的窃听器。想起那只 tweety 还是自己厚着脸皮求来的,他恨不得赏脸颊一个巴掌。

他始终迟了一步。听不到她承认自己的身份,却听见许多她从不启齿的委屈心酸。失眠时盼望恨意能化作刀戟,憎她。憎到世纪尽头,把她从自己人生剥离,碾作灰烬,撒入港口,彻底忘却。

程真,你什么都不要我的。

所以房东赶走你,警察推搡你,连杜元这个仆街都敢再度利用你。曹胜炎只给你富贵十来年,下半生全是胁迫利诱。连自己老母都不敢去祭,前有豺狼后有虎豹。

你活该。

谁让你不选我。

你活该这样。

叶世文气得踢翻酒瓶。零落响声在屋内回荡,荡入他郁结的胸膛,久久不散。

Chapter 14　暗流涌动

八年前的一面之缘，只记得她娇小憨肥，头发很短，号啕大哭，最后抱紧那个救命的书包撒腿就跑。

细细咂味，尚算有几分可爱。

去她家搞事那次，叶世文其实并不情愿。他心思早就不在洪安，也不认识曹胜炎。他不懂屠振邦为何如此反复，说好做正行，又急急忙忙对人下手。

那日叶世文拖拖拉拉，直到徐智强带着几个兄弟完事，他才出现。

门外的红，漫天遍野，似血海扑了个浪上墙，弥漫熏鼻的油漆臭气。一个个诅咒的字层层叠叠，像印在黄纸上的符语。光是看一眼，就已经折寿。

屋内有个女主人在哭。叶世文在门外瞥了眼，一片翻箱倒柜的狼藉中，见她穿了条薄针织长裙，跪在地上抱紧一把小提琴，哭声很低很可怜。

叶世文现在竟有些庆幸，那日程真没在家里。后来去校门口截她，回忆起来，像一场不真实的梦。

她以前确实挺肥，难怪体操练不下去。

这句话要是亲口对她说，可能会遭受毒打。那应该叫什么？丰满？圆润？还是旺夫益子相？

她只会骂：你去死吧，叶世文。

这样一个肥妹，用了最傻的计谋，还要在医院瞒过所有人，带着八岁的妹妹逃跑，以为自己是女特工吗？无知，死蠢，自以为是。

肩后那块烧伤好丑，躲在昌岸旧城，当然不会有良医肯帮你治疗。

叶世文又想起初次看见那刻，她哭着求他别看，胸膛气管像被堵塞了一样，闷得心脏发紧。

听说烧伤的地方会先溃烂，然后剥落，再重新长肉。可以恢复健康,但无法恢复原貌。

这道疤就是她的人生。

他还记得,后来在一起时,她常常想熄灯,在摸黑中拥吻。那些伤痛的人生记号,其实害怕被看得真实。这条没人敢走的路,她一个人走了多久,她做过每一个对与错的抉择,她从来不说,甘苦自负。

程真,若你真的无情无义,我早就解脱了。

我想知道你的过去,但我没想过,竟是这种不为人知的过去。

听得出她被杜元束缚许久,并非不想反抗,只是势单力薄。这一回连曹胜炎都搬出来保命,她是山穷水尽了。

她不会来找他的。她战战兢兢问起徐智强,是因为她内疚,越内疚,就越无法见他。

若彼此没有陷入这段感情,她默默地等,也可等到程珊成年,两姐妹远走高飞。原来人生轨迹的变幻,都是因为一个很小的选择。

那一晚,那一眼,那一念。

我们便走到这一步了。

她说,要去良城。也好吧,她一向不挑食,哪怕去贫困偏远之地,她足够坚韧,绝对能好好生活下去。

可以想象,一定会有身家清白的男同事爱慕她,追求她。礼拜日下午三点约她西餐厅见面,赠一枝火红玫瑰,与她脸颊笑意相映成趣。最后同万千凡人一样,结婚生子,美满到老。

有个家,就什么都好,连还房贷也当作甜蜜的负担。

他给不了的,总有人能给她。

叶世文想得心头很酸。真希望她未来老公在婚礼前一日出车祸死了。程真,我不是你老公,你就只配做寡妇。

黑夜里,他也会默默地听程真在做什么。

手机放在枕边,她会换上睡衣。手指拧开纽扣,木梳划过发丝,他听不见,只能无声想象。

有时候她睡不着,在床上翻来覆去,渐渐地就开始哭。声音压得极低,如身陷茫茫大雾,呼救丧失回应,找不到指引的光。脑海里能看见她在轻轻颤抖,紧紧咬唇。林媛是个好母亲,把她教得格外懂事,夜半饮泣不敢声张,生怕被旁边隔间的刻薄白领投诉扰人清梦。

那双倔强的眼,还是不落泪的时候更美。

叶世文其实害怕听。她的一吸一呼,顺着电流,持续在自己心室翻搅酸楚。却又想继续听。程真,你后悔吧?愧疚吧?伤害我,你自己也不好过!

咦?哭到晕了吗?怎么没声了?

她的手机又没电关机了。

"最近怎样,银行那边有没有为难你?"

叶世文一边致电,一边换上要出门的衣服。对面回答几句,他便笑了:"我当然有看新闻,不看怎会知道你关大状做发言人这么有型?难怪宝姐对你一见钟情,搭上老命帮你生仔。"

白少华不愿与叶世文见面,担忧有人跟踪自己发现他的藏身处。一个钟头前他致电叶世文,帮他买的东西已经备妥,藏在"合金弹头"那台笨重的游戏机下方。

"你最近躲在哪里?"电话那头的关绍辉叹了口气,"我撑不了太久的,世文。你那位金主 Rex 已经撤资,那边你以后都没机会再合作了。兆阳股东再不出现,银行万一收回抵押土地,你连土渣都不剩。屠振邦的船坞公司现金流实力强劲,银行以资抵债,肯定优先考虑他,洲界那宗地到时候还不是照样落到他手上。"

"再给我一些时间。"叶世文穿入外套,"你知道谁最想我死,他们忍不住的,我先解决他们。"

"我给你钱出国吧,安身立命要紧。"关绍辉语气有些无奈,"你单人匹马,斗不赢的,没必要拿命做赌注。你才不到三十岁,以后的路还很长。"

"辉哥,不用劝我了。"

"你争这口气做什么?"

"放心,我不会连累你。"

叶世文乘车去到爱群道那幢商业大厦一层,步行从侧门入,穿后门出,来到游戏机厅。

香烟缭绕,火警喷淋装置却毫无反应。机械按键敲得生硬,配乐俗而响亮,咔咔咔,啪啪啪,人类耳蜗受高低音频袭击,却像只聋不哑的行尸走肉。

浸在音浪里,个个不停叫唤"快点,快点,哎呀!死啦"!

天灾人祸与他们无关,但游戏输了惨过世界末日。

叶世文路过通道最外侧座位上正在打拳王的肥仔。臀丰腰厚,那张没有靠背的圆凳,命不久矣,被肥仔压得即将含恨九泉。

有几个闲人也侧过头,眉梢似刀,一挑一抛,默默打量叶世文。停留不到两秒,立即把视线收回。

屏幕里,有个"GAME OVER(游戏结束)"弹了出来。

他们的心思似乎不在游戏上。

叶世文脚步一滞,没有走近那台"合金弹头"。他极慢地往后退,逐渐往肥仔方向靠去。

游戏机下方,似是有血迹。

手提电话竟然响起。叶世文稳住呼吸,装作无事接起,往后退的步伐加大:"喂?"

"文哥,走啊——"

"死啦——"

电话那端白少华的叫声,与眼前肥仔的哀号同时传来。肥仔整个人扑倒在汗迹斑斑的游戏机上,犹如巨婴,号啕大哭起来。

时间被按停两秒。

Chapter 14　暗流涌动

闲人从坐而立,气势颇凶,室内响起一片椅凳倒地的凌乱哐当声响。

场面乱作一团,暗中埋伏的几人有些后悔没能把叶世文诱入厅室深处。厅室外围人流密集,根本不利于动手。

"叶世文!"有人大叫一声,朝他逃的方向追击。

人潮如浪扑,顿时更乱。

叶世文也趁乱往外窜,跑入商业大厦一层。地砖整洁靓丽,适逢下班时间,黑灰主调的西装人群从电梯出来,步履本来轻盈,却因几名男子追赶,吓得胡乱纷沓起来,尖叫声撕穿耳膜。

"滚开——"叶世文推搡挡在自己身前的陌生人。

身后脚步愈趋愈近。

有女人在大厦前门打车。身姿婀娜,拿一只手撮着裙摆,另一只手去开的士车门。身后一道黑影如电闪过,"砰"的一声,门竟然关上,差点夹断她的头发。

"走!"叶世文用力推了一把司机肩膀。

一记尖锐声响起,后排车窗碎了,裂出大小不一的玻璃粒子。叶世文俯下身,又大声叫:"走啊!"

司机终于回神,惊得猛踩油门,车身几乎瞬间掷了出去,碾着黑色马路往不知终点的地方狂奔远走。

"靓仔,我上有八十岁老母,下有两只化骨龙[①],那套负资产刚刚供了三年,还有十七年的按揭要交,我不想死啊!你要去哪里?我……我冲过罗湖关口都可以的!反正我这台车租期快到了,不怕被人抓!求求你,别找我麻烦啊!"

司机铲到路的尽头,凭直觉拐了个大弯,绕上高架桥。

---

① 化骨龙:方言里父母对子女的一种称呼,比喻孩子消化能力强,很能吃。

"谁让你上桥的！"叶世文破口大骂，"傻子才上桥逃命！还不开快点！后面有人跟了！"

他急急回头，有台黑车紧咬不放。

"是，是我错！你可不可以告诉我，到底要去哪里？"

叶世文沉默几秒："渤湾警局！"

"放下屠刀，立地成佛，我支持你……"

"你给我闭嘴！"

司机噤声，立即从桥上飞奔而下，掉了个头往告士打道西行方向开去。黑车穷追不舍，叶世文盯着沿路气派高档的写字楼，这里不是金安东环区，杜元的人不敢轻举妄动。

叶世文拨出电话号码，对面却一直没回应。他有种不祥的预感，胸腔深处开始弥漫阵阵钝痛，不敢想象那台游戏机里面藏的到底是什么。

"文哥！"白少华终于接通电话。

叶世文紧张地吐了口气："你现在在哪里？"

"我被梁荣健的人跟踪。"白少华大口喘着，竭力忍痛，"放心，命还在。我不敢去医院，现在去豹哥那里。"

"你等——"叶世文又立即改口，"你别等我了！你走，我会给你钱，你明日就飞，有多远去多远。"

白少华恼了："文哥，我不能撇下你！"

叶世文想起徐智强，双眼在飞驰的车外景色中丧失了光："跟着我的人没有好路走。说到底是我自己的恩怨，与任何人无关，我不想再没了你这个兄弟。"

"文——"

叶世文把电话挂断。

人之初，如玉璞。阿强小时候成绩很好，长大想做科学家，B仔最中意打篮球，希望能有一米九。年幼之初，他们贪玩，但没想过要无缘无故去做坏事。

他们都不知道，原来结仇这件事，可以从争一块饼开始。

然后是一餐饭，一张床，一个女人，一座娱乐城，一宗四十公顷的地皮交易。

后来才明白，无论哪条道，金字塔尖总是过分逼窄，容不下太多的人。钱财算尽，不是你死，就是我亡。

B仔才二十三岁。

他不讲钱，讲义气。

但没人告诉他们，义气，是混社会最大的骗局。

叶世文后悔当日的幼稚无知。也许那只手指切掉，B仔的人生会不一样。长命点，富贵点，做什么都好。

趁尚有挽救机会，不能把他牵扯进来。

叶世文抬眼往四周扫视："油门踩尽，超过前面那台白色车，冲红绿灯！"

司机战战兢兢听令，抬头一看，吓得胆囊在体内震颤："靓仔，要转红灯了，等下会撞死人的！"

"快！"

司机不敢不从，一个甩尾，压着道路中线，车身超到前头，直直奔过人群快要涌动的斑马线。

"你个死人的士佬！赶着去死啊！"车主破口大骂，一脚急刹，横在斑马线前，那台贴身黑车来不及停下，狠狠撞上车尾。

"你个死人捷达车！连我都敢撞！"车主从驾驶位气鼓鼓下来。

黑车里的杀手不肯下车，往侧方打方向盘，狂摁喇叭催赶斑马线上的人，车身企图提速，准备撞人而过。

的士火速驶远，往左急转入辅路。

叶世文回头瞄了一眼："减速，靠边，我要跳车！"

司机听见这话如得神谕，还未开到谢斐道交界处立即踩停。

回头一看，叶世文车门都未关，黑色身影已经消失在大厦转角。

午夜场的百老汇影院，蚊比人多。

4月下旬，天气回暖，蛇虫鼠蚁比稻田谷种出现得更快。海风夹裹湿润，腥气愈重，游客却依旧与那条"围城河渠"笑着合影。

海湾变沟渠，嘲讽至极。

有人说，海城土地稀缺，城市经济要发展，唯有填海。因此造成海岸线偏长，海水流动速度变急。巨轮自然无碍，小船孤舟却在浪中反复颠簸。

小心驶得万年船？

是有钱驶得万年船。

在海城，开山费是堆填费的二倍。西北面那个"北水镇"，原本就是大面积平原加些许丘陵地貌，硬生生将大水塘填埋，凑作一个新镇。

地产，说到底就是"人造神话"。

程真来到购票台前。

"靓女，看什么？"

程真扫视一轮，有些嫌弃："午夜场只有这部了？*I Do*（我愿意），讲什么的？"

售票员因夜班而困倦，缺乏耐心，直接抱怨起来："午夜场，当然排烂片啦，都没人看。市道这么差，电影业低谷啊。以前一年几百部，现在一年就只有几十部，屎片当大片看啦。不过还是有好看的，银河映像招牌班底，你想看就白天来。"

"算了。"

程真购下两张戏票，转身就走到大门一侧去等。

洪正德赶到的时候，电影已开场五分钟。彼此互相对视一眼，什么话都没说，走进影厅，落座空无一人的室内。

"杜元找过你了？"

"嗯。"

程真目光离开荧幕,侧过头说:"他要我挖叶世文出来。"

"你答应了?"

"我能不答应吗?"

"跟杜师爷做交易,你觉得他会保你平安?"

"我除了拖延时间,我还能怎么做?"

"不如告叶世文强奸你?"洪正德轻嗤一声,"你去报警,我让刑事部出一个通缉令。"

程真冷笑。

洪正德泄一口气:"喂,说真的,从杜元入手吧。"

程真没答话,侧头盯紧洪正德。荧幕的光一闪一暗,切换得让人眼痛。

"我怀疑屠振邦有眼线。"洪正德只能直说,"他自从做正经贸易之后,很谨慎。以前是通过杜元,现在是他女婿刘锦荣。刘锦荣底细太干净,咬不入,但杜元可以。

"上次拘捕行动,抓了个操盘手杨定坚。这么大一间期货公司,让操盘手做董事?天方夜谭。他们出事前脱手,杨定坚和秦仁青都是替罪羊。如果他没内应,时间不可能掐得这么精准。叶世文一直跟他们周旋,绝对是察觉到了什么。"

程真低下眼,想起那次圣诞幽会。

"叶世文手头有杜元违法的证据,我偷看过。我看新闻,万博大厦在他出事那日火灾,我记得他提过他的公司登记在那里,可能被带走也可能烧掉了。"

洪正德沉默。

程真能活到今日,从心底讲句,他也佩服。但凡心气低点,人再蠢点,她肯定会走上绝路,揽着程珊跳海死。

曹胜炎配不上林媛,更配不上这样的一个女儿。

"叶世文同你……"洪正德斟酌用词,"其实你们是不是玩真的?"

他相信叶世文会爱上程真。

程真心口被猛击一下。

"都已经这样了,真假有什么分别?自己选的。"

"中意就中意,承认又不会要你命。"

程真声音低下去:"中意什么?他现在憎死我了。"

到底是擦肩而过算作遗憾,还是爱而不得更让人痛心?那夜灯下,你别追我,我别回望,可能结局就能彻底改写。

想来想去,劝慰一句,都是劫数罢了。阿文,你不会理解,我做不到全情投入,你当然怨我一世。

因为你没有安全感。换个温顺女人爱你,可能你就不知我是何人了。

念及此,程真心头泛酸。

"不中意你,早就杀了你。"洪正德实话实说,"我也是男人,代入叶世文,我绝对掐死你。"

"喂!"程真拢回野游情海的三魂六魄,"电影票 AA 啊!"

"是不是这么小气?我早就说过,贪钱误事,现在失恋又失业,被我讲中了吧?"

"给钱!"

洪正德不愿与她计较这一百几十的零碎数目,从口袋掏了几张纸钞给程真。

程真直接收下。

"我怀疑那只'鬼'在监视慧云体联的那组人里面。"洪正德言归正传,"我每次去慧云,他们都不肯让我插手。我们师出同门,师父又是个滥好人,不肯帮我套他们话,我现在很棘手。"

程真语气变得疏离:"讲来讲去,就是不肯帮我带走珊珊。"

"阿真,不只你,每个人都是身不由己的。"

"你这样与杜元有什么区别?"

无非都是在利用她。

洪正德没回应。这时候承认私心，难免有些残忍。但他不承认，显得更虚伪。

程真语气变得嘲讽："有件事你一直不知道。"

洪正德转头去看程真。

"叶世文是冯敬棠的私生子。"

洪正德诧异。

"这件事杜元他们知道。如果那只'鬼'在慧云体联，那你就麻烦了。现在人人都想找到叶世文，你们是想破案，他们是想拿兆阳股份，不会给你们机会先抓到叶世文把柄。

"冯敬棠私下那个财务官Norah，我看新闻，她自杀了。但她接触过所有与冯敬棠相关的公司，从Parko到叶世文，尤其是税务筹划，都是她处理的。叶世文虽然谨慎，但公司与公司之间肯定有牵连，慧云体联你一定要想办法接手，你只有这个突破口了。"

"叶世文是不是给过你什么？"

程真冷笑："你觉得我会给你吗？"

洪正德语塞："你……"

"叶世文比你醒目，你们去Parko都带不走他，说明他经手的生意百分之百是干净的。你现在最多就是想办法挖他回来协助调查，找个理由拖延审问时间，然后放他走。"

洪正德气急："凭什么放他？"

程真反问："你问你自己，你要的到底是叶世文，还是屠振邦、秦仁青与冯敬棠这三条大鱼？你要让他做证人，就必须保证事后放他走。"

洪正德听罢，立即讥笑。

"还说不中意？现在就叫我留他一条活路。如果我不肯呢？"

"我知道你儿子在哪里念书。"

"我也知道你妹在哪里念书。"

"我意思是让杜元的余孽去劫你儿子。"

叶世文聪明，若被通缉拘捕，出卖几个坏人保全自己，他心安理得。拖延杜元，与洪正德博弈，是她唯一能办的事了。

"程真！"

"拜托你醒目点，想办法尽快接手慧云体联。"程真站起来，没心情继续看电影，"一个月之内，我要带走我妹。"

"喂！你就这样走？"

程真在过道回头："这次杜元不死，就是你死，你自己看着办。"

她离开了电影院。

I Do 好不好看，买票的人都不知道。如今的电影，也随海浪日渐式微。

这座城拍不出好戏。

但这一场电影，叶世文没看画面都知道有多精彩。

Chapter 15
罪恶的交易
Wangbei Building

叶世文戴一顶鸭舌帽便出门。这个礼拜六,金安宣道堂,虔诚而落魄的曾慧云必定出现。

妇女团契①是下午四点。

上次游戏机厅逃生后,他不肯再联系白少华,渐渐地,白少华也不再找他。致电过豹哥,确认白少华性命无虞,叶世文深知这场赌局只能单刀赴会了。

从小到大,无数次听人讲过"不如算了吧"。

在屠家被打得鼻青脸肿,陈姐劝道"算了吧,你不够狠心,屠爷不会把生意交给你"。二十岁前考过三次会考,第一次拿了六个E,徐智强劝道"算了吧,你怎会是读书的料"。

但他不想算了。算了便是认输,要将一切拱手相让给屠振邦。要看着他赢足一世,金钱权势在手,如鞋底碾蚁一样,轻贱所有人的生命。

绝不可能。

叶世文跟踪曾慧云好些日子。听罢那日洪正德与程真的对话,他没想到这位洪正德是个局外人,屠振邦的眼线竟在慧云体联。

---

① 团契:一种教会活动。

Chapter 15　罪恶的交易

曾慧云除了冲警察发脾气，便是常常飘来这处，在神主面前沉默落泪。

丰腴富贵的妇人，如今瘦得像骷髅附体。

那只戴得紧实的结婚戒指，已有松动迹象。有一次，还从她激烈的肢体动作中甩了出来，砸在地面，只有助理唐玉薇急急忙忙去帮她捡。再后来，她不戴了，留一个印痕在无名指根。

冯敬棠不知所踪，这段婚姻也不知所踪。

她今日没有先做祷告。

挑得极高的天花板，深灰石材，敦实厚重，拱顶延伸到双手无法触及的地方，似一个庞大的怀抱。

教堂，是上帝设置来收集愁苦与忏悔的器皿，当然不能狭隘。

曾慧云一双大眼，往外张扬，沿四周巡视，像在等人。陆陆续续来了些女信众，穿插在长条座椅当中。接下来，无非是唱唱诗歌，间或做些赞美操，分享静默后的心事心得。

叶世文躲得很远，在前端小门侧边立着。

穿黑袍的修女路过，看见叶世文，有些诧异："先生，请问你……"

"我姨妈今日参加团契。"未等修女问完，叶世文抬手一指，点着曾慧云的方向，"你知道的，曾女士最近经常过来。她家里发生了一些事，大家都担心她状态不好，遣我来看着她。不要声张，她现在心理很脆弱。"

修女望见曾慧云，点了点头，静静走远。

一声颂唱低低起了音调。

曾慧云泪光泛滥，也跟着呐呐发声。

"万物的结局近了，所以我们要谨慎自守，儆醒祷告。最要紧的是彼此确实相爱，因为爱能遮掩许多的罪，因为爱能遮掩许多的罪……"

高高在上的斑斓窗棂，把光切割，却切不出明显形状。流淌到每位妇人的发端，流动溢彩，像七窍的心。光便是主，包罗万象，抚摸每一处能笼罩的灵魂，不论美丑。

此时，秦仁青的老婆出现。

姗姗来迟，从后排快步往前，移动到曾慧云身旁。

叶世文往后侧了侧身，目光游离到大门以外。有两个高大保镖守着，怕是杜元派来盯紧秦仁青老婆的人。

秦仁青老婆只停留几分钟，交下一张卡片，便转身走了。

曾慧云脸色惨淡，怔怔站在原地，直到唐玉薇凑近，跟她耳语几句。

曾慧云眼内迸发痛苦，拼命摇头，摇得泪如珠洒。那张卡片捏成纸花，犹犹豫豫，臂坠千斤力，就是递不出去。

教堂内又开始哼唱。

"万物的结局近了，所以我们要谨慎自守，儆醒祷告。最要紧的是彼此确实相爱，因为爱能遮掩许多的罪，因为爱能遮掩许多的罪……"

这次曾慧云没有跟着唱。

唐玉薇夺过她手中卡片，两片嘴唇翻飞起来，似乎在努力说服曾慧云。半分钟后，唐玉薇也半含着泪，自顾自走了出去。

曾慧云乏力，跌坐在深木色的长椅上，淌了满脸的泪。

叶世文看罢，心里有了几分猜测与疑惑。秦仁青老婆已消失得无影无踪，像从未出现过一样。叶世文从小门出，步行紧跟唐玉薇。

她没有驾车，独自沿路边疾走，匆匆拐进洪尾道。高跟鞋包裹纤瘦的脚，走得急了，身形稍有摇晃，显然连思绪都在焦虑，脚步却不肯慢下，终于从惠丰街穿过马路，直入金利大道。

东环区威士酒店。

叶世文抬眼一看，目光流露不屑。以秦曾二人的身家，开房来这种九流宾馆,是何等龌龊的交易,生怕被人知晓。

秦仁青老婆,如今万事要经杜元授意。这回摆明要拖曾慧云下水,献出爱徒,交换儿子?作恶动机合情合理,屠振邦与杜元又一次置身事外。

所以,这个嫖客是屠振邦的人,而且能从警局捞出冯世雄。

叶世文也进了威士酒店,却坐到狭隘大堂的一角,拿鸭舌帽遮紧半张脸,目光瞄在前台办理登记手续的唐玉薇身上。

前台人员似乎很不耐烦:"喂,你讲大声点啦!是订几月几号的房?"

唐玉薇做的是亏心事,始终无法拔高音调。慌张地左右探望,又低声道了个数字。

前台嘴里不干不净地抱怨几句,夺过唐玉薇的证件。前后翻看,又抬眼核对唐玉薇长相,潦草写下信息后抛回给她:"记得下午两点前来拿房,不拿就没了,先给订金。"

唐玉薇在掏钱。

叶世文在沉思。

整个慧云体联的学生,也只有那些没亲没故的最好利用。还能被杜元一眼挑中,想来想去,只有程珊——只能是程珊。

年幼貌美的罪人之女,本就没人在意。八年前曹胜炎那单案,当时屠振邦的态度比秦仁青更着急,日日逼着杜元去追讨款项。当时自己一门心思扑在冯家,哪有细思过屠振邦的动机。

现在回头,才惊觉屠振邦在意至此,是因为从中分了杯羹。商罪科里面的人,可能早就搭上这条贼船。

如此着急献程珊出去交换冯世雄?

那个洪警官,听他说话真刺耳。本事不大,心比天高,一副假仁假义的精英模样。还没挖穿真相,他一定会阻挠冯世雄离开警局。

看来这个人还能够左右洪正德。

程真摆明不想帮杜元,唯有找洪正德。兜兜转转说了半天恫吓的话,打算靠他一网打尽所有人?最后只差开口求洪正德放她一条生路。

叶世文忍不住嘴角轻轻勾起。

傻女,哪有人这样"胁迫"人帮忙的?

等我来教你什么才叫威胁。

那个微型窃听器,花了不少钱,他现在终于觉得回本。

今日出门前,叶世文听见程真问旁边隔间那个刻薄白领借洗头水,语调客气温和,像吹在心池的一抹煦风。

"请问可不可以借你的洗头水用一次?我洗湿了头,才发现我那瓶用完了。"

"借?你摁两泵然后还给我两泵吗?"

"如果你想这样的话,也不是不可以……你头发那么长,用起来肯定不止两泵啦!"

叶世文听得有点不爽。这个刻薄白领一定颧高骨凶,满脸恶煞,眉文绿嘴绣红,黄皮果树上的乌鸦都比她慈眉善目。她不是说了会还吗?借给她又如何?

程真没讲话。

再细听,她已吹干头发自己出门去买洗头水。

叶世文坐在威士酒店内,看见唐玉薇满脸愁容地离开。程真,你傻不傻?就快被人设局全家铲了,还买什么洗头水?

买人身意外险吧。

受益人记得写他。

程珊往曾慧云办公室走去。

她们这群学生,已被盘问过多次。但不知为何,证供明明每次都是一样的,却得不到释放。只是说已与她们家人联系,案件调查清楚便能还她们自由。

听说这次很严重,除了那位秦仁青,还涉及冯敬棠,他可是曾校长的丈夫。

又听说是曾校长不肯配合调查,装疯卖傻,毁坏校方数据,拿她们这群学生的人身自由去要挟警方释放她儿子。

得到工作人员的同意,程珊从宿舍步行到办公那幢楼,轻敲校长室的门。里面有人应了一声,脚步由远及近,门便打开——是唐玉薇。

"Cathy,曾校长在吗?"

"你先进来等吧。"唐玉薇侧过半边身,让程珊进来,"校长刚刚去洗手间了。"

程珊点头。

唐玉薇端来水杯:"最近还有人盘问你们吗?"

"这几日没有了。"程真乖巧接过水杯,"是不是很快可以让我们走?"

唐玉薇视线落在程珊手掌,又抬起眼,带着笑意:"是啊,很快了。挂念家里人?"

"一点点啦,怕家姐担心。"

"家属我们都有联系过的,放心,她知道你安全。"唐玉薇拆开一盒包装精美的饼干,递给程珊,"尝一块吧,我老公从日本回来带给我的。"

程珊摇头:"校长说我最近增重太快,要戒糖。"

"偷偷吃一块,你不讲我不讲,谁知道?"

唐玉薇挑眉,自己拆一块来吃。

程珊嗜甜,忍不住尝了。日本巧克力,糖分爆表,她舌头被腻麻了,端起水杯一饮而尽。

二十分钟后,曾慧云挂断电话,从旁边储物室出来。脸色煞白,身上那套白西装被杂物货架上铺积的尘扑了一块灰,格外显眼。

她心思不在自己身上,并未发现。

独自回到办公室,唐玉薇已提前离开,留下一只行李箱。曾慧云手心颤抖,却握起推杆,拖着行李箱,乘坐电梯到停车场。

她也练过体操。她知道,什么样的才叫美。

在嫁给冯敬棠之前,她是个品学兼优的富家千金。自由恋爱,她没缺过钱,所以不介意冯敬棠有没有钱。

后来,二人有了太多太多的不堪。

其实她只见过叶绮媚一次。跟踪冯敬棠出门,远远地,曾慧云坐在车内,隔着挡风玻璃望向那个穿低胸连衣裙的女子。

衣服质地很差,裁剪也不大方。偏偏她妖气,满身软肉,曲线毕露,妖得连这种劣品也能穿出狐媚劲头。美得太下贱,根本配不上"美"这个字。

她抓紧冯敬棠手臂,泪光涟涟,只差跪下来求他。

曾慧云也哭。哭她的丈夫居然扶起叶绮媚,又把她拥在怀内。抓奸要在床,抓贼要拿赃,那时的曾慧云却没有当众撕破脸皮的勇气。眼看二人见完散去,也没从车内出来。

回忆起来,怨念横生,声声咒骂。为什么不让她跪?她就应该跪到双膝溃烂,跪到年老色衰,跪到万人唾弃。

警察说暂时找不到冯敬棠。

曾慧云一边念叨活该,一边又忍不住难过。

但世雄——曾慧云哭得视线模糊,世雄是无辜的。他还那么年轻,人生尚未真正开始,不能就这样毁于一旦。

曾慧云抹掉泪痕,把车驶停在威士酒店门前。

东环区的低端宾馆,经由一幢陈旧楼宇改建,招牌灯饰半明半暗,烟视媚行的男人女人搂抱而过。

想要就要,想走就走,自愿贩卖快感,付款时无人会对道德愧疚。

曾慧云拖着行李箱进门。

前台抬眼看她："做什么的？"

她脚步停下，侧过头回答："你好，已经拿房了。"

前台上下打量她，见身光颈靓，地道方言询问道："哪里人？"

"本地人。"

前台一副明了模样："几号房？"

"203，是唐小姐登记的。"

前台挥一挥手，懒得核验身份证件，便让曾慧云上去。

房门半开，唐玉薇提前走了。这个跟随自己多年的助理，知根知底，连这种腌臜事都愿替她动手，曾慧云一时不知该感激还是该内疚。

若出事，她不会让唐玉薇为难，供她出来也是应该的。

曾慧云拉开行李箱拉链，把昏迷的程珊抱出，放在床上。

药效其实很浅，程珊已有些转醒，哼了几声。唐玉薇早早扎起程珊手脚，嘴上还贴紧医用胶布。

曾慧云走到浴室，洗了一条毛巾，又走出来。轻轻擦拭程珊的脸。想象过一千次要怎样面对，这可是她的爱徒，自问从业以来未委屈过任何一名学子，如今却……

曾慧云眼眶酸涩。

到这一刻，不能回头了。

程珊渐渐睁开眼。她觉得自己做了漫长的梦，几个，不，几十个梦。从天到地，从掩面窒息到大口喘气，在辗转将醒时，最费劲，耗尽力气才能从另一个空间拔出自己。

她看见曾慧云与一屋陌生惨淡的白。白色的墙，白色的床，还有曾慧云白色的脸与白色的西装。

程珊开不了口，双眼睁圆。

"珊珊……"曾慧云未语先落泪，把程珊摁紧在床上，"你不要怪我，我真的没办法了……"

程珊也哭了。再怎么单纯，她的本能都在告诉她即将会发生什么。程珊起劲摇头，求饶声呜呜不停，吓得浑身颤抖。

门外传来两短一长的敲门声。

曾慧云打开门。

郑志添侧过头，还未踏入，先瞄一眼室内那抹丽影，心里痒意四起。

他无视曾慧云脸颊的泪痕，问道："醒了？"

曾慧云艰难地点头："你可不可以……"

温柔些。

她讲不出口。

郑志添冷冷一笑，只觉得曾慧云这种不合时宜的悲悯分外滑稽。

"你就只有一个儿子，当然要为他着想。"

曾慧云心如刀割："你答应过我的，你有办法找人放了世雄。"

"没问题，你先准备保释金，后面的起诉我可以帮你。"

郑志添来到程珊面前，对沉默的曾慧云说："你先出去等，守着门口。"

曾慧云不敢看程珊。秦仁青老婆那张卡片，印着"威士酒店"四个字，轻轻一念，如同咒语，将她连人带魂扯进罪恶深渊。

曾慧云颓然离开。

郑志添却没立即动手。他脱下西装外套，放到床边，又开始摘手腕的表。

砰！一声巨响。

郑志添的手还没摸到程珊，抬起头，只见房门大开。洪正德怒视室内一切，气得音量拔高，响彻天花板。

"郑志添，你还是不是人！"

Chapter 15 罪恶的交易

郑志添出现在威士宾馆前,给洪正德打了个电话。

他从停车场走到电梯间,脚步才开始变急。

像怀揣一个水球,郑志添滚圆的肚皮随身影边走边颠,十分滑稽。路过的人都看得出他确实着急,似是有束无形的火纵在他皮鞋后跟。

"阿德,"洪正德还未答话,郑志添立即说,"十万火急,有件事你要立即去做。"

郑志添一边拿着电话,一边进屋。走到厨房斟了三杯半凉茶水,他咕嘟咕嘟地猛咽下去,又解下勒出手腕红痕的机械表,另一只手轻轻摩挲:"你们效率太低了。前几天你们上司已经找过我,问能不能重出江湖一次,想我帮忙看看证据。我刚刚从慧云打听回来。"

洪正德问:"怎么了?"

郑志添语气笃定:"这件事,先别声张。我现在怀疑屠振邦安插的那只'鬼'不在反黑组,在商罪科。"

洪正德想拍桌,又强忍下来,音量激动:"我早就说了!"

"慧云体联那边,查了这么久都没结果,上面担忧有人在作怪。我今日特意过去,现场有一个人很可疑。"

"是谁?"

郑志添狠狠叹一口气:"枪神周,你的同门师兄弟!我今早去的时候在慧云办公室发现有几张纸屑,是烧过剩下的。我问了其他人,那个位置只有他经常去抽烟。"

"人心隔肚皮,阿德,我真没想到会是他。我留在那里核对了两个钟头的证据清单,其中两页纸的左上角不太对劲。上一页有订书机的钉痕,下一页就没了。但明明页码相连,同时复印的。所以我只是在怀疑,还没十足的证据。"

洪正德听罢,有些怨气:"你比我了解枪神周。他的脾气像块铁板，打都打不穿。师父，你既然答应当顾问，你就应该跟上面提意见，把慧云体联给我负责。"

"你敢怨我？如果我不答应过去，你以为你今天能拿到这一手消息？我亲自带出来的徒弟做坏事，你觉得我心里会好受吗？你们一个两个都不省心，我白教了！"

不到怒发冲冠的地步，郑志添绝不发火。他这一骂，实属罕见。

洪正德知道自己逾矩，老实道歉："我错了，师父。"

郑志添手腕的酸胀终于缓解，又把腕表戴回："你有没有想过，叶世文其实没失踪，而是被屠振邦包庇起来了？"

"怎么可能呢？"洪正德反驳，"杜元已经在找人挖叶世文出来，生要见人死要见尸。"

"就不能是贼喊抓贼，转移警方视线？"

洪正德一怔。

"你上次跟我讲，叶世文是冯敬棠私生子，我信。但是他跟屠振邦更久，说不定两个人一早谈妥。就等这场风波过去，他再出现，与屠振邦的天星船坞联合起来，岂不是赚更多？亲生的也有可能是白眼狼。"

"那屠振邦为什么要插眼线在慧云体联？这不是白费力气吗？"

"人家是插来盯你们的，你以为插来挖叶世文把柄？"郑志添露了个晦暗不明的笑容，"若被你们查出叶世文在慧云体联帮冯敬棠周转过的证据，叶世文肯定跑不掉，他的江湖令能比你们的通缉令厉害？贼斗不赢兵，当务之急，慧云体联要先换人过去。"

"我去接手吧，我的人靠得住。"

"急什么？"郑志添拒绝洪正德的请缨，"枪神周只有我叫得动，我去。你三番四次跟人起矛盾，他现在对你意见很大。"

"你是师父，你开口，他敢不从？我去就行，我不怕得罪人。"

"你不怕我怕。"郑志添又道，"你去做另一件事，做完来慧云找我。"

"什么事？"

"你先去找你的线人，想办法联系叶世文。无论如何，一定要让屠振邦相信警方决定不再彻查慧云，混淆视线。"

"这个时候？她不一定能联系上。"洪正德摇头，"况且我觉得叶世文不可能在屠振邦手上。"

"她不是杜元那边也有关系吗？叫她去杜元那边吹风，总之先让外面放松警惕。万一被内鬼嗅到风声，我怕搬出'大佛'来镇压，上头嫌你们拖了太久，到时候慧云体联就轮不到你话事了。"

洪正德没答话。他只是在脑里勾勒郑志添的模样，不怒，也不慌，像看一个陌生人一样。想象他两片厚唇在自己眼内接触，分离，接触，分离，吐出来的字眼飞得很远，远到他根本听不进去。

他叫郑志添一声师父。

一日为师，终身为师。

但这么多年来，为了保证自己人的安全，他们之间一向有个不成文的默契：你的线索与人归你，我的线索与人归我。

这一桩郑志添只做顾问的案件，他竟然第二次插手线人的事。

这不是他的作风。

直到郑志添吩咐完毕，洪正德装作同意，把电话挂断。他拎起外套出门，乘坐电梯下楼，拨出另一个号码："公仔，你今日有在慧云体联吗？"

电话那头的女声很年轻："老大，早上我都在，现在回警局。枪神周那群人什么都不肯给我接触，我只能靠墙拍乌蝇，没办法了。"

"郑老今日有没有去过慧云？"

"没喔，我今日没见过他。"

"你现在掉头，回慧云体联。如果郑老出现，你立即打电话给我。"

451

洪正德挂断电话。

他黑着脸,坐进自己的车里,左右张望一番,又拨号:"阿真,你在哪里?"

"地球。"

洪正德恼了:"没心情跟你讲笑,现在去百老汇等我。"

"日光日白①见面?太显眼了,等半夜。"

"我们警队顾问现在怀疑是屠振邦在包庇叶世文。"

"查案查到傻了?"程真语气不屑,"这两个简直是血海深仇,谁都不会包庇谁。"

"我知道,就是因为我知道,我才约你。"洪正德苦笑一声,"我下午要过去慧云体联接手,今晚没时间见你。你先去电影院,电话里面讲不清。"

他吐出一口闷气:"我现在怀疑那只'鬼'另有其人,我有事要你帮忙。"

"每次找我都没好事。"程真嘟囔一句,又应下,"我现在去。"

洪正德把车驶离。

2001年5月10日。

日光热起来,比火焰更炙眼。人与城市的关系,既有依赖,又有反哺,像一双终日争执的父与子,你嫌我不好,我也嫌你不孝,都在盼着对方先付出些什么来成全自己。

洪正德生在此,长在此,对海城怀着终老希冀,想在这片土地上显赫一份薄名。当年报考警察,黎茵意见最大,她总是胆怯,说自己不想做烈士遗孀。

---

① 日光日白:意思同光天化日。

Chapter 15　罪恶的交易

洪正德听完哈哈大笑:"我若牺牲了,你就拿我的抚恤金做嫁妆,嫁给另一个男人。"

敢这样开玩笑,是因为他对自己有信心。有信心能在警坛施展拳脚,捧一堆闪耀勋章,与儿孙戏话当年替民警恶惩奸的英雄事迹。

他自认是个有抱负的人。

穿起这身制服,手足同心,重情重义。只是没想到有朝一日,要在自己人里面抓鬼。

曹胜炎案,当时郑志添已经退休,但仍然不忘师父本职,带着他仔细查。那一次,郑志添还笑呵呵问他:"阿德,曹胜炎跟你相熟,你会不会下不了手?"

"怎么会呢?我在学堂拿银鸡头①的时候发过誓,天子犯法与庶民同罪。"

果然,洪正德在那桩案后升职加薪了。荣誉的荣,也可以是虚荣的荣。肩上两粒花,确实很轻,状若无物,一颗别针就能扣紧;但又很重,压在肩头,叮嘱他扛起警察的责任。

洪正德不愿设想最坏结果。

车停在斑马线前。手提电话响起,他瞄一眼,是陌生号码,没有接。对方不肯停,洪正德犹豫两秒,还是决定接听。

"喂?"

"洪警官。"

这声音有些耳熟。

洪正德问:"哪位?"

"你现在叫程真回去。"

洪正德双眼睁大:"叶世文?"

---

① 学堂拿银鸡头:指得到警察学校的优秀毕业生奖。

叶世文道:"你不准再见她。"

"你有什么资格指使我?"

"别人当差,你也当差,怎么就你死蠢,现在才发现自己人是鬼?又打算让她帮你陷害杜元,钓内鬼出来?"

洪正德又气又好笑:"你先顾好你自己吧,你以为她还是你女人?她早就背叛你了。"

叶世文没理会:"你不如想想,我为什么现在给你打电话?"

洪正德沉默。

叶世文听见他呼吸声渐重,无声地笑:"跟我玩吧,我保你神速破案,信不信?"

叶世文正对镜面剃须。上身赤裸,目光专注,在镜内打量自己。他瘦了些,线条在躯壳上拢得更紧,力气绷在肌肉之下,待发的弓,比以前贲起更多威胁。

穿戴完毕,他开启了监听器的录音设置,然后出门。

叶世文来到威士酒店,在酒店一楼的狭窄大堂坐着。十来分钟后,他见到前来替曾慧云拿房的唐玉薇,直接尾随上去。

唐玉薇尚未走到二楼走廊,就已经被叶世文打晕绑走,塞在楼梯隔间那个杂工更衣室内。他拿走唐玉薇身上的房卡,又下来一楼前台。

"204有没有人住?"

前台头也没抬,拿着手机在看股市升跌:"没。"

"开给我。"

叶世文在204坐了很久。他仔细辨别曾慧云与郑志添的对话,按照路程推断,洪正德此刻应该赶到才对。

若再不来,他要立即冲进去了。程珊不能受伤。

很快,叶世文听见洪正德的匆忙步伐。他在与曾慧云争执,"咚"

的一声，似乎曾慧云被推倒在地拖走了。叶世文嘴角一挑，果然预判准确。

洪正德急急瞄一眼程珊，幸好，尚未到一发不可收拾的地步。他往前几步走近床沿，盯紧郑志添慌乱的肥脸。

"阿德！你听我解释……"

突然间，门边一记响亮声音。

郑志添率先反应过来，立即趴下，用靠外侧的那张床身遮挡自己。

洪正德扑在床上，把哭成泪人的程珊猛地拖下来。二人俯趴在内侧床边。

程珊浑身发抖。

"出来！"有人在门口呵斥。

脚步纷沓，洪正德如临大敌，细细一数，至少三人。

有人低声问："不对，应该是两个人。现在加上走廊那个，好像有四个人？"

"打电话问杜师爷。"

"你们是不是杜师爷的人？"郑志添听见交谈，立即开腔，身无寸物的他唯有颤声哀求，"我是郑志添，他的好朋友，你们杜师爷认识我的！今日我跟他讲好各自行事，不要误伤！"

来人犹豫了几秒。

叶世文在旁边204房听着声响。床单，窗帘，劣质布艺沙发，那台根本没人开过的电视机，统统遭遇无情打击。明显两拨人开始交战，一方势弱，一方势强。但酒店房间易守难攻，杜元的人渐渐不占上风。叶世文陆续听见有人惨叫，又有人倒下。

洪正德缩着身子，冷汗从额际淌过脸颊，手臂伤口阵阵剧痛。他第一次觉得自己值得一枚英勇勋章——单人匹马做掉四个歹徒。程珊在一旁吓得晕了过去。

他稍稍扬起下巴,只见郑志添从两床中间跃起,立即往门外奔。

洪正德大惊失色,忍着痛楚挺身站起,还未追出门口,郑志添又折返回来。

他的双手反绑身后,嘴上还贴着医用胶布。

"洪警官,我们又见面了。"

是叶世文。

洪正德一怔。

叶世文将郑志添推进房内,反手锁门,笑着说:"果然能做警察的绝非凡人。怎么这般不小心,把最肥那条鱼放了?没有他,你年终拿不了第一啊。"

一眼看尽,整个房间腥气四溢。

洪正德怒视叶世文:"你在电话里没跟我说你会来。"

"你以为你是谁?什么都要跟你讲,你是许愿池吗?"叶世文将郑志添一脚踹倒在地,表情异常冷淡,"我要带走程珊。"

"她是受害者,也是证人,我不可能让你带走她。"

"不带走也可以,那就跟我做个交易吧。"

洪正德嗤笑一声:"你吃错药了?让我跟你做交易?"

"你说呢?"

叶世文掏出一个微型录音器,撳了播放键。

"叶世文手头有杜元违法的证据,我偷看过。我看新闻,万博大厦在他出事那日火灾,我记得他提过他的公司登记在那里,可能被带走也可能烧掉了……"

程真声音清晰得像在现场讲话。

洪正德脸上顿时煞红煞白,似火烧猫尾,嚣张不起来。他气得咬牙:"你……"

"这种对白我那里还有很多,你中意的话我就刻成DVD,随街派，让广大市民听一听你的心声。"

"叶世文！"洪正德怒火攻心。

今天是郑志添设的局，他没料到会有这场枪战，原来杜元的人从离开警局就一直跟踪自己，难怪叶世文迟迟现身，这是螳螂捕蝉黄雀在后？

洪正德一想到被叶世文算计，气得哑言。

他更没料到，郑志添真的是屠振邦插在商罪科的眼线。从曹胜炎到秦仁青，他的师父吃得腰肥背圆，做人的良知被入腹的酒色财气吞噬。

倒在地上不敢开口的郑志添，被洪正德狠狠剜了一眼。

叶世文挑眉："咦，洪警官，你受伤了，不报警吗？身上有没有对讲机，我帮你。"

洪正德更气了："我又不是巡逻警，怎么可能用对讲机！"

他这种级别，去到哪里个个给他三分薄面，哪需要用这种通讯工具。叶世文听罢，笑得更讥讽，直接摸出手机，拨打报警电话。

"喂，是警察总部吗？"叶世文装模作样，想起自己查到洪正德的底细，边说边往程珊身边靠去，报出洪正德的大名与编号："刚刚在东环区威士酒店二楼发生 open fire（交火），目前四名嫌疑人已被击毙，请求支援。重复一次，请求支援，麻烦各位手足了。"

叶世文挂断电话。

洪正德眉头紧皱，想抬手阻止叶世文，却被伤口扯得发疼："你报警而已，扮什么警察！"

"玩玩都不行？好小气。"叶世文走近，把程珊抱起来放回床上。洪正德瞪着眼，愤怒地说："喂！你别碰她！"

叶世文轻笑："洪警官，录音这件事呢，我也是迫不得已。你知道的，街外很多人想找我饮茶，我好怕呢。"

叶世文伸手猛地撕下程珊嘴上的医用胶布。她立即痛醒，既惊又怕地呆了半分钟，才想起自己被吓晕。叶世文望进程珊只剩恐惧的双眼，发现她刚刚摔下床摔得左边脸颊泛红。

"哇"的一声，程珊痛哭出来。

叶世文皱眉："不要哭了。"

"家姐，家姐……"

"不要再哭了！"

"我要家姐……"

叶世文失去耐心，扬起手，只差半寸刮在程珊脸颊，最后"啪"的一声击在自己另一只手掌的掌心。

"喂！吓傻了？叫你不要哭，你还哭！"

程珊怔住。一双鹿眼通红，愣愣盯紧叶世文，像从未认识过他一样。他似乎变了许多，语气带狠，吓得程珊连痛都叫不出来。

叶世文手指点在程珊脸颊："这里记得擦药油。等下警察就会过来找你录口供，你老实说就可以。至于见到我这件事，你不能透露，明白吗？"

程珊小声说："明白。"

叶世文解开程珊腿上的绳结："手还是要绑住。"

程珊又点头。

"曹思娴。"叶世文低声唤她。

程珊抬头，难以置信这声久远的称呼出自叶世文口中。

"等下见到曹思辰，你帮我问她——"叶世文嘴角一掀，似笑非笑，"还记不记得八年前，在星瑞中学旁边把书包还给她的人。"

Chapter 16
情债难偿
Wangbei Building

程真赶到医院。

警察已盘问完程珊，在让她签那份口供。

十六岁女仔，一双手腕缚出深深浅浅的红痕，泪水涤荡过的杏眼，透着浮肿与死里逃生的疲倦。

"珊珊。"

程珊抬头，还没叫出"家姐"二字，就被程真紧紧拥在怀里。

她慌乱摸着自己妹妹的脸颊、肩膀、腰侧："哪里受伤了？"眼见她一边脸颊微红，程真焦急起来，"谁打你的？"

程珊摇头："我没事，家姐，我没事。"

程真搂紧程珊。半个钟头前警方致电给她，她才知道程珊差点出事，吓得脸色煞白，连跑带赶地催着的士司机猛踩油门。

"家姐，你不用担心，我真的没事。"程珊已经哭不出来。

"是我不好。"程真涌出泪意在眼内，"我没保护好你。"

"家姐，"程珊左右扫视，小声地说，"其实是叶世文救了我。"

程真怔然。

程珊一五一十还原她知道的真相。

程真听罢，心乱如麻，喉间的话烫嘴，一个字都吐不出。原来郑志添才是屠振邦的那只"鬼"，若洪正德前来百老汇赴约，怕是连她也命丧黄泉。

Chapter 16 ❖ 情债难偿

叶世文为什么要这样做？他那种人，不是巴不得她死快点吗？还要附赠九十九响通天炮仗，七七四十九场水陆大法事，让全区都知道，程小姐年纪轻轻就驾鹤西游，他在一旁拍手称快。

穿白裙的护士走来，拍拍程真肩膀："请问你是不是程真？有人叫我把这袋资料给你。"

程真接过。牛皮纸袋有些厚度。她打开一看，才半分钟，脸上血色尽失，指尖禁不住发抖。

程珊疑惑地问："家姐，是什么来的？"

"你在这里等我，不准走开！"

程真急急跑到护士台："请问递资料给你那个人呢？"

护士直接抬手一指："他从这个门出去了，你现在追的话应该追得上。"

程真推开前面熙攘的人，立即跑出去。

黄昏时分，原来又是初夏。

双车道马路，说窄不窄，说宽不宽，但也要警惕再三，谨慎迈步。斜阳打一个哈欠，低眉嗜睡，路灯便嬉闹起来，替它燃亮这座人来人往的不夜城。

程真看见对面的叶世文。他骑坐机车之上，一身黑衫，风鼓出劲瘦的腰脊，带走指间烟雾。似是早就知道她会追出来，姿态惬意，举手弹开烟蒂，熟悉眉目在灯下懒洋洋抬起。

那双狩猎的眼，于千万人中，只捕获她一个。

手提电话响了。

程真接起。

叶世文笑道："4月25日是你生日，迟来的祝福，惊不惊喜？"

她收到的是叶世文亲手签署的股份协议复印件，还有一把门匙。兆阳地产，建筑公司，他将名下所有资产，尽数转与程真。协议签署页上她的签名是仿写的，仿得逼真，日期落在2001年2月13日。

情人节前一天。

那时,一切尚未翻天覆地,你爱我,我也爱你。

"这是什么意思?"程真声音微颤。

"生日礼物。"

"礼物?"程真喉间酸涩,"你特意签在出事前一日,那晚来找我之前,你就已经准备好了,是不是?"

准备好要她陪葬。

生日送死讯,也就他做得出。

叶世文收起笑容:"这份协议在签署日已经备份给律师了。如果公开的话,你猜杜元会不会再相信你,洪正德会不会再利用你?全世界都不会放过你,除了我。"

"为什么要拖我下水?"

"憎你。"

"那晚你可以杀了我。"

"不舍得。"

程真咬牙。

"学人做眼线,两头不到岸,没人会保你。"叶世文音调低下来,"真真,人的运气是有限的。你没有你想象中聪明,你也不可能每次都能脱身。"

他还唤她"真真"。

这时的亲昵称呼,是软刀,能顺着血管脉络的走势,捅得更深。

"我没得选。"程真眼泛泪光,"你早就知道我是谁了。你明明什么都知道,为什么还要这样?一直以来,我就是没得选。"

叶世文胸腔内翻涌心痛:"你有得选,只是你没选我。我们走到这一步,是你站错边,选错人。"

程真终于落泪。还能说什么?被他爱上,堪比满清十大酷刑,分分钟拿命在拍拖。最恐怖的是,自己避不开,还爱上这个人形禽兽。

"我是对不起你。"程真抽噎,"有些事做了就做了,我认。你憎我,想杀我,我都改变不了事实,所以我没再去找过你。我……"程真哭得失声。

她侧过脸,不愿让他望见自己的狼狈。越解释,越无力,现实世界从来不是武侠言情,哪会有爱恋至上与不死传说。

想象与亲历,感受原来天差地别,程真说不出其他话了。她是一个被世间耗尽善心的人,秉持一种自以为是的固执继续生活,从不强求被理解。

这八年来,无论自愿与否,他们一直都在这场赌局和恩怨之中。

本来就没人可以永远赢。

程真转过头。她更瘦了,那双红眼在脸颊上显得颇大,隔着双车道马路都能看见里面盛满的无奈。

"我就是不走运,投胎姓了曹。一个罪人的女儿,不会有人在意她是生是死。兆阳的股份,你拿来威胁我,我也认了。叶世文,你不过是有怨而已,我还你一条命,以后我们两不相欠。但我妹是无辜的,别牵连她。"

叶世文听罢,心脏似被拧紧一样。

真见不得她哭,一瞬间迷了眼,催了眠。明明作恶的是她,偏偏委屈的也是她。

她在低谷拼劲挣扎与他在山巅剑尖起舞,这一刻,叶世文分不清到底哪个更艰难。人的苦楚,原来无法拿来比较,他们不过是想活下去而已。

她想自保,很正常。

从曹思辰到程真,她的疤痕是用眼泪缝合的。

"如果不是我,你今日见不到你妹了。"叶世文深知解释无用,"你不可以再跟任何人做交易,你只能听我的。"

程真抹掉眼泪。

哭，确实没用，对着叶世文，不能软弱求饶。但凡退让半步，他立即得寸进尺，要你献出所有生还机会，全权由他做主。

他们之间，只有挑衅。

"这次又打算让我去做什么？"

"人人都想要的兆阳地产在你手里，程老板，你觉得你可以做什么？"

程真扯了个讽刺的笑："你无非是要除掉他们。不如我陪你去见屠振邦？"

"好，你送我一程吧。"叶世文也笑，"这次送远点，远到我可以忘记你。"

程真的心脏倏地被捏紧。

二人坠入失声空间。

迎着夏风，即将沉没的暮色，把橘黄涂满这个城市每寸平面。拐弯处曲折，重合处隐约，车流在耳边尖锐呼啸，一瞬间，程真恍惚听见他又说了一句。

然后声音消失在风里。

加关山道旁的屋苑，僻静雅致，大隐隐于山，车少人稀。

关绍辉算大方，早年豪掷这套公寓，供着王宝琴与儿子生活。没人知道王宝琴祖籍何处。一头齐耳短发，薄薄单眼皮，流转狡黠，身高腿长，故作疏离，硬是与一众小姐形成差距。关绍辉在灯火阑珊处一眼相中，叶世文立即把她奉上。

王宝琴是个懒人，以前手脚也不干净，但关绍辉不介意。

男人，没那么复杂，也没那么多原则。只要打开门，这个女人姿态够低，温声软语，缺点便是情趣。

肤浅的人，确实比较容易满足。

此刻，王宝琴从门外踩着拖鞋穿过走廊，敲响对面的门。

Chapter 16　情债难偿

程真和程珊顿时紧张起来。

王宝琴道:"我是宝姐。"

程真从猫眼窥见一身居家服的王宝琴,与在豪客城碰见的模样天差地别。卸了妆,眉目秀净,肌肤透白,还有些与年纪不相符的轻盈感。看得出关绍辉很宠她。

程真打开门:"宝姐。"

王宝琴听叶世文吩咐,在那日赶到医院带走程真与程珊。当她出现的时候,她和程真眼底都流露出"难以置信",并在心里同一感慨——居然是她?

"我煲了汤,你和你妹一起过来饮吧。"

王宝琴说罢,又转身走回屋内,没有带上门。程真犹豫几秒,领着程珊一道过去。

在玄关脱了鞋,换上居家拖鞋。程真视线沿屋内四周缓慢巡视,最后停留在茶几边那叠印着鲜艳 Logo 的彩印单张。名片是用订书机钉上去的,生怕有人遗失联系方式——是楼盘中介惯用的伎俩。

"我厨艺麻麻地[①]。"王宝琴在餐桌前,用大勺舀着浓稠的汤,"但最厉害的就是这煲汤了,我男人中意。"

夏夜的生鱼黑豆汤。

黑豆,色深,味淡,以膳入药,作用于肾经,能乌发明目,解毒养血。浸泡一夜,与水同煮,豆衣剥落,豆肉绵烂,靠热力渗透鱼身,腥气消减。

生鱼,学名叫黑鱼。南方人见它命硬胃口大,求生意志坚定,赐一俗称"生鱼"。大多以形补形,用作疗伤。

心伤也是一种伤。

---

① 麻麻地:一种自谦的说法,表示一般、很普通的意思。

"多谢。"程真接过温热汤碗,递给程珊。程珊没有程真拘谨,喝了两口,又继续与王宝琴的儿子皓仔研究乐高积木。

王宝琴坐下:"皓仔,要玩就去沙发上玩。"

程珊抬头与程真对视,得到同意,便跟男孩坐到客厅沙发。

"文哥叫我照顾好你们两姐妹,特别是你。"王宝琴没有喝汤,点了支烟夹在指间,"你太瘦了。"

程真不接话。

她本来没打算过来,想直接拒绝王宝琴。但转念一想,既然死到临头要偿叶世文一条命,也没必要替他省那点房租。

这里是银山区地段最贵的公寓,安保一流。

"原本住你的那间屋是B仔,认识吗?"

程真摇头。

王宝琴轻掸烟灰:"那阿强你认识吧?"

"认识。"

"他与阿强跟文哥最久,阿强没了,上个月B仔差点出事。"香烟缭出浅蓝薄雾,王宝琴继续说,"他年纪跟你一样大,被杜师爷的人盯上。文哥不想连累他,叫他走,现在应该出埠避风头了。"

"文哥现在只剩自己,没人信得过,所以找我接走你们两姐妹。"

程真听罢,丧失一切胃口。

"放心住在这里,很安全。文哥托我找了个阿姨,会帮你们打扫煮饭,你和你妹不用操劳。"

"我们住不久的。"

"傻——"王宝琴嗤笑一声,"能享福还不要?想回去做侍应?阿真,别太倔强,做女人最惨的就是自讨苦吃。"

程真低声道:"我与他,不是那种关系。"

"你们到什么地步我很清楚,他不吃斋的。"

程真瞄一眼程珊,眼内流露不愿提及这些情事的冷漠。王宝琴识趣,没有接话。

"今晚豪客城不用开工吗?"

王宝琴笑着:"其他人要,我不用。文哥出事,我就没去上班了,大家都知道我是帮他的。"

程真放下汤匙。这一屋奢华装饰,水晶灯,毛拖鞋,玄关深处藏古董。不善厨艺的女主人,餐具光滑饰纹繁复,看得出很少用,买来摆的。

无需问原因,王宝琴不差这点讨好酒客的廉薄薪金。

"文哥十四岁的时候我就认识他了,跟着杜师爷到处去。我比他大五岁,在豪客城做事,还要唤他一声文哥。后来屠爷将豪客城的琐碎事给他打理,结果生意半死不活。若不是屠振邦契仔这个名头,没人愿意叫他文哥,他根本无心做事。"

许是因为程真话少,今夜的王宝琴,有了些倾诉欲望。

程真问:"不做事,那他做什么?"

王宝琴摇头:"得过且过咯,与现在这副模样差很远。"

"过了没多久,我就跟了我男人。玩出事,怀孕了。那时候我男人事业刚起步,还有贵人给他介绍未婚妻,我这样的出身,上不了台面,他让我把孩子打掉。我哪里肯啊,只能躲起来。文哥有义气,保住我,又保住了皓仔。后来我留在豪客城做领班不再接客,我要多谢他。"

程真沉默。

关绍辉没给王宝琴名分,证明心中天平早已倾斜。现实总是残忍,名利与恋人,往往只能择其一。但王宝琴不介意,就像关绍辉不介意她曾经小偷小摸的缺点一样。

三分真心,就能促成亲密。再添一丁,私情变亲情,稳固得很。

"你在杜师爷酒吧做过,应该知道杜师爷那群人,没一个是好的。文哥跟了屠爷这么多年,挨过多少苦,你想象不到,连他老母都被逼得熬不过去。"

程真猛地抬头，盯紧王宝琴。

王宝琴诧异："你……不知道？"

"他没讲过。"

她也没问。

那时阴谋算计占满这段奇情，匀不出时间与精力来闲听轶事。他总是屁话当正话讲，一向不爱诉苦。

现在明白，是因为太苦了。

王宝琴语气流转可惜："原本已经诊断出肺癌，等死的了。偏偏中秋那晚屠爷带人去他海新街那间旧屋，不知道聊了什么。他妈当晚就死了，你自己想想里面什么因果吧。"

程真心头涌出酸涩。

人这一生能做的选择太少。走到今时今日，叶世文的霸道狂妄、自卑自大，总是串联这些由不得他做主的过往。

他很坏，却也在凌晨拥吻过她思念亡母的泪。

怜悯他三秒，不碍事。

"他那种男人不懂温柔，你多包容他些，哄他开心而已。"王宝琴盯着程真的脸，"我知道是你串料给杜师爷，害得他出事。阿真，他对你那么好，是你欠了他。"

欠他确实是真的。但他的"好"——占有欲强，控制欲狂，福泽至深，简直能纠缠三生三世。不如给旁人吧，她并不爱受虐。

程真起身："宝姐，多谢你这碗汤，我先回去了。"

王宝琴一听，恼了，对程真这副油盐不进的硬脾气摆出意见："这些他没交代我讲的，但我觉得你应该知道。他叫我接你过来住，不是为了威胁你，而是想保护你。连他这点心意都怀疑，你在扮什么高傲？"

程真笑了："你很想帮他？"

Chapter 16 情债难偿

"当然。"王宝琴说得不犹豫。

"那你怎么急着搬?"程真抬手,指着远处茶几上那沓单张,"打算什么时候放盘?中介上门拍照了吧?真心帮他的话,起码等他真的死了收完尸再走啊。你自己都怕被他牵连,又何必假惺惺在这里扮义气?"

王宝琴被说中心事,脸色煞白,把烟碾熄在透明烟灰缸内:"你不懂,我是有儿子的人,没了皓仔,我活不下去的。"

程真收起笑容。她终于明白为什么B仔要住到王宝琴对门。她更明白,当一个人一无所有,就不会授人以柄,自然也不值得被人选择。

王宝琴又道:"阿真,我知你一向不管闲事。别跟他讲,就当不知道,卖我一个面子。"

程真心头那三秒怜悯,挥之不去了。

"珊珊,我们回去。"

两姐妹汤没喝几口,生硬客套道别,回到自己屋里。B仔走后,这里被清理一番,只添了些简易家具,屋大物件少,一副随时要被主人遗弃的模样。

"家姐,你们刚刚聊了什么?"

"没事,闲话家常而已,你冲完凉早点休息。"

一人一间房,程真打开门,望着床边那只被她洗干净的 tweety。依旧黄澄澄、毛绒绒,圆眼翘嘴。离开水阜区的时候不舍得,一并塞在行李内带走。

那个傍晚的风,在路尽头回旋,把叶世文衣摆吹高,声音吹远。只留下唇边舔尝过的字眼,舌尖轻抿,有涩与酸,是经年的泪。

那也是一个傍晚,曹思辰在校旁窄巷抱着叶世文抛回来的书包痛哭。

他说:"八年前,我记得你。"

阿文，我竟没记起你。

原来我早就忘了自己是曹思辰。

程珊挂断电话。

她的脸色有些苍白，转过身时，程真瞥见，问："怎么了？"

"曾校长承认那件事是她与郑志添做的，已经立案走检控。唐玉薇算帮凶，也被抓了。"程珊低声道，"她还说，有些同学在传我……"

程真心头一紧："传什么？"

"是曹胜炎女儿。"

"谁说的？"

程珊抬头。她嘴角线条绷紧，有些愤懑："我怀疑是德叔的同事，姓周的。他们之前一直留守慧云体联，现在说查出曹胜炎当年贿赂了郑志添。"

程真道："我看是洪正德说的。"

5月仲夏，闷雷在远处跋涉，轰的一声，像一架奔腾马车的缰绳绷断，重重地跌在天际。程珊被惊雷吓得急喘口气，瞄了眼窗外，又望回程真平静的脸。

"德叔？他为什么要这样做？"

"想逼叶世文出来，又想逼屠振邦出来。郑志添肯定入罪了。他曾经受屠振邦贿赂，所以他们应该认识很久。曹胜炎那桩案，他们肯定都有份，所以洪正德当年被掩盖了事实真相，才查不出其他人，只能入曹胜炎一个人的罪。现在有人说你是曹胜炎女儿，无非是希望全世界目光都盯紧我们。只要叶世文出来带我走，屠振邦不会放过他，洪正德坐享其成。"

哪有当差不想往上升的？好不容易拔除郑志添这个麻烦，洪正德肯定乘势而起。但洪正德又怎么会有把握叶世文一定来带走她？

就因为叶世文救了程珊一次？

程珊问:"谁是屠振邦?以前那单案,还有谁涉事?"

程真看了眼满脸疑惑的妹妹,才发现自己在自言自语。她笑着说:"你就当他们乱讲吧,反正又没证据。你也不用回慧云了,别想太多。"

程珊点了点头。

程真打开电视。

王宝琴不订报,也不许程真订报,外界消息全靠电视频道。

大半个月过去,曾慧云也从病床上醒来。她算走运,这次没能夺走这条半残的薄命,但夺走了经营多年的事业——慧云体联宣布解散。

屠振邦得了天星船坞,金钱加持势力,手腕过人。郑志添伏法,秦仁青与杨定坚却始终没改口,看来屠振邦仍有把握能够在这场乱局中脱身。

前几天看新闻,报道称冯世雄已痊愈大半,精神正常。

冯敬棠的失踪与兆阳财务官凌淑芳(Norah)的自杀案相关。媒体称某位兆阳地产前员工、陈姓男士爆料这二人暗通款曲多年,刑事部已经开始彻查。

水阜区旧改是幌子,不忿的原住民纷纷静坐,抗议被发展商恶意欺骗。摄影机晃过,程真看见铭记的老板娘陈娇与老板谢恩铭,一个满脸泪痕,一个满脸愁绪,却始终未见倪婉君与谢莹莹。

程真却不觉得意外。

不到两日,静坐也没人去了,新闻开始报道有人在河堤边救下一窝野生禾花雀的大事件。

民生果然无小事,样样都值得多关注。

兆阳地产的洲界宗地,早早谈好的学校宣布撤资。学校背后金主听说是老牌商人,又被媒体质疑勾结不法外资。关绍辉出来解释的时候,脸色一次比一次差。

短短一年，这个世界翻脸似翻书。马还在跑，舞还在跳，曹胜炎入狱那个月，报纸也只留给他这个破碎家庭一周刊位。下个礼拜登红载绿，靓模深夜幽会影视业大佬，比银行高级职员贪污更吸睛。

王宝琴不掩饰了，中介带过几拨贵客来看屋，在走廊有人声有笑声。

程真从猫眼里窥见，什么话都没说。

风尘中人。细尘，那样轻薄渺小，怎会有本事驾驭上天落地的狂风？尘是命，风是运，身处其中的人，深知命斗不赢运。

我们只能顾己，难以及人。

衣食住有人伺候。不知是叶世文有心，还是王宝琴想讨好，来家里的阿姨话头醒尾①，连程真爱吃什么不爱吃什么，煮几餐饭就了然于胸。

程真再没胃口，也老老实实在这间屋里养肥了几斤。

叶世文却音信全无。到底想威胁她做什么？程真猜不透。难道真的如王宝琴所说，他只是想把她保护起来？

不可能。他的额门凿着"程真是个千古罪人"几个大字，每一秒都在诅咒她忏悔终身。

程珊落座沙发上，有些撒娇："家姐，住在这里好无聊啊，可不可以出去玩？不是说好我们搬去良城的吗？"

程真摁着电视遥控："可能要再过一段时间。"

"要多久？"

程真被电视下方滚动的字眼吸紧视线。

盘着发髻的新闻报道员，一腔慵懒尾音："6月5日，天星船坞公司将于葵岛码头举办新船下水的盛大仪式。届时，天星船坞公司总

---

① 话头醒尾：比喻领悟力强，一说就明白。

Chapter 16　情债难偿

经理刘锦荣将代表董事局成员出席……"

"家姐，我想看动画片……"

手提电话响起。程真瞄了一眼，把电视遥控递给程珊："你自己看，我去接个电话。"

仲夏将至，龙舟水卷着风雷，从天边一角急急赶来窗外。深灰云层逐寸俯身，压得程真连抬眼都要费些劲。

潮、闷、湿，喘不过气。

"你最近在哪里？"

"你猜？"

"别废话。"

"真荣幸，洪警官居然百忙之中抽时间出来关心我。怎么，电视台今天没去采访你吗？要不要考虑报个艺人培训班，一展所长？"

"你在哪里看到的？"

"新闻啊。东环区威士酒店这一单案，洪警官名利双收，居然还会惦记我？"

洪正德听得刺耳："阿真，如果那日我真的去见你，你也会出事。"

"那个是你师父，他出事是你抓的，得益的只有你。你明知道'鬼'是郑志添，那天还约我立即见面，怕杜元不知道我是你眼线？"

"你在怀疑我一早知情？我后面不是让你回去了吗！"

"话要讲尽，那就没意思了。"

"你——"

程真语气冷淡："珊珊是曹胜炎女儿这种风声你都敢放出去？这么多年，你我之间就别扮正义了。"

洪正德沉默几秒，嗤笑一声："我需要放这种风声？谁最想要你们两姐妹的命，你自己不清楚？"

"谁最想抓到屠振邦，我也很清楚。怎么，新案不够重磅，还要

473

翻一桩旧案才甘心？"

"不提叶世文了？你明知道我也很想抓他。"洪正德语气嘲讽，"这么快就复合，果然救妹之恩大过天。你现在千依百顺，什么都信他。"

程真不想听废话："电话费贵，没话说就收线吧。"

洪正德想起一些不能示人的话语，忍下怒火："我要找到杜元或者屠振邦的犯罪证据。"

"我知道。"

"你想办法让叶世文逼他们出来。"

"你究竟要他们三个哪一个？"

"任何一个都可以，我只要把柄。"

程真笑道："是不是平时指指点点习惯了？杜元都比你有诚意，至少知道画个饼哄我做事。"

"你想要什么？"

"珊珊的监护权，你去搞。"

"这个太难，要她原来监护人同意，我很难办到，不如你等她成年吧。"

"自己废柴还诸多借口。"程真讥讽回去，"不帮就算了，你也可以慢慢等，等屠振邦赚更多的钱，也许他会投案自首。"

洪正德气得急喘口气："你什么时候要？"

程真想到方才电视里的那个日期："下个月5号前。"

洪正德不肯："太急了。"

"那再见吧。"

"你最好真的能做到！"

洪正德猛地挂断电话。

"阿真，如果论资排辈，其实我要叫你一声阿嫂。"

程真斜斜乜过去："别这样叫我，我受不起，宝姐。"

Chapter 16　情债难偿

王宝琴流露不忿："一日夫妻百日恩，你这样做，对得起他吗？"

昨夜关绍辉来了。他个子颇高，身形厚实，脸颊方圆透些许正气，是个在镜头里有权威性与说服力的人。王宝琴替他脱下西服外套，亲热地吻在他颈侧。关绍辉笑着摸她的脸："皓仔呢？"

"那只懒猪一早睡了。"

王宝琴想伸手帮他接过手中文件，被关绍辉扬臂躲开。

"这是世文的东西。"

王宝琴诧异："你今日见他了？"

"没。"关绍辉摇头，"他一直放在我那里的，叫我今晚拿过来。"

王宝琴不甚在意："辉哥，我已经同买家谈好，价钱也比预期高了三十万。我们出手吧，过两日手续搞完就可以搬了。"

关绍辉点头："好。"

他们已购置另一处屋苑。其实换屋是关绍辉的要求，话里话外暗示再三，王宝琴识趣，把这个主意当着程真面揽在自己身上。

关绍辉不愿与叶世文正面交恶。

"那个程真，还住对面？"

王宝琴点头："两姐妹都在。"

关绍辉站在走廊摁门铃。

半分钟后，程真打开门，露出一张谨慎的脸。

"你是程真？"

程真点头。她在电视里见过关绍辉，认得出。只是没想到他本人比上镜精神，风华正茂的架势，难怪王宝琴倾心。

关绍辉递出手中资料。

他没有明晃晃地打量程真，视线随她伸手的动作，自然延展到脸庞。面孔清白，波澜不惊，倒是一双圆目流转伶俐，半个身子藏在门后，姿态警惕。

"世文给你的。"

"是什么?"

关绍辉稍顿,直接与程真对视:"他说你不会信他,所以让你自己选。"

"里面有十万现金,宝琴会开车送你们。想搭飞机搭船离开海城去哪里都可以,他不会阻挠你。另外两卷菲林,任由你处置,反正你也知道是什么。这是他唯一有的把柄,拿去换你妹和你的自由吧。"

他不理解叶世文的决定,但帮这一程,也不会推搪。电话里他再三劝诫叶世文,男人这一世,爱一个女人与爱十个女人并无分别,时间和金钱做好充分管理而已。所以事业这种东西,衰了一次也能东山再起,没必要赌命。

叶世文笑道:"你们这些社会精英就是能把贪心讲得那么动听。"

"贪心点没坏处。"

"辉哥,我们要的不一样。"

"世文,我还是那句,你很年轻,别钻牛角尖。"

"你帮我给她吧,就当再多照应她们姐妹一段时间,多谢你。"

"大家认识多年,你跟我客气?你看你,拍拖这么久也没留条后路,有个小孩,她什么都肯听你的。"

"没老爸的孩子就是野种,没必要生。"

程真不敢打开资料袋。

沉甸甸,比当初那份清沙湾购房合同更重。从头顶压至脚底,连呼吸都要把持节奏,生怕一不留神,这份即将到手的自由化作乌有。

但为什么,她开心不起来。

"他人呢?"

关绍辉摇头:"我没见过他。"

"他打算做什么?"程真声音微颤,"今日已经是1号了。"

她等了那么久,等来他送的路费和自由。他汲汲营营十年的野心、事业、大好前程,他不要了,他竟然什么筹码都不要了。

因为他不要命了。

叶世文，你不是憎我吗？你不是很狂妄，很自大吗？你不是图钱图名利，要做人上人吗？奸险狡猾，贪生怕死，一条贱命活过一个世纪，只要明日太阳依旧升起，你就不会认输。

你给我这些有什么用？

我要的从来不是这些。

程真眼眶一热，侧过脸，坠了两滴透明的泪。跌在拖鞋上，布料瞬间吸透，余下两点碍眼的深色，像火种灼落的疤。

关绍辉看见，平静地道："你应该很清楚他打算做什么，你自己选吧。决定好了，就来找我，我明后两日都在这边住。"

程真把目光从窗外收回，停在王宝琴恼火的脸上。

一个钟头后，她到对面敲门，报了个让王宝琴气得跺脚的地址。关绍辉在客厅抽雪茄，厚白的雾熏出烟叶气味，表情淡淡，只说了句"宝琴，送她去吧"。

程真说："是他自己让我选的。"

"我送你同程珊去机场。"王宝琴讲得咬牙切齿，"你今日就走，以后永远不要再出现在海城。我是自私，要卖楼搬屋，但我至少没害过文哥！你把菲林给杜元，你就是想他死！你把菲林还给文哥吧！"

程真不搭理："你在这里等我。"

副驾驶的车门被关上。

程真进入祥丰大厦。她没有上楼，直接从大厦后巷的门穿出，搭上一台前往滨沙湾的小巴。

仲夏将至，人人薄衫短裙，在潮闷空气中裸露更多可散热的皮肤面积。雨水凝于半空，将落未落，在隐雷中摇摇欲坠。

程真要去天星船坞公司。

明明码头在南面，屠振邦偏要把办公室租在内陆，专门挑了兆阳地产那块地旁边的旧式写字楼。

也对，待兆阳落到他手里，天星船坞搬过去，连搬运费都能因距离短而节约不少。

程真下了车。

她到达大厦十二楼，按着标识指引步行到洗手间。老旧写字楼的洗手间，大多狭窄，程真把装有菲林及资料的牛皮纸袋放在最右隔间的马桶盖上，然后关门，摆了个维修中的竖牌，进了旁边隔间。

她拨通物业处电话："你好，十二楼女厕最右那格厕所的门坏了，麻烦过来看看。"

那头的人应下。

等了十几分钟，才有人进来。程真一听，右侧的门被用力推开。物业处的职员小声在念叨："天星公司的文件怎么会在这里？"

这种实力强劲的船坞公司，瞧得上这幢旧楼，太难得。物业自然巴结奉承，处处贴心，连这种文件也鞍前马后地送去。

程真尾随那位职员离开洗手间。

牛皮纸袋被交给天星船坞公司前台，程真匆匆瞥一眼，乘搭电梯下楼。还未到一楼，她的手提电话已经响起。

刘锦荣压低音量问："这是什么？"

程真轻笑："刘老板，听说你那艘新船要在葵岛码头下水，我赠你一份贺礼。"

"你是谁的人？"

"这个问题很重要吗？换作我是你，我应该想的是，杜元姓杜，你老婆姓屠，谁是家里人谁是街外人？"

刘锦荣保持冷静："菲林是叶世文给你的？"

"你还有心情想叶世文那只丧家犬？听说屠爷的贸易生意一直都是安排杜元跟进卸货，不知道他5号那日打算卸的是什么货呢？刘老板，你应该清楚你岳父和杜元以前做过什么事。

"劝你手脚快点，我知道你同杜元都在找叶世文。若他先找到，

Chapter 16　情债难偿

兆阳就是他的；但你先找到他，就什么都是你的了，祝你好运。"

程真从大门口出，一边接听，一边上了楼下那台刚好落客的的士。

司机问："去哪里？"

刘锦荣问："是哪里？"

"昌岸码头。"

程真挂断，手提电话直接扔进车外斜对着的路沿垃圾桶内，又改口："司机，我不去昌岸码头，去海新街。"

"靓女，你有没有搞错？你就在滨沙湾，你还打车去滨沙湾海新街？"

程真递出一张纸钞："不用找。"

"我就中意你们这种不爱走路的年轻人，懒得很踏实！海城全靠有你们，我们这些的士佬才不会饿死……"

海新街，程真从未来过。

幼时她在清沙湾生活。屋阔，梁高，海天一线。每个人看见她都满怀笑意，友好得像亲善大使。所以到了最后，父亲的贪婪违法才会使她受尽白眼。

海新街的暗巷很窄。石砖粗陋，挤挤攘攘拼在地上，被车轮脚步踢破边缘，又经风吹雨打，锋利棱角惨遭磨蚀，存下各式凹坑，整条巷都显得颠簸起来。

程真见到一间小门半开的诊所，站在门口。视线往内探，只有一名穿白褂的医生坐着。豹哥在暴雨前的昏暗日光中抬头，一清一浊两粒眼球，吓得程真心脏一紧。

"看医生？"豹哥开口，又上下打量程真，"什么病啊？性病我不看。"

程真没办法与他的假眼对视，目光瞥往旁边："想问你打听一个人。"

"谁？"

"叶绮媚。"

豹哥先是一怔，露了个晦暗不明的笑："她走了很多年了。"

"她以前住哪里的？"

"在尽头拐弯，过三条巷，写着聚福楼那个门口上去，三楼右手边那间。"豹哥话音一顿，"凶宅来的，你去做什么？"

程真没答。

她转身准备走，突然想起什么，侧过身问："几个月前叶世文手上的伤，是你帮他缝的？"

豹哥半眯着眼："谁跟你说的？"

"猜的。"程真也笑，"因为最危险的地方，就是最安全的地方，那晚他一定是回来这里了。整条巷只有你一个医生，他不可能去医院。"

豹哥听罢，摇了摇头，笑意更深："我最憎女人聪明，聪明的女人都是性冷淡。快点走，我没见过你。"

程真眉尾一挑，当作道别。

还未走到聚福楼，只听"轰"的一声，雨水与闪电齐下。

由点至线，滴滴答答，不消三分钟，路面被茫茫水雾覆盖。屋脊电线模糊，天台衣物吹落，有人奔走，有人叫喊。大裤衩，夹趾拖，在无尽夏的雨里步履纷纷，劣质的暗红深蓝不断穿梭，随行进若隐若现。

空气中腾起熏鼻的湿尘腥味。

程真连走带跑，冲进楼道内。雨水打湿了上衣与头发，她用手掌轻拨，把多余水珠弹走，踏着楼梯走上三楼。走廊内，黏在推拉闸门两边的挥春，上沿边角翘起，打卷，又沉沉往下垂。程真只瞄了一眼，墨水覆尘，字体影影绰绰，右边写虎，左边写兔，是1999年的挥春。

这里住的人很少。

站到三楼那扇黑门前，程真抬起手，又犹豫了。

昨晚拿到关绍辉给的资料，她想了很久，很久。直到程珊从房内出来，被她满脸的泪惊着。

"家姐，你怎么了？"

"珊珊，我们明日就走。"

八年前，是下午。

一个月前，她在曹胜炎手中救下林嫒，被愤怒的他把长发剪作乱草堆。只好半夜在浴室把参差不齐的发尾修好，短茸茸，衬着她些许肥胖的矮小躯体，像个男孩。

她无所谓。

商业罪案调查科的报告还未到，风声已经很紧，曹胜炎依然是来亚银行执行主席助理，但职权彻底被架空。他向银行告假很久了。

自从家门口被泼过红油，曹胜炎患上强迫症。每天在家四处搜索，反复把妻儿房间翻个底朝天，确保无人放置爆炸物品威胁性命。哪怕只是一支烟，他都想撕开看看里面有没有火药。

秦仁青知道他怕了，想自首，找人来威胁他，曹胜炎只好雇两个保镖白天在家盯紧林嫒，两个女儿也由保镖接送上下课。

程真逃了最后那堂课，把存放在学校座位抽屉里的证件与现金用塑料袋扎好，塞得书包鼓鼓囊囊，迎着同学诧异又鄙夷的眼神离开。

她要先去接走妹妹。

程珊天赋异禀，比程真领悟力强，每天下午离开幼稚园后，会去少儿体操机构训练一个钟头。

曹胜炎对此意见很大。他即将小命不保，女儿还优哉游哉去练什么体操，上什么贵族学校。但林嫒不肯让步，她也做过老师，深知天赋不能被埋没，更不能让程真年纪轻轻中学肄业。

481

二人因此打过一次。

那是林嫒生平第一次发狠，差点咬下曹胜炎手臂的一块厚肉。曹胜炎没见过她这副模样，冷汗直落，最后被迫同意。

他没想到，心思善良的妻子也会出此下策——麻痹他这位担惊受怕的父亲，在风平浪静日复一日的放学路上，她要带着两个女儿，直接一走了之。

保镖离家时间是下午六点。

林嫒会在下午五点找借口让曹胜炎去她娘家取钱，一来一回，她们母女三人只有十五分钟时间打包东西逃走。

十五分钟，也够了。

程真没想到刚出校门不远，就被守候许久的人截住。男男女女头发染得五颜六色，校服上也画满五颜六色的图案。

程真往后退，抓紧书包背带不肯松手。

"喂，曹胜炎是你爸？"

程真心惊，咬牙挤出几个字："我不知道你们在讲谁。"

"听说是长头发的，这个头发好短，会不会点错相？"

"还听说是个肥妹，你看她哪里瘦？"

程真不理："你们让开，再不走，我报警了。"

"报你个鬼！"

似是一声号令，一道掌风刮过来。程真侧头避开，抓紧面前女孩的衣领，猛地一扯，把人拽到地上。

打架这回事，她也是第一次做。但兵法有云，若被围攻，肯定会死，拉个垫背的才不算尽输。

她狠狠地踩了几脚，女孩痛得咿呀乱叫起来。

"扯她书包！"

"扯衫啦！"

"剥她裙！"

Chapter 16　情债难偿

　　七嘴八舌的人全部凑上来。程真把书包护在胸前，拼命往人挤人的缝隙中撞出。校服衫的衣缝被撕开一道，她不管不顾，炮弹似的只往前冲。

　　在这条窄街上开始了猫抓老鼠的游戏。

　　"有没有搞错？"徐智强在马路对面，看得笑了起来，"文哥，你看，六个人都拦不住这个肥妹，有点本事喔。"

　　叶世文不耐烦地抬眼，眺着路尽头的转角："赶她去那条巷里。"

　　徐智强得令，冲那群人大喊："赶她入巷啊！"

　　程真寡不敌众，被逼到跑进暗巷。她双颊绯红，汗水从头发毛孔涌出，淌在后颈，没入衣领深处。手里依然抱紧那个书包，喘不匀气，她冲面前的人开口。

　　"你……你们，不要乱来，我真的会报警。"

　　"你爸今日中午回了一趟银行，之后就失踪了，他现在在哪里？"

　　程真半低着头，咬牙道："不知道，死了吧。"

　　有人眼尖，盯着她紧紧抱住的书包："喂，她书包肯定有料。"

　　巷内传来女孩的叫喊。听得出，她慌了，原本软糯的声彻底变调，像猫尾被车轮碾住，又痛又尖锐。

　　叶世文皱了皱眉。他只觉得烦。约好冯敬棠后日见面，心里还在打着台词草稿，要如何谦虚谨慎又不着痕迹地哄这位便宜老豆开心。

　　他从来都不是真心跟着屠振邦与杜元的。

　　"元哥，契爷都叫我离开屠家，你何必还让我去找那个学生妹？"

　　"她老豆突然玩失踪，秦仁青担心他要去举报，拿他老婆孩子威胁他而已。"

　　"如果有心要走，他肯定带妻儿一起走。"

　　杜元笑："世文，不想做的话，我可以去跟大伯讲，原本也是他安排你帮忙。"

　　"哪有不愿意，我多嘴发表一下意见罢了。"

叶世文越想越烦,开口道:"停手吧。"

徐智强叫停了那群人。

程真跪坐在肮脏的地面上,校服满是抓痕灰痕,显然在泥尘里滚过一圈。她的指甲很痛,肩膀腰后也很痛,连眼角都哭得发痛。

几个人的脸与手臂被程真抓破。

这群狼狈的人突然像面圣一样,纷纷让开一条窄道。有两个男人走了过来,影子被斜阳熔融,拉得很长,歪扭地铺在程真身上。

她没有抬头。

叶世文瞄了眼地上这个打架不要命的学生妹。校裙下一条白色蕾丝打底短裤,兜紧满身白肉,一看就是没吃过苦的人。

他接过旁人递来的书包,拉开拉链,翻出一袋现金与证件。最内层夹着一本唱诗班的曲谱,封面整洁,上面写着"曹思辰"三个字。

人没截错。但曹胜炎女儿这般硬气,倒是让他有些刮目相看。

徐智强低头问:"嘿,拿这么多钱,打算逃去哪里?"

程真喉咙嘶哑,咬紧牙关反问:"关你……你……什么事!"

她想学烂仔讲粗口,那个字眼涌到嘴边,竟慌慌张张吞回肚里。这一停顿,徐智强听出了富家女企图扮流氓的滑稽,忍不住笑:"想、想、想学人爆粗口啊?"

这一下,人人都笑了。

叶世文却冷着脸:"你爸在哪里?"

"不知道。"

"不讲?"叶世文直接掏出那沓现金,"钱不要了?"

程真抬起头,满脸灰尘与湿泪,大声叫着:"给回我!这些钱是我和我妈咪救命用的!"

叶世文手上动作一顿:"你骗谁?你家里的钱多到冬天可以拿来点火取暖。"

"曹胜炎拿走我妈咪所有钱,我们现在一分钱都没有了!"

Chapter 16　情债难偿

那时的程真只有十五岁,再倔强,也根本忍不住哭。"哇"的一声,泪水在脸颊糊出两条灰色痕迹,抽噎着哀求:"求求你给回我,我们很需要这一笔钱。我还要带走我妹。求求你给回我吧,你们要钱去问曹胜炎拿……"

叶世文翻了翻证件,竟发现林媛的身份证,看来她是真的想走。

"我再问你一次,你爸在哪里?"

"我真的不知道,如果我知道,我一定会跟你们讲!"程真摇头落泪,"他不配做我爸,我恨不得他死!"

"现在脱离父女关系会不会太迟了?不如打她一顿。"徐智强提议,"这种有钱女,不吃苦不会讲的。"

有人附议:"是咯,她刚刚打得我好痛啊!"

"我都怀疑她是不是会'擒拿手',你看,抓得我快爆血管了!"

程真手心攥成拳头。

叶世文瞥见她这个很轻微的动作,视线停在她骨节与膝盖几处破皮流血的地方。肤白又稚气的年纪,伤口沾了尘,血色染得浓稠,她却一声痛都没叫。

她不要命,要书包。

十五岁,能懂什么?妄图带自己母亲与妹妹远走高飞,她以为靠一个书包的钱就可以做到。

真蠢。

叶世文不知为何起了这份恻隐之心。再细看她的伤口,青紫瘀肿,越看越碍眼,他烦躁地把书包抛到程真膝边:"滚。"

程真一怔。

"文……"徐智强想开口,被叶世文回视一眼,收了声。

"还不滚?"

程真忍不住抽噎起来,死里逃生的仓皇遍布全身,她连心脏都在发颤。抱紧书包摇晃着站起,程真忍痛往巷外拔腿狂奔。

直到浸在橘黄斜阳暖光之中,她脚步一转,含泪眼角掠过巷内那群人的黑影。

她被耽误了时间,那天下午,走不成。

曹胜炎比她先到家,也没说自己失踪一下午的原因,甚至盲了心,无视程真双手双腿的打斗痕迹。林媛心疼得落泪,问她到底发生了什么。

程真只是摇头:"妈咪,我们明日走。"

等不到明日天亮,等来了一场大火。那晚的曹胜炎分外体贴,知道妻子因二次生育患上高血压,每晚都要服药,给她斟了许多兑下安眠药的水。

林媛根本醒不来。

原来万难之后,还有万难,逃出一次生天,还有无数条死路候着。

程真叹了口气,再次抬起手,轻敲叶世文旧宅的大门。无人来应,倒是对门的人拧开锁,递出半个身子与一双眼珠,在静静瞄紧程真。

"没人住的。"

程真被突如其来的声音吓得一颤,转过头。只见对门室内没有开灯,黑似洞穴,深色衫与室光融为一体。这位阿伯像全身仅剩一颗头、半张脸,吊在空气中浮游。

"凶宅来的。"他又说一句。

程真觉得他那间更似凶宅。

"请问……"程真开口,"你有没有见过有个男人回来这里住?"

阿伯双眼怒睁,眼眶几乎兜不住那两粒浑浊眼球:"都说了没人住,你聋的吗!"

"砰"的一声,他关上门。

程真猛地眨了眼，又被这个喜怒无常的老人吓了一次。她深呼吸几口，喘匀了气，这回使劲用力，抬手一拍——门竟然自己开了。

她迈步进去，把门关上。一屋家具放置妥当，落了不少尘灰，棉麻布料透出暖色温度，玻璃茶几折射白昼的光。暴雨在室外肆虐，打得窄窗水花四溅，满室静谧无声。

凶宅，一点也不凶。

程真看见茶几上那沓资料。她走近，打开一看，捏着纸张的手指轻轻颤抖。

是兆阳和建筑公司的股份协议原件，上次叶世文只给了她复印件。程真不停翻动，兆阳地产的股份、洲界那块地皮、建筑公司所有份额，叶世文尽数赠与她。他还细心列出周边地皮条件价格目录，洲界宗地的估价最优。如果兆阳不选择继续动工，转卖出去，也能赚一笔丰厚的居间费用。

一笔足够让她和程珊安稳一世的钱。

他居然还提供几个有能力购买的买家及办理转股手续的事务所联系方式。

程真忍着眼泪将文件放下。

房门两间，有一侧的门把手带锁，应该是叶绮媚死时的睡房。

程真推开另一边的门。入目一张偏窄小的矮床，矮桌，除了一些书本，几支写不出墨的原子笔，无半点多余物件。沉淀时光的剥漆衣柜，浅棕色，假木纹，"咿呀"一声打开，程真拿起叶世文绣着中学校徽的白T恤衫。

她把湿了的上衣脱下，换上这件校服。

瞥见最下方有一块很浅很浅的血迹。

十几岁的时候，他打过多少次架？恐怕数不过来。二十岁入读大学，在冯家忍气吞声，拳头拢起，挥出的力气全是无声无息的明枪暗箭。

这种打斗，其实更痛。

她应该要走的。既然他愿意成全，那便拿走资料，一了百了，留下这个烂摊子里的男人们继续狗咬狗。有钱有资本，二十三岁，第一次觉得美好人生恍若近在咫尺。

但为什么雨还不停呢？

他屋里明明有伞。

太大了，恐怕伞也没用。

那你想怎样？

程真答不了自己。

她坐到那张矮桌前。旧时书桌，四方窄小，手指轻摸上去，能在光滑涂层摸出一圈圈凹凸，看来叶世文经常在这里喝冷饮。瓶身渗水，留下圆形痕迹，侵蚀出少年夏日贪凉的本性。

他也爱看漫画。

程真从简易书架上抽出那本《龙珠》，打开后看到旧页内那只猪头人身的乌龙被叶世文圈起，在旁边写着"傻强"两个字，她忍不住翻一记白眼。

贪玩兼幼稚。

程真快速翻阅，兴趣淡淡，又合起漫画，放回书架上。书脊还未卡进空隙，她看见一张塞在书架和墙壁缝隙的旧照一角，有火燃过的痕迹。

她抽出一半的书，才拿到这张被刻意损毁却不舍得扔掉的照片。不知是什么时候被隐藏在这里的，程真只瞥一眼，顿时笑了。

照片里的叶世文，很小一只。襁褓婴儿，打一个哈欠，眉心鼻头紧皱，小嘴竭力地张开，像要纳入整个世界。

口气真大。

叶绮媚抱紧他，笑得有些疏离。她好美，微侧着脸，稍稍低眉，

Chapter 16 情债难偿

鬓边垂落几丝碎发，鼻梁在旧照中截出挺拔阴影。明暗互映，原本冷艳的五官受那双哀愁的眼点缀，为脸庞增添无限脆弱。

成为母亲，她似乎很难开心。

照片背面写了"满月"两个字。落款还有个日期，被仓促划掉，程真辨了许久，才看得出是"5.25"。

她的笑意霎时凝在脸上。

叶世文也笑。

他坐在走往四楼的楼梯上，听着程真与对门的孤寡老人对话，无声地笑。她进门，又关门，一扇薄木，像割开两个世界。

王宝琴在祥丰大厦楼底等了一个钟头。

等不到程真，又不敢摸上去问，只好让关绍辉致电叶世文。

"她那么憎杜元，不会拿给他的，肯定走了。"

关绍辉问："那你怎么办？"

"我等她来。"

"她知道你在哪里？"

"宝姐提过，她会猜到的。"

"世文，菲林给她就算了，现在连股份与地皮也赠她？万一她真的远走高飞，不选你不帮你，你就什么都没有了。"

"我就是不想她选我。"

"怕她出事？"关绍辉叹口气，"街外大把女人比她靓，你到底贪她什么？"

叶世文大笑："贪她爱我。"

八年前，徐智强低声问他："文哥，你让她走，那你怎么办？杜师爷那边好难交代呢。"

叶世文目光在众人身上绕了一圈，冷淡地说："她自己逃了。"

"啊？"有人发出疑问声音。

徐智强一脚跺在那人脚背："你盲了？她是自己逃了！"

489

那人不敢有异议:"是是是,她……她自己逃了。"

叶世文转身离开那条暗巷。

徐智强紧追其后:"你今日怎么了?她又不是靓女,你心软啊?"

叶世文笑:"你几时见过我听杜元的话?人逃了,是他的事,不是我的事。"

徐智强识趣闭嘴。

天公不作美,雨仍在下,她很快离开了这间旧屋。这回身旁没有监听器,叶世文根本不知道程真在屋里做过什么,也不知道她想过什么。

能想什么?

唾手可得的自由,她绝对第一个扑上去,狠狠拥紧。八年前是一个书包,八年后是一份财产,时光流转,相遇原是重逢。

看上去依旧一样,你想要,我便给。

但又什么都不一样了。

昨晚她哭着与程珊商量。她说:"我和他这种人,哪有资格谈爱情。最多就是一个故事,甚至更像一次事故。"

她又说:"明日我会去找叶世文,你先收拾行李,等我回来我们就走。我需要点时间想清楚,珊珊,这次我没办法再看着他出事。"

程真在啜泣,断断续续才把话讲完。

叶世文一边听着一边买醉,酒精上头,浑身血液被她的声音加热,在体内徐徐升温。真真,我不在你身旁,你哭得比什么时候都惨。

他从楼梯下来,打开大门,发现程真什么都没带走。

茶几上那沓资料还在。

程真,我以为我最想做人上人,到头来我只想做你的枕边人。你以为你要赚尽世间财,到头来你连钱都不屑一顾。

什么你欠我、我欠你,全是谎言。

Chapter 16　情债难偿

负气的话讲一千次,这笔情债还是算不清。

时代的顷刻一瞬,于我们而言,就是半生的波澜壮阔。无论是八年前贪婪腐败的那批黄金投资,还是二十八年前一心攀龙附凤的寒门贵子,时代变幻带来的利益纷争,就是高山低谷中穿插而过的冷风,不曾停歇。

真真,就算没有你,屠振邦照样会对我出手。你无需还我一条命,你不记得,是我从一开始就欠了你一条命。

我比你大五岁,这个世界有我之时,你尚不存在。十七岁没有选择离场,是我自己决意要加入这局恶斗的。

恩怨是非从此起,终须由我自行了断。

叶世文无声苦笑。

窃听的时候,他其实很少录音。程真一向很斯文,进食音量偏低,入睡呼吸缓慢,像在耳边轻轻呵气。

但他忍不住录过一次。

那一回,她新租住的房子里来了个小孩。男仔,听上去六七岁的模样,很吵,但因为是房东儿子,没人敢直接破口大骂。孩童在木质地板上狂跳,一副长期乱叫导致的破锣嗓音,大声唱《超人迪迦》主题曲。

程真说:"唱错了。"

"我没错,我没错,我没错!世界第一,打怪物!我就打你这个怪物!你这个奴隶兽,啊——"

一阵短暂肉搏声传来。

程真问:"有没有错?"

孩童不敢大声哭,呜呜地说:"我错了,姐姐,我错了。"

"重新唱。"

"银河唯一的秘密,秘密,秘……姐姐,后面我不记得了。"

"银河唯一的秘密,天际最强人物。正气朋友,性格忠实,英勇未变质。"程真突然停下歌声,"我唱,你伴舞给我看。"

"姐姐,我不会跳舞。"

"我说你会,你就会。"

"……"

有人趿着拖鞋路过,说了句:"不会跳就别跳,跳得像鬼上身一样。"

程真唱到一半,"扑哧"一声笑了出来。

叶世文也忍不住笑了。

这段日子,他总是反反复复听她唱这一截烂大街的儿歌。听她用掌心打着节拍,音调软糯,咬字清晰。她明明想笑,非要故作冷淡,最后总被那句"鬼上身"逗得立即笑了出来。

真真,你也很苦吧。

那一晚的除夕烟火,在你背后燃起,你没看到,其实它们很亮,也很美。像我小时候在水塘边拨开半湿的青草,重重一压,藏在深处的萤火虫嗡地腾起。宛如一只只发光的衣夹,攥起夜幕边角,带着少时的童趣远走四方。

愈黑的夜,微光愈亮。

长大后的尔虞我诈,显得幼年的纯真分外矜贵。

真真,若能回到过去,你当年书包里唱诗班的曲谱,可否唱给我听一听?若你也愿意,我们便去草丛深处,看一看萤火虫的光。

输给你,无妨。

我们之间,不言输赢。

叶世文在一片雨声中闭起眼。

Chapter 17
昌岸码头
Wangbei Building

"家伟呢？不吃早餐吗？"

"吃完了。"

"吃了多少？"屠振邦在桌上扫视，语气不满，"那煲粥像没动过一样。他是不是吃不惯，还是不舒服没胃口？"

"放心吧，阿爸，我看着他吃完的。今日要上补习，娉婷早点送他出门。"刘锦荣轻托眼镜框，侧头朝坐在主座的屠振邦说，"转学回来之后有几科成绩不是太理想，娉婷心急，帮他报了好几个补习班。"

刘锦荣放下汤匙。

陈姐无声无息走近，主动替他撤走只尝了半碗的粥，又轻轻递上方包与黄油。

刘锦荣吃不惯中式早餐。

屠振邦捏着报纸，一捻、一拨，四方脆薄的纸张掀起，翻过。他有些无心阅报，瞄了眼刘锦荣换下去的餐食。

这煲生滚糜粥是他的口味，女婿和他吃不到一起去。

"男仔不能成绩差，以后还要继承家业的，娉婷严厉些没错。"屠振邦对女儿的教育观念很认可，"你做老豆的，要给他立个好榜样。在国外这些年，他的英文肯定没问题，但中文水平不能差，每次都要拿 A 才行。"

"我知道的，阿爸。"刘锦荣点头，直接不吃了。

Chapter 17　昌岸码头

屠振邦把报纸放下:"择了下午五点新船下水,还有时间,你早点回公司准备。今日的仪式我和陈姐都会去,但不要声张,留两个角落嘉宾位就可以了。毕竟股东是你,我在媒体那边名声又比较臭,还是谨慎些好。"

"已经预留的了。"刘锦荣轻声问,"阿元真的不去?我还预了他的位置。"

"他现在只管好好做事,其他的轮不到他过问。傍晚有批外贸货到,他要盘点,你别预他了。"

刘锦荣沉默几秒,又道:"其实上次警察找阿元去问话,也是情有可原的。他性格大胆,难免会有浮躁的时候。东环区那单案,说到底也是叶世文太狡猾,阿元才会失手。"

屠振邦抬眼看刘锦荣:"你不知道,去年他就想踢叶世文出局,后来差点打乱我的计划。精于算计的人,多数都是小气的,要做大事,需要的是胸襟与魄力。"

"可能他只是一时大意而已。"

屠振邦笑:"是不是大意他心知肚明。别让家伟接触阿元太多。你出身好,儿子就该多学学你。我们这些'下九流',想做'上流'还要靠三代。"

这一句呛得刘锦荣不知如何接话。

他可是娶了这个"下九流"男人的女儿。屠家伟接触杜元叫学坏,难道能不接触这个名义上的爷爷吗?

屠振邦见女婿脸色大变,嘴角浮了个若有若无的笑。关公面前别耍大刀,想提醒他对杜元留心眼?他还不至于听不出这个女婿的绵里藏针。

"讲好天星船坞由你负责,阿元不敢插手的。"

刘锦荣解释:"阿爸,我不是这个意思。这些说到底都是你的,我和阿元只是帮你分担压力而已。"

"什么你的我的？家伟是我亲孙，娉婷是我女儿，一家人不讲两家话。"

屠振邦毫不掩饰自己偏心孙子。这段时间，刘锦荣处处谨慎，连吃个早餐都要顾他脸色。其实他也老了，见到晚辈这样卑微谦恭，心里既痛快，又隐隐有些不是滋味。

说到底是一家人。没钱的时候还算融洽，有钱的时候竟然拿腔拿调，原来血缘也架不住利益作祟。

真正的天伦之乐并不是人人都有福消受。

有时，屠振邦也会怀念叶世文那种分分钟敢与他胡来的痞气。

可惜他心思不纯，偏生了个肥胆，什么都敢贪。杜元挖不出叶世文，还无缘无故被反将一军，折损了郑志添这一枚棋。

杜元怕挨骂，更怕分家产没自己份，只好网罗全区，搜刮叶世文，没空到祖屋尽孝。

兆阳地产可是块大肥肉。

刘锦荣起身道别："阿爸，我先回公司，下午我遣司机邓叔来接你与陈姐。"

屠振邦道："你又要回公司，又要去码头，让邓叔跟着你就好。陈姐也会开车，下午她和我单独过去就行。"

刘锦荣出门，落座后排，不发一言。

司机邓叔是他带来的人，屠振邦信不过也很正常。谁能想到20世纪80年代的风云人物，解甲不归田，拿起计算器玩商业博弈，如斩人般手段狠辣。

佛教说，法门千万，只为得一菩提，放下执念，开悟真理。

世人哪肯呢？

真理不值钱，但兜售真理可以赚钱。

刘锦荣开口："邓叔，先回公司吧。"

邓叔在倒视镜内瞥见刘锦荣脸色淡淡，轻声地问："Bill，下午我

Chapter 17　昌岸码头

需要来接屠爷吗？"

刘锦荣笑了。有些讥讽，掩在那副无框眼镜下，经日光折射后，看不清眼色，只是徐徐地说："不用了，他另有想法，你跟着我就好。"

邓叔点头。

车子驶离元村，渐行渐远。邓叔见刘锦荣格外沉默，怕是早餐时受了气，识趣地讨好着自己老板："上次你介绍那只1633股票，我老婆赚了不少，又听你劝及时抛售。Bill，论投资眼光，没人比得上你。"

"过奖了，我也是听别人建议买的。投资有风险，谨慎些好。"

刘锦荣倚着真皮靠背。那只股票是他私下替屠振邦物色来转移叶世文视线的。大年初一那次，见叶世文意气风发，毫不知情，刘锦荣忍不住有些卑劣的窃喜。当时他就想，到底是赚钱快乐，还是玩弄一个人于股掌之中更快乐？金钱与掌控欲，哪种吸引力更致命？

屠振邦两样都要。

他也是。

那两卷菲林，刘锦荣遣人去洗，是空白的，什么内容都没有。哪怕真的有，是灰色生意证据，他也不会交给屠振邦。

杜元可是他亲弟唯一的儿子。

这种赌局，赢面太少。

"邓叔，下午我自己去葵岛码头。"

邓叔有些诧异："是要我去接伟仔放学吗？"

"娉婷安排人接他，你不用去。"刘锦荣轻轻舒一口气，"你身手好，叫几个保镖，帮我去一个地方。"

"哪里？"

"昌岸码头。"

九合道有一间补习社，叫通裕书院。

叶世文远远看见黄底黑字的硕大招牌，把车驶停在转角泊车位置，又摘下墨镜，挂在胸前纽扣位置。

这是命中注定要来的一日。

他特意打扮一番，以表重视。出门后才觉得有点傻，这样岂不是有种为自己入殓装扮的暗示？

程真常说，意头不好啊。

洪正德在电话里反复询问："真的只能这样吗？"

叶世文说："除了屠家伟，没人能在新船下水这日说动屠振邦去昌岸码头。就算是我出现，他也不一定来，他只在乎这个孙子。"

洪正德叹气："下手注意轻重，屠家伟只是个孩子。"

"放心，我找人好吃好喝供着。"

叶世文跟踪了几天，知道屠娉婷会留两个保镖在补习社门口。看护小朋友，接送上下课，这样的闲差容易致人麻痹大意。此刻，二人都懒懒散散，还有个到旁边便利店不停买零食解闷。

叶世文想起往事。逢年过节，屠娉婷与他见着面，也会说笑几句，比远房亲戚客套些。她一向朴素，今日穿出门的还是三四年前见过的那套半袖连衣裙，不过添了一副新的墨镜。

她受邀去参加妇女会组织的慈善局，直到下午五点半结束。

保镖是家里男人安排的，屠娉婷乖巧接受。她心眼不坏，屠家伟受教于她，也算单纯善良。

叶世文在街对面的西餐厅闲坐许久。直到两个钟头后，人有三急的保镖离开了一个。他尾随上去，在街尾转角靠近公厕处，趁四下无人拦截对方："不要出声。"

叶世文边走边搜出保镖身上的武器。保镖浑身一僵，冷着脸，闭紧嘴，被叶世文使暗力往前推着走。

"你是谁？"

叶世文笑:"你老豆。"

保镖脸色更差了:"你……"

太阳穴狠中一击,人就躺倒在地。

叶世文开口称赞:"看你矮矮瘦瘦,身手不错啊。"

便衣警员笑了一下。他摸出保镖身上手提电话,扔入排水堵塞的洗手池。

"我是洪警官的徒弟,有大哥言传身教,自然不一样。还有一个,赶紧处理完,不要耽误正事。"

公共厕所的隔间臭气熏天,在这种地方守株待兔,实属无可奈何。另一个保镖肯定会来找。

二人唯有抽烟解闷。

不久后,远远有个声音,从公厕门口传来:"阿鬼,就快下课了,上个厕所需要那么久吗……"

话未讲完,就被敲晕。

叶世文踱步离开。他路过便利店,买了一瓶可乐。瓶身经冰镇,闷出密集水珠,随他脚步轻晃,顺工业产品设计出来的曲线往下淌。

半个钟头后,叶世文抬腕一看,已是下午三点三十分。在下课的学生中,叶世文望见屠家伟。他背一个黑色书包,未到青春期的身材矮矮瘦瘦,一步一蹦地从大门出来。

"家伟——"

屠家伟听见叫声,抬起头,立即笑了:"舅父?你怎么来了?"

论辈分,叶世文也算屠婷婷义弟,这声"舅父"理所当然。况且往年回来,叶世文对这个男孩颇为大方,年年利是封里塞的纸钞格外厚重。

老师本想拦住询问,看见屠家伟认识叶世文,又作罢,与他笑着挥了挥手。

"你妈那台车爆胎,叫保镖过去换,我帮她来接你。"

叶世文递出可乐,屠家伟开心得立即接过手,嘴里还说着言不由衷的话:"你还记得我中意喝可乐?我妈说不准我再喝,我有四颗蛀牙了。"

"我看着你长大的,你那点心思我会不知道?"叶世文领着屠家伟往车边走去。

屠家伟边走边喝,咽下大口碳酸饮料,猛打一个嗝,又道:"舅父,你最近在做什么?好久没见你回来祖屋。我问家里人,他们就说你在外面忙。"

叶世文表情稍怔,又恢复笑容:"忙着挣钱。"

屠娉婷一家三口身处屠振邦的巢穴,却不让儿子沾染分毫社会杂气。毕竟知道越少,对屠家伟以后的成长越有利。

二人落座车内。

叶世文只问了几句闲话,屠家伟立即叽叽喳喳,说个不停。

从不习惯饮食,到不习惯同学,再说到屠振邦在家似关二爷坐镇,一屋人不敢高声说话,让他深感苦闷。

"阿公开口,连我妈都不敢反驳。"

叶世文问:"还叫阿公?你姓屠了。"

屠家伟咧嘴一笑:"叫习惯了嘛,总是顺口。"他又吐了吐舌,"其实阿公阿爷有什么区别?不都是我妈的老爸吗?"

叶世文没答话。屠家伟又说:"阿爷日日只知道关心我吃什么,功课做完没有,还说要教我下象棋,好无聊。我想去打游戏,都要看保镖脸色……"

男孩的抱怨音调由高至低,车子已经接近昌岸码头。

"舅父,这条不是回家的路啊。"

叶世文侧头瞄一眼:"衰仔,先带你去打游戏,要不要?"

屠家伟登时高喊一声:"要!"

Chapter 17　昌岸码头

洪正德盯着白板上布置的任务。白板最中间贴着各关键人物的照片，线条交错，还分别标出昌岸码头的各个布防点。

警徽在肩头熠熠生光。除暴安良，扼杀犯罪，是每一名警察的毕生职责。

洪正德知道，这次只许成功，不许失败。

他驾车从警局出发，不到一分钟，突然刹停在路边。同行兄弟通过对讲机问他情况，他只是吩咐按部署执行，他随后赶上。

倒视镜里，一抹人影，由点至面，逐渐占满整个镜片。洪正德越看越恼火，盯了许久，双眼慢慢睁大，直到来人打开车门坐下。

"德叔。"程真开口叫人，却挤不出半丝客气笑容。

"你为什么在这里？"洪正德急急往后探视，满街闲人，却没有程珊，"你妹呢？你不守着你妹，跑来警局做什么？"

程真不理会："那你呢？你又赶着去做什么？"

洪正德回视程真，压低音量："警察办事需要跟你交代？"

"你要去昌岸码头，对吗？"

洪正德在驾驶位把身子坐正："阿真，与你无关的事，劝你少问。我赶时间，你快点下车。"

程真语气平静："叶世文是不是也在昌岸码头？"

洪正德一时语塞。

"德叔，你们两个什么时候开始合作的？"

洪正德又抬眼去看程真。和一直以来的她截然不同，目光冷淡，表情却摆明忧心忡忡。哪怕还保留历经世事后的果断与理智，只要提到叶世文，她就会变得不一样。

心事挂脸，是因为心事超载。

日头当空，融不掉程真自带的寒气，整个车身遭遇冰敷，顿时降了好几度。

车载空调换新雪种都没这般凉快。

洪正德颈后毛孔一阵阵在收缩。

他清嗓开口:"你走吧,越远越好,你和程珊还有未来,海城发生的一切就留在海城。"

"看来你不需要帮我办程珊监护权,我也能带走她了。这么有把握抓到杜元,还是打算让他们几个在昌岸码头玉石俱焚?"程真问,"秦仁青、郑志添,还有屠振邦,是不是都跟当年曹胜炎那单案有关?"

洪正德瞪着程真,语气不耐:"你现在来问我这种问题?自己不会去看新闻吗?"

"你先回答我,是不是?"程真目光如炬,毫不退缩,"曹胜炎挪用了十亿,但最后你们商罪科居然可以追得回一半的钱。剩下追不回的,就定他的罪。他入狱是他作孽,我不怨任何人,但我要知道,当年追钱泼红油,到底是谁找人去做的?"

洪正德狠狠叹了口气:"秦仁青说是郑志添。"

"屠振邦就只是受雇于人?他就没贪过里面一分钱?"

"秦仁青不肯讲,他老婆孩子都在屠振邦手里。"洪正德想到前段时间见过的人,"当年你爸失踪那个下午,就是因为他想回银行检举自己,求秦仁青放你们母女一马,但是被秦仁青的眼线截住了。阿真,那晚他是真的怕自己入狱之后,你们母女三个会受尽凌辱,才想不开要一起死的!"

程真冷冷看了洪正德一眼:"你知不知道我们忍了他那么久,就是计划在那日逃走?是屠振邦找人来学校劫我,我耽误了时间,才走不成的。如果能走,我妈咪就不会死,我今日也不会坐在这里跟你说话了!"

那场火真大。满屋炙眼的光,从桌布烧到沙发,火舌舔上家具,点燃窗帘。大门被曹胜炎反锁,程真头晕眼花,拧了许久,直到力气尽失。只好掉头爬去主卧,烧红的炭被曹胜炎踢倒在肩上,她痛得寸

Chapter 17 昌岸码头

步难移。

邻居报警了。

事后登报,林媛被刻意隐去姓名,只留下一句:妻子命丧火海。

更多人关注的是曹胜炎被火烧得面孔扭曲的病榻照片,为求吸睛,旁边还放上他刚升任银行执行主席助理时的西装照。

无框眼镜,面孔瘦薄,书生气十足。他家境优渥,也会拉小提琴,结婚之初与林媛有过一段琴瑟和鸣的恩爱。可惜在金钱的浸浴下,他指节渐肥,弓弦积锈,把妻女和良心一并丢弃。

洪正德听罢,有些于心不忍。

"阿真,我知道除了媛姐和你们两姐妹,没人是无辜的。但郑志添死了,我们也盘问过杜元,没证据,关四十八个钟头后被迫还他自由。这个世界的法律只能制裁犯罪,不能制裁人性。你可以骂,可以咒,可以怨,但我现在没办法抓他们,要等机会。"

"所以你就找了叶世文?"

程真拔过安全带,直接扣上,"咔嚓"一声,与她的决定一样果断利落。

"如果你不把我带去昌岸码头,我现在就到警局举报你,把你以前使唤我做过的事添油加醋地乱说一通。"

洪正德双眼怒睁:"你……"

"洪警官,出发吧,他们全部都在那里等你。"程真语气平静。

"你知不知道自己在做什么!"洪正德强忍怒火,目光剜着程真。

"知道,和你一样,为民除害。"

"阿真,"洪正德与程真对视,不肯移开目光,"你现在就走,没人能拦你。程珊监护权,甚至良城那边,今日过后我可以尽量帮你安排好一切。"

程真沉默。

洪正德却继续说:"你还年轻,大好人生还有很多选择,我借些钱给你们两姐妹生活，重新开始。找个好男人结婚，做什么都行，没必要为了叶世文赌命，他不值得你这样做！"

"看来这次连你也没把握叶世文有命活着，对吧？"程真眼眶一酸，眼泪往心脏处咽回，嘴角偏要上扬，笑得倔强，"还说什么大好人生？

"我带着珊珊从医院逃跑，住过劏房，受过冷眼。我找过曹胜炎的旧识，甚至我妈咪的娘家，没人敢理会我们两姐妹。就连你，都要等到我换掉身份，确定杜元暂时不会找我麻烦的时候，才肯接触我。世态炎凉我比你清楚，我不会再接受任何人开的条件，包括你。

"我要学历没学历，要家境没家境，还要供我妹，去到良城又能怎样？拍拖？结婚？做个普通人？这是你们好好先生好好小姐拿的人生剧本，不是我的，这个世界从没给过我这种机会。"

洪正德双手攥拳，咬牙劝道："你只是一时心软而已，别以为这样就叫爱情！你只是觉得他什么都没有了，在可怜他！"

程真忍住所有眼泪。

是吧，是心软吧，是可怜吧，那又如何，谁能真正定义爱情？是花前月下的浪漫，还是捉襟见肘的生活？是相敬如宾的体面，还是死去活来的痴缠？

课本没有教过她。

唱诗班里的歌，颂遍对世间的爱，每个人都可得天主怜悯，偏偏遗漏了叶世文。

那一张照片背后的字，太痛了，写满他二十八年来无法选择的委屈。若被屠振邦知道他不是冯敬棠亲儿子，这对母子会有什么下场，程真不敢想象。他把照片藏得很深，明明想烧掉，却又不舍得。

每当他摸过那一张旧照，会不会很难过，难过得不能对任何一个人倾诉。

秘密是什么？

Chapter 17　昌岸码头

不是害怕让人知道，而是从来无法启齿。

想讲，讲不出，那便是秘密。

程真苦涩地笑："洪警官，像我这样的人，心软就是爱。你们不会懂，这次我一定要救他。"

那日雨下不停的午后，她把所有东西物归原处，匆匆离开。从她踏出门口那刻起，心里只剩下叶世文一人。

这一世就这一次，为他搭上性命，下辈子你我肯定不会再相逢。

拯救一个坏男人，不是圣母，就是菩萨。来生她必定位列仙班，饮朝露啖云霞，再不干预这只模样靓、身材正的禽兽如何遗祸人间。

程真说："开车吧。"

洪正德不肯启动车子："阿真，现在去昌岸码头，你就不怕没命回来见你妹？她只有你这个亲人！"

"那你怕不怕没命回来见你儿子？"程真终于真心笑了一回，"你只有一个儿子，但如果这次你没命了，他可以有第二个爸爸呢。"

"程真！"

"你不让我去，我就自己去。我不像你们有部署有计划，到时候我横插一脚乱成一锅粥，你别怪我。我只是不小心散步到了昌岸码头的一名无辜市民。"

洪正德用力点火，牙关咬紧，猛踩油门往前冲去。

"你去了只能听我的！"

不远处，刘锦荣正笑着与金发碧眼的银行高级职员谈话。

半个钟头前，五点吉时，新船已下水。

黑色船舷沉沉压浪，御风迎海，富贵荣华俱来。红彩带经金剪刀一裁，灯闪不停，各方人马笑逐颜开。

日本造船商社在 20 世纪 70 年代，经天时地利挑选，与华兴银行一拍即合，酝酿出当年的船运巨鳄包先生。几十年过去，时势也讲轮回，人造大亨挽救疲惫市道，天星船坞成了在涟漪中掀起第一朵浪花的飓风。

屠振邦面上浮了笑意。

许是因为庆典，他有些激动掩藏在心，想自己细细回味。

命运如潮。江水奔腾不休，淘尽每颗沙砾与金石。稚童常以一次输赢断全局，论一生。成人却懂得胜负有时，衰旺由天。

只要存在时间，世上一切，皆有限期，成王败寇不过转眼云烟。

屠振邦临老赢这一局，就算立即赴死，想来也不算憾事了。

陈姐看得出他眉梢眼角的高兴，侧着脸，小声在他耳边道："屠爷，恭喜你，今天终于心想事成。"

屠振邦点点头："佛祖保佑，关二爷保佑，我老了，总算能留点东西下来，以后儿孙自有儿孙福。"

"家伟像你，"陈姐又说，"眼睛与你一模一样。"

屠振邦笑意渐深："真的？"

"我什么时候看走眼过？"

"前两日我见他晚饭时牛肉吃得开胃，你今晚煮多点。"

"不参加晚宴吗？"陈姐疑惑，"锦荣秘书刚刚才来交代，等下六点钟有晚宴。"

"我最憎吃西餐。"

陈姐只笑，不接话了。

刘锦荣远远望见屠振邦。岳父气色红润，又低调寡言，矍铄眼波尽露欢喜，是对晚辈今日的安排表示肯定。刘锦荣喝了几杯香槟，也不自觉地有些兴奋，庆幸杜元没来参与。

这位杜师爷近来脾气甚大，与他话不投机，估计真来了，肯定要对这场仪式评头论足半天才能顺一顺胸口闷气。

颇有几分叶世文当年不甘不忿的模样。

失势的人总爱扫兴。

Chapter 17　昌岸码头

秘书从刘锦荣身后过，不着声息地交代两句。刘锦荣意会，和身旁的人道别，又应付记者拍了几张衣冠楚楚的商务照片，放下香槟杯朝屠振邦走去。

屠振邦没有起身。

只见刘锦荣站在一侧半弯下腰，凑近岳父："阿爸，等下的晚宴我让人换作中餐。前两日妇女会的理事竞了一只陈年卤鹅头，冠厚肉肥，我特意留给你的。"

屠振邦听罢，露了个笑容："好吧。让娉婷把家伟接过来，也一起在这边吃了。"

话刚落音，刘锦荣手提电话响起。

他侧过身接听，不到三秒，神色霎时凝重，眉心拧起："没可能的！他今日要上补习班，你有没有看错？"

电话那端的人不敢妄言，一口咬定就是在杜元的码头货物边上看见屠家伟的书包。刘锦荣的心脏倏地发紧，音调拔高："你立刻去救他！我打电话报——"

他突然把目光转到屠振邦身上。

屠振邦顿时觉得不妥，抬眼去看自己女婿。刘锦荣似是想到了什么，咬紧牙关，一字一顿："你想办法带走他，我现在就赶过去！"

屠振邦问："发生什么事了？"

刘锦荣听着电话里的哭诉，胸膛起伏，强忍恐惧把电话递给屠振邦。

屠振邦接过，听见屠娉婷不停地问"怎么办"。

他没应话。老迈的一只手，微颤着把电话递给陈姐去处理。屠振邦重重吐了口气，再次抬眼去看刘锦荣，经岁月风霜洗刷过的老目，此刻海啸滔天，凶意四起。

"确定是昌岸码头？"

刘锦荣咬牙道："邓叔亲眼见的，家伟书包缝了他的名字。"

"你无端端派邓叔去昌岸码头?"屠振邦老目一敛,"锦荣,那是我的地盘,你想做什么?"

刘锦荣不答,却没有别过眼,恼火地直视屠振邦:"你不如问一问杜元,他到底想做什么?阿爸,那个是我儿子,我会拿自己儿子的命开玩笑吗?"

屠振邦胸膛传来钝痛,是对孙儿安危的担忧与害怕。他只剩下屠家伟这点血脉,屠娉婷虽在备孕,但她和女婿的年纪摆在那里,也不是说怀就怀的。

"码头的货运公司在我名下。我与你一起去,所有人都要听我吩咐。杜元不敢乱来的,他只想要钱而已。"屠振邦眼内流露不容置疑的威严,"那个是我的孙子,你以为我会不顾他吗?在这个家要动手,怎么动手由我来决定。

"锦荣,别忘记了,杜元本来就姓屠的!"

屠振邦直接站起,不理会刘锦荣的阴沉脸色,疾步往外走去。

叶世文随卸货的船员一并离开,躲在集装箱角落,剥掉套在外面的搬运着装。

他悄然穿过堆叠得高高低低的集装箱,从小楼后面爬上二层楼高的水泥天台,蹲坐于半人高的围挡下。

这处是屠振邦旧时用作码头办公的临时建筑。

下午五点半,一楼内,沉默的杜师爷没有出去点货。他心情不好。屠振邦的货越来越少,这些年如果不是靠自己暗里操作,光凭酒吧与自己的零星投资,哪里够他挥霍?

明日一早,各路头条又是刘锦荣那个秃头佬。天星船坞不过是一个起点,屠振邦老骥伏枥,脑筋灵活,他的商业帝国不用三五载就能在海城站稳脚跟。

到时候屠娉婷听话再生两个,自己就只能坐到屠振邦七十大寿的

Chapter 17　昌岸码头

寿宴角落了。

杜元越想越不是滋味。

叶世文仰头，瞄了眼自己提前准备的那台车。

下车前，他再一次检查了藏在驾驶位下的物件。那日与关绍辉通话结束前，他厚着脸皮开口："辉哥，借几十万给我。"

关绍辉只笑："刚刚不是还挺大方，把值钱东西都送女人了？我可以借，但你要还。"

"如果我还有命，就还。如果不走运没命了，你百年归老下来，我还你阴司纸。"

"衰仔，是不是要现金？"

那台废旧汽车，混在一片货车中间，毫不起眼。傍晚将逝，暑热经海风过滤，连汗水都黏腻起来。

他知道杜元的卸货验货步骤。杜元也犯懒，往往夹裹走私物料的都会放在最内处，先陆续清点一圈，外围那些不重要的外贸货品大多堆叠起来，敷衍了事。

这批货量不多，三个保镖在懒散盘点。

一个钟头前，叶世文混入搬运工人里。码头工人都是壮汉，叶世文在其中并不显眼。他用一个垃圾桶装着屠家伟的书包，借货物遮掩，撬了杜元摆在最外围的那箱货。完事后叶世文又推着垃圾桶离开。

他没有盖起那箱货。

刘锦荣的人果然来得很快。

叶世文掀眼去看。一看便知全都是没经验的人，身手敏捷又如何？只开了一台车，带四个人，如此疏忽，看见屠家伟书包时兴奋得像捡到钱。

注定失败。

不到五分钟，他们的行迹就暴露了。

刘锦荣的司机尚算醒目，第一时间让两个人护紧自己，先逃上车。他扬长而去，黑色车身化作一抹经风吹散的云，很快转弯消失。

叶世文拨出号码："车牌尾数GU8，黑色，往金安方向去，五分钟内必须截住它。"

电话那头已听见车辆启动的声音。

"B仔，屠家伟怎样了？"叶世文又拨出另一个号码，"我这边行了，你半小时后把他安全送回家。"

白少华离开了，又忍不住回来。他做了个手术，把多余的六指切掉，如今与常人无异，说自己再也不会因为这根手指招来祸端。

关那根手指什么事？

叶世文自己清楚祸从何起。

"还在玩游戏，连书包没了都不知道，放心吧。"

叶世文只笑。

白少华挂断电话。

杜元听见声音就躲了起来。平平无奇的一个礼拜五，他只带了几个贴身熟悉的人来昌岸码头，根本没想到会出事。

叶世文已经绕到办公楼后避开一片混乱声响。

不到一刻钟，声音全部消失。

这时，杜元才从一楼小心翼翼出去，发现满地狼藉。他抬腿去追，有一记警告声击中集装箱，把他拦住。

杜元心中大惊，立即就近蹲到木箱暗处，借货物遮挡自己。他冷汗直冒，拿出手机准备叫人。

"杜师爷。"

杜元一怔。

"放下手机。"叶世文站在天台制高点，俯视那个以为避得开视线的人，"扔掉身上武器，站出来。"

杜元一动不动。恐惧与愤怒同时从心底涌现，他知道这道熟悉的

Chapter 17　昌岸码头

声音是谁。

暗地里他也设想过，若生擒叶世文，该如何折磨他至死。那些阴暗龌龊的伎俩，总是激发他无穷无尽的胜负欲。

每个成功男人的背后，是成千上万个不忿的失败男人——为什么成功的不是我？他有的，我明明也有！

他们做坏事时确实凑作一堆，但分好处时经常大打出手。

杜元也不知从什么时候开始，他和叶世文只有你死我活这条绝路。许是他第一次摸叶绮媚的腰，又或是他第一次阻止陈姐深夜送面，叶世文有过那些怨气冲天的眼神，却随年岁渐长学会了遮掩与粉饰。

义兄义弟十数载，绝无半点真情真意。

只是他一直占上风，怎会料到有今日。

叶世文失去耐心，朝暗处示意，又一记警告。"砰"的一声，杜元耳边嗡鸣，他立即把手机抛开。

"放下武器，站出来。"

杜元咬牙："你今天带了帮手，我站不站出去，都会没命。"

偌大的码头，无际的海面，零零星星浮着几艘船，今日泊岸的货物不多。天星船坞公司在葵岛码头新船下水，大峰山有了新机场，离岸区与滨沙湾之间准备填海建造知名主题乐园。

人人都去凑新的热闹。

昌岸码头，已不是往昔的昌岸码头，以后只会以客运为主。

任何繁华都会变迁，终成一个城市痕迹，烙在这片岛屿，静静地供途人与旧人穿梭缅怀。

杜元的声音在这个人少船稀的码头，显得单薄又恐惧。

叶世文笑了："到这时候，连面对我的勇气都没有？杜元，你这个'师爷'的招牌还要不要了？"

师爷，不过两个中文字，却在叶世文牙际兜转一圈，生生嚼碎杜元的自尊。

杜元听罢,气愤交加,顿时站了起来。

这一刻,他有些后悔了。早该狠下心来,饿他几年,又或是哪次商战将他推出去做替死鬼,脏事脏水尽往他身上泼。

如今就不会有这副高大威猛发密肤白的得意模样。

叶世文穿过一楼铁门出来的时候,仿似第一次浸浴在阳光之下。这个季节的海城,风与光都是暖的,有人嫌热,有人嫌晒,他却觉得连血液都被照得通透。

他对杜元说:"身上的东西,扔开,然后举高双手,趴在集装箱上。"

杜元犹豫几秒,决定先保命。他把武器抛到远处,转过身,按照叶世文吩咐去做。

"我不是天星船坞的话事人,你该找的人不是我。"

叶世文不回应,只是笑,笑屠振邦自以为是,养一群面忠心奸的反贼在身边。你看,几百年来义字当头的屠家子弟,出事即出卖,连三秒犹豫都省了。

杜元继续说:"我是听谁的话行事,你比我清楚。今日我会来码头,是帮谁做事,你也很清楚!"

叶世文懒得听他狡辩。到了此刻,还要听电影里那套老旧的内心独白,实在不合时宜。

"放心,已经有人通知他来救你了。一只狗养几年都会有感情,何况是养了你这只畜生几十年。"

"你——"杜元还来不及反驳,已经被叶世文扎紧双手。

他将绳结用力一扯,勒痕生生咬紧杜元手腕。杜元痛得发抖,嘴里嗷号起来:"叶世文!你个仆街,是男人就别婆婆妈妈,给我一个痛快!"

"我被迫叫了屠振邦'契爷'那么多年,你现在想要痛快?未免太天真。"

叶世文脑里闪过叶绮媚的模样。

"这是你契爷。"
"这是你元哥。"
叶绮媚幽幽地说。

屠振邦的祠堂灯火通明,十岁的叶世文心中暗无天日。他再也见不到叶绮媚,无所谓,这个妈也不一定像林媛那样,会紧紧惦记自己的孩子。

阿妈,其实我也偷偷恨过你。
但我不敢讲。
天下间哪有子女抱怨父母的道理?生我,养我,于你而言都不是一件易事。无论如何,每个孩子都会离开母亲的怀抱,你比旁人狠心些,我也不怪你。
短短一生,暖过就好,哪怕只有几回。

叶世文将杜元双腿扎紧。
杜元脸色惨白,连嘴唇都在颤抖:"你到底想怎样?"
"送你去该去的地方。"
他冷冷地看着杜元,心中毫无起伏。
叶世文跨过杜元,从自己车内拿出工具与绳索。只听杜元话也说不清了,哆嗦着骂人,又开始求饶,像在念世间最无用的咒语。
他企图爬走,身躯在地上盲目摩擦,衣服与汗水磨出一段扭曲污秽的痕迹。
叶世文截住他的去路。
"叶世文……"杜元挣扎不开,"你敢动我,你就背了人命,这辈子就玩完了!是屠振邦要搞你,不是我!全部都是他!一切都是他指使我去做的！你应该去找他！"

叶世文不答。

"包括你妈……"杜元忍痛喘气，脸朝下吃了满嘴灰尘，"我，我没搞过你妈……"

叶世文手上动作一顿。

杜元以为他心软，立即说："程真，我也没碰过……"

叶世文不想听了。他把杜元扎紧，封嘴，拖到离岸边还有二十米的距离，把杜元固定在临海下坡的地面。

然后，他把车驶出。

先快，后慢，逐寸逼近。

杜元被日光照得睁不开眼，侧过头，眼见车轮渐行渐近，他在原地奋力挣扎。

海风仍在吹送夏季的潮热，腥气骤重。车轮碾过地面的响叫升到空中，细微而锋利，刺穿晚阳。那抹圆瞬间爆红，又从深红中透出暗灰，往西边海底沉去。

杜元双眼紧闭。

岸边两只正在啄羽的临停海鸥，受人间惨剧惊扰，猛地腾起。翼下夹风，似是带走了什么东西一样，徐徐远飞。

叶世文踩紧刹车停下。

其实他想和杜元说的是，我跟你们从来都不是一路人。他还想说，阿强真的回不来了。但他选择沉默，因为杜元也不配与徐智强相提并论。

杜元看着距离自己头颅还有十公分的车轮，裤裆泛起涌动的潮意。

他哭了。不是怕死，而是羞愤。他居然被叶世文吓得三魂尽失，半点反抗力气都没有。

远处听不见海鸥叫声，倒是有了车声，码头泛青的灯如游魂上路，飘忽地亮起，光线朦胧。叶世文回过头，把后排安放的公仔摆好，露着半个黑色脑袋。

抬腕一看手表，屠振邦来得真及时。

六点十五分，正好是晚饭前。

他一向不能忍饿，脾气会变得格外暴躁。冲动起来就没了屠爷风范，像一个蛮不讲理的市井老伯，有几分滑稽。

叶世文先行下车。

屠振邦的车已驶停在集装箱外。

叶世文往远处环视一圈，借光影重叠的角度，在确认洪正德告诉他的布防点。

刘锦荣与屠振邦下了车。只见叶世文一人倚在车旁，姿态惬意。满地狼狈痕迹，货物歪斜摊开，停在叶世文车前那一个……

屠振邦双眼怒睁，不敢相信尿了一裤子的人是杜元。

刘锦荣也看见杜元，率先反应过来，瞄见车内人头："阿爸，杜元的脚还在动，家伟在车上！"

屠振邦咬牙："不一定是他。"

叶世文听见，又笑了。他把屠家伟的书包抛到空地，冲屠振邦开口："屠振邦，自己孙子的书包都不认得了？"

"叶世文！"屠振邦拔高音量，略带颤抖，"放过家伟！"

"好啊。"叶世文笑，"叫你的人现在就走。"

刘锦荣怒吼："不可能！"又转头对屠振邦说，"我联系不上邓叔，他敢这样站在那里，肯定设计了埋伏！"

叶世文对刘锦荣这种"抢答"的态度不甚满意："不走？刹车是坏的，我只要一松开，它就会碾过杜元，带着屠家伟冲进海里。要不要试试？"

"不要！"屠振邦立即应下，"走，叫他们走！"

"阿爸！"

屠振邦回视刘锦荣，压低音量："现在轮到你话事了？叫他们在'这里'的先走！"

刘锦荣恨得咬牙，冲身后的人挥了挥手。

十来个保镖纷纷上车。原来停在最远处那台面包车也是屠振邦使人开来的，一瞬间车轮碾尘，咆哮着离开。

屠振邦直接开口："叶世文，你要多少钱？只要我给得起，我都可以给你，你放过家伟！"

"我缺钱吗？"叶世文嘲讽地笑，"直到这一刻，我都是兆阳地产的大股东，你觉得我像缺钱的人？"

"阿元被你绑了，我这条命也没剩几年，还不够你泄愤吗？"屠振邦深吸一口气，"过去的事我们既往不咎，你放了家伟。以后你玩你的地产，我搞我的船运，大家河水不犯井水！"

"看来人老了真的会心急，你以前可不是这样谈判的。"叶世文不为所动。

屠振邦轻哼一声："你被杜元搜刮这么久，早就没了羽翼，今天你能带来几个人？我现在还肯跟你谈条件，你也别太得意！"

"我的命确实没你的金孙值钱，但这可是你唯一的孙子呢。"

刘锦荣那双眼深深剜在屠振邦脸上。那也是他唯一的儿子。

屠振邦维持镇定："你到底想怎样？"

"你们两个互相搜身，将对方身上的东西全部扔开。"

叶世文微仰着头："我知道你还有保镖，没猜错的话，应该在那边。"他示意了东南向的那艘临岸的船身，"别想暗算我了，没用的。"

"屠振邦，人越老就越怕死，你的希望都寄托在屠家伟身上了。今晚，要不就你孙子陪我走，要不就你陪我走，你自己选吧。"

对面二人顿时沉默。

似是下了很大决心，屠振邦冷冷地转过头，对刘锦荣说："我过去，你救家伟。"

他自顾自开始掏出口袋的东西,甚至连手机都抛远。男孙就是男根,根者,命也,屠振邦惜孙就是惜命。

刘锦荣音调微颤:"阿爸……"

屠振邦厉声呵斥:"叫你去就去!那是你儿子,还不快点去抱走家伟!"

刘锦荣犹豫着也掏出了手机。他朝叶世文方向迈出几步,却被叫停。

"你儿子书包里有一副手铐。拿出来,把你岳父铐到那扇门上。"

刘锦荣回头去看屠振邦。他的腰脊依旧挺拔,花白的发,眼神似刀,目不斜视地盯紧叶世文每一秒变幻的表情。

他没说肯或不肯。刘锦荣不敢动了。

屠振邦瞄一眼自己女婿苍白的脸,主动走上前去,从书包内翻出手铐。里面夹层藏着几张随堂小测的试卷,屠振邦看见"屠家伟"三个字旁红晃晃的A,心中百感交集。

陈姐还是看走眼了。家伟哪里像他?家伟可是个好孩子呢。要长命百岁,福禄无边。

"我自己来。"屠振邦没有犹豫,往左侧走,把自己铐紧在那个临时办公室的门口。他抬起眼,无声地审视四周,乌云在头顶快速地集结。要下大雨了。没人能比他更熟悉这个接货码头,若没把握赢叶世文,他不会这么轻易拿自己去换孙子。

办公楼后面有他带来的保镖,是抄另一条小路赶来的。

一命抵一命,叶世文不过是想拖时间。

"等一下。"

叶世文叫停走到半路的刘锦荣。他笑着说:"秦仁青和杨定坚的老婆孩子,你们藏在哪里?"

刘锦荣一怔,立即与屠振邦对视。

屠振邦没想到叶世文会有此一问。他"哼"了一声,又说:"与你无关。"

"那你跟孙子讲拜拜吧。"

刘锦荣在原地吓得大叫:"不能松开!"

"她们到底在哪里?"

"叶世文,这种问题,你问来做什么?"屠振邦老目矍铄,"你这种反骨仔,还会有靠山在外面帮你吗?你跟过我,现在又跟我对着干,整个海城没人容得下你。"

"屠振邦,你那间期货公司又不止秦仁青一个大投资客。永利机械的老板,风行家纺的大股东,还有千里物流的几个董事,全是业内名人,跟着秦仁青和你买过期货,亏得底裤都不剩。你以为别人讲道义,人家只想跟我谈利益。

"你把秦仁青送进去,杀鸡儆猴,他们没人敢吭声。过河拆桥,卸磨杀驴,你以为他们对你敢怒不敢言?你的生意做到现在得罪过多少人,你心里有数。我只不过是好心,送一份大礼弥补他们而已。"

屠振邦没说话。

他被叶世文戳中软肋,不得不思考起来。坊间忌惮他的名声,就算有人亏过钱,也是哑巴食黄连,不敢对他做什么。

但如果那群人恼羞成怒,真的伙同叶世文做出今天这种事⋯⋯

刘锦荣忍无可忍,冲屠振邦说:"阿爸!都这时候了,家伟重要还是其他人重要?"

屠振邦咬紧牙关,花白的发遭汗水浸渍,一缕一缕地垂着,像衰败柳树在河岸苟延残喘。

叶世文不杀人,他玩诛心。

这个契仔,真的跟自己一模一样。

屠振邦料定叶世文跑不出这个昌岸码头,低声道:"她们在南郊湾。"

"南郊湾哪个位置?"

Chapter 17　昌岸码头

"棠街东，三横巷。"

"你觉得我会信你吗？"叶世文冷冷地说，"让你女婿打电话过去，开扬声！"

他抛出一个手提电话。

刘锦荣俯身拾起，连请示岳父都没有，直接拨出熟悉号码。他对儿子的在乎程度远远超过岳父。电话两端的人，在这个安静码头清晰对话。刘锦荣问了人质情况，又交代记得守好哪几个关键街口，见到陌生面孔要提高警惕。

洪正德安排的人追踪了这个号码，立即赶去营救。

叶世文根本不在乎到底是不是南郊湾。他答应协助洪正德，就是为了凑齐屠氏一门这行人，做到出手果断，一网打尽。

哪怕会牺牲他，又如何？

所有财产资料，程真不要，他还是给了关绍辉代为转交。他这一世人，确实不怎么值钱。但无论今日他会落得什么下场，程真必须余生安好。

因为她值得。

"可以了吧？"

屠振邦眼见刘锦荣挂断电话，朝叶世文发问。

叶世文竟觉得异常平静。

幻想过几千个日夜，屠振邦跪地求饶，屠振邦自杀赎罪。叶绮媚哭过的泪，化作这片幽深的海，在叶世文心头不停翻涌。他也哭过。在尚未长成如今这副天不怕地不怕的模样时，他也替自己，替母亲，替命运的不公痛哭过。

此时此刻，他目睹屠振邦为了唯一孙儿，连自己把柄也舍得不要。

每个人都会有软肋。

他不痛快，也不舒畅，只是觉得一切终于化作灰烬。

叶世文说:"可以了。"

这句暗号终于出现。

只一瞬间,天边滚了数道响雷。屠振邦惊得老目圆睁,难以相信这里设下意料之外的埋伏。

程真的手在轻轻颤抖。

距离太远,天色已暗,她担心叶世文会被屠振邦的保镖伤害。

"天台刚刚上去了两个屠振邦的人,办公楼和办公楼后面那辆旧货车都有。"洪正德压低音量,"你不许出去救他!"

程真答:"知道了,啰唆!"

他们赶到的时候,屠振邦也赶到。斜阳红光燃亮这一片深沉的夜与海,鱼虾蟹龟被人声车声吓得仓皇游去,一平方公里内的微小生物纷纷潜逃。洪正德扯紧程真蹲到坡上的一台装运车后,视野够高,能审视局势。

幸好叶世文没事。

程真心里松一口气,却被洪正德厉声提醒,周遭还有其他人,叶世文始终身陷危险旋涡的中心。

"怕做寡妇就不要跟他拍拖,现在走还来得及。"

"德叔,你儿子还在等你回家。"程真目光笃定,用义无反顾的口吻说,"我和他也一样,只是想有个人在家里等自己而已。"

洪正德瞬间沉默。

终于听见叶世文说出那句暗号。洪正德在对讲机一声令下,双方陷入混战。

屠振邦被从办公楼闯出来的保镖带往小路逃走。

刘锦荣站在码头中央,没人敢上去掩护。他立即反应过来,扑向车边,与叶世文双双撞到车身。

他看到车后排竟是一个装模作样的人形玩偶。

Chapter 17　昌岸码头

刘锦荣怒火攻心，双目通红，恨不得撕碎叶世文。他的手臂率先勒住叶世文颈项。叶世文骇然，背对着被刘锦荣扯往海边。浓黑天际被闪电撕开一道巨大裂缝，重重地将豪雨砸下，砸得叶世文眼皮发麻。

他的腰侧传来更尖锐的撕痛，瞬间蔓延上脑。

刘锦荣竟然有凶器在身。

"叶世文，我就算死也要带上你！"

刘锦荣身形不及叶世文高大，但已经伤了叶世文，胆量瞬间加持武力，直接将叶世文拖进岸边的小型快艇上。

叶世文的血从裤管淌到水泥地面，又被疾风夹裹的天上水冲淡。黑夜黑雨，一切颜色尽然失色。

无人察觉生命从体内流逝。

叶世文忍痛大叫："你们别管我！"

"不要！"程真吓得脸色苍白，大雨淋得她满头湿发，泪水瞬间混了进去，"德叔，他们贴太紧了！"

"我知道！"洪正德也被雨打湿全身，拿着对讲机吼，"草蜢，带人去追屠振邦！公仔，通知包围，刘锦荣要开艇逃跑！"

一辆白色快艇从岸边咆哮着乘浪出海。

洪正德大喊："追！"

下一秒，程真从路侧跑到海边，冒雨跳上另一台快艇。钥匙绑在船舷。她插入点火，瞬间迎着海面嘶吼不停的暴雨，紧紧咬在刘锦荣船后。

叶世文被反扣双手压在狭窄甲板。他开始感到乏力，伤口痛得失去知觉，分不清身上的是雨水还是血水。

这回是真的死路一条了。

不是早有心理准备吗，为什么还会有些不甘在胸膛萦绕？叶世文眨了眨眼，深知走到这一步无人可怨，能撑多久就多久。

他突然奋力地挣脱刘锦荣,快艇在二人推拉间突然停在海上。

刘锦荣怒吼:"你敢绑架我儿子!我要你陪葬!"

"屠家伟已经毫发无损地回家了!你现在自首,还能换取法官同情!"

刘锦荣不肯相信。

他拾起快艇上一把钓鱼用具,猛地朝叶世文头顶打去。叶世文侥幸避开。快艇马达被击穿,隐隐地冒着黑烟。

叶世文看不清烟雾,只闻到汽油的浓烈味道。他往前扑去,却因为受伤失力,被刘锦荣反手一推,整个人翻身坠海。

雨砸在浪上。

叶世文闭紧双眼,觉得有无数只手把他往深处扯去,鼻腔与喉管浸满海水,比伤口更痛。他没想到会死得这般环保。连火化、捡骨、装入瓷瓮都能免则免,直接喂鱼,为海城寸土寸金的坟场节约资源。

真真——

若你知道的话,会不会笑我没用?

你一向懂我。做男人,要面子。被心爱的人嘲讽没用,与自宫有什么分别?

真真——

别那么快嫁人,行不行?我就算做鬼,也会知冷知热,呷醋嫉妒的。若看见你凤冠霞帔,婚配一个不及我靓仔有型的男人,我会日日浮游在你床头,连投胎都不去。

算了。

反正你从来都不听我的话。

有一双手从他背后拥起了他。叶世文没想到在弥留之际会产生幻觉。他被托上水面,呼吸到氧气,瞬间迎着大雨睁开眼。

"阿文!"

海面太暗。这个游得精疲力竭的女人,破开无边的浪——不远处

Chapter 17　昌岸码头

的火光,把她照得宛如一个狼狈天使——不顾一切地赶来。

这竟然不是梦。

程真浮在水面,从叶世文背后摸上他还有心跳的胸膛,语气带喘:"你醒一醒!"

叶世文想说话,呛出的全是海水。

程真大喜:"你别挣扎,顺着我的动作来。"

她拼力游到自己驾驶来的快艇旁边,将救生圈套在叶世文身上。她先翻身站到艇上,借着甲板的工具将叶世文上半身拖上船。

程真累得想惨叫救命。

"大佬,你都醒了,能不能自己出点力?我哪里拖得动你!"

叶世文双手借船舷使劲,头往后仰,腰往上抬,瞬间滑躺到甲板上。雨水依旧砸得他眼皮发麻。他坚持要睁开眼,一片晦暗之中,他与程真四目相对。

"真真……"

程真检查他的身体,从肩膀摸到胸膛,再往下,被手心濡湿的温热吓到。

"你受伤了?!"

叶世文虚弱地问:"你怎么来了?"

程真不答。她脱掉短袖薄衬衫,拧成一条,开始绑紧他涌血的伤口。他们已经离岸很远,对比原路折返,从这里冲上西边南汀岛更近。

海边只有两艘艇,刘锦荣开走一艘,程真开走另一艘,警察还未赶过来。

但也快了。

因为刘锦荣那艘艇在叶世文坠海后爆炸自燃。望着那团火光,程真当时怕极了。如果不是快艇有远光射灯,她追上去,亲眼看见叶世文被刘锦荣推下海——

她不敢想象另一个场景。

叶世文又问:"真真,你为什么要来送死?"

程真手上动作停下。

"因为你在这里。"

所以我一定要来。

程真把伤口扎好,重新启动快艇。没人面对生死一瞬能够毫不畏惧,她也害怕,手指总是忍不住颤抖,但现在似乎不是流露脆弱的好时机。

叶世文没有说话。

他只是再次望进程真眼里。夜真黑,偏偏她生得一双俏目,如星如火,点燃他生命中仅有的一束光。

辰,是北极星,是黎明中撕穿黑夜的第一颗星,坚定,执着,永远守护。

"阿文,我带你走。"

快艇破开海浪。

他不想死了。这一瞬间,叶世文甚至想去拜神,祈求自己长命百岁,儿孙满堂,五十年后做个轮椅上的老顽童,对着程真日夜耍赖。

活着多好。

叶世文望向程真。她的侧脸被夜光细细抚触,浮一层淡色银边,于绝地求生的环境中,勾勒出无垠的宁静。

她开口说:"我们先上南汀岛。"

叶世文不懂程真的决定,还没问出口,只听见她又说:"原路返回太远了,你的伤口撑不了多久。"

叶世文扯了扯嘴角:"不立即返回,我怕他们会有意见。"

"有什么意见?"程真回视叶世文,"你现在命悬一线。洪正德再有原则,也应该先让我们活命。"

叶世文沉默。

Chapter 17　昌岸码头

这一片海，见证过人人固执己见，疯狂掠夺，以为活这一生必定要为利益斗争到底。如今乘风破浪，他望着星辰日月，竟渴求三餐一宿，有瓦遮头就够。

只要她在身边。

盼望余生安稳，无人威胁，有伴，有家，有碗热汤。

昌岸码头的雨仍在肆虐。洪正德不敢停歇，带队清点现场一切，在泛青的码头灯下等来海警兄弟的消息。

"刘锦荣那艘艇自爆了，我们准备打捞工作。"

洪正德眉头紧皱，还在生气程真把岸边唯一的快艇开走："另一艘艇呢？"

"暂时没见到。"

有手下着急地问："叶世文不会死了吧？"

"他若没命，程真会立即掉头回来掐死我。"洪正德叹一口气，"很有可能被她救走。先在海域打捞残骸，也派人上附近岛屿联络人问一问。"

洪正德满脸狼狈的汗与水。

今晚惊心动魄，性命攸关，总算没有辜负自己与各位手足。转念一想，他连遗嘱都未立好，黎茵若知道他身陷险境，肯定哭得晕过去。

此时此刻，唯一牵挂的不是功名利禄，而是老婆儿子。

程真书没念多少，倒是至情至性，粗俗道理戳得人喉肺发疼。洪正德气消了大半。程真不顾一切冲去救叶世文的背影，是今晚最牵扯人心的一幕。

不过是红尘俗世中的一双苦命鸳鸯。

谁不想有个家？

Chapter 18
拨云见日
Wangbei Building

天边又开始响雷。

乌云坠向无人之境,继续集结,把雨水纷纷拧下来。海风猛烈起来,程真马尾的发梢贴在脸颊腮边,风夹雨一吹,皮肤竟有些痛。

她把快艇丢弃在南汀岛码头一隅。

"你走得动吗?"

"你扶着我。"

叶世文揽紧程真,一步一挪,脸色是失血的白。纵是身强力健的猛男,也遭不住这种程度的伤口。

况且他还浸了海水。

下雨天,岸上人烟稀少。程真不敢与叶世文走大路,二人沿小径拐进岛内腹地,推开路边最近那间"红叶宾馆"的玻璃门。

墙上挂了两个大钟,白底黑指针,罗马数字。一个是海城时间,东八区。另一个不知是什么时区,久望才会发现,哦,原来是个坏了的钟。

前台窄小,有口按铃,有份台历,角落还有个黑色的电话。像什么都具备,又偏偏什么都很寒酸。

旁边就是楼梯,可供二人迎面上下的宽度。若来客臃肿些,就要侧着身过了。

一个上小学年纪的男孩,校服T恤衫还未换下,在前台里面俯着脑袋做功课。

Chapter 18　拨云见日

家庭作坊，无证经营，往往不愿生事。他们虽然不是嫌疑犯，但也不想大雨夜遭盘问。叶世文撑不到去医院。程真十秒内判断完毕，这是一间最合适不过的宾馆。

"开一间房。"

老板娘潘欣在前台抬头，看见一个神色寡淡的女人，她身后还有个男人。腰上有伤，脸像半死。

"小姐，"潘欣开口，"其实我建议你们叫救护车。"

叶世文听罢，有些不耐烦。他往前一步，却被程真轻轻拦住。

"南汀岛的医院在另一边，救护车来一趟都要四十分钟，况且现在还下大雨。"程真重复诉求，"老板娘，我们不会阻碍你做生意，就当帮帮忙，好吗？"

潘欣没答话，往后看了一眼自己儿子，从抽屉中拿出钥匙："上二楼吧。"

潘欣走在前头，时不时往后瞄。她特意放慢脚步，细细观察这一男一女，二人戾气不重，应该不是经常打家劫舍的飞仔飞女。

"这间。"潘欣用钥匙拧开走廊尽头 206 的门，侧过身，让程真与叶世文入内。

"需要登记你的身份证件，住一晚的话押金四百。"

程真不敢在潘欣面前解开叶世文的伤口。她抬起眼，与叶世文对视几秒，叶世文点了点头。待程真和潘欣关门下楼，他才解开那件渗血的衬衫。

触目惊心的红，染透所有布料。

叶世文出了满身冷汗，直接把衣服剥下，拿干净毛巾拭净伤口四周。万幸，伤口不算深，只是动作过大，撕裂了几处。

程真来到楼下做登记。

潘欣接过钱，再抬头细看程真，一脸仓皇后的疲惫，眼神却保持警惕。她又说："靓女，他的伤口如果不缝针，止不住血的。"

程真一怔，急急追问："最近的药店在哪里？"

"什么伤？"

程真不答，嘴角抿紧，在无声质疑潘欣询问的动机。潘欣微微低头，挽在脑后的发髻垂落几丝黑发，半熟风韵，颇有些让人挪不开眼的艳丽。

她是个寡妇。

"我以前做护士的，这里住过三教九流的人，什么伤口我都见过，我可以帮他缝。"

一道闪电在街外亮相半秒，闷雷随即于空中鸣叫。

潘欣从柜台下面拎了个药箱出来。她又折回房内，两分钟后拿一件白底小黄花的对襟睡裙出来："这件我很久没穿，你将就换上吧，不然会感冒的。"

程真犹疑。

潘欣看得出她的谨慎："不信我吗？你再站下去，恐怕上面那位要失血休克了。"

程真想到叶世文苍白的脸，轻轻点头。

她俩一起上了二楼。

叶世文坐在靠窗的藤椅上忍痛。程真推开门，身后跟着潘欣，叶世文抬眼一看，吓得立即扯过茶几上的毛巾挡住自己。

他全身上下只剩一条底裤。

叶世文警惕又疑惑地用眼神询问程真。

"放心，我孤儿寡母经营一间宾馆，对你们构不成威胁。"潘欣把药箱放在茶几，自顾自打开准备。她套上一次性胶手套，认真审视叶世文腰侧伤口。

程真与叶世文交换目光。她用嘴型说了句"没事"，叶世文稍稍放心，视线在潘欣穿长裙的腰身兜转，确认她身上藏不了武器。

警察不会找他们，但难保屠振邦的人不会找。

Chapter 18 拨云见日

屠振邦当场逃窜，也不知道洪正德有没有把人追回。

潘欣用手指轻轻摸上去："差半寸就伤到内脏了，伤口裂得很厉害。"

她转过头，对程真道："靓女，你先去冲凉。"

程真不肯："我等下再去。"

潘欣只笑："你别留在这里看了，我怕你心痛。"她挑了挑眉，眼角弯出些许揶揄的弧度，"过来人，我懂的。"

程真耳根一红。

叶世文见她T恤湿透，开口道："去吧。"

程真犹豫几秒，看着潘欣熟练拿出剪刀镊子，转过身进了浴室。她关起门，遭雨水打湿的后背靠着瓷砖墙壁，深呼吸了好几分钟。

头稍弯下，想着那个瘆人的伤口，程真的眼泪便无声坠落。

老板娘说得对。她怎么可能不心痛。

"先吃一颗止痛药吧，缝完估计就起效了。忍一忍，千万别动。"

叶世文的冷汗从头顶冒出，每块肌肉被痛觉牵引，于皮肤下深深颤抖。

潘欣嘴角带笑，手上仍在熟练操作缝合："怕她担心？连痛都不敢叫。"

叶世文无法答话，他快将自己的牙咬碎了。

"好了。"潘欣把手套摘下，再细看纱布包扎的部位，一副很满意的口吻，"果然宝刀未老。"

"你是医生？"叶世文终于找回自己的声音。

潘欣收拾着医用废物，打算一并带下楼丢弃："我那个男人，以前受伤都是我缝的。"

叶世文问："他现在呢？"

"死了。"潘欣站起来，又说，"没你那么好运，建筑地盘横梁断落，砸到头，当场死了。"

她离开了房间。

叶世文站起身，在原地缓过阵阵昏眩，才挪步到浴室门口。里面程真吹头发的声音也停了，半分钟后，她打开门。一股湿热气息从门缝溢出。

叶世文看着她沐浴后肤白发黑的模样。微湿的眼眸唇角,一身白底小黄花长裙,遮住肩,又挡了膝。他有种美妙错觉,仿佛二人已厮守多年,不过是此刻搭上时空穿梭机,回到过去年轻任性的日子里。

他伸手摸在程真颈后,额头抵上她的额顶,视线沿那双倔强的眼,探入程真心脏至软处。

她的眼波漾红,显然哭过。

叶世文笑:"真真心疼我了?"

这只雌兽将肚皮翻出示人,以表亲昵,还收起四肢尖锐的爪,好可爱。

程真眨了眨眼,睫毛把再次涌现的酸气拂去。轻轻推开叶世文的手,程真略过他的问题:"你起来做什么?唇白脸青,精神不振,快点去床上休息吧。"

"我身上都是海水,要冲凉。"

"伤口不能碰水。"

叶世文侧过身,从程真旁边挤进浴室。他挑眉问道:"那不如你帮我洗?"

"你休想。"程真脸红,直接替他关上浴室门。

她把长发拢在胸前,挡住没有穿内衣的部位。从走廊穿出,程真下来一楼。雨越来越大,街上人影与鬼影都不敢现身,生怕被暴雨砸穿五脏六腑、三魂七魄。

这种雨夜,是替宾馆赶客。

程真有些晃神。

她在浴室里已打过电话给洪正德与程珊报平安。

洪正德罕见地没有发火,只叫他们明日一早就要回西环区录口供。他激动万分,只差开香槟庆祝:"我抓到屠振邦了,今晚你们可以睡个好觉。"

"你也一样。"

"我就不睡了，还有很多工作要做。"

"长命功夫长命做。"程真难得温柔一回，"德叔，家里有人在等你呢。"

程珊又哭又笑，一颗悬在半空的心终于稳稳落地。她说她见到洪正德也安全回家，脸色带笑，似乎如释重负。

程真特意选了一间离洪正德家很近的酒店入住，把程珊安置在那里。出发前想象过许多个万一，万一死了，万一残了，万一双双入狱……

万中无一，她和叶世文是感动了上帝，才获得所有侥幸。

那些残留在案发现场的痕迹，也会被雨水洗刷，稀释，再冲开。从山尖滑落沟渠，汇入这个终年翻腾的海港。

时间与海，能消弭一切痕迹。

"是不是饿了？"

程真被潘欣的声音唤回魂魄，转过身，只见潘欣语气带笑："我煲了糖水，要喝吗？"

程真摇头："我不饿。"

她走近前台，把钱放下："多谢你帮他缝针。"

潘欣没拒绝。人情与钱银分明，不是锱铢必较，而是不愿亏欠他人。况且拿人手短，满打满算，也能当作捂嘴费。

她对程真多了几分欣赏，直接收下钞票。

"伤口记得不要碰水，生冷发物少吃，最好去医院做个检查。"

潘欣边说边扫视程真。哪怕用长发挡住，也看得出她胸围丰满，越遮越明显。

潘欣荤素不忌，又忍不住笑了："要不要帮你开另一间房？有些动作起码半个月不能做。"

程真先是一愣，意会后由颈红至脸，什么都不说就上楼了。

叶世文斜靠着床头，发尾微湿，脸庞终于不再死气沉沉，嘴唇有了些许血色。他手里拿着程真手机，见她进来，立即掩下眼底的紧张。

"你去哪里了?"

"雇人缝针不用给钱的?"程真把门关上,"你饿不饿?"

"没胃口吃。"叶世文摇头,"我之前送你的手机呢?"

"扔了。"程真走到床边坐下,掀开被子一角,在检查叶世文包扎好的伤口,"那个手机号码我留给刘锦荣,我怕他会追查到我,索性连手机都不要了。"

叶世文沉默。

若在此刻坦白,似乎会破坏今晚千金难求的温馨。许是因为下大雨,屋外喧闹,把这一室暖黄与程真衬得十分温柔。

就当作一个自以为善意的秘密吧。

程真突然开口:"你什么时候勾搭上洪正德的?"

"什么勾勾搭搭,讲得好难听。"叶世文笑,"救程珊那次。"

程真望进叶世文眼里:"阿文,你究竟还做了什么?"

雨似乎不想停。这样黑的夜,连风都浸淫在深不见底的颜色,穿街过巷,处处涂黑泼墨。整个城市恍若被时空倒置,活在泥土之下。不见天,不见日。

他说出所有。除了窃听这种会引爆程真脾气的禁忌操作与自己那个不堪回首的身世,其余的,叶世文能坦白则坦白。

"你怎么知道珊珊会出事?"

"我跟踪了曾慧云。"

"那你有没有跟踪过我?"

叶世文笑:"有,但我怕你会发现,所以让B仔去跟踪你。"

程真没接话。想到自己把那两卷空白菲林交给刘锦荣,既好笑又讽刺。她有些恼叶世文,想了想,又开始恼自己。

过去种种,好像都说不清了。

程真把脸转开,摸着自己的发尾,在指节绕圈。

"你什么时候知道我是曹思辰的?"

Chapter 18　拨云见日

"情人节那日下午。"

"为什么将股份和地皮给我？上亿身家都不要了？"

"那你为什么要来救我？"叶世文凑近程真，"拿了钱就走，不好吗？"

程真手指动作停下。她回头，看着叶世文与叶绮媚如出一辙的五官。他妈生得美，他自然也俊，狼狈受伤也是个型男。

程真在他脸上找不到任何男人的基因痕迹。

她轻声道："明知故问。"

叶世文笑意更深："我想听你讲。"

程真眼帘半垂，遮住百感交集的心情。数秒后，她才掀眼，轻轻说一句："因为不舍得你。"

叶世文怔然。

她缓缓眨眼，语气与目光一样坦然，裸露，兼具温柔。今夜之后，谁还要傻到带着防备度过余生？既然你想听，那我便说，哄一个自己中意的人开心，能有多难？

就当作自己从不知情吧。

程真把头靠在叶世文肩上。

阿文，以后每年的生日，我会替你也许一个愿望。盼你健康，幸福，做个平平凡凡的普通人。可以的话，我们厮守久一点，争吵少一点，爱得深一点。只要不分开就好。

叶世文拥紧程真。

他好兴奋，又好害怕。担忧一松开手，这个女人化作聊斋里的狐妖，从雨中来，身姿婀娜，勾引戏弄书生，天亮就走。

她确实做得出这种事。

叶世文笑着说："你骗过我太多次，我现在都不敢信你了。"

程真把他推开，皱紧眉头反问："你什么意思？"

"你帮杜元窃听我。"

"是不是这么小气？"

"真真，你欠我很多个道歉。"

"你在山顶威胁逼供过我，这笔账又怎么算？"

"你骗我豪客城是冯世雄指使你去的。"

程真越说越急："我救过你的命，两次。"

"我救过你妹。"叶世文眼见她脸色大变，补充一句，"我还顺便解决了郑志添，以后外面没人知道你是曹思辰。"

他的表情简直是在邀功。

程真咬牙切齿。叶世文摊出右手，掌心一道浅色的疤："我差点变杨过。"

程真顿时语塞。历数桩桩件件，她不觉得内疚，而是难以相信这么幼稚的斗嘴游戏，她竟然较真，还输了？

"事实摆在眼前。"叶世文笑得太过开心，终于有一回讲到她无话可说，"你就是欠我的。"

程真扯了个讽刺的笑："那位和你一起登报的女明星——"

"是不是这么小气？"叶世文立即反驳，"我说过那件西装外套不是我的！"

"还不认？我一讲你就知道是谁了！还解释什么，你这只千禧年大淫虫！"

程真又转过身。她居然把自己说恼了。胸脯起伏不停，白裙下隆起曲线，连呼吸都带酸，摆明在呷醋。

叶世文伸手摸入程真裙底，软滑的大腿，触手生温。

"做什么？"程真语气带嗔，拨开他的手。

"真真……"

程真拢紧衣襟，一屋春光收在裙下，不露半分踪影。

她直接把灯熄掉。

二人躺在床上。叶世文把她圈入怀里，那只不规矩的手又再次回到她身上。

Chapter 18　拨云见日

"喂——"

"我的手好累,给我放一下。"

程真也乏了,便任由他耍赖。

"真真,你有没有想过我?"

程真还未合眼,望着一屋灰暗。耳侧是熟悉的呼吸与气味,她的胸口涌动难以言表的情绪。

"有。"

"想过多少次?"

"很多次,数不清了。"

叶世文低声说:"我也很想你,怕你过得不好。"

程真稍怔,然后侧过身,黑发枕上他的肩头,隔着胸腔抚触彼此心跳。脚尖也怕夜寒,程真碰了碰他的小腿,叶世文便把她抱得更紧。

到家了,好暖,疲倦半生的她不想走了。

"我梦见过你。"叶世文的手指顺入她腰后的长发,"梦到我们住在一间很靓的房子,就像我买给你那间一样。不,比那间要更大,更靓。有泳池,有海景,外墙是白色的,房间里的地毯踩上去很软。"

程真听得十分触动:"还有呢?"

"你穿女仆装喂我吃草莓……唔!"

叶世文捂紧胸膛。

她这一拳未免太用力了。

"……我就应该让你死在昌岸码头。"

"姓名?"

"程真。"

戴黑框眼镜的中年女职员在确认身份。她抬起头,熟练地在手侧那堆资料中挑拣,叠好,把身份证件放在最上面,递给程真。

"下礼拜一开堂,不要迟到。"

程真接过。

她离开夜校机构办公室时，热浪如遭点穴，在整条街上静止。

9月初，龙舟水过去，台风天脚程便加紧起来。天文台说什么热带与高压，外围与气流，让人听得云里雾里。这次飓风来袭，路线曲折，一时先经吕宋岛，一时又经马尼拉。菲律宾国土不大，倒是年年易遭风摧雨毁。

程真又想，不知屠娉婷母子现在如何。

"阿文，你确定你没找他们麻烦？"

"我是那种人吗？我不过是打算把分公司开在菲律宾，让B仔帮我过去操持，你想哪里去了？他们本来就在国外生活多年，回去等于回归。"

"只有他们两母子？"

"屠振邦有个旧人也去了，叫陈姐，你不认识的。"

程真听罢，不做评价。

总之暴雨前的蒸笼气候，是海城惯有的生态。

她要到马路对面去。

抬起手遮在额前，烈日甚毒，照得程真手背发热。她半眯着眼，在马路对面捕捉一个久违的熟人。

那人与她对视几秒，转过头。似是想到什么，又把脸转回来，一双美目经过再三确认后，她把视线低下去，当作没看到。

这番打量，让程真有了些搭讪的兴致。绿灯亮起，她随人流快步穿过斑马线，往左转，在花店门口停下。

"茵姨。"

黎茵穿了身嫩绿连衣短裙，长发披肩，那双大眼在时光里留住了俏丽。身段纤瘦，她手里挽着几个纸袋，硕大硬挺，即将压垮两条细白的腿。看一看Logo，难怪这么重，原来价格不菲，显然刚刚在金安"血洗"一番。

洪警官近来收入颇丰。

黎茵在弯腰拣花。她听见叫声,挺直腰身,姿态不慌不忙,语气略带诧异地道:"思辰?"

程真笑了:"好久没见。"

良城那套房程真要求退定,被黎茵亲戚明嘲暗讽一番,说耽误了他们移民,没钱就别学人买楼。黎茵肯定知道林媛的一双女儿尚在世间,逛街见到,也不觉得出奇。

海城本来就很小。

"是啊,好久没见。"黎茵把挑好的花递给老板扎起,"你住这边附近吗?"

"路过而已,看到你,所以过来跟你打个招呼。"

"这么多年没见,我差点认不出你了。"

"你还是很靓。"黎茵外表本就不俗,程真这话也不算假意奉承,"德叔果然疼老婆,你一直没怎么变。"

她当然不会有变化。家境殷实,丈夫威风,菟丝花的拿手招数就是"保鲜"。怕老,怕丑,由脚指甲武装到眼睫毛,迎合世俗审美。花这种东西,不就是供人观赏的吗?

拿来形容女人,多少带了点轻视的味道。

但黎茵不介意。

因为她也想不到这一层。

她只当作一个晚辈夸赞自己,没什么好谦虚的。黎茵伸手接过花店老板递回来的花,有了道别的理由。

"德叔最近怎样?"

黎茵打算告别,被问着爱听的问题,又展露笑容:"还是老样子。升职之后,还要日日加班,忙得很。"

程真笑道:"我还不知道他升职了,恭喜你们。"

黎茵点点头。

一台黑车缓慢停在花店路边,是来接程真的。驾驶座上的白少华

539

面无表情，一如那日在清晨码头边看见叶世文拥着程真下船时那样。

起初，白少华是有不忿的。

大哥选什么女人傍身，轮不到他来置喙。况且这还不是傍身，听说股份都赠她了，叫阿嫂的话还会被骂没礼貌，要叫程老板。

那日，他们在清晨六点离开红叶宾馆。

潘欣未起床，只有一个扎马尾的女仔在一楼前厅拖地。二十出头，细眉细眼，见着来人也不打招呼，只是抬手一指，示意前台按铃旁潘欣留下的退房押金。

她是个哑妹。

潘欣从何而来，哑妹又是何故流落此地的，红叶宾馆的客人从不知道。

一幢宾馆，人来人往。留不住客，倒是留下许多故事。

他们回到码头，坐最早的船去九荣半岛。身上衫裤洗过，晾了整夜，干不透，穿上的时候还带着潮气。与清晨海面的冷风一撞，程真打了个寒战。

叶世文拥住她："不舒服？"

程真摇头："你呢，有没有哪里不舒服？"

叶世文笑："放心，我没事。"

程真往远处眺，南汀岛码头已沉到海平线下。栖息一夜，晨光浴海，红叶宾馆竟像个大雾散去的海市蜃楼，看不见了。睡眼蒙眬，程真觉得一切都不真实。船身晃浪，她小声说："之后你打算怎么做？"

"先去警局，再去找关绍辉，兆阳有很多事要立即处理。"

"我也要去找洪正德，我要拿回珊珊监护权。"

叶世文沉默几秒，又问："你爸……曹胜炎跟他关系很好？"

程真点头："洪正德老婆和我妈咪关系也很好，但出事之后我们没再见过。很正常，人人都想自保。"

"他肯帮你？"

Chapter 18 拨云见日

"那日是他去救珊珊的。"程真直言不讳,"虽然我和他互不欣赏对方,但他确实是个好警察。"

叶世文低下眼:"你倒是挺了解他。"

"是呀——"程真见他脸色稍变,又故意说,"他穿警服还挺有型的,我小时候见过。"

叶世文知道她在揶揄自己,也不说了,抬手轻挠她腰侧。程真怕痒,无声地笑,把头埋入他肩窝,在上岸前小睡一会儿。

下了船,就见到白少华。

叶世文问:"屠家伟没事吧?"

白少华说:"没事。"

"那两卷菲林呢?"

"你交代事成之后才匿名给警察,我寄过去了。"白少华一脸从容,"昨晚昌岸码头出事,又涉及屠振邦与杜元,估计这次连天星船坞都要被调查。"

"你帮我送她回去。"叶世文交代完,又转身对程真说,"你先回去休息,我忙完来找你。"

程真不放心,视线落在叶世文腰上:"阿文,我们先去医院。"

"我去,你不用去,程珊还在等你。"

叶世文不容程真拒绝,直接拦了台的士,自顾自打车走远。白少华把视线收回,冷冷地对程真说:"走吧。"

二人一路沉默。良久,程真忍不住问:"我是不是见过你?"

"豪客城,你不记得了吗?"

"……"

二人再度陷入沉默。

"你跟踪过我?"

"是,我还见到你和杜元有说有笑。"

"……然后你就告诉叶世文了?"

541

"没错。"

"……"

这回是真的沉默了。

程真也看见车来到。白少华与徐智强不一样,他年纪小,又重情重义,总爱替身边的人打抱不平。

这两个月叶世文性命安全无虞,事业进展有成,白少华才消了气,肯唤程真为"阿嫂"。

今日叶世文要召开新闻发布会。

时间已至2001年9月,农历入秋,世间尚夏,新鲜事也渐渐作古。

兆阳地产负责人要公开道歉,对资方,对供应商,对社会大众,检讨几个月来企业营运的混乱与披露未来的建造计划。

关绍辉说,道完歉,再让媒体那边大肆报道天星船坞股东丑闻,很快就没人记得兆阳究竟做了什么。地块在手,一切无忧,钱这回事,不过就是先赚与后赚的区别而已。

程真要去发布会现场等叶世文。

他没有把全部股份要回去,只拿了可以在董事局占席的一部分。又通过关绍辉搭线,融了另一笔资金进来。

洲界宗地项目即将重启,程真依然是兆阳地产的大股东。

叶世文戏说:"以后我就是你的打工仔。"

程真睨他一眼:"你的薪水高得离谱,我怕是养不起。"

"我贴钱又贴人,白天是经理,晚上是老公。"

"听上去像一只做慈善的鸭。"

"……"

夫妻档开公司,大多没什么好下场,她决定今晚再劝一劝叶世文,她没有心思在做生意这回事上。

程真对黎茵说:"茵姨,我要先走了。"

黎茵才意识到那台车是来接程真的。车标锃亮,折射无数道日光，招摇又刻意，黎茵实在难以忽视它彰显的昂贵。

那晚洪正德浑身狼狈回家，一推开门只顾抱紧她。

黎茵想发火。儿子上次好不容易考了B，这回又考了个D，气得她要"藤条焖猪肉"，打算好好教训这个蠢仔。

洪正德偏偏在这时候回家。

他手臂收紧，低声说："老婆，我回来了。"

"你又发什么神经？浑身汗气，商业犯罪调查需要去搬砖的吗？"黎茵嗅了嗅，突然一慌，"你不是答应我不冒险的吗，你个死佬，你想我守寡啊！"

洪正德只觉得她骂人骂得好动听，听一辈子都不会厌。

一个月后，黎茵就笑了，总督察夫人的名衔不消三日传遍她的姐妹茶局。

她再看看程真的车，想起这段时间以来洪正德和她讲过的话，果然人不可貌相。她曾对林媛笑说，思辰长得有福气，以后肯定是个富贵夫人。

风水轮流转，海城也一样，这边高楼起，那边高楼塌。来来去去的喜与悲，只要不在自己那栋楼，管他呢。

"思辰，"黎茵开口叫住程真，"我也好久没见思娴，听说她现在拿了不少奖，有空的话我们出来饮茶吧。"

程真稍怔。

人在低谷时，冷眼甚冷，路过的闲人多望你一秒，你都觉得是在笑你寒酸。如今身价百倍，善意甚善，久违的故人迎面相遇对你略献殷勤，你竟然也不想拒绝了。

缘由无他，不过是有钱了，看什么都是好的。钱真是好东西。

"好啊。"程真应下。

她上了车，把手上的资料放在后排座位。

白少华驶出车子，问道："阿嫂，是认识的人？"

"嗯。"

"你们聊什么了？"

"她约我饮茶而已。"

听上去像个熟人。最近程珊出国比赛后，程真更加深居简出，也少听她提起朋友。今日说自己要来报夜校班上课，白少华从记者会会场赶来接她。

他过两个月也要去国外了。

"你们约了什么时候？我安排人接你。"

程真突然哑言。

她与黎茵连彼此的联系方式都没有，饮什么茶呢？

程真哈哈大笑起来。

白少华皱紧眉头，满脸费解："阿嫂？"

"我没事……"

程真笑了许久，久得泪水快要涌出来，用手指轻拭眼角湿气。

白少华的车尚未驶远，又瞄见倒车镜内黎茵左携右提的模样："需要送你朋友一程吗？我看她东西拿了很多。"

程真收起笑容："不用了，我和她不顺路的。"

无论以前，抑或今日，她们本就不是走在同一条路上的人。

当晚，叶世文一身刚沐浴完的潮气，呼吸也带湿，从身后凑到程真肩头。

"看什么？"

程真立即把书本合起："走路没声的？你是鬼吗！"

叶世文从她手中抢过书本，把擦头发的毛巾抛到一边。夜深了，最近嗜睡的她竟然没有早早上床，窝在睡房沙发温书。

肯定有古怪。

程真从沙发上腾起，扑了过去："给我——"

叶世文侧身避开，把夹在课本里的漫画书抽出，眉心皱起："你看《蜡笔小新》？"

"……给我。"

叶世文把漫画放下："你不是说后日要考试吗？看漫画怎么考？又是你自己说要念书的。"

"那我也会累的啊。"

程真从他面前走过，表情有些生气。掀开被子钻进去，连头也埋入，大床上鼓起一个小小的包。

她以前上中学时就不是优生。如今耽误多年，重新开始，课堂上总是慢人一拍，程真有些恼自己反应迟钝。

一边努力一边堕落，似乎是世间大多数学生临考前的宿命。

冬至刚过，快要到圣诞节。

一眨眼，2001年即将成为历史。

程真与叶世文搬到了银山区旧山顶道旁的一幢公寓里，方便二人一个上学一个上班。从前睡车睡公屋，如今高床暖枕，叶世文却时不时失眠。

他说自己是事业心重。

程真说，你是太湿热了，要饮凉茶。

一只手从床沿探入，自下而上，轻捏程真。养尊处优几个月，她丰腴了些，让人更加爱不释手。

她不乐意，身子扭动几下："你做什么？"

"不是说累了？我帮你按摩一下。"

程真推开叶世文的手："免了，无福消受。"

叶世文躺下，单手支着脑袋，凑近她耳边问："上次到底考了几分？"

"……不记得了。"

"我在洗手间垃圾桶见到你那张失踪的试卷。"

程真耳根一红："饿的话就让梁姨煮多点，翻垃圾桶找东西吃对身体不好的。"

梁姨是家里用人。她是上次王宝琴帮忙找来照顾程真两姐妹那位,厨艺精湛,人又寡言。程真只会煮公仔面,叶世文担心她营养不良,便找了王宝琴。

程真嘴比脾气硬。

叶世文知道她不想承认自己成绩不好。谁笑话她都可以,就偏偏不能是叶世文。脸皮薄,爱面子,成绩不好在她眼里就是脑子笨,她怎么肯认?

她可是程真呢。

叶世文说:"我第一次考会考的时候,考了六个E。"

程真沉默几秒,转过身,躺着看他:"真的?"

叶世文大笑起来:"假的,我哪有你这么蠢。"

"你去死吧——"

她拳脚并用,又踢又打,半分钟就被叶世文制服。长发稍乱,程真连颈侧都红了,气得不想讲话。

眼睛瞥向一边,不肯望叶世文。

"真的,是真的,别恼了,逗你而已。"叶世文吻了吻她。

程真狠狠翻了个白眼。

二人动作迅速升温,在交缠之际同时喘了口气。

叶世文深知自己幼稚小气,却偏要程真一再包容。他精神贫瘠,能给的只有身外之物。程真内心丰盛,被她爱才叫作有福气。

只要她在乎你,她会把你看得比自己性命更重要。

快感并非一刹那,而是像徜徉海面之上,一浪推一浪。程真浸在余韵当中,浑身发软,眼泪濡湿了鬓边的发。她连手指都不想动弹。

不知道过了多久,他见她侧躺着闭眼,睫毛轻轻颤动,似是还没睡着。叶世文笑了,睡到程真身后,轻抚她的头发,问道:"睡着了?"

"嗯。"声音还带点倦怠。

Chapter 18 拨云见日

"睡着了还会答话？"

"梦话。"

叶世文无声地笑。他摸到被子里程真的手。

程真指根一紧，突然睁开眼，在室光下抬高自己的左手。

无名指上，多了一枚钻戒。

真大，不知是多少克拉、什么切工，总之一个字——大。大到以后成为中年师奶，在麻将局上伸到对面摸牌，闪瞎所有人的眼。

程真心里雀跃起来。

意料之中，不算惊喜，但也开心。前几天吃早餐的时候，她随口说了句"今年结婚吧"。

叶世文把咖啡放下，应了一句："好。"

"不要摆酒，不请客人，我懒，不想麻烦。"

叶世文笑："也不能什么都不要。"

程真在床上侧过身，盯紧叶世文逐渐泛红的耳根。

这只禽兽竟然也会有不好意思的时候？

"还不跪下？"

"中不中意？"

二人同时发问。

叶世文率先反应过来："为什么要跪？"

"那给回你。"程真作势要摘掉戒指。

"喂——"叶世文把她的手攥到怀里，"不跪了，男人老狗跪地求婚，好丢脸呢。"

又不是拍电视连续剧。

"没诚意。"

"我余生只跟你一个，还叫没诚意？"

程真脸色冷下来。

叶世文赶紧解释："讲错，是我余生只爱你一个。"

程真把手抽走,轻摸这枚戒指。她越看越喜欢,忍不住笑了起来。叶世文见她喜上眉梢,又凑近去吻了吻她的脸:"中意吗?"

"嗯。"

"我们明日去登记。"

"你不是有事吗?"

"早上七点起床,我回公司前陪你温书,下午两点我们去登记,然后晚上等我回家再帮你温书。这次如果又考了D,走出去你不要说自己是兆阳地产的老板娘。"

"……不结婚就不是老板娘。"

"以后你生是我的人,死是我的鬼。"叶世文把她搂在怀里,"我想好了,我们先要一个仔,然后再要一个仔,最后要一个女。女仔嘛,当然要做妹妹,有人疼爱。"

"生那么多,打算组支足球队?"

"生够三个,以后我死了你就改嫁不了了。"

程真懒得搭理叶世文。

她摸着那只戒指,沉默起来。

叶世文问:"又不开心了?刚刚不是还在笑吗?"

程真扯了扯嘴角,想开口,眼泪比声音先涌出来:"没,我想念我妈咪了。"

林嫒现在会开心吗?

会的吧。

程小姐,我盼你有屋有田有真心人,三餐四季,衣食无忧;添丁添财添福寿,祸不及己,夜夜安寝。

她心愿已了。

Special Episode 01

似是故人来

Wangbei Building

1995年，知名杂志亚洲区记者，大胆断言海城前途黯淡，赤裸裸昭示那句：It's over。

2001年，另一杂志提出别的见解，针对经济低迷、复苏乏力的海城，问了那句：Is it dying？

城市的兴盛并非一朝一夕，也不是几本杂志发出一些灵魂拷问，就能道明真相、还原事实的。海城有一位投资者曾经把这两本杂志放在自己办公室醒目处，以示警惕。

不想被人唱衰，就要把对方的声音盖过去。

2002年，海城楼市首次陷入低迷。

楼价吃了泻药，地产发展商资金无法回笼，怨声载道，开不出更高的价钱购买新地皮。官方一拍脑袋，不卖也比贱卖好，索性囤地不搞拍卖。

但此举也只是短短停了九个月。

地产作为财政收入，在海城占比即将突破17%，连世界大都会都未能超过6%。这已经不是一个产业，这是一味瘾。

没人能戒得掉"钱瘾"。

2003年11月，水阜区福华街的铭记烧鹅濑，关门大吉。

在谢恩铭决定收档的前一个月，他贴了一张告示在店内的显眼处。红底黑字，路过街坊差点以为他又生了个孙子，要摆满月酒。

走近一看：旺铺转让。

水阜区没有进行"旧改"。

楼价跌穿地心，五十万买一套二房一浴。时光倒流到2002年，没人能想象海城有楼盘敢叫出这种价码。

食肆大面积倒闭。失业率稳升不降。

2004年，二十七个重要领域放宽海城进入市场的准入条件，海城终于触底反弹，楼价拐点出现。

专家说，政府有看不见的手在调控经济市场。

2005年9月，主题乐园盛大开幕，主题曲在次年风靡全城。

程珊二十岁生日那天，程真给她办了个温馨派对。

吾家有女初长成，她已亭亭玉立，参赛舞曲任君选择，只是程珊不再跳那首伤春悲秋的《梁祝》。

化了蝶，便是重生。

她拿着麦克风，偏爱唱这一句：烟火璀璨夜晚定会很美。

看过海城的烟火，才算到过海城。

世间璀璨本就是为来宾准备的。

2006年，旅游城市海城的访客量创下一千三百万人次的新记录，是2001年的3.5倍，海城旅游业起死回生。优惠关税，是吸附广袤市场购买力的一块巨型磁铁。

2008年，农历新年来临之前，著名周刊以一篇名为《三城记》的文章，把海城与其他两个城市共同刊选为21世纪大都市的标准。

海城经济彻底复苏。

连南极企鹅都快听见那句"恭喜发财"。

叶世文从车上下来。

三十五岁，当打之年，他也不显老态。毕竟老婆比自己年纪小，叶世文不敢放肆吃喝，担忧身材大腹便便。若二人并肩出门，被称作父女，他觉得好没面子。

程真倒是采阳补阴似的，一年比一年俏。三十岁，添了风情，那双圆眼猫咪般带媚，动不动就电人，好销魂。

她在渤湾一间物流公司做办公室职员，这是她自己选的。

兆阳地产历经数载，也露了头角，争得业内一席。

四十公顷的洲界宗地，建造进入尾声。

前三期已经交付业主。叶世文还是使了办法，把该落成归还政府作公房使用的部分面积，规划在地块至深处。

财通必先路通。

市政道路为了便民，率先铺入。

沿途其余部分的楼价凭着交通优势，低开高走，最后溢价多倍，盈利超出预期。兆阳地产也随着海城经济复苏，真正做到起死回生。

叶世文是来参加关绍辉私设的酒局的。还没走到门口，他的电话响起。看了眼来电人，叶世文立即接听。

程真问："打算几点回？"

"很快，露个脸聊几句就走，一个钟头吧。"

电话那端有小孩嬉笑的声音，笑没多久又开始号啕大哭。男孩在叫爸爸，装得肝肠寸断，假模假样。

程真呵斥两句，转过头对电话说："你的乖仔在哭。"

叶世文笑："又被他妹打了？"

"两兄妹八字不合。你忙完快点回，等你开饭。"

"好。"

叶世文步入宴客厅，与关绍辉碰面。目光才刚移开，他捕捉到一道熟悉身影，没想到今天的来人里，竟然有洪正德。

叶世文问："你什么时候认识洪警官的？"

关绍辉顺他视线探过去："他是工商联主席的朋友，我也是第一次见。"

秘书走过来，与关绍辉低声交谈。关绍辉点了点头，对叶世文道："我去那边聊几句，你自己玩。"

叶世文点头。

洪正德远远也望见叶世文，他没有故作姿态，反而与旁人笑着道别，走到叶世文面前。

"好久没见，洪警官。"

洪正德笑："别叫警官了，我已经递了辞呈。"

叶世文也笑："今年美国次贷危机，做公务员应该比做生意稳妥吧？"

洪正德直言不讳："我准备从政了。四十出头，当打之年，希望以后能为海城做更多的事。"

叶世文一听，这是有壮志雄心。难怪工商联的负责人与他亲密交谈，联合全城商会的人撑他，以后洪正德能真正发光发热。

人往高处走，实属正常，叶世文不再多言。

"祝你心想事成。"叶世文伸出手。

洪正德点头，也伸手回握："好久没见阿真，她还好吧？"

叶世文想到程真，流露难掩的喜色："挺好，她不爱凑这种热闹，所以没来。"

"你们儿子几岁了？"

"快六岁。"

"这个年纪的男仔都比较调皮。"

叶世文笑意更深："他妈和他妹厉害，他调皮不起来。"

洪正德语气惊讶："没听说你们生了个女儿。"

程真与他几乎不再联系。

叶世文却骄傲起来："四岁了，长得很靓。"

女儿多肖父。

"儿女双全,你有福气。"

"都是老婆的功劳。"

洪正德也笑了。

他犹豫几秒,又道:"有一件事,可能你要转告阿真。上个月曹胜炎死了,当时烧伤的并发症没有根治,这次没熬过去。"

叶世文没说话,点了点头。

花开富贵,长相厮守的总是少数。

普通人努力一世,就是为了做个普通人。

大风大浪里走过,这等噩耗对叶世文来说并不诧异。很多结束本就无声无息,也无人目睹。

室内灯光明亮起来。

关绍辉邀了个新晋歌手来助兴,听说这一期她风头最盛,叫Lily。长得颇有异域风情,听说混了四分之一的外国血统,鼻梁高挺,肤色洁白。

一开声,是烟嗓。

她唱《似是故人来》,真大胆,殿堂级一姐梅艳芳的歌也敢挑战。

年纪不大,这把声音倒像沉淀许多离愁别绪,低回婉转。声声告别的是昨日,是海风,是灯红酒绿的杀人夜,是爱而不得的旧梦伴。

少年有莽撞,成人有得失,只是世上再无梅艳芳。

千禧年早就离开。

海城也不是以前的海城了。

> 俗尘渺渺,天意茫茫,将你共我分开,
> 断肠字点点,风雨声连连,似是故人来。
> 留下你或留下我在世间上终老,

离别以前未知相对当日那么好，
执子之手却又分手，爱得有还无。
十年后双双，万年后对对，只恨看不到。

无论如何，都过去了。

Special Episode 02
旧日是遗梦
Wangbei Building

"文哥,是不是她?"

"不是有照片吗?有钱女长得都一个样。"

"我觉得像是她呢,你看看?"

叶世文心烦,眼角瞄过徐智强手里的照片。眼圆发密,唇形丰满,不再隆高的鼻骨把整张脸往两边扯平,有种半生不熟的幼态。

好眼熟,他在哪里见过似的。

叶世文再抬头,照片里的人立体起来,活生生在眼前出现。

时值1993年的初秋,海城风大。

百褶校裙摆随行进晃动,一会儿左,一会儿右,遮在膝盖,只露出她半截雪白小腿。用时下流行的审美看,她丰腴了些,浑身上下不见骨感。一抹细腰挽救了曲线,说肥有些夸张,说瘦也不合适。

曹胜炎果然有钱,女儿曹思辰养得体态丰盈。

叶世文皱了皱眉,问道:"你确定她十五岁?"

未免长得矮小了点。

"是十五啊,练体操的没几个长得高。"

"跟上去。"

曹思辰往泊洋后街走去。泊洋后街有一间雅致茶餐厅,内里大有乾坤。

荔枝,一款肉囊紧实、汁水丰沛的时令水果。去皮,挖核,酿入少量酒糟，上盅隔水蒸炖十分钟，佐以薄甜桂花糖焦淋，能尝出醉人的香。

发明这一味的茶餐厅，又拿这一味命名，叫"荔枝巷"。

十五岁的曹思辰，唯一嗜好就是吃。她钻缝钻罅，才在某日放学下午，觅到街巷深处的这道"荔枝巷"。

同学之间爱八卦，有男生私下叫她"曹贵妃"。

她当着全班同学面叫那个男生"小李子"。半个月前，入了秋，三华李在农历八月十五最应季。曹思辰买了几斤带回学校。先派给同学，自己也吃，就在小李子面前，一天一颗，吃到他羞愤地闭上嘴。

她一贯是个不好欺负的人。

叶世文与徐智强隔了十米距离，亦步亦趋地跟在她身后。

屠振邦什么都没说，只交代一句"看下她平时都去哪些地方"，二人不得不像个特工一样，守在曹思辰学校门口等她放学。

她没有直接回家，而是来了荔枝巷。

曹思辰循例点了那道"荔枝巷"。许是她人长得讨喜，细细地尝，动作斯文优雅，竟能勾得人食欲大增。徐智强顿时馋了，小声说想试试这款远近驰名的风味，也跟着曹思辰点了那道"荔枝巷"。

"文哥，你要不要？"

"最憎食甜。"

"那我要一份就好。"

靓女侍应穿白衬衫黑西裙，腰间一条粉色荷叶边围裙，姿态婀娜。她收走餐牌后转身，脚步急急离开。

曹思辰吃得慢，徐智强吃得快。

直到徐智强怀疑他那一盅有人下毒，肚疼得冷热汗交杂，曹思辰放下零钱，起身离开。

她经过叶世文与徐智强，视线没有停留在他们身上。稍往下垂，她看见校服领带随手拧下摆在桌面，死气沉沉，似一截蜕掉的蛇皮。

他们衣领大敞，衫摆起皱，纷纷露出半片胸膛。二十岁模样，肌肉已经丰隆，像逢年过节神台上那只挺胸昂首的白切鸡。

随意对待校服的人，往往也随意对待学业。

细看之下，这不是她学校那款领带。

曹思辰终于抬头，没料到叶世文正盯紧自己。二人目光在空中无声碰撞，她蓦地红了脸，急急忙忙将视线撇开。

她的打量太唐突，像一个没家教的人。

好丢脸。

叶世文却没移开眼，看着她从鄙夷到害羞，人前人后两个样，有钱女真做作。那种初见时的熟悉感觉忽然没了踪影。叶世文故意笑出声。曹思辰一听，脸颊像火烧，连走带跑往门外去。

叶世文问："傻强，你行不行啊？她走了。"

"不行了……好痛……"徐智强捂紧绞痛的肚皮，"文哥，你先走，我要去厕所……"

"懒人屎尿多。"

叶世文从口袋翻出几张钞票抛下，立即推门离开。他看见曹思辰已经在马路对面，脚步匆匆，从左边吉士南道转入街口。叶世文等不及绕去斑马线前，从路沿栏杆一个跃身，长腿跨出马路，在穿梭车流中快步走到对面"嘉祥置业"的霓虹灯牌下。

斜阳在今日分外慷慨，洋洋洒洒缀满他身，也缀满她身，为彼此轮廓镶了一圈金边。叶世文饶有兴致地看着她垂在肩后的发梢，随步伐一晃一动，像长尾金鱼的蝶尾在轻轻摇曳。

十五岁。

风情尚未降临这副躯壳，纯情在百褶裙衩上徜徉。叶世文想起她吃东西的样子。眉弯眼黑，脸侧发丝掖在耳后，耳珠莹白，唇形圆润。

细细咂味，还有几分可爱。

曹思辰没发现自己一直被跟踪。她走到吉士南道与聚贤道交界处，停在"何林景芳少儿体操培训"的门前。电动双开门，宽敞气派，门头占了半片铺面，落地玻璃窗内展示着镀金镀银的铜质奖牌，溢美之词凝在锦旗，如鳞铺展，生怕路过的人看漏一眼。

下课了，有穿戴光鲜的家长在门外等候，陆陆续续领走自家孩子。曹思娴从门内跑出来，扑进曹思辰怀里。

"家姐——"

"你今日练得如何？"

小小一个女孩，穿了身粉色体操服，长发高高扎起，把额头鬓角的碎发用深色一字夹别好，露出一张娇俏的脸。

"林教练说我这几天有进步。"

"这么厉害？"

"比家姐以前厉害一点点。"

"啧，戒骄戒躁。"

"行啦。"

她是曹思娴，曹胜炎的次女，比曹思辰小七岁，也比曹思辰漂亮。

但叶世文觉得，她不及曹思辰可爱。这个念头一起，叶世文立马在心里笑话自己——不会是一见钟情吧？

他今日有些魂不守舍。

两姐妹手牵着手，站到北向路口的公交站牌下等候小巴。斜阳去了世界另一边，月光未起时，天空是蚝壳磨成的碎灰，不清澈，也不黯淡。混沌是人间本色。叶世文隔了五六个人身位，也混进候车队伍，若有似无地盯着曹思辰。

其实跟到这里就够了。

她的生活很单调。上课，下课，课后吃甜品，再顺路来接走妹妹，一同乘车回家。她嫌天气热，摸出一根黑色橡皮筋，开始给自己绑头发。白的指尖穿过黑的发丝,一拢,一捻,一抹,坠在耳骨的几缕服帖地钻入橡皮筋内,露出她毫无防备的细嫩后颈。

像一枝招摇脆弱的花茎。

此刻映入叶世文眼球,有种放大放缓的电影画感。

她忽然回过头。眼是圆的,唇是红的,脸颊瘦下去,肩膀瘦下去,一双腿瘦下去,她被瞬间抽走所有少女丰腴,剩下一副纤薄体魄。

他竟然能感受到她在自己怀里的体温。

她笑着说:"你认错人了,我不是曹思辰。"

有人从叶世文身后拥过,肩头与他碰撞,把他出神的魂魄召回体内。方才的笑容渺无踪迹。叶世文怔在原地,眼见曹思辰领着妹妹上了车,只余下半寸裙摆的闪影。

我跟错人了?

她和照片一样,我怎么会跟错?

叶世文心里杂念纷涌,手足无措地站着。小巴却忽然比往常速度更快,瞬间锁上门,越驶越远。叶世文想去追,却始终一动不动,无法使唤自己的双腿往前走。

她不是曹思辰。

那她到底是谁?

Special Episode 03

此刻即未来

Wangbei Building

"她到底是谁……"

叶世文的双臂用力一收,膝盖突然受了猛击,从无边迷梦中骤然醒来。

"是你老母!"

程真在被窝里挣开叶世文的拥抱。被他箍得喘不过气,胃里翻江倒海的吐意袭来,她没时间追究叶世文春梦里到底是哪位佳丽,掀开被子,赤脚冲进浴室。

灯还未开。

呕吐声在浴室内回荡。

叶世文条件反射起床,开灯,斟水,拿干净面巾,动作一气呵成。他还赤着上身,只穿了条长裤,却担忧地板寒凉伤到她,弯腰拎起程真的拖鞋,立即也跟进浴室里。

其实他幻想过程真怀孕的所有模样。

圆肚皮,似汤圆。十足十娇憨可爱,能一瞬间时光倒流1993年,弥补他的过失:当年没有抱起暗巷里滚了一身尘与泥的曹思辰。

想采月摘星,给她一切,余生才能叫作无憾事。

但他万万想不到会是这样的。

"你晚饭都没吃几口。"叶世文用手掌轻扫程真后背,"是不是很辛苦?"

程真双膝跪在地砖上，扶着马桶，气若游丝地说："你……"

"我在这里，想要什么？"叶世文递出各样用品，"漱口？擦脸？还是躺回床上？我抱你去。"

"你滚开……"

怀孕的喜悦被第六周开始的孕吐击碎。

叶世文已经免疫她因为身体不适频繁骂人这件事。她甚至会激动万分地咆哮着要离婚。离婚？不能，打死都不能，他只接受程真丧偶。

配偶栏里"叶世文"三个字，海枯石烂都不会变。

程真扯来叶世文手中面巾，把苍白脸颊的汗水口水一抹，又抛回给他。她只觉得委屈。什么荷尔蒙分泌，什么激素大增，她全听不懂。罔顾地面寒凉，程真穿着睡衣呆坐在浴室，"嗷"的一声哭了出来。

"你去死吧叶世文！我好不容易才睡着，你半夜三更做什么春梦！你在梦里面抱谁？"

叶世文无奈地解释："自己老婆就在床上，我怎么可能做春梦呢？"

程真含泪瞪了眼他脐下的位置。

叶世文双腿稍稍合拢，侧过身，遮挡那片不合时宜的激动："这只能证明我生理结构正常，是个健康的男人。"

"现在是凌晨。"

"……它有时差。"

程真眼神愈加冷。

叶世文不顾程真的推搡，给她穿上拖鞋，又抱起她往大床去。

"真真，地砖很凉的，每次你都不穿拖鞋。"

"不想帮我拿？那我吐在床上咯。"

"别，别这样。拖鞋才多重，你想要的话我拿十对二十对一百对都可以。不要因为我气坏了自己,不值得。"

她整个人陷进被窝里,鼻头红红,脸颊碎发沾了泪,缠在腮边似雨打春柳,楚楚可怜。一双圆眼除了哭泣就是瞪人。但她也很讲良心与道德,全家所有人,她只瞪叶世文。

"叶世文,你就只有这张嘴,花言巧语,胡话连篇。现在受苦的是我,你说什么都弥补不了我。"

叶世文听她抱怨许多次,却仍觉得心脏隐隐抽疼。肚皮未见有起伏,她已经瘦了好几斤。他从未见过孕吐的女人,豪客城内怎么会有孕妇?

很多时候,未在自己身上应验,人就不会在乎世间到底此刻谁在生,谁在死。

病痛也一样。

"真真,你忍一忍。医生说孕吐是正常的。我知道你好难受,睡前我叫梁姨煲了粥,你现在能不能吃?还是你想吃其他,我叫她煮。"

"你叫我忍?怎么忍?"她忽然睁大泪眼,"我会这样,肯定是你的种有问题!"

"……是,是我衰,我的种……有问题。"

最后三个字讲得不情不愿。

但叶世文不敢反驳。

上次反驳,程真的报复就是直接吐在他胸前,一泻千里。如果银河是有味道的,叶世文觉得,一定是酸味。

他那件衫上就有一道从天而降的"银河"。

"叶世文——"程真转了个身,仰躺着,释缓胃里不断翻涌的呕吐感,"我这样吐下去,会不会死?"

"乱讲,不会的。医生说过了十二周,激素回落之后就会好转。"

"叶世文。"

"嗯?"

"不如你剁了它吧。"程真又继续哭,"我见到你觉得好烦啊,为什么我会选了你?你这种渣男,根本不配拥有后代。"

"……你累了,真真,我陪你休息。"

叶世文掀开一边被角,程真却抬手将被子摁下。她红着眼说:"你滚出去。"

"我打地铺行不行?万一你半夜不舒服,我可以照顾你。"

"滚。"

"……好。"

他拿起沙发上那件长袖T恤套入,门还未开,就听见程真又大声哭:"叫你走就走,你真的一点也不关心我!"

叶世文觉得自己背脊被人用力敲了一棍,又闷又痛。

激素。

一切都是激素的错。

"没,没,别哭了,真真——"叶世文回过身,猛地从床头柜抽出两沓纸巾,轻轻擦着程真脸上的泪,"哭多了对眼不好,你不如打我发泄算了。"

他将纸巾放在程真鼻头位置,听着她用力哼一声,将鼻涕擤走。不知不觉间,他居然也习惯伺候人了。

程真说:"打人会痛。"

叶世文凑在她脸旁,有些掩不住笑意:"老婆心疼我了。"

"我意思是打人我的手会痛,你识趣的话就自己一头撞到墙上。"

"……早点睡,对身体好。"

"是对你孩子好吧?"

程真有些委屈。想起见过的人,熟悉的、陌生的,学校的、公司的,每个都祝她早生贵子。又说孕妇金贵,诸多食品要戒口,这不能做,那不能吃,连可乐都要谨慎摄入,怕钙会流失,孩子缺钙很难补呢。

究竟是孕妇金贵,还是胎儿金贵?一目了然。

"是你,什么都是你,永远都是你。"

叶世文关了灯。

他躺在床上,伸手抱住程真。五只修长手指梳入她的细密发间,像对那个梦里的她一样,轻轻地顺下去,顺平所有因为怀孕产生的烦躁不安。

程真吐得累了,合上眼,听着叶世文的心跳入睡。

梦果然与现实相反。

曹思辰也好,程真也罢,她就是她。是历经千帆后,愿意在余生每个日夜睡在他身旁的人。

"没你又怎么会有孩子呢?真真,这个世界上,只有你最重要。"

因为你是我的未来。